# Se pudesse contar as Estrelas

## BECCA MACKENZIE

Copyright © 2024 Becca Mackenzie. Todos os direitos reservados.

Todos os direitos desta publicação são reservados à Vida Melhor Editora Ltda. Nenhuma parte desta obra pode ser apropriada e estocada em sistema de banco de dados ou processo similar, em qualquer forma ou meio, seja eletrônico, de fotocópia, gravação etc., sem a permissão dos detentores do copyright.

| | |
|---:|:---|
| Produção editorial | Leonardo do Carmo |
| Copidesque | Daniela Vilarinho |
| Revisão | Danielle Dantas |
| Design de capa | Marcus Pallas e Gabê Almeida |
| Projeto gráfico e diagramação | Joede Bezerra |
| Mapa e ilustrações | Matheus Faustino |

---

Dados Internacionais de Catalogação na Publicação (CIP)
(BENITEZ Catalogação Ass. Editorial, MS, Brasil)

M143s
1. ed.  Mackenzie, Beccã

    Se pudesse contar as estrelas / Becca Mackenzie. – 1. ed. – Rio de Janeiro: Thomas Nelson Brasil, 2024.
    464 p.; 15,5 × 23 cm.

    ISBN 978-65-5689-958-9

    1. Ficção cristã. I. Título.

06-2024/94                                              CDD B869.3

---

Índice para catálogo sistemático:
1. Ficção cristã: Literatura brasileira   B869.3
Bibliotecária responsável:
**Aline Graziele Benitez – Bibliotecária – CRB-1/3129**

Os pontos de vista desta obra são de responsabilidade de seus autores e colaboradores diretos, não refletindo necessariamente a posição da Thomas Nelson Brasil, da HarperCollins Christian Publishing ou de suas equipes editoriais.

Thomas Nelson Brasil é uma marca licenciada à Vida Melhor Editora LTDA. Todos os direitos reservados à Vida Melhor Editora LTDA.

Rua da Quitanda, 86, sala 601A - Centro,
Rio de Janeiro/RJ - CEP 20091-005
Tel.: (21) 3175-1030
www.thomasnelson.com.br

 Este livro não é recomendado para menores de 16 anos. Contém cenas de assédio, uso indiscriminado de drogas e tentativa de suicídio.

*Para todos os perdidos.
Onde quer que vocês estejam.*

*"Viver é a coisa mais rara do mundo.
A maioria das pessoas apenas existe."*

Oscar Wilde

# CALENDÁRIO DAS ESTAÇÕES
### De acordo com o hemisfério norte da Terra do Nunca

| MÊS DO TIGRE *verão* | MÊS DA ÁGUIA *verão* | MÊS DA SEREIA *verão* |
| --- | --- | --- |
| MÊS DA BORBOLETA *outono* | MÊS DA LEBRE *outono* | MÊS DO DRAGÃO *outono* |
| MÊS DO LEÃO *inverno* | MÊS DO PINGUIM *inverno* | MÊS DO ALCE *inverno* |
| MÊS DA RAPOSA *primavera* | MÊS DO CORCEL *primavera* | MÊS DA FADA *primavera* |

## FERIADOS

**1º DE TIGRE** • *Ano-Novo*
**7 DE SEREIA** • *Régio Dourado*
**12 DE BORBOLETA** • *Santa Indulgência*
**1º DE DRAGÃO** • *Dia do Nunca*
**10 DE ALCE** • *Noite dos Mortos*
**2 DE RAPOSA** • *Festa do Amor*
**30 DE CORCEL** • *Aniversário de Bellatrix*

**A PRIMEIRA COISA QUE SENTI** foi uma fria sensação de voar, o peso do meu próprio corpo pairando no vazio. Então abri os olhos.

Era um mundo embaçado, em tons de azul. Raios de luz iluminavam o tecido verde que flutuava na minha frente. Soltei o ar devagar e vi as bolhas subindo, por entre os raios de luz, até desaparecerem. Por um momento, foi mágico. Até me dar conta que não podia respirar.

Comecei a bater os pés e a empurrar a água para baixo, lutando com todas as forças para alcançar a origem da luz, para não respirar ainda, e continuei tentando mesmo quando engoli um pouco da água gelada. O pulmão ardeu, a pressão esmagou meu peito e a água pareceu criar garras que tentaram me arrastar para as profundezas, até que finalmente alcancei a superfície e consegui respirar um doce fôlego de vida.

Tossi, cuspindo e arfando.

Ao abrir os olhos de novo, fui saudada pelo sorriso de uma lua crescente. Alguns metros adiante, depois da lagoa, árvores formavam uma densa parede verde que espetava o entardecer.

Tremendo de frio, nadei o melhor que pude até cair na margem enlameada. Então respirei fundo.

Respirei. De novo. E de novo.

Ainda não tinha me recuperado completamente, quando escutei uma voz vindo de dentro da floresta:

— Eu acho que ouvi alguém na Lagoa da Vida!

*Sim, por favor, eu tô aqui.*

Mas as palavras não chegavam até a boca.

— Já é quase noite — respondeu outro alguém, uma voz velha e torta. — Temos que ir.

*Não!*

— Aqui... — consegui empurrar um gemido.

Mas, no instante em que ouvi a minha voz, senti-me estranha. Muito estranha. Era... como se estivesse escutando-a pela primeira vez.

Apoiando as duas mãos no chão, testei forçar o corpo para cima. A tentativa de me levantar não funcionou, e eu caí de novo.

*Por favor, não vai embora!*

— Eu falei, tem alguém ali. — A mesma voz, só que mais perto.

E então um garoto surgiu de dentro da floresta. Veio correndo na minha direção, segurando uma tocha, o brilho do fogo iluminando as ondas de seu cabelo negro. Parou a um passo de mim, sorriu e abriu os braços.

— Bem-vinda à Terra do Nunca.

Eu apenas pisquei os olhos. Ele me estendeu a mão e, com aquele apoio, consegui me levantar. Meu corpo balançou de um lado para o outro, como se não estivesse acostumado a ficar de pé. Engraçado.

— Eu sei, é estranho. — O garoto riu, ainda apoiando meu braço.

— O que... aconteceu?

— Você despertou.

Balancei a cabeça e olhei ao redor.

— Eu sei que é confuso, mas a gente precisa ir — disse ele. — Não é seguro aqui.

— Como você sabe? — Puxei meu braço de volta.

— Hã... Porque eu moro aqui.

Pelo mesmo caminho de onde o menino viera, a voz torta nos alcançou, aguda e apressada:

— Leviiiii!

O garoto me fitou novamente e, desta vez, pude ver o medo no cinza de seus olhos. Um medo genuíno.

— A gente precisa ir, tá quase de noite e a floresta vai acordar. — Ele tornou a esticar a mão. — Confia em mim, *vem*.

Olhei para trás. A lagoa escura parecia mortalmente linda, refletindo a luz cada vez menos brilhante do céu. De repente, tive a impressão de ver, lá no outro lado da margem, um vulto se escondendo atrás das árvores. Um arrepio me fez estremecer. Voltei para frente e segurei a mão do garoto.

Andando a passos vacilantes, eu o segui floresta adentro pelo caminho estreito.

**MAS TALVEZ AQUELA NÃO TIVESSE SIDO** a melhor das ideias, afinal.

Ou pelo menos foi a impressão que tive ao ver uma carroça cheia de garotos armados. Ok, *cheia* era um exagero; devia ter uns quatro meninos, fora o tal Levi, ao meu lado, e o cocheiro.

O idoso condutor virou-se para trás.

— Entrem logo! — resmungou com a voz torta. — Malditos zynfis, eu devia ter aceitado aquela porcaria de aposentadoria quando tive a chance. — E continuou reclamando enquanto eu e o garoto subíamos com dificuldade.

Mal nos acomodamos no chão de madeira junto aos demais e a carroça partiu, sacudindo todo mundo. Eles me encaravam. Abracei minhas pernas e perguntei, tentando não fitar ninguém em particular:

— Quem são vocês?

— Meu nome é Levi.

— E eu sou o Thomas — disse o menino ao lado dele. Seus olhos estreitos ficavam ainda menores quando sorria daquele jeito. — Você tá tremendo. Quer meu casaco?

Concordei com a cabeça. Ele tirou a jaqueta cor de avelã e me entregou. Meio desajeitada, joguei-a nas costas, sobre o vestido ensopado, e soprei um hálito quente nas mãos.

— Obrigada.

— Como é o seu nome? — perguntou Thomas.

Meu coração começou a bater mais forte. Eu devia me lembrar pelo menos disso, não é? Tudo bem que talvez eu tivesse sofrido um acidente e não conseguisse me lembrar do que tinha acontecido; mas eu *deveria* me lembrar de quem era, ou no mínimo do meu nome.

Senti os olhos arderem.

— Ei, calma, tudo bem. — Levi tocou no meu ombro. — Seu nome tá no colar.

Olhei para ele, de sobrancelhas franzidas, hesitando por um instante. Mas, ao levar uma mão para o pescoço, meus dedos tocaram em uma correntinha. Ergui o pingente. O nome *Alison*, entalhado na madeira escura, fez meu corpo inteiro se arrepiar.

— Alison — testei a palavra na boca.

Eu soube. Simplesmente soube que aquele nome era o meu. Não como uma lembrança ou memória, apenas um forte sentimento de certeza.

— Nome bonito — disse Thomas.

Levantei a cabeça devagar. Como eles podiam agir tão naturalmente diante de uma garota que tinha acabado de acordar se afogando, sem memória alguma e com um estranho colar que por acaso indicava seu nome?! Aquilo estava começando a cheirar mal.

— Quem? São? Vocês?

A resposta veio rastejando do fundo da carroça.

— Somos as crianças perdidas. — O ruivo segurava seu escudo colado ao corpo. — E você também é.

Mal conseguia respirar. Não, tinha alguma coisa errada. Não sabia exatamente o que era, mas cada fibra do meu corpo me dizia para correr.

Olhei para o lado. As sombras da floresta escura se estendiam para muito além do que as tochas da carroça podiam iluminar, o cheiro forte de madeira e sangue impregnava o ambiente. E havia os sons. Grunhidos selvagens, o canto dos grilos e o *crack* dos gravetos se quebrando sob as rodas da carroça.

— Alison. — Levi não sorria. — Vai ficar tudo bem, eu prometo.

Apertei meu colar entre os dedos. Ele dizia aquilo com tanta frequência que a frase estava soando mais desesperadora do que reconfortante.

Porém, mesmo que eu quisesse fugir, era tarde demais para isso. De repente, não havia mais árvores ao nosso redor, e um grande muro com torres apareceu. Tochas iluminavam os soldados de plantão lá em cima. Adultos, todos eles.

— Finley, eu já ia mandar uma tropa atrás de vocês.

— Encontramos uma menina de última hora, mas eu juro por Deus que da próxima vez vou embora sem resgatar ninguém.

— Você sempre diz isso. — O outro riu.

— Dessa vez, eu falo sério. Maldito trabalho!

Os cavalos adentraram o muro. E o portão se fechou.

# 3

POR UM MOMENTO, QUANDO OS PORTÕES se fecharam atrás da gente, imaginei que me prenderiam ali. Mas bastou a carroça andar um pouco e eu percebi que aquele lugar não era ruim, muito menos uma prisão.

— Onde estamos?

— Fênix — respondeu Thomas. — Nossa vila.

A rua por onde seguíamos tinha casas dos dois lados, feitas de madeira e tijolo, a maioria pintada com cores alegres. Havia jarros com plantas juntos de algumas portas, além de carrinhos de mão e brinquedos espalhados pelos jardins. Postes do estilo colonial iluminavam as calçadas, e o cheiro bom de comida caseira fez meu estômago roncar.

O som tenebroso da floresta não dava para ser ouvido dali. Em vez disso, era o barulho de conversas e risadas que emanava das casinhas. Nem parecia que estávamos cercados por algo tão sombrio.

Olhei para Levi.

— O que vai acontecer comigo? — sussurrei.

— Não se preo...

— Não, não diga isso! Eu não me lembro de nada, nem sabia qual era o meu nome até você falar do colar. Não sei o que aconteceu, não sei quem são vocês e não sei que lugar é esse. E isso é muito, *muito* assustador. — Ele abriu a boca, mas continuei. — E não me diga que seu nome é Levi e essa é Fênix.

Parei para tomar fôlego. Sentia as bochechas queimando.

— Ah, digam logo a verdade para ela.

O garoto loiro estava sentado praticamente de frente para mim, apoiando um cotovelo na lateral da carroça. Com a mão livre, segurava a pequena espada.

— Cala a boca, você sabe que a gente não pode! — ralhou Thomas.

— Que verdade? Por que não?!

— Alison, me escute. — Levi girou meu ombro para si. — Amanhã você vai pra escola e lá eles vão te explicar tudo. A gente não pode te contar nada porque é proibido.

— Como assim?

— Mas eu prometo, juro de dedinho, que vai ficar tudo bem. Promete que vai esperar até amanhã? Lá na escola eles me ajudaram e vão te ajudar também.

— Você? — perguntei. Ele assentiu. Eu fiz uma careta. — O que aconteceu com você?

— Não posso falar, mas amanhã você vai entender. Confia em mim?

Por alguns segundos, eu só o encarei. Algo dentro de mim, lááá no fundo, me dizia que não se pode confiar em estranhos. Mesmo assim, acabei anuindo de leve. Não tinha outra opção.

— É mentira — disse o loiro. — Na escola eles vão abrir a sua cabeça para estudar seu *célebro*.

— Cala a boca, Dylan! — Thomas o chutou. Ele não parou de rir.

— É "cérebro" que fala, seu burro — corrigiu Levi.

A carroça parou de sacolejar e o cocheiro olhou para trás.

— Tá bom, tá bom, já chega! Esqueceram que estão de castigo? Vocês me ajudarem não era para ser algo divertido. — E apontou o dedo para mim. — Chegamos, é aqui que você desce. Vamos lá, alguém a ajude.

Levi saltou primeiro e ofereceu a mão. Só depois de descer, eu me lembrei de um pequeno detalhe.

— Oh, sua jaqueta.

Comecei a tirá-la, mas Thomas balançou a cabeça.

— Pode ficar. Eu tenho outra.

Sorri, voltando a ajeitar o tecido nas costas. E eu teria ficado ainda mais agradecida se soubesse, naquela época, que Thomas me dera sua jaqueta favorita.

A casa onde eu ficaria era um pouco maior do que as demais e, no jardim da frente, tinha uma plaquinha de madeira escrito DORMITÓRIO FEMININO. Paramos na frente da porta.

— A escola só abre de dia, então você vai passar a noite aqui. — Levi começou a explicar. — Tem vários beliches no quarto, pode escolher o que quiser.

E nas cômodas você vai achar algumas roupas para se trocar, mas todas têm praticamente o mesmo tamanho.

— E se nenhuma me servir?

— Daí você usa uma roupa que não te serve, ué.

Acho que aquela foi a primeira vez que ri; uma emoção gostosa que veio borbulhando lá do fundo da barriga e se derramou no rosto. Levi também riu, só não sei se da minha risada ou do próprio comentário.

— Ok, faz sentido.

— A água do banheiro é aquecida por uma caixa de ferro, mas não precisa se preocupar em colocar carvão porque eles já deixam isso pronto.

— Eles?

— As pessoas que trabalham aqui, tipo ele. — Levi apontou com a cabeça para o cocheiro. — Ah, e tem comida nos armários da cozinha. Pode ficar à vontade. Amanhã cedo, você precisa acordar quando ouvir o sino da vila. O senhor Wood vai passar aqui para te buscar. — Ele se inclinou para frente e sussurrou. — Não se atrase. Ele é muito pontual e um pouquinho chato de manhã.

Arregalei os olhos. Quer dizer que o velhinho era ainda *pior* de manhã? *Deus meu*.

— Vamos lá, garoto! — gritou o senhor Wood, como se soubesse que estávamos falando dele. — Eu não tenho a noite toda.

— Bom... É isso. Tchau, Alison. — Levi girou nos calcanhares e atravessou o jardim correndo.

— Tchau, Levi.

Só deu tempo de ele saltar para dentro da carroça antes de os cavalos partirem, descendo a rua iluminada. Thomas acenou, eu acenei de volta.

Assim que abri a porta, fui envolvida por uma onda de calor e pelo cheiro delicioso de comida. Algumas velas lutavam contra a escuridão, formando ilhas de luz no meio das sombras. Poucos móveis preenchiam o ambiente e, em cima do grande sofá, as almofadas de tricô eram as únicas coisas que davam um toque pessoal ao ambiente.

Eu tinha acabado de atravessar a sala e parado na porta à direita, na qual me apoiava para espiar o quarto, quando ouvi uma voz atrás de mim:

— Olá.

Gritei, virando-me depressa. A menina quase derrubou a xícara que fumegava em suas mãos.

— Deus meu, que susto! — Coloquei uma mão no coração, rindo de nervoso. — Desculpa, não sabia que tinha mais alguém aqui.

— Tudo bem. — Ela também sorria de um jeito sem graça, parada diante da porta que devia levar para a cozinha. — Desculpa ter te assustado.

Notei o colar em seu pescoço, com o pingente de madeira, exatamente como o meu. Senti os braços arrepiarem.

— Qual o seu nome? — perguntei.

O sorriso desapareceu. Ela abaixou a cabeça e tocou no colar.

— Hã... Claire. E o seu?

— Alison. O que aconteceu com você?

— Eu me afoguei. — Claire sentou-se à mesa e bebericou da xícara. — E você?

Meu coração começou a bater mais forte, o sentimento de "tem algo errado" voltou a apertar o peito.

— Eu não me lembro de nada. Só sei que acordei me afogando em uma lagoa.

— Ei, eu também não me lembro de nada. Falaram que amanhã vou pra escola e que lá eles vão me ajudar, mas... — Ela baixou os olhos para a xícara, fazendo o cabelo castanho-claro cair em cima da mesa. — Eu acho que tô com medo.

De repente, uma ideia.

— Sabe de uma coisa? Vamos nos unir. — Fui me sentar na cadeira ao seu lado. — Eu também vou para a escola amanhã. A gente pode prometer que não vai se separar, então se alguém tentar abrir nossa cabeça para estudar nossos cérebros a gente luta junto e sai correndo! — A risada dela veio misturada com um soluço. — Que tal?

— Ótimo.

Meu estômago roncou, mais alto dessa vez.

— Ainda tem comida no fogão. Vou servir para você. — Ela se levantou.

— Acho que preciso trocar de roupa primeiro.

— Oh, certo.

Claire me mostrou onde ficava o banheiro e eu tomei um delicioso banho, aproveitando cada segundo da água quente que caía em chuvisco pelo corpo. Na hora de trocar de roupa, descobri que as peças de baixo e a meia me serviam perfeitamente; só a camisola ficou um pouco mais larga.

Ao voltar para a cozinha, uma tigela de cerâmica me esperava sobre a mesa. Claire sorriu ao me entregar os talheres. Acho que ela estava adorando bancar a dona da casa — ou talvez só tivesse gostado da companhia, porque, fosse lá o que estivesse acontecendo com a gente, era um pouco reconfortante saber que não estávamos sozinhas.

Avaliei o conteúdo da vasilha na minha frente: tudo parecia gostoso, exceto pelos feijões. De alguma forma, eu sabia que não ia gostar deles e, por isso, separei os grãos compridos num canto da tigela, enquanto comia o resto da sopa com avidez.

Sentir o sabor da comida na boca e depois ficar de estômago cheio foi uma sensação maravilhosa.

— O que achou? — Claire me analisava com os olhos.
— Deliciosa.
— Por que separou os grãos?
— Não gosto deles.
Ela sorriu.
— Eu separei as folhinhas verdes.
— Sério? Eu gostei delas, são meio azedinhas.
— Nossa! Quando coloquei na boca, quase cuspi no prato.
Dei uma risadinha.

Então Claire e eu brincamos de explorar o dormitório, na esperança de encontrar pistas do que tinha acontecido conosco ou de quem eram aquelas pessoas. Mas não demoramos muito nisso, pois estávamos cansadas e o lugar não continha absolutamente nada que nos ajudasse.

Assim, nós nos deitamos para dormir — eu na cama de baixo do beliche e ela, na de cima. Logo Claire já estava dando pequenos ronquinhos, enquanto eu continuava observando o fogo da vela mais próxima, dançando todo alegre, sem preocupações. Diferente de mim.

# 4

**NA MANHÃ SEGUINTE, NÃO FOI** o sino que me acordou, mas os balanços. Eu estava balançando?

— Alison, o senhor Wood está lá fora!

*Deus meu.* Levantei-me tão rápido que bati a cabeça.

— Ai!

Certo, tinha me esquecido do beliche.

— Você dorme feito uma pedra, vamos logo.

Claire estava encantadora com o cabelo castanho preso de lado. Ela usava uma saia longa e blusa azul-escuras com detalhes em azul-claro, além de uma capa vermelha. Sua roupa era exatamente igual à que eu deveria vestir, porém, assim que fui na direção da cômoda, ela protestou:

— Tá maluca?! Não dá tempo, o senhor Wood vai embora sem a gente. Temos que ir *agora*.

— Mas eu tô de pijama.

— Você prometeu que ia pra escola comigo.

— *Argh*, está bem.

Vesti às pressas o casaco cor de avelã por cima da camisola, peguei a bota debaixo da cama e corri ainda descalça para a cozinha. Eu até poderia sair de casa com a roupa inadequada, porém jamais iria de estômago vazio. Catei o primeiro pote que encontrei no armário e corri para a sala, onde Claire me esperava batendo o pé.

— Por que não me acordou mais cedo? — perguntei, enquanto deixávamos a casa e atravessávamos o pequeno jardim.

— Juro que tentei.
— Não tentou.
— Tentei. Alison, você não dorme, você morre.

Caímos na risada. Nem mesmo a bronca que o senhor Wood nos deu pelo atraso serviu para aplacar as risadinhas.

A carroça seguiu devagar rua abaixo.

— Que fome — Claire olhou sugestiva para a tigela no meu colo.

Eu terminava de calçar os sapatos.

— Quer dizer que você se arrumou toda, mas não tomou café da manhã?
— Não deu tempo.

Balancei a cabeça, sorrindo.

Abri o pote com a Claire espiando por cima do meu ombro. Dentro dele havia um tipo de biscoitinho branco, no formato de uma concha retorcida. Era doce, crocante por fora e tão saboroso que lambemos os dedos quando acabou. Mais tarde, descobri o nome daquele biscoito: pedaço de nuvem. Meu favorito.

O sol tinha apenas começado a se espreguiçar no céu, por isso as ruas estavam vazias e os postes, ainda acesos. Minutos depois, o senhor Wood parou em frente ao dormitório masculino, de onde saiu um garoto usando capuz erguido. Ele entrou em silêncio, o cabelo escuro cobrindo parcialmente os olhos.

— Oi, como é seu nome? — perguntou Claire assim que a carroça voltou a andar.

Sentado o mais distante possível da gente, de braços cruzados, o garoto não respondeu; só a encarou com seus olhos castanho-escuros e, depois de alguns segundos, voltou a observar a rua.

— Nossa, que chato — sussurrou ela para mim, alto o suficiente para que o taciturno ouvisse.

Não o culpei. Quero dizer, o menino claramente estava envolvido na mesma confusão que a gente e talvez só não quisesse ficar conversando banalidades com estranhos. De qualquer maneira, sua atitude ofendeu Claire, e eu fui obrigada a ouvir os suspiros indignados da minha nova amiga.

O senhor Wood conduziu a carroça para fora dos portões, pela estrada que cortava a floresta, e a viagem prosseguiu na penumbra das árvores. Em algum momento, encostei a cabeça no ombro da Claire e adormeci.

Só acordei quando a carroça sacolejou com força e um raio de sol me atingiu nos olhos. Ergui a cabeça, atordoada e um pouco cega pela claridade repentina. Os demais também acordavam.

Ao nosso redor, a floresta acabara num campo gramado. Ali, os arbustos com florzinhas brancas namoravam o azul límpido do céu, o verde-amarelado da grama como um convite para abraçar o campo. Devagar, voltei-me para frente, na direção onde o cocheiro ficava, e fui surpreendida pela enorme construção.

Diante de nós, uma muralha duas vezes maior que a de Fênix, feita de rochas, cercava várias edificações gloriosas. Acima do grande portão de ferro, o letreiro Escola Bellatrix — com um pouco de ferrugem e de musgo — destacava-se contra o sol.

Bastou o senhor Wood cumprimentar os dois soldados de guarda para que nos deixassem passar.

Lá dentro, vários conjuntos de prédios se pareciam com as casas de Fênix, feitos com tijolos e madeira, mas ali os prédios tinham torres. Entre os blocos, havia jardins e árvores muito bem cuidadas. No centro de tudo, passamos por uma pequena praça com banquinhos e uma estátua de bronze de um menino vestido de folhas, segurando uma flauta, com bichinhos aos seus pés.

— Uau! — disse Claire. — Esse lugar é incrível.

— Eu sei. — Não conseguia parar de sorrir. — Bem diferente de como eu tinha imaginado.

— Você também não se lembra disso?

Fiquei surpresa ao ver que o garoto estava falando comigo.

— Não, mas me deixa adivinhar: você acordou se afogando numa lagoa com um colar no pescoço?

As linhas em sua testa ficaram mais fortes.

— Meu nome é Alison, ela é a Claire. — Ela, aliás, fingia não escutar nossa conversa.

— Meu nome é Josh. Eu acho. Você acredita que eles vão nos ajudar?

Antes que eu pudesse responder ao garoto, a carroça parou em frente a um dos prédios, perto da escadaria maior.

— Chegamos. Desçam logo, que eu não tenho o dia inteiro.

A bota que eu usava era um pouco grande para mim, a camisola inflava com o vento e a jaqueta por cima me deixava ainda mais ridícula. Estar ao lado de uma Claire toda arrumadinha enquanto entrávamos no *hall* principal só piorou minha vergonha.

O salão tinha um teto muito alto e duas escadas laterais. Em um canto, havia uma grande mesa, cheia de frutas, pães, biscoitos, bolos e jarros. Várias crianças estavam por ali, comendo e bebendo.

— Olá, meus queridos — disse uma senhora com a voz cantarolada. Ela vestia uma roupa bufante, o cabelo cinza preso num coque. — Por favor, coloquem o colar de vocês para fora da roupa. Assim, isso mesmo, o nome virado para a frente. A recepção com Loyenn só começa às nove, então que tal um lanchinho? Ótimo, estão vendo aquela mesa ali no canto? Fiquem à vontade. Sei que estão confusos, mas não se preocupem: daqui a pouco Loyenn vai ajudá-los.

A última frase fez meu estômago gelar.

Ficamos perto do banquete, saboreando de tudo um pouco. À medida que o tempo passava, mais carroças chegavam trazendo mais crianças — todas as meninas estavam vestidas como Claire; todos os meninos usavam calça comprida, suspensórios e blusa azul-escuros sob a capa preta.

Por fim, a senhora voltou com o mesmo sorriso largo.

— Certo, acho que não falta mais ninguém. Bem-vindos à Escola Bellatrix! Meu nome é Sarah Greenfield, eu sou a diretora-conselheira e vocês podem me procurar sempre que precisarem. Agora... — Ela fez uma pausa estratégica. — Vocês vão descobrir quem são, o que aconteceu e por que não se lembram de nada. Preparados? Me acompanhem.

O silêncio entre nós fazia o som das botas no piso de pedra reverberar mais alto, como se fossem tambores.

Seguindo pelo corredor até o final, entramos numa sala ampla, parcialmente escura e cheia de cadeiras e mesas escolares em semicírculo. A luz vinha de uma claraboia e iluminava o centro da sala, para onde todos os móveis apontavam.

Depois que todo mundo se acomodou, esperamos.

De repente, como num passe de mágica, tudo ficou escuro. Então uma luzinha, pequena e dourada, passou brilhando entre nós, até chegar ao centro da sala e o brilho dela ficar tão forte que precisei proteger meus olhos. Quando voltei o olhar para a frente, uma mulher nos fitava de volta.

Muito mais alta do que todo mundo que eu já tinha conhecido até então, com um porte irretocável de elegância, orelhas pontudas e asas finas. Ela tinha asas!

— Olá. Meu nome é Loyenn.

**LOYENN CORREU OS OLHOS** pela sala. O semblante frio, meticulosamente esculpido, não mostrava vestígios de empatia. Ela parecia morta em sua postura reta, com as mãos juntas diante de si.

Todo mundo parecia notar isso, porque até as respirações ficaram mais silenciosas. Claire e eu nos entreolhamos rapidamente.

— Crianças... — Ela nos fitou, séria, encarando cada rosto daquele semicírculo. — Eu preciso contar uma história. A sua história. E odeio dizer isso, mas é uma história difícil, triste e que provavelmente partirá seus corações.

Engoli em seco.

— Apesar disso, eu preciso ser honesta com vocês, porque é como arrancar um espinho da carne. Se puxarmos devagar, dói mais. Então a gente precisa puxar o espinho o mais rápido possível e torcer para que a dor passe e a ferida se cure com o tempo.

Por alguns segundos, ninguém disse nada. Eu podia sentir minha pulsação na garganta, a expectativa como um punhado de neve no estômago.

— Era uma vez... — Loyenn ergueu o queixo. — Um mundo chamado Terra.

*Terra.* Um arrepio percorreu meu corpo. Eu conhecia aquele nome.

Loyenn fez um gesto no ar com as duas mãos, como se desenhasse um arco-íris, e, no mesmo instante, uma projeção apareceu diante dela. Só que não era um arco de cores, e sim um planeta azul.

Eu me inclinei para frente na cadeira. As cores vívidas e o movimento das nuvens daquele planeta me eram tão estranhamente familiares quanto o nome do lugar. Quanto meu próprio nome.

— A Terra foi criada para ser o lar dos humanos. É o único planeta habitável da primeira dimensão, complexa e magnífica em cada pedacinho de sua natureza. Não é um mundo perfeito, embora tivesse sido no princípio.

Loyenn começou a andar pela sala, com as mãos nas costas.

— O mal já havia contaminado tudo o que era vivo e se alastrado por todo o planeta quando a humanidade começou a definir o que era vida; a determinar quem nasceria ou não. E, assim, ela violou a mais sagrada lei da natureza: a lei de que todo mundo merece a chance de lutar, de viver, de tentar. Ao fazer isso, os homens partiram o coração dos Fundadores do Universo. — Loyenn parou de andar. — Então, eles decidiram criar um caminho para as almas perdidas, uma trilha que levava para a Terra do Nunca, a fim de que ela fosse a segunda chance daqueles que não tiveram nenhuma.

Com o movimento rápido de uma mão, Loyenn mudou a imagem projetada. Ainda era um planeta azul, só que menor.

— Esta é a Terra do Nunca. Um planeta habitável da terceira dimensão, cheio de magia e criaturas mágicas, implacável, inóspito, extraordinário. E, agora, o seu lar.

Recostei-me na cadeira.

— É por isso que vocês estão aqui. Porque toda alma que é arrancada do planeta Terra contra a natureza viaja para a Terra do Nunca, e a criança desperta na Lagoa da Vida com nove anos de idade. Você não possui memória porque não há nada para ser lembrado.

O silêncio da sala foi quebrado pelo nosso burburinho.

— Espera um pouco — disse Josh, acima do barulho. — *O quê?!*

Nada ali era engraçado, mas a forma como ele disse aquilo quase me fez cair na risada. Fechei a boca bem a tempo.

Loyenn, porém, não pareceu se ofender. Ela continuava com a mesma expressão de estátua, a voz grave e serena.

— Quero dizer que os seus pais quebraram seu ciclo natural de vida. Você não nasceu na Terra, por isso está aqui.

— E como eu sei se você tá falando a verdade? — alguém perguntou.

— Há uma razão pela qual é uma fada quem conta essa história para vocês. Nós somos biologicamente incapazes de mentir. Mas, caso isso não o convença, os Fundadores plantaram a semente das Verdades Eternas em seus corações. Por isso, lá no fundo, você sabe que eu não estou mentindo.

Aquilo era o pior de tudo. Eu odiava a forma como Loyenn falava palavras difíceis e eu as entendia mesmo assim. Odiava como ela não demonstrava emoções, como dizia tudo sem tentar amenizar os fatos e, mais ainda, como meu coração sabia que era tudo verdade.

— Mas por que meus pais fariam isso? — Claire cruzou os braços.

A fada não respondeu de imediato. Todos os olhares estavam sobre ela, ansiosos, enquanto fitava um ponto a sua frente, sem encarar ninguém em especial.

— Nós nunca saberemos o motivo de uma pessoa quebrar o ciclo natural da outra e interromper a vida do próprio filho. Tudo o que sabemos é que não é sua culpa, você não merecia ser banido. Todos vocês são importantes, tão preciosos que os Fundadores criaram esse caminho para que tivessem uma chance de viver. Então nunca duvidem do seu valor.

Senti os músculos do meu rosto endurecerem.

— Sério?! — falei com a voz trêmula. — Se eu não fiz nada errado, se eu sou especial, então por que eu tô aqui? Por que não me quiseram?

Por alguns instantes, houve silêncio. Loyenn já tinha respondido a essa pergunta e não a responderia de novo.

— Não é justo — sussurrou Claire.

— A vida raramente é.

Encarei a fada, minhas bochechas queimando.

— Então eles rejeitaram a gente — disse uma pessoa. — E agora? O que vamos fazer?

Loyenn dispensou a projeção com um estalar de dedos e voltou a cruzar as mãos diante de si.

— Agora é seguir em frente. Você recebeu uma nova chance, faça-a valer a pena.

Apoiei a cabeça numa mão; estava com tanta raiva que dali a pouco começaria a chorar. Mas eu não queria chorar. Não queria sentir medo, não queria sentir que precisava de pais. Se eles não me queriam, eu também não iria querê-los.

— Fiquem aqui, já já alguns professores virão buscá-los. Eles vão explicar a vocês como as crianças perdidas funcionam.

Aquilo fez meu coração doer e as lágrimas descerem. Eu não olhava para os lados; só queria me esconder debaixo de um cobertor e fingir que estava tudo bem, que eu estava em outro lugar, qualquer lugar.

Somente anos depois eu entendi que Loyenn estava errada. Contar-nos a verdade naquele dia não tinha arrancado o tal espinho, ele continuaria cravado em minha alma por muito tempo.

Ninguém era capaz de arrancá-lo.

Exceto uma pessoa.

UMA POR UMA, AS CRIANÇAS saíram da sala, acompanhadas por professores. Fiquei por último, sozinha na sala.

— Olá! Alison, não é? Meu nome é Mary, sou professora de Sobrevivência Básica. Me perdoe pelo atraso, eu... Oh.

Ergui os olhos para ela.

— Seu... hã... O que houve com o seu vestido?

Acho que eu teria rido da expressão de Mary mordendo um dedo na boca. Quero dizer, se eu não estivesse me sentindo tão mal.

— Tá bom, er... — Ela coçou o cabelo preto ondulado. — Vou buscar um uniforme para você no almoxarifado, pode ser? Acho que não vai ser interessante fazermos um *tour* assim. Melhor deixar o pijama só para a hora de dormir.

Em vez de rir da piada, eu abaixei a cabeça, assentindo. Escutei quando ela saiu e voltei a erguer os olhos. Só agora eu notava um quadro-negro no interior da sala, que tinha BEM-VINDOS escrito com florzinhas desenhadas ao redor. Meu corpo tremeu pela tentativa de segurar o choro.

Apoiando os cotovelos na mesa, afundei a cabeça nas duas mãos. Não conseguia acreditar que estava sozinha no mundo. Que eles não me quiseram. Que não tinham feito questão nem de tentar. Por que eu? Por que *não* eu?

Comecei a enxugar as lágrimas com força.

O pior de tudo era que, sem memória, eu não tinha nem a mim mesma.

— Prontinho. Vamos lá?

Se Mary notou meu rosto molhado, não comentou.

Saímos pelo corredor e caminhamos por ele até alcançarmos uma pequena porta lateral. Depois de atravessarmos uma área gramada, entramos no menor prédio do bloco, no qual subimos vários lances de escada. Por fim, Mary tirou uma chave do molho que carregava e abriu a porta.

O dormitório era um pouco parecido com o da vila Fênix, com a diferença de ser menor. Pela janela, dava para ver boa parte do enorme campus: os vários conjuntos de prédios, a muralha cercando o terreno e até uma pequena floresta.

— Quer ajuda?

Anuí.

Tirei a camisola e entrei na saia azul-escura. Enquanto ela fechava os botões de trás da blusa, comentei baixinho:

— Eu acho que me lembro do planeta Terra.

— Não, querida. Você não se lembra dele, mas, quando Loyenn mencionou o nome, você o reconheceu.

— Não é a mesma coisa?

— Você não pode se lembrar de algo que nunca viu nem viveu. Mas, quando as crianças despertam aqui, elas sabem tudo aquilo que uma criança de nove anos conheceria em sua região do planeta Terra. É por isso que você sabe andar, falar, ler e tudo o mais.

Lembrei-me da sensação que tive quando escutei minha voz, andei e comi pela primeira vez. Cada experiência tinha sido diferente.

— Isso é bem confuso.

Ao terminar com os botões, Mary pegou a escova na gaveta da mesinha de cabeceira e começou a pentear meu cabelo.

— Você vai entender melhor agora. Sabe o que é um espelho?

Fiz uma careta.

— É claro que eu sei o que é um espelho.

— Então me diga qual é a cor dos seus olhos.

Abri a boca pronta para responder e... parei. Oh, céus.

Virei-me de frente para ela.

— Você não sabe, porque nunca se viu em um espelho. Toda criança sabe o que é um espelho; mas, para saber qual é a sua aparência, você precisa se ver em um. Ou seja: é necessária uma lembrança, não um conhecimento.

Peguei uma mecha do cabelo recém-penteado e observei sua cor: louro--escuro, quase castanho-claro. Naquele tempo todo, eu estivera tão preocupada com não me lembrar das coisas que nem tinha percebido esse detalhe. Eu não conhecia a minha aparência? Deus meu.

— Gostaria de se ver no espelho?

Dei de ombros, sem tirar os olhos da mecha. E se eu não gostasse de mim?

— Alison. — Ergui os olhos para Mary. — É importante que você se veja. Isso ajuda no processo de superar a falta de memória, de se autoconhecer. E, se quiser conversar, eu estou aqui.

Ela devolveu a escova à gaveta e pegou um objeto oval metálico. Enquanto isso, aproveitei para enxugar o suor das mãos na saia. Mary me entregou o espelho virado para baixo. Respirei fundo antes de virá-lo com todo o cuidado do mundo.

Eu estava com os olhos meio arregalados, a boca entreaberta. Ver aquela expressão de susto misturado com cautela me fez rir, e eu adorei meu sorriso.

Minha primeira impressão de mim mesma foi que eu era uma garota bonita e simpática. Os olhos tinham uma cor difícil de definir, parecia mato seco — se bem que, dizendo assim, não soa muito bonito. *O verde do outono.* Pronto, melhor assim.

Lembro que adorei os cílios compridos e a sobrancelha delineada; eles me faziam parecer forte. Toquei no nariz delicado, desci os dedos pelas bochechas rosadas e acariciei o queixo com sua covinha. Subi a mão para os cabelos macios. A franjinha rala me deixava bem menina.

O que mais gostei em mim, no entanto, foi definitivamente o sorriso. E, naquele momento, não pude deixar de pensar: "Será que me pareço com o papai ou com a mamãe?" O sorriso se apagou.

— Não pense nisso. — Mary pegou o espelho de volta e o colocou em cima da cama.

— Nisso o quê?

Ela olhou para mim.

— Neles.

Senti meu coração apertar. A professora respirou fundo, ajoelhando-se ao meu lado.

— Olha, eu sei que hoje parece impossível, mas eu prometo para você que fica melhor, tá? Você vai ser feliz aqui.

Era difícil acreditar nisso.

**NA PRIMEIRA PARTE DO** *TOUR* pela escola, Mary mostrou onde ficavam as salas de aula, o campinho de atividades físicas e as oficinas do bloco onde eu estudaria. A escola era dividida em sete blocos, cada um especializado no atendimento de uma ou duas línguas, e o maior era o nosso, da língua inglesa.

Depois, ela me mostrou o enorme prédio da biblioteca, que era compartilhado por todos os blocos e onde também funcionava, no último andar, a administração da escola.

Já era meio-dia, por isso voltamos pelo mesmo caminho entre os jardins, seguindo para o grande refeitório do nosso bloco. Lá, encontramos Claire e a professora que a acompanhava.

A gente não conversou durante o almoço, só as professoras.

Em silêncio, eu observava a enorme quantidade de alunos reunidos. O refeitório estava lotado, e muitos nem comiam ali; eles pegavam suas bandejas e saíam para se sentar debaixo das árvores ou às mesas ao ar livre. Faziam tanta algazarra e tantas brincadeiras que pareciam até mesmo alegres.

Talvez Mary tivesse razão. Talvez fosse possível superar o fato de ter sido renegado e ser feliz, mesmo sem família.

Após o almoço, as professoras nos levaram para conhecer o restante do campus. Passeamos pelo bosque, onde parte das nossas aulas de sobrevivência aconteceriam, e visitamos o imponente Estádio Imperial. A construção elíptica era sustentada por colunas em formato de elfos e elfas, feita com rochas amareladas.

Era quase fim de tarde quando as professoras resolveram que já tínhamos conhecido o suficiente.

— Alison, posso conversar em particular com você? — perguntou Mary, com sua voz macia. — Depois você pode encontrar a Claire no refeitório para cearem juntas.

Concordei com a cabeça.

— Te vejo mais tarde. — Acenei para Claire.

Segui minha instrutora pelo caminho pavimentado, deixando para trás o estádio e o bosque.

Aquele foi o primeiro pôr do sol que eu vi na vida, e eu nunca vou me esquecer dele. O alaranjado do céu fazia a cor pálida dos prédios ao longe se destacarem; muitos pássaros voavam e a muralha, cercando tudo, era como a borda de uma pintura.

Caminhamos por alguns minutos, até a pracinha central, onde nos sentamos no banco de frente para a estátua.

— Amanhã você será encaminhada para a sua primeira vila.

— Como assim?

— A princípio, você vai morar em uma das cinco vilas de introdução: Borboletas, Ophidia, Fênix, Gafanhotos ou Salamandra.

— Cinco?! Então... e-eu não vou voltar para Fênix?

— Fênix é uma possibilidade, mas não é o aluno quem escolhe, sabe?

— Mas eu já fiz amigos ali.

— Você só ficou um dia naquela vila, não deu tempo de fazer amigos. — Mary riu. — Acredite, você vai conhecer pessoas legais seja lá onde morar.

Meus olhos umedeceram.

— Mas eu gostei de lá...

— Todas as vilas são incríveis e eu sei que... Oh, não, por favor, não comece a chorar.

Tapei o rosto com as duas mãos, morrendo de vergonha por chorar mais uma vez e mais ainda porque não queria de jeito nenhum ser mandada para outra vila. Eu já conhecia Fênix; era um lugar familiar, se é que eu podia dizer isso, e eu não queria ter de recomeçar tudo de novo.

— Ai, minha nossa, está bem! Verei o que posso fazer, tá? Mas não é uma promessa. Vou *tentar*.

Funguei, secando as lágrimas com as mãos.

— Oh, e tem a Claire também. A gente precisa...

— Alison — Mary me interrompeu, massageando a testa com uma mão. — Não posso garantir nem que *você* irá, quanto mais outras pessoas.

— Mas você pode tentar?

Ela suspirou.

— Amanhã você também vai conhecer a guardiã que cuidará de você pelos três anos que viver na sua primeira vila.

Pisquei os olhos com a mudança de assunto. Ou a continuação dele, no caso.

— Por dois anos e meio, você frequentará as aulas na Escola Bellatrix, onde vai aprender tudo o que precisa saber para viver na Terra do Nunca. No último semestre, em vez de ficar nas salas de aula, você aprenderá uma profissão nas oficinas. É nessa profissão que você vai trabalhar na segunda vila, e talvez pelo resto da vida.

— Segunda vila?

— Quando você completar doze anos, vai morar sem guardião na segunda aldeia, onde vivem as crianças de doze a quatorze anos, para depois se mudar para a terceira vila, onde vai morar até os dezesseis anos, e assim por diante.

Abri a boca.

— Por quê?!

Mary desviou os olhos para o céu. O sol já havia se retirado, os postes tinham sido acesos e algumas estrelas curiosas apareciam onde o azul estava mais escuro.

— Porque é assim que as coisas funcionam aqui. A partir dos doze anos de idade, você passa a morar sozinha e tem de se tornar independente. Precisa provar que é forte e merece viver a chance que recebeu.

Meus ombros caíram. *Deus meu, tô ferrada!*

— Ei, desculpa, não quis te assustar. — Ela pousou a mão no meu ombro. — É um sistema legal, esse das mudanças de vila. Você vai ver.

— Eu nunca vou ter amigos?

— Como assim?

— Você disse que a gente vai ficar se mudando de vila em vila...

— Oh, não. — Ela riu e balançou a cabeça. — Se, vamos supor, você for para Fênix, a próxima vila será Ribeiros. Todos os moradores de Fênix se mudam para Ribeiros quando completam os três anos morando ali. Por isso, quando seus amigos se mudam, você só fica um tempinho longe deles, até se mudar também.

— Ah... Dá muito trabalho, né?

Mary sorriu, anuindo.

— Sim, mas com as mudanças você acaba conhecendo praticamente a ilha inteira, o que é bem legal. Além do mais, se apenas os mais fortes sobrevivem, então você deve ser o mais forte possível. Esse sistema te ajuda a crescer, a amadurecer, a se tornar independente. São muitas vantagens. Antes de virar professora eu amava as mudanças.

Engoli em seco.

— E se eu não for forte?

— Impossível, você é muito valente.

— Você só diz isso para ser legal.

— Acha mesmo? Porque você já sobreviveu ao Despertamento, sobreviveu à Floresta das Almas, sobreviveu à pior notícia que poderia receber... E ainda está aqui. — Sorri de leve, com o coração aquecido. — Pois é. Você é uma garotinha incrível e vencedora. Nunca deixe de acreditar nisso, ok?

Balancei a cabeça.

A professora sorriu, os olhos cheios de ternura, beijou o topo da minha testa e se retirou. Eu me levantei logo depois, caminhando de cabeça erguida para o refeitório, onde eles serviriam o jantar para os novatos.

Pensando bem, foi muita sorte a minha ter tido Mary como instrutora no meu primeiro dia de vida. Ela fez toda a diferença, e eu lhe serei eternamente grata pelas primeiras gotas de fé e esperança que ela depositou em mim.

# 8

**EU GIRAVA EM UM TURBILHÃO** de águas escuras e cortantes, que me sugavam cada vez mais para o fundo. Tentava nadar, mas não importava o quanto eu batesse os pés e as mãos: eu continuava girando, caindo. Abri a boca e gritei. Então as águas se transformaram em sangue, e o sangue entrou em mim, e eu apodreci de dentro para fora. Risadas maléficas ecoaram em meus ouvidos, enquanto mãos cadavéricas surgiam do nada para me tocar.

— Alison!

Sentei-me num rompante, gritando a plenos pulmões.

Eu respirava com dificuldade, o coração disparado. Meu rosto estava molhado e o colchão também. Sentadas em suas camas, Claire e as outras garotas me olhavam, assustadas. Uma funcionária da escola, parada perto de mim, segurava o candeeiro que nos iluminava.

— Oh, minha pobre criança... — disse ela, enxugando minha testa com um pano. — Foi só um pesadelo. Levante-se, venha. Está tudo bem agora, vamos tomar um banho quente. Amanhã vamos trocar esse colchão. Você pode dormir em outra cama. Não precisa ficar com vergonha, isso sempre acontece por aqui. Você está bem? Pode chorar, não tem problema. Passou, passou...

Quando voltei a me deitar, pedi à moça que deixasse o candeeiro ali.

E nunca mais dormi no escuro.

Nunca.

⁂

O mesmo grupo do dia anterior estava agora reunido no prédio onde ficava a biblioteca e a secretaria, aguardando alguém trazer nossas certidões de identidade. Nela, veríamos para qual vila cada um tinha sido designado.

Claire e eu estávamos de mãos dadas, mal respirando.

De repente, a diretora-conselheira Sarah Greenfield apareceu nas escadas, segurando um pequeno pacote de papel. Todas as cabeças se voltaram naquela direção. Ela desceu em silêncio, até parar diante do pequeno grupo.

— O documento que vou entregar agora comprova a sua cidadania de criança perdida. Ele é único e intransferível, portanto, tome muito cuidado para não o perder. Você deverá entregá-lo a seu guardião assim que chegar à vila. Compreendido?

Houve um breve murmúrio de afirmações.

— Ótimo. Vou chamar por ordem alfabética. Alison?

— Aqui! — Levantei um braço.

Segurei o documento com as duas mãos, meus olhos procurando a informação da vila.

## CERTIDÃO DE CRIANÇA PERDIDA
### VÁLIDA EM TODO O TERRITÓRIO IMPERIAL

ILHA: *Bellatrix*
NOME: *Alison*
DESPERTAMENTO: *12/07/625*
IDIOMA: *Inglês*
PRIMEIRA VILA: *Fênix*
GUARDIÃO:

Dei um gritinho de alegria. Eu voltaria para Fênix!

— Claire! — Escutei a voz da diretora.

Olhei para o lado, bem a tempo de ver minha amiga receber o cartão.

— E aí? — perguntei, abaixando a cabeça para tentar ler seu rosto.

Ela ergueu a face. Os olhos azuis carregavam uma surpresa amarga. Meu coração se partiu.

— Oh, não... Onde?

— Não é Fênix.

Peguei o cartão da mão dela. Sua primeira vila seria Borboletas.

— Agora que todos vocês já estão com as suas certidões, por favor, dirijam-se para a saída. Obrigada.

— Senhora Greenfield — chamei-a, levantando os dois cartões para que ela me visse na bagunça. — Por favor, a minha amiga foi...

— Ninguém troca de vila! — ela gritou para todo mundo. — Apenas pegue a sua certidão e siga para a saída. — E deu as costas.

Fiquei parada, vendo-a subir as escadas.

— Que monstra — Claire sussurrou, a voz embolada no choro. — E agora?

Devolvi o cartão dela e passei um braço por seus ombros, andando para a saída. Não sabia como me despediria da Claire.

Lá fora, o sol brilhava, alegre. Cinco carroças estavam paradas na rua de frente à escadaria, cada cocheiro segurando uma plaquinha que indicava o nome da vila. O senhor Wood segurava a plaquinha FÊNIX com a empolgação de uma árvore morta.

— Ei, meninas. — Josh, o garoto taciturno, apareceu atrás de nós. — Eu tô voltando para Fênix. Vocês também?

— Ah, tá de brincadeira! — Claire ergueu os braços. — Até ele! Só eu que não vou, Alison. Só eu...

Eu a abracei, enquanto ela choramingava no meu ombro.

— Por favor, não fica assim. A gente sempre vai estudar na mesma turma, então vamos nos ver todos os dias e passar cada minuto do tempo juntas. Vai ficar tudo bem, prometo.

Ela se afastou, fungando, e enxugou as lágrimas com a costa da mão.

— Promete? — E ergueu o dedo mindinho. — Vamos ser amigas para sempre. Você nunca vai me esquecer e eu nunca vou te esquecer. E a gente vai ser amigas até o fim, não importa o que aconteça.

Entrelacei meu dedo mindinho no dela.

— Prometo. Amigas até o fim.

A gente se abraçou e, então, cada uma seguiu para uma carroça diferente.

✦ ✦ ✦

Eu segurava minha certidão contra a luz, observando os detalhes do documento. Engraçado como aquele pedaço de papel me fazia sentir, finalmente, como parte de alguma coisa.

— A Terra do Nunca tem seiscentos anos, senhor Wood? — perguntou Josh, que também analisava o cartão recebido.

— É claro que não, tem muito mais do que isso.

— Aqui diz que eu despertei no dia doze do mês número sete de...

— Sim, sim. A gente chama o mês sete de mês do Leão, e estamos no ano seiscentos e vinte e cinco depois do Império. A Terra do Nunca tem milhares de anos, mas nós usamos a formação do Império como divisor de eras.

— Legal. — Josh sorriu, guardando a certidão no bolso.

Também guardei a minha no bolso da saia.

A gente tinha acabado de deixar os portões da escola, e passar pela muralha me fez lembrar de uma dúvida.

— Senhor Wood, por que a escola e Fênix têm muros?

— Por isso. — Ele apontou para uma árvore mais à frente na estrada.

— Por causa das árvores?!

Josh e eu tentamos disfarçar as risadinhas.

— Espere só.

Quando passamos pela tal árvore, vi o que ele queria dizer. Era um cartaz que dizia Cuidado!, com o desenho de um rosto muito feio e apavorante. Embaixo do rosto, havia outro aviso: Piratas!

— Nós temos inimigos, garota. Os piratas, por exemplo, costumam sequestrar crianças para serem escravas, ou iscas de tubarão, ou... — Ele olhou para trás e riu ao ver nossas expressões. — Ah, mas vocês não precisam ficar apavorados. As crianças perdidas são um povo muito forte e poderoso, estão seguros com a gente. Ultimamente quase não vemos mais sequestros.

— Nossa, que alívio. — Josh olhou para mim com uma cara engraçada.

Pelo visto, todo dia eu descobria algo novo — e não tão bom — sobre o nosso mundo. Como eu sobreviveria?

— Senhor Wood, você gosta da Terra do Nunca? — perguntei.

O idoso gargalhou alto e rouco.

— Eu odeio esse maldito planeta.

Arregalei os olhos. Josh bateu a mão no joelho, dando risada.

— O quê? Não me olhe desse jeito. Eu sou adulto, posso falar palavrão. É uma das poucas vantagens de ser adulto nessa droga de lugar.

Josh estava se divertindo com o jeito do idoso. Eu estava inconformada.

— Mas... A professora Mary disse que amava as mudanças de vila, que dava para conhecer quase a ilha inteira. Não pode ser tão ruim assim.

O senhor Wood olhou de relance para mim. A princípio, não respondeu; continuou segurando as rédeas, os olhos pregados na estrada. Josh parou de rir.

— Sabe... — O cocheiro respirou. — É ótimo o que eles fazem no primeiro dia da escola, dando esperança pra pirralhada. Mas é uma falsa esperança.

Eu me remexi no meu lugar.

— Como assim? — Josh perguntou.

— Eu não quero assustar vocês.
— Mas eu quero saber a verdade.
*Cala a boca, Josh.*
O senhor Wood desabotoou a manga direita de sua blusa e ergueu o tecido, revelando cicatrizes grandes e profundas no antebraço.
— Estão vendo isso? Ganhei essa lembrancinha num ataque de groba chamador. Meu amigo Oscar não teve tanta sorte, que descanse em paz... E vê essa cicatriz aqui? — Ele virou-se para trás. Era no olho esquerdo, em formato de C. — Foi num ataque de odivanos. O maldito pássaro comeu o olho da minha namorada e quase lanchou o meu também.
Eu não conseguia piscar. Nem respirar. *Deus meu, que horror!*
— E olha que eu tenho sorte, hein! Tenho muita sorte de ter chegado aos sessenta e dois anos vivo *e* com todos os membros do corpo. Porque tudo nessa droga de planeta ou está tentando matar você, ou está tentando comer você. — Ele fungou, pensativo. — A vida não é fácil.
Abaixei a cabeça, torcendo um fiapinho de linha solta da saia. Meu pobre cérebro infantil não sabia o que fazer com todo aquele horror de informações. E justo quando eu estava começando a acreditar que ia ficar tudo bem!
Hoje, eu consigo ver que o senhor Wood tinha boas intenções. Ele só estava tentando, à própria maneira, nos preparar para a vida. Afinal, nisso ele tinha razão: ela nunca, nunca é fácil. Mas, só porque algo não é fácil, não significa que não possa ser bom ou valer o esforço.
E eu estava prestes a conhecer a pessoa que me ensinaria isso.

# 9

—SEU NOME É ALICE? — A **VOZ** rouca e nasal do capitão de Fênix me fazia imaginá-lo como um ganso resfriado.

Ele segurava meu documento literalmente colado no nariz.

— *Alison*.

— Certo. — O capitão depositou o papel em cima da mesa e eu fiquei observando como as sobrancelhas grossas e brancas dele se moviam enquanto falava. — Escolha um sobrenome e escreva aí do lado.

Eram as maiores sobrancelhas que eu já tinha visto. *Foco, Alison!*

Desviei minha atenção das sobrancelhas e comecei a olhar de um lado para o outro, tentando encontrar uma inspiração de sobrenome. Não sabia ao certo o que procurar, muito menos como me chamar.

— Me avise quando terminar de escolher. — Ele cruzou os braços, relaxando as costas na cadeira.

Em cima da mesa de carvalho-branco, um mapa da ilha Bellatrix chamou minha atenção. O desenho tinha dois grandes desertos a oeste, muitas montanhas, especialmente ao norte, e vários, vários rios e lagoas ao sul.

— Alison... Rivers. — Escrevi cuidadosamente o sobrenome escolhido ao lado do meu nome na certidão.

— Ótimo, agora a lista de guardiões disponíveis está... — Virou de um lado para o outro na cadeira, abriu gavetas e consultou as papeladas em cima da mesa. — Oh, certo, achei. Eu sempre digo para aquele garoto colocar as coisas no lugar onde achou, mas toda vez as encontro em um lugar diferente. Não sei para que serve um ajudante que não ajuda.

Tapei a boca para ele não ver meu sorriso.

— Você vai ficar com... Amu... Ameu... Amensua. Amensua?

— Posso ler? — perguntei, torcendo para que ele não se ofendesse.

— É melhor, mesmo. Duvido que exista alguém no mundo chamado "amens-sei-lá-o-quê".

Peguei o pesado livro com dificuldade e o virei. Só havia um cadastro por página, e o daquela era:

— Amelia Sunset, casa 221.

— Certo. — O idoso se esticou até alcançar um sininho dourado na ponta da mesa e o balançou. Segundos depois, um menino veio correndo de outro cômodo. — Pelas barbas do capitão Gancho! Quantas vezes já falei para você não correr aqui dentro?

— Desculpe, senhor.

— Casa 221.

O garoto deu meia-volta e correu.

— Não corra, não corra! Mas o moleque corre feito raposa com fogo no rabo. — Dessa vez, não consegui disfarçar a risadinha. — Pode se sentar no sofá da recepção, talvez sua guardiã demore um pouco a chegar.

Deixei a sala e fui aguardar na recepção. Fiquei olhando a rua através da porta aberta. Depois, para o relógio de pêndulo. Pernas cruzadas, mãos sobre o colo. Pernas descruzadas, mãos sobre o sofá. Sentada, de pé, sentada de novo. Nos quarenta e cinco minutos de espera, imaginei um milhão de Amelias diferentes.

Nenhuma tão incrível quanto a verdadeira.

Ela chegou usando um vestido vermelho com avental creme. Seu corpo farto se apoiava numa bengala e, apesar dos fios grisalhos, a pele negra quase não tinha rugas. Lá da porta, ela olhou para mim e sorriu.

Eu me levantei. Será que ela gostaria de mim ou pediria para trocar de criança? Enquanto Amelia mancava até onde eu estava, ajeitei o vestido e aprumei a postura. Mal respirava, mantendo minha melhor carinha de "me aceita".

Ao se aproximar de mim, a última coisa que pensei que ela fosse fazer era me abraçar, mas foi exatamente isso que ela fez. Amelia me envolveu em seus braços de tal forma, como ninguém havia feito antes. Aquilo despedaçou minha postura de porcelana.

Eu a abracei de volta, bem forte, os olhos cheios d'água. Não sabia o motivo do alívio que sentia, mas era uma sensação muito boa de liberdade. Quando nos afastamos, pude ver que seu rosto também estava ligeiramente úmido.

— Qual o seu nome? — Amelia tinha uma voz confortável, acolhedora, exatamente como eu teria imaginado uma voz de mãe.

— A-Alison Rivers.

Deus meu, eu estava tremendo.

— Alison, meu pequeno rio, eu me chamo Amelia. Amelia Sunset. Gostaria de ser minha afilhada?

Balancei a cabeça com vigor.

— Sim!

— Ótimo. Prometo que vou tentar ser a melhor guardiã do mundo.

Eu a abracei de novo.

Depois de preencher um termo de responsabilidade e assinar minha certidão de criança perdida, que ela guardou em sua pequena bolsa, nós duas saímos da Capitania para a calçada.

— Vou ser sincera contigo, Alison: eu não sou rica. Trabalhei a vida inteira como artesã e costureira, por isso não costumo andar de burrete pela vila. Mas, como hoje é o seu primeiro dia, acho que não faz mal um pouquinho de luxo, não é mesmo? — Piscou.

Eu não conseguia parar de sorrir nem por meio segundo.

Amelia fez sinal com a mão para um típico veículo da ilha que estava passando. Puxado por um burro, o pequeno carro de duas rodas tinha espaço para até três pessoas magras — fora o condutor, que ocupava um banco separado, mais próximo ao animal. O teto do carro, feito de tecido impermeável, com listras vermelhas e brancas, era o ícone do veículo.

O motorista daquele burrete veio nos ajudar a subir os dois degraus, depois retornou para o seu banquinho.

— Feira dos Asteroides, por favor.

— Sim, senhora.

O carro começou a andar.

— Vamos fingir que essa é a sua carruagem, princesa Alison. E, antes de irmos para o seu castelo, vamos passar no mercado. Quero comprar alguns tecidos para costurar seus vestidos. O que acha?

Arregalei os olhos.

— Sério?!

— Oh, sim. Eu era franzininha, assim como você, quando fui para a minha primeira vila. Dá para imaginar que eu já fui magra? Pois é. Um palitinho! — Nós duas rimos. — O que o governo faz providenciando os primeiros sapatos e roupas é muito bom, só que vamos combinar: essa blusa é o dobro do seu tamanho.

— No primeiro dia, eu cheguei de camisola na escola, porque me atrasei e preferi pegar comida na cozinha a trocar de roupa.

Amelia jogou a cabeça para trás e gargalhou.

— Eu teria feito a mesma escolha. Agora, me diga: qual a sua cor favorita?

— Eu... não sei. Gostei de vermelho.

— Vamos fazer o seguinte: no mercado, você escolhe. Farei para você três vestidos e uma capa. E, quando chegar em casa, vou apertar esse uniforme também.

— Tá bom.

Olhei pela janela do burrete.

Eu me sentia mesmo como uma princesa.

✦ ✦ ✦

Eu tinha pensado que seria difícil escolher o que comprar. Quero dizer, eu estava literalmente me descobrindo, tinha um total de quase zero autoconhecimento e muita vontade de ser aceita. Porém, Amelia deixou as coisas mais fáceis ao fazer muitas perguntas, brincadeiras e comentários bem-humorados.

Acabei escolhendo um tecido amarelo, um lilás e outro rosa. Para os aventais que iam por cima do vestido, um branco fosco. E a capa seria azul-escura, feita do mesmo tecido impermeável que cobria o teto dos nossos veículos. Esse tecido fora criado especialmente para resistir às chuvas do inverno, que pioraria dentro de alguns dias.

— Vamos comprar sapatos novos na primavera. Vou juntando dinheiro até lá. E, enquanto seu pé não cresce, podemos preencher essa bota com retalhos de tecido. Fica até mais confortável.

— Obrigada, senhora Sunset.

— Ah, querida, você pode me chamar de Amelia.

Quando chegamos em casa, fiquei segurando os pacotes enquanto ela procurava as chaves dentro da bolsa.

— Não sinta medo do Aprisco. Ele é curioso e vai querer cheirar você, mas é só isso. Ele é muito brincalhão, não faz mal a uma mosca.

Ela abriu a porta devagar e o Aprisco veio meio correndo, meio pulando.

— Uma ovelha bebê! — Larguei as compras na entrada da casa só para fazer carinho nele.

— Carneiro, na verdade. E ele tem nanismo, nunca cresceu.

— Oh, eu amei! Que bonitinho!

Ela me mostrou sua casa, com Aprisco nos seguindo de cômodo em cômodo: a sala de estar, a cozinha, o banheiro, o quarto dela, as escadas e, lá em cima, o meu quarto. O único cômodo do primeiro andar — e, apesar disso, pequeno.

A casa da Amelia era cheia de coisas feitas por ela mesma: vasos de cerâmica, tapetes de crochê, quadros, decorativos entalhados... Tudo muito caseiro, muito rústico e cheirando a madeira com o doce dos confeitos. Cada coisa estava devidamente posta em seu lugar, nenhuma poeira nos móveis.

— Gostaria de me ajudar a preparar o jantar ou está cansada?

— Quero te ajudar.

Na verdade, foi quase uma grande brincadeira ajudá-la na cozinha. E continuei brincando com o Aprisco quando, depois de cearmos, Amelia ficou ajustando meu uniforme.

— O carneiro nanico é o melhor animal do mundo, e o Aprisco é o melhor carneiro nanico do mundo. Eu adorei ele!

Na hora de dormir, usei a camisola que Amelia havia ajustado para mim — e que, ainda assim, tinha ficado só um pouquinho grande. Ela me cobriu na cama e beijou o topo da minha testa.

— Estou muito cansada hoje, mas amanhã contarei uma história antes de dormir, está bem? — Balancei a cabeça. — Quer que eu deixe a vela aqui ou prefere dormir no escuro?

— Gosto da vela.

— Está bem. Boa noite, pequeno rio.

— Boa noite, Amelia.

Ao sair, ela deixou a porta entreaberta.

Esperei até não ouvir mais seus passos na escada e experimentei dizer "eu te amo" bem baixinho, quase inaudível. Sentia uma coisa quentinha no coração; uma vontade de sorrir e de chorar, tudo ao mesmo tempo.

Cobri minha cabeça com o cobertor e abracei o travesseiro para dormir.

# 10

**TRÊS SEMANAS DEPOIS**
*Inverno, 9 anos*

**A CASA DA AMELIA SE TORNOU** rapidamente minha referência de lar.

Todos os dias, Aprisco me acordava cedo com seus balidos, eu me arrumava e, então, descia para tomar café da manhã: leite com fatia de pão, ovos e frutas. Depois, encontrava-me com Thomas e Levi no portão da vila, às sete da manhã, para seguirmos com mais um punhado de crianças; todas em procissão, atravessando parte da floresta e os prados verdes ou amarelos, a depender da estação do ano.

Na escola, eu passava o tempo todo com a Claire, como havia prometido. A gente dividia a mesa de dois lugares na sala de aula, passávamos o intervalo juntas, almoçávamos juntas, depois íamos juntas para mais algumas aulas e, por fim, às quatro horas da tarde, eu encontrava Thomas e Levi na pracinha central para fazermos o caminho de volta pra casa.

Aí começava a segunda parte da minha rotina, que era chegar em casa, começar a lição, fazer uma pausa para jantar, continuar a lição e depois brincar um pouco com Aprisco antes de tomar banho para me deitar e ouvir uma história. Amelia sempre encerrava a noite com um beijo na minha testa e o apagar do candelabro a óleo do teto, sempre deixando uma vela acesa em cima da cômoda.

Aos sábados e domingos, eu ia para o Clube Secreto, uma casa abandonada que ficava a algumas ruas depois da casa do Levi. Lá, nós três brincávamos de mata-pirata, esconde-encontra e mais um monte de brincadeiras.

Todos os meus dias eram iguais e eu amava aquela rotina.

Até que algo diferente aconteceu.

Um dia, no intervalo depois do almoço, Claire e eu caminhávamos para a nossa árvore favorita, brincando, no caminho, de colher pedras que pareciam preciosas, quando ouvimos as risadas. Parei e olhei pro lado.

— Corre, pato! *Quack-quack*, quero ver você correr!

Na lateral de um dos prédios do nosso bloco, uma menina se encolhia contra a parede, tentando manter distância dos três garotos que a rodeavam. Um deles a insultava, enquanto os outros a empurravam, obrigando-a a andar.

— *Quack*, olha só, lá vai o pato! *Quack*! Corre, pato! Corre!

Todos riam alto.

— Deus meu, por que estão fazendo isso com ela?!

Claire também tinha parado ao meu lado.

— Não sei, mas que horror! Pobre menina... — Ela me puxou pelo braço na direção oposta. — Vamos.

— O quê?! A gente devia fazer alguma coisa.

— Não, é melhor ficar longe de problemas. A gente não ia conseguir ajudar mesmo. — E voltou a andar.

Meu coração batia rápido e forte. Eu não conseguia parar de encará-los. Respirei fundo e, sem saber ao certo o que faria, comecei a caminhar na direção do grupo, o rosto queimando.

— Ei, você! *Deixa ela em paz!* — O tom grave e ameaçador da minha voz surpreendeu até mesmo a mim.

Os garotos pararam, olhando para trás. Contudo, ao me verem, voltaram a sorrir.

— Cai fora.

— Eu disse para você deixar ela em paz — repeti com a voz normal, já perto deles.

O menino deu um passo na minha direção.

— Ou o quê?

— Ou... — Pensei por meio segundo. — Ou eu arranco todos os seus dentes da boca. Quero ver se vai continuar rindo sem nenhum dente.

Os outros dois olharam para ele.

Antes que eu pudesse piscar, o garoto me empurrou com força e eu caí sentada no chão.

— Dá o fora.

Sem pensar duas vezes, levantei-me e pulei em cima do garoto tão rápido que ele perdeu o equilíbrio e nós dois caímos, eu por cima dele. Então comecei a socar seu rosto.

— Ai, meu Deus, Alison! — Ouvi a voz da Claire e parei.

O garoto me empurrou para o lado e se levantou. Ele enxugou o sangue na manga da camisa, os olhos marejados. Levantei-me também, ajeitando a saia do uniforme.

— Você tá tão ferrada, sua idiota! Vou contar tudo pra diretora.

E os três saíram correndo.

— Corre, ganso! Corre! — gritei. Não tinha como resistir.

Alguém riu ao meu lado.

O sorriso largo mostrava os dentes tortos. Seus olhos tinham cor de mel e o cabelo louro, quase branco, balançava na metade do pescoço. Eu também ri da piada.

— Obrigada por me ajudar — disse ela.
— Tudo bem.
— Como é o seu nome?
— Alison Rivers, e o seu?
— Sophia Gold. Prazer em te conhecer.

A gente apertou as mãos.

— Oi, eu sou a Claire.

Elas também trocaram um aperto de mão.

A blusa azul do uniforme da Sophia havia sido personalizada com florzinhas amarelas e brancas, provavelmente colhidas na escola, e a saia azul tinha um lenço branco amarrado na lateral. Era como se ela se recusasse a ser igual a todo mundo, mesmo vestindo uniforme.

— Quantos anos vocês têm? — ela perguntou.
— Nove — respondi por mim e por Claire.
— Eu também tenho nove anos. Despertei dia dois, no mês da Lebre.
— A gente é de Leão.
— Ok, acho que é isso, né? Já ajudamos você, então... Tchau.

Sophia e eu voltamos o olhar para Claire, que fez uma cara de "o que foi?".

— Hããã... Sophia, você quer ser nossa amiga?

O rosto da menina se iluminou.

— Alison, espera, vamos conversar.

Claire me puxou para alguns passos de distância e cruzou os braços.

— Não quero ser amiga dela — sussurrou.

— Por que não? — sussurrei de volta. — Ela parece ser tão legal.

Claire bufou, a expressão fechada.

— Não importa. Você me prometeu que a gente ficaria sempre junto na escola.

— E vamos continuar, é só que...

— Duas pessoas podem ser melhores amigas, Alison, mas três não podem. Uma sempre vai ficar de fora. Dois é par, três é ímpar.

Eu sei que a lógica é meio ridícula, mas, na época, o argumento fez sentido para mim.

— Ok. Vamos fazer assim: você e eu somos melhores amigas, e ela vai ser só amiga. Pode ser?

Ela pensou por alguns segundos e suspirou, descruzando os braços.

— Tudo bem.

Voltamos para onde Sophia esperava seu veredicto.

— Você pode ser nossa amiga, mas vai ser *só* amiga, tá? — disse Claire com uma única sobrancelha erguida.

Sophia sorriu, anuindo. Nesse momento, um funcionário da escola apareceu.

— Quem de vocês é Alison?

— Eu.

— A diretora quer falar com você. Agora.

✦ ✦ ✦

Não era justo. Não era nem um pouquinho justo que eu pegasse dois dias de suspensão, enquanto o ganso imbecil escapava só com um olho roxo e o nariz entupido de lenços para estancar o sangue.

— Você entregará essa carta assinada pela sua guardiã na sexta-feira, assim que chegar aqui, *em minhas mãos*. Fui bem clara?

Concordei com um balanço de cabeça. E pensar que eu tinha gostado dela no primeiro dia, quando tinha nos recebido de braços abertos...

— Agora, volte para casa imediatamente.

*Chata.*

Deixei a sala. Claire e Sophia me esperavam no corredor e se levantaram assim que me viram.

— Estou suspensa, dois dias. E tenho que voltar para casa agora mesmo.

— Agora? Você vai voltar sozinha? Oh, Alison... — Claire levou uma mão ao peito. — Sinto muito.

— Eu sei.

Não queria pensar naquele caminho da floresta. Na penumbra, na umidade pegajosa do ar, nos galhos secos, nas histórias dos sequestros...

— Em qual vila você mora?

— Fênix — Claire respondeu por mim.

— Ei, eu também moro em Fênix.

Claire revirou os olhos e murmurou um "que maravilha!".

— Vou voltar pra casa com você.

— Sério? — Tentei não me empolgar. — Tem certeza? Vai perder aula.

— Claro. Você não estaria metida nessa confusão se não fosse por mim.

— Não estaria mesmo — resmungou Claire.

— Obrigada. — Eu a abracei num impulso. — De verdade, não queria voltar sozinha. — Virei o rosto para minha amiga carrancuda. — Vejo você na sexta. — E dei um abraço nela também.

— Tá bom.

✦ ✦ ✦

O céu ia escurecendo cada vez mais com as nuvens cinzas. A gente caminhava contra o vento forte, meio inclinadas, as roupas coladas no corpo.

— Odeio tempestades! — gritou Sophia acima do uivo do vento.

— Eu também.

— Posso te contar um segredo?

— Claro.

— Tenho medo de trovão. Não... medo, não: *pavor*.

Sorri. Eu também morria de medo de trovões e relâmpagos, do barulho dos ventos e até da chuva caindo. Eu gostava de chuviscos, mas, se começasse a engrossar, eu me enfiava debaixo das cobertas até que parasse.

— Odeio o inverno por isso! — gritei. — Muitas tempestades.

Observei o jeito manco da Sophia caminhar.

— Eu tenho paralisia.

— O que é isso?

— Minha mão direita é assim, fechada, e um pouco menor do que a outra.

— Você não consegue abrir?

— Consigo, se tentar. Mas eu preciso fazer força. E quando eu fico nervosa, ela não me obedece. Às vezes ela faz coisas sem eu querer.

— Que legal.

— Não é, não.

— Oh. — Senti as bochechas corarem. — Desculpa, eu achei que fosse legal a sua mão ter vida própria.

O som de sua risada fraca foi abafado pela ventania.

— Tudo bem, você não fez por mal.

— Mas por que você manca?

— É que a paralisia também afetou minha perna direita. Ela é menor do que a esquerda, e o meu pé direito também é menor. Eu não consigo pisar certinho, fica meio inclinado.

— Ah... Mas o que aconteceu para você ficar assim?

— Na verdade, eu tenho paralisia desde que despertei. Os médicos me disseram que não sabem se eu já era assim na barriga da mamãe ou se eu ficaria assim quando nascesse e por isso despertei com a paralisia. Eles estudam sobre doenças de Despertamento há muito tempo, mas não sabem quase nada.

Eu queria dizer para Sophia que estava tudo bem, mas não sabia como.

— Minha guardiã também manca.

— Eu não me importo com isso, sabe? Sou uma pessoa normal, consigo fazer um monte de coisas e não sinto dor. Mas não gosto quando os outros ficam fazendo piada. Quando me chamam de pato. Odeio isso.

Parei de caminhar. Ela parou um passo depois e virou-se para mim, com o vento batendo nas costas e bagunçando seu cabelo.

— Sophia, eu prometo que, sempre que alguém te machucar ou te ofender, eu vou bater neles.

Ela ajeitou a bolsa escolar no ombro e negou com a cabeça.

— Isso não vai resolver, e você vai acabar apanhando um dia.

— Não me importo, você é minha amiga agora. E ninguém mexe com os meus amigos.

Justo nesse momento, a chuva começou a cair. Erguemos o capuz de nossas capas e voltamos a andar no passo mais rápido que Sophia conseguia.

✦ ✦ ✦

O tecido impermeável das capas impedia que boa parte do nosso corpo molhasse. Todavia, nada salvava as barras das longas saias, que chegaram enlameadas. Bati à porta de casa.

— Temos um carneiro nanico, o nome dele é Aprisco — avisei. — Ele é muito fofo, não precisa ficar com medo.

Um raio iluminou o céu e eu bati de novo, mais forte e mais rápido. Amelia abriu a porta e arregalou os olhos.

— Ué, o que está fazendo aqui a essa hora da tarde?! — Olhou para Sophia e completou: — Olá.

— Olá.

Meu coração disparou. O que eu faria se Amelia ficasse tão desapontada comigo que acabasse pedindo para trocar de criança? Não tinha pensado nessa possibilidade quando ataquei o garoto.

— Eu sinto muito, senhora Sunset.

— Ora essa, já vi que boa coisa não é, me chamando assim. Vamos, saiam dessa chuva.

Penduramos as capas no cabideiro e tiramos as botas, deixando tudo no pequeno armário da entrada.

— Sentem-se aí no sofá, vou buscar um cobertor.

Amelia cobriu a mim e a Sophia com a mesma manta e logo saiu de novo, desta vez para a cozinha.

— Amanhã você terá de ir para a escola com um de seus vestidos! — gritou de lá. — Pela situação do uniforme, eu vou precisar lavar ele inteiro. Não vai dar tempo de secar.

Sophia olhou para mim. Inspirei fundo.

— Não vou pra escola amanhã.

Amelia apareceu na porta, segurando duas xícaras.

— Estou suspensa por dois dias.

— Por Deus, o que você aprontou?!

— Foi injusto, Amelia.

— Eu perguntei o que você fez.

Era a primeira vez que eu a via tão séria, e aquilo me fez encolher no sofá.

— Quebrei o nariz de um menino.

Observei a boca da senhora se abrir e as sobrancelhas arquearem.

— Ela só estava tentando me proteger — disse Sophia, rapidamente. — Não foi culpa dela, senhora Sunset. Eu juro.

A expressão da guardiã se suavizou. Ela nos entregou as xícaras de chá e sentou-se na poltrona, do outro lado da mesinha de centro.

— Digam-me exatamente o que aconteceu.

Sophia começou explicando que suas "amigas" tinham resolvido brincar de subir nas árvores e que ela tinha ficado chateada, pois não era a primeira vez que faziam isso. Elas sabiam que Sophia não conseguia subir e ainda assim não se importaram de deixá-la sozinha. Ela estava colhendo flores quando os três garotos a encontraram.

Desse ponto em diante, continuei a história. Não omiti nenhum detalhe, tampouco fitei Amelia nos olhos enquanto falava. Ela nos ouviu em silêncio.

— Alison. — Continuei olhando pro chão. — Estou muito orgulhosa de você.

Ergui a cabeça. Aquilo era a última coisa que esperava ouvir.

— Mas a senhora Greenfield disse que...

— Ora, dane-se a senhora Greenfield! — Sophia e eu nos entreolhamos, segurando o sorriso. — *Eu* sou a sua guardiã. *Eu* sei o que é melhor para você e digo que estou muito orgulhosa.

Amelia se inclinou para frente na poltrona e apoiou os braços nos joelhos.

— Alison, não estou dizendo que você deve ser violenta nem que violência é boa. O que eu quero dizer é que estou orgulhosa por você ter visto uma situação injusta e errada e ter feito *algo* para corrigi-la. O mundo vira um lugar nojento quando as pessoas deixam de lutar pelo bem.

Sophia segurou meu braço e deitou a cabeça no ombro, numa espécie de abraço lateral. Encostei minha cabeça na dela.

— Porém... — E eu corrigi a postura, esperando o pior. — Você deve conhecer as regras e deve lutar de acordo com elas, ou o bem pode facilmente se transformar em mal.

Amelia se levantou e começou a procurar por alguma coisa entre as prateleiras da enorme estante.

— Sabia que eu queria ser capitã quando era adolescente? Estudei muito as leis e preceitos das crianças perdidas; era o meu sonho reformular algumas regras, mudar o mundo...

— O que aconteceu? — Sophia perguntou, bebericando o chá.

— O que aconteceu é que eu descobri que para ser capitão você precisa ter testículos lá embaixo, foi isso.

Por pouco eu não me engasguei com o chá. Amelia viu nossos olhares e riu alto, jogando a cabeça para trás, uma mão na barriga.

— Ai, meninas, me desculpem. — Ela limpou uma lágrima. — É que essa história até hoje me deixa indignada. O que eu quis dizer é que o Supremo Conselho não permite mulheres na política.

Amelia encontrou um livro e voltou a se sentar.

— Por quê? — perguntei.

— Não importa quem ou como respondam a essa pergunta, não existe justificativa boa o suficiente. — Ela abriu o livro com todo o cuidado. — Aqui estão todas as nossas leis e, como eu disse, vocês precisam lutar de acordo com as regras.

— Ok?

Ainda não tinha compreendido onde ela queria chegar.

— A lei diz que nenhum ato de violência deve ser tolerado. Também diz que violência é todo tipo de agressão que faça o outro sangrar. Então, se você bater em alguém e essa pessoa não sangrar, não é considerado violência.

— *Ooooh!* — Sophia e eu exclamamos ao mesmo tempo.

Agora eu entendia.

— Eu não concordo com essa definição. Violência é muito mais do que agressão física, e é muito importante você saber que não se deve bater nos seus coleguinhas. — Cocei a testa. Pelo visto, não tinha entendido. — Mas, se alguém tentar te machucar ou se você vir alguém sendo perseguido como a Sophia foi, você pode e *deve* se levantar para defendê-los. Apenas não quebre nenhum nariz e evite a violência o máximo que puder, entendeu?

— Sim, senhora.

Naquele exato instante, um trovão explodiu no céu, tão forte que Sophia e eu gritamos e nos escondemos debaixo do cobertor. Assustado com o barulho, Aprisco entrou correndo na sala e pulou no nosso colo. Sophia, que não estava vendo nada, teve um ataque de susto. No fim, todas nós caímos na risada.

— Certo. Já pro quarto fazer lição de casa, as duas. Sophia, levaremos você para casa mais tarde. Pode ser?

— Aham. Muito obrigada, senhora Sunset.

— Pode me chamar de Amelia.

— Vem, meu quarto fica lá em cima.

Subimos as escadas correndo.

— Tomem um banho quente e troquem de roupa antes de fazerem a lição — ouvi Amelia gritar lá de baixo. — E nada de brincar, só depois de estudarem!

Coloquei carvão no sistema de aquecimento e deixei Sophia tomar banho primeiro. Ela fez isso cantando no chuveiro. Depois, estudamos. E encerramos o dia brincando com o Aprisco e comendo torta de maçã.

Pensando bem, Claire tinha razão de ficar com ciúmes. Morando na mesma vila que eu, seria apenas uma questão de tempo até Sophia se tornar minha melhor amiga.

# 11

**ERA SÁBADO, DIA DE CLUBE SECRETO.** O primeiro sábado desde que eu conhecera Sophia, então esperava apresentá-la para os meninos.

Calcei as botas, vesti a jaqueta de couro, depois o cachecol e por fim as luvas. Peguei a bolsa com os lanchinhos e apoiei a alça nos ombros.

— Amelia, estou indo.

— Tá bom, querida. Volte antes das seis.

O mês do Pinguim era o mais gelado do ano, quando o inverno atingia seu auge. Naquela região, as chuvas ficavam mais intensas e, raramente, geava.

Fechei a porta de casa com cuidado para o Aprisco não fugir e tomei o conhecido caminho até a casa de Levi. Depois de andar por vários minutos, cheguei ao extremo oposto da vila.

Subi as escadinhas e ergui a mão para bater à porta, mas parei ao ouvir os gritos. Pelo jeito, o senhor Stone estava brigando com o Levi. De novo. Recuei.

O senhor Stone metia medo. Não era um ancião fofinho e enrugado como os outros; era um homem alto, parrudo, de olhos ameaçadores. A pele branca vivia rosa ou vermelha, dependendo de seu humor. O cabelo desgrenhado e a voz sempre zonza só pioravam seu aspecto.

Dei a volta na casa bem a tempo de ver Levi saindo pela porta dos fundos, indo se sentar em um toco de madeira.

— Oi — sussurrei.

O garoto se levantou no susto. Quando se virou para mim, meu coração doeu. Metade do rosto de Levi estava vermelho, marcado com dedos. E ele chorava.

— Alison — disse ele, secando as bochechas bem rápido.

— Oh, Levi... — Me aproximei dele, com um olhar assustado. — O que aconteceu?

Ele recuou, escondendo o rosto.

— Nada, eu...

— Ele bateu em você?

Levi recuou mais um passo, massageando o rosto. Doeu vê-lo com vergonha de mim.

— Estou bem.

— Levi, eu sinto muito.

— Tá tudo bem. — Ele me encarou, mas desviou o olhar em seguida. — Por favor, só não conta para ninguém. Tá?

— Ok, mas *você* precisa contar pro capitão o que aconteceu.

A risada fraca dele foi um balde de água fria.

— Não foi isso o que eu quis dizer.

— O que quer dizer?

— Não conta para ninguém que eu tava chorando.

Meus olhos arderam. Era com isso que ele estava preocupado?

— Ok, que seja. Mas você realmente precisa...

— Alison, você não sabe?

Fechei a boca, os olhos meio arregalados.

— É normal, tá? Os guardiões batem na gente quando fazemos... sei lá. Quando a gente irrita eles. E o senhor Stone se irrita muito fácil.

— Não é normal. A Amelia nunca...

— Você teve sorte. A maioria de nós não tem.

Fênix era a minha utopia. Era o lugar que eu tinha aprendido a chamar de lar; onde eu me sentia segura, onde era feliz. Naquele momento, porém, a minha utopia se despedaçou como um espelho atingido por um martelo.

Agarrei a alça da bolsa, pensando em algo a dizer. Eu precisava ajudá-lo.

— Você pode tentar mudar de guardião.

— Ninguém quer uma criança que pede para trocar de guardião. E, mesmo se alguém quisesse... Imagina se for pior que o senhor Stone? — Levi estremeceu ao falar a última parte.

— Ninguém é...

— Ah... *É, sim.* Você devia ter visto o primeiro guardião do Thomas.

O frio na barriga congelou meu coração.

— O que aconteceu?

— O antigo guardião dele foi expulso de Fênix, bebia demais. E brigou com o capitão, mas não conta para ninguém que eu te contei.

— Não se preocupe, não vou contar. É o nosso segredo. Os dois.

Levi sorriu. Ele estava com um leve corte no final da sobrancelha direita; o rosto num tom rosa meio roxo e o cabelo negro cacheado todo despenteado. E, no meio daquela bagunça, ele sorria.

De repente, Thomas chegou. Com as duas mãos no bolso e uma touca na cabeça.

— Oi, gente. Por que estão aqui atrás?

Ele trocou um cumprimento com Levi, um jeito de tocar as mãos que só os dois faziam.

— Ei, esqueci de avisar: Sophia vem também.

— *Sophia quem?* — disseram os dois ao mesmo tempo.

— Minha nova amiga. Conheci ela faz uns quatro dias, na escola. Ela é bem legal, juro! Eu passei seu endereço para ela. — Terminei de falar olhando para Levi.

— Então é melhor a gente esperar lá na frente. — Ele me encarou, sugestivo.

É... Ninguém queria que ela batesse na porta e conhecesse o senhor Stone em sua primeira reunião conosco, tadinha.

— Com certeza — concordei, já seguindo pela lateral da casa.

Assim que Sophia apareceu, fomos todos juntos para o Clube Secreto. Duas quadras depois, passamos a ponte sobre o córrego e avistamos a residência abandonada. Nós entrávamos agachados pelo buraco na porta dos fundos ou então pulando a janela do quarto.

— Esse lugar é incrível. — Sophia admirava cada mancha e rachadura nas paredes, os móveis destruídos e o teto com as vigas expostas pela ausência de forro.

O lugar tinha sofrido um incêndio e, às vezes, eu podia jurar que ainda sentia o cheiro de fumaça. Mas, justamente pelo ar lúgubre, nós adorávamos a casa. Era o nosso cantinho secreto, mágico, onde podíamos ser quem quiséssemos.

— Não conte para ninguém sobre o Clube Secreto, ou você nunca mais vai participar dele — disse Levi. Era a nossa única regra.

Sophia colocou a mão direita no coração e ergueu a esquerda. Com a voz ensaiada, proclamou:

— Juro solenemente, altezas, tendo a verdade como testemunha, que devo guardar vosso segredo até que a morte me leve para o mundo dos mortos. — A gente se entreolhou. — Eu li isso no livro *A princesa perdida*, achei apropriado.

A gente riu. Eu nem sabia o que significava "apropriado", mas a Sophia tinha disso. Ela amava colecionar palavras bonitas que encontrava nos livros.

— Então tá, bem-vinda ao clube — disse Thomas.

— Vamos brincar de mata-pirata? — perguntou Levi, enquanto pegava as nossas espadas de mentirinha.

E assim, naquele dia, formamos nosso quarteto fantástico. E estaríamos juntos por muitas aventuras e desventuras, até que não fôssemos mais um quarteto. Afinal, aquela era a Terra do Nunca. E, na Terra do Nunca, ser forte não era uma opção; era a nossa única escolha.

# 12

**DIA DA LIBERTAÇÃO**
*Inverno, 9 anos*

**DESCI AS ESCADAS TROPEGANDO.** A saia azul estava torta no corpo, igual à blusa, o avental branco quase pendurado no corpo e o cabelo preso num rabo desleixado.

Entrei na cozinha e deixei meu corpo cair sentado na cadeira. Apoiei o cotovelo na mesa e deitei a cabeça na mão, com olhos meio fechados e a boca entreaberta. Porém, assim que Amelia colocou um prato na minha frente, o cheiro doce das panquecas despertou meu cérebro.

— Panqueca, eba!

Ela despejou um pouco de mel a mais e começou a arrumar meu cabelo em silêncio.

Oh, não. Tinha alguma coisa errada. Muito errada. Onde estavam as reclamações sobre eu não saber me arrumar? Sobre acordar atrasada? Onde estavam a fruta saudável e o nojento leite branco que me fariam crescer? Panqueca era uma das minhas comidas favoritas, especialmente se viesse acompanhada de mel.

Comi em silêncio.

Depois de arrumar uma trança raiz, Amelia ajustou os botões de trás da minha blusa e prendeu o avental com um laço firme.

Terminei de comer e coloquei o prato na pia. Ia começar a lavar, mas ela pegou a bucha de minhas mãos.

— Não tem problema, querida. Vá buscar seu material e escovar os dentes.
— Hããã... Ok.

Ao voltar do meu quarto, já pronta para partir, Amelia me esperava na porta. Ela beijou o topo da minha cabeça e sussurrou:

— Eu te amo.
— Tá.

Saí correndo para esperar Sophia na esquina.

✦ ✦ ✦

— Estou falando, tem alguma coisa muito errada.

Eu já tinha contado a história para Sophia e repetido para Thomas e Levi.

— E você tem certeza de que não fez nada errado? — perguntou Levi pela milésima vez.
— *Sim.* E, mesmo assim, por que ela ia ser legal comigo se eu fiz uma coisa errada? Não faz sentido.

Amelia dissera "eu te amo". Ela nunca tinha dito aquilo antes.

— Oh, meu Deus... — Thomas parou de repente. — Será que você tá doente? Será que está morrendo?!

Fiz uma careta. Sophia segurou meu rosto com a mão, virando-o de um lado para o outro.

— Ela não parece doente.
— Eu não tô doente.
— Fez o dever de casa? — Levi insistia na questão.
— Não, eu não tive lição de casa.
— Espera. Você não teve lição de casa *e* sua guardiã está te mimando? Oh, Alison, você tem uma vida *tããããoo* difícil. — Toda vez que Thomas sorria, seus olhos angulados viravam uma linha no rosto. Era um charme.

Voltamos a caminhar. Em dias ensolarados e andando em grupo, a floresta era muito mais bonita do que assustadora. Eu costumava gostar do canto dos pássaros e do barulho das folhas sob nossos pés; do sol entrando em frestas através das copas. Contudo, naquele momento, nada disso prendia minha atenção.

— A gente sempre tem dever de casa, mas o professor disse que no Módulo 9 não pre...
— *Você vai pro Módulo 9?!* — Todos falaram ao mesmo tempo.

— Sim, o Módulo 8 acabou ontem. Por quê?
— Ah, tá explicado — disse Thomas.
— A Amelia ou a falta de lição de casa?
— Os dois — respondeu Levi.
— O que tem o Módulo 9?
— Não podemos te contar. — A resposta de Sophia me trouxe um *déjà vu*.
— Ah, não! Nem vem. De novo, não.

Porém, nenhum deles quis me contar nada, por mais que eu insistisse. Então bufei, apressando o passo e largando-os para trás. Aquilo era extremamente irritante; eu jurava que já tinha passado da fase "não podemos te contar sobre isso, *pipipi popopó*".

Não fui muito longe e Thomas me alcançou.

— Não fica brava com a gente.
— Eu não tô brava com vocês, tô brava com todo mundo! Por que não podem me contar? Da última vez que me disseram isso, foi horrível... É uma coisa horrível de novo?

Thomas passou a mão pelo topete negro.

— Não é horrível. — Ele suspirou alto. — É complicado.
— Uau, isso não ajuda nem um pouco. — A gente riu. Então segurei seu braço. — Me dá uma pista? Por favor, Thomas. Eu te imploro, só uma pista.

Ele pensou por alguns segundos.

— Você vai conhecer alguém.

✦ ✦ ✦

Claire chegou à sala e encontrou Josh sentado ao meu lado. Ela pôs seu material em cima da mesa.

— Vaza.

Os dois se encararam antes de ele se levantar.

— Você sabe que *eu* sento perto da Alison, humpf. — Pendurou a bolsa no encosto da cadeira e sentou-se, sorrindo. — Então, como foi o seu dia?
— Eu tava falando pro Josh que hoje a minha guardiã estava superboazinha comigo, ela fez...
— Oh, por favor. — Claire revirou os olhos. — Ela é sempre legal com você, Alison.

Antes que pudesse responder, a diretora-conselheira Sarah Greenfield entrou na sala. Acomodei-me na cadeira e ergui o queixo.

— Ué! Isso é esquisito — Claire sussurrou.

— Pois é. Se você tivesse me deixado falar, eu teria dito que esse módulo é diferente. Tem alguma coisa... Alguma coisa que os outros não podem nos contar.

A senhora Greenfield esperou que o burburinho causado pela sua presença passasse.

— Crianças, hoje se completam quarenta e cinco dias desde que vocês chegaram aqui. Hoje é o Dia da Libertação. — Senti as panquecas serem embrulhadas no estômago. — Essa é uma tradição antiga e muito solene, vocês precisam obedecer a todos os passos. Quem não seguir as regras será expulso das crianças perdidas e estará condenado a viver por conta própria. Fui clara?

*Misericórdia.* E Thomas havia dito que não era horrível.

Após um breve instante de silêncio, a diretora respirou fundo.

— Existem dois artefatos de extremo poder na Terra do Nunca, frutos da mais pura Magia Luminosa. O primeiro é um portal, uma fenda no tempo e no espaço capaz de transportar matéria viva entre planetas e dimensões.

— Uau! — murmuraram algumas pessoas.

— Mas ele não funciona — ela cortou.

Parecia que a senhora Greenfield sentia prazer em nos contrariar.

— Como você sabe? — falei baixinho.

Mas ela ouviu.

— Você é uma garotinha atrevida, não é? Eu não tinha terminado de explicar, então não me interrompa outra vez.

Torci a boca. Ela estava implicando comigo por causa do incidente do nariz, aposto.

— O único tipo de portal que conhecemos é a Lagoa da Vida. Ela é um artefato incontrolável, não sabemos como se abre ou se fecha, apenas que é através dela que nós chegamos até aqui. Por existir apenas uma lagoa em cada ilha, sete portais no total, é um artefato muito raro.

A senhora Greenfield fez uma pausa, parecia degustar do nosso silêncio admirado.

— O segundo artefato é mais comum que o primeiro e um pouco manipulável. Ele funciona como uma janela, um pequeno furo que também atravessa planetas e dimensões, tempos e espaço. A diferença é que só podemos *olhar* através dele, por isso o nome "mirador". Os portais e miradoros são limitados, assim como tudo na Magia Luminosa. Da mesma forma que o portal só funciona de um lado, vindo da Terra para cá, vocês verão apenas uma coisa no mirador.

Prendi a respiração, esperando.

— O artefato vai mostrar a sua mãe.

# 13

**OLHAVA FIXAMENTE** para a diretora-conselheira, sem piscar, com a informação sufocando minha garganta. Aquilo só podia ser uma piada de mau gosto. E do jeito que a mulherzinha era traiçoeira, eu não duvidava.

— Para cada criança que desperta na Terra do Nunca, nasce um botão de suneya. Na ilha Bellatrix, esse jardim mágico fica protegido aqui na escola. Quando você arrancar o seu botão, ele se transformará no artefato, e depois nenhuma outra flor que você tocar irá se abrir. Funciona apenas com a primeira.

Ela estava falando sério. Deus meu, ela estava falando sério *mesmo*.

— Serei honesta com vocês: essa janela é uma maldição. Conhecer alguém sem conhecer de verdade... ver a pessoa que te rejeitou, apenas vislumbrar aquilo que você nunca vai ter... é tortura. Então, o meu conselho é que você escolha *não* usar o mirador. Mas essa decisão é sua.

Claire e eu nos entreolhamos.

— Tem mais uma coisa. — Voltei minha atenção para a diretora. — Faz parte da tradição quebrar o artefato no Lago dos Cristais, às três da tarde. É esse ritual que dá o nome para o Dia da Libertação. Ninguém pode deixar a Escola Bellatrix levando o mirador.

— Mas a decisão não era nossa? — perguntou Claire.

— Olhar através do artefato, sim. Quebrá-lo durante o ritual, não.

— Por quê? — Josh levantou a mão.

— Porque é impossível que alguém siga em frente olhando para trás. Sua mãe fez a decisão de não ter você como filho, agora só te resta conviver com isso. Se vocês levassem os miradoros para casa, alimentariam uma falsa esperança, e a falsa esperança mata. A tradição é para o seu próprio bem.

Eu não via vantagem alguma em escolher o artefato. Do que adiantaria olhar uma única vez para nunca mais? Por mim, a questão já estava decidida.

— Isso é tudo. Alguma dúvida? — Ninguém se manifestou. — Então sigam-me.

O pequeno grupo de crianças se levantou. Éramos aquela mesma turma do primeiro dia, os mesmos olhinhos assustados e cheios de expectativa — talvez até um pouco mais do que no primeiro dia.

Claire segurou minha mão e seguimos caminhando assim, encontrando apoio uma na outra.

✦ ✦ ✦

Quase no fim do campus, depois do estádio e no limiar da floresta de treinamento. Foi para lá que a diretora nos levou.

Eu ainda não tinha estado naquela parte da escola e não esperava ver um muro de pedra, com soldados no topo e dois guardas diante do suntuoso portão de madeira maciça. Havia uma plaquinha ao lado da porta: JARDIM ENCANTADO.

Ao nos aproximarmos, um dos soldados ergueu a mão.

— O diretor Jean Pierre está quase saindo, senhora.

— Certo, obrigada. Crianças, vamos aguardar um pouco.

Claire me puxou para um canto.

— O que você vai fazer?

— Não vou olhar.

— Jura?!

Balancei a cabeça com convicção.

— Pra quê? Não vai mudar nada.

Claire mexia no colarzinho de miçangas e olhava para o muro.

— Por que você quer fazer isso? — perguntei.

Ela deu de ombros.

— Curiosidade?

De repente, os portões começaram a se abrir, devagar. Um punhado de crianças saiu com as faces vermelhas, molhadas, e os narizes escorrendo. Cada um carregava uma pequena bolsa de couro escuro e cochichava em francês.

A senhora Greenfield bateu uma palma.

— Sigam-me em fila e não toquem em nada até eu mandar.

Naquela manhã, o céu vestia cinza.

O jardim tinha uma aura mágica com as folhagens verde-escuras fazendo o azul brilhante das flores parecer mais vivo. Havia suportes de madeira onde as plantas cresciam se apoiando, subindo e caindo, criando um jogo de sombras e luz. Borboletas voavam ao som do canto dos pássaros e de um córrego tranquilo.

— Uau — sussurrei.

Fomos até o centro do jardim, onde uma fonte de pedra branca jorrava caindo numa espécie de lagoa, repleta de cacos de vidro no fundo. O chão ao redor da fonte era feito de tijolo queimado, um círculo perfeito ao redor da lagoa.

— Vocês estão livres agora para passear no jardim e escolher uma flor. Quando escolherem, basta arrancar o caule que conecta a flor ao pé. Temos quinze minutos. — Com aquela ordem, as crianças se espalharam.

Claire apertou minha mão antes de se afastar. Olhei ao redor. Todo mundo passeava pelo jardim. Ninguém ia escolher *não* usar o artefato?!

Meu coração batia forte.

Eu não tinha motivos para usar o mirador. Ela não me quis. Ponto. Então por que eu queria mesmo assim?

— Fez a escolha certa — disse a senhora Greenfield.

— Ainda não decidi. — Dei as costas para ela e saí.

Procurei um canto meio escondido; nem perto do muro de onde os soldados poderiam me ver, nem perto do centro do jardim.

Ajoelhei-me diante da planta que crescia subindo no suporte. Uma flor próxima pareceu sentir minha presença e se inclinou um pouco na minha direção.

Levei o dedo até ela e a toquei. Era macia, aveludada. Algumas partes de suas pétalas fechadas tinham uma tonalidade de azul mais claro, e o meu toque fez aquele azul acender.

Minha garganta se fechou. Por que eu queria fazer isso, se não via o menor sentido? Fechei os olhos. Meu peito estava apertado. Eu poderia olhar para ela só para dizer "estou bem sem você", mesmo que ela não me ouvisse. Poderia dar um rosto para a pessoa de quem eu me ressentia. Poderia vê-la só para ter certeza de que não precisava dela.

Abri os olhos.

Respirei fundo.

E arranquei a flor.

Então, a mágica aconteceu. De baixo para cima, o caule começou a brilhar dourado, revelando detalhes de insígnias que não estavam ali antes.

No ritmo do *tum-tum-tum* em meu peito, o fio de ouro chegou ao botão e este se abriu numa pequena explosão de pólen. As pétalas pareciam estar se espreguiçando, dobrando-se para trás. Assim que terminaram de se abrir, no centro da flor, a luz pulsou.

Eu respirava curto e rápido, mas parei de respirar quando a vi.

Era ela, bem ali, na minha frente. Presa a um artefato mágico. *Minha mãe.* Estava de costas, usando uma regata branca, com o cabelo castanho-escuro despenteado indo até abaixo dos ombros ossudos.

Naquele momento, eu soube que tinha tomado a decisão errada. Não conseguiria odiá-la. Não quando ela parecia tão normal, tão... humana.

Estava prestes a largar o mirador na relva quando ela se virou. Cerrei os olhos e, piscando, tentei enxergar melhor. Mamãe estava chorando?

Sim. Ela estava chorando muito, muito mesmo. Tapei minha boca com a mão. Mamãe também colocou uma mão na boca, a outra na testa, encostou a nuca na parede e deixou o corpo escorregar.

Ela chorava como eu. E aquilo foi demais para mim.

Meu choro alto veio lá do íntimo, do fundo do peito. Joguei o corpo para frente, segurando o artefato contra o peito, com as duas mãos trêmulas, as lágrimas pingando no chão.

Eu não conseguia respirar, minha cabeça latejava. Doía. Doía muito, como ver um pedaço do seu coração ser arrancado de você. Nós duas, chorando alto, tremendo, cada uma em um mundo e uma dimensão diferente.

Tão longe e, ao mesmo tempo, *tão perto.*

# 14

**SILÊNCIO.**

Claire e eu, sentadas debaixo de uma árvore, separadas pelo tronco. No meu colo, a bolsa de couro guardava o mirador, para que ninguém o visse. Não que houvesse alguém ali, no campo entre a floresta e o estádio, mas eram as ordens da diretora. Não podíamos conversar sobre isso com quem ainda não tinha feito o Módulo 9 e não deveríamos falar com quem já tinha passado por ele.

Devíamos esquecer.

Observei o estádio, a alguns metros adiante de mim. As pedras amareladas reforçavam a impressão de antiguidade do monumento junto às manchas da chuva. Ao longo do formato elíptico, bandeirinhas azuis e vermelhas tremulavam ao vento.

— Eu não devia ter olhado. — A voz estrangulada da Claire desviou minha atenção do estádio.

Fitei o céu sem cor. Choveria mais tarde.

— É mesmo uma maldição.

Estava difícil não pensar em mamãe com a Claire toda hora mencionando o artefato. Suspirei. As colunas gigantes que retratavam elfos, sustentando o estádio, eram lisas e detalhadas, obra perfeita de escultor.

— Você não vai falar nada?

Fechei as mãos sobre o couro. Minha expressão endureceu.

— O que eu posso dizer?

Que tinha sentido amor quando olhei para ela? Que acreditava que todo mundo estava errado? Que talvez mamãe não tivesse me rejeitado? Que talvez ela me amasse de verdade? E que eu queria, desesperadamente, ficar com o artefato? Mas tentava não pensar nisso porque era muito assustador?

— Não sei. — Claire fungou. — Só sei que vou quebrar esse mirador com força. Odeio ela.

Não comentei nada. O que será que a Claire tinha visto?

— Você não se arrepende de ter olhado? — perguntou ela, a voz dolorida.

— Não. — Segurei a bolsa contra o peito. — Quero ficar com ele.

Ouvi Claire se mexendo e depois ela apareceu ao meu lado. Vermelha, cílios molhados, sobrancelhas unidas.

— O quê?!

— Eu acho... acho que ela me ama. — Claire fez uma careta. — Ela tava chorando, muito mesmo.

— E daí?

— Por que ela ia chorar se não me amava, se não me queria?

— Oh, não, não pensa assim. — Claire balançou a cabeça. — Ela te re-jei-tou.

— Talvez isso não seja verdade. Olha.

Tirei o mirador da bolsa. A flor tinha se transformado em um objeto de prata, semelhante a um espelho de mão, e ele brilhava dourado toda vez que meus dedos o tocavam.

Mostrei para Claire a imagem projetada. Agora mamãe estava deitada no chão, olhando para cima. Naquela posição, ela parecia estar olhando diretamente para nós; como um soldado abatido em solo inimigo, esperando a morte, sem qualquer esperança de retornar para casa.

— Viu? Você não acha que ela tá triste? Ou arrependida? Olha só para ela!

Claire continuou com a expressão fechada e não me deu resposta.

— Eu não vou quebrar o meu artefato — repeti.

E, daquela vez, era uma promessa.

— Você deve. Lembra o que a senhora Greenfield disse?

— Ora, dane-se a senhora Greenfield!

— Mas eles te expulsariam das crianças perdidas. Você nunca mais veria a Amelia, ou seus amigos... ou a mim.

— Só se descobrirem. — Eu me aproximei um pouco dela e segurei sua mão. — Claire, me ajuda, por favor. Eu não sei o que fazer.

— Pois eu sei: você tem que quebrar o mirador. — Neguei com a cabeça. Claire puxou sua mão, libertando-a do meu toque. — Desculpa, mas não vou te ajudar com isso.

Eu me levantei. Ela também.

— Você é minha amiga. Por que não quer me ajudar?!

— Não vou te ajudar porque você sempre quer quebrar as regras. E você não pode ter tudo o que quer, Alison.

Peguei minha bolsa do chão.

— Ah é? Tanto faz. Não me ajude, então. Não preciso de você, mesmo.

Dei as costas e comecei a caminhar sem destino, mas a passos firmes. Apertava com força a bolsa de couro na mão.

— Vou contar tudo pra senhora Greenfield! — Claire gritou.

Parei. Olhei para trás.

Ela estava de pé ao lado da árvore, a bolsa de couro dela jogada no chão. *Por favor, não faz isso.* Meu coração começou a bater mais rápido. *Por favor.*

— Se fizer isso... juro que nunca mais vou ser sua amiga. — Foi a única ameaça em que consegui pensar.

Seus olhos se encheram d'água.

— Mas você não precisa de mim, mesmo. — E correu rumo ao nosso bloco.

Eu tinha partido seu coração. Agora ela partia o meu.

E tudo o que eu conseguia fazer era vê-la indo embora, sabendo que logo voltaria com a diretora; sabendo que eu tinha poucos minutos para descobrir uma maneira de ficar com o mirador, ou nunca mais veria minha mãe.

# 15

ERGUI OS OLHOS E VI uma pequena carruagem coberta se aproximar, deixando uma nuvem de poeira para trás. Tinha sido mais rápido do que pensei. Cinco minutos? Sete, talvez.

Escondida atrás de um elfo de pedra, eu observei a senhora Greenfield descer, depois a Claire e um guarda. Eles olharam ao redor e o guarda me viu bem na hora em que "tentei" me esconder.

Ele veio caminhando na direção do estádio, então abandonei o esconderijo e fui ao seu encontro, agarrando a bolsa de couro com toda força e com o nariz empinado. Ele me esperou no meio do caminho, depois me escoltou até a carruagem, onde a diretora nos aguardava.

A senhora Greenfield estava surpreendentemente calma. Ela não disse nada; apenas me avaliou com a cabeça pendida para o lado, uma expressão amorosa que não combinava com a imagem que eu tinha dela.

— Não vou quebrar meu artefato — falei, abraçada à bolsa.

— Você nem queria olhar para ele. O que fez você mudar de ideia?

Ah... O que eu via em seus olhos não era compaixão; era curiosidade.

— Você.

Ela arqueou as sobrancelhas.

— Eu disse que era uma boa decisão *não* olhar através do mirador.

— Exatamente.

A mulher ficou vermelha.

— Sua peste! — ralhou entre dentes. — Você vai quebrar esse maldito mirador na ceri...

— Não.

Meus olhos encontraram os da Claire por meio segundo, antes de ela desviar a vista. *Traidora.*

— Quer saber? Não importa o que você diga; todos vão seguir a tradição, inclusive você. Não é uma escolha — disse ela, fungando e ajeitando o vestido. Olhou para o guarda. — Vamos.

Não, eu não podia deixá-la ir embora assim. Para o meu plano funcionar, ela precisaria levar a bolsa de couro.

— *Eu não vou quebrar o meu artefato!* — gritei o mais alto que pude.

A teimosia birrenta funcionou, e a diretora perdeu as estribeiras de vez. Ela me agarrou por um braço e me sacudiu, então reagi empurrando a barriga dela; mas talvez isso a tivesse irritado ainda mais, porque de repente a diretora me empurrou com força, falando um palavrão, e eu caí de costas.

— Vai se arrepender! — A senhora Greenfield pegou a bolsa que eu tinha deixado cair aos seus pés.

*Isso!* Mas, quando ela tirou o mirador lá de dentro, eu só tive tempo de abrir a boca antes de vê-la atirando o artefato com toda a força no chão.

Houve um barulho de vidro quebrando.

Devagar, ergui os olhos arregalados para a senhora Greenfield. O soldado estava boquiaberto. Claire tapou a boca com as duas mãos.

A senhora piscou, caindo em si. Então arrumou o cabelo e olhou de um lado para o outro.

— Você não viu nada — disse ela ao encarar o guarda, que ajustou a correia da espingarda no ombro. — Vamos.

Claire ia subir na carruagem, mas foi impedida pela mão da senhora Greenfield em sua testa.

— Você não. — A diretora olhou para baixo, onde eu continuava caída. — Cate os cacos de vidro e coloque tudo na bolsa. Na hora da cerimônia, você vai jogá-los no Lago dos Cristais. E você — ela olhou para a Claire —, não se esqueça de levar o seu.

Ela subiu na carruagem e eles partiram com o soldado dirigindo.

Engatinhei até onde o artefato havia caído. Eu o desvirei com cuidado. Estava completamente destruído, com um buraco no centro.

— Alison, eu sinto muito.

Não era para isso ter acontecido. Meu plano ainda podia funcionar, mas... Não era para ter sido assim. Peguei o primeiro caco. Na verdade, não era vidro; era um pedaço azulado, meio gelatinoso e luminescente.

Claire ficou parada ao meu lado enquanto eu colocava os cacos dentro da bolsa. Depois, saí correndo em direção ao nosso bloco; sem olhar para trás, sem falar mais nada para ela.

Era intervalo e eu esperava encontrar Levi no prédio do refeitório — precisaria dele para a segunda etapa do meu plano. Encontrei-o na fila do almoço.

— Preciso falar com você. Sozinha.

Ele viu a bolsa e balançou a cabeça.

— Ok, só deixa eu me servir pri...

— Não, tem que ser agora. — Abri uma fresta para que ele visse o mirador destruído.

— Que diacho?!

— Preciso da sua ajuda, mas você não pode contar para ninguém.

Eu já guardava dois segredos para Levi. Estava na hora de ele guardar o meu.

✦ ✦ ✦

Só voltei a ver Claire quando a diretora reuniu nossa turma para a cerimônia do Dia da Libertação. Fiquei longe dela o máximo possível, ao lado de Josh.

Todas as turmas do Módulo 9, de todos os blocos, estavam reunidas em círculo no centro do jardim, ao redor do Lago dos Cristais, esperando o presidente da escola chegar. Não demorou muito.

Ele entrou no Jardim Encantado pontualmente às três da tarde, justo quando os primeiros pingos de chuva começaram a cair. Ergui o capuz da capa vermelha e encarei o presidente meio cabisbaixa.

Mais jovem do que os demais diretores, com apenas alguns fios grisalhos no meio do denso preto, alto e com o olhar compenetrado, ele se pôs à nossa frente, elegantemente vestido e usando uma capa negra.

Seu discurso foi proferido em inglês e traduzido para as turmas de outros idiomas pelos diretores de cada bloco.

— Liberdade. O que isso significa? — Sua voz grave era um ímã atraindo nossas atenções.

*Não quebrar seu artefato se você não quiser.*

— Para muitos de vocês, talvez liberdade signifique fazer o que quiser, quando quiser. Mas isso não é verdade. Não inteiramente, pelo menos. Liberdade significa ter a capacidade de escolher; por isso uma prisão não é feita só de paredes e grades, mas de tudo aquilo que domina você. — Ele fez uma pausa. — Sendo assim, por que a tradição ordena a quebra do mirador e chama isso de Dia da Libertação?

Eu nem piscava, completamente fisgada pelo discurso. As palavras do presidente vinham acompanhadas do som do chuvisco batendo no meu capuz.

— Porque, se você não quebrar o mirador, virará escravo dele. Não conseguirá seguir em frente com a sua vida, uma vez que sempre olhará para aquilo que não pode ter. Ele é como uma droga que te deixa dependente enquanto te mata aos pouquinhos. E, no final, você vai descobrir que o mirador é mesmo como um espelho... só que é *você* quem está preso nele.

Engoli em seco. Será que ele tinha razão?

— Por isso, hoje vocês partirão esse último elo que os acorrenta ao outro mundo e serão verdadeiramente livres. Livres para viver aqui e agora. A Terra do Nunca é o seu lar, é a sua chance de viver. Então façam cada dia, cada momento, cada lágrima e cada risada valer a pena. Acima de tudo, *vivam intensamente.* Essa é a sua grande missão: fazer a vida valer a pena. Busque tudo aquilo que te faz feliz, agarre tudo aquilo que te faz sorrir e abrace tudo aquilo que te faz amar. *Faça valer a pena.*

Quando crianças, somos facilmente impressionáveis, e o final daquele discurso acalorado encheu meu coração de esperança, de vontade por viver algo extraordinário. Embora a vida tivesse me ensinado depois que nem tudo que me faz feliz, que eu amo e que me faz sorrir vale a pena, naquele dia eu acreditei no diretor. E, com o coração em chamas, decidi que faria aquilo, só que do meu jeito.

Talvez alguns elos não devessem ser quebrados. Eu confiaria no meu instinto, seguiria meu coração e manteria o artefato.

— Agora, quem se sentir pronto pode vir.

Mal o presidente acabou de falar e Claire já dava um passo à frente.

Senti um frio na barriga.

Ela se aproximou da borda da lagoa. Do outro lado do murinho de pedras brancas, havia um pequeno obelisco, transparente e pontiagudo, que servia para nos ajudar a quebrar o mirador.

Claire abriu sua bolsa, meu coração bateu mais forte; ela enfiou a mão para pegar o mirador, eu segurei a respiração. E, quando ela ergueu os olhos confusos, retirando a mão cheia de pedrinhas, eu sorri.

— Cadê meu artefato?

Ela virou a bolsa de cabeça para baixo e todas as pedrinhas caíram. O presidente olhou para nossa diretora, inquisitivo. No mesmo instante, a senhora Greenfield veio agarrar meu braço, arrastando-me até lá.

— Foi ela, tenho certeza! Foi essa garota a responsável por isso.

Meu corpo inteiro tremia quando ergui a cabeça para conseguir fitar o presidente nos olhos.

— O que aconteceu? — perguntou ele com a voz grave, porém calma.

— Não sei. — Desviei o olhar.

— Sua pequena mentirosa! — A diretora me sacudiu.

— Senhora Greenfield! Largue a menina. — Agora, sim, a voz do presidente era marcada pela autoridade. A senhora lhe obedeceu, e ele voltou a me fitar. — O que você acha que aconteceu?

— Ela escondeu o mirador. — Fiz um leve movimento de cabeça, apontando para Claire.

— Não, eu não escondi. Juro! Eu queria destruir ele.

— Onde está *o seu* mirador? — o presidente perguntou para mim.

Peguei a bolsa e mostrei.

— Quebrado?!

— A senhora Greenfield quebrou.

— Mentira! É mentira, senhor presidente. Eu jamais faria isso.

Olhei para a idosa, indignada.

— É verdade. — Ouvi a voz amanteigada da Claire. — A senhora Greenfield quebrou o artefato dela, eu vi.

O presidente se empertigou, cruzando as mãos atrás das costas.

— Falaremos sobre isso depois. — A voz ganhou um tom ainda mais grave, os olhos semicerrados encararam a diretora. Quando ele se virou para Claire, a expressão se suavizou. — Criança, vou perguntar de novo: onde está o seu mirador? Por favor, diga a verdade.

Ela olhou para mim, eu a encarei de volta com o coração acelerado e a boca seca. Ela pareceu esperar por algo, mas permaneci imóvel, sem falar nada. Só olhava de volta para ela.

Claire engoliu em seco e piscou, parecia atordoada com as bochechas rosadas.

— Eu... — Continuou olhando firmemente para mim. — Eu... escondi.

— Escondeu o seu artefato? — perguntou o presidente.

Ela balançou a cabeça, confirmando, sem deixar de me encarar.

— Então traga-o aqui, agora. Você precisa quebrá-lo.

Claire virou o rosto para o presidente.

— Não.

— Se não trouxer o seu artefato, será expulsa da comunidade. É a lei, sou obrigado a cumpri-la. Você estará por conta própria, entende isso?

Claire voltou a me fitar, os lábios tremendo, as lágrimas acumuladas nos olhinhos assustados.

— E-eu sei.

O presidente meneou a cabeça.

— Guarda! Leve essa menina ao escritório do bloco dela. Diga à secretária para iniciar o processo de desligamento.

Meu corpo reagiu ao ver o terror nos olhos da Claire. O soldado se aproximou dela e murmurou um "vamos".

Eles iam mesmo fazer aquilo?!

Comecei a tremer ao vê-la ser levada. Meu peito se apertou quando a Claire olhou para trás pela última vez. Eu queria gritar, confessar toda a verdade, mandar pararem com aquela loucura; mas o medo era uma mordaça em minha boca e eu permaneci pregada no chão, as lágrimas escorrendo, silenciosas.

Continuaram com a cerimônia.

Um por um, os artefatos foram sendo quebrados.

Não prestei atenção.

Só queria sair dali e tentar consertar as coisas.

# 16

**GRITEI PELO NOME DELA.** Meu capuz tinha caído para trás e a água gelada da chuva batia na cabeça, escorrendo pelo pescoço para dentro da roupa.

— Claire! — gritei de novo.

Andava com dificuldade pela grama encharcada do campo. Meu uniforme estava manchado de terra, resultado do escorregão que levara havia pouco. Olhei para a floresta à minha frente. Será que Claire tinha tentado voltar pra casa? O que ela teria feito? Acho que eu teria tentado voltar pra casa.

Entrei na floresta, a copa das árvores diminuía o impacto da água. Continuei andando rápido, gritando, procurando por ela. A mata estava escura, eu tremia de frio e o barulho da chuva toda hora me fazia sobressaltar. Toda hora eu achava que a tinha visto passando por entre as árvores, ou que tinha escutado sua voz, ou que tinha sentido seu cheiro de lavanda.

— Claire!

Cheguei à encruzilhada. Se continuasse em frente, iria para Fênix. À direita, ficava Borboletas; à esquerda, Salamandra e Ophidia. Virei para a direita, comecei a andar e parei. Voltei para a encruzilhada, procurando pelo ponto de cor que eu achava ter visto. Seguindo em frente alguns passos, caído no chão, encontrei o colar de miçangas.

Um soluço me escapou. Ajoelhei e peguei o colar com todo o cuidado. Estava sujo de terra, mas ainda cheirava a lavanda. Levantei a cabeça para o caminho que se estendia diante de mim.

— Claire!

Ela devia ter deixado aquilo como um sinal para mim. Talvez ela tivesse ido para a minha casa, já que não poderia voltar para a dela, pensando que Amelia poderia escondê-la. Era isso!

Comecei a correr, o máximo que minhas pernas conseguiam. Escorreguei algumas vezes, arranhei minhas mãos e rasguei a barra da saia, mas não parei de correr nem por um momento.

Cheguei em casa esbaforida. Apoiei uma mão na parede e, por uns três segundos, fiquei apenas tomando fôlego. Depois bati à porta e entrei, sem tirar as botas sujas ou a capa molhada.

— Claire! — Fui direto para a sala, como um furacão.

Não havia ninguém ali.

Girei nos calcanhares e corri para o meu quarto.

— Claire? — Olhei debaixo da cama.

Nada.

— Alison? — Ouvi Amelia me chamar.

Meu coração continuava disparado. Desci até metade das escadas. Amelia estava com o avental sujo de farinha.

— Você viu a Claire? — perguntei.

— A sua amiga da vila Borboletas? Você sabe que é proibido mudar de vila ou fazer visit...

— Não!

Deixei meu corpo cair sentado na escada e afundei a cabeça nos joelhos, balançando para frente e para trás, chorando e dizendo "não, não, não, não".

— Alison, meu Deus, o que houve?!

A voz aflita da Amelia só me fez chorar mais alto.

Senti o abraço da minha guardiã me envolver e, por um longo tempo, eu só consegui chorar.

✦ ✦ ✦

— Consegue falar agora? Vou buscar uma água para você, espere aí.

Fechei os olhos. Minha cabeça latejava. *Deus meu, o que eu fiz?!*

Amelia voltava com o copo d'água quando alguém bateu à porta.

— Claire! — Levantei-me num salto e corri para lá.

Pisquei ao ver Levi do outro lado, a água da chuva escorrendo pela capa.

— Alison. — Ele me abraçou forte e demorado. — Eu ouvi dizer que uma menina da sua turma foi expulsa, mas ninguém sabia me dizer quem era. Meu Deus, fiquei tão preocupado! Achei que fosse você! — Deu um passo para trás.

Meu coração se contorceu de dor.

— Alguém foi expulso?! — A voz da Amelia soou atrás de mim.

Não falei nada, não me mexi, só fechei os olhos. Ah, como eu queria voltar no tempo...

— Venha, Levi. Vamos sair dessa chuva — disse Amelia.

Enquanto ele tirava a bota e pendurava a capa, eu caminhei letargicamente para a sala e me joguei no sofá. Amelia me entregou o copo d'água, e eu só bebi porque minha garganta estava seca e travada em um nó apertado.

Ela pegou o copo vazio e o colocou na mesinha de centro, então veio se sentar ao meu lado.

— O que houve?

Eu me levantei. Não conseguia ficar perto dela, com sua voz doce e seu rosto preocupado. Levei as duas mãos para a cabeça e grunhi alto.

— Alison, você está me assustando — disse Amelia.

Virei-me para eles. Ela estava no sofá, mão no coração. Levi de pé, segurando a alça de sua bolsa escolar.

— Mostra para ela, Levi. — Apontei para a minha guardiã enquanto chorava. — Mostra para ela o que eu fiz.

Levi olhou para Amelia com os olhos de um coelho prestes a ser caçado. Relutante, abriu a pasta e retirou um mirador. O meu mirador. Intacto.

Amelia arregalou os olhos.

— Santo Pórthica! — Depois de inspirar alto pela boca, levantou-se. — As janelas!

Ela mancou rápido de uma janela a outra, fechando todas as cortinas da sala. Depois olhou para trás, a surpresa horrível escrita em cada linha de expressão.

— Como isso aconteceu? — disse ela com a voz esganiçada.

Eu queria vomitar. Levi colocou o artefato em cima da mesinha de centro, depois voltou a segurar a alça de sua bolsa com as duas mãos. Ele não sabia se olhava para mim ou para Amelia.

— Foi minha ideia — sussurrei. — Minha culpa.

Sentei-me no chão, recostada na estante, com a cabeça baixa. E contei tudo. Vi os pés da Amelia caminharem até a poltrona e ela se sentar, enquanto as pernas de Levi permaneceram inertes o tempo todo. Contei, entre lágrimas e soluços, desde o momento em que vi mamãe pela primeira vez até o meu plano e a sua horrível consequência.

— Oh, Alison... — Amelia suspirou.

Aquele tom de voz, uma mistura de choque com pena, fez-me afundar ainda mais a cabeça nos joelhos. Minha cabeça zunia de dor.

— Eu preciso ir — sussurrou Levi. — Já tô atrasado e, se eu chegar muito tarde, meu guardião vai fazer um monte de perguntas.

— Tudo bem — sussurrou Amelia de volta. — Apenas não conte a ninguém sobre isso, por favor. Se eles descobrirem, nós três vamos sofrer sérias consequências. Esse mirador já causou o suficiente.

— Não vou contar nada, prometo.

Ouvi os passos se afastando, depois a porta abrindo e fechando. O som do andar arrastado de Amelia com sua bengala enquanto ela voltava, então o calor de seu corpo sentando-se pesadamente ao meu lado no chão. Silêncio.

— Vou me entregar — falei, a voz abafada pelas pernas. — Não vou contar nada sobre Levi nem você, vou...

— Alison, é tarde demais para isso.

Levantei a cabeça.

— Mas ela era inocente! — Solucei, o nariz entupido.

— Claire fez a escolha dela. Você se autopunir não vai resolver as coisas.

— O que eu faço, então?

Ela não respondeu.

— O que eu faço?!

Amelia meneou a cabeça, triste.

— Eu preciso orar e jejuar. Você é só uma criança, mas cometeu um erro terrível. — Fiz uma careta de dor. — E ninguém deveria passar por isso tão jovem; pessoas mais velhas e mais maduras do que você já sucumbiram à culpa.

Ela passou um braço ao redor dos meus ombros. Eu nunca tinha visto Amelia tão abalada, e isso era muito assustador; era como ver o seu porto seguro sendo atingido por um terremoto e não ter certeza de que ele suportaria o ataque.

— Eu sinto muito — disse ela, desabando no choro.

Eu também sentia. Sentia tanto que não cabia no peito.

# 17

**MÊS DO ALCE, 625 d.i.**
*Inverno, 9 anos*

**PELOS DIAS SEGUINTES** depois da expulsão, passei a sair de casa mais cedo.

Usava o tempo extra na floresta para gritar por ela e deixar mensagens nas árvores — coisas como "você está bem?" e "me dê um sinal", assinando com a inicial de meu nome. Também colocava o meu lanche sobre uma pedra na encruzilhada, na esperança de que, se ela estivesse viva e precisasse de comida, aquilo ajudasse.

Certa vez, enquanto eu deixava o lanche em cima da pedra, alguns garotos passaram por mim em seu caminho para a escola e começaram a rir.

— Está colocando uma oferenda para Pan, o deus do bosque?

— Deve ser para as fadas.

— Ei, menina, para de fazer Magia Obscura!

Eu os ignorei e continuei fazendo aquilo todos os dias. Durante o intervalo da escola, Levi, Thomas e Sophia dividiam seus lanches comigo. Eles não perguntaram o porquê de, subitamente, a Amelia ter parado de me dar o meu.

Na volta para casa, eu caminhava ao lado dos meus amigos, só que prestando atenção nas árvores, tentando ver se alguém tinha respondido.

E, no dia seguinte, eu voltava a deixar meu lanche na pedra, mesmo sabendo que, provavelmente, eram os esquilos da floresta que o comiam. Ainda assim, eu continuava. Não conseguia parar. Imagine se, no dia que eu não colocasse o lanche, ela precisasse dele?

Os dias viraram semanas.

Até que, em um sábado, o segundo em que eu faltava ao Clube Secreto, Amelia bateu à porta do meu quarto. Escondi o mirador debaixo do travesseiro.

Eu quase não o usava. Toda vez que via mamãe, eu me lembrava do preço que o mirador me custara e meu coração se enchia de amargura. Ao mesmo tempo, se ficasse vários dias seguidos sem tocar nele, a culpa pesava por parecer que tinha sido tudo em vão. Era como andar em uma corda bamba.

— Podemos conversar? — perguntou ela, apoiada no batente.

Assenti. Eu estava esperando por essa conversa desde o fatídico dia e, mesmo assim, não estava pronta para ela. No meu estômago havia um peso gelado; na boca, um gosto amargo.

Amelia veio se sentar na cama, ao meu lado. Ficou massageando o joelho por alguns instantes. Quando falou, foi como se estivesse pensando alto.

— A culpa é um veneno: coloque um pouquinho e ela pode te curar. Algumas gotinhas a mais, ela te mata.

Ela aprumou a postura e levou a mão do joelho de volta para a bengala.

— A culpa em si não é uma coisa ruim, sabe? É como a gente lida com ela que faz toda a diferença. — Deu uma pausa. — O que você fez, mentindo sobre a sua amiga, foi errado e você sabe, não é?

Concordei com a cabeça. Não conseguia falar. Meu rosto ardia de vergonha.

— Ótimo. Então você reconhece o erro e se arrepende. Isso é bom.

— Isso não importa, ela se foi.

— Importa, sim. Não porque vai consertar as coisas, mas porque, como eu disse, é como a gente lida com a culpa que faz toda a diferença. — Amelia apertou a bengala com mais força.

— Queria voltar no tempo — sussurrei.

— Você não pode fazer isso, mas pode fazer a jornada do perdão.

Fechei a cara e neguei com um gesto.

— Por que não? — perguntou Amelia.

Eu olhava para frente com a expressão endurecida.

— O perdão é para aqueles que não merecem — disse ela suavemente.

Abaixei a cabeça.

Estava cansada de chorar. Cansada de olhar para mim mesma e odiar o que via. Cansada de tentar imaginar que a Claire estava bem e de dizer a mim mesma, toda noite, que ela estava segura, só porque imaginar que ela não estivesse era muito sufocante. Cansada do peso da culpa.

— Então posso te contar quais são os cinco passos do perdão?

Pensei por um instante, então assenti em silêncio.

— Eu vou fazer essa jornada contigo, você não estará sozinha. Toda vez que cumprir um passo, vou te dizer qual vai ser o próximo. E se você não entender alguma coisa, ou se não conseguir cumprir um passo no seu coração, você precisa me avisar, porque essa é uma jornada muito interna. E só vai funcionar se você cumprir tudo no coração.

Anuí de novo.

— Alison, perdoar-se é um fruto delicado. Ele não brota de qualquer jeito e pode secar se você não o regar de vez em quando. Nunca se esqueça disso.

Naquela tarde, Amelia começou a jornada comigo. E, apesar de ter feito todos os passos com ela em apenas três dias, a jornada real durou muitos anos. Ela só terminou quando eu finalmente aprendi, depois de muita dor, os significados de misericórdia e graça.

# 18

**CINQUENTA E DOIS DIAS** após a expulsão da Claire, a Sociedade de Professores da Terra do Nunca conseguiu pressionar suficientemente o Supremo Conselho, e a Lei da Expulsão foi abolida. O império inteiro celebrou a vitória. Era um marco importante para os progressistas, que lutavam por isso havia pelo menos uma centena de anos.

Eu havia parado de deixar meu lanche na encruzilhada em algum momento antes daquilo.

Na escola, eles construíram um memorial para a Claire. A pequena coluna de mármore ficou solitária no meio da grama, próximo do prédio principal.

No dia da inauguração, eu participei de longe. Observei o presidente fazer um pronunciamento, ouvi os tiros de canhão e, depois que a cerimônia terminou e que todos foram embora, caminhei até lá.

Toquei o mármore branco, chorei, pedi perdão e me despedi dela.

O colarzinho de miçangas ficou em cima do memorial.

# 19

**MÊS DA FADA, 625 D.I.**
*Primavera, 9 anos*

**EU OBSERVAVA UMA BORBOLETA AZUL** pousada no parapeito da minha janela. Atrás dela, o sol coloria as nuvens de rosa e laranja. Eu podia ver os telhados das casas, a muralha bem lá na frente e as árvores depois dela. Voltei a atenção para o espelho posto diante de nós. Amelia finalizava meu penteado: dois pequenos coques, um de cada lado da cabeça, rodeados por tranças. O resto do cabelo caía solto até abaixo dos ombros.

Era o meu primeiro Ano-Novo.

Amelia terminou de ajustar o coque, olhou para o espelho e me flagrou sorrindo. Sorriu de volta.

— Agora vire-se, preciso fazer sua maquiagem — disse ela.

— Por que os adultos não fazem maquiagem também?

— Eles preferem usar máscaras. Alguns idosos também usam, mas eu, não. — E riu enquanto pincelava meu rosto. — Consegue imaginar uma borboleta com tantas rugas?

— Você não tem rugas. E ficaria divertido.

— Nós, guardiões, nos divertimos de outras maneiras. E eu tenho rugas, sim.

Fiquei em silêncio, deixando-a se concentrar.

Era cultura das crianças perdidas. No último dia do ano, usávamos fantasias coloridas e penteados extravagantes, e invadíamos as ruas das vilas.

Meninas e meninos, todos com maquiagens ou máscaras inspiradas na criatura do mês em que despertaram. Música, cores e o cheiro bom dos confeitos permeavam cada vila.

Minutos depois, Amelia me permitiu olhar novamente para o espelho.

— Gostei. — Eu tinha ganhado bigodes, delineado nos olhos, nariz pretinho e uma cor bronzeada.

— Muito bem, senhorita leoa. Vamos nessa.

Levantei a barra do vestido escarlate, deixando à mostra o sapato pontudo de couro, típico da nossa ilha, e desci as escadas atrás de Amelia. O vestido amarelo dela combinava lindamente com sua pele escura e o humor animado.

Ela pegou a cesta com doces e seguiu para a porta. Distribuiríamos as guloseimas para os conhecidos que encontrássemos pelo caminho: pequenas rosquinhas para os menos chegados, geleias e bolos para os mais queridos. Havia também biscoitos e alguns trocados para os músicos viajantes — artistas nômades — que estariam nas ruas tocando alegremente.

Peguei a cesta vazia, na qual iriam as delícias que receberíamos, e segui minha guardiã.

— Desculpe, Aprisco. Você não pode ir, mas te deixo comer um pouco quando voltarmos.

— *Mbééééé.*

— Sim, eu prometo.

Chegamos a uma rua apinhada de gente. Todas as crianças acompanhavam seus guardiões, saltitando atrás ou na frente deles. Uma procissão nos levava direto à praça central, onde havia um quiosque no qual a banda daria um show. O trajeto demorava por causa do trânsito de gente e porque toda hora parávamos para felicitar o Ano-Novo trocando confeitos.

Na praça central, o som da música alta nos envolvia por completo. Era impossível permanecer parada ao som alegre de flautas, bodhráns, tambores e bandolins. Amelia e eu entramos na dança. Ela mexia o corpo de um lado para o outro, apoiada na bengala, enquanto eu pulava ao seu redor, tentando me remexer de acordo com a música.

Foi Sophia quem me encontrou, acompanhada dos meninos. Naquela noite, minha amiga era uma lebre; Levi, um tigre; e Thomas, uma águia.

— Posso ir brincar com eles? — gritei para que Amelia me ouvisse.

Ela olhou para o céu. A luz que dourava a aldeia vinha dos muitos balões, pendurados entre bandeirinhas em cordas que formavam a grande teia multicolorida entre os telhados. Acima deles, a lua minguante já tinha aparecido, acompanhada de algumas estrelas.

— Tudo bem. Estarei aqui na praça! — gritou ela. — Mas volte antes das onze!

Nós quatro corremos em direção às ruas.

Thomas e Levi iam na frente, abrindo caminho, enquanto Sophia e eu acompanhávamos logo atrás. Ela olhou para mim e franziu a testa.

— Onde está seu objeto de prata?

— O quê?!

— Na noite de Ano-Novo, os zynfis procuram almas para roubar. Você não sabia? Precisa de um objeto de prata para se defender, eles odeiam prata.

— Amelia nunca me contou isso. O que é um zynfi?

— Na verdade, eu não sei. Mas, se eles roubam almas, quero que fiquem bem longe de mim. — Ela usava duas pequenas argolas como brinco e tirou uma delas. — Tome. É feito de prata.

— Obrigada. — Coloquei a argolinha na orelha direita.

Bem nesse momento, os meninos voltaram.

— Achamos! — gritou Levi enquanto trazia um carrinho de mão e Thomas, o outro.

Sophia e eu corremos para entrar neles. Então, com os carrinhos lado a lado no meio da rua, contamos até três. E saímos em disparada: Levi me empurrando e Thomas empurrando Sophia.

Gritei, gargalhando. O vento fresco batia no rosto.

Percorremos algumas ruas a toda velocidade, numa corrida acirrada. Thomas e Sophia estavam ganhando por pouco, e Levi tentava reverter o jogo, o que só deixava as coisas mais legais. Ele forçava as pernas, correndo, e girava o carrinho do nada para desviar de pessoas e outros obstáculos. Eu me agarrava às bordas com toda a força, gritando risadas.

De repente, um burrete surgiu do nada, virando a esquina, e Levi freou. A parada brusca me fez voar para fora do carrinho e beijar o chão.

— Por todas as estrelas! — gritou o idoso condutor. — Malditas crianças suicidas. Eu quase atropelei vocês! Oh, céus.

Eu me sentei, chorando. Meu rosto ardia, assim como os joelhos. Levi foi o primeiro a chegar ao meu lado, de olhos esbugalhados.

— Ela tá sangrando! — gritou ele, para piorar meu desespero.

Comecei a soluçar. Thomas me ajudou a ficar de pé e caminhamos, nós quatro, de volta para o centro. Ignoramos o pobre senhor do burrete, que me perguntou se eu estava bem e se queria uma carona. Eu só queria a Amelia.

Encontramos minha guardiã num círculo de velhos amigos. Ela largou tudo assim que me viu sangrando.

— Poderoso El-lihon, *quantas vezes* eu já falei para não correrem tanto?! Mas que menina custosa!

— Amelia. — Um senhor que estava no círculo se aproximou de nós e tocou o braço dela. — Vamos levá-la para algum lugar mais calmo.

Os dois se encararam com aqueles olhares de adulto, que dizem coisas que as crianças não entendem.

Depois da discussão silenciosa, os dois me levaram até um beco parcialmente escuro e sem pessoas. Sophia, Thomas e Levi nos acompanharam. Então Amelia me fez sentar em cima de um punhado de feno.

O senhor ajoelhou-se na minha frente e ergueu as duas mangas da camisa verde listrada, até ficarem acima do cotovelo. Ele tinha a pele lisinha, uma tatuagem estranha no braço direito, careca branca e olhos claros.

— Olá, Alison. Meu nome é Bartjan e eu vou te ajudar com esse dente quebrado. Preciso que respire fundo. Isso, tente relaxar. Vou colocar minhas mãos na sua têmpora agora, fique bem paradinha. E relaxe.

O senhor colocou cada dedão esquelético numa têmpora minha, então fechou os olhos e começou a mexer os lábios, balbuciando. O choro cessou, sendo substituído pela curiosidade.

Senti um formigamento arder a boca, a testa, os joelhos e os braços. A queimação foi piorando, mas Amelia fez sinal para que eu permanecesse quieta. Gemendo de dor, cerrei os dentes, fechei os olhos e contraí os dedos das mãos e dos pés. Quando pensei que não suportaria mais, Bartjan tirou as mãos de mim e tudo sumiu. O formigamento, a queimação, a dor... Eu já não sentia mais nada.

— Santa cebola! — disse Thomas de olhos arregalados.

Levi e Sophia, boquiabertos, encaravam-me. Olhei para Amelia, esperando uma explicação que não veio.

— Obrigada, Bartjan. Alison, como se diz?

— Hã... Obrigada? — Nem sabia ao certo o que eu estava agradecendo.

— Disponha. — Bartjan tocou no braço da Amelia. — Agora, preciso encontrar minha criança. Com licença.

Assim que o idoso saiu, Levi apontou para onde ele tinha ido.

— Ele tem superpoderes! — gritou. A empolgação era tanta que ele dava pulinhos, feito pipoca em óleo quente. — Incrível!

— Ele é um devoto da Ordem, servo de El-lihon. — disse Amelia. — Não é um superpoder; é um dom.

Toquei meu rosto. O sangue ainda estava lá, mas não continuava fluindo; e o dente inteiro nem parecia que estivera quebrado. Olhei para meus braços: não havia nenhum arranhão.

— Não contem a ninguém sobre isso. — O tom da guardiã mudou. — A Ordem dos Três não está autorizada a agir nas vilas dos menores de treze anos, isso poderia trazer sérios problemas a Bartjan.

— *Sim, senhora* — dissemos em uníssono.

Ainda não tinha dado nem onze horas, mas Amelia insistiu para que voltássemos. Seria o meu castigo. Então tive de me despedir, pegar as duas cestas e encerrar o ano mais cedo.

Enquanto caminhávamos para casa, com as ruas mais livres agora que estavam todos no centro da vila, perguntei:

— Amelia, o que é um zynfi?

— São espíritos carnais, banidos do Reino da Luz.

Franzi o cenho.

— Os três Fundadores criaram o universo, as dimensões e suas criaturas vivas, inclusive as criaturas celestiais. Algumas, porém, traíram Deus. Eram antigos onos e ounas, espíritos celestes, que agora chamamos de zynfis. Como castigo, eles foram banidos do reino e perderam o direito de usar os seus corpos celestes.

— Por que não me avisou que eu tinha que usar um objeto de prata na noite de Ano-Novo? Os zynfis roubam almas!

Amelia riu.

— Ora, quem te disse isso?

— Sophia.

— Bem, a guardiã da Sophia deve ser uma liberal supersticiosa. Zynfis não roubam almas e não podem fazer muito mal sem um corpo. Além disso, a Ordem é treinada para lutar contra eles nos raros casos de ataque.

— Amelia, você tem superpoder? Quer dizer... dom?

Ela deu um sorrisinho maroto e, depois de verificar se não tinha ninguém olhando, ergueu a barra do vestido. Amelia tinha a mesma tatuagem do amigo guardião, só que na panturrilha direita. Me abaixei para ver melhor. Era o símbolo de uma estrela de quatro pontas com um círculo em espiral em seu interior.

— Sou serva do Fundador Pórthica — sussurrou. — Meu dom é o da botânica. — Ela olhou para baixo, onde um matinho crescia entre as pedras do calçamento, então girou levemente os dedos e o matinho cresceu.

— Uau!

A gente voltou a andar.

— Mas lembre-se: não podemos exercer nossa fé aqui, apenas nas vilas dos treze anos para cima. Ordens do governo. Então, não conte a ninguém que eu lhe disse isso.

— Tá bom.

— E quando você crescer e estiver na vila Ossos, procure por um templo da Ordem. Existe muito mais sobre Deus, os dons e os três Fundadores que você pode aprender.

Anuí, suspirando com a ideia de ter um superpoder.

✦ ✦ ✦

O dia seguinte era feriado, e eu fui brincar na casa de Sophia. Levei a argolinha para devolver.

— Tudo bem, pode ficar — disse ela. — Eu *sempre* uso um objeto de prata. Só para garantir, sabe? Vai que os zynfis resolvam atacar de surpresa, como os piratas no livro *A batalha de Crismar*?

Sorri, balançando a cabeça. Sophia lia muita ficção.

— Obrigada. — Coloquei a argolinha de volta na orelha.

Não estava fazendo isso por superstição, acreditava em Amelia. Todavia, tinha gostado de usar um único brinco, fazendo par com Sophia. Aquele seria o símbolo da nossa amizade, e eu o carregaria por todos os dias da minha vida.

# 20

**FAZER ANIVERSÁRIO ERA UM BOLO** agridoce de emoções. Havia a alegria por completar um ano de vida e a gratidão pelos amigos presentes, mas também a mágoa pela família perdida e a ansiedade angustiante por saber que estava um ano mais perto da mudança de vila. Um ano mais perto de ir embora.

Eu limpava a cozinha depois de ter lavado as louças do jantar, enquanto Amelia tricotava na cadeira de balanço da sala. O vento lá fora também trabalhava, varrendo as folhas secas como se estivesse expulsando o outono e preparando a terra para receber as chuvas do inverno.

— Como você gostaria que fosse seu primeiro aniversário? — perguntou Amelia, lá da sala.

Terminei de jogar fora o lixo recolhido e fui guardar a vassoura.

— Como assim?

— Que tipo de festa você quer?

Levantei a cabeça em direção à sala. Amelia tinha acabado de me perguntar se eu queria uma festa?!

Todos os meus amigos eram mais velhos do que eu — Levi era seis meses mais velho, Thomas era cinco meses e Sophia, quase dois — e nenhum deles tinha dado uma festa. Havíamos comemorado o aniversário de cada um na escola mesmo, ao juntar nossos lanches e dar presentinhos simples. E Amelia não tinha muitas condições financeiras, então eu definitivamente não estava esperando por uma festa de aniversário.

— Fala sério? — Apareci na porta da sala, usando o avental grande demais para mim.

Ela não ergueu os olhos do tricô. Continuou se balançando na poltrona, tranquila.

— Lógico, é o seu primeiro aniversário. Tem que ser especial.

Gritei e corri para abraçar a guardiã.

— Ai, meu Deus, Amelia! Muito obrigada, obrigada, obrigada! Mas... Vamos ter dinheiro para isso? Não me importo de não ter festa, sabe?

Ela riu e apontou para a estante da sala. Na prateleira mais alta, estava uma obra de argila em formato de elefante.

— Aquele cofre é para emergências e ocasiões especiais. Juntei dinheiro ao longo do ano, então... sim, temos dinheiro para uma festa.

Abri o maior sorriso que pude. E voltei a abraçá-la.

— E aí, como vai ser? — perguntou ela, rindo.

— Quero um festão!

— Ei, não se empolgue. O elefante não está tão gordo assim.

— É que eu queria que a minha festa fosse a festa do Levi, do Thomas e da Sophia também. Queria que fosse grande para caber nós quatro.

Amelia fitou-me por um instante.

— Isso é muito bonito, você querer dividir sua festa com os amigos. — Inspirou fundo e olhou para cima. — Está bem! Faremos um festão.

E assim, uma semana depois, no dia 12 do mês do Leão, o quintal de casa virou palco de uma festa. Havia balões de luzes, fitinhas coloridas, quatro bolos e muitos confeitos. Amelia, os meninos e eu havíamos preparado tudo no dia anterior. A música festiva era tocada pelos amigos da Amelia, incluindo Bartjan.

Todas as crianças brincaram de mata-pirata, pega-dragão, esconde-encontra, peter-louco e pula-para-não-morrer, enquanto os guardiões dançavam e conversavam. Foi um dos melhores dias da minha vida, exceto pelo final.

Lá pelas dez horas, quando a chuva ameaçou participar também, os convidados foram embora. Amelia e eu nos recolhemos, deixando para limpar o quintal na manhã seguinte.

— Eu tenho dez anos agora. Me sinto tão velha e sábia... Igual a você, Amelia.

A sonora gargalhada dela me fez rir também.

— Boa noite, meu pequeno rio.

— Boa noite.

Assim que Amelia fechou a porta, levantei-me da cama, fechei a cortina e fui pegar o mirador. Junto a ele, também peguei meu caderninho especial, com capa de couro vermelho e folhas amareladas, onde eu vinha registrando tudo o que via.

Abri na primeira página. Escrito com giz de cera verde, o título *Coisas sobre mamãe* era bem grande e torto, e estava cercado de coraçõezinhos.

Depois, tinha o rosto dela com o cabelo castanho preso, os olhos fechados e o nariz vermelho. A boca era um risquinho curvado para baixo. Em volta de seu rosto, eu tinha desenhado as garrafas e latinhas das bebidas que ela vivia tomando, além das pílulas dos remédios.

Também tinha o desenho de um gato de rua cinza. Ela costumava colocar comida para ele em um potinho azul.

O próximo era o desenho de uma praia com o píer adentrando parte do mar. Mamãe caminhava todo fim de tarde na praia e sempre terminava suas corridas com a mesma casquinha de sorvete. Eu tinha ilustrado a bolota branca com pintinhas pretas e uma colherzinha amarela. Ela comia seu sorvete sentada num banco, olhando para o mar, e depois seguia para casa.

Eu havia tentado desenhar as casas, mas era difícil enxergar o fundo da imagem que o artefato mostrava. As únicas coisas que eu tinha conseguido registrar eram as paredes de pedra, com plantas trepadeiras subindo, e os postes parecidos com os que a gente tinha em Bellatrix.

Mamãe trabalhava limpando a casa dos outros, e eu havia desenhado o chapéu de pano e o avental branco que ela costumava usar. Ela nunca andava de cabeça erguida pelas ruas e só fazia compras à noite. O carrinho nunca ficava cheio.

Na última página, eu tinha desenhado o cofrinho cor-de-rosa que ela tinha comprado algumas semanas antes.

Larguei o caderno de informações e peguei o mirador. Era o meu aniversário. Será que ela se lembrava de mim? O artefato brilhou dourado ao meu toque, mostrando mamãe sentada no banco de frente para o mar. Ela estava bebendo. E tinha chorado.

Senti os olhos arderem.

— Oi, mãe. Por que você tá triste?

Às vezes, eu queria que o mirador também reproduzisse sons, só para poder ouvir sua voz e, quem sabe, entender melhor o que estava acontecendo.

Continuei observando-a, o jeito como ela andou em S e vomitou na entrada de casa, e a força com que bateu a porta. Prendi a respiração quando ela segurou uma faca. *O que você vai fazer? Por favor, não.*

Ela usou o cabo da faca para coçar a cabeça, o rosto se contorceu em uma careta.

— Larga essa faca, mãe — pedi entre dentes.

Ela cravou a faca no balcão da cozinha e gritou. Eu a vi ficar vermelha enquanto gritava, depois parar e respirar fundo. Mamãe se arrastou até o sofá, onde deixou o corpo cair. Continuei observando-a com extrema atenção, mesmo depois de vários minutos sem ela se mexer.

Acabei dormindo sentada, o mirador pendendo da mão.

Eu nunca mais usei o artefato no dia do meu aniversário. Agora eu sabia. Mamãe se lembrava de mim. Ela nunca me esqueceria. E isso a machucava.

# 21

**MÊS DO DRAGÃO, 627 d.i.**
*Outono, 10 anos*

**NO MÊS DO DRAGÃO, A ESCOLA** Bellatrix dava férias para quem já tinha pelo menos um ano de estudos. Sophia, Levi e Thomas foram enviados ao Arco, um acampamento que Amelia não podia bancar. Aparentemente, os guardiões dos meus amigos não possuíam condições financeiras para dar uma festa de aniversário, mas estavam dispostos a pagar para se livrarem deles por um mês.

Por causa dos acampamentos que aconteciam durante as férias, Fênix ficava quase vazia. E, depois de quinze dias, eu comecei a sentir falta dos amigos; a sentir falta até da escola. Comecei a ficar entediada. *Muito* entediada.

— Não tenho nada para fazer aqui... — choraminguei.

Deitada de barriga para cima no sofá, eu vinha encarando as manchas do teto até enxergar animais. A maior parecia um urso lambendo a pata. Aprisco mordiscava meu sapato, que acabaria ficando sem a ponta se eu não tomasse cuidado.

— Venha aqui para a cozinha que rapidinho eu lhe arrumo algo para fazer.

Em breve o cheiro do pão de cebola se juntaria ao cheiro de madeira dos móveis.

— Oh, Amelia... A vida é tão chata!

Ela apareceu na porta da cozinha com as mãos brancas de farinha e o avental sujo. Do meu ponto de vista, estava de cabeça para baixo.

— Como é? Menina, levanta desse sofá. Se você acha que a vida está monótona, vá fazer algo. Ficar aí, mofando e reclamando, não vai deixar sua vida mais interessante.

— Mas o que eu posso fazer sozinha? Tá todo mundo nos acampamentos.

— Que tal ler um livro?

— Já li todos os que temos aqui.

— Então vá para a biblioteca arrumar outro, ué.

A escola nunca fechava, mesmo quando a maioria das turmas estava de férias, então não era uma má ideia. Sentei-me no sofá.

— Mas e a floresta?

— Volte antes de escurecer.

Pulei do sofá e corri para trocar de roupa no quarto. Coloquei o vestido lilás com o aventalzinho branco, então desci as escadas de dois em dois degraus.

— Tome — disse Amelia ao me entregar uma cesta. — Coloquei pedaços de nuvem para você lanchar.

— Oba!

— Tem água numa garrafa e suco na outra. Não vá se desidratar.

— Obrigada, Amelia.

A cesta também tinha um compartimento separado no qual eu poderia colocar os livros que pegasse emprestado. *Perfeito.*

Naquele dia, o sol da uma da tarde não queria brilhar muito; era como se o céu opaco estivesse tão entediado quanto eu. Caminhei pela Floresta das Almas sentindo calafrios e disparos esporádicos do coração. Para espantar o medo, cantei alto o caminho inteiro, até a floresta terminar no campo que cercava a escola.

Passei pelos dois guardas de plantão, que jogavam cartas e me cumprimentaram com um aceno de cabeça. Era estranho ver a Escola Bellatrix sem o seu intenso fluxo usual. Tingida pelos tons pastéis do outono, era como uma pintura solitária.

Segui para o prédio central e desci as escadas. A biblioteca ficava no subsolo, mas, apesar de gostar de ler, eu não frequentava muito o lugar. Costumava gastar meu intervalo brincando com os amigos no enorme campus.

Quando bati três vezes no batente da porta, a moça no balcão ergueu os olhos do livro, mas sem mexer a cabeça.

— Bem-vinda. — E voltou os olhos para a leitura.

Entrei.

O enorme ambiente quase não tinha espaços vazios, de tão cheio que estava de estantes, estátuas, banquinhos, escadas e quadros; além de um montão organizado — ou quase — de livros. Livros do chão ao teto. Onde quer que eu olhasse, via livros.

Era a primeira vez que eu entrava ali com a intenção de pegar algo para ler por conta própria, sem a recomendação de um professor, e eu não fazia ideia do que queria, então resolvi que a melhor coisa a se fazer seria explorar o lugar.

Uma hora depois, estava sentada no chão, encostada numa estátua, comendo biscoitos com vários livros espalhados ao meu redor, todos parcialmente lidos. O que estava no meu colo parecia o mais promissor de todos. Chamava-se *As aventuras de Evelyn* e, desde que eu começara a lê-lo, não conseguia mais parar. Já estava no capítulo três, então me forcei a interromper a leitura e colocá-lo na pilha dos que levaria para casa.

Quando me inclinei para frente, na tentativa de me levantar, o potinho de biscoitos no meu colo virou no chão.

— Meleca.

Comecei a catar um por um; mas, quando estiquei o braço para pegar o biscoito que havia caído quase debaixo da estante, meus dedos rolaram em algo duro e eu puxei o braço rapidamente. Deitei-me no chão, tentando enxergar debaixo da estante. O que eu tinha tocado parecia ser a lombada de um livro. Estiquei a mão e o puxei.

A capa estava enegrecida, como se o livro fosse um sobrevivente de incêndio. Senti um frio na barriga ao abri-lo e ver o título *As lendas que ninguém te contou* impresso em vermelho. Aquilo dava um quê especial para ele.

Comecei a ler. Pelo que a introdução dizia, o autor havia reunido boatos, mitos e histórias de taberna que ele acreditava possuírem um fundo de verdade, mas que, aparentemente, o governo queria esconder. Então resolvi folheá-lo.

A escrita não era muito interessante. Não tinha a adrenalina de *As aventuras de Evelyn*, nem o mistério de *O caso da sereia morta*, nem a promessa romântica de *O pirata apaixonado*. Era mais o diário chato de um homem curioso, então eu não ia colocá-lo na pilha que levaria para casa.

Porém, quando fui fechar o livro, as páginas escorregaram e eu vi uma imagem que me fez parar: era uma torre com um relógio na parte de cima e três crianças voando. Meus braços se arrepiaram.

Eu conhecia aquela torre. Aproximei o livro dos olhos. Sim, eu a reconhecia! Não como uma memória, apenas um forte sentimento de certeza.

Quase sem respirar, comecei a ler o capítulo.

**O menino que voltou**
Essa história tem cerca de quatrocentos anos e era uma das mais contadas nas tabernas de Bellatrix, antes de o Império silenciar todos aqueles que sabiam algo a respeito do assunto. Aparentemente, antes de o imortal capitão Gancho assumir o comando dos piratas, antes de as crianças perdidas terem feito a aliança com as fadas, quando ainda tínhamos a figura de um imperador e a guerra assolava a Terra do Nunca, três crianças fizeram o inimaginável: Wendy Darling, Peter Pan e Michael Bartolomeu fugiram para o planeta Terra.

— O quê?! — falei alto demais, piscando de incredulidade. Minhas mãos tremiam quando voltei a ler.

Este autor não conseguiu descobrir como as crianças fizeram essa proeza, mas conta-se que eles roubaram um navio pirata e que foi graças a esse navio que Peter e Michael conseguiram voltar. Wendy jamais retornou da viagem. As histórias do que aconteceu com ela no planeta Terra, porém, são de especulações descabidas, cuja desinformação não merece estar neste livro sério.

Eu sabia que Peter Pan ganhara o título de "o Pioneiro" quando a aliança com as fadas fora estabelecida; que ele era imortal e tinha problemas de memória, e que a Terra do Nunca era governada por um Supremo Conselho desde a aliança, por exigência das fadas. Nenhuma pessoa poderia comandar sozinha as crianças perdidas enquanto o Pioneiro vivesse. Tinha aprendido tudo isso em História Elementar e Política e Cidadania, nos Módulos 12, 15 e 18. Agora, eu também sabia que Peter Pan tinha visitado o planeta Terra.

Só restava descobrir como.

✦ ✦ ✦

A bibliotecária registrava os livros que eu tinha escolhido.
— O que é isso? — perguntou ela, de repente. Estava segurando o livro da capa chamuscada. — Onde o achou?!
— Aqui, no meio da bagunça. Por quê?
Ela olhou para a porta aberta da biblioteca e depois para mim.
— Esse livro foi proibido — sussurrou. — Não deveria estar aqui. Você não pode ficar com ele.

— Mas...

— Na verdade, vou ter que destruí-lo. — A moça se inclinou sobre o balcão. — Se você contar a alguém sobre isso, eles vão fazer uma investigação cautelosa, então vai ser mais fácil se eu simplesmente jogar o livro fora e a gente fingir que isso nunca aconteceu. Pode ser?

A moça me encarava com seus grandes olhos meio arregalados.

— Quem proibiu esse livro?

— O Supremo Conselho, há muito tempo. Na verdade, existe uma lista de livros proibidos que eles sempre atualizam.

— Por que eles se importam com o que a gente lê?

A bibliotecária sorriu.

— Porque eles são espertos. Se o povo lesse os livros certos, imagine o que poderia acontecer? — Ela se inclinou ainda mais sobre o balcão, sussurrando ainda mais baixo. — Talvez uma revolução?

Eu a encarei fascinada, como uma mosquinha atraída pela luz. Ela estava tentando me dizer alguma coisa, podia sentir isso, mas meu cérebro de quase onze anos ainda não conseguia processar muito bem as indiretas.

— E você vai destruir o livro? — perguntei.

— Sim, mas só se você prometer que não vai contar para ninguém. Se você contar, o exército virá atrás do livro e eles vão investigar todos os funcionários da escola.

Pensei por um segundo.

— Não vou contar.

— Acho que é o melhor.

Ela virou-se para trás e escutei o barulho de um livro caindo no chão.

— Viu? Já destruí. — E piscou.

Eu deixei a escola carregando os três livros de ficção escolhidos e uma ansiedade imensa.

✦ ✦ ✦

— Amelia! — gritei ao entrar em casa.

Tirei os sapatos o mais rápido que pude, corri para a cozinha e coloquei a cesta em cima da mesa. Amelia estava tomando um chá, lendo o jornal.

— Amelia, você não vai acreditar.

— O quê?

— Eu encontrei um livro proibido!

Ela cuspiu o chá de volta na xícara.

— O quê?

Contei a ela tudo o que tinha acontecido, a história lida e a estranha conversa com a bibliotecária. Amelia ouviu tudo balançando a cabeça, com aquele sorriso de repreensão que ela fazia quando o Aprisco pulava em sua cama.

— Olha, sinceramente... Esses revolucionários já foram mais cuidadosos.
— Revolucionários?

Amelia arregalou um pouco os olhos.

— Eu quis dizer *bibliotecários*.

Eu a encarei com as sobrancelhas franzidas.

— Então que livros você trouxe? — perguntou ela, puxando a cesta para perto de si.

— Amelia. — Esperei que ela olhasse para mim. A cara de desentendida era muito engraçada. — Eu vou pra Terra.

O sorriso dela escorregou para uma expressão séria. Meu coração batia tão forte que podia senti-lo na garganta, e a boca não conseguia parar de sorrir.

— Eu posso conhecer a mamãe.

Ela respirou fundo, umedeceu os lábios e depois soltou o ar.

— Mas por que você ia querer isso?

Ela não via meus desenhos, então não podia entender.

— Porque ela está triste sem mim — expliquei o óbvio. — Ela sente minha falta. Ela me ama.

Amelia me encarou. E meus olhos umedeceram enquanto eu esperava ela me dizer que não, mamãe não me amava.

Em vez disso, porém, Amelia pigarreou ao olhar para a xícara de chá em suas mãos.

— Eu nunca te contei o que vi quando olhei pelo meu mirador, não é?

Puxei a cadeira mais próxima e me sentei, esperando a história.

— Eu nunca esqueci o rostinho jovem dela, jovem demais — disse Amelia com o olhar distante. — O cabelo crespo preso num coque no alto da cabeça. O uniforme preto e branco, muito alinhado. E aqueles grandes olhos negros, assustados. — Amelia olhou para mim. — Meia hora antes da cerimônia do Dia da Libertação, eu olhei novamente pelo mirador e a vi chorando no banheiro. E chorei também. Chorei porque queria muito ficar com o artefato.

Assenti, o coração embrulhado.

— Eu sempre pensei que mamãe me queria e que estava arrependida, até o dia em que, com trinta e cinco anos, eu recebi um convite da Escola Bellatrix para lecionar na Oficina de Artes, ensinar um pouquinho do que eu sabia para os futuros artesãos da ilha. E eu me senti inadequada para a tarefa. Senti que não estava pronta, que não era capaz de fazer aquilo. — Amelia parou, engolindo em seco. — Então eu entendi que, talvez, fosse exatamente assim que a mamãe tivesse se sentido em relação a mim. — Ela parou de novo para recuperar o controle da voz. — E, por isso, não me quis.

Eu tentava com todas as forças não chorar.

— Você acha que a mamãe não me ama — eu disse, com a voz embargada.

— Não é isso...

— Você acha que ela não tá arrependida.

— É que existem mil motivos para uma mulher chorar e ficar triste. Não sabemos se você é a razão disso.

Abaixei a cabeça, fungando baixinho, enquanto Amelia retomava a fala.

— Mas eu posso estar errada. — Ergui a cabeça para ela. — Eu não quero te dar falsas esperanças, entende?

— Eu sei. — Balancei a cabeça, agarrando aquela esperança como alguém que se afoga teria agarrado um bote salva-vidas. — Mas ela me ama, eu sei que me ama. *Eu posso sentir.*

— Mas ir para a Terra, meu pequeno rio?! Isso não é uma boa ideia.

Estiquei o braço e segurei sua mão.

— Ela é minha mãe. Eu deveria ficar com ela.

Amelia negou com a cabeça.

— Ela *seria* sua mãe.

— Eu preciso saber a verdade. Pelo menos tentar.

Ficamos em silêncio por um tempinho. Amelia só estava tentando me proteger, eu sabia disso, mas ela não sentia a conexão que eu sentia com mamãe. Não tinha como ela saber que mamãe precisava de mim, mas eu, sim. Eu sabia.

— Alison, essa é uma jornada que requer muita maturidade, e eu sei que não adiantaria te proibir de tentar, não é?

Meneei a cabeça. Eu precisava tentar. Amelia suspirou.

— Pois bem, vamos fazer um trato: você não vai investigar esse portal — arregalei os olhos — *enquanto* estiver na escola.

— Hum...

— Só depois de se mudar de vila é que você vai iniciar a investigação.

— Mas a biblioteca da escola...

— Todas as vilas possuem bibliotecas. A gente só não tem na primeira vila porque usamos a da escola.

— Hum.

— E você vai me prometer que será a melhor aluna possível. Vai estudar e se dedicar para ter uma boa profissão no futuro.

— Eu já sei o que eu quero ser quando crescer: vou ser artesã.

Amelia riu, revirando os olhos.

— Você diz isso por minha influência. Mas repare que a gente não vive tão bem assim, você poderia ganhar muito melhor se...

— Eu quero ser artesã.

— *Argh*! Esquece. Apenas prometa que vai ser uma aluna aplicada para garantir mais alternativas. Eu quero que você tenha uma vida boa, pelo menos enquanto estiver aqui.

— Ok, prometo.

— E que só vai procurar o portal para a Terra quando sair da escola?

Hesitei. Amelia intensificou o olhar e meus ombros caíram.

— Tá bem.

Então me levantei e puxei a cesta.

— Tem mais uma coisa — ela disse.

Fiquei parada perto da mesa, segurando a cesta.

— Prometa que você vai cultivar outros sonhos, que não vai ficar obcecada apenas com este.

— Mas e se eu não quiser mais nada?

— Eu odiaria ver você deixando de viver coisas incríveis e desistindo de oportunidades só porque está obstinada demais com um único sonho para perceber que a vida pode ser mais do que isso.

Amelia falou com tanta intensidade que assustou.

— E-eu prometo.

Dei as costas e comecei a caminhar em direção ao meu quarto, mas parei na porta da cozinha quando ouvi a voz dela atrás de mim.

— Eu não queria que você passasse novamente pela dor da rejeição. — Fechei os olhos. — Espero que um dia você perceba como essa ideia é perigosa. E, quando isso acontecer, espero que não seja tarde demais para superar.

Eu respirei fundo e subi as escadas.

A verdade é que era tarde demais.

Eu já tinha me apegado à mamãe.

# 22

**MÊS DO TIGRE, 628 D.I.**
*Verão, 11 anos*

**HAVIA CHEGADO O NOSSO MOMENTO** de participar das Batalhas de Verão.

Todo ano, a mesma coisa: quem havia despertado nos quatro primeiros meses e estava completando doze anos lutaria no mês do Tigre; os que tinham despertado nos quatro meses seguintes lutariam no mês da Águia; e os que haviam despertado nos quatro últimos meses do ano lutavam no mês da Sereia.

As batalhas aconteciam sempre na segunda sexta-feira do mês. Em apenas alguns minutos, Levi e Thomas entrariam na arena. Eu não queria pensar que, dali a menos de duas semanas, Levi partiria para a vila Ribeiros e que, um mês depois, seria a vez de Thomas.

Suspirei, abanando-me mais rápido com o leque. O chapéu protegia parte do meu rosto do sol ardente, mas os braços ficavam expostos na blusa sem manga do uniforme de verão. Uma gota de suor escorreu por minha têmpora. Estava sentada ao lado de Sophia em uma das arquibancadas, esperando a cerimônia começar.

Para preservar a surpresa das batalhas, somente os alunos que fossem lutar naquele ano podiam assistir, além de professores e funcionários. Do lado de cá, onde os alunos ficavam, o estádio estava lotado. Do outro lado, porém, havia alguns espaços vazios.

De repente, um baque alto e retumbante de tambores ecoou pelo Estádio Imperial. Depois outro. E mais outro. BUM... BUM... BUM...

O ritmo dos tambores foi aumentando e, com eles, as batidas do meu coração. Quando os tambores atingiram uma velocidade abrasadora, os lutadores entraram no campo de terra batida, levantando uma torcida eufórica.

Baixinha como era, subi na pedra que servia de assento, gritei e bati palmas. O coração pulsava tão forte e frenético quanto os tambores.

Do mesmo modo repentino que começaram, os tambores pararam. Mas a torcida continuou vibrando.

Os lutadores usavam roupas brancas de tecido leve: bermuda para os meninos e vestido curto para as meninas. Todos com coroas de louro na cabeça, sandálias de couro e braceletes de ouro. Acenavam para nós.

O campo de terra do estádio era enorme, e um muro separava o local dos competidores da torcida. Eu estava bem na segunda fileira, de onde poderia — ou tentaria — enxergar melhor. Lá embaixo, os combatentes se organizaram em uma fila horizontal, de costas para nós, voltados para a arquibancada dos professores.

Mesmo de costas, reconheci Thomas e Levi: os dois branquelos, morenos, um de cabelo cacheado e o outro, liso com topete. Senti um frio na barriga. *Boa sorte, meninos.*

Quando o presidente da escola se dirigiu ao púlpito coberto — uma espécie de torre na parte central da arquibancada —, todo mundo se sentou em silêncio.

— Meu amado povo... — Abriu os braços, com a postura altiva e a voz grave que cativavam respeito. — *Bem-vindos a mais uma Batalha de Verão!* — O som de palmas ecoou pelo estádio. — Hoje, vocês, meus pequenos guerreiros, fazem-se grandes. Hoje, cada um de vocês tem a chance de provar o seu valor; de provar que merece a segunda chance recebida. Porque hoje vocês mostram ao mundo que são de fato uma criança perdida, de alma e sangue! Um povo... Uma carne... Somente uma vitória, uma glória, uma forte e poderosa nação. Juntos, nós atravessamos oceanos, conquistamos terras, formamos um império! Portanto, sejam valentes. E em cada batalha, *façam valer a pena*.

Lá embaixo, os lutadores ergueram a mão direita com o punho fechado e gritaram em uníssono:

— FAZER! VALER! A PENA!

Mais palmas. O frio na minha barriga contrastava com a pele quente pelo sol das duas horas. Debaixo da saia longa, minhas pernas suavam. Parei de aplaudir e voltei a me abanar.

Depois do discurso presidencial, cantamos o hino.

E, enquanto nossas vozes teciam a musicalidade dramática, lenta e inspiradora do hino cantado por todas as crianças perdidas em cada uma das sete ilhas da Terra do Nunca, a bandeira do Império era erguida. No lado esquerdo dela, a bandeira da Província Gêneses subia um pouco abaixo e, no lado direito, hasteavam a bandeira de Bellatrix.

Assim que o hino terminou, um sonoro *bóóóómmm* deu início ao segundo momento da cerimônia.

No mesmo instante, os competidores correram ao centro do campo para pegar suas armas dispostas numa pedra retangular. Thomas pegou um escudo e uma adaga. Levi pegou uma balestra e um escudo menor.

Cada jogador correu para um canto da arena, e esperamos pelo som da trombeta, que marcaria o primeiro turno.

O som agudo veio logo em seguida.

Mal os portões começaram a se abrir e um bando de macacos de pelo vermelho e moicano na cabeça saiu correndo para o campo, aos montões, enlouquecidos. Meu coração pulsou forte ao vê-los partindo para cima dos competidores.

Os mordanazes pulavam furiosos e guinchavam alto, exibindo as duas presas da boca. Havia muitos ali, em número de pelo menos dois para cada competidor.

O objetivo da primeira etapa era que cada lutador abatesse um mordanaz em menos de cinco minutos. Para isso, as armas estavam envenenadas com Pó da Noite; o que não mataria o animal, mas o faria dormir rapidinho. Se a pessoa fosse mordida ou não conseguisse abater nenhum macaco dentro do prazo, perderia.

— Vai, Thomas! Vai, Levi! — gritava uma Sophia histérica.

Eu não conseguia fazer nada além de me abanar furiosamente, alternando o olhar entre o pandemônio que acontecia no campo e o ponteiro que parecia correr no grande relógio de pêndulo. Mordia os lábios e fazia caretas, atenta aos movimentos dos meus amigos.

Levi foi rápido, acertando um macaco à distância, vantagens da balestra. Agora ele só precisava defender sua presa, para que os outros mordanazes não conseguissem roubar o corpo do companheiro, um típico comportamento do animal.

Thomas, por outro lado, estava em apuros.

O ponteiro girava e o garoto não conseguia cravar a maldita adaga em nenhuma das bestas ensandecidas. Usava o escudo para defender-se, mas estava praticamente *só* se defendendo.

— Acaba com eles, Thomas! — gritei.

Só restavam mais alguns tiques. *Vamos lá!*

Um macaco pulou de supetão em cima do escudo de Thomas e, por um momento, fiquei sem visão. Pulei na ponta do pé, prendendo o fôlego. Olhei para o marcador. Tempo esgotado. A trombeta anunciou o fim da prova. Voltei a fitar a arena. Lá embaixo, Thomas ficava de pé, com um mordanaz caído ao seu lado. Bem a tempo!

— *Uhuu!* — gritamos Sophia e eu, abraçando-nos e tremendo.

Metade dos competidores saiu cabisbaixo.

Logo a trombeta marcou o início da segunda rodada. Voltei a me abanar enquanto os lutadores restantes se posicionavam, no aguardo.

Lentamente, a porta se abriu. Mas, por alguns instantes, nada saiu de lá. Primeiro, veio o ruído metálico; um farfalhar de escamas e o ronronado gutural de um monstro enorme. Quando a centopeia-gigante-do-deserto enfim correu para fora, meu corpo inteiro estremeceu.

— Ferrou. — Caí sentada no banco de pedra.

O desenho horrível de um lacryoza que eu vira no livro de biologia me causara arrepios, mas nem se comparava a vê-lo ao vivo e em cores. A centopeia tinha a mesma altura de um homem adulto, com duas antenas que serviam para se localizar, já que os olhos pequenos eram praticamente cegos. Ela também tinha uma espécie de gancho no rabo, que usava para segurar e imobilizar suas vítimas.

Aquele ali era de um negro brilhante como petróleo, rápido e selvagem. Abriu a enorme boca, que atravessava a cabeça achatada de um lado ao outro, e emitiu um agudo irritante. Bom, pelo menos os milhares de dentes finos e afiados tinham sido arrancados. Sem as presas, a centopeia era inofensiva. Eles não eram *tão* loucos ao ponto de colocarem crianças em perigo real.

Mesmo assim, quando o animal escalou e correu pelo muro que nos separava da arena, eu gritei, encolhendo-me. As antenas tremeram e, no minuto seguinte, o monstro pulou na direção exata de um competidor. Ele pegou a criança pela boca e sacudiu-a como um cão brincando, depois jogou o pobre garoto para o lado. Todo babado, o menino correu para fora do campo, aos prantos. Primeiro eliminado.

O som metálico das escamas e o ronronar assustador aumentaram. Pelo visto, o objetivo de ficar vinte e cinco minutos na arena seria quase impossível.

Um a um, o lacryoza atacou os combatentes. As crianças corriam desesperadas, gritavam, e até tentaram se unir para lutar, mas não tinha jeito: se não eram apanhadas pelo gancho do rabo e jogadas contra a parede, eram mordidas e sacudidas.

Em quinze minutos, não restava ninguém na arena.

A trombeta soou e eles deram um intervalo de meia hora. Sophia e eu comemos e bebemos ali mesmo na arquibancada, receosas de que, se deixássemos nossos lugares, nós os perderíamos. Ela foi ao banheiro primeiro e eu, depois.

Após os trinta minutos, o presidente voltou ao palanque, para anunciar os nomes dos competidores que iriam para o turno final. Seriam os cinco que tinham conseguido ficar por mais tempo na arena.

— E os nomes dos seus finalistas são... Charlotte Mermaid, Thomas Bluestar, Juan Fuerte, Levi Hazy e Augustine Lefeu!

Os cinco anunciados voltaram, acenando para a torcida.

Quando a trombeta soou, uma garota ruiva foi para o centro da arena, segurando seu machado espinhento. Ela largou o escudo de lado, enquanto os outros quatro competidores deixavam o campo. Sozinha, ela esperou.

Parei de me abanar, os olhos pregados no portão de madeira.

A porta foi aberta, porém nenhum animal saiu. A ruiva não se mexeu. E o clima ficou em suspenso, até que a torcida começou a perder a paciência. Seja lá o que estivesse dentro daquela toca, não queria sair.

Os treinadores que retiravam os animais ao fim de cada etapa correram para lá, segurando varas de ferro. E, à força, retiraram um castian-azul.

De todos os animais que eu havia estudado, o castian era o meu favorito. Sendo gatinhos gigantes — bem gigantes —, eles costumavam ser curiosos e estressadinhos. Perdiam o equilíbrio quando atingidos no nariz e o senso de espaço caso alguém cortasse seus bigodes. Se agarrado pelas orelhas, mesmo que apenas nas pontinhas, era totalmente dominado. Os livros também diziam que os castian-azul e rosa possuíam uma excelente memória, enquanto os castian-violeta eram os mais inteligentes da espécie.

A ruiva, Charlotte Mermaid, não perdeu tempo. Assim que os treinadores deixaram o campo, ela correu na direção do animal. O gato, três vezes o tamanho dela, sibilou, arrepiado. Seus dentes mandavam-na ficar longe dele.

Mas a menina ignorou o aviso. E, antes que pudesse se aproximar demais, atirou o machado espinhento na direção do rosto do castian-azul, que tentou se desviar, sem muito sucesso. O machado atingiu com força o rosto do animal. Gemendo, ele abaixou a cabeça. Aquilo com certeza doía para caramba.

Charlotte aproveitou a perda de equilíbrio do gato e escalou sua pata, subindo para a nuca. Agarrou suas orelhas e fim de jogo.

Em menos de dois minutos, cumprira a prova. Seria difícil superá-la.

No meu canto, eu encarava a arena, estática.

— Ela machucou ele, você viu, Sophia? Ela machucou o gato!

— Eu sei. Pobre castian-azul...

— Isso é um absurdo.

— A competição inteira é maluca — disse ela, abanando-se rápido. — Quero dizer, o que esses adultos têm na cabeça?! Santa batatinha frita, hein!

Charlotte deixou a arena sob vigorosas palmas e assobios. Enquanto saía, Thomas entrou. Eles trocaram um *high-five*.

O castian-azul já tinha se recuperado da pancada no nariz e estava furioso.

Mal Thomas chegou ao centro da arena e o gato correu em sua direção, miando voraz. Thomas usou o escudo para se defender e tentar acertar o focinho dele. Desta vez, o castian-azul conseguiu se esquivar e, com uma patada certeira, atingiu meu amigo nas costas, fazendo-o cair de cara no chão. Aquele golpe teria arrancado sangue e pele, caso não tivessem cortado as garras do animal.

Foi uma luta difícil para Thomas. Passados doze minutos, ele conseguiu atingir o gato no nariz e subir nas costas dele, agarrando-o pela orelha.

E assim, usando a mesma estratégia, todos os competidores dominaram a fera, com a exceção de Augustine Lefeu, que esgotou o tempo depois de quinze minutos sem sucesso.

Observei, horrorizada, os treinadores levarem o castian-azul de volta à sua toca. O animal saiu meio trôpego, balançando a cabeça e reclamando em miados irritados e doloridos. Cerrei os punhos quando os portões foram fechados e eu ainda podia ouvi-lo choramingar.

Charlotte subiu no pódio mais alto. Levi ganhou em segundo e Juan, um garoto alto de pele marrom-clara, subiu em terceiro. Thomas ficou com a menção honrosa do quarto lugar.

Enquanto cantávamos novamente o lento e marcante hino imperial, fiquei de olho na porta escura e entalhada onde haviam colocado o castian-azul.

No mês do Tigre, dali a exatos trinta dias, seria eu na arena a participar da Batalha de Verão.

Voltei o olhar para a figura orgulhosa do presidente.

*Fazer valer a pena, não é? Vocês vão ver só.*

# 23

— AMELIA, CHEGUEI. — Tirei as sandálias de tira e o chapéu, e coloquei tudo no armário da entrada.

— E aí, como foi a batalha dos meninos?

Minha guardiã estava sentada na cadeira de balanço da sala, com Aprisco no colo. Fui pegar uma água na cozinha.

— Foram bem. Levi ficou em segundo e Thomas, com menção honrosa — falei alto enquanto servia o copo.

— Que bom, eles vão receber um prêmio legal em dinheiro. Levi ficou em segundo, você disse? Acho que vai ganhar dois pentars.

A moeda de ouro, pentar, era a mais valiosa do Império. Geralmente, eu via Amelia manuseando braters e sints, nossas moedas de prata e bronze. Terminei de beber a água e coloquei o copo na pia.

— Preciso salvar um animal da escola — comentei como se não fosse nada demais. — Como posso fazer isso?

Ouvi a gargalhada da Amelia.

— Ai, ai... Você inventa cada uma!

Fui até lá para sentar-me na ponta do sofá.

— Eu falo sério, Amelia. Aquilo é muito errado, eles estão machucando o castian.

Ela parou de fazer o artesanato e me encarou.

— E você acha que é certo o que fazem com o lacryoza e os mordanazes? Ou só é errado se o animal for bonitinho para você?

Pisquei, como se tivesse levado um tapa na cara. Tinha sido quase isso.

— Desculpe — disse Amelia enquanto afagava Aprisco, que fechou os olhos e tombou a cabecinha.

— Ele tá sofrendo — sussurrei.

— Querida, você está quase se formando e é uma das melhores alunas da sua turma. — Claro! Afinal, eu havia prometido. — Se meter em confusão agora é a última coisa que você precisa nesse momento.

— Não quero confusão, só quero salvar o castian-azul. A gente pode pensar em um plano juntas.

— Não. É muito arriscado.

— Por favor, Amelia, me ajuda a tentar.

— O que eu te falei sobre os outros animais?

— É diferente! O lacryoza não vai sobreviver na natureza sem os dentes, e os mordanazes... bem... Eles são muito loucos e assustadores, não acho que dá para salvar o bando inteiro. Mas eu sei que posso salvar o castian-azul.

— Não dá para saber. — Amelia balançou a cabeça.

— Dá, sim — falei ao correr para o quarto.

Peguei o livro de biologia e desci, lendo uma parte em voz alta:

— "Temos registros de que, centenas de anos atrás, os humanos e os castian conviviam em harmonia. O felino era conhecido por ser dócil e por defender o humano que considerasse como 'seu'. Não se sabe ao certo o que mudou, apenas os registros mais antigos mencionam..."

Olhei para ela e bati no livro.

— Viu?! Eles costumavam adotar humanos, olha que gracinha... Preciso ajudar aquele gatinho.

— "Gatinho!" — Ela cuspiu uma risada. — Ele é dez vezes o seu tamanho, vai matá-la!

— Dez vezes o meu tamanho é um exagero. E eles têm um sexto sentido, sabem em quem confiar.

— Aquele castian já deve estar tão traumatizado que não vai confiar em nenhum humano, nunca mais.

— Mas você não tinha me falado para sonhar com outras coisas? — Abri os braços, os olhos arregalados. — Então! Esse é o meu novo sonho.

— Pois arrume outro.

— Você também disse que o mundo vira um lugar nojento quando as pessoas param de lutar pelo que é bom.

Amelia abriu a boca, olhando-me ao balançar a cabeça.

— Oh, golpe baixo.

Sorri.

— Então? Vai me ajudar?

Amelia voltou a fazer seu artesanato, em silêncio. Mordi os lábios, esperando.

— Vou tentar pensar em algo. — Pulei, gritando "isso", enquanto ela continuava falando com a voz calma. — Vai ser um plano difícil e vamos precisar da colaboração do felino, então, enquanto eu penso em como libertá-lo, você precisa conquistar a confiança dele. Precisa fazer isso até antes da próxima batalha.

Anuí.

— E não conte para ninguém o que vamos fazer. Nem para os seus melhores amigos — Amelia disse o óbvio.

— Prometo.

— E não faça nada sem falar comigo antes.

Eu a abracei.

— Obrigada, você é a melhor.

Então subi para o quarto e peguei meus antigos livros de biologia e geografia. Reli tudo o que já tinha aprendido sobre a espécie.

No início daquela noite, quando Amelia me chamou para jantar uma sopa de feijão (eca!), sentei-me à mesa com ares de vitória.

— Já sei como conquistar o gato.

Amelia gargalhou.

— Ah, se você fosse um pouquinho mais velha, essa frase me preocuparia.

— O quê?

— Nada, não.

# 24

**ASSIM QUE A PROFESSORA** de Finanças Pessoais nos liberou para o intervalo do almoço, guardei meu material e saí correndo.

Caminhava pelas calçadas, segurando firmemente a bolsa em que guardava meus cadernos e um peixe fresco embrulhado, quando percebi que Thomas, Levi e Sophia caminhavam na direção oposta. Vinham das oficinas, conversando alegremente. *Droga.*

Abaixei-me e virei a cabeça, a aba do chapéu escondendo meu rosto, então apressei o passo. Segundos depois, ergui novamente a cabeça e olhei para trás. Meus amigos continuavam andando e conversando, em direção ao refeitório. Segui meu caminho.

Já perto do estádio, passei por uma plaquinha. Jaulas, Estádio Imperial, floresta de treinamento, Jardim Encantado... Todas as setas apontavam para frente, exceto uma. As jaulas ficavam à esquerda.

E não foi difícil encontrá-las. Caminhando por uma trilha de terra pisada entre a relva verde do verão, encontrei três construções peculiares.

Em formato retangular, com paredes de tijolos, os confinamentos não tinham teto, apenas grades em cima e portões também gradeados. Perto deles, alguns carrinhos de mão impregnavam o ar com o mau cheiro das fezes.

Tapei o nariz e a boca com uma mão.

Fui me aproximando devagar de uma choupana precária e espiei. As sombras úmidas cobriam quase tudo, mas, pela luz que vinha da porta aberta, pude ver a comida dos animais. Tinha baldes com insetos, outros com frutas e outros com restos de comida. Ali, o cheiro conseguia ser pior que o das fezes.

De repente, ouvi alguém resmungar em alemão. Com o susto, nem pensei duas vezes e entrei na choupana, escondendo-me atrás da porta. Tentava não respirar no fétido ambiente enquanto ouvia os dois homens se aproximando cada vez mais.

Dois baldes de alumínio foram jogados porta adentro, o que me fez estremecer de susto. Depois, jogaram mais um balde e puxaram a porta. Trancada junto à escuridão, cerrei os punhos. *Não se apavore, não se apavore.* Eles não tinham trancado a porta a chaves, não havia motivo para pânico.

Espiei pela fechadura. Depois de jogarem as fezes dos carrinhos de mão numa carroça, os dois homens partiram com o veículo pela mesma estradinha de onde eu viera. Continuei olhando pela fechadura, tremendo, e torci para que eles se distanciassem logo e eu pudesse sair.

*Não está tão escuro, vai ficar tudo bem. Vai ficar tudo bem, vai ficar...* Algo pequeno e de patinhas ásperas começou a subir pela minha perna.

Abri a porta bruscamente e pulei para fora. Me sacudi inteira, com a boca aberta em um grito silencioso porque não podia fazer muito barulho, os homens não estavam tão longe assim. Por fim, parei, tentando recuperar o fôlego e a sanidade.

Já recomposta, olhei para as jaulas.

Dispostas no formato de um retângulo, duas de cada lado e uma ao fundo, elas formavam um corredor a céu aberto no meio. Caminhei cautelosamente para o corredor enquanto observava o lacryoza na jaula da esquerda, todo encaracolado. Suas antenas tremiam à medida que eu andava. *Por favor, não se mexe.*

Olhava para ele quando senti algo me acertar no braço direito e estremeci de susto. Era um caroço de manga, jogado por um mordanaz. Eles gritavam furiosos, pulando e sacudindo-se nas grades. Exibiam suas presas para mim e tentavam me acertar com cascas e caroços de frutas.

— Idiotas.

Apressei o passo até a última cela. Parecia vazia, mas isso era porque tinha uma casinha no fundo. Estreitei os olhos, tentando enxergar melhor. Sim, ele estava lá dentro, protegido pela penumbra.

— Vem cá, gatinho, vem cá... *Psc, psc.* — Assobiei... e nada.

Abri a bolsa e peguei o embrulho. Amelia havia coberto o peixe com farinha, para inibir o odor, então eu tive que limpá-lo com um lenço antes. Finalmente, peguei o peixe quase limpo e enfiei meu braço pela grade, balançando-o de um lado para o outro.

— Olha só o que eu trouxe para você. É comida de verdade, não aqueles restos nojentos que eles te dão. Vem cá, vem. Pode confiar em mim.

Fiquei balançando o peixe por uns dois minutos, até meus braços doerem e pesarem. Suspirei.

— Está bem, você venceu.

Joguei o peixe, que caiu na metade da jaula, mas nem assim o castian-azul saiu de sua toca. Esperei um pouco mais. Nada.

Peguei a bolsa do chão e comecei a voltar.

No momento em que me viram, os mordanazes voltaram a guinchar, pular e atirar coisas.

— Oh, me deixem em paz.

Ouvi um baque surdo atrás de mim e parei, olhando para a jaula do felino. Abri a boca, sobrancelhas arqueadas. Ali estava ele, cheirando o peixe. *Isso!*

Então senti uma gosma atingir minha bochecha.

— Eca! — Olhei furiosa para os mordanazes. — Ok, já chega, vocês precisam parar com isso.

Peguei a garrafa de água que Amelia sempre colocava na bolsa para eu me manter hidratada e joguei todo o líquido na grade dos macacos. Os atingidos pularam para trás, gritando em desespero como se eu os tivesse queimado. Os outros, vendo a água, fugiram para o fundo da jaula, e logo o pânico se espalhou. Nenhum deles ousou se aproximar novamente das grades que formavam o portão.

— Viram como é ruim?! Não joguem lixo em mim, e eu não jogo água em vocês.

Limpei a bochecha com a barra da saia do uniforme e olhei para trás. O castian-azul estava comendo o peixe. O sorriso voltou a iluminar meu rosto.

Corri até a cela dele, porém, antes que eu pudesse me aproximar, o gato viu meu movimento e, numa abocanhada só, terminou de comer e correu para dentro da toca logo em seguida.

— Nããão! *Argh.*

Meus ombros caíram. Voltei a andar. Os mordanazes gritaram do fundo da jaula, sem jogar nada. O lacryoza continuava encaracolado, tremendo suas antenas a cada passo que eu dava.

*Tudo bem, Alison, tudo bem.* Caminhei pela estradinha em direção ao refeitório. *Foi só o primeiro dia. É normal, ele tá assustado... Vai dar certo.*

Mas, por uma semana inteira, não deu.

E então chegou o dia de Levi ir embora.

# 25

**APRISCO NÃO PRECISOU ME ACORDAR.** Tampouco Amelia. Eu nem tinha dormido, para falar a verdade.

Levantei-me devagar da cama, com movimentos lentos e automáticos, e coloquei meu vestido favorito — rosa-coral, com babadinhos na manga curta e na barra. Penteei meu cabelo enquanto encarava o espelho. As bochechas estavam rosadas e o canto da boca, levemente para baixo.

Calcei a sandália de tiras e desci as escadas. Meu coração se encolhia a cada degrau. Seria a primeira vez que me despediria de um amigo. Em dias como aquele, não conseguia ignorar o fato de que, em breve, eu me despediria de Amelia. E nunca mais a veria.

Cheguei à porta da cozinha e a vi coando o café, o leite fervendo na chaleira. Lá fora, o céu ainda estava escuro. Meus olhos se encheram d'água.

— Oh, meu pequeno rio. — Amelia desligou o fogo e veio me abraçar. — Não fique assim, você voltará a ver Levi logo, logo. Seis meses passam mais rápido do que imagina.

Eu apertei o abraço. Aquilo, na verdade, não me consolava.

— Vamos, a caravana deve sair em meia hora. — Ela deixou o café posto na mesa e pegou o xale.

Todo dia 25, caravanas partiam levando os aniversariantes do mês para a próxima vila. Como elas saíam muito cedo, antes do raiar do sol, eu nunca as tinha visto. A ansiedade fazia meu coração bater mais forte.

Caminhei no ritmo manco de Amelia até o portão principal de Fênix. Lá, encontramos um pequeno aglomerado de gente. Os amigos daqueles que iriam embora choravam e se abraçavam. Algumas crianças conferiam as bagagens com a ajuda de seus guardiões, e outras estavam sozinhas, só esperando.

— Ali. — Amelia apontou.

Levi estava em um canto mais afastado. Amelia e eu caminhamos para lá. Sentado ao lado de Sophia, ele tinha as sobrancelhas franzidas e ela, a face úmida. De pé, perto da bagagem, o guardião dele fumava um charuto, com a expressão séria de sempre.

Levi ergueu os olhos bem a tempo de ver eu me aproximando. Ele se levantou e nós nos abraçamos forte. O aperto quebrou meu coração em cacos.

— Vou sentir tanto a sua falta.

— Eu também — respondeu ele com a voz estrangulada.

Nós nos afastamos, eu enxugando as bochechas, ele coçando o nariz. Amelia chegou e beijou o topo da cabeça de Levi.

— Eu amei te conhecer. Você é uma criança incrível e, um dia, será um grande homem.

Quando se empertigou, ela olhou para o guardião dele e fechou a cara.

— Coloquem as bagagens na carreta, vamos logo! — Um soldado passou gritando ao tentar organizar as pessoas.

Enquanto o guardião de Levi pegava as duas malas em formato de baú e as levava para a carreta exclusiva de bagagens, nós ficamos parados no mesmo lugar.

— Vamos lá, Thomas... — Levi murmurou baixinho, os olhos fixos na rua.

Minutos depois, o mesmo soldado passou ordenando que as crianças entrassem nas várias carroças de viagem. A caravana já estava atrasada.

— Vamos, garoto, você ouviu o guarda — disse o senhor Stone.

— Espera, meu amigo ainda não chegou.

— Eu não me importo, apenas vá para a droga da carroça! — disse ele, exceto por não ter usado a palavra "droga".

No momento em que senhor Stone agarrou o braço de Levi, Amelia deu um passo para frente.

— Largue o garoto.

— Ou o quê?

O guardião encarou Amelia, sem largar o braço de Levi. Ela permaneceu firme, encarando-o de volta.

— Ou nada. Você vai soltar o braço dele porque Levi não é mais seu afilhado.

Então o senhor Stone largou Levi com força, praticamente o empurrando para o lado. Olhou para ele e apontou o dedo.

— Seu pirralho desobediente, ingrato do caramba! Você nunca viu tudo o que eu fiz por você, não é? Mas a vida vai te ensinar. — Deu as costas para a gente e saiu resmungando.

Levi continuou olhando para o fim da rua, na ponta dos pés, esforçando-se por enxergar o que não havia ali. Eu me aproximei dele por um lado e Sophia pelo outro. Com os braços nos ombros de Levi, ficamos esperando.

— Só falta ele, senhora. Precisamos ir. — A voz do guarda soou atrás da gente. Amelia tentava convencê-lo a esperar um pouco mais. — Lamento, já estamos atrasados.

Os postes continuavam acesos, ajudando os fracos raios de sol a iluminarem a vila, mas logo o sol ganharia vigor e os postes seriam apagados. Levi voltou a se apoiar nos calcanhares.

— Por que Thomas não veio? — perguntou ele quando ouvimos os passos de Amelia se aproximar de nós.

Sophia e eu não respondemos.

Levi abaixou a cabeça e foi para uma das carroças de viagem.

Mais alta e bem mais comprida que as carroças do dia a dia, a de viagem tinha bancos acolchoados com encosto, de um lado e do outro, formando um corredor no meio. Também tinha um teto vermelho de tecido impermeável, o mesmo usado nas nossas capas, para proteger do sol e das chuvas. Em formato de um C deitado, a porta era aberta para permitir a entrada de ar.

Levi subiu sem ajuda no veículo, que entrou em movimento logo em seguida.

— Espera!

Olhei para a rua. Ao longe, um menino vinha correndo o máximo que podia.

— Espera!

Mas a carroça já tinha deixado os portões de Fênix e não ia parar.

— Corre, Thomas! *Corre!* — gritávamos Sophia e eu.

Quando ele nos alcançou no portão, parou para respirar. Amelia deu tapinhas em seu ombro.

— Vamos, menino, continue! Ainda dá tempo.

Mesmo visualmente cansado, Thomas voltou a correr portão afora, deixando um aglomerado de pessoas olhando com curiosidade para a cena.

Ele corria atrás da carroça, os cabelos negros ao vento.

— Levi!

Levi apareceu na porta da carroça e acenou. Eles ainda conseguiram tocar a ponta dos dedos antes que Thomas perdesse o fôlego e parasse de correr. Todo mundo que via aquilo vibrou com palmas.

Essa memória sempre me fez sorrir. Lembrar-me de Thomas correndo com o topete ao vento, Levi com a mão esticada para fora da carroça, Sophia e eu gritando na torcida... Aquilo era a gente. Um grupo que faria qualquer coisa pela felicidade do outro; que amava e se importava como uma verdadeira família.

Certa vez, ouvi dizer que, se soubéssemos quando tudo ia acabar, aproveitaríamos melhor cada momento da vida. Mas eu acho que é o contrário: é justamente por não sabermos o que vai acontecer em seguida que nós temos esperança.

# 26

**MÊS DA ÁGUIA, 628 D.I.**
*Verão, 11 anos*

**CRUZEI A ESTRADINHA DE TERRA** pisada entre a relva e me escondi atrás da choupana, como sempre. Minutos depois, ouvi a carroça se afastar. Espiei os dois homens conduzindo o veículo até que estivessem longe o bastante e saí.

Os mordanazes já não ficavam mais tão nervosos com a minha presença. Tinham aprendido a me tolerar e não jogavam nada em mim desde o pequeno banho.

O lacryoza, por sua vez, vivia envolto de si mesmo, um grande círculo preto e metálico no meio da jaula. Quase nunca dava sinal de vida, exceto pelas antenas.

Já o castian-azul, que eu batizara de Patinha, havia aprendido que a minha presença ali significava comida mais gostosa. Então, depois de nove visitas seguidas, ele começara a sair da toca — sem, contudo, aproximar-se da grade. Só que eu estava ficando sem tempo. Faltava uma semana para a minha Batalha de Verão e eu ainda não tinha conquistado a confiança dele.

Por isso, naquele dia eu resolvi pressioná-lo um pouco mais.

— Não vou jogar o peixe para você. Se quiser comer, vai ter que vir aqui buscar.

Balancei o peixe por uns cinco minutos... e nada.

— Eu *não* vou jogar, Patinha. Vai ter que confiar em mim.

Mais três minutos. Grande e felpudo, o gato era de um tom azul-celeste pastel, com as pontas das orelhas brancas, os olhos violeta e as patas manchadas de preto, como se tivesse pisado em tinta — daí o nome "Patinha". Ele estava sentado, esperando. E eu também.

— Vamos ver quem é mais teimoso. Garanto que eu ganho.

Depois de quinze minutos, o castian começou a miar insatisfeito, estressado.

Não arredei.

Quando percebi que ele finalmente se aproximava da grade, devagarzinho, patinha após patinha, olhar atento com pupilas dilatadas, fiquei de pé.

— Isso, bom garoto. Pode vir. *Psc, psc.* Tá tudo bem. Quase... lá.

Eu esticava meu braço para dentro da grade o máximo que podia. A verdade é que eu confiava mais no castian do que ele em mim. Por isso, levei um susto enorme quando senti a dor aguda de suas unhas crescidas arranhando minha pele numa patada forte e certeira.

O peixe caiu e eu gritei, puxando de volta o braço ensanguentado. Ele pegou o peixe com a boca e correu para o fundo da cela.

Olhei com horror para a marca das garras, o sangue quente escorria até os dedos e pingava no chão. Ergui a cabeça e fitei o castian-azul, os olhos cheios d'água. Ele me fitou de volta, mas logo voltou a comer. Indiferente.

Voltei para o meu bloco chorando enquanto segurava o braço ferido. Ao ser atendida pela enfermeira, disse que tinha me machucado em um espinheiro da floresta de treinamento.

E quando cheguei em casa com o braço enfaixado, contei para Amelia por que eu não ia mais salvar o Patinha.

— Você estava certa, ele nunca mais vai confiar em ninguém.

Amelia colocou o jantar na minha frente em silêncio e deu as costas para servir-se. Aproveitei o momento de distração dela e joguei os grãos de feijão para Aprisco comer. Sempre me livrava deles quando podia.

— É uma pena, meu plano de como resgatar o felino já estava pronto. E era brilhante.

— Sério? — perguntei de boca cheia.

Amelia me censurou com o olhar.

— Se você não voltar amanhã, aquele gato vai ter certeza de que você é exatamente igual a todos os outros. Mas, se voltar, tem a chance de mostrar para ele que você é de confiança.

— Mas ele me machucou.

— É só não colocar o braço para dentro da grade.

— E eu achei que você não gostava da ideia de salvar o castian.

— Gosto menos da ideia de vê-la desistir. — Amelia levou uma colherada à boca e sorriu.

Fui dormir pensando nisso.

Tudo bem que o Patinha havia me machucado e quebrado a minha confiança nele, mas... quantas vezes os humanos não tinham feito exatamente a mesma coisa com aquele gatinho?

✦ ✦ ✦

No dia seguinte, voltei às jaulas.

Será que eu estava imaginando ou realmente vi surpresa nos olhos violeta do gatinho azul? Ele provavelmente não esperava me ver de novo. Tirei as faixas e ergui o braço machucado para que o castian visse.

— Olha o que você fez comigo. Você fez isso!

O gato abaixou a cabeça. Então peguei o peixe ainda coberto de farinha e o atirei dentro da cela.

— Tome essa droga de peixe. Não é isso o que você quer? Se for só com isso que você se importa, tá aí. — O castian olhou para o peixe, mas não se moveu. — Eu abri mão de ganhar o último presente de aniversário que a Amelia ia me dar só para comprar todos esses peixes, pra gente virar amigo e eu conseguir te salvar, e você faz isso?! — Ergui novamente o braço machucado. — Você, Patinha, é um gato feio e mau.

Peguei minhas coisas e dei as costas.

Não tinha dado nem três passos completos quando o ouvi. Era um miado baixo e dolorido. Parei. Continuei parada, de costas para a jaula dele.

O castian miou novamente. Devagar, virei-me um pouco e abri a boca, sem fôlego, ao ver o quão perto ele estava da grade. Olhava diretamente para mim.

Deixei a bolsa escorregar para o chão e voltei, lenta e cautelosamente, para perto da grade. O peixe continuava caído no mesmo lugar. Ergui a mão direita, a mesma do braço machucado, e a levei devagar até o rosto do gato.

Ele continuou parado, olhando para mim.

Toquei o pelo macio logo acima do focinho, encantada por aqueles olhos tão violeta, tão cheios de vida. Novamente, ele miou baixinho e eu sorri torto.

— Tudo bem, eu te perdoo.

Ele abaixou um pouco a cabeça e lambeu meu arranhado com sua língua áspera. Cerrei os dentes pela dor. Fechei os olhos e encostei a minha testa na dele, testa com testa. Podia ouvi-lo ronronar.

Naquele momento, eu soube que, seja lá qual fosse o plano brilhante da Amelia, ele funcionaria.

# 27

— ALISON! — GRITOU Amelia lá de baixo.
— Oi!
— Não demore a dormir!
— Tá bom!

*Como* ela sabia quando eu passava do horário de dormir?! Eu sempre deixava uma vela acesa, mas, de algum modo, a Amelia sempre sabia se eu estava dormindo ou não. Devia ser algum tipo de superpoder das guardiãs.

A brisa fresca entrava pela janela aberta e balançava as cortinas fechadas. O brilho dourado do mirador iluminava o quarto junto à vela.

Mamãe estava bebendo algo direto da garrafa enquanto olhava para a lua. Ela tinha esse costume de olhar para o céu antes de se deitar. Usava regata branca e calcinha preta, os cabelos presos num rabo malfeito e a expressão de costume: sobrancelhas levemente unidas, boca fechada, olhar compenetrado.

Eu nunca tinha visto mamãe dar um sorriso verdadeiro, do tipo grande, que aperta as bochechas e faz nossos olhos brilharem. Já tinha tentado imaginar como seria o rosto dela sem as ruguinhas da seriedade.

— Amanhã é a minha Batalha de Verão — sussurrei.

Eu segurava o mirador com a mão esquerda e desenhava com a direita.

Mamãe tinha arrumado um novo emprego fazia uns dois meses. Passava o dia todo servindo mesas em um ambiente movimentado e, ao final do dia, limpava uma cozinha. O mirador focava demais o rosto dela, e, mesmo que alguém aparecesse ao fundo, era uma imagem borrada, como se a magia levasse muito a sério sua limitação de ver apenas uma pessoa.

Porém, mais cedo naquela tarde, quando mamãe estava saindo do trabalho, eu conseguira vislumbrar um pouco mais do prédio que havia do outro lado do local onde ela trabalhava. Agora, eu estava pintando a floricultura: parede de pedra, uma vitrine, várias flores expostas do lado de fora. O mirador tinha borrado o letreiro da placa que pendia acima da porta.

— Estou tão ansiosa! — continuei falando, concentrada na pintura. — Não por causa da batalha, mas... você sabe. Eu te contei. Aliás, o Patinha tá super meu amigo. Ele fica me esperando e faz uma festa quando chego. É tão bonitinho! Antes de ontem, eu não levei peixe para ele de propósito, só para testar. E sabe que ele nem ligou? Mãe, ele gosta de mim, gosta de verdade, e é por isso que o plano da Amelia *tem* que dar certo.

Olhei para o artefato. Ela estava se preparando para dormir.

Suspirei, abaixando o olhar de novo para o desenho inacabado. Guardei os gizes de cera na bolsinha deles e fechei o caderno, depois fui até a cômoda e coloquei tudo na última gaveta. Continuei segurando o mirador, vendo mamãe terminar de escovar os dentes e ir se deitar. Um pouco antes de ela apagar a luz, beijei a parte espelhada no artefato.

— Boa noite.

Coloquei o mirador em cima do caderno e fechei a gaveta. Então fui me deitar também.

Amanhã seria um grande dia.

# 28

**AMELIA TINHA FEITO DUAS TRANÇAS** raízes, para que meu cabelo longo não atrapalhasse na batalha. Sophia usava um rabo de cavalo adornado com algumas trancinhas. Nós duas, de pé, lado a lado na arena ainda vazia de público, esperávamos junto aos demais competidores a chegada do presidente.

Ainda vestíamos nossos uniformes de verão, e o local cheirava a poeira, suor e expectativa. Sem chapéu nem leque, parecia que eu ia derreter a qualquer momento debaixo daquele sol.

Finalmente o presidente chegou, com o sorriso característico e o cabelo negro levemente grisalho penteado para trás. Ele caminhou com uma postura impecável pela arena até se aproximar de nós, mas não muito. Com as mãos atrás das costas, alargou o sorriso.

— Bem-vindos, guerreiros.

Eu me endireitei, levantando um pouquinho mais o queixo.

— Prometo que não vou me demorar, mas gostaria de falar algumas palavras antes que vocês se dirigissem ao vestiário. — Ele começou a andar de um lado para o outro enquanto falava, sem perder a postura altiva. — Eu ainda me lembro vividamente da minha Batalha de Verão, de como estava ansioso, nervoso e empolgado; e acredito que a maioria de vocês, senão todos, também se sentem assim hoje. E com razão, porque hoje vocês vão provar a si mesmos que são fortes. Que são dignos. Que merecem viver a chance que receberam. Vocês não precisam provar a mim nem a qualquer outra pessoa; é a si mesmos que vocês devem provar isso.

Encarei o presidente. Ele não fazia ideia de que aquela batalha seria diferente de todas as outras que ele já tinha visto em toda a sua vida, e pensar nisso me fez sentir um frio na barriga.

— Qual é a sentença da Batalha de Verão? — continuou ele. — "Todo mundo merece a chance de lutar." Porque a luta fortalece, a luta endurece. É nas nossas lutas que experimentamos a vitória e a derrota; que caímos e nos levantamos. A luta molda e purifica um caráter, ela revela nosso verdadeiro eu. Então, daqui a pouco, quando vocês entrarem na arena, entrem com toda garra e determinação. Deem o melhor de si e, acima de tudo, façam valer a pena.

Um discreto sorriso torto apareceu no canto da minha boca. Sentia meu coração pulsar forte, a expectativa correndo em minhas veias. O presidente da Escola Bellatrix sempre tivera um efeito motivador em mim, mas duvido que fosse exatamente como ele teria gostado.

Concluído o discurso, ele se retirou sob nossa salva de palmas.

— Ok. Alunos do Bloco Inglês, aqui comigo! — gritou a nossa professora de Sobrevivência Avançada ao erguer um braço. — Formem uma fila, um atrás do outro.

Seguimos a professora por uma porta não muito larga, enquanto os outros alunos acompanhavam seus professores. Havia sete portas abaixo da arquibancada, um vestiário para cada bloco. O espaço era relativamente grande e pouco iluminado. A umidade vinha das bacias d'água.

— Agora, cada um pegue uma roupa que lhe sirva e vista-se.

Os meninos estavam de um lado e as meninas do outro, mas não havia nada separando-nos. Relutei em tirar a roupa na frente de todo mundo, porém não tínhamos escolha, então fingi que não me importava nem um pouco e tentei me trocar o mais rápido possível.

— Eles podiam colocar pelo menos uma cortina separando, né?! — Sophia reclamou enquanto colocava seu vestidinho branco.

— Eles pensam que só porque somos "crianças" não nos importamos com isso. — Revirei os olhos.

— Deus me livre crescer e virar uma adulta sem noção desse tipo.

O curto vestido branco possuía um short ainda menor por baixo, e, além dele, nós também usávamos nossa roupa íntima. Ainda assim, quando terminei de me vestir, sentia-me nua. Quero dizer, considerando o padrão de vestidos e saias até as canelas, eu realmente estava seminua. Mas pelo menos não morreríamos de calor durante a batalha. Ponto para o vestidinho.

— Todo mundo vestido? Ótimo. Agora peguem uma coroa de louro naquela mesa e um bracelete.

A professora de Sobrevivência Avançada era uma jovem adulta, como a maioria dos professores. Ela tinha os cabelos ruivos e uma postura muito exigente. E era bem legal, desde que a obedecêssemos.

Quando todo mundo já estava com os acessórios no corpo, ela ordenou:

— Calcem seus sapatos e depois escolham uma arma naquela pilha. É para escolher a arma *depois* que estiverem calçados. Lembrem-se: desde que pisaram o pé nessa arena, os jogos já começaram.

Coloquei rapidamente minha sandália de tiras e virei-me para ajudar Sophia.

— Pode deixar — protestou ela.

Só que, com apenas uma mão boa, ela demoraria muito para terminar e acabaria não tendo muitas opções de arma para escolher.

— Tudo bem, eu te ajudo — respondi, amarrando as tiras em sua canela fina.

Ela parou de tentar calçá-las e endireitou-se, suspirando pesado.

Depois que terminei de ajudá-la, nós nos apressamos para a pilha das armas. Sophia escolheu sabiamente uma balestra, que seria mais fácil de usar com apenas uma mão e lhe daria vantagem na primeira prova. Eu peguei uma lança de ponta dupla com espinhos. Longa, leve e afiada, aquela tinha sido uma das minhas armas favoritas durante o treinamento em Sobrevivência Avançada.

— Professora, eu queria um machado! — ouvimos um garoto reclamar.

— Se os machados acabaram, escolha outra coisa.

— Mas eu quero o machado.

— A menos que você tenha o poder de fabricar um em dois minutos, eu sugiro que você escolha outra coisa — disse a professora com os olhos levemente arregalados.

Por fim, com todos devidamente armados, a professora passou conferindo um por um. Terminou de nos avaliar com uma cara satisfeita.

— Pronto. Agora, vão até a mesa de pedra na arena e coloquem sua arma ali. Quando forem lutar, peguem a arma escolhida. — A professora olhou para o garoto que queria um machado. — E é bom pegar a arma que você escolheu mesmo. Se trapacear pegando a arma do colega, será automaticamente eliminado do jogo.

Levamos nossas armas para a mesa retangular de pedra, na qual já estavam dispostos os escudos, um para cada competidor. Nós só os escolheríamos na hora da primeira luta, e eu já podia imaginar o circo que seria aquilo.

— Eu sei o que fazer para ganhar na prova do lacryoza — sussurrei para Sophia enquanto voltávamos para o vestiário.

— Ah é? Que ótimo.

— Estava pensando um dia desses, todo mundo perde porque tentamos derrotar o animal, mas na verdade devíamos...

— Não quero saber.

Paramos de repente.

— Por quê?

— Eu vou lutar, Alison. E não quero que me ajude. Não preciso de ajuda.

— Qual é, Sophia? O que quer dizer?

Ela umedeceu os lábios e respirou fundo.

— Obrigada por me defender sempre. De verdade, muito obrigada! Mas, você ouviu o presidente: essa é a minha luta, preciso provar para mim mesma que eu consigo. Mesmo que isso me custe uma derrota ou alguns machucados. — Ela me encarou, séria, o vento balançando seu cabelo preso. — Todo mundo olha para mim e pensa que sou fraca. Que não sei fazer as coisas. Que preciso de ajuda. Me deixa provar pelo menos uma vez que eles estão errados.

— Eu... — Olhei para o chão. — Desculpa. Não queria fazer você se sentir assim.

— Tudo bem, eu não tava falando de você. É só que... só por hoje, tenta não me defender.

Assenti. Sophia tinha razão. Para o bem ou para o mal, aquela batalha era sua e eu não tinha o direito de tirar isso dela.

Então chegamos novamente ao vestiário e usamos aqueles minutos finais para passar maquiagem nos olhos, uma linha preta embaixo e outra em cima. Depois, ficamos aguardando.

Em breve, liberariam a entrada da torcida na arquibancada e os tambores ressoariam pelo estádio.

# 29

— LEMBREM-SE DO ENSAIO! — DISSE a professora, a voz mais fina e aguda do que o normal. Se ela estava nervosa, imagine nós!

Lá fora, os tambores rugiam cada vez mais alto, cada vez mais forte e rápido.

— *Agora*! — A professora afastou-se para o lado, gesticulando.

De dois em dois, saímos do vestíbulo e entramos na arena ao som abrasador dos tambores e da torcida. O sol forte me cegou momentaneamente, de modo que abaixei a cabeça para o lado.

Quando todos chegaram ao centro do campo, os tambores pararam repentinamente. Meu coração seguiu batendo no ritmo acelerado, acompanhado das palmas e dos gritos da torcida. Sentia o nervosismo crescer a cada segundo.

Na nossa frente, os professores e funcionários já estavam sentados; tinham parado até de aplaudir. Olhei para trás, os olhos semicerrados por causa do sol. Não consegui ver Thomas no meio da multidão de alunos eufóricos.

Assim como da outra vez, o presidente abriu a cerimônia com um pronunciamento — um pouco parecido com o primeiro, inclusive. Depois, cantamos o hino enquanto as bandeiras subiam, e o sonoro *bóóóómmm* de um gongo de bronze ecoou logo em seguida.

Corremos até o centro da arena para pegar a arma e escolher um escudo. Havia escudos grandes e pequenos, leves e pesados. Peguei um redondo, não muito pesado, e estendi a mão para pegar outro, em formato de espiga de milho e mais leve. Seria perfeito para Sophia! Então me detive. Soltei o ar pela boca. E dei um passo para trás, segurando apenas minha arma e o escudo.

Era difícil não agir para proteger Sophia, aquilo já tinha virado instinto.

Virei-me na direção dos portões de madeira, na ponta do estádio, abaixo do relógio. Coloquei-me em posição de ataque agarrando firmemente a lança. Logo os portões seriam abertos, e eu precisava me concentrar na minha luta.

Meu corpo tremia. O coração se recusava a desacelerar. A testa suava. E o portão ainda estava fechado.

De repente, a primeira porta começou a se abrir.

*Deus meu, eu não tô preparada!*

Os mordanazes saíram enlouquecidos, gritavam e pulavam, exibindo os dois dentões. Estar dentro da arena era bem diferente de ficar na arquibancada; e meu corpo, em estado máximo de alerta, tinha músculos tensos, cada sentido aguçado.

Fiquei parada enquanto aquela onda ensandecida vinha na nossa direção.

Esperei até que os mordanazes chegassem perto o suficiente e tentei espetá-los com a lança de ponta envenenada. Eu só precisava abater *um* deles. Não deveria ser tão difícil, considerando que eram tantos, certo?

Errado.

Os malditos macacos eram rápidos e debochados, o guinchinho agudo e irritante. Eu me defendia com o escudo quando um pulava em cima de mim, mas não conseguia acertá-lo com a ponta da lança a tempo, e ele acabava pulando para longe. Enquanto me defendia, também tentava atacar, mas, rápidos como eram, eu sempre errava por centímetros. Ao meu redor, vários competidores já tinham conseguido abater um macaco. Será que eu tinha escolhido a arma errada?

Gritei sem paciência, sentindo o sangue esquentar o rosto. Um filhote veio de súbito para cima de mim e pulou com os dois dentões na direção do meu braço em processo de cicatrização. Gritei ainda mais, enquanto usava o escudo para me defender e jogá-lo para bem longe. *Maluco!*

Ele caiu e correu para cima de outro competidor.

Sem fôlego, ergui os olhos para o enorme relógio de pêndulo. *Por todos os Fundadores!* Faltava menos de um minuto e eu *precisava* passar daquela fase se quisesse salvar o castian. Procurei por Sophia na confusão. Ela estava encolhida contra a parede, protegendo seu macaco abatido dos outros. Bom, pelo menos ela tinha... Uma ideia me ocorreu.

Comecei a correr na direção de Sophia. Quando estava a poucos passos dela, espetei a lança no mordanaz que a atacava. O macaco virou-se para mim com os olhos vermelhos, abriu a boca, guinchou alto e então caiu de lado. Sophia olhou para mim.

— Eu disse para você não me ajudar!

Enquanto eu verificava se o animal estava só dormindo mesmo, Sophia dizia coisas como "você prometeu" e "como pôde fazer isso?!". A trombeta soou para encerrar a prova. Olhei para ela, ofegando.

— Eu não estava te ajudando, estava *me* ajudando. — Ela franziu a sobrancelha. — Olha, eu não conseguia acertar um macaco de jeito nenhum, então aproveitei que esse daqui estava muito ocupado contigo e o ataquei. Não pensei em você, pensei em mim.

Talvez não fosse totalmente verdade, porque eu poderia ter usado a mesma estratégia com outra pessoa, mas na hora tudo aconteceu tão rápido que não pensei muito e Sophia aceitou meu argumento.

Vários funcionários entraram na arena para pegar os corpos dos macacos atingidos e levar todos eles de volta pelo portão de onde vieram.

Enquanto isso, corri para a mesa de pedra. Os competidores que tinham perdido deixavam o campo, e o resto de nós se preparava psicologicamente para o lacryoza.

Coloquei minhas armas em cima da pedra e me deitei no chão, rente à mesa, com a barriga para cima e os braços cruzados na frente do peito.

O lacryoza era grande, assustador e sensível a movimentos. Então, se eu não me mexesse, ele não me veria. Eu ganharia o jogo ficando o tempo todo na arena, sem lutar nem perder. Eu só precisava ficar os vinte e cinco minutos completamente imóvel.

A trombeta soou. Depois, veio o som de ferro contra ferro das correntes abrindo mais um portão. Inspirei fundo, expirei e inspirei de novo. Meus músculos tremiam tanto que eu tinha medo do lacryoza sentir suas vibrações. *Você precisa se acalmar. Pelo amor de Deus, pare de tremer!*

Ouvi o farfalhar metálico das escamas, o ronronado gutural e o som de centenas de patas correndo pela arena. Os gritos das crianças vieram logo em seguida.

Deitada de barriga para cima, eu só conseguia ver parte da mesa e o céu azul. O sol queimava meu corpo e o suor escorria pelas pernas, testa e peito. Meu braço ferido ardia mais do que o resto do corpo.

Eu ouvia o lacryoza correr e as crianças gritarem, e, de vez em quando, alguém entrava no meu campo de visão. Cheguei a ver a lacraia gigante morder, sacudir e jogar fora um dos competidores. Ainda assim, a trombeta não soava. *Deus meu, isso não vai acabar nunca?*

Quanto tempo tinha se passado? Parecia que eu estava deitada havia horas.

O barulho do lacryoza tinha diminuído e eu não ouvia mais ninguém chorando na arena. A torcida começou a gritar. Gritavam como se o jogo já tivesse acabado, mas eu não tinha ouvido a trombeta.

*Preciso ver o que está acontecendo.* Lá no fundo, uma Alison mais cautelosa gritou: "Tá doida?! Não pode se mexer!" Porém, o meu lado ansioso-barra--curioso venceu.

À minha esquerda, a mesa bloqueava a visão. Virei só a cabeça devagar e com cuidado e, à direita, vi o portão por onde o lacryoza entrara. Um garoto estava parado, de pé, contra a parede. Estava longe demais para que eu pudesse ver seu rosto.

*Tomara que a Sophia também tenha copiado minha ideia.*

Bem devagar, virei o corpo para a direita e fiquei de bruços, totalmente deitada, com braços e joelhos apoiados no chão. Parei e escutei. Nada. Minha respiração soprava a areia abaixo do rosto. Fechei os olhos, esperei mais um pouco e, lentamente, ergui a cabeça para espiar por cima da mesa.

Eu vi duas coisas.

Primeiro, vi Sophia sentada contra a parede do estádio e, um pouco à direita dela, outro garoto deitado contra a parede. E, segundo, vi o lacryoza girar sua enorme cabeça monstruosa na minha direção.

Por instinto, eu me abaixei rápido, caindo de bruços no chão. *Burra, burra, burra! Não era para se mexer!*

Se ele me pegasse antes de a trombeta soar, adeus plano.

Ouvi o lacryoza correr para onde eu estava. *Por favor, não me veja! Por favor!* O ronronado gutural ficou mais alto à medida que ele dava voltas no centro do estádio, procurando por mim. Os gritos da torcida ficaram enlouquecidos. A sombra dele me cobriu. Fechei os olhos. Sentia o corpo da centopeia-gigante-do-deserto bem ali, em cima de mim, e eu não ousava nem respirar.

A trombeta finalmente soou como um doce grito de vitória.

Eu queria gritar! Enquanto tiravam o lacryoza do estádio, chorei de terror e alívio. Levantei-me do chão e bati na roupa para tirar o pó. Quando ergui a cabeça, vi a torcida aplaudindo de pé, ovacionando todos os sete competidores que tinham conseguido concluir a prova.

Sophia veio me abraçar e deixamos o campo juntas, indo para o vestiário.

Lá dentro, usamos as bacias com água para limpar os braços e as pernas. Comemos o lanche servido, bebemos água e fomos ao banheiro. Então nos deitamos, esperando o intervalo terminar.

Em silêncio num canto do vestiário, ignorando as conversas paralelas, eu repassava mentalmente as palavras da Amelia.

"Você não pode libertar o castian da jaula. Se fizer isso, eles vão investigar, e você ou outra pessoa vai acabar pagando o preço. Não, você tem que fazer isso na frente de todo mundo. Dê a eles um show de ilusão. Tem que fazer parecer um acidente. Você fará o seguinte: primeiro, deverá garantir que será a primeira a lutar contra ele. E então..."

— Ok, vencedores, preparem-se! Só entrem quando o presidente chamá-los pelo nome.

Levantei-me ao comando da professora. Eu me movia devagar, a exaustão doía nos músculos. Sophia e o garoto que vi primeiro na arena já estavam perto da porta. O restante eliminado nos apoiava com palavras de incentivo e tapinhas nas costas. Lá fora, a voz do presidente ecoou pelo estádio.

— E o nome dos seus finalistas são... Alison Rivers, Hans Verloren, Sophia Gold, Liam Volcano, Maria Rosa, Niels Regn e Andressa Sol!

Entramos armados, marchando até o centro da arena.

Instantes depois, os demais se retiraram. Eu seria a primeira a lutar.

Enquanto abriam o terceiro portão, subi na mesa de pedra e fiquei de pé, segurando a lança de ponta dupla com uma mão e o escudo com a outra. O vento agitava meu vestido e balançava os fios que tinham escapado da trança.

Como será que o Patinha reagiria ao me ver ali, armada, pronta para enfrentá-lo? *Por favor, não estrague tudo. Por favor...*

Como da outra vez, o gatinho não quis sair e os homens precisaram arrastá-lo para dentro do campo. Ele saiu puxado, com as orelhas para trás, sibilando e tentando voltar para dentro da toca. Mas, assim que seus olhos me encontraram em cima da mesa de pedra no centro da arena, ele parou de lutar. Ergueu as orelhas e a cabeça, suas pupilas dilataram-se.

Os homens fecharam o portão. Patinha continuava parado enquanto me encarava.

"Quando começar a luta, jogue fora sua lança. Ninguém vai desconfiar, porque lanças, balestras, adagas e espadas não são usadas contra o castian. É por isso que você deve escolher uma delas."

Joguei minha lança para o lado e observei o Patinha me estudar com os olhos. Inspirei fundo e me ajoelhei. Usando o escudo para cobrir meu corpo do olhar da torcida, enfiei a mão por baixo do vestido, até encontrar o bolso secreto que Amelia tinha costurado na lateral da calcinha, e peguei uma chave.

"Esta é uma chave-mestra, proibida no Império, mas sua artesã aqui aprendeu a fabricá-la. Ela abre qualquer fechadura. Use-a na coleira de ferro que prende o castian. Você vai ter que dar um jeito de abrir sem que ninguém veja. E finja surpresa quando o gato escapar."

Ainda agachada, gritei:

— Vamos lá!

Patinha não se mexeu. Suspirei, nervosa. Teria de fazer tudo sozinha.

Com a chave em mãos, saltei da mesa e corri na direção dele, ainda segurando o escudo. O gato olhou para os lados. Parecia procurar uma rota de fuga. *Por favor, Patinha, me ataque!*

Ao me aproximar, ele saltou por cima de mim e fugiu. Não foi muito longe, no entanto. Antes de chegar à mesa de pedra, foi puxado para trás pela corrente atada à sua coleira de ferro.

Ele olhou para trás. Vi confusão e medo em seus olhos e aquilo partiu meu coração. Com a mão que segurava a chave, bati no escudo, gritando por ele.

Meu coração pulsava rápido e eu mal conseguia respirar. *Vem, Patinha, por favor... Vem!* Ele sibilou, mostrando os dentes. Eu teria de fazer alguma coisa se quisesse que ele me atacasse. Fechei os olhos e engoli o choro. Então arremessei o escudo na direção dele.

Patinha se desviou e olhou para mim.

— Vem cá, seu covarde! — gritei alto, num tom raivoso.

Então ele veio. Veio correndo e saltou. O corpo grande e felpudo voou por alguns segundos, como se o tempo tivesse desacelerado, e eu me abaixei, permitindo que o castian-azul aterrissasse em cima de mim.

Era agora ou nunca.

Ergui a mão e puxei com força a coleira de ferro dele, aproveitando que seu corpo grande estava em cima de mim e cobriria a visão da torcida. Enfiei a chave na fechadura e girei-a. Puxei a chave de volta e me rastejei para o lado, saindo de baixo dele. Tudo isso levou o quê? Cinco segundos?

Patinha olhou para mim, e não acho que sabia o que tinha acontecido. O rosto dele estava perto e eu aproveitei para chutá-lo, com a menor força possível e sem acertar o focinho.

Eu *tinha* de provocá-lo. Ele miou, magoado, e voltou a me encarar. Suas pupilas viraram uma linha na vertical. Com lágrimas nos olhos, sussurrei um "desculpe" e me levantei. De costas para ele, corri na direção da mesa de pedra, onde o escudo tinha caído.

Não olhei para trás.

Corri de coração partido e agarrei o escudo. Virei-me bem a tempo de ver um castian-azul furioso vindo em minha direção. Ótimo, ele estava me seguindo. Corri para mais longe do portão, para além da mesa, atraindo-o até lá. E quando o gato atingiu o limite da corrente, mas não parou, a coleira foi puxada para trás e caiu, vazia.

Corri só mais um pouco e parei, voltando-me para trás. Parado, ele olhava a coleira caída no chão, confuso.

— Oh, meu Deus! — gritei.

Patinha olhou para mim com as pupilas dilatadas. Sentia as lágrimas ardendo em meus olhos e sorri torto. *Vamos lá, fuja!*

Guardas entraram no estádio, mas ele continuava parado, fitando-me. Como se finalmente entendesse?

— Vá — sussurrei.

Antes que os homens pudessem alcançá-lo com suas estacas de ferro, ele voltou a correr na direção oposta ao portão de onde tinha saído, chegou perto do limite da arena e saltou, caindo em cima do muro que separava a torcida dos competidores.

As crianças gritaram, encolhendo-se.

Ele apenas saltou de novo, passando por sobre a torcida, e acertou uma coluna de elfo. Depois, pulou para fora do estádio e fugiu correndo a uma velocidade impressionante. Uma bola de pelos azuis finalmente livre.

"Depois que tudo terminar, livre-se da chave. Ela é uma prova contra você, não deixe que ninguém a encontre. De preferência, jogue fora bem longe, depois que sair da escola."

Aproveitei que todos olhavam para o castian e me ajoelhei na arena. Devolvi a chave ao bolso secreto, então fiquei sem forças para me levantar. Prostrada no campo de terra, derramei algumas lágrimas.

Ainda de joelhos, ergui a cabeça para a figura do presidente, lá em cima do palanque, e um sorriso nasceu entre as lágrimas. *É assim que eu faço valer a pena.*

Levantei-me e olhei para onde o Patinha tinha corrido. Não dava para ver nem um pontinho azul no horizonte.

Ele se fora.

# 30

#### 24 DE LEÃO, 628 D.I.
*Inverno, 12 anos*

**ERA MEU ÚLTIMO DIA EM FÊNIX.**
As malas já deveriam estar prontas, mas, em vez disso, eu chorava baixinho entre as coisas por arrumar. Meu nariz escorria e o vestido já apresentava uma marca redonda e molhada. Aprisco, ao meu lado, comia meu sapato pontudo. Por Deus, eu sentiria falta até das traquinagens daquele carneiro nanico.

Funguei e continuei o trabalho de dobrar e guardar as roupas dentro do baú. Eu tinha comprado aquela mala com o dinheiro que ganhara na Batalha de Verão. Era linda, feita de madeira e couro, e Amelia havia feito algumas melhorias. Colocara rodinhas, para facilitar o transporte, e uma alça retrátil. Também construíra um fundo falso, onde eu poderia esconder meu artefato e o caderninho com coisas sobre mamãe.

Coloquei a última saia e a blusa e, por cima de tudo, os documentos: minha certidão de criança perdida, o certificado de conclusão da Escola Bellatrix — com indicação de nota máxima —, o certificado de treinamento na Oficina de Artes e a carteirinha de artesã-júnior.

Fechei os olhos.

No dia em que lutara na arena, havia mais de quatro meses, eles encerraram a Batalha de Verão mais cedo, premiando todos os sete finalistas como vencedores. Seguiram a ordem dos melhores na segunda prova, o que me levou a subir em primeiro lugar e Sophia, em terceiro. Fazer o quê? Não tínhamos como lutar se o castian havia fugido.

Eu só fora chamada à diretoria no dia seguinte, passada a confusão e encerradas as buscas fracassadas pelo gato.

— Você teve algo a ver com a fuga do nosso castian-azul? — perguntou-me o presidente.

— Obrigada, mas não. — Àquela altura, eu já tinha me livrado da chave.

Ele sorriu, estreitando os olhos.

— Curioso como você está sempre envolvida em alguma polêmica. Primeiro o artefato, agora isso... — E o sorriso desapareceu. — Sugiro que viva com mais cautela, pequena criança. As autoridades não costumam ser tão tolerantes quanto eu.

— Não sou pequena — respondi ao me levantar e saí.

No mês seguinte, a escola já tinha outro castian para as batalhas, dessa vez um rosa. E aquilo me valera uma lição dolorosa: ninguém nunca conseguiria mudar o mundo enquanto não mudasse as pessoas primeiro.

Abri os olhos e vi o quarto vazio, livre de minhas bagunças.

Tudo o que era meu se resumia a uma mala e uma bolsa de mão.

Olhei para a janela. A noite fria de mais um inverno não tinha estrelas nem lua, apenas uma chuva ininterrupta, desde cedo pela manhã.

Já tinha jantado e agora precisava dormir.

Peguei a vela, embrulhei-me no cobertor e desci as escadas. Ao me aproximar do quarto de Amelia, porém, escutei sua voz embargada e parei.

— Oh, Senhor! Por favor, cuide da minha garotinha... Quando chegar o momento certo, aproxime ela de ti, conduza-a para os teus caminhos de luz e preserva-lhe a fé, o amor, a bravura e a pureza.

Ela parou, chorando. Afundei minha cabeça no cobertor.

— E quando ela partir o teu coração e abandonar os teus caminhos, quando ela estiver sozinha nas trevas, assustada e perdida, por favor, lembre-se desta oração e salve-a. Nunca desista da minha Alison, até que eu possa reencontrá-la na Cidade de Ouro. — Parou mais uma vez, soluçando. — E eu te agradeço em fé porque tu me escutas, ó Poderoso El-lihon; porque tu me consolas, Santo Riach. E no nome do Amado Pórthica, eu te entrego a minha súplica.

Entrei timidamente no quarto. Amelia estava se levantando de diante da cadeira, com os olhos inchados e o rosto completamente molhado. Ela fez sinal para que eu entrasse e fui até minha guardiã para abraçá-la bem forte.

— Não chore — pediu em soluços.

— Mas você também tá chorando. — Solucei de volta.
— Você precisa ser forte por mim.
Mordi os lábios e me esforcei muito para conter todas as lágrimas.
Amelia beijou o topo da minha cabeça e fomos nos deitar. Era a primeira vez que ela me deixava dormir em sua cama. Mesmo quando eu tinha pesadelo, ela insistia para que eu fosse corajosa e permanecesse no meu quarto, porque um dia ela não estaria mais comigo. Naquela noite, porém, ninguém precisava ser forte; e eu adormeci rápido ao lado dela, sem forças depois de um dia inteiro de choro.
Por mais que eu não voltasse a ver Amelia outra vez, ao menos não neste mundo, as memórias dessa senhora artesã ficaram gravadas em um cantinho especial do meu coração. E eu sempre levaria comigo suas lições.
Sempre.

# 31

**OS MUROS DE FÊNIX**, havia muito, tinham ficado para trás.

Sentada próximo à porta aberta da carroça, eu olhava o caminho percorrido enquanto balançava de um lado para o outro no lento sacolejar da carroça. Não falava nada, mal piscava. Tinha encostado a cabeça numa das madeiras que sustentavam o teto e vinha segurando um livro contra o peito. De vez em quando, sentia lágrimas despontarem e depois desistirem de escorrer.

— Ei — disse alguém.

Virei o rosto. Do outro lado do estreito corredor, uma garota me encarava.

— Você tá bem?

Sua pele negra era de um tom parecido com o de Amelia. Meu coração se encolheu num cantinho do peito. Voltei a olhar para a estrada percorrida. Duas lágrimas quentes finalmente escapuliram.

— Você sabe falar? — disse a garota.

A estrada era larga, muito maior do que aquela que usávamos para ir à escola. Árvores altas bloqueavam boa parte da luz, tornando o ar frio ainda mais úmido.

— Deixa ela em paz, está triste por causa da mudança. — Sentado ao meu lado, Josh respondeu por mim.

— Mas ela vai rever os amigos, não é? — perguntou a garota.

— É que ela gostava da guardiã dela.

— Ora só, por isso minha guardiã disse que não era minha amiga nem minha mãe.

Voltei o olhar para a garota e franzi o cenho.

— Sinto muito por você — falei.

— Eu, não. — Ela arqueou uma sobrancelha. — É você quem está chorando.

— Você não tinha uma boa guardiã, então nunca vai entender.

— Quem disse que a minha guardiã não era boa?

— Você acabou de falar. — Semicerrei os olhos.

— Não. Eu disse que ela não quis ser minha amiga nem minha mãe, porque era só guardiã. Sabe, ela disse que era melhor assim. Porque esse negócio de guardiã não é para sempre e, se você se apega, fica mais difícil. Imagina! A cada três anos, ela tem que cuidar de alguém diferente. Não dá para ficar se apegando. — A garota se recostou no banco, o queixo empinado. — Eu concordo com ela.

Encarei a menina, pensativa. Aquilo não parecia de todo errado.

— Era uma boa guardiã — concluiu a garota, assentindo.

— Eu também gostava do meu guardião — comentou Josh. — Mas não vou sentir muita falta dele, não. Era exigente e um pouco reclamão.

— A minha também. — A garota riu. — Tô finalmente livre!

— Bem... — Dei de ombros. — Eu não trocaria Amelia por nenhum outro guardião. Sei que estou triste agora, mas fui muito feliz. Valeu a pena.

— *Hummm*... Como é o seu nome? — perguntou a menina.

— Alison.

— Sou Grace. Que livro é esse que você está segurando?

Olhei para baixo e o abracei mais forte.

— *As aventuras de Evelyn*, volume um.

Meu livro favorito e presente de aniversário da Amelia quando completei onze anos.

— Ei, que tal você ler pra gente? — pediu Josh. — Vai ser uma longa viagem.

Observei o velho exemplar comprado na feira, com a capa mordiscada por Aprisco. O vazio ardeu dentro de mim. Neguei com a cabeça, engolindo em seco para desfazer o nó em minha garganta.

— Por favor — disse Grace. — Não conheço essa história, e ela parece tão grande! Deve ser muito legal. Eu sempre digo que os melhores livros têm mais páginas.

— Alguém vai contar uma história? — Uma voz soou do fundo da carroça.

— Conta alto! — pediu outra pessoa.

— Vem pro meio — sugeriu mais um.

Josh colocou a mão no meu ombro.

— Posso te ajudar lendo as falas dos meninos.

— Ai, adorei a ideia! Eu posso ler as falas da Evelyn. — Grace sorriu. — Eu *adoro* teatro.

Assim, todos da carroça se acomodaram de modo que Josh, Grace e eu pudéssemos nos sentar debaixo do candeeiro que havia no meio do veículo.

Então engoli em seco, limpei a garganta e respirei fundo. Quando li a primeira frase, foi como se estivesse novamente em Fênix, sentada em minha cama com Amelia do lado, a luz dourada cobrindo o ambiente que cheirava a madeira e confeitos.

— "Evelyn estava em apuros. Amarrada ao tronco do navio pirata, seria lançada aos tubarões a qualquer momento."

O livro já começava desse jeito, com a personagem quase morrendo. E seguia-se por uma série de aventuras e mistérios e o início de um romance — e eu o adorava por tudo isso.

Todos na carroça prestavam máxima atenção. Eu lia fazendo suspense em alguns momentos e quase gritava em outros, levando minha plateia a prender o fôlego e arregalar os olhos. Eles riam com Josh imitando as vozes dos piratas — como se estivessem bêbados — e suspiravam com o jeito excêntrico com que Grace dava vida à personagem. O cabelo curto, preto e encaracolado dela emoldurava o rosto delicado e expressivo.

E, assim, o primeiro dia de viagem até que passou rápido.

Paramos para almoçar uma vez, em um restaurante na Vila das Sombras, e mais três vezes para "ir ao banheiro" — vulgo: a moita.

Deixamos a Floresta das Almas no fim do dia, quando o céu escuro ameaçava um temporal. Felizmente, não prosseguimos. As três carroças pararam para pernoitar na estalagem Dedo do Mundo, uma construção bonita e pontiaguda no topo de uma colina. Depois de um dia inteiro sentada, foi revigorante tomar um banho quente e dormir.

Na manhã seguinte, logo cedo, partimos.

— Vamos, eu quero saber se ela vai matar o tenebris — disse um garoto assim que nos acomodamos na carroça.

— Agora não. — Josh bocejou ao se espreguiçar. — Vamos dormir um pouco. Mais tarde, a gente lê.

— É, eu tô com ele. — Grace encostou a cabeça no ombro do Josh. — Boa noite.

— Mas tá de dia! — protestou o garoto.

— Madrugada — corrigi, deitando a cabeça no ombro da Grace.

✦ ✦ ✦

Não faço ideia de quanto tempo dormi, mas sei que fui a primeira a despertar. Então atravessei o corredorzinho, tentando me desviar de todos os pés, e me sentei perto da porta aberta da carroça.

Fiquei admirando a estrada, que agora tinha montanhas e outeiros amarelados de um lado e do outro, com muitas rochas e cada vez menos árvores, até que todos despertaram e voltamos a ler.

O almoço do segundo dia de viagem foi no restaurante da Fazenda Limoeiro, onde fomos recebidos por uma mulher de voz grave e autoritária. Ela ordenou que esperássemos sentados e depois alguns funcionários serviram pratos feitos.

Encarei minha sopa de sei-lá-o-quê com uma careta de repugnância.

— E não quero ninguém reclamando — disse a mulher com o dedo em riste. — Isso é o melhor que eu posso servir com a ninharia que o governo me paga.

— Acho que vou vomitar — cochichou Josh.

— Eu tava com tanta fome... — disse Grace enquanto olhava com pesar para seu prato verde.

Quando terminei de "não comer", olhei para a porta que levava ao interior do restaurante. Os funcionários que estavam nos transferindo, os cocheiros e ajudantes, tinham sido levados lá para dentro. Dava para ouvir risadas.

— Vou ver o que eles estão comendo. — Levantei-me.

— Tá doida? — Josh quase se engasgou.

— É melhor ficar aqui. — Grace segurou minha mão. — Eles não vão gostar se...

— Se eles não estão fazendo nada de errado — puxei minha mão —, então não vão se incomodar.

Caminhei a passos firmes e abri a porta de uma vez, escancarando-a. Os adultos pararam tudo o que estavam fazendo e olharam para mim. Na mesa, estavam postas carne e batatas, entre outras coisas suculentas.

— Ah, dona mentirosa! — Coloquei as mãos na cintura.

A mulher se levantou e veio caminhando apressada na minha direção. Em vez de correr, mantive minha pose, encarando aqueles peitões que pulavam para cima e para baixo como melões quicantes.

A bofetada foi tão forte que caí no chão, desorientada. Olhei para cima sentindo um lado do meu rosto arder, e as lágrimas brotaram involuntariamente.

— Menina malcriada! — Ela apontou um dedo. — Volte para a sua mesa antes que apanhe mais.

Levantei-me e corri para o meu lugar, o rosto em chamas.

— Esse povo de Leão acha que pode fazer o que quiser, como se fossem os reizinhos da floresta. Odeio gente de Leão.

A porta da cozinha bateu com força enquanto eu me sentava na cadeira, tremendo. Abaixei a cabeça. Estava começando a me sentir cada vez mais exposta e indefesa longe da Amelia, como um filhote vulnerável aos predadores.

— Oh, meu Deus, Alison! — Grace me abraçou de lado. — Pare de chorar, você não é mais criança.

— Mas ela me bateu. Quem não chora quando apanha?!

— Bem... — Grace olhou para Josh.

— "Não chore na frente de quem te bateu" — citou ele, a expressão séria. — Era o que meu guardião dizia. "Não lhes dê o prazer de saberem quando te machucaram."

— Ele batia em você? — perguntei ao secar o rosto com uma mão.

O lado direito ardia tanto que as lágrimas continuavam aparecendo em resposta.

— Não. Mas ele disse que estava criando um homem, não um garoto mimado.

Será que Amelia tinha me mimado e, com isso, me enfraquecido? Talvez, se ela não tivesse...

Não. Ela havia me ensinado a ser forte e destemida, a lutar pelo bem. E tinha feito isso de um jeito amoroso. Só que... era mais fácil ser forte sabendo que eu a tinha bem perto de mim, para me proteger caso as coisas dessem errado.

Quando deixamos o restaurante, eu provavelmente estava com mais fome do que quando chegáramos. Felizmente, Amelia havia colocado alguns pães e geleia de morango na bolsa de mão.

Abri o fecho, peguei um pão e arranquei um pedaço. Molhei-o na geleia, levei-o à boca e... Todo mundo na carroça olhava hipnotizado para o meu lanche.

— *Hããã*... Alguém quer um pedaço?

Todos levantaram a mão.

✦ ✦ ✦

— "Evelyn ergueu o capuz e seguiu andando calmamente pela estrada. Parecia que o mundo estava sempre acabando e, se ela deveria salvá-lo mais uma vez, pelo menos caminharia sem pressa. No seu ritmo. Até o fim."

Ouviu-se um suspiro coletivo. Fechei o livro e sorri diante dos elogios ao livro feitos pelos meus colegas de viagem.

— Estamos quase chegando — avisou o cocheiro de repente.

A carroça parou. Depois de três dias e duas noites de viagem, finalmente estávamos quase lá. O cocheiro e seu ajudante retiraram o tecido impermeável que cobria as laterais da carroça, e o ambiente se encheu de luz e ar livre.

Quando meus olhos se acostumaram com a claridade, percebi onde estávamos e abri a boca, sem fôlego.

## 32

**RIBEIROS ERA CONHECIDA** como "a vila das mil pontes". Entre a encosta de uma cordilheira e o mar, suas ruas e vielas de pedra branca eram entrecortadas por diversos riachos e córregos. As casas eram feitas da mesma rocha branca que as vias públicas, o que dava um aspecto lindamente pálido para a aldeia, como se ela fosse um diamante cravado na terra. Cabiam aos telhados azuis e aos coqueiros verdes a missão de colorir a paisagem.

A estrada de terra por onde seguíamos juntou-se a uma rua de pedra.

— Que bom que está sorrindo — disse Grace. — Vamos ser felizes aqui, você vai ver.

— Obrigada por me animarem. — Alternei o olhar entre Grace e Josh. — Eu amei viajar com vocês.

Ele deu de ombros e piscou.

— Imagina.

Levamos alguns minutos para atravessar Ribeiros e chegar à Capitania, que ficava no extremo da vila, perto da praia de água azul translúcida. Por ali, havia um píer e duas torres de vigilância do exército.

— Vocês vão pegar suas bagagens e fazer uma fila por ordem alfabética — disse o ajudante de cocheiro ao abrir a porta da nossa carroça. — Devem se apresentar ao capitão um de cada vez.

Grace e Josh se despediram de mim com um abraço antes de saltarem da carroça e seguirem cada um para um lado.

O local estava um caos, com todo mundo saltando das carroças ao mesmo tempo. Enquanto algumas crianças abraçavam os amigos, outras corriam para pegar suas coisas e, ainda, outras andavam de um lado para o outro, desnorteadas. Para não me perder naquela confusão, continuei de pé na carroça e procurei por eles: uma garota de cabelo quase branco, um menino de cabelo preto cacheado e outro de olhos estreitos e topete. Mas não os vi em lugar algum. Meus ombros caíram. Depois de alguns meses separados, você imaginaria que o mínimo que teus amigos fariam seria te receber.

— Garota, precisamos levar os cavalos ao estábulo. Faça o favor de descer?

Enfim saltei da carroça, peguei minha mala na carreta das bagagens e carreguei sozinha minhas coisas para debaixo de uma árvore. Depois, entrei na Capitania junto aos demais, cujos nomes começavam com A.

Fomos atendidos no *hall* pelo ajudante do capitão, um garoto franzino e todo arrumadinho.

— Fiquem com a sua certidão de criança perdida e a carteirinha de trabalhador júnior no jeito. E deixem qualquer bagagem de mão aqui. Levem só os documentos.

Fui a segunda a ser atendida, depois de um tal de Aaron.

A sala do capitão ficava no final de um corredor. Era um ambiente bem iluminado pelas grandes janelas, cheiroso e superorganizado; também tinha muitos livros e estantes, um enorme quadro e vários enfeites — entre eles, um bonito mapa da Terra do Nunca. Mas, ao entrar ali, a primeira coisa que vi mesmo foi Sophia, que usava um vestido azul-acinzentado com um avental branco, o brasão de flor da Província Gêneses costurado no peito direito.

— Sophia! — chamei-a alto demais e corri para abraçá-la.

— Alison. — Ela riu, com os braços colados ao corpo, completamente envolvida pelo meu abraço.

— Senhorita, largue a minha aspirante, sim? — pediu o capitão. Ele parecia conter um sorriso.

— Desculpe. — Dei um passo largo para trás.

"Aspirante?", perguntei para Sophia com os olhos e o sorriso. Ela respondeu com o arquear de sobrancelhas e um leve dar de ombros.

— Por favor, sente-se. — O capitão apontou com a caneta para uma poltrona diante da mesa.

Sentei-me. E só então reparei que havia outra pessoa no recinto. Um garoto bem arrumado, de colete azul, blusa branca, suspensórios de couro e calça azul-escura. Ele também tinha o brasão da Província Gêneses costurado na roupa, mais especificamente no colete.

O garoto estava parado ao lado esquerdo de seu superior, com o queixo erguido e os braços para trás. Parecia um projeto de soldado.

— Preciso dos seus documentos — Sophia disse.

Entreguei os dois papéis e ela se retirou com eles para uma mesa menor, no canto direito da sala.

Reparei nos óculos que o capitão usava na ponta do nariz. Era a primeira vez que eu via alguém usando óculos. Por ser uma tecnologia cara para a maioria das crianças perdidas, nós o considerávamos um símbolo de riqueza e inteligência.

— Temos casas com dois e três quartos — disse o capitão ao olhar para o livro e os papéis na sua frente. — Você pode dividir com uma amiga ou com alguém recomendado pela Administração.

— Ela vai ficar comigo na 413, senhor — respondeu Sophia de onde estava.

— Suponho que seja isso que você deseja? — Ele me olhou por cima dos óculos.

— Sim.

— Casa 413, então. Harry, colha a assinatura dela, por favor.

O garoto deu a volta na mesa e parou ao meu lado, folheando o livro virado na minha direção. Parou na página onde tinha o registro da casa 413 e apontou onde eu deveria assinar, abaixo da última inscrição.

— Qual a profissão dela? — perguntou o capitão.

— Artesã, senhor — respondeu Sophia, primeiro.

O capitão olhou para mim.

— Você deve se apresentar no Artífice daqui a dois dias, pela manhã. Eles abrem às nove horas. É melhor não se atrasar e não deixe de ir.

— Sim, senhor.

Harry me passou um pequeno mapa da vila, que indicava o local de cada estação de trabalho. Ele tinha feito um círculo vermelho no Artífice.

— Quando sair daqui, Ben lhe entregará uma folha com os termos de convivência da vila. Leia com máxima atenção, pois qualquer infringimento às regras acarretará multa.

— Eu ainda me lembro das aulas de Direito e Cidadania, senhor. Não vou precisar.

— Aqui em Ribeiros, nós temos alguns estatutos diferentes. — Ele sorriu e estendeu a mão. — Bem-vinda.

— Obrigada. — Apertei a mão dele.

Sophia devolveu meus documentos e me conduziu até a porta.

— O capitão Connor me liberou mais cedo hoje — sussurrou. — Depois que fizermos o cadastro de todo mundo, te levo pra casa, ok? Me espera na saída.

— Tá bem.

Voltando para a antessala, Ben — o garoto arrumadinho — me entregou mais um papel, dobrado em três partes. E, com tudo em mãos, fui me sentar debaixo da árvore onde deixara minha mala.

✦ ✦ ✦

Era extremamente proibido jogar lixo ou sujeira nos canais e córregos da vila. O lixo doméstico deveria ser posto para fora de casa apenas nos dias de recolhimento do bairro. E, caso seu animal fizesse necessidades no meio da rua, era bom você recolher.

Ficava proibido todo ato de vandalismo e depredação pública, incluindo na casa em que morávamos, cedida pelo governo. Fazer qualquer tipo de reforma sem a autorização por escrito do capitão também era considerado ato de vandalismo.

Em Ribeiros, a violência não se limitava apenas aos casos em que a vítima sangrava. Qualquer agressão que marcasse o corpo de alguém, por menor que fosse a marca, já era considerada violência. Gritar também poderia ser considerado, dependendo do caso e do depoimento de testemunhas.

Os valores das multas variavam de acordo com a gravidade da infração e se a pessoa era reincidente ou não. Tinha até uma tabelinha com os valores das multas no final do *Estatuto e princípios da boa convivência de Ribeiros*. E, apesar da rigidez, lembro que gostei das regras. Pareceram-me sensatas.

Gastei uma hora e quinze para ler e reler o texto duas vezes, exatamente o tempo que levaram para cadastrar todos os novos cidadãos da vila.

Ergui os olhos bem a tempo de ver Sophia deixando a Capitania. O cabelo loiro-claro, quase na cintura, balançava ao vento.

— Estou tão feliz em ver você! — Ela parou na minha frente, segurando uma bolsinha branca.

Levantei-me e estiquei as costas. Minha bunda doía, as pernas formigavam e eu tinha a sensação de ainda sentir o sacolejar da carroça.

— Eu também tô muito feliz em te ver, mas cadê os meninos?
— Não puderam vir. — Sophia desviou os olhos.
— Hum. Tinha tanta gente aqui mais cedo recebendo os amigos...
— Nem todo mundo consegue licença do trabalho para vir, Alison.
— Tudo bem. — Assenti.

Sophia pediu um burrete e seguimos para casa.

— Me conta essa história de aspirante — pedi. — Eu pensava que mulheres não podiam ser capitãs.

— E não podem. Mas o senhor Connor é um progressista e encontrou essa brecha na lei, porque lá diz que mulheres não podem ocupar cargo de liderança na política, mas não fala nada sobre quem pode ou não pode ser aspirante.

— Ah, que legal!

— O sonho dele é ser embaixador da Bellatrix um dia. E quando isso acontecer, ele vai colocar essa pauta em votação.

Sorri pela forma difícil como Sophia falava. Ela estava com uma coleção cada vez maior de palavras. Será que o capitão Connor sabia que tinha uma fã?

— O senhor Connor disse que eu podia ser aspirante, e quem sabe um dia, quando mudarem a lei, eu não possa ser capitã? Talvez até governadora de uma província. Sendo aspirante desde o começo, já estaria qualificada.

— Isso é muito incrível, Sophia. De verdade, estou orgulhosa de você.

— Ah, obrigada. — Ela sorriu, mostrando os dentes tortos. — Eu amo esse trabalho. Quando escolhi fazer a Oficina de Administração na escola, não imaginei que chegaria tão longe e tão rápido. O único problema mesmo é o Harry.

— Qual é o problema dele? — Balancei a cabeça. — Digo, o que você quer dizer?

— Ele também é aspirante. — Sophia revirou os olhos. — É porque, como eu não posso ser capitã, o senhor Connor precisava de outro aspirante. Um menino. E ele é insuportável de chato, sempre tentando ser melhor do que eu.

— Espera aí. Sophia Gold, a garota docinho, odiando alguém?! Essa é nova.

— Não comece, ele é horrível.

Eu ri e balancei a cabeça novamente.

— Estou ansiosa para o senhor Connor virar embaixador da Bellatrix e ocupar um assento no Supremo Conselho — Sophia continuou. — Eu acredito nele. É como Isaac Walker disse...

— *"O mundo pertence aos inconformados"* — recitamos ao mesmo tempo.

É claro que a gente tinha lido o mesmo livro. Isaac Walker era o filósofo favorito da Amelia. Ela tinha todos os livros dele, e nós tínhamos um lado *nerd*.

— Ah, eu te amo por saber minhas referências. — Sophia encostou a cabeça no meu ombro. — Eu sou muito feliz aqui. E, agora que você chegou, vou ser mais ainda. Completamente feliz.

Eu a abracei meio de lado, sorrindo.

Pouco depois, nosso burrete parava diante da casa 413.

# 33

— POR QUE VOCÊ NÃO VAI na frente e abre a porta? — disse Sophia enquanto abria a bolsinha para pagar o menino do burrete.

O garoto condutor do veículo me ajudou a descer o baú. Então ergui a alça retrátil e saí puxando a mala, segurando a bolsa com a outra mão. As rodinhas faziam barulho no caminho de pedra entre a grama do jardim. Nossa casa ficava numa esquina.

Girei a maçaneta. Porém, antes que pudesse abrir a porta por completo, um grito de "surpresaaaa!" me fez pular para trás e gritar também.

Thomas e Levi sorriam, lado a lado. Estavam com os rostos marcados pelo sol, e Thomas havia adquirido algumas pintinhas a mais por isso. Gritei de novo e pulei no meio deles, envolvendo os dois num abraço duplo.

— O que estão fazendo aqui? Sophia disse que...

Abri a boca. *Não acredito que ela fez isso.*

— Não seria uma festa surpresa se você desconfiasse, né? — disse Thomas.

Então notei a sala atrás deles. No meio da decoração mediterrânea, uma mesa estava posta com várias peculiaridades: um bolo torto e algumas panquecas, que pareciam sobreviventes de um incêndio, além um punhado de torrões, que eu supus serem biscoitos.

— Achou mesmo que a gente não ia te receber? — perguntou Levi. — Justo a gente?! Os melhores amigos do universo?

Eu não conseguia parar de sorrir. A parte mais engraçada é que eu estava sentindo saudade. Tipo, eles estavam bem ali; tínhamos acabado de nos encontrar e era como se só agora eu percebesse o tamanho da falta que me faziam.

— Que cheiro é esse? — Farejei o ar.

— *A calda de chocolate!* — disseram os dois ao mesmo tempo e saíram correndo.

— Espero que não queimem a casa! — gritou Sophia, com uma feição bem-humorada.

Seguimos atrás deles para a cozinha.

— Vocês fizeram tudo isso? — perguntei. — Achei que tinham reprovado em culinária.

— Agora você tem certeza. — Thomas mostrou a gosma preta colada no fundo da panela.

— Ei, tudo o que estiver gostoso, fui eu que fiz. — Mal Levi disse aquilo e Thomas lhe deu um murrinho no braço.

— Tonto. — Olhou para mim e completou, passando a mão no topete. — Desculpa, Alison. Era para ter ficado bom.

— Não, tá tudo bem. Aposto que está melhor do que algumas coisas que comi nessa viagem.

— Deixa eu adivinhar. — Levi ergueu um dedo. — Fazenda Limoeiro?

— Não me faça lembrar daquilo.

— Cadê suas coisas? — perguntou Thomas, largando a panela de volta no fogão.

— Tão lá fora ainda, sabe? Onde vocês quase me mataram do coração.

Levi riu e deu um tapa de leve no ombro do amigo.

— Vamos lá buscar.

— Licença — pediu Sophia, saindo também.

Fiquei só na cozinha, eu e as gororobas. Reparei no prato com o resto das panquecas e meu estômago roncou. Não pareciam tão ruins assim. Peguei um pedacinho e provei. *Deus meu!* Acho que nunca tinha experimentado algo com gosto de formiga queimada no açúcar, e a primeira coisa que fiz foi cuspir de volta na mão. Ia jogar a gosma marrom no chão quando notei o que estava fazendo e parei. Aprisco não estava mais ali para comer tudo de que eu não gostasse.

A alegria esmoreceu um pouco. Joguei o resto mordido no lixo, lavei as mãos e voltei para a sala.

— Acho que as panquecas não ficaram tão ruins, a gente podia comer — disse Levi.

Eles acabavam de voltar de um dos quartos.

— Oh, não!

Os dois olharam para mim. *Droga.*

— É que... er... hã...

Nesse instante, Sophia saiu do outro quarto trazendo uma caixa.

— Vocês me odiariam muito se eu dissesse que comprei um bolo reserva só para o caso de não conseguirem preparar nada comestível?

— Um bolo reserva? — Levi cruzou os braços. — Você não acreditava mesmo na gente.

Não consegui identificar se o tom dele era jocoso ou de alguém verdadeiramente ofendido.

— Espera. — Ergui as mãos, como se tentasse pacificar dois lados em guerra. — Eu tô muito feliz e orgulhosa por vocês terem se esforçado por mim. Sério, muito obrigada.

— E eu estou feliz pelo plano B da Sophia — disse Thomas.

— É de chocolate com morango. — Ela puxou a tampa e revelou a bela delícia. Olhou para Levi, prendendo o sorriso.

— Hum. — Ele foi até lá para analisar de perto. — Ok, está perdoada. Mas só porque é de morango com chocolate e parece muito gostoso.

Todo mundo riu. Então nos sentamos no tapete em formato de estrela-do-mar para comer o bolo reserva, sem nos preocuparmos em retirar as gororobas da mesa. Comíamos conversando alto, rindo e derrubando farelos para todo lado.

Depois de comer, fizemos uma guerra de biscoito-torrões. Aí a Sophia reclamou da bagunça e organizamos uma força-tarefa para limpar tudo. Mas até a limpeza foi divertida com a gente fazendo bolinhas de sabão e competindo de escorregar no chão molhado da sala.

Por fim, os meninos foram embora, precisavam tomar banho e trocar de roupa, e Sophia me apresentou oficialmente a casa.

A arquitetura era meio arredondada, com a sala no centro e os demais cômodos ao redor dela. A cozinha ficava à esquerda; era o maior ambiente e incluía uma área para lavar roupa. O único banheiro ficava no fundo da sala e tinha uma banheira de bronze com sistema de aquecimento para o chuveiro. Os dois quartos ficavam lado a lado, à direita.

— O que achou? — perguntou Sophia.

Eu me joguei na cama enquanto ela se escorava no batente da porta.

— Eu adorei a surpresa, até a parte das gororobas.

Ela riu.

— Eu estava falando da casa.

— Ah, isso eu também amei. A decoração de conchas com bordados é linda. Na verdade, a vila inteira é uma gracinha.

Ela anuiu com um sorriso.

— Que bom, eu também adoro esse lugar. — E apontou para o baú. — Quer desfazer sua bagagem hoje? Posso te ajudar, se quiser.

— Ah, não. Amanhã eu faço isso. Só vou me apresentar no Artífice daqui a dois dias mesmo, e eu tô exausta.

— Tá bom. Se quiser tomar banho, já deixei algumas toalhas e roupas de cama no lado direito do guarda-roupa.

— Você é maravilhosa.

Sophia fez um beicinho e saiu. Fiquei deitada na cama por mais um pouco enquanto criava coragem para tomar banho.

✦ ✦ ✦

Às nove horas da noite, a saudade da Amelia apertou mais forte no peito. Meu relógio biológico estava sentindo falta daquela rotina de ouvir uma história deitada na cama com um certo carneiro nanico no colo.

Levantei-me da cama e fui observar a paisagem da janela. Aquela seria a minha vista pelos próximos dois anos. Havia um passo de jardim antes da cerca baixa; então a rua e depois um canal, com outra casa do outro lado do córrego. Os postes deixavam as pedras brancas num tom amarelado e, no céu, a lua cheia estava acompanhada de diversas estrelas, como uma rainha e suas servas.

Eu definitivamente ia adorar ter aquela visão todos os dias.

Fechei a cortina, tranquei a porta e fui pegar meu artefato no fundo do baú. Deitei-me novamente na cama e fiquei segurando o mirador, observando mamãe comer pipoca enquanto assistia a algo na TV. Enrolei-me melhor nas duas cobertas coloridas. Pelo visto, as noites de inverno no litoral eram muito mais geladas do que no interior.

— Eu moro perto da praia agora — sussurrei. — Igual a você. Posso caminhar na praia também e fingir que estou ao seu lado.

De repente, ouvi alguém pular minha janela e gritei, ao mesmo tempo que colocava o mirador debaixo das cobertas. Só então percebi que era Levi, que fazia sinal de silêncio.

— Alison?! — A voz da Sophia soou desesperada, a maçaneta girou duas vezes. — Alison, você está bem?

— Tô! — Fiz uma careta de repreensão para Levi.

— Tem certeza?

— Aham. — Fechei a boca e os olhos, tentando pensar numa justificativa. — É que... hã... uma mariposa quase entrou pela janela. Me assustei.

— Tá bom. Melhor fechar a janela, a luz vai atrair mais insetos.

— Verdade. Desculpa te assustar.

Ouvi a porta do quarto dela se fechando.

— Levi! — sussurrei meio alto, batendo no cobertor. — Deus meu, você quase me matou de susto.

— Foi mal.

Ele veio e se sentou na ponta da cama, fechava a boca para disfarçar o sorriso.

— O que está fazendo aqui?

— Eu só queria saber o que você fez com o artefato.

Entreabri a boca. Não estava esperando aquela resposta.

— É que você nunca mais falou dele para mim — explicou Levi.

— Achei que você não queria saber.

— Sério?! — Ele arregalou um pouco os olhos.

— Você nunca mais perguntou nada, achei que...

Olhei para outro canto.

— O quê?

— Que você não gostava do que o mirador nos faz lembrar.

Foi a vez de Levi de desviar os olhos.

— É, aquilo foi uma droga. — Ele fungou.

Por um instante, o silêncio desconfortável ficou no ar.

— Na verdade, eu tava com medo da tia Amelia.

Uma risada mais alta me escapuliu, ao que tapei a boca com a mão e olhei para a porta. Esperei um pouco. Nada.

— Mas é sério — disse Levi entre uma risada. — Ela disse pra gente não contar para ninguém e tal, e depois você não falou mais nada. Achei que fosse proibido falar disso.

Peguei o mirador de baixo da coberta e o trouxe para fora.

— Não. Eu continuo usando ele.

Levi tombou a cabeça para enxergar melhor.

— Ei, eu acho que sei o que é isso — disse ele ao apontar para a imagem que o artefato mostrava.

— Televisão. Ela gosta de assistir à noite.

Levi ergueu os olhos para mim, um sorriso impressionado.

— É tão estranho, né? Ver uma coisa que não temos aqui no nosso mundo e mesmo assim reconhecer.

— Sim. — Eu anuí. — Acho que ter ficado com o mirador manteve meu conhecimento prévio forte, porque eu nem estranho mais.

— Legal. — Levi voltou o olhar para a imagem projetada da mamãe.

— Espera aí. — Larguei o mirador em cima do cobertor e desci da cama.

Fui até o baú aberto, retirei o caderninho do fundo falso e olhei para ele sentindo um frio na barriga. Eu nunca tinha mostrado para ninguém. Virei-me e fui até Levi.

— Isso é tudo o que eu sei sobre ela.

Ele pegou o objeto e começou a folheá-lo. Fiquei observando-o, ansiosa pelas reações.

— Você viu muita coisa. Olha só, tem até pistas do lugar onde ela mora.
— Aham. — Sorri.
— O que é isso? — Ele apontou para a página.

Ele tinha chegado ao título *Pistas sobre o portal*. Senti o frio na barriga ficar mais forte e as emoções brilharem nos meus olhos.

— Eu vou para a Terra.

Levi ergueu os olhos pra mim, sério.

— É possível — comentei, virando a página. — Olha.
— Espera. — Ele se inclinou sobre o caderno. — Eu conheço esse lugar.

Abri um sorriso. Se Levi também reconhecia a torre com relógio em cima, significava que ela devia estar na região onde teríamos nascido no planeta Terra. Ou seja, a história era real; alguém já tinha feito essa viagem antes, só assim para terem conseguido registrar uma imagem tão específica.

Contei para ele sobre as informações anotadas naquela página, como eu as descobrira lendo o livro proibido, a promessa que fiz à Amelia e como eu iniciaria minha investigação a partir dali.

— Eu sei que vai ser difícil, mas não vou desistir, Levi. Essa é a minha chance de descobrir toda a verdade.

Levi analisava o caderno e o mirador em cima da cama, entre a gente. Os cachos negros caíam na testa dele.

— Eles disseram que era impossível — sussurrou mais baixo.
— Eu sei, mas é porque o Império tentou enterrar essa história. Eles não devem saber.

Levi ergueu os olhos para mim.

— Você vai mesmo pra Terra?
— Ou morrer tentando.
— Isso é tão... — Ele riu, negando com a cabeça. — Incrível. Tem certeza de que é possível mesmo? — Assenti com a cabeça. — Então eu quero ir com você.

Pisquei.

— Olha... — Levi umedeceu os lábios e se levantou. — Eu não quero conhecer meus pais nem nada do tipo, mas essa é uma aventura e tanto. Cara, você vai para outro planeta!

Sorri largo.

— Ah, Levi, eu vou amar ter você como... espera, mas eu não estou pensando na aventura, tá bom? Eu quero ir para conhecer minha mãe.

— Sim, sim, tudo bem. Mas não importa para onde a gente vá no planeta Terra, só de chegar lá já vai ser bem louco.

Eu me levantei e dei um abraço rápido nele.

— Vai ser tão legal! E, quando eu descobrir como o portal funciona, a gente conta pro Thomas e a Sophia e chama eles para irem também.

— Perfeito. — Levi olhou para o relógio em cima da minha cômoda. — Tenho que ir, amanhã vou acordar cedo. E você também precisa dormir, parece cansada.

— Eu tô cansada.

— Parece exausta.

— Sim.

— Esmagada.

— Hã...

— Acabada.

— Ei.

— Destruída. Destro...

— Idiota! — Dei um empurrão nele, rindo.

Ele aproveitou o impulso para seguir em direção à janela. Depois de saltar, fechou a guilhotina de madeira para mim.

Então guardei o mirador no fundo falso do baú e fui me deitar.

Estava tão feliz que demorei a dormir, imaginando como seria perfeito viajar para a Terra com todos os meus amigos e conhecer mamãe. Parecia um sonho incrível demais para se tornar verdade.

# 34

**SOPHIA JÁ TINHA IDO TRABALHAR**, e meu plano era deixar tudo organizado para que, quando fosse ao Artífice no dia seguinte, não precisasse me preocupar com desfazer a bagagem nem arrumar meu quarto.

Assim que tirei o vestido vermelho do baú, um papel dobrado caiu no chão de madeira. Peguei-o e virei de um lado para o outro. Eu não o reconhecia. Desdobrei-o com cuidado e meus olhos umedeceram ao perceber o que era.

> *Querida Alison,*
>
> *Eu queria que você soubesse o quanto alegrou a minha vida durante esses três anos e preferi deixar registrado em papel e tinta para que você nunca esquecesse. Me perdoe se eu não disse isso o suficiente, mas eu amo você, do fundo do meu coração. Vou sempre orar e torcer por você. E não se esqueça: faça valer a pena.*
>
> *Com muito amor e saudade,*
>
> *Amelia Sunset*
>
> *P.S.: Aprisco te mandou um saudoso mbééé.*

O soluço do choro sem lágrimas se transformou numa risada com aquele P.S.

Eu tinha deixado o meu colar — o do Despertamento, com pingente de madeira — em cima da cama no meu quarto, sem que Amelia soubesse.

Queria que ela o encontrasse depois que eu já tivesse partido. E, pelo visto, eu não fora a única pensando em dar uma lembrancinha surpresa.

Levei o papel ao coração e fechei os olhos. Tudo dentro de mim queimava. *Obrigada, Amelia.*

Coloquei a carta em cima da cômoda, entre o suporte de vela em formato de gaiola e o jarro de margaridinhas, onde eu sempre o veria.

Foi libertador. De alguma forma, aquela cartinha era um pedacinho da minha guardiã comigo e serviu para me encorajar a seguir em frente.

✦ ✦ ✦

No meu primeiro dia no Artífice, conheci as três estações de trabalho.

A primeira e maior de todas era o local onde os utensílios do lar eram produzidos. Usaríamos muita argila, fibras vegetais, madeira, borracha e o que mais achássemos legal — tipo conchas e tintas. A segunda estação, onde as armas eram consertadas, ficava no prédio ao lado e era um pouco menor. Ali, trabalharíamos principalmente com metais, tecidos, madeiras, pedras, couro, borracha e ossos. A terceira estação ficava no andar de cima ao da primeira e era onde novas ideias ganhavam vida. Usaríamos todas as matérias-primas disponíveis e muita imaginação.

Eu passaria seis meses em cada estação e, no final, a coordenadora — uma jovem ruiva muito animada — me designaria para uma delas, onde eu me saísse melhor. Receberia cinco braters por semana, e todos os atrasos eram descontados.

— Alguma dúvida? — perguntou a coordenadora.

— Não.

— Procure pela Bárbara na estação um, ela é a supervisora responsável por receber os novatos. E, qualquer coisa, minha sala fica no último andar. — Deu meia-volta e saiu com o salto fazendo barulho no piso de tacos.

Fui para a primeira estação e escolhi uma mesa vazia. A tal da Bárbara passou o resto do dia me mostrando como funcionava a produção dos utensílios de cozinha, certificando-se de que eu estava aprendendo tudo.

Eu não duvidei nem por um momento de que havia escolhido a profissão certa. As horas passaram rápido enquanto eu me divertia com a argila e, ao fim da tarde, eu deixei o Artífice, orgulhosa, com o canto das unhas sujo de terra, tendo feito o meu primeiro conjunto de xícaras e pires.

Usei o mapa que ganhara na Capitania para identificar o caminho até a biblioteca pública; então percorri as ruas, atravessei pontes e olhei diversas vezes o mapa, à procura dos pontos de referência.

A biblioteca ficava no centro da vila. Não era muito grande e tinha o mesmo tom de branco nas paredes e o telhado azul que os demais prédios. Sorri ao abrir a porta. Eu nem acreditava que estava prestes a iniciar minha investigação acerca do funcionamento do portal!

Composto de um único andar, era uma construção bem iluminada pelos candelabros a óleo; tinha piso de taco claro e muitas estantes altas. No fundo, ficava a mesa do bibliotecário, um garoto de cílios grandes, cabelo castanho bem curto e pintinhas marrons no rosto.

— Olá — cumprimentei, ajustando a alça da bolsa no ombro.

— Bem-vinda. Como posso ajudar?

— Eu gostaria de ler sobre os artefatos da Terra do Nunca. — O garoto franziu a testa e, com medo de que ele desconfiasse ou até mesmo me denunciasse, completei: — E sobre Peter Pan também.

Os vincos em sua testa sumiram. Ele sorriu ao pegar um papelzinho.

— Uma patriota, hum?! — disse enquanto rabiscava.

Forcei um sorrisinho. *Melhor você pensar isso mesmo.*

— Aqui. O primeiro número é o da seção, que você vê nas placas penduradas no teto, e o segundo é o da estante. Elas estão organizadas em ordem crescente. — Ele apontou da esquerda para a direita.

— Obrigada.

Segurei o papel, respirei fundo e dei o primeiro passo rumo à maior jornada da minha vida.

# 35

**MORAR EM RIBEIROS SIGNIFICAVA** conviver com três coisas: o cheiro do mar, o barulho das águas escorrendo pelos canais e, no fim da tarde, a sinfonia das aves multicoloridas que faziam seus ninhos no alto dos coqueiros. Ventava muito ali e, de vez em quando, você via alguém correndo atrás de lenços e sombrinhas.

No Artífice, eu recebera o turno da tarde. Por isso, minha rotina era ler de manhã, fazer almoço, comer com a Sophia quando ela chegava do trabalho e depois correr para não me atrasar. O turno começava às treze horas e terminava às dezessete. Se não estivesse chovendo, eu saía de lá direto para a praia, onde encontrava Thomas, Levi e Sophia para brincar de reino ou de guerra-amarela até o sol ir embora, então voltávamos para casa.

Uma vez por semana, eu visitava a biblioteca para trocar os livros.

A primeira coisa que descobrira sobre os portais é que, infelizmente, a senhora Greenfield não havia mentido. Todos os livros indicavam que a Lagoa da Vida funcionava apenas de um lado, vindo para a Terra do Nunca, e que as expedições para o fundo das sete lagoas tinham revelado somente rochas, musgo e... esqueletos. Cruzes.

Mas também encontrei um fiapo de esperança no livro *Artefatos do Nunca*. Em um capítulo, o cientista não descartava a possibilidade de existirem outros portais. Afinal, a Magia Luminosa era poderosa demais e eles não sabiam quase nada a respeito.

Então mudei minha investigação para Peter Pan. Se ele tinha conseguido voltar para a Terra, talvez eu encontraria pistas de qual portal ele usara. E como.

Eu estava quase certa. Não demorou para descobrir que, desde a assinatura do tratado há centenas de anos, ele morava na cidade das fadas. Por isso mudei o foco para elas e descobri que as fadas tinham cinco cidades em Bellatrix. Peter Pan poderia estar em qualquer uma delas.

Passei meses pesquisando tudo sobre as nossas aliadas, até admitir que havia chegado a um beco sem saída. Então tentei pesquisar sobre Wendy e Michael, as outras pessoas que participaram daquela aventura, mas não havia nada sobre eles nos livros de História. Já estava ficando sem ideias quando resolvi olhar minhas anotações e me lembrei do navio pirata que eles roubaram.

Era meio-dia, uma agradável tarde de início de verão, e eu tinha almoçado mais cedo só para passar na biblioteca antes de seguir para o Artífice.

— Oi, Matthew — eu disse ao fechar a porta atrás de mim.

— E aí, tracinha de livros! O que vai ser hoje?

— Queria ler sobre os piratas. Mas nada de ficção, por favor.

Ele sorriu. O cabelo vivia bem aparado, os olhos de um castanho-avelã.

— Então agora passamos para o lado inimigo da História.

— Só curiosidade, mesmo.

Matthew me entregou o papelzinho e fui localizar a estante. Porém, depois de vários minutos procurando algum livro sobre piratas na seção indicada, voltei até ele.

— Não consigo achar.

— É que temos poucos, mas está ali.

Voltei e tentei por mais uns cinco minutos, nada. Cheguei à mesa dele com uma careta de frustração.

— Por favor, pode me ajudar? Não consigo encontrar de jeito nenhum e estou quase atrasada pro trabalho.

Ele meneou a cabeça com um sorriso. Esperei que se levantasse para vir, mas, em vez disso, ele virou-se para o lado e saiu de trás do balcão, ainda sentado. Então eu vi as duas rodas nas laterais da cadeira. Dei um passo para o lado.

— Obrigado. — Ele passou por mim. — Tente não ficar muito surpresa.

Pisquei, indo atrás dele.

— Desculpa, não quis ser rude.

— Eu sei. — Ele chegou à seção indicada e começou a procurar.

Desviei os olhos da cadeira e fiquei procurando, mas sem realmente prestar atenção nos livros. Segundos depois, virei-me de novo para ele.

— É que eu sou artesã e nunca tinha visto uma cadeira assim antes. Estou impressionada. Me perdoa, vou parar com isso. — Voltei-me para a estante.

— Já sei, deve estar lá em cima. — Ele apontou para a última prateleira.

— Vou buscar uma escada.

Girei nos calcanhares, pronta para correr, mas escutei um clique. Olhei para trás. Matthew girava uma manivela e o assento dele era erguido. Abri a boca ao vê-lo subir cada vez mais alto, até chegar ao nível da última prateleira.

— Aqui está — disse ele. — Qual você quer?

Eu estava com as mãos prontas para segurá-lo caso caísse, mordendo os lábios de medo.

— Qualquer um que não seja ficção.

— Ok.

— Já pega logo dois, por favor?

Ele pegou mais um livro e voltou a girar a manivela do apoio de braço. A cadeira começou a encolher o assento, rangendo.

— Deus meu, me perdoe de novo, mas isso é tão incrível! O artesão que fez isso era um gênio.

Matthew riu, sem parar de girar a manivela.

— Obrigado.

Meu sorriso sumiu.

— Espera, você fez isso?!

Ele terminou de descer e me entregou os livros.

— Eu disse "obrigado" porque essa cadeira é especial para mim. É como se você estivesse elogiando um amigo.

Então começou a empurrar as rodas, de volta para o balcão. E foi só nesse momento que eu percebi.

— Tem uma rampa na entrada da biblioteca.

— Sim.

— Mas é só aqui. Todos os outros prédios têm escadas. E a maioria das pontes tem um ou dois degraus. E os burretes são altos, com portas estreitas.

Matthew girou a cadeira para ficar de frente para a mesa. Ele sorriu sem abrir os lábios e assentiu.

— É incrível, né? Como você começa a enxergar o mundo de outro jeito quando percebe que nem todo mundo consegue andar.

Coloquei os livros em cima do balcão. Ele puxou o bloco de registros para anotar o empréstimo.

— Isso é muito injusto. As ruas, quero dizer.

— É... — disse ele, concentrado no trabalho.

— Tem que ter algo que a gente possa... Sophia! — Ele ergueu os olhos para mim. — Minha amiga é aspirante, vou falar do seu caso. Ela com certeza vai saber o que fazer.

— Deixa eu adivinhar. — Matthew fechou o primeiro livro e abriu o segundo. — Colocar rampa em todos os prédios públicos e em cada uma das mil pontes de Ribeiros?

Franzi as sobrancelhas.

— Bem...

— O orçamento da vila é para melhorias públicas que vão beneficiar a todos. Não podemos gastar tanto por causa de uma ou duas pessoas. — Ele fechou o livro e olhou para mim. — Foi isso o que me falaram.

Então ele havia tentado. Que tontice a minha, é claro que Matthew já devia ter tentado. Ele empurrou os dois livros para frente.

— Pronto.

Peguei os exemplares, sem graça.

— Obrigada.

Deixei a biblioteca reparando em cada buraco nas calçadas e nos outros mil empecilhos que poderiam ser corrigidos caso alguém aprovasse o orçamento necessário. Entrei no Artífice decidida a falar com Sophia quando chegasse em casa.

Ora essa! Se o capitão Connor era mesmo um progressista, como dizia ser, ele deveria se esforçar mais para melhorar a vida dos cidadãos de sua vila — ou de que adiantariam todos aqueles planos para mudar o mundo?

✦ ✦ ✦

— Se o senhor Connor já recusou esse pedido, fazer outro igual não vai adiantar — disse Sophia, enquanto lavava as louças do jantar.

— Então a gente simplesmente desiste? — Eu as enxugava e guardava.

— Não. A gente pensa em outra coisa e faz uma nova proposta.

Ficamos discutindo enquanto trabalhávamos, até que Sophia teve a ideia de pedir uma melhoria apenas na rota que Matthew mais usava, de casa para o trabalho. Se desse certo, depois a gente poderia tentar mais rotas.

No dia seguinte, porém, Sophia me avisou que o plano não ia dar certo. A Administração já tinha designado uma casa próxima à biblioteca para Matthew morar, e eles achavam que seria uma redundância de gastos colocar as rampas.

— Sabe o que é mais engraçado? — perguntou Matthew quando eu lhe contei a resposta da Administração. — Normalmente, uma pessoa levaria cinco minutos para chegar da minha casa até aqui. Mas, porque eu preciso procurar pelo caminho que tem menos degraus e ruas menos inclinadas, eu demoro quase meia hora.

— O quê?! — Bati as mãos no balcão, as sobrancelhas unidas.
Ele deu de ombros.
— Você tem um mapa da vila por aí? — perguntei.
— Não.
— Ok, o meu está na bolsa.
Eu continuava andando com o mapa porque, de vez em quando, ainda errava uma curva e me perdia na cidade; ou decidia de última hora ir para um lugar novo e, sem ele, ficava complicado.
— Aqui. Desenhe exatamente o caminho que você faz.
Entreguei o mapa com a rota desenhada para Sophia, que o utilizou como prova para reabrir o pedido. Daquela vez, o senhor Connor acatou a solicitação.
— Você precisava ver a cara dele, Alison — disse ela assim que chegou em casa, vermelha e sorridente. — Ele ficou tão envergonhado, jurava que a solução de morar perto tinha funcionado.
O governador da Província Gêneses aprovou o orçamento mensal com aquela reforma, e as pontes e calçadas que faziam parte do trajeto do Matthew ganharam rampas. Dois meses depois, meu bibliotecário favorito não precisava mais percorrer um longo caminho para chegar ao trabalho.
— Isso é só o começo — disse eu, escorada no balcão da biblioteca. — A Sophia agora ficou empolgada para descobrir casos como o seu.
— Ela também tem deficiência, não é?
Assenti. Ele a tinha conhecido no dia anterior, na reinauguração das ruas.
— Que bom que ela está pensando mais nas pessoas como nós. Espero que consiga mesmo se tornar capitã um dia.
— Ela vai ser uma ótima capitã.
Peguei os últimos exemplares sobre piratas que faltavam para eu ler e comecei a me arrumar para ir embora.
— Alison? — A voz dele me fez virar para trás. — Obrigado.
— Tudo bem. O mínimo que uma tracinha de livros pode fazer é ajudar o bibliotecário.
Ele riu.
— Não, eu falo sério. — Seus olhos brilhavam e ele engoliu em seco antes de continuar. — Ninguém além dos meus amigos já tentou fazer qualquer coisa por mim antes.
— Você vai me fazer chorar. — Cocei um olho.
— Se precisar de qualquer coisa, conta comigo.
— Pode deixar.

# 36

**TINHA ALGO ESTRANHO** acontecendo no planeta Terra.

Mais ou menos no mês da Sereia, mamãe passou várias semanas trancada dentro de casa. Não saiu para correr na praia, não foi trabalhar e, nas raras vezes em que a vi no mercado, era usando uma máscara cobrindo nariz e boca.

Em Ribeiros, a gente tinha visitas regulares de dentistas e nutricionistas, que brigavam com a gente se não estivéssemos nos cuidando direitinho. As máscaras que mamãe e todo mundo usava eram um pouco parecida com as dos nossos médicos; e eu não entendia o motivo de, subitamente, todo mundo estar usando aquilo o tempo todo.

A parte boa desse mistério era que o mirador tinha parado de borrar a imagem do fundo, como se a magia fosse incapaz de identificar que havia pessoas no recinto se estivessem com o rosto coberto, e eu conseguira captar novas pistas do lugar onde ela morava — ainda assim, nada muito extraordinário.

Cinco meses depois, mamãe e todo mundo continuavam usando as máscaras e esfregando constantemente as mãos. O movimento na cafeteria onde ela trabalhava tinha diminuído muito e, sem o dinheiro que os clientes davam direto para ela, o carrinho de compras ficava mais vazio.

Eu tinha comentado sobre isso com Levi e nós formulamos algumas teorias mirabolantes, outras engraçadas. Porém, depois de tanto tempo vendo aquela nova rotina, eu me acostumei a ela e nem reparava mais na estranheza da coisa toda.

✦ ✦ ✦

## MÊS DO PINGUIM, 629 D.I.
*Inverno, 13 anos*

Era uma fria manhã de inverno e eu dormi até mais tarde.

Depois de um ano vivendo em Ribeiros, eu já tinha lido todos os livros da biblioteca sobre Peter Pan, as fadas e os piratas, sem encontrar nada de interessante. E como a minha pesquisa se limitava a esses assuntos, resolvera que o melhor seria esperar até que eu chegasse à próxima vila para retomar as buscas.

Então, depois de comer uma fruta, peguei o mirador no fundo falso do baú e fui me sentar na poltrona do meu quarto, embrulhada em uma coberta. Eu poderia assistir à mamãe por alguns minutos antes de preparar o almoço.

Ela estava no banheiro da cafeteria, sem máscara, coçando o nariz.

— Você deve odiar isso, né?

De repente, o mirador ficou sem imagem, uma tela preta. Esperei um pouco e a imagem voltou. Ela estava lavando as mãos. Na primeira vez que o artefato fizera isso, eu quase tinha morrido do coração, até perceber que ele sempre bloqueava a imagem quando havia cena de nudez.

Mamãe colocou a máscara e voltou para o salão do café. Ergui os olhos do mirador para a porta do meu quarto.

— Tem alguém aí?

Franzi o cenho. Podia jurar que tinha escutado um rangido de madeira. *Deve ter sido o vento.*

Eu estava voltando o olhar para o artefato quando escutei um "bu!" da porta do meu quarto e gritei. Sophia olhou para as minhas mãos e gritou também. Eu percebi que ela tinha visto o mirador e gritei de novo, junto com ela.

— Que raios?! — disse ela, os olhos arregalados.

Em uma reação tardia, escondi o mirador debaixo da coberta. Sophia piscou, mudando o foco para o meu rosto.

— O que você tá fazendo aqui? — perguntei, quase gritando um agudo.

— E-estou doente. O senhor Connor me mandou voltar.

Engoli em seco.

— O que era aquilo? — perguntou ela.

— Nada. — Balancei a cabeça. — Vem, vou preparar um chá quente para você.

Levantei-me com todo cuidado, deixando a coberta embrulhada em cima da poltrona. Mas, ao fitá-la novamente, Sophia estava de braços cruzados, séria.

— Você estava usando um mirador.

— Sophia... — Inspirei fundo.

Era para eu ter dito alguma coisa depois disso, mas a surpresa tinha sido tamanha que não conseguia reagir.

— Você estava usando um mirador. O *seu* mirador. — Ela deixou a bolsinha de mão cair. — Santa cebola, Alison! O que você fez?

Neguei com a cabeça, movendo os lábios sem proferir palavras.

— Como? Tipo... O quê?! — A voz dela estava ficando mais alta.

— Vou preparar o chá.

Sophia bloqueava a porta, e eu tive de me encolher no cantinho para passar por ela, bem rápido, e praticamente corri para a cozinha.

— Eu não entendo. — Ela me acompanhou.

— Vai se sentar no sofá. Está frio e...

— Ai, meu Deus. Claire! — Parei o que estava fazendo e continuei de costas para ela, meu peito subindo e descendo. — A Claire foi expulsa por causa de um mirador, não foi?

*Meleca.*

— Alison?

Virei-me devagar. Sophia me encarava da porta, uma mão abraçando a barriga e a outra no peito. No rosto, uma expressão que ela nunca tinha usado para mim antes. Meus olhos arderam.

— Por favor, me diz que não foi culpa sua.

Meu nariz pinicou. Ela tinha que usar justo aquela palavra?!

— Oh, meu Deus.

— Não era para ter sido... — Engoli em seco. — Eu só queria o meu artefato.

Sophia abriu a boca e ofegou, então virou-se e voltou para a sala. Eu esperei um momento, uma mão massageando a testa.

— Sophia. — Fui atrás dela.

— O que você fez?

Fechei a expressão. Não queria chorar. Sophia parecia brava, sentada no sofá com os braços apoiados nos joelhos.

— O que você fez?!

— Não me faça contar aquela história, por favor.

— Então *foi* culpa sua.

— Sim. — Meus lábios tremeram. — Satisfeita?

— Por quê?

Uma fração de silêncio.

— Porque... — Parei.

Ela me encarou. Mudei o pé de apoio.

— Porque eu acho que eles estão errados, droga! Você não entende, Sophi, mas, quando eu vi mamãe, ela estava chorando.

Sophia fez uma cara como se eu dissesse algum absurdo.

— E daí?!

Cruzei os braços.

— E daí que ela não parecia ser o tipo de pessoa que tinha rejeitado o filho.

— Claro, porque você sabe exatamente com o que esse tipo se parece, né?

Tomei um longo fôlego. *Ela não está te provocando de propósito, calma.*

— Eu senti uma coisa — confessei com cuidado, como se pisasse entre cacos de vidro. — Quando segurei o mirador, eu senti. Ela me ama. E acredito que ela me queria, mas aconteceu um acidente, ou foi sem querer, ou...

— Alison, a fada nos disse que eles quebraram nosso ciclo natural. Você não quebra o ciclo natural da vida de alguém sem querer!

— Loyenn também disse que não sabia o motivo.

— *É diferente.* — Sophia arqueou as sobrancelhas, meio que sorrindo. — Eles não sabem por que nós fomos rejeitados, mas sabem que fomos.

— E se essa não for toda a verdade?! Não é impossível, nós só temos um lado da história.

— Fadas são biologicamente incapazes de mentir, você sabe disso.

— Sim, mas ela não estaria mentindo se acreditasse naquilo. — Sophia se recostou no sofá. — Eu só queria vê-la de novo. Eu só...

— Você não está vendo sua mãe. Está vendo o que você quer ver.

Descruzei os braços e fui para o quarto. Fechei a porta atrás de mim. Guardei o mirador no fundo falso, troquei de roupa e avisei ao me dirigir para a saída:

— Vou mais cedo pro Artífice.

A amargura, tão cuidadosamente embrulhada em um cantinho escuro da alma, estava começando a cheirar mal dentro de mim. Eu precisaria cavar mais fundo, enterrá-la junto às memórias daquele dia, se quisesse sobreviver.

✦ ✦ ✦

Saí do Artífice debaixo de uma fina garoa e fui direto para casa, mas parei no início do caminho do jardim, observando a luz que escapava pelas frestas da porta e das janelas. Apertei a bolsa e mordi o lábio inferior.

Abri a porta com cuidado. Se ela não me visse chegando, eu poderia me refugiar no quarto e evitar a continuação daquela...

— Oi.

*Ah, que ótimo.* Sophia estava parada perto da lareira, abraçando-se. Umedeci os lábios e desviei o olhar.

— Vou me deitar mais cedo hoje, estou...

— Desculpa — disse ela.

Voltei a fitá-la.

— Eu devia ter pensado melhor antes de falar tudo aquilo. — Sophia deu de ombros.

Semicerrei os olhos.

— Mas você disse o que acredita. Né?

— Sim.

— Eu não sei o que dizer, Sophi. — Tirei a capa úmida e pendurei-a no cabideiro ao lado da porta.

— Estou decepcionada contigo, Alison. — Eu me encolhi com aquele tom de voz, os olhos dela, o peso das palavras. — Eu achei que a gente fosse uma família.

— Mas nós somos. — Arregalei um pouco os olhos.

Sophia negou com a cabeça.

— Não, não de verdade. A gente não é o suficiente para você. Se fosse, você não estaria olhando para esse maldito mirador.

Meu coração disparou, aflito.

— Por favor, eu amo vocês. Acredita em mim.

Sophia fungou.

— Eu também te amo, e é por isso que não vou contar para ninguém. — Ela parou, a expressão mudando, um tom de vermelho aparecendo no azul. — Mas eu não quero mais falar sobre isso, Aly. De que adianta?! Você não ia me escutar mesmo. Só que esse é o maior erro da sua vida, e eu não vou fazer parte dele, sinto muito.

Ela foi para o quarto e fechou a porta.

Desmoronei, curvando-me para frente até ajoelhar.

Por que eu tinha que escolher?! Será que ela não entendia que o fato de eu querer conhecer mamãe não anulava a importância deles? Qual o problema de amar duas famílias?

Fui para o quarto, onde fiquei um tempão só deitada, como se minha alma sangrasse. Depois espiei pela porta e, vendo o caminho livre, peguei algo para comer na cozinha. Voltei correndo na ponta dos pés. Comi sentada no chão, escorada na cama.

Aquilo não era a gente. Nós não brigávamos daquele jeito. Já tínhamos discutido várias vezes, desentendimentos bobos, do tipo quem lava a louça ou limpa a casa, mas nunca uma briga tão séria a ponto de deixar esse buraco entre nós.

Depois de comer, fiquei esperando dar nove horas. Usando meia-calça grossa, botas, vestido de manga comprida, sobretudo e cachecol, fui pé ante pé até a entrada de casa, peguei a capa e saí.

Andei com o capuz erguido pelas ruas, passando por pontos de luz e sombras. Atravessei algumas pontes e, menos de quinze minutos depois, estava diante da casa dos meninos. Segui pela lateral e passei abaixada pela primeira janela, mesmo que estivesse fechada. Na segunda janela, puxei uma guilhotina. A madeira cedeu e a aba da janela abriu. Enfiei a cabeça para dentro sem afastar a cortina.

— Levi? — sussurrei.

Ele puxou o tecido para o lado.

— Ei. — O sorriso sumiu. — O que houve?

— Podemos conversar?

Ele olhou para trás.

— Me dá um minuto.

Me escorei na parede. Instantes depois, Levi saltou a janela. Ele tinha colocado um sobretudo por cima dos pijamas, a bota e a capa. Nos esgueiramos pela lateral da casa de volta para a rua e caminhamos até uma ponte ali perto. Paramos em cima do arco. Os postes mais próximos não iluminavam diretamente aquele ponto, de modo que a penumbra nos cobria.

— Ela descobriu.

Levi demorou alguns segundos para entender.

— Uau! E aí?

Fiz uma careta, tentando conter o choro. Ele me abraçou de lado.

— Ah, não.

— A Sophia acha... ela acha que eu tô cometendo um erro horrível. E disse que eu não vejo vocês como minha família.

Levi não disse nada enquanto eu chorava dentro do seu abraço.

— Você sabe que a Sophia te ama muito, né? Ela só está tentando te proteger.

— Aham. — Balancei a cabeça. — Mas doeu.

— Ela pensa igual à tia Amelia.

Funguei.

— Elas não entendem, porque não conseguem sentir o que eu sinto. Elas não enxergam o que eu vejo.

— Mas elas sabem que você tá criando esperança, e ter esperança é perigoso. Você vai acabar se machucando muito se estiver errada.

— Eu sei... — concordei baixinho, em uma careta de dor. Então uma ideia me ocorreu. Afastei-me um pouco do abraço e ergui uma única sobrancelha. — Você não quer me proteger também?

— Ah, não, já tem muita gente fazendo isso. — Ele sorriu torto. — Eu vou ser aquele que fica do seu lado e que talvez se machuque com você.

Voltei a abraçá-lo, mais forte.

✦ ✦ ✦

Sophia e eu voltamos a nos falar no dia seguinte, com um climinha estranho no começo. Mas, com o passar dos dias, conseguimos voltar ao que éramos antes. Na amizade, ficou só a linha de uma pequena rachadura.

E nunca mais tocamos no assunto.

# 37

**24 de lebre, 630 d.i.**
*Outono, 13 anos*

— VOCÊ ACHA QUE O BESOURO falou mal de mim pro capitão da Ossos?

Besouro era o apelido que Sophia havia encontrado para Harry, depois de ele ter começado a chamá-la de Joaninha. Ele a chamava de Joaninha porque ela era "pequena, arrumadinha e sem importância", e ela o chamava de Besouro porque ele "se achava um rinoceronte de tão forte e importante, mas não passava de um inseto".

— Talvez — comentei.

Sophia era mais enrolada do que eu para arrumar malas, então estava ajudando-a a dobrar seus vestidos. Ela tinha passado a manhã toda só organizando o que doaria, o que levaria e onde colocaria cada coisa. Agora, ela estava com duas malas-baú e uma mochila, todas vazias, e o quarto revirado.

— Se o próximo capitão não me quiser como aspirante porque o Besouro falou mal de mim para ele, eu juro por todos os Fundadores que... que... *Arrrgh!*

— Vamos deixar para ficar com raiva do Besouro quando você chegar lá? Porque, se a gente não se concentrar em guardar tudo isso, não vai dar tempo.

— Tá beeem.

A lua brilhava alto no céu quando finalmente terminamos. Exaustas, nós nos deitamos no tapete da sala, com todos os travesseiros, almofadas e cobertores que não tinham sido guardados porque pertenciam à casa.

Devia ser uma cena bonita, vista de cima: as duas dormindo no chão, no meio de uma bagunça colorida, iluminadas por uma única vela.

No dia seguinte, acompanhei Sophia até a saída da vila.

— Manda um abraço para os meninos.

— Pode deixar.

A gente se abraçou forte. Depois, eu fiquei vendo a caravana partir e então voltei sozinha para casa.

Sem nenhum dos meus amigos em Ribeiros — até Matthew já tinha mudado de vila —, os dois meses até a minha mudança foram bem longos e solitários. Eu preenchi o tempo me concentrando no trabalho, lendo ficção e observando mamãe pelo mirador.

✦ ✦ ✦

## 18 DE LEÃO, 630 D.I.
*Inverno, 14 anos*

Abri os olhos. Eu estava em um pequeno bote de madeira. O vento frio me fez arrepiar e balançou alguns fios do meu cabelo. Abracei-me. O mundo não existia. Era apenas eu, o barco e a escuridão gelada a nos envolver.

Ouvi um pingo d'água.

— Olá?

Minha voz ecoou algumas vezes. Olhei para um lado e depois para o outro. Nada. Ninguém. Eu deveria estar com medo. Por que não estava com medo? Ouvi outro barulho de um pingo caindo em águas paradas. E, mais uma vez, o vento soprou frio em minha pele, como se estivesse sussurrando.

Um impulso de olhar para fora do barco me fez inclinar devagar. Em resposta, o barco também se inclinou, rangendo.

Era um espelho. Eu estava branca, os lábios rosados, usando a camisola que havia posto antes de ir dormir. Devagar, estiquei o braço esquerdo para fora do barco e toquei no espelho. Minha mão afundou e, quando a puxei de volta, ela estava molhada.

De repente, a escuridão foi quebrada por um relâmpago.

Abri os olhos e a boca num rompante, inspirando fundo. A luz da vela em cima da cabeceira balançava com o vento e tingia o teto de um amarelo rabiscado. Continuei respirando fundo, na tentativa de acalmar as batidas do meu coração. *Foi só um sonho, foi só...* Tinha algo errado.

Minha mão esquerda pendia para fora da cama. Devagar, eu a ergui diante do rosto. Um arrepio percorreu meus braços. Minha mão estava completamente molhada, como se... Como se eu a tivesse mergulhado.

Sentei-me na cama, ofegante. O que tinha acontecido? *O barco.*

Talvez uma força maior estivesse tentando me dar uma pista de como viajar para a Terra. Eu tinha pesquisado sobre os piratas, mas não sobre barcos. Talvez eu estivesse olhando para o ângulo errado da história esse tempo todo e a resposta fosse o barco que Peter, Wendy e Michael haviam roubado; não *de quem* eles o haviam roubado.

Voltei a me deitar, o coração disparado.

Esse sonho foi a única coisa que eu nunca contei para ninguém. Nem mesmo para Levi. Nem quando ele se repetiu, várias e várias vezes ao longo dos anos.

# 38

### 25 DE LEÃO, 630 D.I.
*Inverno, 14 anos*

**DEIXEI A CHAVE NA PORTA** de casa quando saí e não olhei para trás.

Por quinze minutos, esperei um burrete passar. O garoto condutor me ajudou a colocar minha bagagem no chão do minúsculo veículo, então seguimos para a Capitania. Além do baú com o fundo falso, eu só levava uma malinha de mão.

Ergui o capuz da minha nova capa verde-escura e ajustei melhor o xale que usava por baixo, uma tentativa de proteger o torso do vento gelado. Naquele ano, o inverno chegara com muito mais rigor.

Fiquei observando as ruas de pedra branca, as pontes, os coqueiros e os postes. Ribeiros era linda, mas eu não estava com o coração apertado por deixar aquele lugar. Será que deveria? Tudo o que sentia era o desejo pulsante de seguir em frente, de viver alguma coisa diferente e excepcional.

Eu estava começando a gostar dessa ideia de mudar de vila em vila; porque existe algo na transição, nessa expectativa do novo, que traz certa esperança. É como se, de algum modo, você estivesse recebendo uma nova chance de ser um novo você.

Ao chegar à Capitania, reencontrei os colegas de viagem. Foi legal perceber o quanto eles tinham crescido e mudado naqueles dois anos. Assim como eu, muitos tinham cortado o cabelo, enquanto outros o havia deixado crescer. A maioria de nós tinha o rosto marcado por espinhas.

Durante todo o percurso até a vila Ossos, lemos o segundo volume de *As aventuras de Evelyn*, jogamos cartas, olhamos a paisagem e cantamos cantigas populares.

Começamos atravessando as frias montanhas rochosas do litoral, sob o cheiro de sal e chuva. À medida que a pequena caravana seguia adentrando o continente, rumo às Terras Mortas de Bellatrix, como era conhecida a região da Província do Sol, as montanhas foram diminuindo e os espaços arenosos entre a vegetação, aumentando.

O Deserto de Shevann marcava a divisa entre a Província Gêneses e a Província do Sol, e nós chegamos lá no segundo dia de viagem. Na fronteira havia um posto do exército, onde os cocheiros apresentaram os papéis da nossa caravana e receberam permissão para continuar. Depois disso, avançamos mais um pouco, até o cair da tarde.

Ao passarmos por uma plaquinha da VILA DOS TOLOS, levantei o tecido impermeável que cobria a lateral da carroça e espiei. Era uma vila estranha, sem soldados de plantão, sem muros, sem torres de vigilância nem qualquer outro tipo de proteção.

O som ali era vívido, cheio de risadas e conversas altas. As casas, feitas de tijolos de adobe, tinham detalhes em madeira e pequenas janelas. Naquele tipo de arquitetura, os muxarabis eram responsáveis pela conservação da temperatura interna, pela entrada de luz e, ainda, por dar um visual artístico.

Depois de alguns minutos, nossa caravana parou diante de uma grande construção, cujo letreiro indicava: POUSADA DOS BABACAS. Não pude deixar de sorrir. Era um lugar curioso.

— Ora, ora... Vejam só quem voltou. — A mulher alta e de corpo robusto estava com as mãos na cintura e um sorriso debochado no rosto. — Samuel Green e companhia. Vocês realmente nos adoram.

Fosse pelos olhos de um castanho intenso, pelo sorriso carnudo ou pela atitude extravagante, o fato era que os cocheiros ficaram meio patetas perto dela.

— Não comece, Evelyn. Essa maldita vila está na nossa rota, não podemos fazer nada.

Eu gostava ainda mais da moça ao saber que ela tinha o nome da minha personagem favorita.

— Ah, tá bom. Vou fingir que não conheço o outro caminho.

— O caminho mais longo, você quer dizer — respondeu o ajudante do cocheiro. — Crianças, peguem suas coisas na carreta das malas e sigam para a recepção!

*Crianças*. Revirei os olhos.

Josh carregou o baú dele e o da Grace também. Ela sorriu e tocou em seu braço, colocando uma mecha de cabelo para trás da orelha.

Ergui a alça retrátil da minha mala e os segui puxando o baú de rodinhas. Acima das escadas da pousada e ao lado da porta, um garoto vestido com uniforme cumprimentava as pessoas.

— Bem-vindos. À vila Andeline. — A cadência de sua voz era um pouco mais lenta e marcada.

Ergui o meu baú para subir as escadas.

— Bem-vinda. À vila Andeline.

— Obrigada — agradeci, suspirando pelo esforço.

O rapaz tinha os olhos estreitos e um pouco separados também, com um sorriso sincero e sobrancelhas finas.

Puxei a mala e entrei no *hall* da pousada. A decoração mesclava um estilo bruto de caçador com a delicadeza de padrões artísticos. Algumas pessoas da vila estavam trabalhando na recepção. Eles eram todos parecidos na fala enrolada, no sorriso amável e, alguns, nos olhos estreitos e separados.

— Pessoal, por favor! — gritou Evelyn, estalando várias vezes os dedos com a mão erguida. — Façam duas filas aqui, meninos e meninas, por ordem alfabética. Vamos dividir vocês em trios e duplas; meninos com meninos e meninas com meninas, é claro. Só depois dos dezesseis é que vão poder se misturar. — E piscou.

Enrubesci.

— Acho que a próxima mudança de vila vai ser mais interessante — sussurrou Josh.

Grace olhou de esguelha para ele, um sorriso torto no rosto. Eu só encarei fixamente um ponto qualquer, fingindo que não estava bem ali, no meio de uma paquera alheia.

Formamos as duas filas diante do enorme balcão de madeira escura, uma algazarra com todo mundo falando ao mesmo tempo. Na minha vez, entreguei a certidão de criança perdida para a garota do outro lado e fiquei esperando-a me registrar. O controle de caravanas era feito para que, depois, a vila recebesse uma comissão do governo.

— Ei, tolo! — O grito de um dos cocheiros me fez olhar para trás. — Estou falando com você. Vamos logo com isso!

— *Num sô to-to-tolo* — respondeu o garoto alto e forte, ficando vermelho.

Observei Evelyn correr para brigar com o cocheiro enquanto o garoto gaguejava e tremia. Ela apontava o dedo na cara do homem, exigindo que ele se desculpasse, mas o cocheiro apenas a empurrou para o lado com uma mão e saiu andando. Minha bochecha ardeu de raiva.

E foi aí que eu entendi.

Todos os moradores da Vila dos Tolos tinham alguma deficiência mental, alguma característica que os tornava diferentes do resto de nós. E talvez fosse por causa disso que a vila não tinha muralha nem guarnição: para os nossos governantes, não havia nada de valor a ser protegido ali.

Ainda com o rosto quente, peguei minha certidão e fui para a suíte indicada, que eu dividiria com a Grace. Enquanto ela tomava banho, fiquei sentada na cama, a vergonha e a revolta me consumindo por dentro.

Talvez, na cabeça da maioria do nosso povo, a razão de aquelas pessoas estarem na Terra do Nunca fosse óbvia. Lembrei-me da Sophia e meu coração se apertou. Quantas vezes eu mesma já não tinha pensado que fora por causa da deficiência dela que seus pais a rejeitaram?

Durante o jantar, eu tentei agir normalmente com os moradores, sem falar como se eles fossem crianças nem tratá-los com pena. Depois, fiquei me revirando na cama, sem conseguir dormir. Encarei o teto por horas, até perder a paciência.

Levantei-me com cuidado para não acordar Grace, que dormia ressonando na cama ao lado, vesti o robe, peguei a vela acesa e fui na ponta dos pés até o refeitório da pousada. Ao chegar ao salão onde haviam servido o jantar, vi que a luz da cozinha estava acesa. Fechei melhor o robe e continuei.

Era Evelyn quem estava lá, sentada em uma cadeira, o chá numa mão e a cabeça apoiada na outra.

— Ainda acordada? — perguntei baixinho.

Ela ergueu o olhar e então deu um sorriso cansado.

— Eu não durmo bem quando temos caravanas aqui.

— Posso imaginar o motivo. — Apontei para o cântaro d'água. — Eu só queria beber um pouco.

— Não prefere tomar um chá?

— Se está me oferecendo...

Evelyn ia se levantando, mas ergui a mão.

— Não se preocupe, eu me sirvo.

Deixei a vela em cima da mesa e peguei uma xícara. Coloquei o leite e depois o chá, finalizando com meio cubinho de açúcar.

— Você coloca açúcar.

— Só meio cubinho. — Olhando para ela com uma cara de menina traquina, peguei o pires e derramei o restinho no açucareiro.

Evelyn riu, bebericando o chá. Eu me sentei em uma cadeira no lado oposto da mesa.

— Me diga: qual dos seus amigos tem deficiência? — ela perguntou casualmente.

Parei com a xícara na boca.

— Como você sabe?

Evelyn deu o último gole e se recostou na cadeira, cruzando os braços.

— Porque a única maneira de aprendermos a lidar com as diferenças é convivendo com elas.

Desviei os olhos para a xícara.

— São dois, na verdade.

— Sorte sua.

— Eu sei.

Bebi mais um pouco do chá, em silêncio. Admirei o líquido na xícara.

— Você quer perguntar alguma coisa — disse Evelyn.

— Sim. — Hesitei. Será que ela ia se ofender? — Eu só queria saber como você veio parar aqui.

— Ah. — Evelyn sorriu torto. — A única moradora diferente da vila.

Era um modo interessante de se definir.

— Eu tinha uma irmã gêmea, Anna, que despertou muito doente e morreu um mês depois. Quando ela morreu, eu ouvi algumas pessoas comentando "pobre Evelyn, pagou o preço da rejeição com a irmã" e "pelo menos ela está livre de sofrimentos agora". — Os músculos de sua face contraíram. — Anna era um doce de pessoa. Se alguém merecia nascer em uma família amorosa no planeta Terra, esse alguém era ela. E eu nunca me ressenti da minha irmã por ter despertado aqui. Pelo contrário, amei cada um dos poucos dias que passei com ela.

Apertei a xícara quentinha nas mãos, assentindo.

— Então, com dezoito anos, durante uma mudança de vila, eu conheci a Vila dos Tolos. Não essa, uma outra.

— Tem mais?

— Várias. Eles não têm nem criatividade, dão o mesmo nome ofensivo para todas.

— Mais cedo, eu ouvi um garoto falando outro nome.

— A gente prefere chamar de vila Andeline, mas eles ignoram o nome que escolhemos. Só eu e os moradores chamamos esse lugar assim.

— Eu sinto muito.

— Quando eu vi aquilo, me lembrei da Anna, de como as pessoas desprezavam ela, e fiquei tão furiosa que, quando cheguei à minha vila, mandei uma carta para o Supremo Conselho. Te prometo que não medi as palavras.

— O quê?! — Se eu não tivesse terminado o chá, teria me engasgado. Evelyn riu. — Isso é possível?

— Teoricamente, não. Eu arrombei a Capitania, usei o selo do capitão e coloquei a minha carta junto ao bolo de papel a ser enviado. Três semanas depois, eu fui banida para cá.

Evelyn se levantou, pegou nossas xícaras e levou-as para a pia.

— E você nunca tentou lutar de volta?

— Eu tinha planejado fugir para alguma tribo independente, mas... — Ela parou de esfregar as louças por um momento. — Quando eu vi como as pessoas de fora tratavam mal os moradores daqui, como o capitão era corrupto... Pensei que foi uma providência divina eu ter vindo para cá. E tenho lutado por eles e com eles desde então.

Ela terminou de lavar as louças e virou-se para mim. Recostou o quadril na pia e cruzou os braços.

— Não sei o que dizer, Evelyn, apenas que sinto muito mesmo.

— Mas existe esperança... Acho que não sei o seu nome.

— Alison Rivers.

— Existe esperança, Alison. Alguns anos atrás, ouvi dizer sobre uma garota que foi expulsa da escola e, por causa da pressão que isso causou, o Supremo Conselho recuou. — Ela fechou a mão diante do rosto, os olhos brilhando. — Em trinta e dois anos, sabe quando foi que eu vi o Supremo Conselho recuar? *Nunca.*

Engoli em seco. Evelyn aprumou a postura.

— Eu acredito que o Supremo Conselho não é mais aquele governo inabalável que já foi, eles estão se enfraquecendo. Aquela revogação de lei foi só a primeira onda, e nada é capaz de se opor ao oceano quando este se levanta.

Forcei um sorriso.

— Agora, se me der licença, vou tentar dormir um pouco.

— Evelyn? — Ela parou na porta da cozinha. — Você poderia autografar o meu livro? A personagem principal tem o seu nome.

— Eu não sou ela.

— Não, você é melhor. Você é real.

Evelyn semicerrou os olhos.

— Deixe-o na recepção. Vou pensar a respeito.

Apaguei a luz da cozinha ao sair. Então subi com minha vela para pegar o livro e deixá-lo no balcão. Na manhã seguinte, quando descemos para tomar o desjejum antes da partida, peguei o primeiro volume de *As aventuras de Evelyn* e o abri. Havia uma dedicatória na contracapa.

*Que você seja a próxima onda.*
*Evelyn Crystal*

# 39

**AINDA NA VILA ANDELINE,** os cocheiros substituíram os cavalos por dromedários. A partir daquele ponto da viagem, a areia começaria a ficar cada vez mais fofa e o clima, cada vez mais difícil. Também trocaram o tecido liso que cobria as carroças por outro cheio de buraquinhos no topo das laterais, o que reduziria em alguns graus a temperatura dentro da carroça.

Devia ser quase oito horas da manhã quando finalmente partimos.

O Deserto de Shevann começava com areia cinza-clara e ganhava um tom mais escuro conforme avançávamos. A nossa caravana deixava longos rastros para trás, que logo eram apagados pelo vento.

No terceiro dia de viagem, paramos na vila Mercante para fazer um escambo de roupas. Quando a deixamos, meu baú estava repleto de blusas de manga comprida e calças até a canela; todas de um tecido apropriado, que prometia proteger do sol sem sufocar a pele. Também tinha adquirido alguns véus e tiaras de fixação. Todo mundo foi aconselhado a comprar uma pasta Shillion, um tipo de creme que deveríamos aplicar todos os dias nos braços, rosto e pernas. As botas de cano médio também eram desenvolvidas especialmente para proteger os pés do solo escaldante. Para finalizar, havia uma máscara horrorosa que cobria todo o rosto e que usaríamos principalmente no inverno, uma proteção contra as tempestades de areia.

Troquei tudo aquilo pelas minhas antigas roupas, as capas e os sapatos. Ainda tive de entregar metade das minhas economias para completar. Então seguimos viagem.

Quatro dias depois de termos deixado Ribeiros, a areia do Deserto de Shevann já era completamente negra. No quinto dia de viagem, nós finalmente chegamos às imediações da vila Ossos.

Eram três horas da tarde e o sol parecia mais quente do que estivera ao meio-dia. Eu comprimia um paninho no nariz, que começara a sangrar. Embalados pelo movimento constante da carroça e desgastados por aquele calor opressivo, ninguém falava nada.

— Chegamos! — gritou o cocheiro de repente.

Todo mundo começou a desamarrar o tecido que cobria as laterais da carroça, enrolando-o para cima. Eu ainda estava amarrando uma parte dele no teto quando vislumbrei o lugar onde moraríamos pelos próximos dois anos.

No meio do deserto preto, erguiam-se centenas de carcaças gigantes: costelas, caveiras, patas, colunas vertebrais... Grandes protuberâncias ósseas esbranquiçadas saindo de dentro do negro da areia macia.

Parei com a mão no teto ao encarar o horizonte, boquiaberta. Aquilo era um cemitério de dragão? Nós íamos morar num cemitério?! Comecei a rir. Ao meu redor, todo mundo falava alto e apontava para a vila que fora construída sobre os resquícios de uma raça extinta.

Existe um toque de ironia imaginar que aquele lugar seria o meu cemitério também. Afinal, depois de Ossos eu jamais fui a mesma.

# 40

**NO CAMINHO ATÉ A CAPITANIA,** passamos por um carro estranho, grande e encurvado como um elefante corcunda, feito de ferro e movido a vapor. Ele passava aspirando as ruas e calçadas de pedra cinza, fazendo um barulho alto ritmado.

— O que é isso? — perguntei.

— Eles estão tirando o excesso de areia — explicou o ajudante de cocheiro. — Se a gente descuidar, o deserto nos engole vivos.

Todas as casas tinham pé-direito alto e muxarabis no lugar de janelas. Eram feitas de argila clara, com tetos côncavos e portas em arco. O mais bonito de tudo, porém, era notar como as construções se fundiam às carcaças ósseas. Debaixo de cada caveira, tórax e coluna, havia duas, cinco ou até dez casas.

A Capitania ficava dentro de uma pata de dragão, sozinha, com o arco da porta principal localizado entre os dedos do meio. Antes de descer da carroça, coloquei o véu e o fixei com uma tiara. Então peguei a bolsa de mão e desci. O vento quente fazia minha calça folgada e a blusa oscilarem.

Mais uma vez, eu me despedi dos colegas de viagem com acenos e movimentos de cabeça antes de sair para procurar minha mala na carreta. A confusão ali estava tanta que preferi esperar afastada, os olhos atentos às bagagens que eram retiradas da carreta pelos ajudantes de cocheiro. Meu baú era o único com rodinhas, não seria difícil identificá-lo.

De repente, fui surpreendida por uma exclamação de alegria e um peitoral bloqueando a visão à minha frente. Antes que pudesse reagir ao susto, fui esmagada por um abraço.

— Finalmente! — Pelo jeito como me abraçava, só podia ser Levi; exceto que a voz dele estava um pouco mais grave.

Eu o abracei de volta e disse um estrangulado "também senti sua falta", até que, alguns segundos depois, empurrei-o para trás.

— Tá tentando me matar?! — Tomei fôlego.

Em Ossos, o que diferenciava a roupa típica das moças da dos rapazes é que eles usavam turbante em vez de véu. E era muito estranho ver os meus dois amigos vestidos daquele jeito; eles não combinavam com o estilo, pareciam turistas tentando se misturar na multidão.

— Oi, Alison. — Thomas sorriu e acenou.

— Oi! — Dei um passo para frente por impulso e depois recuei.

Thomas se inclinou um pouco para frente, como se também fosse dar um passo, mas parou. Por algumas frações de segundos constrangedores, a gente ficou nessa, dois ímãs positivos se retraindo. Até que eu venci a força invisível e lhe dei um abraço de lado.

— Você está cheiroso — elogiei ao me afastar.

— Obrigado.

— Eu te dei um abraço de urso e você reclamou. Olha, sinceramente... — Levi cruzou os braços, um sorriso torto no rosto.

— Eu reclamei porque você quase me matou com o seu cheiro.

Thomas começou a rir da cara dele, mas logo parou, negando com a cabeça enquanto Levi falava:

— Bom, eu que não ia gastar vinte minutos do meu horário de almoço tomando banho no vestiário dos caçadores e passando perfume só para te receber.

— Eu não fiz isso *só* para receber ela.

— Sério? Porque você nun...

Thomas o empurrou com uma mão e, com a outra, deu um soco de leve no abdome de Levi, que revidou. E por alguns segundos, enquanto eu ria daquela briga teatral, tudo ficou em segundo plano — o calor do deserto, a bagunça ao nosso redor, o prédio sinistro da Capitania, com aquelas garras ossudas despontando do prédio. Naquele instante, o mundo se resumia às nossas risadas e à alegria pulsante no meu peito.

— A gente tem que ir. — Thomas parou a luta que ele mesmo começara e ajeitou o turbante. — Não podemos nos atrasar mais.

— Se você não tivesse gastado tanto tempo...

— Alison disse que você está fedendo.

— Eu sou um caçador em horário de trabalho. É claro que...

— *Meninos*. — Eu os abracei ao mesmo tempo. — Obrigada por terem vindo. Mesmo que rapidinho, eu amei ver vocês.

Thomas e Levi estavam ambos mais altos do que nunca e, quando me abraçavam, dava para sentir os músculos começando a aparecer. Mas, fora isso, até que a diferença não era tanta. No rosto de cada um, ainda havia muitos traços da infância, nenhum fio de barba e várias espinhas.

Eles partiram em um drômede, veículo parecido com o burrete. Então voltei minha atenção para a carreta das malas. Praticamente todo mundo já tinha se espalhado dali, restavam só alguns baús esquecidos perto da calçada. Peguei o meu e saí puxando-o até a Capitania.

Vários dos viajantes já estavam na recepção, onde havia uma fonte d'água que, junto aos muxarabis, ajudava a refrescar o interior do edifício. Não havia bancos nem cadeiras, apenas muitos tapetes fofinhos. Estava tão gostoso ficar sentada neles, curtindo o clima ameno, que foi até pesaroso ser uma das primeiras a ser atendida.

Entrei na sala do capitão procurando por Sophia.

— Documentos, por favor — pediu o único aspirante da sala.

Harry.

Engoli em seco e entreguei os papéis para ele, que passou alguns para o capitão e, com o restante, dirigiu-se para uma segunda mesa no canto.

Observei o homem que ocupava o maior cargo de autoridade da vila. Era o capitão mais jovem que eu já tinha visto. O turbante vermelho destacava os olhos azuis e reforçava as marcas do sol na pele clara. A barba curta, bem aparada, junto à expressão séria e ao silêncio de pedra, inspirava o rigor do exército. Aprumei a postura.

Harry veio me devolver parte da documentação.

— Cadê a Sophia? — sussurrei.

Ele olhou de canto para a mesa do chefe.

— Está na administração — sussurrou. — Aqui só pode ser aspirante quem vai ser capitão um dia.

Olhei para ele com as sobrancelhas franzidas.

— Não é minha culpa, juro — disse ele, rápido.

— Harry. — A voz do capitão era profunda, como um rosnado de aviso. — Pare de namorar e vá cuidar do seu serviço.

O garoto abaixou o rosto e voltou para as prateleiras. Virei o olhar enfurecido para o capitão.

— Moradia — disse ele para Harry. — Algum pedido?

— Sim. A amiga Sophia requer que elas morem juntas.

O capitão não se deu ao trabalho de me perguntar se era isso mesmo o que eu queria.

— Número?

— Mil e dois.

Depois de termos feito o cadastro referente a trabalho — para o Artífice, no turno da manhã —, eles me entregaram um papel.

— Regras e preceitos de Ossos? — pensei alto.

— Recomendações de segurança. — O capitão olhou por cima dos meus ombros. — Próximo.

Engraçado como ele não precisava gritar para se fazer temido. Dizia as coisas em um tom monótono, como se falasse com inferiores indignos até mesmo de um grito.

Harry me acompanhou até a saída.

— Alison. — Ele parou na porta, longe do olhar de seu superior. — Eu juro que tentei convencê-lo de que a Sophia era uma ótima aspirante, mas ele não quis me ouvir. O capitão disse que estaríamos burlando a lei se aceitássemos uma garota como aspirante.

Anuí e virei-me para continuar andando, porém Harry me deteve.

— Por favor, você precisa acreditar em mim. Ela está com raiva porque acha que eu falei mal dela pro capitão, mas eu jamais faria isso. E você viu como ele é, não precisa de uma desculpa para não querer uma garota na Capitania.

— Eu sei, mas vocês não se davam exatamente bem, não é? Deve ser por isso que ela está com raiva. No fundo, acho que a Sophi sabe que não foi sua culpa.

Harry suspirou pesado, a testa marcada por linhas.

— Você pode apenas dizer para ela que eu sinto muito? — Concordei com um movimento de cabeça. — E se eu puder fazer alguma coisa para ajudar, qualquer coisa, por favor, contem comigo. Ela foi uma ótima aspirante, merecia...

— Eu vou ter que ir aí verificar o que está acontecendo, aspirante Harry?!

— Próximo! — Harry gritou, retomando seu posto.

A gente se despediu com o olhar, então me dirigi para o *hall* de entrada. Peguei a mala e bebi dois copos d'água antes de sair. Foi como levar um murro de bafo quente na cara. Ajustei melhor o véu ao redor da cabeça, escondendo parcialmente o rosto da claridade.

Vários drômedes estavam do lado de fora, esperando potenciais clientes. Combinei com o motorista um brater e cinquenta sints pela corrida com três paradas: Artífice, biblioteca e casa 1.002. Eu queria ter uma noção do caminho que precisaria percorrer na minha nova rotina.

O carro tinha um teto de tecido branco pesado e véus nas laterais. E, assim como o burrete, cabiam ali apenas duas pessoas. Eu coloquei o baú debaixo dos pés e a bolsa de mão no espaço vazio ao meu lado. O veículo sacolejava devagar pelo trânsito de pessoas, drômedes e carroças movidas a vapor. De vez em quando, passava um limpador de areia.

O condutor me levou primeiro para a biblioteca. Era um prédio gigante, no centro de uma cavidade torácica. O teto abobadado acompanhava o formato do esqueleto e, na frente superior, havia três grandes janelas redondas de vidro verde. Notei a rampa na entrada e sorri.

— Serei rápida — disse ao descer do veículo.

— Cinco minutos. — O condutor esticou as pernas.

Entrar na biblioteca foi um alívio. O ambiente era alguns graus mais fresco e tinha uma penumbra gostosa, quebrada apenas pela luz esverdeada que vinha das janelas no andar de cima. Havia algumas palmeiras ali dentro, que cresciam no térreo e iam até quase o teto. O piso era de azulejo com padrões artísticos, e as estantes de madeira formavam meio que um círculo, deixando o centro das palmeiras livre.

— Matthew? — Minha voz ecoou no silêncio. Fui caminhando até o extremo interior, a bota cantando baixinho no chão. — Matthew?!

— *Shhhh!* — Alguém me repreendeu de algum lugar da biblioteca.

O balcão no fundo estava vazio. Olhei de um lado para o outro. Atrás do guichê de madeira havia um espaço com duas portas, e Matthew surgiu da esquerda.

— Garota, isso aqui é uma biblioteca. Não pode sair gritando.

Eu ri, dando a volta no balcão, e corri para abraçá-lo.

— E esse é um espaço restrito para funcionários. — Ele apontou para o chão.

— Também senti sua falta, bobinho.

Matthew sorriu. Voltei para o outro lado do balcão enquanto ele erguia o assento da cadeira para ficar com o torso no nível da madeira.

— Como você está? Eu percebi que tem uma pequena rampa lá na frente e não vi nenhum degrau na Capitania. As ruas também parecem mais fáceis de andar, né, mesmo que as calçadas sejam um nível acima da... O quê?!

Ele ria, balançando a cabeça.

— Sim, eu também percebi isso quando cheguei aqui. Foi o aspirante Harry quem pediu para adicionar a rampa da entrada.

— Oh. — Meu sorriso sumiu.

— O quê?

— Nada, isso é ótimo.

— Vocês são iguaizinhas.

— Não sei do que está falando.

— Aham. — Ele semicerrou os olhos.

— Preciso ir, o motorista me deu só cinco minutos. Depois eu apareço.

— Tudo bem, foi bom te ver. Ah, você vai amar esse lugar. — Matthew se inclinou para frente. — Dizem que a maior biblioteca da Província do Sol é essa aqui.

— Oh, eu já adoro esse lugar!

— *Shhhh*. — Mais uma repreensão vinda de algum canto.

Matthew e eu trocamos um sorriso. Então voltei correndo para o drômede. Seguimos para o Artífice, que ficava bem longe da biblioteca. O local fora construído dentro de uma caveira, com boa parte do edifício extrapolando os ossos, como um cogumelo que tinha crescido demais e saído do tronco.

— Vai descer?

— Não, pode seguir para a casa 1.002.

Se a biblioteca ficava longe, pelo menos a minha nova casa ficava perto do Artífice, e nós chegamos lá cinco minutos depois. Construída debaixo de uma coluna vertebral, junto a outras nove casas, a nossa ficava no centro.

Desci do drômede e paguei o condutor.

Assim como na Capitania, o interior da casa era muito fresquinho, com a luz atravessando os muxarabis em vários feixes. A sala não tinha muitos móveis e todos eles ficavam dispostos longe das paredes. O chão era de um azulejo marrom, com tapetes e almofadas no centro da sala. Os menores cômodos da casa eram os quartos, mas o teto alto dava a ilusão de serem maiores.

Deixei o baú ao lado da cama baixa e fui tomar um delicioso banho fresco. Porém, a minha empolgação sumiu tão logo eu percebi que, ao invés de chuveiro, tínhamos uma torneira cuja água vinha em pingos. O segredo era umedecer a esponja e esfregar bem o corpo com sais de banho para, depois, passar a tal da pasta Shillion que hidrataria a pele e preservaria a temperatura corporal.

Tentei não pensar que levaria dois anos antes de voltar a tomar um banho de verdade e passei o resto da tarde dormindo.

✦ ✦ ✦

O barulho alto de ventania me acordou. A tempestade de areia entrava violentamente pelos muxarabis. Levantei-me depressa da cama com um braço protegendo o rosto.

— Sério?! Vocês colocaram buraquinhos nas paredes e agora...

Notei o manto enrolado acima das pequenas cavidades.

— Oh.

Desprendi uma parte do grosso tecido e o abaixei, fixando as extremidades em ganchinhos discretos. Depois, saí correndo para repetir o processo nos muxarabis da sala. O quarto da Sophia já estava com a proteção abaixada, e a cozinha só tinha uma janela, que estava fechada. Com a casa devidamente protegida, acendi o candelabro a óleo da sala e me deitei no tapete, ofegando.

O vento uivava, fazendo os mantos balançarem, o candelabro oscilar e as sombras tremerem de modo assustador.

Então a porta da sala se abriu e fechou. Levantei parte do corpo e olhei para a pessoa que usava véu e máscara de proteção contra tempestades de areia. Aquele tipo de máscara cobria todo o rosto e fazia a pessoa parecer uma ovelha de olhos vermelhos.

— Sophia?

A pessoa tombou a cabeça e bufou. Senti um gelo no estômago.

— E-eu sei que é você. Nem adianta tentar me assustar.

Ela arrancou a máscara e gargalhou alto. Corri para abraçá-la.

— Devia ter visto sua cara! — disse Sophia.

— Se você ficasse mais um segundo com aquela máscara bizarra, juro! Não sei o que teria feito.

Ao nos afastarmos, não resisti e acabei puxando-a para mais um abraço.

— Espero que a gente nunca normalize esses reencontros — disse ela com a voz abafada pelo meu ombro. — Que a gente sempre comemore como se fizessem mil anos sem nos vermos.

Assenti.

— Sim, por favor.

E aí, quando o momento passou, Sophia notou o caos da sala.

— O que houve?

— A tempestade de areia. Eu demorei um pouco a perceber que aquela coisa enrolada em cima dos buraquinhos era...

Ela bateu a mão na testa.

— Ai, eu esqueci de fechar isso quando saí para trabalhar.

— Tudo bem, a gente limpa rapidinho. Só estava te esperando.

— Preciso te mostrar uma coisa, vem. — Sophia me puxou pela mão.

Ela acendeu o candelabro de seu quarto e a primeira coisa que vi foi uma geringonça ao lado da cama.

— Mas que grilo é esse?

— Eles chamam de sounder. — Sophia foi até o trambolho, falando enquanto o acariciava. — Recebemos dois da Guerra & Arte Academia para testar, escrever um relatório e depois devolver. Um ficou com o capitão, e esse aqui nós sorteamos entre os funcionários da Administração.

— E você ganhou.

— Não, mas paguei cinco pentars para Nikola me deixar usar.

Analisei a coisa. Era um caixote de madeira com quatro pés. Tinha uma estrutura redonda em cima e uma boca de metal no formato de flor, além de uma manivela na lateral.

— Vem, me ajuda a levar pra sala — disse Sophia.

Ela pegou de um lado, usando a mão boa para erguer o peso e a outra como apoio, e eu peguei do outro lado; então fomos levando com dificuldade a pesada geringonça para a sala.

— E o que isso faz? — Estiquei as costas e estralei o pescoço.

— Você vai ver. — Ela mordeu os lábios sorridentes.

Sophia abriu uma gaveta do caixote e pegou um disco fino e dourado. Depois de encaixar o disco em cima da coisa, abaixou uma parte de ponta fina até ela encostar no disco e começou a girar a manivela da lateral.

— O que você acha que isso faz? — perguntou ela enquanto trabalhava na manivela e me fitava sorrindo.

— Não sei, mas você está estranha. Mais estranha até do que quando estava usando a máscara de ovelha possuída.

Ela gargalhou, sem parar de girar a manivela.

— Máscara de ovelha... Caramba, você definiu direitinho.

— Sophi, o que raio você está fazendo?!

O caixote fez um clique. Sophia se afastou, empolgada.

— Prontinho.

— O que...?

Um barulho de chuva começou a sair de dentro da tromba metálica em formato de flor. E aí, um som deliciosamente musical começou a tocar.

— *O quê?!* — gritei, tapando a boca com as duas mãos, os olhos arregalados.

— Sounder — ela disse como se fosse óbvio enquanto girava no ritmo da música. — Porque ele reproduz um som gravado.

Era a primeira vez que eu ouvia música sem estar no mesmo ambiente que uma banda, e era tão, *tão bom*.

Ao som dos instrumentos musicais, Sophia e eu limpamos a casa. Tiramos o pó dos móveis, batemos o tapete e varremos o chão. Tivemos que dar corda três vezes no instrumento até terminar a faxina toda, e foi muito mais divertido fazer aquilo ao som da música animada.

Quando terminamos, Sophia foi tomar um banho de bucha enquanto eu requentava o almoço. Aí nos sentamos na mesa da cozinha para comer. A tempestade já tinha passado havia muito tempo, e a noite gelada do deserto entrava pelas frestas da janela e pelas laterais dos mantos que protegiam os muxarabis, de modo que tivemos de nos agasalhar com ponchos.

— Então você está trabalhando na Administração — falei, de boca cheia.

— Ai, não me faça lembrar disso. — Ela meneou a cabeça e mordeu a carne de perdiz. — Odeio cada minuto daquele trabalho.

— Não fale assim, deve ter algo de bom nele. — Sophia meneava a cabeça. — Me diga o que você mais gosta de fazer e o que menos gosta.

— Eu disse que odeio *cada minuto*.

— Oh, vamos lá, Sophi. Só estou tentando entender o que você faz a tarde inteira, só isso.

Tomei um gole do suco de allura, uma frutinha vermelha e cítrica. Desde que a caravana tinha adentrado o Deserto de Shevann, eu havia me apaixonado pela comida típica da região. Era muito diferente daquela a que eu estava acostumada, exótica e saborosa.

— Ok, olha... O que eu mais gostava de ser aspirante era que não tínhamos rotina; cada dia era uma coisa diferente e aprendíamos direto com o capitão. Era legal ver como ele julgava os casos que traziam, sempre tentando ser justo e imparcial; ou como ele pensava em novos preceitos para deixar a vila mais confortável para todo mundo; ou quando o ajudávamos a planejar e organizar uma festa popular. Essa parte era bem legal.

— E qual é o seu trabalho agora?

— Papelada. Pura rotina! Praticamente só receber o dinheiro da Província e repassar aos coordenadores de cada estação de trabalho, manter tudo isso registrado e assinado pelo capitão, anexar processos, registrar reclamações, blá-blá-blá.

Observei o rosto dela enquanto mastigava. Iluminado pelo candelabro acima de nós, com as sobrancelhas franzidas e a boca bem fechada. Não sei se era apenas o jogo de luz e sombras, mas ela parecia tão adulta naquele momento...

— Acho que está perdendo uma coisa — falei depois de engolir.

Ela não respondeu, apenas tomou um gole do suco.

— Já parou para pensar no que esse trabalho pode te ensinar sobre como ser uma capitã melhor? Hum? Quero dizer, tudo bem que o Harry continua sendo treinado diretamente pelo capitão e tudo mais, só que você está aprendendo coisas que ele nunca vai aprender, porque...

— ... os capitães não gostam do trabalho meramente burocrático. — Ela consertou a postura. — *Mas*, conhecendo cada etapa dos processos e tendo contato direto com o povo... Alison, você tem razão! Essa pode ser a minha vantagem.

Não pude deixar de sorrir com a empolgação dela.

— Adivinha no que eu estou pensando? — perguntei.

— Que o Besouro vai se dar muito mal. MUAHAHAHA!

— Não! — Ri também. — Aliás, ele está arrasado porque você se recusa a falar com ele. Sério, dá pena. — Sophia ergueu os olhos para mim. — Vocês deviam conversar e se acertar.

— Era isso que você queria dizer? — Ela fez uma cara de poucos amigos.

— Não, sua chata. — Peguei um grão negro e crocante do meu prato e o girei entre os dedos. — Estava pensando que a gente tá adulta demais. Quando foi que crescemos tanto?

— Oh.

Tínhamos terminado de comer e o silêncio repousou sobre os pratos vazios.

— Acho que nunca fomos crianças de verdade, para começo de conversa — sussurrou ela.

Sophia retirou as louças da mesa e me ensinou a raspar os pratos e panelas para colocar o produto em pó que limpava sem necessidade de água. Então cada uma foi para seu quarto, já exaustas do longo dia.

Com a vela acesa e encarando o teto alto, fiquei pensando em como será que as crianças viviam no planeta Terra.

Eu podia apostar que elas eram muito felizes com suas famílias, cercadas de amor e livres de preocupação. Elas não tinham que lutar pela própria vida e não precisavam provar para si mesmas o seu valor; afinal, tinham alguém para amá-las e protegê-las. Podiam simplesmente brincar e ser inocentes, porque tinham um pai e uma mãe que estariam sempre ao lado delas.

E nesse ponto a Sophia tinha razão.

As crianças perdidas nunca foram, de fato, crianças.

# 41

**EU ACHAVA QUE NÃO ME ACOSTUMARIA** com o deserto, mas, fora o sangramento nasal que durou uma semana e o calor diário que parecia nos comprimir contra o chão, eu absolutamente amei o Deserto de Shevann.

A vila Ossos pulsava vida logo ao nascer do sol, com o barulho das máquinas limpadoras de areia e das carroças movidas a vapor misturando-se ao som das vozes de comerciantes empolgados e o das pessoas apressadas.

Meu turno de trabalho começava às sete e ia até as treze horas, e o da Sophia começava meio-dia e terminava às dezoito. Ela andava de drômede e deixava nosso almoço pronto, enquanto eu percorria as ruas a pé e nos preparava um lanche para o jantar. E mesmo trabalhando duas horas a mais do que em Ribeiros, a sensação era de que o tempo passava muito mais rápido pela manhã.

Todo sábado, eu ia à biblioteca para trocar os livros. Aos domingos, Thomas e Levi passavam o dia lá em casa, jogando cartas ou conversando à toa. De vez em quando, nós quatro organizávamos um passeio.

Eu retomara as buscas pelo portal ao pesquisar sobre embarcações e piratas, na tentativa de encontrar alguma pista de qual barco as crianças haviam roubado, porque eu podia jurar que o sonho era mesmo um sinal. Mas, depois de seis meses vasculhando cada livro da biblioteca sobre navios e navegação pirata, estava prestes a desistir.

— Qual o problema, tracinha de livros? — A voz do Matthew soou acima da minha cabeça.

Eu tinha enterrado o rosto entre os braços apoiados no balcão.

— Não estou encontrando o que procuro — respondi com a voz arrastada.

— E o que você está procurando?

— Eu vou saber quando achar.

— Lembra quando eu disse que, se você precisasse de qualquer coisa, era só me procurar?

Ergui a cabeça para ele com uma sobrancelha erguida.

— Siga-me. — Matthew saiu de trás do balcão e passou por mim.

Fomos até a extremidade direita da biblioteca e paramos diante de uma porta discreta, escondida atrás de uma coluna. Ele retirou uma chave dourada do bolso e a girou na fechadura.

— Se você ouvir passos na escada, se esconda e saia de lá o mais rápido possível.

— Lá? — sussurrei.

— O departamento secreto da biblioteca, exclusivo para políticos ou altas patentes do exército. — Matthew sorriu torto. — Você não pode levar nenhum daqueles livros para casa, mas dá para ler um pouco enquanto estiver ali.

Mexi os lábios dizendo "obrigada", ele piscou e saiu. Então abri a porta com cuidado e a fechei atrás de mim. Havia uma escada íngreme que descia até perder de vista, com alguns lampiões pendurados na parede de pedra.

Lá embaixo, o local parecia uma adega com os livros fermentando nas prateleiras. Andei por entre as estantes, passando os dedos na madeira. Não havia uma ordem muito clara de organização, e os rótulos indicavam: História Moderna, Tribos Independentes, História Imperial, Fadas, Era não Calculada, Crimes e Castigos, A Guerra Eterna, Piratas. Parei ali, o coração disparado.

Peguei um livro e fui me sentar no interior da câmara, o mais escondida possível. Abri no primeiro capítulo.

**JOLLY ROGER,** *o navio mágico do capitão Gancho.*

Minha reação foi rir. Depois de dois anos e meio de muita pesquisa, será que eu finalmente tinha dado a sorte de encontrar a primeira pista?! Quero dizer, um navio mágico pirata... Só podia ser essa a resposta.

Eu devorei o capítulo com os braços arrepiados.

A história dizia que o *Jolly Roger* fora construído com uma madeira mágica extraída da floresta Coração do Nunca, na ilha Wezen. Aquelas árvores eram misticamente conectadas ao planeta e, segundo as lendas, mesmo que você fosse aos confins do universo, se levasse ao menos uma lasquinha daquela madeira, seria capaz de retornar à Terra do Nunca, porque o planeta reclamaria seu coração de volta. Nada seria capaz de deter o seu retorno.

Terminei de ler quase sem ar. Então era isso. Peter Pan tinha roubado o *Jolly Roger* para conseguir voltar para a Terra do Nunca, então o navio era um artefato; mas isso não significava que eles tinham viajado para a Terra da mesma maneira. Poderia ser um portal só de retorno, como a Lagoa da Vida.

Fechei os olhos e grunhi baixinho. Eu estava de volta à estaca zero.

Devolvi o livro à estante dele e deixei o departamento secreto. Antes de sair da biblioteca, fui agradecer mais uma vez o Matthew pela confiança.

— Achou alguma coisa legal?

Refleti por um segundo. Por mais que eu não soubesse como *ir* para o planeta Terra, pelo menos agora eu sabia exatamente como voltar.

— Sabe... É um começo.

No dia seguinte, domingo após o jantar, enquanto Thomas e Sophia limpavam as louças com o produto em pó, Levi e eu fomos nos espichar nas espreguiçadeiras do quintal. Usávamos os ponchos para nos aquecer enquanto admirávamos os astros.

Olhei para trás, então me inclinei para perto da espreguiçadeira dele.

— Descobri uma coisa — sussurrei tão baixo que Levi precisou se aproximar também. — Sobre o barco que eles roubaram.

— E aí?

— *Jolly Roger*, o navio do capitão Gancho. Ele foi construído com a madeira extraída de uma floresta mágica em Wezen. Dizem que a floresta é o coração da Terra do Nunca, por isso o navio sempre vai voltar para cá.

— Isso é incrível! Então... por que você não está feliz?

Olhei para trás novamente. As vozes de Thomas e Sophia soavam como murmúrios no interior da casa. Voltei a me deitar, encarando o céu estrelado.

— Porque eu ainda não faço a menor ideia de como eles saíram da Terra do Nunca. E é quase uma piada do destino eu descobrir primeiro o caminho de retorno.

Levi riu.

— Continue pesquisando, Alison. Você já começou a encontrar respostas, agora tem que ser paciente.

— Mas é tão frustrante! Parece que estou tateando no escuro, toda hora trombando em becos sem saída.

Sophia e Thomas nos chamaram para jogar mais algumas partidas de cartas, antes que ficasse tarde demais. Levi e eu entramos e todo mundo se sentou no tapete da sala. Jogamos por duas horas, rindo e discutindo toda hora como se estivéssemos brigando de verdade.

Em um dado momento, os olhos de Levi brilharam de um jeito diferente. Ele tinha acabado de perder uma partida, mas não era isso. Era outra coisa. E eu quase podia ver um balão de luz acendendo em cima da cabeça dele.

— Licença. — Levi pigarreou, levantando-se. — Vou beber água.

— O que foi, Levi? — Thomas tinha uma expressão de deboche. — Apanhou muito nessa rodada, foi? Precisa recuperar a dignidade?

— Pateta.

Sophia ria e eu só conseguia ficar parada, o coração disparado. Levi olhou para trás, *para mim*, e essa foi a confirmação de que eu precisava.

— Vou beber também.

— Me traz um copo, por favor? — pediu Sophia.

— Aham.

Fui praticamente correndo para cozinha.

Eu estava certa. Levi não bebia água; ele estava parado com um sorriso largo, uma mão em cada têmpora.

— O quê? — sussurrei.

— Eu acabei de ter a ideia mais genial de todas — sussurrou, os olhos meio arregalados.

— Fala logo, criatura.

Ele começou a gesticular.

— Se o artefato do mirador veio a partir de uma flor mágica, então, talvez o artefato do tipo portal seja... digamos... uma árvore mágica?

Abri a boca, sem conseguir respirar.

— Ai. Deus. Meu. Levi, isso faz sentido. Faz todo o sentido! — Abri a boca e fingi gritar.

Levi riu, balançando a cabeça, e cruzou os braços.

— Você precisa descobrir mais sobre aquela floresta.

Eu o puxei para um abraço.

— Obrigada.

— Ei, cadê minha água? — gritou Sophia da sala.

— Já vai!

Nós voltamos para lá sorrindo tanto que Thomas jurou que tínhamos combinado uma trapaça. E aí a brincadeira virou uma confusão engraçada com os dois falando ao mesmo tempo, discutindo para saber quem tinha ganhado o jogo. Eu estava rindo, até notar a seriedade da Sophia. Ela me olhou uma única vez e desviou o rosto, sem dizer nada.

Minha felicidade pela nova teoria esmoreceu.

Sophia nunca mudaria de opinião sobre aquela viagem, e eu não estava disposta a desistir do meu sonho, então tudo o que me restava a fazer era torcer para que esse impasse não nos destruísse.

# 42

**MÊS DA ÁGUIA, 631 D.I.**
*Verão, 14 anos*

**O RELÓGIO DE AREIA INDICAVA** meus minutos finais de trabalho. Comecei a organizar a mesa. Eu tinha passado a manhã inteira fabricando lanças e estava com os dedos doendo.

— Ei, Alison. — Um colega de trabalho surgiu atrás de mim. — Pode me ajudar com um teste, por favor?

Olhei para o restinho de areia na ampulheta. *Argh*, por tão pouco!

— Ok.

Larguei a mesa como estava e o segui pelo corredor sujo de serragem, até pararmos diante da mesa dele. Sobre ela, estava um monstruoso capacete de ferro, com um círculo de vidro no meio.

— O que é isso, exatamente?

— É o meu projeto que vai dar certo.

— Ah. — Forcei um sorriso. Devia ser a quinta vez que ele dizia essa frase.

Nas crianças perdidas, você só podia entrar na universidade até os quinze anos, salvo raras exceções. Por isso, a vila Ossos era a nossa última chance de criar uma invenção boa o suficiente que nos garantisse uma vaga na Guerra & Arte Academia, a universidade para artesãos e arquitetos. O projeto podia ser qualquer coisa e não precisava nem funcionar. Tudo o que você devia fazer era apresentar uma ideia inovadora e uma maquete convincente.

A gente podia gastar uma hora do nosso tempo desenvolvendo o projeto. Se precisasse de mais do que isso, teria de fazer hora extra não remunerada. E era por isso que o Artífice vivia cheio e fedendo a expectativa.

— Eu preciso que você coloque isso na cabeça. Senta aqui, que eu vou te ajudar. — O garoto puxou um tamborete.

— Na-na-ni-na-não. Primeiro me explica o que é isso.

Ele começou a falar rápido, mal respirava, gesticulando perto de sua mesa. A ideia era criar um capacete que permitisse respirar debaixo d'água. Assim, quem sabe as crianças perdidas não poderiam criar um exército submarino? Nós poderíamos vencer os piratas no mar e eles nunca veriam o ataque chegando.

Entreabri a boca.

— Uau! Esse é um projeto e tanto, parabéns. De verdade, acho que você vai conseguir uma vaga.

No rosto vermelho e cheio de espinhas, apareceu um sorriso largo.

— Sério? Obrigado, Alison. Sua opinião é muito importante para mim. E eu tô muito empolgado! — Ele apontou para o capacete. — Vamos experimentar?

— Claro.

Sentei-me no tamborete, segurando as bordas do banquinho para firmar o meu corpo, enquanto Caleb pegava o pesado protótipo, esforçando-se ao ponto de as veias do antebraço saltarem.

Devagar, ele colocou o capacete sobre mim. O ferro era como as cortinas de uma ópera abaixando. Minha visão foi bloqueada pelo vidro embaçado, e senti o peso do capacete ficar cada vez mais pesado sobre os ombros à medida que Caleb o soltava. E então, ao perceber que estava com a cabeça presa em um local minúsculo e abafado, o desespero me estrangulou.

— Tira isso! Tira agora, tira! — gritei de olhos fechados.

Com muito esforço, o rapaz retirou a monstruosidade de ferro de cima de mim e depositou-a na mesa com um estrondo.

Respirei fundo várias vezes.

— O que aconteceu? Eu te machuquei?! — Ele tocou no meu ombro.

Neguei com a cabeça, umedecendo os lábios. Minhas pernas tremiam.

— Não, é só que... Desculpa, Caleb, mas esse negócio dá medo. É escuro, apertado, falta ar... E se a gente pensar que os soldados estariam metros debaixo d'água... Credo! Acho que não daria para montar um exército inteiro, não; só um pequeno esquadrão com os mais corajosos, e olhe lá.

— Hum, certo. Tá bom, isso é, é... — Ele voltou a atenção para os papéis, procurando alguma coisa. — Acho que posso colocar na minha argumentação.

— Ok. — Dei um sorriso meio traumatizado.

Apesar de problemática, a ideia era boa o suficiente para a Guerra & Arte Academia se interessar.

— Eu ainda não acredito que você não vai nem tentar, sabe? — disse Caleb enquanto eu me levantava para ir embora. — Você é boa demais para ser só uma artesã de primeiro nível, Alison.

Minhas bochechas arderam.

— Bem... — Cruzei os braços. — Obrigada, eu acho, mas não quero ir para a universidade. Estou feliz vivendo com os meus amigos.

Dei as costas e comecei a ir embora.

— Tá bom, você quem sabe. Mas, para mim, a ideia de estagiar na cidade das fadas compensa todo o sacrifício.

Parei. Olhei para trás e semicerrei os olhos.

— O que disse?

Caleb sorriu. Um sorriso condescendente demais pro meu gosto.

— Eu sabia que você não tinha lido todo o folhetim.

Por que eu leria se não tinha o menor interesse em passar anos e anos da minha vida longe dos amigos e me aperfeiçoando em um trabalho que eu nem sequer queria exercer para sempre? Digo, a prioridade sempre fora conhecer mamãe.

Caleb pegou seu folheto, que tínhamos recebido no ano anterior, e me estendeu. O papel estava marcado nas dobraduras, grifado em vários lugares e com uma mancha de pingo de chá.

— Pode me agradecer depois. — Ele piscou.

Peguei o papel, dei um sorriso falso e voltei para a minha mesa. Depois de guardar o folheto dentro da bolsa, coloquei o véu e a tiara e deixei o Artífice.

Lá fora, tudo era um contraste direto com as ruas cinzas e a areia preta: o céu brilhante, os drômedes de teto branco, as pessoas em suas roupas claras e folgadas, os ossos, a vida.

Caminhando para o mercado entre o Artífice e a minha casa, fiquei repassando a conversa com Caleb. Eu realmente não tinha a menor vontade de ir para a Guerra & Arte Academia, mas não dava para negar que viver com as fadas era uma tentação e tanto. Se Peter Pan morava em uma das cinco cidades delas, eu poderia tentar encontrá-lo. E aí não precisaria ficar vasculhando livros à procura de pistas, poderia simplesmente perguntar: "Ei, pirralho, que portal você usou para conseguir viajar para Terra?!"

Meu coração começou a bater mais forte e um sorriso incontrolável riscou minha face. É claro que eu não precisaria parar com as buscas, a teoria do Levi era muito promissora e eu só tinha começado a pesquisar sobre a floresta Coração do Nunca, mas seria ótimo ter um plano B.

Notei que o rapaz ao meu lado na calçada sorria para mim e fiquei séria. *Não, cara, eu não estava te dando mole.*

No mercado, comprei um pouco de castanhas, passas, chocolate, azeite, farinha e uma bússola, que pedi para embrulharem. Amanhã seria o aniversário do Thomas, e eu faria o seu bolo favorito. Sophia já tinha comprado uma adaga para ele e Levi dissera que o seu presente seria surpresa. *Tomara que não seja uma bússola.*

Era uma pena que a inspiração que eu tinha naquele momento servia só para a culinária, e não para me ajudar a inventar uma nova tecnologia. Agora que eu resolvera tentar uma vaga na academia, teria de dividir meus esforços entre as pesquisas, a tentativa de criar uma inovação e o trabalho de manter os registros do que via pelo mirador. Fora a rotina diária.

Já podia imaginar os dias curtos e corridos.

# 43

**5 MESES DEPOIS**
*Inverno, 15 anos*

**INCLINEI O CORPO CONTRA A VENTANIA** arenosa que açoitava a vila. Se não fosse pelo tecido especial da roupa, certamente aquilo teria machucado. Andei inclinada, o mundo tingido pela lente vermelha da máscara, até chegar perto da biblioteca. Então parei, esperando ao lado da porta principal. Era protocolo. Não podíamos entrar em um prédio público no meio de uma tempestade de areia.

Assim que o vento se acalmou, eu bati a terra do corpo e entrei na biblioteca. Arranquei a máscara e tossi, depois guardei a tiara na bolsa e amarrei o véu na cintura, então fui direto para os fundos do local.

— Já sei — disse Matthew de modo entediado. — Ainda não achou nada sobre a sua floresta misteriosa.

Coloquei as mãos sobre o balcão e fiz um biquinho.

— Vou chorar.

— Ei, não. — Ele ficou sério de repente. — Eu te proíbo de chorar na minha frente.

O mais engraçado era que eu não ia chorar de verdade, estava falando aquilo só para tirar onda, mas, quando ele disse aquilo, meus olhos marejaram.

— Alisooooon, eu disse "não".

— Para de me proibir de chorar que a vontade passa, droga! — Cocei os olhos com as duas mãos. — Eu nem tava falando sério.

— Por que é tão difícil achar informações sobre essa floresta? — perguntou ele.

Tirei da bolsa os últimos livros emprestados e coloquei-os sobre o balcão. Matthew começou o processo de dar baixa nos arquivos.

— Porque o destino gosta de brincar comigo, só pode.

— Você não é tão importante assim a ponto de o destino parar tudo o que está fazendo só para te aborrecer.

— Uau, obrigada.

Matthew riu.

— Tonta, falei isso para te acalmar. O que eu quero dizer é que você não deve estar pesquisando direito.

— Uau, obrigada.

Ele parou de registrar e me encarou.

— Você é um docinho de limão — falei, e o sorriso dele voltou a aparecer. — Estou brincando, eu sei o que você quis dizer.

Ele voltou a registrar.

— Como você tem pesquisado?

— A floresta fica em Wezen, então estou lendo os livros de geografia e botânica. — Ele ergueu os olhos para mim. — Viu? Tô fazendo tudo direitinho.

Matthew limpou a garganta e continuou o trabalho por alguns instantes, sem dizer nada. Ao terminar, cruzou as mãos sobre a madeira.

— Onde você viu pela primeira vez sobre essa floresta mágica?

Olhei para trás e para os lados, então me aproximei do balcão.

— No departamento secreto. Era um livro sobre piratas.

— Piratas?!

— Aparentemente, um navio lendário deles foi construído com madeira dessa floresta.

— *Hum*.

— O quê? — sussurrei.

— Quão lendário é esse navio?

Franzi a testa. Se não me enganava, o livro proibido tinha mencionado uma data, mas eu não a anotara e a esquecera. Tudo o que eu lembrava sobre a indicação da época era que a viagem tinha acontecido antes de as crianças perdidas firmarem o pacto com as fadas.

— Quando o Supremo Conselho foi criado? — perguntei.

— Há muito, muito tempo.

— O navio é de antes dessa época.

Matthew apontou um dedo para mim.

— Arrá! Falei que você estava pesquisando errado.

— O que quer dizer?

— Alison, o Império tem seiscentos anos. Você sabe quantas mudanças geográficas aconteceram nesse meio-tempo?

— Oh, não.

— Oh, sim. Você pode estar procurando por uma floresta fantasma.

— Não, não, não... — Apoiei as mãos no balcão e me abaixei, a cabeça entre os braços esticados.

— Não está tudo perdido, calma. Você ainda pode encontrar mais informações em livros de História Imperial ou História Moderna.

Grunhi como um animal ferido.

— Vamos lá, deixe de drama. Pelo menos agora você sabe como pesquisar.

Eu me reergui, a expressão da derrota.

— Ok... Falo com você na semana que vem, então.

— Não vai levar nenhum livro novo?

Meneei a cabeça.

— Tem certeza?

— Aham. Obrigada pela ajuda, Matthew.

— Não fica assim, tracinha de livros. Seja lá o que estiver procurando, vai dar certo.

Eu me apoiei sobre o balcão para me inclinar e dar um beijo na bochecha dele.

— Te amo.

— Eu não tenho coração, não me ame muito.

Saí de lá sorrindo, com uma mão na cabeça para ajustar o véu. E aí, bem nessa hora, avistei Harry andando do outro lado da calçada, olhando para o lado de um jeito suspeito, enquanto puxava um cantinho do turbante para baixo. Fiz uma careta. Mas que raios?!

Ele estava indo na direção oposta à da minha casa. Fiquei parada, alternando o olhar entre a rua que deveria percorrer e o aspirante Harry, que se distanciava.

— Ah, quer saber?! — Dei meia-volta e comecei a segui-lo.

Ele olhava toda hora para trás e para os lados, caminhando cabisbaixo. Mantive distância e escondi o rosto sob o véu toda vez que ele ameaçava virar para trás, até que dobrou uma esquina.

Logo depois, eu me aproximei da curva, parei por um momento e espiei.

No fim do quarteirão, diante de um pequeno bistrô, Harry estava aos beijos com uma garota. Com as costas apoiada no osso da pata sob a qual o bistrô fora construído, ela mantinha os braços abaixados, o pescoço esticado para cima, enquanto ele segurava o rosto dela com as duas mãos.

Virei a cabeça rapidinho, os olhos arregalados. Isso não era da minha conta. Eu mal conhecia o aspirante, tinha ido atrás dele por mera especulação e já estava arrependida de tê-lo seguido. Ia me virando para dar o fora dali quando os notei caminhando para dentro do estabelecimento. Voltei a inclinar a cabeça para ver melhor.

A garota mancava exatamente como Sophia.

— Deus meu.

O que eu faria? Não, não era para fazer nada. Não era da minha conta. Eu nem deveria ter... descoberto? Observei-o entrar logo depois dela.

Girei nos calcanhares e comecei a caminhar de volta para casa. Pisava duro no chão, a testa franzida. Sophia estava namorando escondido. Escondido de mim. E o Harry! Justo ele, a pessoa que ela dizia odiar e cuja causa eu havia advogado. Francamente! Eu era quase madrinha deles, por que ela havia escondido isso de mim? *Vingança.*

Parei de andar. Será que ela estava dando o troco por eu ter escondido o mirador? Se fosse, era muito cruel da parte dela fazer questão de vingar isso. Engoli em seco, enfiando a mágoa garganta abaixo, e dei sinal para um drômede.

Assim que cheguei em casa, corri para o quarto, tranquei a porta e fui buscar o artefato no fundo falso.

No início daquele ano, quando as pessoas pararam de usar máscaras, o cofrinho da mamãe sumiu da estante e, em seu lugar, aparecera uma máquina fotográfica. Depois disso, várias vezes que peguei o mirador no fim da tarde, eu a vi fotografando. Adorava observá-la nesses momentos, mamãe mudava completamente quando estava com a máquina nas mãos. O olhar ficava concentrado e o corpo parecia se mover diferente, em sincronia com a câmera.

O único momento que superava o da fotografia era o que vinha depois. Em casa, com uma luz vermelha acesa e fazendo um processo meticuloso, mamãe pendurava os registros em varais. Pena que o mirador não me deixava ver as fotos. Por mais que eu me concentrasse em aproximar a imagem, nunca focava o suficiente.

Naqueles meses que se seguiram à compra da máquina, eu vi mamãe mudar. Ela tinha passado a sorrir mais, a visitar lugares diferentes; suas conversas com as outras pessoas não acabavam mais em poucos segundos e, no início daquela semana, notei que ela também tinha mudado de emprego.

Agora ela passava o dia sentada na frente de um computador, conversando com quem surgisse no salão, levando café para uma pessoa no andar de cima e atendendo telefonemas.

O mirador brilhou dourado ao meu toque e mostrou mamãe se arrumando. Ela terminava de desenhar uma linha preta sobre a pálpebra e o resultado deixou seus olhos parecendo o de um gatinho.

— Oi, mãezinha. Como você está? — perguntei, cansada.

Ela avaliou o resultado, lançou um beijo para o espelho que usava ao se maquiar e virou-se para sair de casa. Observei mamãe caminhar até a parada do bonde. Ela usava uma jardineira jeans e sapatos vermelhos, com o cabelo castanho e ondulado preso em um rabinho não muito longo.

— Você tá linda. — Minha voz embargou.

Deitei-me no chão, o artefato em cima do peito, e, fitando o teto alto, deixei as lágrimas escorregarem.

— Você diria que eu estou sendo dramática? — Solucei e funguei algumas vezes. — É que a minha vida parece tão confusa agora... Não faço a menor ideia se vou conseguir te encontrar e gasto tanto, tanto tempo pesquisando sobre isso. E, agora, ainda tem essa possibilidade de ir para a academia, que eu só estou considerando por causa do estágio na cidade das fadas e da possibilidade de encontrar Peter Pan; porque, se eu for aprovada, vou ter que morar longe dos meus amigos por uns quatro anos. — Parei, os olhos cheios d'água, o peito apertado. — A gente está crescendo, mãe. E a Sophia nem confia mais em mim para me contar um segredo importante. Você acha que a nossa amizade está em risco?

Ergui o mirador diante do rosto. Mamãe estava descendo do bonde em uma região que eu nunca tinha visto. Pisquei para afastar as lágrimas. Parecia uma pequena estação de trem a céu aberto. Ela passou pela estação e saiu andando por uma trilha no meio do mato.

— Aonde você vai?

Uns três minutos depois, ela chegou à frente de uma grande parede vermelha, com um peixe horroroso pintado. Cerrei os olhos e a imagem se aproximou do peixe. *Que coisa horrorosa!*

Mamãe passou pelo peixe esquisito e entrou no prédio abandonado. As paredes estavam pichadas, com as janelas quebradas e sem o teto.

— Santo Deus, mãe. O que você tá aprontando?!

O mirador mudou o ângulo da imagem subitamente, borrando o rosto de uma pessoa que acabava de aparecer. Pelas roupas, era um homem segurando uma cesta. Eles trocaram um beijo e então ele forrou o chão com uma toalha quadriculada. Semicerrei os olhos, concentrando minha vontade. A imagem mudou o ângulo de novo, desta vez aproximando o rosto da mamãe.

Meu coração doeu ao vê-la sorrindo largo. O sorriso que tocava os olhos. Aquele que eu nunca tinha visto e que jurava que só veria quando estivesse ao lado dela. Mas ali estava ele... e eu continuava aqui.

Larguei o mirador no chão, tapando a boca com as duas mãos, o olhar perdido. Mamãe estava... não. Não podia ser verdade. Olhei para o baú e fui buscar meu caderninho antigo. Comecei a folheá-lo.

Mamãe triste, informações aleatórias, mamãe triste, mudança de emprego, informações aleatórias, máscaras, mais um pouco de informações, câmera, informações, mudança de emprego. Fazia quanto tempo que eu não a via triste?

O caderno caiu das minhas mãos. Devagar, ergui a cabeça, os olhos novamente cheios d'água e a boca tremendo. Ela estava bem. Sem mim.

Fiz uma careta de dor e as lágrimas escorreram.

Olhei para trás, para o mirador largado no chão. Engatinhei até lá, parei e, então, com todo o cuidado, peguei o artefato. Mamãe comia framboesa, rindo. O homem bloqueou minha visão ao inclinar-se e beijá-la. Fechei os olhos e encostei a parte espelhada do mirador na minha testa.

— Por favor, mãe. Por favor... — Solucei, os ombros balançando e a garganta doendo. — Não me esqueça.

# 44

### NOITE DOS MORTOS, 631 D.I.
*Inverno, 15 anos*

**COLOQUEI UM LENÇO EM CADA SEIO** para ajudar a preencher o sutiã. Irônico, se pensasse que três anos antes eu usava faixas para esconder os brotinhos. Queria dizer que não me importava com a opinião alheia, porém quem é que pode dizer isso aos quinze anos?

Vesti a blusa de manga comprida e coloquei o poncho vermelho por cima. Eu tinha feito tranças durante o dia, então o cabelo nem-loiro-nem-castanho descia marcado até abaixo dos ombros. Vesti a calça folgada e calcei a bota.

Apesar de os seres humanos não poderem ter filhos na Terra do Nunca, ainda experimentávamos a bomba hormonal da adolescência — o que justificava os surtos de emoção que eu vinha sentindo, em especial nos últimos dois meses.

Havia muitas teorias para explicar a esterilidade dos humanos. A mais poética dizia que, em essência, éramos eternas crianças. A mais prática afirmava que a magia que nos trazia para cá nos infertilizava. O fato, porém, era que todas as raças da Terra do Nunca tinham um ciclo de vida normal, exceto nós.

— Está pronta? — Sophia colocou a cabeça para dentro da porta do meu quarto.

— Quase — disse, ajeitando o cabelo diante do espelho.

A morte era muito importante na nossa cultura. Especialmente nesse feriado, quem ainda não tinha perdido nenhum ente querido usaria roupas vermelhas e colocaria flores na porta de casa; enquanto aqueles que já tinham experimentado o amargo gosto da perda usariam preto e colocariam conjuntos de velas na entrada de casa. Era uma noite para celebrar a vida, lembrar a morte e agradecer por tudo o que tínhamos.

Só que eu não me sentia muito grata nem feliz naquela noite. Estava me arrumando apenas porque Sophia insistira muito para que eu não ficasse em casa sozinha. Deixei meu cômodo e a encontrei na sala. Sophia segurava o vaso de flores selvagens que havíamos comprado na feira.

— Você está linda. — Ela sorriu. — Vamos?

— Vamos.

Sophia tinha pintado as pontas do cabelo de rosa, e a cor ficava meio apagada sobre o poncho vermelho. Ela passou um braço em torno da minha cintura.

— Eu queria que você me falasse o que está te incomodando — disse ela enquanto caminhávamos para fora de casa.

Aproveitei que Sophia se abaixou para colocar o vaso de flor no chão e olhei para cima, piscando várias vezes na tentativa de afastar as lágrimas. Eu também queria poder conversar, *queria muito*. E faria isso, se tivesse certeza de que ela não responderia "eu avisei" ou "você precisa quebrar o mirador".

— Promete que vai tentar curtir a noite? — Sophia segurou minha mão.

— Prometo. — Assenti e forcei um sorriso.

Eu estava sendo sincera, tentaria mesmo aproveitar a noite. Era cansativo demais ficar carregando todas aquelas dúvidas e a autocomiseração o tempo todo. Pelas próximas horas, eu não pensaria em mamãe; não questionaria meu sonho, nem minhas atitudes, nem nada. Só aproveitaria.

Fomos caminhando no ritmo de Sophia, trocando fofoca sobre os nossos trabalhos, até chegarmos à casa dos meninos, que nos esperavam. Levi estava com o braço direito imobilizado diante do peito.

— O que aconteceu? — perguntei.

— O que é isso? — indagou Sophia ao mesmo tempo.

— Me machuquei na última caçada.

— Ele estava tentando ganhar uma aposta. — Thomas o encarou.

Sophia cruzou os braços e eu apoiei as mãos na cintura.

— Não foi grande coisa, tá bem?! — Levi se defendeu num tom levemente agudo. — Vamos logo, antes que acabem com a sidra.

Na Noite dos Mortos, a Capitania montava longos banquetes com tortas, sidra quente de maçã, alguns confeitos e mais sidra de maçã, o que deixava a vila em alvoroço pela comida e bebida grátis. No centro do banquete, ficava uma torre de rosquinhas que ninguém tocava. Às três da manhã, eles queimavam a torre, meio que uma oferenda para as almas.

Além da comilança, a Capitania também organizava algumas gincanas e jogos de azar, geralmente na maior praça da vila. Você comprava um punhado de ingressos por alguns sints e podia ganhar até um pentar em cada barraca.

A praça central estava uma loucura de tão abarrotada de gente.

— Não acredito que aceitei vir — lamentei baixinho.

— Eles vão acabar com a sidra. — Levi apontou para a multidão.

— Vamos fazer o seguinte — Thomas começou —, Alison e eu buscamos quatro copos e vocês ficam aqui.

— Ok. — Sophia deu de ombros.

Segurei o antebraço do Thomas para não me perder e começamos a desbravar a confusão. Lá de trás, Levi gritou:

— Põe canela extra na minha!

Thomas ia na frente, abrindo caminho, enquanto eu me encolhia atrás dele, sem largar o antebraço e usando seu corpo como escudo. Serpenteamos pela praça até chegarmos às mesas, então procuramos por um barril que ainda tivesse alguma bebida e servimos quatro copos de barro. Nós os enchemos até a borda, mas fomos derrubando a bebida pelo caminho. Quando chegamos aonde Levi e Sophia haviam ficado, os copos tinham uns três dedos a menos.

— Pegou a canela?

— Epa, esqueci. — Torci a boca, enquanto ele balançava a cabeça. — Desculpa.

Bebemos a sidra quente por ali mesmo, nas margens da praça, sentados sobre algumas madeiras que tinham sobrado da construção das barracas.

— Vou pegar mais um pouco para mim. — Sophia se levantou e saiu.

Thomas olhou para mim e Levi.

— Vocês querem jogar?

— Não posso. — Levi mexeu o ombro do braço machucado.

— Não estou no clima — falei.

— Bom, eu trouxe dois braters e quero me divertir. — Ele se levantou e arrumou o poncho vermelho. — Me desejem sorte.

— *Boa sorte* — dissemos ao mesmo tempo.

Observei Thomas se afastar. Por conta do trabalho que dava cuidar do cabelo nesse deserto, ele estava usando as laterais quase raspadas e o topo só um pouco volumoso, bagunçado. Era incrivelmente charmoso e o deixava menos criança.

— Como está sua busca pela florest...?
— Ah, não! Por favor, não.
— O que foi?
— Não quero falar sobre isso.
Senti os olhos de Levi me encarando. Ignorei-os.
— Já faz um tempinho que você não me atualiza.
Travei a mandíbula. Se eu não falasse alguma coisa, ele ia desconfiar e aí seria pior.
— Ainda não encontrei nada. Estou procurando nos livros de História, como o Matthew sugeriu, mas os melhores ficam naquele departamento secreto, e eu não posso levar nenhum para casa, então a pesquisa está indo devagar.
— Sério? Dois meses e você não achou nada?
— Como eu disse, não posso levar os livros pra casa.
— Da última vez, você descobriu uma pista em cinco minutos.
Eu o encarei.
— Não é todo dia que a gente dá sorte. Além do mais, estou me arriscando toda vez que desço àquela câmara. Já tive que escapar de fininho duas vezes!
— Tem algo mais que você não está me contando.
Virei a cabeça para frente.
— Para de me analisar — pedi, com as sobrancelhas franzidas.
— Como está a sua mãe?
Fechei os olhos. *Que droga, Levi.*
— Alison?
— Eu disse que não quero falar sobre isso.
— Não é justo.
— Não é justo?! Ela é *a minha mãe*, eu não preciso te contar tudo.
Arrependi-me daquilo no instante em que falei. Levi engoliu em seco e eu desviei os olhos, praguejando mentalmente.
— Eu disse que seria a pessoa que ficaria do seu lado e que provavelmente se machucaria junto contigo, então não é justo você me afastar agora e se machucar sozinha.
Abaixei a cabeça, fechei os olhos e a boca com força, lutando para não derramar nenhuma lágrima, mas o choro escapuliu com um soluço e eu ergui o rosto vermelho para ele.
— Desculpa.
Levi me puxou com o braço bom. Encostei a cabeça no peito dele.
— Ela está me esquecendo, Levi. — Minha voz saiu embolada.

Dizer aquilo em voz alta foi pior do que imaginei, e o choro se transformou em soluços e fungadas. Ele apertou o abraço, sem dizer nada.

— Eu demorei para admitir, mas ela está ótima. Perfeitamente feliz. Como... como se eu nunca tivesse existido. — Parei para engolir. — E o pior é que eu não estou nem perto de descobrir um portal que funcione, então, quando eu finalmente descobrir, se eu descobrir, já vai ser tarde demais.

— Alison... — A voz calma e grave dele me fez fechar os olhos.

Esperei que ele dissesse que eu tinha razão, que havia perdido minha chance, que mamãe tinha me superado e que agora eu deveria superá-la também. Mas, em vez disso...

— Você esqueceu a Claire?

Abri um pouco os olhos com uma careta.

— Não — sussurrei.

Que pergunta. É claro que eu jamais esqueceria a Claire.

— Então por que você acha que a sua mãe te esqueceu?

Eu me afastei do abraço e olhei para ele. Sentia minhas bochechas quentes e molhadas.

— O que está dizendo?

— Eu acho que você devia repensar qual é o seu objetivo. Você me disse que queria descobrir o porquê, entender o motivo, mas agora está falando como se você quisesse que ela te aceitasse, que te amasse como filha.

Olhei para baixo e mordi os lábios.

— Então o que você realmente quer?

Não esbocei reação.

Senti a mão dele sobre o meu ombro. Devagar, ergui os olhos para Levi.

— Quer desistir?

Meu nariz ardeu. Mordi os lábios trêmulos e neguei com a cabeça.

— Então fique feliz pela sua mãe, enxugue essas lágrimas e volte a procurar pelo portal. Você é a única que pode fazer esse encontro acontecer, e eu acho que, se a sua mãe estiver bem, ele vai ser melhor ainda.

— Eu amo tanto ela, Levi. Tipo, muito mesmo. — Sorri ao enxugar as lágrimas. — Então eu acho que ia gostar de conhecê-la, nem que fosse só para ouvir a voz dela e ser sua amiga, sabe?

No fundo, uma voz me dizia que nunca seria o suficiente. Primeiro eu quis vê-la de novo, depois eu desejei ir até ela... E se ouvir a sua voz e ser amiga dela não fossem o bastante? E se eu quisesse mais, que ela me amasse como filha, tal qual Levi dissera?

— Você sabe que a Magia Luminosa é cheia de regras. — Levi me encarou. — E se a limitação do portal for você nunca falar com a sua mãe?

Abri a boca e tornei a fechá-la. Será que a limitação do portal seria tão rigorosa assim?

— Vou me preocupar com isso quando descobrir um artefato que funcione.

— Ok. — Levi deu um sorrisinho discreto.

— Por enquanto, tudo o que importa é que eu não vou desistir. Vou continuar procurando e, se nunca der certo... — Ele esperou, sem desviar os olhos. Eu dei de ombros. — Bem, será porque não era para ser, não porque eu terei desistido.

— Boa garota. E, qualquer coisa, se você achar que não deve procurá-la, a gente chega ao planeta Terra, dá uma voltinha por lá, experimenta algumas comidas diferentes, rouba umas tecnologias e volta, ué! Não vai ser viagem perdida.

Comecei a rir. E então, como uma parva emocionada, o choro ameaçou voltar. Desta vez, uma emoção boa; de gratidão.

— Não sei o que faria sem você.

— Péssimas decisões, é isso o que você faria.

No impulso da brincadeira, eu dei um empurrão no peito dele e acabei acertando o braço machucado. Levi gritou um "ah!" enquanto eu pedia perdão mil vezes, entre risadas e uma cara de preocupação genuína.

De repente, Thomas chegou suado e agitado.

— Eu preciso de uma dupla!

— Por favor, leva essa doida. Ela está tentando me matar.

Sem esperar uma confirmação, Thomas segurou minha mão e me puxou. Fiquei de pé num pulo e saí atrás dele, praticamente arrastada por entre a multidão.

— O que está acontecendo? — perguntei.

— Estou prestes a ganhar um pentar, só preciso de uma dupla.

— Metade é meu se você ganhar.

Ele olhou para trás.

— Você também leva um pentar se a gente ganhar.

— Agora, sim, você falou minha língua.

Abrimos caminho até uma barraca, onde se via o letreiro Show de Aberrações. Meu sorriso sumiu no mesmo instante.

— Oh, não.

— Tá tudo bem. — Thomas me segurou pelos dois ombros. — A sua parte é a mais fácil. — Ele apontou para uma mesa cheia de coisas nojentas e desafiadoras, como insetos e pimentas. — Eu preciso comer aquelas coisas e, para cada prato e copo que eu passar, você toma um *shot* de halabab.

— Hã... — Olhei para os copos de *shot*, insegura. Halabab era uma bebida típica, feita com tâmaras e vinho, e devia ter uns quinze copinhos dela ali. — Mas tem álcool nisso.

— Tudo bem, são copinhos de nada. Depois que eu passar pela mesa, preciso vencer uma queda de braço com o valente da casa, e aí a gente ganha. Fácil, né?

Olhei para o brutamontes tatuado e careca que ele enfrentaria.

— Aham. Moleza.

— Alison. — Thomas me sacudiu de leve. Pisquei, voltando a atenção para ele. — Você precisa ser rápida. Eu só posso passar para o próximo prato depois que você beber, e você só pode tomar o próximo *shot* depois que eu passar a minha fase, então a gente precisa ser rápido e sincronizado.

— Tá bom. — Balancei a cabeça. — A gente consegue.

Ele me puxou pela mão para dentro da barraca. Uma garota ruiva, de tranças, já estava de um lado da mesa, diante da carreirinha de copos.

— Mais uma coisa —sussurrou ele no meu ouvido —, tem sal nos halababs.

— Eca.

Thomas foi para a outra mesa, onde um moço o esperava. Loiro e de cabelo longo preso em um rabo de cavalo, o rapaz era uns dois palmos mais alto que Thomas.

— Ah, querida, você e o seu namoradinho não têm a menor chance — disse a moça do outro lado.

Ela me olhou dos pés à cabeça com um sorriso torto.

— O que te faz pensar isso?

— Você tem espelho?

Virei a cabeça para o lado. Naquele momento, Thomas estralava o pescoço. Eu nunca o tinha visto tão determinado assim. Sorri.

— O que você não consegue ver — comecei, voltando a encarar a moça do outro lado da minha mesa — é o quanto eu sou teimosa quando quero uma coisa. E eu quero muito ajudar meu amigo a ganhar isso.

— *Em suas marcas!*

Apoiei as mãos no joelho e virei a cabeça para manter os olhos sobre Thomas. Na mesa ao lado, ele alternava o olhar entre mim e o prato de besouros-da-terra.

O barulho de uma buzina soou. Ele tacou os besouros vivos na boca com uma mãozada e mastigou tão rápido que, em dois segundos, abriu a boca para mostrar que tinha engolido tudo. No mesmo instante, peguei o *shot* e o virei. Fechei os olhos, sentindo o gosto horrível de tâmara com sal e um quentinho escorrendo garganta adentro.

Ao virar novamente a cabeça para Thomas, percebi que ele já tinha bebido a gororoba do copo e abria a boca para o juiz. Peguei o próximo copinho e o virei. Dessa vez, não senti nenhum quentinho descendo. Olhei para o lado. O desgraçado já tinha terminado o prato de pimenta. Peguei o próximo *shot* e o virei.

Eu mal tinha tempo para tossir ou soltar um "argh!" direito, porque Thomas já estava terminando um prato ou copo e eu tinha que tomar o próximo *shot*. A torcida gritava do lado de fora da cerca, ensandecida. Em menos de um minuto, Thomas tinha terminado sua carreira de nojeiras. Ele balançou a cabeça para se recuperar e foi para a mesa do campeão.

Senti o mundo rodar e tentei me apoiar na mesa, mas errei por alguns centímetros e caí. Uma funcionária da barraca tentou me ajudar a me levantar, mas sem sucesso.

— Vou buscar uma água para você.

Comecei a gargalhar. *Água, água, água, água, água* era uma palavra engraçada.

— Tome.

Foi um alívio tirar aquele gosto horrível de tâmara salgada da boca.

— Alison, a gente ganhou! — Thomas chegou oscilando feito uma miragem.

— Meu Deus, você é lindo. — Apontei para ele e comecei a rir.

— Oh, bom senhor dos mosquitos de rua, me perdoa. Você está bêbada.

— Não tô, não. Não, eu tô consciente. Muuuito consciente.

— Alison, você está no chão.

— Ah.

— Vem.

Senti meu corpo ser erguido. Parecia que eu não tinha controle sobre meus braços e pernas, e isso era tão, tão divertido. Voltei a gargalhar.

— Você consegue andar?

— Vamos ver.

Forcei uma perna para cima e para a frente. O passo foi tão gigante e torto que tornei a rir. Tentei com a outra perna e tive o mesmo resultado.

— Olha, eu tô andando! Eu sou uma árvore andante! Iupiiii.

Depois de vários passos, percebi que tinha uma mão na minha cintura e tentei empurrá-la.

— Não, eu estou te ajudando.

— Ah, é você. — Ergui a cabeça. — Thomas, você é tão lindo!

— Você está bêbada.

— Não, só um pouquiiiinho pra lá.

Em um dado momento, senti minhas pernas sendo erguidas do chão e tombei a cabeça para trás. O céu estrelado era a coisa mais linda. Ele girava enquanto cabeças borradas passavam por mim. Era o melhor transporte mágico que já tinha experimentado na vida.

— O que aconteceu? — Era a voz de Levi.

— Sol, lindo sol, cadê vocêêê?

As vozes se misturaram, o mundo embaçou mais um pouco. Comecei a rir de novo.

— Alison, você viu a Sophia? — perguntou alguém em algum lugar perto da minha cabeça.

— Ahhh, eu sei muito bem onde a Sophia tá.

— Onde?

— Sophia, Sophia... — Voltei a rir.

— Cadê ela, Alison?

— A-hã na-nã, pode falar.

As vozes ficaram emboladas demais.

Fechei os olhos.

No dia seguinte, Sophia usou boa parte do prêmio comprando coisas para curar minha ressaca. Levi ralhou conosco, Thomas pediu perdão por ter me metido naquele jogo e eu prometi que nunca mais beberia álcool na minha vida.

# 45

### MÊS DO TIGRE, 632 D.I.
*Verão, 15 anos*

**LEVI JÁ TINHA MUDADO DE VILA** no início daquela semana. Era sábado e, no interior do drômede, eu me abanava com um leque, o suor escorrendo na testa e por entre os seios. O verão daquele ano prometia ser o mais quente em décadas.

Ao chegarmos à biblioteca, paguei o motorista e corri para o refrigério do interior do edifício. A primeira coisa que fiz quando entrei foi pegar um copo d'água e, discretamente, enxugar o suor com um lenço. Então retirei o véu, amarrei-o na cintura e fui para o interior do prédio.

Eu já tinha parado de pesquisar sobre a floresta Coração do Nunca, porque, algumas semanas depois da Noite dos Mortos, eu finalmente achara uma resposta no livro de História Moderna. Parte da floresta tinha sido destruída em uma guerra havia trezentos anos e, depois, fora completamente dizimada pela exploração da madeira. Hoje, em seu lugar, havia um pântano de águas vermelhas que eles chamavam de Lágrima de Sangue.

Por isso, eu estava focando os meus esforços em conseguir uma vaga na academia. Conhecer Peter Pan se tornara praticamente a minha única alternativa.

O problema era que já estávamos nos últimos dias do mês do Tigre, do meu último ano em Ossos, e eu ainda não tinha a menor ideia do que apresentar para a coordenadora do Artífice. Restavam apenas três vagas. Se eu não aparecesse logo com uma invenção, poderia dar adeus à possibilidade de estagiar com as fadas e de encontrar Peter Pan.

Toquei o sininho do balcão.

— Matthew?

Eu estava tentando usar o que via através do mirador como inspiração para criar um projeto. Já tinha pensado em criar o protótipo de uma máquina fotográfica, uma lâmpada, um carro, uma televisão... Enfim, já tinha pensado em tudo, mas era impossível saber como aquelas coisas foram construídas só de olhar para elas.

Virei para os lados, então encarei a antessala que tinha depois do balcão.

— Matthew? — chamei de novo.

Dei a volta no guichê e fui até a porta da esquerda. Girei a maçaneta com cuidado e entreabri ao mesmo tempo em que dava batidinhas na madeira. Matthew estava trabalhando em uma maquete de avião. Arregalei os olhos.

— Deus meu.

Ele virou-se, estremecendo, e arrancou os óculos de lentes grossas que usava na ponta do nariz.

— Alison, o que está fazendo aqui?!

Terminei de entrar e fechei a porta atrás de mim, boquiaberta.

— Você é artesão!

— Não, não sou. Sai daqui.

Olhei para a cadeira dele e abri um sorriso.

— Então foi *você mesmo* quem fez isso. Você não estava me agradecendo porque tinha apego emocional à cadeira. Você é um gênio!

Matthew estava sério demais.

— Por que você esconde isso?

Aquela sala era exclusiva para o bibliotecário descansar e guardar suas coisas. Era pequena; só tinha uma estante no fundo, a mesa na lateral direita e uma cama na lateral esquerda. As paredes estavam pregadas com desenhos de avião e cálculos, e a mesa estava toda suja de ferragem, com a pequena maquete perfeitamente montada.

— Matthew?

Ele girou a cadeira para ficar de costas para mim.

— Me perdoa — pedi, séria e preocupada. — Não foi de propósito. Não queria te bisbilhotar, eu não tinha a mínima ideia.

Matthew permaneceu calado. Cruzei os braços e franzi as sobrancelhas.

— Por que você está aqui e não no Artífice? — Dessa vez, o tom da minha voz era um pouco mais duro.

— Não é óbvio?! — Ele girou a cadeira. Em seu rosto, pude ver a mágoa e a raiva e, por um momento, odiei-me por ter invadido a área restrita a funcionários. — Eu não posso ser artesão.

A surpresa fez minha expressão séria estremecer.

— Sou um "incapacitado", não posso exercer profissão que exija "um pleno funcionamento corporal e mental".

Apontei para a maquete.

— Você *já é* um artesão.

— Acontece que, na escala de trabalhos e serviços, os artesãos estão *um nível* acima da linha que eu não posso atravessar. Pode imaginar meu contentamento quando descobri isso.

— Escala?

— Pergunte à sua amiga Sophia. — Matthew virou a cadeira e parou diante da mesa, onde começou a mexer nas coisas. — Ela tem muita sorte de ser bonita e conseguir disfarçar a deficiência, ou teria muito mais problemas.

As lágrimas que brotaram nos meus olhos eram de pura raiva.

— Isso é estúpido, você é claramente muito melhor do que qualquer um de nós no Artífice. Olha para essa cadeira! Você já criou coisas que funcionam.

Ele me fitou com os olhos marejados.

— Obrigado, tracinha de livros.

— Posso ver? — Apontei para a maquete sobre a mesa.

Ele afastou sua cadeira.

O avião tinha uma única asa comprida, com duas estacas de cada lado conectando as bandas de cima e de baixo. No centro, havia uma pequena cabine aberta com uma hélice na frente e, atrás dela, um "rabo" comprido com uma parte quadrada no final. Feita de madeira e pano, a maquete era perfeita; tinha até um "14-Bis" pintado na lateral do avião.

— O que isso significa?

— "Quatorze" porque é o meu número da sorte e "bis" porque é a segunda tentativa.

— Cadê a primeira?

— Em algum lugar no lixão.

Sorri e endireitei as costas, então escorei o quadril na mesa e cruzei os braços.

— Tem que ter algo que a gente possa fazer para você...

— Esquece, Alison. Eu não quero fazer nada para essa gente. Eles não merecem.

— Você não estaria fazendo por eles. — Apontei para a porta. — Estaria fazendo por todo mundo que, assim como você, escuta que não consegue ou que não pode. Você pode provar *para eles* que são capazes, sim.

Matthew bateu três palmas lentas.

— Uau, que lindo, melhor registrar em um livro.

— Ah, o que foi agora?

— Eu não vou me humilhar para provar nada, muito menos criar coisas que vão beneficiar gente mesquinha que nunca me olharia duas vezes se não soubesse que sou inventor.

Inspirei fundo, irritada. Não com ele, mas com toda a situação.

De repente, lembrei-me da voz do Levi me perguntando "o que você realmente quer?" naquele feriado, quando eu estava completamente desesperada.

— O que você quer, Matthew?

— Nesse momento? Que você me deixe em paz.

Sorri com carinho.

— Você quer ser bibliotecário para o resto da vida? Se sim, ótimo. Não tem nada de errado nisso. Mas, se você quer ser um inventor, se quiser estudar na melhor academia para artesãos de todo o Império e estagiar com um povo que é conhecido por misturar tecnologia com magia, então eu não acho que você deveria jogar fora o seu sonho por pura teimosia. O que ganharia com isso?

Matthew me encarou sem dizer nada.

— Se mudar de ideia, me avise. — Bati um dedo na mesa e fui em direção à porta. — Eu acho que já sei o que fazer para conseguir sua vaga sem você passar por qualquer possibilidade de humilhação.

Abri a porta. Porém, antes que pudesse sair, ouvi sua voz calma atrás de mim:

— Qual o seu plano?

Dei as costas para a porta e lancei um sorriso largo.

— Eu acho que podemos explorar uma brecha na lei, mas você vai ter que confiar em mim.

# 46

**DIAS DEPOIS**
*Verão, 15 anos*

**EU ESTAVA TREMENDO.**

A coordenadora, uma senhorinha muito magra, alta e de cabelo completamente branco, passava diante das mesas analisando nossos protótipos. Andava com uma lupa para verificar alguns detalhes.

A primeira pessoa para quem ela apontou o dedo esquelético e enrugado foi Caleb. Ele deu um passo à frente e, com a voz oscilante, apresentou o resumo de sua ideia. Mostrou alguns cálculos, explicou cada componente do capacete e gaguejou algumas vezes. A coordenadora escutou tudo sem esboçar reação.

Depois, olhou para as cinco pessoas paradas diante de suas mesas. Ao redor de nós, a pequena multidão prendeu o fôlego. Ela ergueu o dedo para mim.

Dei um passo à frente e ergui o queixo.

— Hoje nós temos os dirigíveis, que são responsáveis por oitenta por cento das importações e exportações entre as ilhas. Mas eles são grandes e lentos e, por serem de difícil fabricação, também não são muitos, o que atrapalha a comunicação interilhas. — Tomei fôlego para controlar a voz, peguei o papel com o desenho do avião e o ergui diante do peito. — Com o monomotor de hélice dupla e a cabine expandida, 14-Bis, poderíamos aumentar a fabricação de aviões e melhorar a comunicação oficial entre as ilhas. A princípio, o avião teria espaço para o piloto e uma pequena carga de cartas, mas a ideia é expandir o projeto futuramente e criar o primeiro avião de passageiros e pequenas cargas.

Virei para o lado e apontei para a maquete. Ouviu-se uma salva de palmas. Respirei pela boca, um sorriso trêmulo no rosto.

Era a primeira vez que eu via a mulherzinha com um sorriso discreto no rosto. *Ah, Matthew, se você pudesse ver isso!*

— Vocês dois têm a minha carta de recomendação.

Um grito de alegria irrompeu por todo o Artífice. As pessoas mais próximas davam tapinha nas minhas costas e nas de Caleb.

— Com isso, resta apenas uma vaga a ser preenchida.

Desta vez, a frase da coordenadora provocou um silêncio apreensivo.

— Parabéns, vocês dois. Os demais que não tiveram seus projetos aprovados hoje, mas os apresentaram pela primeira vez, têm mais uma chance. Com licença.

A multidão se dispersou. Mantive os olhos na senhorinha, tentando abrir caminho e segui-la, quando alguém me segurou pelo cotovelo. Olhei para trás. Caleb me puxou para um abraço.

— Não acredito que conseguimos.

— Ah, sim. — Fiquei com os braços encolhidos contra o corpo. — É, bom... hã... Parabéns. — Afastei-me dele. — Preciso...

— Como você pôde esconder isso da gente? — perguntou Caleb.

As pessoas ao nosso redor olhavam para mim de esguelha.

— Porque eu não trabalhei sozinha.

— Você tem uma dupla. — Ele arqueou as sobrancelhas.

Olhei para trás, a coordenadora já tinha sumido de vista.

— Preciso ir.

Praticamente fugi dali, andando o mais rápido possível para a sala da coordenadora. Bati na porta e entrei.

— Senhora? Podemos conversar?

A mulher estava servindo um copo de suco de allura.

— Estou impressionada com você — disse ela, sem desviar a vista do copo que servia. — Ninguém te viu trabalhar em nenhum projeto por quase dois anos e eis que, do nada, você surge com uma ideia inovadora. Quase bom demais para ser verdade.

Ela bebeu um longo gole e me encarou.

— É exatamente sobre isso que eu quero falar. O projeto não é meu.

A coordenadora cruzou os braços finos.

— Você pode ser enviada a um campo de reeducação por esse crime. Roubar a ideia de um colega artesão é...

— Eu não roubei nada, apenas apresentei a ideia porque a pessoa que criou o 14-Bis não é um artesão.

Ela ficou séria por um instante e depois riu.

— Espera que eu acredite nisso?

— Não. Mas você vai acreditar agora: o nome do inventor é Matthew Dash e ele trabalha na biblioteca. A ideia é inteiramente dele, tudo o que eu fiz foi apresentá-la.

— Eu não posso enviar para a Guerra & Arte Academia uma pessoa que não trabalha no Artífice. Então, se o seu amigo formalmente te entregar a ideia, você pode ir para a academia com esse projeto.

Neguei com a cabeça, dando um passo à frente.

— Não, você não pode fazer isso. Eu não conseguiria construir o avião nem se quisesse, Matthew é o cérebro por trás de tudo. — A face enrugada dela ficou mais contraída. — E a regra é clara: para entrar na academia, a gente só precisa de um projeto e da sua carta de recomendação. Não fala nada sobre trabalhar no Artífice.

A coordenadora colocou o copo sobre a mesa.

— Porque está implícito. É óbvio que para frequentar a universidade de artesãos você precisa ser artesão e trabalhar no Artífice. Uma matemática simples.

— Mas a lei não trata de implícitos matemáticos, e sim do que está escrito.

Ela empinou o queixo.

— Se eu aceitar essa... esse contorninho, você não pode ir para a academia, apenas o seu amigo.

Pisquei.

— Por quê? As regras aceitam trabalho em grupo, até cinco pessoas.

— O problema é que você disse que a ideia e o projeto foram inteiramente dele. Acha justo ocupar a vaga de uma pessoa que está tentando entrar pela própria competência, enquanto você vai de carona em um projeto pronto?

Engoli em seco. Olhei para o chão.

— Não. Não é justo.

Fiquei esperando que ela dissesse algo mais, algo como "vamos abrir uma exceção" ou "você foi corajosa e é uma ótima artesã, merece a vaga", porém o silêncio foi a única resposta que tive.

— Me desculpe. — Sequei o suor das mãos. Queria enfiar minha cabeça em um buraco. — Eu... hã... estou indo.

— Alison. — Olhei para trás. — Diga para o seu amigo preparar as malas. Ele tem a minha recomendação.

Anuí e saí de lá com as bochechas ardendo.

Quando voltei para o salão das mesas, vi Caleb ainda rodeado por algumas pessoas enquanto falava do seu projeto. Parei na minha bancada e comecei a guardar o material, torcendo para que ninguém me visse.

— Estou muito feliz que você vai para a academia comigo. — A voz de Caleb soou ao meu lado.

*Droga.*

— Seremos os melhores artesãos da turma, você vai ver.

— Hum.

Continuei desmontando a maquete.

— Eu sei que você provavelmente está triste porque vai abandonar os amigos, mas, ei, vamos conhecer novas pessoas lá. E estaremos juntos. — Ele tocou no meu braço.

Ergui a cabeça de sobrancelhas franzidas. O garoto jurava mesmo que a gente tinha toda aquela intimidade?

— É — disse e voltei a atenção para os papéis por dobrar.

— Eu preciso admitir, não imaginei que você fosse tentar.

Segurei a vontade de revirar os olhos. Não queria dar corda para a conversa, mas também não queria ser rude.

— Por que não, Caleb?

— Cinco anos na academia e depois mais três em estágio, é muito tempo para uma pessoa tão dependente dos...

— Dependente?

— ...amigos. Sim. Acho que você poderia viver coisas incríveis se não fosse tão apegada a eles. Isso te limita.

Não podia acreditar que estava ouvindo aquilo.

— Me limita a não namorar você? — provoquei.

O rosto dele enrubesceu.

— Quer saber a verdade, Caleb?! Eu fiquei um pouco triste quando a senhora Whitewood disse que eu não posso ir para a academia porque o projeto não é meu, mas, sinceramente, agora que pensei por esse lado, não estou mais nem aí. Não tenho vergonha de ser apegada aos meus amigos e admitir que oito anos longe deles seriam uma tortura inimaginável para mim. Eu sinto muito por você não ter amigos tão chegados assim para compreender.

Eu vi o rosto dele se contrair cada vez mais, até se fechar por completo.

— Agora, se me dá licença, eu tenho uma notícia maravilhosa para dar ao melhor artesão que já conheci.

✦ ✦ ✦

— Uau! Funcionou de verdade. — Matthew olhava para a carta selada com o carimbo da coordenadora do Artífice.

Apoiei os cotovelos no balcão da biblioteca, coloquei o queixo entre as mãos e sorri.

— Ela seria louca se não aproveitasse a brecha na lei. Você é incrível.

Matthew afastou a cadeira e abriu os braços. Dei a volta no balcão e corri para abraçá-lo. Sendo uma pessoa de pouco toque, aquilo era quase um milagre.

— Obrigado, Alison.

Voltei para o outro lado do balcão.

— Você merece.

— Sinto muito que você não possa ir também.

— Ah, não, por favor. Eu vou ficar bem. É até melhor assim.

Matthew suspirou um "hum" e torceu a boca.

— O que foi?

Ele engoliu em seco antes de erguer os olhos para mim.

— Eu só odeio depender das pessoas. E acho que te devo uma. De novo.

Meneei a cabeça vigorosamente.

— Não, Matthew. Essa vitória foi sua e apenas sua.

— É, tá bom.

— A única coisa que eu fiz foi apresentar a ideia. O mérito é todo seu. — Matthew ficou em silêncio, fitando-me nos olhos. — E eu estou tão, tão orgulhosa de você.

Ele franziu a testa e limpou a garganta.

— Obrigado. — Sua voz saiu mais grave.

— Vou sentir sua falta.

— É bom mesmo.

O sorriso tinha um sabor agridoce.

Matthew foi uma das melhores pessoas que tive o prazer de conhecer, e eu me peguei sentindo sua falta mesmo muitos anos depois de a gente ter se visto pela última vez. Porque a vida é como um sistema solar, feito de planetas, estrelas e satélites em constante alinhamento e desvio; e alguns, quando saem da nossa órbita, deixam um espaço vazio no lugar onde costumavam girar.

Você nunca os esquece.

# 47

### MÊS DA ÁGUIA, 632 D.I.
*Verão, 15 anos*

**SÁBADO. TRÊS HORAS DA MANHÃ.** No silêncio da vila adormecida, Sophia passava um café extraforte enquanto eu organizava a cesta de piquenique.

Ao redor da vila Ossos, havia duas das nove maravilhas da ilha Bellatrix: o templo ao Sol, a sudeste da vila, e o templo à Lua, a noroeste.

Segundo as lendas, em algum momento durante a Era Não Calculada, os dragões tentaram combinar a liberdade da Magia Obscura com o poder da Magia Luminosa. Construíram os dois templos e ofereceram centenas de crianças em sacrifício durante um eclipse solar. Escolheram as crianças por serem um símbolo de amor, fé, bravura e pureza, elementos da Magia Luminosa, e o eclipse porque representava as trevas vencendo a luz.

Aquilo, porém, enfurecera os Fundadores do Universo. As lendas contavam sobre o Dia da Destruição, quando Deus enviara um exército de onos e ounas para aniquilarem os dragões. Outra vertente falava que os onos e ounas eram seres místicos de justiça e que não foram enviados por Deus — porque Deus não existia —, mas que tinham aparecido por serem uma força maior e que tinham feito justiça.

De qualquer maneira, ambas as correntes concordavam que os dragões foram extintos no Dia da Destruição. E mesmo milhares de anos depois, as Ruínas de Asterith permaneciam de pé, para quem ousasse visitá-las.

Desde que havíamos chegado a Ossos, Sophia e eu planejávamos visitar os templos, mas, como o deserto era muito perigoso e qualquer passeio a pé se tornava um sacrifício se não fosse feito de madrugada, fomos postergando até que chegou um momento de "é agora ou nunca".

O mês da Águia era considerado o mais seguro para fazer passeios e excursões, pois era quando o verão atingia seu ápice e as feras realmente perigosas do deserto fugiam para regiões mais amenas. Além disso, aquela era a última oportunidade de fazermos o passeio com Thomas, que ainda não tinha visitado as ruínas, antes que ele mudasse de vila.

— O café está pronto.

— A cesta também.

Bebemos alguns goles bem depressa e fomos nos arrumar. Vestimos as roupas apropriadas para o amplo deserto: para começar, um conjunto de segunda pele feito de um tecido superleve, que preservaria a temperatura corporal; então, as blusas de manga comprida e as calças folgadas que iam até os pés, que deixavam à mostra apenas a ponta das botas de cano longo. Por fim, um chapéu.

Eram três e meia da manhã quando partimos; Sophia levava o lampião e eu carregava a cesta. Caminhamos até a casa do Thomas. Batemos uma, duas, três, muitas vezes, e ninguém atendeu.

— O que vamos fazer? — perguntou Sophia.

— Já são quinze para as quatro. Se não sairmos agora, não vamos conseguir.

— Então é isso. — Sophia deu de ombros. — Se ele quisesse mesmo conhecer o templo à Lua, teria acordado. Vamos.

Não teve um dia sequer em que eu não me arrependesse de ter seguido atrás dela pelas ruas parcamente iluminadas; de ter mantido o plano, em vez de encarar o furo do Thomas como um sinal do universo nos dizendo para não fazermos aquele passeio.

Mas nós insistimos. Deixamos a vila e seguimos o mapa em direção à Pedra do Esquecimento. Quando chegamos lá, o céu dava os primeiros sinais do nascer do sol, os tons pastéis em contraste com a escala negra da terra.

A Pedra do Esquecimento era uma formação rochosa cinza-clara, em formato de cabeça humana, e era o único ponto de referência no mapa. A gente precisava escalar a pedra para identificar o restante do caminho.

Se a gente tivesse ficado um pouco mais na porta do Thomas, se tivéssemos nos atrasado só mais alguns minutos... era provável que não tivéssemos seguido em frente, porque o sol teria esquentado a pedra e eu não conseguiria subir nela. Mas o sol ainda estava nascendo e eu pude escalar a pedra fria e identificar o caminho.

Então seguimos a caminhada no ritmo manco de Sophia, conversando distraidamente. Em dado momento, quando já era possível avistar um brilho de metal ao longe, passamos por um escalão em treinamento.

— Meninas — saudou-nos o comandante com um movimento de cabeça.

— Comandante. — A gente fez o mesmo movimento de cabeça.

— É um lindo dia para fazer piquenique. — Ele virou-se para a tropa. — Mas não para vocês, o que estão olhando?! Voltem ao treinamento!

Sophia e eu disfarçamos a risadinha e continuamos andando pela areia negra e macia. O sol começava a esquentar.

Depois disso, levamos cerca de uns quarenta minutos para chegar ao templo à Lua.

A construção era tão gigante que a gente tinha que olhar para cima com uma mão na testa para enxergar o topo. A sombra do templo se projetava para muitos metros depois dele, ondulando na areia.

Sophia e eu adentramos a ruína como duas formigas.

O piso era feito de mármore branco e as paredes, de uma rocha branca muito bem esculpida, com runas e insígnias intricadas. O local tinha várias paredes destruídas, o teto fora arrancado em alguns pontos e havia buracos no mármore. Mesmo assim, dava para ter uma dimensão de como o templo havia sido antes. Magnífico.

Sophia e eu percorremos o local admirando as colunas e seus capitéis de ouro branco, os salões, as janelas em arcos, o altar de sacrifícios. Nem as fissuras, nem a areia negra que invadira parte do templo, nem a sua parcial destruição fazia com que a obra perdesse a beleza. Se serviam para alguma coisa, era apenas para reforçarem a majestade do local, conferindo-lhe um esplendor milenar.

Depois de passear pelo templo, Sophia e eu fomos para o salão onde ficava o altar dos sacrifícios, uma das poucas salas que ainda tinha teto. Forrei o chão com a manta, perto das escadas do altar, e nos sentamos ali.

Sophia começou a tirar as coisas da cesta.

— Eu não acreditava nas histórias — disse ela, pegando um sanduíche. — Mas, agora, acho difícil *não* acreditar.

— Sim. — Mordi um pedaço de bolo e continuei falando com a boca cheia. — É tão estranho, né? Visitar um lugar que "já conhecíamos" pelos livros de História.

Ela olhou para cima, admirando o templo.

— Aham. Como visitar um teatro depois que a peça acabou.

Sorri.

— Preciso te contar uma coisa. — Ela ficou séria de repente.

— Hum.

— Estou namorando.

Engoli o suco todo num gole só e abri a boca. *Sério, Sophia? Você vai me contar agora?! Deus me ajude a parecer surpresa.*

O cabelo louro-claro estava preso em duas tranças, que caíam sobre a blusa azul. Os olhos cor de âmbar me fitavam com carinho enquanto ela sorria e dizia que tinha levado muito tempo para admitir a si mesma os sentimentos que nutria pelo Harry, pois estar apaixonada era mesmo muito assustador. Mas, depois de algum tempo testando um possível relacionamento, eles finalmente decidiram assumir tudo. E eu era a primeira pessoa para quem ela contava.

— Sério? — Meus olhos marejaram.

— Mas é claro! Você é minha melhor amiga, dã!

Mordi os lábios. Por que eu tinha duvidado de suas intenções ao esconder o namoro? Ainda bem que não tinha posto tudo a perder exigindo uma explicação.

— Estou muito feliz por você e pelo Besouro. — Ela gargalhou. — Sério, vocês são um casal incrível de insetos!

Ela ria tanto que abaixou a cabeça, reclamando de dor de barriga. Eu gargalhei alto com ela. E ainda sorria quando a vi ficar séria. Parei de rir. A expressão no rosto de Sophia se contorceu em horror. Senti um frio na espinha.

— Sophi, o que foi?

Ela não respondeu. De olhos arregalados, encarava um ponto atrás de mim.

Quase sem respirar, olhei lentamente para trás e senti o sangue gelar nas veias. A alguns metros de distância, um monstro semi-humano cheirava a porta de entrada do salão.

Meus braços e pernas se arrepiaram, ao passo que centenas de informações passaram rápidas pela minha cabeça. Tenebris era a criatura mais temida pelos humanos em toda a Terra do Nunca. Ele tinha um corpo parecido com o de um homem muito alto, embora a pele fosse cinza, enrugada e gosmenta; também era cego e surdo, mas tinha um olfato potente. Ele usava as unhas finas e compridas para abrir a barriga das vítimas e a língua bifurcada para sugar os órgãos internos.

Sophia me puxou para o lado, escondendo-nos atrás do altar, no sopé das escadas.

Eu mal conseguia respirar.

Olhei para ela. Pálida, os olhos marejados. Eu nunca a tinha visto tão assustada.

Tremendo, tentei raciocinar. Todos os pensamentos, porém, ficavam girando inutilmente em torno da criatura na porta do salão.

— Alison. — A voz trêmula da Sophia foi como um sopro de ar para quem estava se afogando.

— Precisamos correr — sussurrei — enquanto o vento não muda. Ele não vai nos achar se estivermos a favor do vento.

Ela apenas olhou para a sua perna direita.

Fechei os olhos. Sophia jamais seria rápida o suficiente. Eu precisava pensar em outra coisa.

Podia sentir meus batimentos na garganta.

— Não, espera. Calma, respira... *Pense.* — Soltei um sopro de ar. E, então, uma ideia. Segurei a mão dela, gelada. — Sophia, você vai se esconder e eu vou correr. Vou conseguir ajuda e voltar para cá. — Mais uma ideia riscou minha mente. — Os soldados! Vou atrás deles. Vai ficar tudo bem, prometo.

Ela balançou a cabeça e as lágrimas escorreram.

Espiei atrás do altar. O tenebris ainda estava perto da porta, adentrando o salão. Emitia um som gutural, desumano, arranhando o chão com as garras.

Puxei Sophia para longe das escadas, até um buraco no chão. Era pequeno e ela precisaria se encolher, mas pelo menos estaria segura naquela caverninha.

— Entra e não saia daí.

Ia me virar e correr, mas Sophia segurou meu braço.

— Eu te amo.

— Não se atreva a se despedir de mim, Sophia Gold — rangi entre dentes.

Seguindo em frente alguns passos, no extremo oposto onde o tenebris estava, havia uma fenda na parede, e eu passei por ela para sair. Estava na lateral do templo e precisei virar à direita para ficar na direção de Ossos.

Então corri com toda a força que tinha.

O vento batia nas minhas costas, como se me impulsionasse a dar o melhor de mim. Enquanto ele estivesse soprando nessa direção, eu estaria invisível para o monstro, e sabia que precisava aproveitar cada segundo dessa vantagem.

Não olhei para trás nem uma vez.

Corri o mais rápido que pude, tão rápido que parecia que eu seria capaz de alçar voo a qualquer momento. Meu chapéu caiu e o sol quente começou a arder na minha cabeça. Os pés afundavam na areia macia, e eu me forçava a colocar mais força, ir mais rápido, mais e mais, uma força que eu não tinha.

Eu arfava, com a garganta arranhando de tão seca; o sol queimando a cabeça, as pernas doendo, o coração batendo tão forte que doía.

Uma brisa quente atingiu meu rosto. *Não!*

Um som alto, gutural, distante. O rugido agudo de uma fera afogada.

Olhei para trás. Uma sombra cinza saía da lateral do templo, rápida, na direção do deserto, girando a cabeça e procurando.

Forcei o corpo para frente, os pés na areia, o sol forte, o corpo rápido, mais rápido, não rápido o suficiente. Eu não ia conseguir.

Outro grunhido: agudo, suplicante, desafinado.

Acho que gritei também. Acho que as lágrimas escorriam pelas bochechas. Mas tudo o que eu sabia com certeza era que meu corpo se movimentava o mais rápido que podia, rápido como nunca. Braços e pernas, pulmões, mente, coração, tudo trabalhando em sintonia para me colocar em movimento.

Ar. Eu precisava de ar.

Ao longe, avistei algumas figuras deformadas pelo calor. *Isso, você está conseguindo. Vai!*

Gritei.

Eles não me viram.

Meu corpo queria parar, tudo em mim suplicava por um pouco de alívio. *Não, você não pode.*

— Socorro!

Eles me viram. *Isso.* Começaram a correr na minha direção, mas não empunharam as armas; só corriam sem fazer nada. Será que não tinham visto o tenebris me perseguindo?!

Olhei para trás.

Parei.

O deserto queimava sob o sol.

Vazio.

Eu ofegava, o coração galopando rápido demais. Intenso demais. A dor irradiava da barriga para as pernas e os braços. A boca seca.

— *Ei, garota*! O que aconteceu?! — Uma voz grave me alcançou.

Apontei na direção do vazio, acusando o deserto, tremendo.

Por que ele não estava atrás de mim? Quando foi que tinha desistido? Tenebris não desistiam. Eles só atacavam quando sabiam que conseguiriam.

O comandante me alcançou primeiro, seguido do punhado de soldados.

— Por que está correndo?

— Tenebris — respondi, ofegante.

— Tropa! Isso *não* é um treinamento, estamos sob ataque! Sigam-me e façam o que eu mandar!

Eles começaram a correr na direção do templo.

Era verão. Os tenebris não deviam estar nas Terras Mortas de Bellatrix. A primavera, período de acasalamento, já tinha passado havia dois meses. Eles já deveriam ter migrado havia muito para o norte, para comer nas doces terras geladas, preparando-se para hibernar no inverno.

Ele não deveria estar ali.

Acima de tudo, por que tinha desistido de me perseguir?

Ergui o olhar, devagar, na direção do deserto, para onde a tropa corria. Uma gota de suor escorreu pelo meu rosto, um zumbido começou no ouvido.

*Oh, não.*

Respirei fundo e voltei a correr. A tropa já estava lá na frente.

Não podia ser.

Minhas pernas lentas se recusavam a ir mais rápido. A dor era muito maior agora. Caí. Levantei. Voltei a correr. Mas não era nem de longe rápido o suficiente. Caí de novo, a areia quente grudava na mão suada. Levantei devagar. Tudo ardia. Mal conseguia respirar. Tremendo, voltei a andar no ritmo mais rápido que conseguia.

*Não, por favor, não.*

Ainda estava no caminho quando um dos garotos da tropa passou por mim, correndo de volta para Ossos.

Quando cheguei, avistei o templo e comecei a chorar.

Atravessei as primeiras salas e fui cambaleando até o salão do altar. Entrei pela porta onde tínhamos avistado o monstro, passei pelo piquenique abandonado e gemi ao perceber que o buraco no chão estava vazio. O comandante veio correndo na minha direção.

— Eu sinto muito.

— Onde ela está? — perguntei num fio de voz.

Foi o olhar dele, aquele pesar, que me fez dar um passo para trás. Arfei, a garganta amarrada num nó seco, os olhos marejados.

— Cadê ela?

Ele negou com a cabeça.

Olhei para a fenda atrás do comandante, aquela que eu tinha atravessado. Meu coração apertou. Arfando, caminhei a passos arrastados até lá. O comandante vinha logo atrás.

Parei. Depois dos limites do templo, um pouco para a esquerda, no meio da areia negra, estava um montinho azul-claro. Abri a boca, mas nenhum som veio. Perto do ponto azul, estava o corpo do tenebris, caído, rodeado pela tropa.

— Não. — Gemi, apoiando-me na parede.

Senti o comandante segurar meu braço, impedindo-me de cair.

— Eu sinto muito.
— Não.
Olhei para o homem, furiosa.
— Vai lá ajudar!
Ele me fitou com pena.
Se o idiota não a ajudaria, eu ia.
Passei a fenda com dificuldade e tentei caminhar até lá, mas fui impedida alguns passos depois.
— Você não quer ver aquilo.
— Não, me larga!
— Por favor, você não quer se lembrar dela naquela situação.
— *Não*! Me largue! Me deixe ir! Sophia!
O pânico foi crescendo e tomando conta de tudo. Eu só conseguia gritar e me debater, lutando para me livrar dos braços do homem, que me abraçou e não me largou de jeito nenhum. Eu olhava, horrorizada, para aquele montinho azul-claro caído no chão negro do deserto. Havia manchas vermelhas no azul.
— Nããããoo!
Lentamente, meu corpo caiu, sem forças para lutar. O comandante me deixou ali e deu um passo para o lado.
Eu chorava alto ao encarar o deserto. Balançava para frente e para trás, murmurando repetidamente "não, não, não, não, não, não".
Aquilo não podia ter acontecido. Eu estava sendo dramática. Sophia estava bem. Tinha apenas se machucado, ficaria tudo bem. A qualquer momento, uma carroça médica viria nos buscar. Eles iam curá-la. E nós duas voltaríamos para casa; assustadas, mas bem. Tomaríamos um banho e comeríamos um pouco. Eu dormiria na sala com Sophia, de luz acesa, e um dia ainda riríamos disso tudo. Contaríamos para Thomas e Levi sobre como tínhamos vencido o tenebris. E tudo não passaria de uma grande história de aventura.
Não demorou muito para a carroça aparecer.
O comandante me ajudou a me levantar e continuou me ajudando a caminhar na direção deles. Eu ainda soluçava, tremendo. Mal conseguia andar. Tudo doía.
Parei quando os vi colocando um manto branco por cima da maca onde tinham acabado de colocar a Sophia.
Queria vomitar.
Eles carregaram a maca coberta pelo pano para dentro da carroça.
Caí de joelhos na areia, um grito entalado dentro de mim.

# 48

**NA MAIORIA DAS VEZES,** eu sentia falta da minha mãe.

Era dela que eu me lembrava quando tinha um pesadelo, ou quando queria um conselho, ou quando acontecia algo, bom ou ruim, e eu queria muito contar para alguém no final do dia.

Porém, em alguns momentos específicos da minha vida, foi do meu pai que eu senti falta.

Naquele dia, voltando para Ossos na mesma carroça onde o corpo da minha melhor amiga jazia sob um lençol branco, aquele dia foi um deles.

Sentada encolhida em um canto da carroça, com o grito entalado na garganta, eu encarava o lençol branco manchado de vermelho. Ela estava apenas alguns palmos distante de mim. Abraçando minhas pernas, com uma careta de dor e o coração batendo amargo no peito, eu tentei acordar daquele pesadelo.

Encarava o lençol fixamente, esperando-a voltar a respirar.

E foi ali, sentindo-me completamente sozinha e abandonada, que desejei que meu pai estivesse comigo.

Era isso o que os pais deveriam fazer, não era? Cuidar de suas princesinhas e lutar para que nada destruísse o mundo cor-de-rosa delas, que ninguém as machucasse; deveriam estar presentes, ser um exemplo de homem e amá-las de forma incondicional; deveriam ensiná-las a ser fortes e corajosas para que um dia, quando eles não pudessem estar ali para defendê-las, elas também fossem capazes de fazer isso. Não era?

Se papai estivesse ali, aquilo jamais teria acontecido. Ele teria defendido a gente, nem que lhe custasse a própria vida. Ele deveria estar comigo, mesmo que apenas para me abraçar e ser o meu porto seguro.

Fechei os punhos, o choro ficando mais alto e mais sufocante.

Sophia era a família que eu jamais tivera. Ela, sim, estivera presente em cada momento da minha vida; fora o meu porto seguro, aquela que me escutava ao final de um dia e que me abraçava quando eu acordava de um pesadelo. Eu havia aprendido a ser forte por ela, muito embora ela fosse a minha força. E agora... tudo tinha acabado? Eu simplesmente nunca mais a veria de novo?

Quando a carroça parou diante do hospital, ouvi a voz de Thomas gritando por mim. Àquela altura, toda a vila já sabia o que tinha acontecido.

Não precisei mexer um músculo. Thomas saltou para dentro da carroça e me abraçou forte. A única coisa que fiz foi afundar a cabeça em seu peito. Chorei soluços, gemidos e tremores. O grito entalado em mim.

Nada dói mais do que a dor do coração. Aquela provocada não somente pelo que acontece, mas por tudo aquilo que deixa de acontecer. A verdade é que, quando se perde alguém, você perde a pessoa, a presença dela e tudo o que ela significa para você. E ninguém tão jovem deveria passar por isso.

É maior do que a gente.

É capaz de nos quebrar.

# 49

**NO DIA SEGUINTE AO ATAQUE,** fizemos o funeral.

O costume era que a cerimônia fosse realizada do lado de fora da vila. Eles construíam uma espécie de ninho de paus e gravetos no chão, grande o suficiente, e colocavam o corpo deitado ali.

Eu tive de escolher a roupa dela e só fiz isso porque, se não escolhesse, outra pessoa o faria — e seria estranho ver um desconhecido cuidando dos últimos detalhes da vida de Sophia.

Então, por mais que me doesse, eu me esforcei para seguir com todos os procedimentos legais. Thomas ficou ao meu lado o tempo inteiro; às vezes fungando, às vezes só segurando minha mão.

Sophia estava linda. Eu tinha escolhido um vestido vermelho, que combinava maravilhosamente com sua pele clara. Eles tinham colocado uma faixa preta nos olhos para esconder as cavidades, pois, quando um tenebris abria a barriga da vítima para comer os órgãos vitais, geralmente os olhos iam junto.

Então, na última vez em que vi Sophia, ela estava usando vermelho, descalça; com uma faixa nos olhos, o longo cabelo louro — quase branco, pintado de rosa nas pontas — cuidadosamente escovado e as mãos sobre a barriga, deitada naquela espécie de ninho. O único acessório era a argolinha de prata, solitária.

Era madrugada e esperávamos o nascer do sol.

Eu chorava baixinho, agarrada ao braço de Thomas, o grito ainda entalado na garganta. Harry estava do outro lado do ninho, prostrado no chão, chorando ao ponto de os ombros balançarem.

Quando os primeiros raios de sol começaram a colorir o céu, as pessoas deram início a suas breves palavras de despedida. Os amigos dela do trabalho, alguns conhecidos, outros que eu nunca tinha visto e, então, Harry.

— Uma vez você me disse que o mundo é um jardim e que nós deveríamos nos esforçar para fazer dele o mais belo e aromático jardim de todos. — Ele parou, a dor marcada em cada linha de sua expressão. Harry se esforçava para controlar o choro. — Este jardim jamais será o mesmo sem você, Joaninha.

Escondi o rosto no braço do Thomas e apertei sua mão.

— Sophia... — Thomas começou, mas teve de parar também. Quando tentou de novo, sua voz veio oscilante. — Eu te amo e vou sentir muito a sua falta.

Era minha vez. Minha cabeça doía, a garganta travada. Tudo em mim queimava, e pulsava, e ardia.

A conclusão da perícia foi que ela tinha saído do esconderijo. Sophia tinha intencionalmente chamado a atenção do tenebris. "Ela salvou sua vida", dissera o médico que assinara o atestado de óbito comigo.

Meu choro se tornou alto, partido em mil pedaços.

— Me perdoa.

Caí de joelhos na areia negra e abracei minha barriga.

Duas pessoas, oficiais do funeral, colocaram um tipo de fogo vermelho e outro dourado nas duas extremidades do ninho. Rapidamente as chamas tomaram conta da madeira e do corpo. O cheiro que subiu era de floresta após a chuva. O fogo cresceu e, de repente, adquiriu uma forma. Pisquei, derramando as lágrimas. Encarei o fogo.

Era uma lebre. Tal como o mês dela. E olhava para mim.

A lebre de fogo saltou para fora do ninho, pulou entre nós e depois saiu pulando no deserto, em direção ao nascer do sol. Depois de alguns pulinhos, o fogo extinguiu-se e não restava mais nada.

Nem fogo, nem ninho, nem corpo. Tudo se fora.

Fez-se um momento de silêncio.

As pessoas começaram a se afastar e voltaram para casa.

Algumas ainda permaneceram ali por mais tempo.

Eu não sabia o que fazer. Deveria voltar para casa e recomeçar a vida? Seguir adiante como se nada tivesse acontecido? Como se eu não estivesse em pedaços? Como se a dor um dia fosse passar? Como se eu aceitasse aquela realidade?!

✦ ✦ ✦

Acabou que eu fui para a casa do Thomas. Como Levi já tinha mudado de vila, fiquei no quarto dele.

O dia demorou a se arrastar. Passei praticamente cada minuto chorando, mesmo quando já não tinha mais lágrimas para derramar, com aquela dor gritante entalada dentro de mim.

À noite, peguei no sono por alguns segundos e vi o tenebris avançando para cima de mim; eu estava presa na areia macia e o vi correr sem conseguir me mexer. Sentei-me na cama em um rompante, suando. O relógio batia três badaladas. Peguei a candeia de cima da cômoda e me enrolei no lençol. Saí de fininho.

As ruas estavam desertas e o vento gelado parecia sussurrar. Eu estava tão ferida que andei como um fantasma, sem prestar atenção no caminho percorrido. Parei diante da nossa casa e meu coração doeu.

Abri a porta devagar. Tentei não a imaginar alegre, saindo de algum cômodo para me receber. Fui direto para o meu quarto. Abri o baú e depois retirei o fundo falso. Assim que meus dedos tocaram o caule do mirador, ele brilhou dourado e revelou-me a imagem de mamãe.

Ela estava chorando? O que estava fazendo acordada àquela hora?

Mamãe estava sentada perto da janela, com a luz acesa; tinha uma mão no peito e a outra na cabeça, chorando. O mais estranho, porém, era que ela parecia confusa. Como se não entendesse o motivo de sua dor?

Encostei a testa no artefato e chorei amargamente. Não conseguia nem falar. Era uma dor diferente de todas que já tinha experimentado até então, profunda e terrivelmente real. Minha cabeça latejava forte, e eu estava exausta de tanto chorar. Afastei o rosto do mirador e usei o lençol para enxugá-lo. Com o rosto molhado, mamãe olhava para as próprias mãos com aquele semblante confuso.

*Você pode sentir minha dor?*

Agora ela fungava, respirando, tentando se controlar. Tentei respirar também, imitando seus movimentos.

*Ela não queria ir pra Terra, mãe. Mas eu sei que você teria amado conhecê-la.*

Encolhi-me sobre a barriga e gemi como um animal.

Depois ergui a cabeça na direção do céu.

E finalmente gritei.

# 50

**EU FUI OBRIGADA PELO MUNDO** a continuar vivendo.

A trabalhar, cozinhar, comer, tomar banho, dormir... Exceto que eu fazia tudo no automático, chorando pelos cantos. Morta por dentro, viva na casca.

Tradicionalmente, nós nunca deixávamos um inseto ferido agonizando. Qualquer criança perdida com a mínima decência pisaria nele. Eu só esperava que a vida fizesse a mesma gentileza comigo.

Uma semana depois, chegou o dia de Thomas mudar de vila.

Ele havia tentado uma ordem do capitão que o teria permitido ficar em Ossos até *eu* mudar de vila também; contudo, o capitão não a aceitara. Aparentemente, eu deveria ser forte o bastante para me aguentar sozinha.

Então ele se foi, com a missão de levar a notícia para Levi.

Depois que ele partiu, não fui mais trabalhar e parei de comer também. Não fazia nada, só bebia um copo d'água de vez em quando.

Até que, três dias depois, alguém bateu à porta.

# 51

**AS BATIDAS INSISTENTES** não me colocaram de pé, a princípio. Continuei deitada, inerte, ouvindo aquele *toc-toc* incansável. A pessoa já tinha gritado meu nome várias vezes. Permaneci deitada.

Toc-toc-toc.

— Senhorita Rivers, vamos arrombar a porta se você não a abrir em dez segundos!

Abri os olhos e soltei uma lufada de ar. Então levantei-me de uma vez e a cabeça rodou. Caí de novo na cama. Lá fora, a pessoa já estava no seis, sete...

— Já vai!

Três segundos depois, com o equilíbrio restaurado, levantei-me devagar e fui me arrastando. Abri a porta, só um pouco. A claridade fez meus olhos doerem.

— Alison Rivers. Finalmente.

A voz da senhora era áspera e irritada. Abri um único olho para observá-la melhor. Ela usava um uniforme de enfermeira e tinha o nariz comprido, a boca fina e uma verruga no canto esquerdo, perto dos olhos. As sobrancelhas grossas eram tão negras que pareciam tingidas.

— O quê? — perguntei.

A mulher deu um passo para trás, com uma careta de nojo.

— Sua amiga... — Consultou o bloco de anotações. — Sophia Gold, faleceu há algumas semanas. Tenho perguntas a lhe fazer.

Permaneci com os olhos semicerrados, entre a porta e o batente.

— Não vai me convidar para entrar? — Ela arqueou as sobrancelhas.

— Não.

A mulher inflou o peito e me encarou. Não mexi um músculo. A casa estava uma zona, e eu não precisava dela analisando minha bagunça com o mesmo olhar acusador com que me fitava.

— Está bem. — Ela voltou sua atenção para o bloquinho e anotou alguma coisa. Tenho quase certeza de que o mover de seus lábios dizia "fedor". — Como você está?

— Estou maravilhosa. Perfeitamente bem. Nunca estive melhor.

— Paciente demonstra sarcasmo — disse ela em voz alta enquanto anotava. — Como está lidando com a perda? Já tentou se matar? Está usando drogas ou se machucando?

Fiz uma careta de horror e comecei a fechar a porta.

— Se eu voltar para aquele hospital e disser que você precisa de uma internação, garanto que você não sairá de lá tão cedo.

Parei com a mão na porta. Voltei a encará-la, os olhos faiscando de ódio. A mulher trocou o pé de apoio e fez uma careta de tédio.

— Só estou tentando fazer o meu trabalho, eu odeio isso tanto quanto você.

Antes de responder, engoli a raiva.

— Não estou usando drogas, nem me machucando, nem tentando suicídio; estou plantando florzinhas e cantarolando para o céu todos os dias, apreciando essa vidinha de merda.

— Raiva e dissimulação.

A vontade que eu tinha era de pegar a caneta-tinteiro e esfregá-la na cara dela. A mulher terminou de anotar, fechou o bloco e me fitou nos olhos.

— O que está sentindo é normal, faz parte do luto. Você está entre a primeira fase, de isolamento, e a segunda fase, da raiva. Quando estiver na quarta fase, da depressão, por favor, procure uma unidade de saúde. Alguma dúvida?

Eu a encarei boquiaberta, com uma única sobrancelha erguida.

— Vou aceitar isso como um "não". Agora, antes de ir, o governo está comprometido a ajudar seus cidadãos a levarem uma vida melhor; por isso, numa escala de um a cinco, como você avalia meu atendimento?

Meus lábios se inclinaram num sorriso torto.

— Um. — Mostrei o dedo do meio.

Bati a porta com tanta força que a parede tremeu até o teto.

Fui me deitar novamente com o coração palpitando rápido. Odiei minha atitude e a raiva que sentia. Aquela não era eu.

Mais ainda, odiava me odiar.

Fiquei deitada por vários minutos, esperando o coração acalmar e o corpo parar de tremer. Devagar, a sonolência voltou. Ultimamente, eu não tinha a mínima noção de se andava dormindo demais ou "de menos". Toda hora acordava de um pesadelo. Às vezes, Sophia morria na minha frente. Em outras, era eu a vítima do tenebris.

Toc-toc-toc.

— Tá de brincadeira.

Toc-toc-toc.

A raiva voltou tão intensa quanto antes. Fechei os punhos e me levantei. Fui pisando duro até a entrada e abri a porta de uma vez.

— O que você quer agora?!

Emudeci. Não era a enfermeira do outro lado, mas eu também não conhecia aquela moça de cabelo supercurto, acompanhada de um cão.

A jovem usava uma roupa típica, blusa e calça folgadas, com a diferença de uma faixa azul amarrada na cintura. Era alta e gordinha e parecia ter uns trinta anos. Os olhos eram de um negro profundo, com cílios espessos; e, quando sorriu, foi um sorriso gentil, que deixou uma covinha em cada bochecha.

— Oi. Meu nome é Zara, eu sou...

Bati a porta na cara dela.

— Por favor, Rivers, deixe-me ajudar.

— Vá embora — pedi com a testa contra a madeira, abraçando-me.

Uma parte de mim queria desesperadamente abrir a porta e suplicar a ela que me ajudasse, porém eu não conseguia. Estava me afogando, amarrada à dor, afundando sem conseguir nadar.

— Por favor. Sou missionária da Ordem, serva do Fundador Riach, eu posso te ajudar.

De repente, uma chuva de memórias caiu em minha mente, transpondo-me até Fênix. "A Ordem dos Três não está autorizada a agir nas vilas dos menores de treze anos. Quando você crescer e estiver na vila Ossos, procure por um templo da Ordem."

Girei a maçaneta e abri apenas uma fresta da porta, o suficiente para espiar. Zara estava de pé, com uma mão na bolsa de couro e a outra na cabeça do cachorro. Era um cão de raça do deserto; alto, bem magrinho, quase sem pelos, com orelhas grandes e uma expressão adorável. Estava como se sorrisse para mim, de língua de fora.

— Ah, este aqui é o Meio-dia.

Ele se aproximou, cheirando minha mão e lambeu os dedos. Minha boca tremeu na lateral, a sombra de um sorriso.

— Não acho que alguém possa me ajudar — sussurrei ao afagar o cão.

— Me deixe tentar.

Relutei só mais um pouco, então me afastei para o lado e abri completamente a porta.

— Está uma bagunça — avisei, cabisbaixa.

— Há quanto tempo você não come?

— Não me lembro.

Zara já foi procurando pela cozinha.

— Vou preparar um caldo — disse ela do interior da casa. Eu continuava parada na entrada, com Meio-dia sentado ao meu lado. — Por que não toma um banho enquanto isso?

Anuí de leve, ciente do meu cheiro forte. Era a primeira vez que meu cabelo ficava oleoso em pleno deserto. Olhei para o cachorro, que me fitou de volta com os olhinhos desconfiados.

— Não sei como está aguentando ficar perto de mim com seu olfato sensível.

Ele ganiu baixinho.

Fui para o quarto, peguei uma toalha e segui para o banheiro.

Despir-me na frente do espelho foi assustador. Eu havia emagrecido muito, ao ponto de as costelas e a clavícula marcarem a pele, e os olhos tinham profundas olheiras. Eu parecia um esqueleto vivo, e doeu me ver assim.

Eu estava tão fraca que custei a abrir a torneira. Molhei a bucha e me esfreguei com os sais de banho, colocando toda a força nessa tarefa. Depois, peguei o xampu em pó e o passei no cabelo. Ele reagia diferente com a água. Ao abrir de novo a torneira, as gotas pingaram na minha cabeça e ativaram a química, produzindo uma espuma densa. Esperei a espuma terminar de crescer, então esfreguei mais um pouco a cabeça. Os movimentos ativaram outra parte da química, e a espuma se transformou em água, que escorreu pelo corpo.

Quando me sentei em uma das almofadas da sala, com o cabelo pingando, Zara saiu da cozinha trazendo duas tigelas fumegantes de caldo. Ela se sentou de frente para mim e colocou as tigelas no tapete, entre nós. Meio-dia admirou os caldos a uma distância respeitosa.

Esperaríamos a comida esfriar para só então comer. Meu estômago roncou vergonhosamente alto.

— Eu sei como você se sente, Rivers.

Suspirei uma risada cínica.

Zara guardou um breve silêncio. Podia sentir seus olhos sobre mim. Eu fitava o chão, enrolando um fiapinho solto do tapete.

— Você sente como se a vida não fizesse mais sentido. Dói ter de seguir em frente e dói ainda mais ver que o mundo seguiu girando como de costume. Ele não parou nem por um minuto, muito embora *o seu mundo* não esteja normal.

Ergui os olhos para ela sem mover a cabeça.

— Você se sente despedaçada, quebrada em mil pedacinhos, e acha que nunca mais será a mesma. Pior, você acha que *não pode* ser a mesma. Afinal, isso seria superar a sua amiga; como se você pudesse ficar bem sem ela, como se ela não lhe fizesse falta, mas isso jamais será verdade. Então, por mais que te machuque, você acha que deve sentir a dor. Deve agarrá-la e não deixá-la ir.

Eu olhava muda para Zara.

— Acertei? — Ela me fitou inquisitiva.

Desviei os olhos para o chão. Ficamos em silêncio por um momento.

— Consegue mesmo me ajudar? — perguntei baixinho.

— Sim.

— Como?

— Com o meu dom.

Mordi os lábios. Será que Zara tinha o dom da cura? Eu não sabia se permitiria que ela tomasse minha dor embora. Como ela mesmo falara, não achava que devia fazer isso. Eu precisava sentir a dor. Precisava porque a Sophia merecia todo o meu sofrimento. Eu não poderia simplesmente ficar bem sabendo que ela se fora para sempre. Por minha causa. Não. *Não mesmo*.

— O meu dom é a Empatia.

Fiz uma careta.

— Isso não é, sei lá, um requisito mínimo para ser humano?

— Também. — Ela riu. — Mas, no meu caso, é um dom. Quando eu toco as pessoas, posso sentir o que elas estão sentindo. Eu não roubo os seus sentimentos nem posso mudá-los, tudo o que posso fazer é senti-los.

— E como isso vai me ajudar?

Ela ergueu as duas mãos na minha direção.

— Vou te mostrar.

Eu me encolhi, mantendo as mãos sobre o colo, e olhei para ela, que sorriu e assentiu. Relutante, levei minhas mãos de encontro às dela. Quando a toquei, Zara abaixou a cabeça.

Meu coração disparou. Aos poucos, algo dentro de mim ficou mais leve. Pisquei várias vezes. Não, devia ser impressão minha; só podia ser psicológico. Porém, enquanto Zara segurava minhas mãos, senti mesmo como se alguém entrasse na minha casa interior segurando uma vela e, de repente, as coisas não estivessem mais tão escuras.

Puxei as mãos com força.

— Você disse que não tiraria a minha dor!

Zara reergueu a cabeça. Estava com as bochechas molhadas.

— E não tirei.

— Mas eu me sinto leve — acusei.

— Sim. Isso acontece quando a gente compartilha um fardo. — Nossos olhos ficaram marejados ao mesmo tempo. — A dor é sua e ela continua aí. A diferença é que você não está mais sozinha.

Ficamos em silêncio por alguns segundos, enquanto eu relutava em acreditar nela, até que meu estômago roncou de novo. Voltei minha atenção para a tigela e comecei a comer.

— Tem mais uma coisa que você está sentindo, Rivers.

Continuei comendo rápido, sem olhar para ela.

— Você está com medo — disse ela.

Neguei com a cabeça.

— Você está com medo de perder os outros.

Parei de mastigar. Não respondi.

— Você também está com medo de não conseguir seguir em frente, de se perder para sempre.

Engoli a comida.

— E o que você tem a dizer sobre isso? — Olhei profundamente em seus olhos.

— Você precisa colocar as coisas em perspectiva — respondeu ela. — As pessoas morrem um dia, mas vivem todos os outros. Você preferiria nunca ter conhecido a sua amiga só para não sofrer pela perda dela?

Fechei os olhos.

"Corre, pato! *Quack-quack*, quero ver você correr!"

"Vamos."

"... a gente deveria fazer alguma coisa."

"... é melhor ficar longe de problemas."

Como teria sido a minha vida se eu tivesse dado ouvidos à Claire?

— Não. — Balancei a cabeça. — Não me arrependo de ter conhecido a Sophia. Ela foi uma das melhores coisas que me aconteceram. Valeu a pena.

Os lábios da mulher se inclinaram em um sorriso quase invisível.

— Tenha isso em mente.

Tomamos o caldo e, no fim, Zara entregou alguns pedacinhos de carne para Meio-dia.

— Posso tentar conseguir uma preliminar do capitão para autorizar você a mudar de vila na próxima caravana — sugeriu ela ao fazer carinho no cachorro. — Você gostaria?

Assenti.

*Por favor, eu preciso deles.*

# 52

ENQUANTO AGUARDAVA O DIA da próxima caravana, fiquei morando no templo da Ordem. No começo, quando Zara sugerira isso, eu tinha achado meio absurdo. Mas, ao chegar ao templo carregando minha mala, descobri que algumas pessoas realmente moravam ali e a ideia deixou de ser tão estranha.

Foram algumas semanas sem frequentar o trabalho nem o mundo lá fora, apenas ajudando na limpeza do local. Eles nem precisaram pedir. Por conta própria, eu pegava uma escova ou um espanador e ficava horas e horas esfregando, polindo, lavando e limpando cada cantinho do edifício. Tudo para manter a mente ocupada e consumir minhas energias. No fim do dia, eu estava tão cansada que dormir se tornava uma tarefa menos árdua.

Nos raros momentos em que não estava descalça, com o cabelo preso, vestindo um avental e carregando um balde d'água para cima e para baixo, eu estava sentada em um dos bancos da capela, admirando os ritos religiosos.

O templo da Ordem era um prédio simples por fora, mas repleto de pinturas coloridas, artes em cerâmica e madeira por dentro. A capela, onde as orações e leituras eram feitas, tinha duas fileiras de bancos para se sentar e almofadinhas na frente para se ajoelhar. Seu formato oval convergia para uma ponta interior, onde ficava o púlpito e, num canto discreto, uma mesa baixa com as oferendas dos fiéis, recolhidas sempre à meia-noite pelos sacerdotes.

Eu gostava da capela. Os muxarabis nas paredes fazendo a luz entrar em raios, o pé-direito alto e côncavo, as pinturas no teto, tudo isso fazia com que me sentisse acolhida pelo eterno. Era uma sensação gostosa, embora ela nunca durasse muito. Quando as memórias voltavam a me atormentar, eu me levantava em silêncio e retornava ao trabalho para limpar tudo com mais vigor.

Quando finalmente o calendário marcou o dia 25 de Sereia, eu estava mais do que feliz por deixar Ossos.

A caravana partiu logo depois do pôr do sol, para viajarmos no frio da noite. Como eu estava partindo mais ou menos quatro meses antes da minha turma, não conhecia ninguém daquela caravana, o que era ótimo.

Fui a primeira a guardar meu baú na carreta das malas e a embarcar em uma das carroças. Sentada perto da porta aberta, fiquei observando as despedidas que aconteciam lá fora, sob o manto das estrelas. Promessas de nunca esquecer, juras de amor e abraços silenciosos; a esperança marcada em cada "até breve".

Ajeitei o poncho e cruzei os braços, virando a cabeça de lado, e fingi estar dormindo para que ninguém falasse comigo.

A verdade é que não chorei. Quando todos embarcaram e os dromedários iniciaram a caminhada lenta pelas areias negras do Deserto de Shevann, puxando a carroça de rodas adaptadas, eu não chorei ao ver Ossos desaparecer de vista.

De algum modo, não estava deixando o deserto para trás, mas carregava-o comigo dentro do peito.

✦ ✦ ✦

A caravana seguiu pelas ondas de areia macia, sob o céu estrelado, como se estivesse navegando o universo. Os cocheiros aproveitavam a noite o máximo possível, deixando para pousar quando o sol nascia e partindo assim que ele se punha.

A primeira e melhor parada foi na vila Esperança, um oásis. Passei metade do dia dormindo num quarto só para mim e a outra metade aproveitando uma piscina, sozinha em um canto, enquanto os outros brincavam na água ou dançavam ao som de uma banda local.

A partir do segundo dia de viagem, as areias começaram a ficar mais claras, de um cinza brilhante, e menos fofas. Rochas surgiam, cada vez mais frequentes. No terceiro dia, o solo já era firme e amarronzado, com a vegetação aparecendo no horizonte.

Foi na manhã do quarto dia que chegamos à fronteira entre a Província do Sol e a Província Vênus. Um lugar amplo, de vegetação rasteira, com um posto do exército erguendo-se no meio do nada. Naquela repartição, também havia uma parada de trem.

Os cocheiros apresentaram os papéis oficiais da nossa caravana e fomos autorizados a embarcar.

Brilhando sob o sol, a locomotiva azul-escura era um monstro de ferro imponente, com uma chaminé na dianteira. Vários funcionários trabalhavam por ali, abastecendo-a com carvão.

Enquanto aguardávamos a locomotiva ficar pronta, usamos o mercado local para vender os itens do deserto e comprar roupas apropriadas para o interior da ilha. Eu vendi tudo o que tinha e, na hora de comprar os novos vestidos, optei por cores escuras: um deles era vinho-escuro, e a capa era azul-marinho, mas a maioria dos vestidos era preta. Também comprei um espartilho e dois chapéus pretos.

Um apito agudo indicou o início do embarque. Ergui a alça retrátil do baú e saí andando rápido. Por ter sido uma das primeiras a embarcar, consegui me sentar na janela. Outro apito foi emitido logo antes de a máquina dar um tranco e começar a se mexer. Ela movia-se com um barulho alto e ritmado.

Esse último trecho da viagem seria feito em apenas um dia e uma noite. Na manhã seguinte, já estaríamos no coração da ilha Bellatrix, na vila Âmbar, onde passaríamos os próximos dois anos. Ainda mais importante: onde reencontraríamos os amigos.

Desviei os olhos para o céu.

Não queria pensar na única pessoa que não estaria lá para me receber.

Foi só depois de quase um ano sem a minha melhor amiga que eu descobri o que eles queriam dizer quando falavam que o tempo cura qualquer ferida. Não é que o tempo cura, exatamente. Na verdade, o tempo faz com que a ferida vire uma cicatriz; e você se acostuma com a presença daquela marca, até que ela passa a fazer parte de quem você é.

✦ ✦ ✦

Conforme o trem serpenteava pela Província Vênus, observei a paisagem mudar. Aos poucos, a terra foi ganhando verde, árvores e vida, e logo as montanhas surgiram.

Durante o dia, fizemos algumas paradas e passamos perto de duas Tribos Independentes, aldeias que não pertenciam ao Império e tinham suas próprias culturas, políticas e tradições.

À noite, a locomotiva seguiu como um animal incansável.

Quando o sol nasceu, o trem ainda percorria os trilhos. Duas horas depois, apareceram os primeiros sinais da vila ao longe, e meu estômago gelou.

A estação ficava no entorno da cidade. Assim que chegamos, passei os olhos na plataforma, à procura de um rosto conhecido. Eu o vi parado no meio da pequena multidão. Ele usava um sobretudo cinza, os olhos azuis brilhando com uma tristeza que eu nunca tinha visto nele e o cabelo preto em cachos bagunçados.

Meu coração se contorceu de dor.

Permaneci encarando fixamente os olhos de Levi e ele, os meus. O mundo em segundo plano ao nosso redor, como se tudo acontecesse em câmera lenta; como se nossos olhares dissessem todas as mil coisas que ficariam entaladas na garganta caso tentássemos pronunciá-las.

Finalmente abaixei a cabeça e limpei o cantinho dos olhos com um dedo. Ainda cabisbaixa, sussurrei a curta oração que tinha aprendido na Ordem, a Prece da Alma Ferida: "Guarda meu coração, cura meu espírito e fortalece minha alma. Faça-me inteira de novo."

Eu precisava ser forte pelos meus amigos. Se continuasse vivendo como estava em Ossos, acabaria aumentando o sofrimento dos meninos. Eu precisava ser forte por eles. Por nós.

Inspirei fundo e peguei o baú de baixo do banco.

Quando saí pela porta do trem, Levi me puxou pela cintura e me abraçou forte, afundando a cabeça entre o meu ombro e o pescoço. Eu o abracei de volta, ouvindo seu choro abafado. Um choro doído e angustiado. Era impossível ouvir meu amigo de infância chorar e não me desmanchar em lágrimas também.

Senti Thomas se aproximar e nos envolver, nós dois, em um único abraço. Ele encostou a cabeça na minha. E ficamos assim, os três chorando, abraçados, como se fôssemos as únicas pessoas que restaram no mundo.

# 53

**MÊS DA BORBOLETA, 632 d.i.**
*Outono, 15 anos*

A LUZ DO SOL BATIA NOS VITRAIS coloridos e refletia em mil direções no interior da capela. Um punhado de fiéis, sentados nos bancos, ouvia atentamente a pregação do sacerdote.

— As Sagradas Letras usam muitas metáforas para descrever a humanidade. Somos comparados a vasos, ovelhas, neblina, passarinhos... Vocês sabem o que acontece quando um pássaro tem a asa quebrada na natureza? — O sacerdote fez uma pausa, encarando sua audiência. — Ele provavelmente não sobrevive.

O homem magro, quase engolido pela bata branca e dourada, saiu de trás do púlpito e parou ao lado da tribuna de madeira, encarando-nos com intensidade.

— Sorte a nossa que podemos nos refugiar naquele que é o criador de todas as coisas. Se ele conseguiu fundar o universo inteiro em toda a sua complexidade, muito mais fácil será curar uma asinha de passarinho. — Ele parou, sorrindo. — Precisamos ser pacientes; esperar enquanto ele trabalha em nós colando os ossos, ligando os nervos, fortalecendo os músculos, até restaurar a asa. Então, estaremos prontos para voar de novo. — O sacerdote voltou para trás do púlpito, fechou o livro e nos fitou pela última vez. — É por isso que o cronista da Parte III, Crônicas de Outrora, fala: "Eu me escondo em tua sombra. Debaixo dos teus olhos, sou curado." Porque ele está nos vendo. Ele nunca retirou a sua sombra de perto de nós e quer nos sarar.

O homem saiu pela lateral e desceu as escadas. Um grupo de pessoas subiu, também vestindo batas brancas. Eles se posicionaram na parte dianteira e alta da capela, e então o som potente de um órgão se fez ouvir. As vozes do coral logo acompanharam a melodia, e a capela transbordou música.

Em seguida, o coral se retirou da área elevada e os fiéis começaram a se dispersar.

Continuei sentada, as mãos cruzadas sobre o colo. Eu usava um vestido preto de gola alta, com o espartilho, mas sem nem um pingo de maquiagem. O cabelo estava relativamente curto, preso em um minúsculo coque no fim do pescoço.

— Você é nova aqui. — Escutei a voz do pregador perto de mim.

Ergui a cabeça. Ele estava sentado no banco à frente, mas virado na minha direção. Era muito jovem, mal tinha barba.

— Cheguei à cidade faz duas semanas.

O sacerdote assentiu, um sorriso educado no rosto. Eu queria perguntar se ele tinha recebido uma mensagem da Zara, que havia ficado em Ossos, mas não sabia como fazer isso.

— Está tudo bem? — perguntou ele.

— Há... Alguém falou de mim para você?

O sacerdote franziu as sobrancelhas, sorrindo.

— Não. Por quê? Deveriam?

Meneei a cabeça. Ah, pronto! Agora iam pensar que eu me sentia superior. *Alto lá! Aí vem Alison Rivers, a garota importante.*

— Não, é só que... a sua mensagem.

Ele franziu as sobrancelhas e inclinou de leve a cabeça.

— Foi muito específica — expliquei.

Desta vez, o sorriso dele foi largo, quase uma risada.

— Ah, bom. Eu não sei quem é você, nem pelo que está passando, mas Deus sabe. E talvez ele quisesse falar com você. — Semicerrei os olhos, porém ele levantou as duas mãos e sorriu. — Ei, eu sou um ministro da Ordem; não posso mentir. Estou com esse sermão preparado há dois meses.

— E só agora resolveu usá-lo?

— Como eu disse, Deus nos vê.

Ele se levantou, eu me levantei também.

— Obrigada.

— Não por isso.

Deixei o templo me sentindo só um pouco mais leve.

Âmbar era uma cidade construída ao longo de duas montanhas — conectadas por algumas pontes e com apenas duas avenidas, uma em cada montanha, que desciam circundando o morro. A capela ficava exatamente no topo da montanha oposta à que eu morava. Então, para voltar pra casa, eu precisei descer algumas escadas, cortando caminho pelas ruelas exclusivas de pedestre até chegar à ponte mais próxima e esperar uma carroça pública. Paguei oitenta sints pela passagem e me acomodei no transporte quase vazio. O veículo seguiu pela rua de paralelepípedos.

Durante a semana, as carroças públicas ficavam lotadas. Muitas vezes, eu precisava viajar de pé no corredor, apoiando-me no teto. Como meu local de trabalho ficava no vale entre as duas montanhas, eu descia a pé pela manhã, aproveitando a caminhada no sol fraco, e voltava de carroça no fim da tarde.

A partir de Âmbar, a jornada de trabalho passou a ser de nove horas, contando o intervalo do almoço. E, diferentemente das outras vilas, ali não tínhamos um Artífice. Em vez disso, havia uma fábrica grande, barulhenta, feia e sem personalidade. Então, no lugar do trabalho artesanal, agora eu apenas apertava parafusos em uma linha de produção de maquinário agrícola. De repente, o conceito "artesã de primeiro nível" tinha ficado muito real para mim.

Da carroça, que agora descia a avenida mais ou menos na metade da montanha, eu podia ver as chaminés da fábrica no vale. Torci a boca e desviei os olhos para os paralelepípedos. Estávamos quase chegando. Desci na esquina e terminei o caminho a pé, por uma das ruas estreitas que costeavam a avenida.

No céu, via-se as últimas pegadas do sol. As casas conjugadas, construídas com vigas de madeira no meio das paredes, com os telhados em V invertido, eram de uma arquitetura parecida com as de Fênix, o que me dava uma nostalgia dolorosa. Ao lado do nosso conjunto habitacional, um moinho de água girava dia e noite. Era um dos muitos da vila Âmbar, responsáveis por levar a água potável do rio mais próximo para as casas montanha acima.

Thomas, Levi e eu estávamos morando juntos. Nossa casa ficava na última fileira do conjugado, ao lado do moinho, tinha três quartos pequenos e só um banheiro.

Subi as escadinhas e, tão logo abri a porta, fui recebida pelo cheiro de galinha cozida. No interior, Levi e Thomas discutiam se eles haviam colocado muito açafrão, ou pouco sal, ou as duas coisas. Sorri. A bagunça barulhenta deles era uma ótima distração.

Deixei o sapato no pequeno armário da entrada e fui até a cozinha.

— Bom, pelo menos está cheiroso — elogiei, atraindo seus olhares.

— Ainda bem que a gente melhorou nossas habilidades culinárias — disse Thomas enquanto girava uma concha. — Há esperança para esse caldo.

— Cuidado, você está pingando sopa no chão! — Levi apontou para a concha, os olhos meio esbugalhados.

— Não vou limpar o chão, hein — avisei ao sair da cozinha. — Já bastam as louças.

Fui tomar um banho enquanto eles terminavam a janta e depois nos sentamos para comer juntos na mesa da pequena sala. Nesses momentos, enquanto a gente conversava e comia banhados pela luz dourada do lustre, com a noite emoldurada pela janela, era quase como antes.

✦ ✦ ✦

Tentei voltar a dormir. O sol mal tinha começado a aparecer por entre as frestas da janela fechada. Do outro lado dela, os passarinhos bebiam água no moinho em uma alegre algazarra. Se eu me levantasse agora, teria horas e horas à toa dentro de casa, com Thomas e Levi dormindo até mais tarde.

Aquele era apenas o meu segundo domingo em Âmbar e eu já odiava o típico dia vazio. Na semana anterior, eu quase tinha morrido de tédio. Minha cabeça não podia ficar livre daquele jeito, eu precisava de distração constante. E, pelo visto, não a conseguiria assim, tentando dormir.

Levantei-me da cama, fiz a higiene matinal e troquei de roupa, colocando o vestido bordô. Talvez eu devesse fazer uma caminhada, procurar uma padaria diferente, explorar a cidade por algumas horas, até os meninos acordarem.

Pela manhã, fazia frio, então vesti um xale preto antes de sair de casa. A neblina polvilhava a cidade vazia. Na avenida, um rapaz passava apagando os postes. Segui caminhando com o sapato fazendo *ploc* na calçada de pedra.

Era a primeira vez que eu andava prestando atenção nos prédios e fiquei admirada ao reparar naquele amontoado organizado de casas. Da avenida, era possível olhar por sobre a amurada que contornava a calçada e ver alguns tetos logo abaixo de você. Depois deles, havia a continuação da rua, que descia e subia em espiral pela montanha como uma fita de bailarina.

Aos poucos, o sol foi ficando mais forte e a neblina se dissipou. Cheguei a um mirante e inspirei o ar puro, contemplando a paisagem repleta de morros baixos e muito verde, com o rio largo de águas azuis. Perto dele, o maior moinho de todos fazia a canalização das águas.

Voltei a andar pela avenida até encontrar uma padaria, onde tomei um café da manhã reforçado: ovos, bacon, tomate e cogumelos. Deixei o feijão intocado no prato. Depois, comprei um pão baguete, um punhado de pedaços de nuvem e duas roscas. Então comecei a voltar para casa, segurando a sacola de papel com as duas mãos.

Acho que foi por causa do sol mais forte e do meu estado contemplativo que eu finalmente percebi o primeiro bar. E depois mais um, e mais um. Não consegui evitar uma careta; a lembrança do guardião de Levi com a voz sempre bamba, sempre alta, sempre por um triz de sair de linha.

Era uma pena que já estivéssemos grandes o suficiente para a Capitania autorizar aquele tipo de estabelecimento.

Saí da avenida por uma ruela lateral e comecei a descer as escadas, para cortar caminho. Tarde demais, vi uma figura masculina encostada em um poste, comendo maçã. Teria de passar por ele. Fui para o cantinho oposto da escada e apressei o passo.

— Olá, bonita.

*Meleca. Tudo bem, só continua andando.*

— Bom dia! — insistiu ele.

Meu estômago gelou de um jeito ruim. Alguns passos depois, o rapaz apareceu na minha frente, ainda mastigando, de sobrancelhas franzidas.

— Eu estava falando com você.

— E eu não estou falando com você.

Tentei dar um passo para o lado, mas ele bloqueou meu caminho. Apertei a sacola de compras.

— Você vai falar comigo, sim. — Ele segurou meu braço.

Acho que foi ali, naquele exato segundo, que eu me senti mulher pela primeira vez, e não mais uma criança. É horrível pensar nisso, porém, se eu fosse criança, meu único medo teria sido apanhar de um valentão.

— Deixa ela em paz — disse alguém atrás do idiota, num tom baixo e, ainda assim, ameaçador. Como um rosnado de aviso.

Olhamos nós dois para o garoto de sobretudo longo, botas e chapéu preto, que subia a escada. Um cigarro pendia de seus lábios.

Meu coração batia rápido, as mãos fracas agarrando a sacola de papel. O abutre apertou meu braço.

— Ou o quê? — ele desafiou.

— Quer ver? Porque eu não sou o tipo de cara que avisa o que vai fazer. — O rapaz de sobretudo subiu até ficar no mesmo degrau que o paspalho.

Observei os dois se encararem a centímetros de distância. Sentia-me como um pedaço de carne sendo disputado por dois jaguares. Ridículo.

O imbecil finalmente largou meu braço e saiu rua acima, mordendo a maçã e praguejando baixinho.

Olhei para o cara do cigarro.

— Você está bem? — perguntou ele. A expressão era completamente outra agora, gentil e preocupada.

Anuí.

Até o dia anterior, eu podia simplesmente sair de casa. Será que agora eu teria de andar em constante alerta? Travei a mandíbula.

— Aceita um cigarro? — Ele abriu parte do sobretudo, mostrando uma cartela no bolso interno.

Balancei a cabeça, dessa vez em negativa. O rapaz franziu a sobrancelha e fez alguns gestos:

— Você... sabe... falar?

Assenti. Ele não pareceu muito convencido.

— Sim. — Limpei a garganta. — Obrigada.

— Tudo bem, princesa. Essa aqui é a minha rua, ninguém briga com ninguém sem a minha autorização.

Franzi as sobrancelhas e dei um discreto passo para trás.

— Oh, não, não. Eu sou um cara legal! — Ele riu, quase derrubando o cigarro da boca. — Aqui só apanha quem faz por merecer.

— Ah, que alívio. — Então me ocorreu que talvez ele não gostasse do sarcasmo. Tratei de remendar. — E o capitão? Ele não interfere?

— Princesa, esse mundo é todo errado e nem sempre as coisas funcionam como deveriam. Mas não se preocupe, aqui na minha rua você vai sempre estar segura. Qual o seu nome?

Hesitei por meio segundo.

— Princesa.

Dessa vez ele tirou o cigarro da boca e deu uma gargalhada. Era franzino, não muito alto, e alguns fios do cabelo loiro-escuro escapavam por baixo da cartola. Seu rosto era bonito.

— Eu sou o Prince. Se algum dia você precisar de cigarro, fala comigo. Só as melhores mercadorias, *top* de linha. E o primeiro é sempre de graça. — Ele piscou. — Se cuida, princesa.

E saiu andando de um jeito descontraído, deixando uma trilha de fumaça para trás.

Voltei a descer as escadas o mais depressa possível e, em alerta, segui meu caminho direto para casa. Larguei a sacola na cozinha e fui para o quarto. Tranquei a porta, abri o baú e peguei o mirador. Fazia muito tempo que eu não falava com mamãe. Francamente? Estava precisando.

— Mãe?

Ela ainda dormia, abraçada a um travesseiro. *Ah, que ótimo! Até você.*

Devolvi o artefato ao fundo falso e fui abrir a janela para me escorar no parapeito e ficar observando o moinho d'água. Uma casca de planta tinha caído na superfície e agora girava no mesmo lugar, de novo e de novo.

Apoiei a cabeça em uma mão, os olhos marejando.

Eu não queria ser uma casca presa em um moinho, girando constantemente no mesmo lugar, fraca demais para lutar por si mesma e incapaz de ajudar seus amigos quando eles precisassem. Não, eu não era assim.

Olhei para trás, para o baú entre a cama e o guarda-roupa.

Acho que eu precisava de um tempo longe do sonho de encontrar mamãe. Precisava, acima de tudo, me reencontrar.

E eu já sabia como.

# 54

**TILINTAR DE GARFOS E FACAS,** luz dourada, vozes ao redor da mesa.

— Você está muito quieta — disse Thomas.

— É, o que foi? — Levi franziu as sobrancelhas. — A comida está ruim?

— Rá-rá! — Fingi uma risada.

Eu tinha feito o jantar.

— Já sei! — Thomas largou os talheres e cruzou as mãos diante do rosto. — É porque amanhã é segunda, né? Você odeia aquele trabalho.

— Não é isso. — Mordi os lábios. — Vocês se lembram de quando aquele amigo da Amelia me curou de um acidente no nosso primeiro Ano-Novo?

Thomas fez uma careta pensativa, enquanto Levi riu com o nariz, feito um porquinho.

— Nossa, tirou essa do fundo do baú! — disse ele, coçando o nariz. — Ai.

Thomas ainda me fitava com uma cara de desconfiado.

— Vocês sabem que a única maneira de despertar seu dom adormecido é fazendo o treinamento da Ordem, né?

Foi a vez de Levi de colocar o garfo no prato. Abaixei a cabeça e comecei a cortar a carne.

— Eu quero fazer isso — confessei.

Ergui a cabeça, mastigando. Os dois me fitavam com caretas engraçadas.

— O quê?! — disse Levi.

— Por que agora? — perguntou Thomas.

Talvez o incidente daquela manhã tivesse tido alguma influência nessa minha ideia, mas eu jamais contaria isso a eles. Do jeito que eram, seriam capazes de querer ir atrás do moço e armar confusão.

— Não é óbvio? — resmunguei.

Todo mundo ficou em silêncio.

— Quando eu fiquei aquele tempo sozinha em Ossos, morando no templo da Ordem — comentei com uma voz mais suave —, eu aprendi algumas coisas.

Contei a eles um pouco sobre a história da religião; sobre a ideia de viver um propósito, de se reconhecer em uma história maior e de ser um povo, uma família.

— Só que, para fazer o treinamento, descobrir seu dom e aprender a manipulá-lo, a gente tem que entrar para a Ordem — continuei. — É o único requisito, ser um fiel.

Meu coração batia forte enquanto eu os encarava.

— E aí, o que me dizem?

— Quanto tempo isso vai durar? — Levi se recostou na cadeira e cruzou os braços.

Thomas olhou para mim, esperando a resposta. Limpei a garganta.

— Então... O treinamento dura três anos.

— *O quê?!* — protestaram os dois ao mesmo tempo.

— É por isso que estou chamando vocês. — Dei um sorriso sem graça. — Não quero ir sozinha.

Eu balançava uma perna debaixo da mesa.

— O que você acha, Thomas? — Levi girou a cabeça para o amigo.

— Bem... há... Não sei muito sobre Deus, mas acho que acredito nele, então acho que seria interessante? É... É uma boa ideia experimentar algo diferente, ser mais espiritual, certo? — Ele se virou para Levi, que forçou um sorriso.

— É, eu não posso dizer que acredito em Deus. — Levi apoiou um braço no encosto da cadeira. — Mas gosto da ideia de ter um superpoder, então... — Deu de ombros.

— Tem certeza? — perguntei. — Eu não quero te arrastar para nada.

Levi me encarou com um discreto sorriso.

— Esse é o problema. Você não precisa.

Sorri ao esticar a mão sobre a mesa.

— Vai ser bom pra gente, vocês vão ver.

Thomas segurou minha mão, mas Levi parou a dele na metade do caminho.

— Olha, eu só espero que o meu superpoder seja muito melhor do que botânica, tá? Nada contra.

A gente riu de mãos dadas.

✦ ✦ ✦

A vela ao lado da minha cama queimava perto do fim, e eu ainda nem tinha conseguido fechar os olhos direito. Peguei-a pelo suporte e fui para a cozinha, onde acendi o pequeno candelabro a óleo. Apaguei o pavio com um sopro e coloquei um pouco de água para ferver.

Eu evitava fazer isso. Aquele chá, uma mistura de ervas calmantes, tinha efeito sonífero, o que era ótimo para noites de insônia, mas também deixava a pessoa meio letárgica no dia seguinte. Só que fazia uns três dias que eu não dormia bem, precisava descansar.

— Achei que tinha ouvido alguma coisa. — Estremeci de susto com a voz atrás de mim. — Foi mal.

Levi estava na porta da cozinha, coçando os olhos. Ele bocejou.

— Tudo bem — respondi.

Na cozinha apertada, havia um balcão grudado à parede, do lado direito. A gente o usava para preparar a comida; ou então como mesa, quando queríamos um lanche rápido. Levi puxou um tamborete e se sentou ao meu lado.

— *Três anos* — disse ele. — E a sua mãe?

Suspirei.

— Ela está bem. Não vai fazer diferença esperar mais um pouco.

Senti seus olhos sobre mim, mas não virei o rosto.

— Alison...

— Por favor, não tente superanalisar isso. — Voltei a face para ele. — É só por um tempo, não estou desistindo de nada.

— Ok. — Levi aquiesceu, sério, olhando-me nos olhos.

Voltei a fitar minhas mãos.

— Mas eu vou continuar as buscas — prometeu ele.

— Por quê?!

— Ei, essa viagem é minha também. E talvez você não se importe com atrasar as pesquisas por alguns anos, mas eu quero chegar no planeta Terra ainda jovem, tá? — Comecei a rir. Ele continuou falando entre risadas. — Não vou admitir fazer uma viagem dessas de dentadura e bengala; eu quero aproveitar o melhor do planeta com o meu corpitcho inteiro.

O apito da chaleira se juntou ao som das nossas risadas. Desliguei o fogo, coloquei as ervas e servi uma xícara.

— Quer também?

— Não, já vou dormir. — Ele depositou um beijo na minha testa.

— Obrigada, Levi.

— Pelo quê?

Tomei um gole antes de responder.

— Por ser você.

# 55

**OS TREINAMENTOS DA ORDEM** começavam sempre depois da Cerimônia de Adoção, que acontecia duas vezes por ano, nos meses da Borboleta e da Raposa. Como a gente tinha perdido a primeira turma, tivemos de esperar quase um semestre até a próxima.

✦ ✦ ✦

Eu tinha um uniforme: macacão cinza, com um bolso na frente, e bota preta. Para o frio, colocava um pesado casaco cor de chumbo que batia quase nos meus joelhos. O lenço preto que eu usava na cabeça era a única coisa que me deixava menos masculina.

No cair da noite, quando voltava da fábrica, estava com as roupas sujas de graxa, o rosto marcado pela fuligem e os dedos doendo de tanto pegar, enroscar e apertar parafusos. Todo dia era igual e, ainda assim, todo dia eu esperava que algo diferente acontecesse.

Como eu saía muito cedo para caminhar até o trabalho e chegava exausta demais, quase não conversava com mamãe pelo mirador. Mas tudo bem, eu não tinha nada para falar. Já havia anotado coisas demais sobre a cidade, e mamãe estava ótima; não precisava mais de mim tentando transmitir bons pensamentos.

Levi cumpriria sua palavra e vez ou outra trazia livros novos para casa. Ele e Thomas também tinham rotinas agitadas como soldados civis, responsáveis pela segurança da cidade, então frequentemente eu o encontrava dormindo no sofá, com um livro caído sobre o rosto. Eu pegava o livro, colocava-o na mesinha de centro e apagava a luz.

Aos sábados, a gente ia para o templo, para a reunião solene das dezessete horas. Levi parecia prestar atenção, apesar de ficar balançando um pé o tempo todo. Ele não conversava muito com as pessoas após o culto, preferia nos esperar na calçada. Thomas, por outro lado, era o mais assíduo de todos nós: sempre o primeiro a ficar pronto, o último a sair do templo e o mais entrosado com os fiéis. De vez em quando, ele se voluntariava para ir à capela no sábado de manhã e ajudar nos preparativos da reunião.

Em casa, as comidas eram simples, sempre preparadas na noite anterior. A pia vivia com louça por lavar, e a gente fazia a faxina geral aos domingos. Só saímos uma vez para passear na cidade e, em outra ocasião, fizemos um piquenique perto do rio. Mas, fora isso, a vida girava dentro da rotina.

Assim, os meses se passaram. As folhas caíram e a terra ficou marrom. Quando o outono terminou, o inverno chegou trazendo as chuvas.

Meu aniversário foi celebrado com um bolinho simples, que eu mesma fiz. Só chamei uma menina do trabalho e, no fim da noite, fiquei encarando o baú por algum tempo, mas acabei indo dormir sem pegar o artefato. Não precisava confirmar o que meu coração já sabia.

O inverno ganhou força e algumas geadas cobriram a cidade como um fino glacê. Passamos a usar capas, casacos e camadas de roupas com cachecóis, luvas, meias e toucas.

No dia 10 de Alce, na Noite dos Mortos, usamos preto e acendemos um conjunto de velas na entrada de casa, mas não participamos das festividades. Ficamos apenas nós três sentados na escada da frente, vendo os fogos de artifício e contando lembranças das épocas de Fênix, Ribeiros e Ossos.

Harry apareceu ao final da noite, bêbado. Nós o acolhemos e ficamos com ele na sala, ouvindo-o chorar e dizer coisas ininteligíveis, até que adormecesse no sofá depois de ter vomitado no chão.

Ele foi embora na manhã seguinte. Não esperou a gente acordar; deixou apenas um bilhete pedindo perdão e agradecendo.

E, então, passaram-se os seis meses.

# 56

**MÊS DA RAPOSA, 632 D.I.**
*Primavera, 16 anos*

**ABRI OS OLHOS. AS VIGAS DE MADEIRA** do teto recebiam luz e calor dos raios matinais, e partículas de poeira flutuavam. Um discreto sorriso nasceu em meu rosto. Finalmente tinha chegado o grande dia.

Ainda de pijamas, fui passar um café.

Minutos depois, Thomas apareceu na porta da cozinha, os olhos inchados.

— Acordando cedo em um domingo?! — perguntei enquanto colocava a água quente no coador.

— Estou ansioso. — Ele bocejou.

— É, eu também.

Depois do desjejum, resolvi separar a roupa que usaria mais tarde na cerimônia e só então percebi o tamanho do meu problema. O único vestido que não era preto estava lá de fora, pendurado no varal havia dois dias.

— Oh, céus.

Não queria usar aquela cor. Não naquele dia. Não quando a esperança lutava tão avidamente por brotar no meu coração.

De repente, ouvi a voz do Thomas atrás de mim:

— Você tem um minuto?

Cocei a cabeça, ainda de costas para a porta, enquanto analisava os vestidos em cima da cama.

— Acho que sim.

O mercado e todas as lojas estavam fechados, não havia como arrumar um vestido não preto a tempo. Eu teria que me contentar com as minhas opções. Ou com a falta delas.

— Vem cá — chamou Thomas. — Quero te mostrar uma coisa.

Fui atrás dele até o seu quarto. Assim que Thomas se afastou para o lado, notei o vestido azul-celeste em cima de sua cama. Abri a boca e olhei para ele.

— Isso é para mim?

— Eu comprei faz uma semana. Imaginei que talvez...

Joguei meus braços ao redor do pescoço dele, sorrindo largo.

— Ah, Thomas, eu nem sei o que dizer!

Ao me afastar, ele estava com as bochechas vermelhas.

— Tudo bem.

— Você realmente me conhece. — Sorri.

Thomas colocou as mãos nos bolsos. Girei nos calcanhares e fui analisar o vestido. Era uma peça delicada, bordada no torso, com babados na barra, gola um pouco mais alta, manga até o cotovelo e finos detalhes brancos. A peça já vinha com um espartilho embutido, o que era um charme.

— É lindo. — Passei os dedos pelo tecido macio, então olhei para a porta. Thomas me fitava, encostado no batente, sorrindo. — É engraçado como você está sempre salvando o meu vestuário.

— Hã?

— Sim. Primeiro a jaqueta quando eu despertei, agora o vestido.

O sorriso no rosto dele foi sumindo, uma expressão de "oh, não" aparecendo em seu lugar.

— O que foi?!

— Você achou que eu tinha te dado a jaqueta?

Abri a boca.

— E não deu?

Thomas tirou as mãos dos bolsos e gargalhou.

— Não, Alison. Aquela era a minha jaqueta favorita.

— O quê? — Ele riu ainda mais. — Thomas! Por que você não me pediu de volta?

— Tá de brincadeira?! Você acha mesmo que eu faria isso?

— Eu achei que você tivesse me dado!

— É... Eu percebi isso quando te vi usando ela durante todo o inverno.

Eu ri em um misto de vergonha e graça. Ele tinha preferido perder a jaqueta favorita a falar comigo?! Deus meu.

— E esse vestido? É para mim mesmo ou você está só me emprestando?
— Rá-rá, palhaça.

✦ ✦ ✦

Quatro horas da tarde. Descemos na última parada da carroça pública e fomos caminhando para o templo; Levi de um lado, eu no meio e Thomas do outro, cada braço meu agarrado a um deles.

Eu usava uma leve maquiagem, o cabelo preso em um coque trançado e aquele vestido azul-celeste maravilhoso. Os meninos também usavam seus melhores trajes completos: colete, suspensórios e um casaco longo, porém não muito quente; Thomas de verde-escuro, Levi de um azul quase petróleo.

O templo estava especialmente cheio, mesmo não sendo sábado.

Entramos na construção de rochas claras e porta de madeira escura. Alguns fiéis estavam sentados e outros, ajoelhados em pequenos suportes acolchoados, a luz refletindo neles através dos vitrais coloridos. Procuramos por um espaço vazio e nos sentamos.

Alguns minutos depois, todos cantaram uma sequência de cânticos de alegria e adoração, acompanhando o órgão e o coral. Então alguns sacerdotes e sacerdotisas vieram buscar aqueles que passariam pela cerimônia. Zara havia chegado à cidade fazia uns dois meses e foi ela quem me conduziu pela mão, com um sorriso largo no rosto.

Fomos para uma sala acoplada, repleta de divisórias de madeiras que formavam minivestiários.

— Estou tão feliz por você — sussurrou ela. — Posso sentir sua esperança pulsar, é tão maravilhoso!

Eu a abracei.

— Obrigada. Por tudo.

Fui para trás do biombo de vime e Zara me passou uma túnica preta por cima. Suspirei uma risadinha.

— O que foi? — perguntou ela do outro lado.

— Eu não queria usar preto hoje — expliquei enquanto trocava de roupa. — Esse vestido foi um presente do Thomas, porque... bom, você já deve ter percebido que o meu guarda-roupa não é o que chamaríamos de eclético.

Zara riu.

— Bem, você vai ter uma surpresa.

Saí de trás da divisória usando a túnica de tecido grosso.

— O que quer dizer com isso?

Zara apontou para a penteadeira ao lado. Sentei-me no banquinho e fiquei olhando para ela através do espelho enquanto Zara desmanchava meu penteado com um toque suave.

— Você vai ver.

— Eu não gosto muito de surpresas — pensei alto demais.

— Vai gostar dessa, prometo.

Ao nosso redor, rapazes e moças também eram preparados, cada um por um sacerdote ou uma sacerdotisa.

Meu cabelo solto ficou com algumas ondinhas, descendo até um palmo abaixo do ombro. Zara finalizou a preparação com um diadema de galhos secos e espinhosos. Ela o colocou com todo o cuidado para não me machucar.

Analisei o resultado no espelho: túnica preta, cabelo solto, diadema alto de espinhos. Eu parecia uma princesa das trevas, e acho que gostei disso mais do que deveria.

— Obrigada.

— Não terminei, olhe para mim.

Girei o corpo no banquinho para ficarmos frente a frente. Com um pano úmido, Zara começou a limpar a maquiagem do meu rosto.

— Sério? Isso também? — perguntei em tom jocoso.

— A gente não passa maquiagem nessa cerimônia, Alison. Deus nos recebe do jeito que nós somos, exatamente como estamos, sem disfarces.

Era uma metáfora interessante.

— Você está pronta.

Ela se retirou junto aos demais sacerdotes. Analisei a sala. Em um dos cantos, Levi parecia o príncipe da destruição com seu diadema de espinhos e túnica preta, a expressão séria e o cabelo cacheado volumoso.

— Você está ótimo — disse ao me aproximar.

Ele sorriu discretamente.

— Você também.

— Vamos? — Thomas chegou, com um sorriso largo.

Voltamos em um silêncio devoto para a capela.

Éramos dezesseis parados em uma fila horizontal, de costas para o público, olhando com expectativa para os cinco altos-sacerdotes que dirigiam as atividades da Ordem naquela cidade.

O do meio era Charles White, um senhor bem velhinho e de barba longa. Foi ele quem abriu a cerimônia.

— Minhas crianças, que alegria é para nós recebê-los na casa dos Fundadores! Hoje, vocês escolheram fazer parte de uma família unida não pelo sangue, mas pela fé. — Tentei respirar fundo para acalmar o coração. — Agora, os

Fundadores chamarão cada um de vocês, e então vocês se tornarão filhos de Deus.

Soltei o ar devagar pela boca, com um cubo de gelo na minha barriga.

De acordo com as Sagradas Letras, três criaturas eternas haviam criado o universo: El-lihon, o Poderoso, senhor da vida e da morte; Riach, o Santo, senhor das lágrimas e das consolações; e Pórthica, o Amado, senhor das misericórdias e da redenção. Os Fundadores compartilhavam uma única natureza divina, imutável e indivisível. Eles eram Deus e Deus era um.

A alta-sacerdotisa à direita do ancião, Catherine Sky, era uma jovem senhora esguia. Ela deu continuidade:

— Esta é a Joia da Vocação. — Ela ergueu uma pedra cinza. — Ela nos mostrará se vocês foram chamados e por qual Fundador. Basta segurar a pedra com as duas mãos. Quando a abrirem, ela poderá brilhar em vermelho, roxo ou azul.

— Vermelho simboliza que foram chamados por El-lihon, o Poderoso — continuou o alto-sacerdote ao lado dela, Henry Stones, um homem pançudo de bigode. — Roxo é a cor de Pórthica, o Amado. E se a pedra estiver azul, foram chamados por Riach, o Santo.

— Entretanto, se a pedra continuar cinza, significa que hoje vocês não foram chamados — complementou Adela Silver, a mais jovem alta-sacerdotisa, de pele muito escura e um longo cabelo crespo. — Não se enganem: Deus nos ama e a todos quer bem; mas para todas as coisas há um tempo determinado e, às vezes, você simplesmente não está pronto para ser chamado. Vocês poderão tentar de novo depois, e nós oferecemos aconselhamento para os que desejarem. Sempre serão bem-vindos aqui.

Eu não sabia que existia a opção de não sermos chamados. Meu coração começou a bater mais forte.

— Vamos começar. — O alto-sacerdote Augustus, a primeira pessoa com nanismo que eu conhecia na vida, encerrou as explicações. — Amy, por favor, junte-se a nós.

A menina da ponta esquerda foi até a tribuna. Catherine Sky desceu alguns degraus para entregar-lhe a pedra. Amy ficou de costas para nós, o que me fez prender a respiração.

Alguns segundos depois, ela ergueu uma safira para todo mundo ver. Do lado esquerdo do salão, um conjunto de pessoas vibrou. Os servos do Fundador Riach, Zara entre eles, usavam roupas simples em tons de azul, cada um com uma bolsa de primeiros socorros e um cachorro.

Amy recebeu a benção dos altos-sacerdotes e correu alegre para se juntar ao grupo. Ela foi recebida com beijos e abraços, além de lambidas e latidos. Sorri.

Um por um, a fila foi se esvaziando.

Os servos de Pórthica usavam túnica roxa por cima da roupa bege e seguravam um cajado. Já os servos de El-lihon usavam calça e blusa vermelho-escuras e cinto de couro com uma adaga presa na lateral.

Eu seria a primeira dos meus amigos, seguida de Thomas e Levi. Depois deles, ainda tinha mais seis pessoas.

Ao chegar minha vez, caminhei trêmula até os altos-sacerdotes.

Catherine sorriu ao me entregar a pedra cinza, que eu quase deixei cair. Dei uma risada nervosa. Então fechei as duas palmas bem firmes ao redor da pedra e esperei.

Minhas mãos estavam suadas e a respiração vinha quebrada em bafos quentes. Fechei os olhos com força e ergui a pedra o mais alto que pude. Ao ouvir algumas pessoas celebrando no canto direito do templo, permiti-me olhar para cima.

Eu segurava um rubi.

Sorri largo. Eu tinha sido escolhida por El-lihon! Será que os Fundadores sabiam que eu estava torcendo por isso? Servir ao poderoso senhor da vida e da morte, passar por um treinamento militar, descobrir meu dom... era tudo o que eu queria. A sensação explodia em fogos dentro do meu peito.

Devolvi a pedra, recebi a benção e fui me juntar aos demais servos de El-lihon. Eles me receberam com tapinhas nas costas. Não deu para ficar feliz por muito tempo, contudo. Era a vez de Thomas e, se ele fosse chamado por outro Fundador, passaríamos três longos anos separados.

Thomas subiu à tribuna e recebeu a pedra das mãos de Catherine Sky. Senti uma onda de frio na barriga enquanto o encarava quase sem respirar.

Quando ele ergueu um rubi, gritei um "isso!" tão alto que o irmão ao meu lado estremeceu de susto. Tapei a boca para disfarçar. Thomas recebeu a benção e veio andando rápido até nós. Eu o puxei para um abraço lateral. Os outros apenas assentiram e sorriram para ele.

Então era a vez de Levi.

Thomas e eu demos as mãos, ambas suadas.

Levi segurou a pedra diante do peito e olhou para o teto. E ficou assim, as duas mãos fechadas sobre a pedra, a cabeça erguida para o céu. Inspirei fundo e soltei lentamente o ar, com os olhos fixos em Levi. *Vamos lá...*

Quando ele ergueu a pedra, senti como se o mundo fosse um cenário de teatro, caindo ao nosso redor. Thomas e eu nos entreolhamos. Sussurros se fizeram ouvir por todo o templo.

Levi segurava uma pedra cinza.

— Por favor, me acompanhe — disse o alto-sacerdote Henry.

Eles saíram por uma das portas ao fundo, com o homem sussurrando para Levi. Do meu lugar, eu olhava estática para a porta.

Levi tinha sido recusado por Deus?!

Eu ia me retirar da capela quando um dos servos do grupo tocou no meu braço e meneou a cabeça. Permaneci em meu lugar. Confusa. Incrédula.

A cerimônia continuou com um clima apreensivo pairando no ar.

Quando finalmente todos já tinham seus grupos — oito pessoas no de El-lihon, quatro no de Pórthica e três no de Riach —, Charles White, o ancião de barba longa, voltou a falar:

— Irmãos e irmãs, chegou a hora de recebermos com alegria estes novos membros da família.

Thomas voltou a segurar minha mão. Virei-me para o moço que tinha me impedido de deixar o templo e sorri, um sorriso meramente educado.

— Oi! Então... estamos muito felizes pela recepção e tal, mas não podemos ficar.

— Sim, temos que ir — Thomas disse ao meu lado.

— Oh, mas a cerimônia ainda não acabou — respondeu outra pessoa do grupo. — Agora vem a melhor parte.

Thomas e eu trocamos um olhar. Fazer o quê, né? Já tínhamos quebrado os ovos, o mínimo a se fazer era terminar a panqueca.

Seguimos junto aos demais para um pátio externo, atrás do templo. Iam na frente os cinco altos-sacerdotes, depois os novos membros com seus respectivos grupos e, por fim, os demais fiéis. Tentei achar Levi na aglomeração, mas ele não estava em lugar algum.

No pátio, algumas mesas dispunham de um banquete sob uma grande e frondosa árvore à esquerda. No centro, havia um altar de rochas, vazio, com o pôr do sol atrás. Diante do altar e no meio do espaço livre, um ninho de gravetos me fez arrepiar. Era muito parecido com o ninho funerário, só que menor.

Engoli em seco e desviei os olhos. O sol já tinha escorrido por entre as montanhas, restando apenas um longo rastro vermelho no céu.

— O nome do nosso povo, crianças perdidas, carrega uma poética e dolorosa verdade — disse Charles White, parado próximo ao ninho. — Mas, hoje, os perdidos foram achados.

Ouviu-se algumas expressões de alegria. Ele sorriu e esperou um momento antes de continuar:

— Para que uma adoção aconteça, o filho precisa aceitar o pai da mesma forma que o pai escolhe o filho. A Cerimônia de Adoção celebra essa verdade eterna, de que Deus chamou ao órfão "meu filho" e, àqueles que não tinham família, disse-lhes "vinde a mim".

Sentimentos conflitantes começaram a brilhar nos meus olhos, o coração pulsando forte. Aquilo era muito sério e eu já não tinha mais tanta certeza de por que estava ali, nem mesmo se acreditava em tudo aquilo ou se queria fazer parte de uma família que não recebera o meu melhor amigo.

— Hoje vocês foram adotados — disse Charles White. — Hoje, vocês se tornaram filhos e filhas dos Fundadores do Universo!

Mais gritos e palmas de júbilo.

Lágrimas despontaram em meus olhos. Eu queria tanto, *tanto*, aceitar aquilo. Queria aceitar a ideia de que fora desejada por alguém; de que fazia parte de algo maior e pertencia a um lugar especial. Queria tanto acreditar que alguém havia me amado antes mesmo de eu nascer, do jeitinho que eu era, mas...

— A oferta já foi consumada. — Adela Silver olhou para o altar vazio. — Está na hora.

Catherine Sky, a senhora esguia, caminhou até o ninho e depois olhou diretamente nos meus olhos. Então sorriu e ergueu a mão, como alguém que oferece ajuda. Dei o primeiro passo e fui até lá.

Com cuidado, tentei me acomodar no ninho. O espaço era pequeno e muito desconfortável. Para caber, deitei-me encolhida de lado.

Meu coração acelerou ainda mais quando vi o alto-sacerdote Augustus se aproximar com uma tocha de fogo azul. Eu não sei por que confiava tanto neles; só sei que, quando o sacerdote encostou o fogo na lenha, eu apenas fechei os olhos.

Podia ouvir a madeira estralando, mas não sentia o arder do fogo.

— Alison Rivers. — Escutei a voz do ancião Charles White. — Você despertou das águas. Agora, *levante-se do fogo*.

Um poder me envolveu, forte e absoluto. Abri os olhos. O fogo azul queimava os gravetos e me cobria com suas chamas, mas nem eu, nem a lenha éramos feridas. Devagar, eu me levantei e, no mesmo instante, o fogo se dissipou no chão, com uma fina camada de cinzas caindo aos meus pés.

A túnica, outrora preta, estava branca como as nuvens, e o diadema de espinhos havia se transformado em uma coroa de flores.

Sob a exultação dos fiéis, retornei para o meu grupo quase sem respirar. Não conseguia discernir nem conter as emoções que me faziam chorar em silêncio enquanto, uma a uma, as pessoas renasciam do fogo.

Toda vez que Charles White dizia "levante-se do fogo", meus braços se arrepiavam. Era simplesmente impossível não sentir ou não se emocionar com aquela áurea de poder e glória que nos abraçava.

No fim da cerimônia, as estrelas já apareciam no céu.

Lanternas de pano foram acesas e flutuavam acima das nossas cabeças, iluminando o pátio num amarelo acolhedor. Música com violinos, bongôs, flautas e bandolins nos embalavam num ritmo alegre. Algumas pessoas comiam, outras conversavam ou dançavam, e havia quem fizesse os três ao mesmo tempo, de modo que a música era acompanhada pelo barulho animado das vozes.

Thomas e eu ficamos ali só o necessário para não fazer feio. Comemos um pouquinho, conversamos com os servos de El-lihon e sorrimos anuindo toda vez que alguém vinha nos dizer o quanto estava feliz por nós.

A lua mal começara a escalar o céu quando deixamos o templo.

No domingo, as carroças públicas circulavam só até cinco horas da tarde, então seguimos a pé para casa. Thomas tirou o longo casaco e o colocou sobre o meu vestido. Para ele, o comprimento ficava perfeito, mas em mim o casaco quase arrastava no chão.

Caminhamos em silêncio até atravessar a ponte mais próxima. Mil sentimentos e palavras quebradas pressionavam minha garganta.

— O Levi não foi chamado hoje — Thomas falou primeiro, a voz baixa.

Meus olhos marejaram.

— E eu não entendo isso — sussurrei.

Um breve silêncio, quebrado pelo som dos nossos passos na calçada.

— Acho que é porque ele ainda não acredita em Deus — disse Thomas.

Agradeci à penumbra da noite por esconder minha careta. Se Levi não fora chamado por causa disso, então por que eu fora? Certamente eu não era a pessoa com mais fé naquela capela — e ainda havia o ponto no qual eu evitava até pensar, mas que, se os Fundadores eram oniscientes como o livro sagrado dizia, eles já deviam saber. Como, apesar disso tudo, eu fora chamada?! Não conseguia entender.

— Alison. — Thomas parou sob um poste e me encarou. — O que a gente vai fazer?

Eu me abracei, olhando para o muro baixo que costeava a calçada.

— Você vai ficar chateado comigo se eu disser que não vou para o treinamento? Me perdoa, Thomas, mas...

— Ei, quem disse que eu quero ir?! — Thomas deu um sorriso de incredulidade. — Eu não vou deixar o meu melhor amigo para trás. Perguntei porque sei que descobrir o seu dom era uma coisa importante para você, então...

— Não. O meu amigo é mais importante do que qualquer coisa.

Thomas assentiu.

— Então está decidido.

Voltamos a caminhar. A raiva dentro de mim era tão palpável quanto a umidade fria que pairava sobre as ruas semi-iluminadas.

Foram quase seis meses frequentando o templo, mais de vinte e duas semanas desejando o momento em que eu descobriria meu dom, cento e setenta e poucos dias sonhando com o treinamento militar da Ordem, e tudo isso para nada.

Por que as coisas não podiam dar certo para mim pelo menos uma vez na vida?! Meu coração doía toda vez que eu me lembrava do Levi olhando para cima enquanto segurava a pedra. Por um momento, ele parecera tão desejoso daquilo... Se Levi estivesse triste por não ter sido chamado, eu jamais me perdoaria.

A luz da sala estava acesa.

— Levi? — Thomas abriu a porta e me deu passagem.

— Levi, chegamos! — Entrei já tirando o casaco.

Enquanto eu pendurava o sobretudo no armário da entrada, Thomas fechava a porta. Ao adentrar a sala, a primeira coisa que vi foi o baú de viagem aos pés de Levi, sentado na poltrona, com a mesma roupa azul-petróleo que usara para ir ao templo. Seu cabelo estava desgrenhado e gotículas de suor apareciam na testa.

— O que é isso? — Thomas apontou para o baú.

Levi nos encarou, sério.

— Precisamos conversar.

# 57

**THOMAS FOI SE SENTAR** em uma cadeira da mesa de jantar, relativamente distante de Levi. Virou o encosto dela para frente, a fim de apoiar os braços.

Por um instante, fui tocada por uma sensação de *déjà vu*. Continuei parada na entrada da sala, o cabelo solto caindo sobre o vestido azul-celeste.

Levi engoliu em seco, cabisbaixo.

— Eu parto amanhã.

— Não sei do que você está falando, mas Thomas e eu não vamos para o treinamento — falei.

— Só que isso é o que vocês mais queriam.

— Você tá de brincadeira. — Thomas cuspiu uma risada. — Achou mesmo que a gente ia te largar aqui sozinho? Pelo amor de Deus, né?! Isso nunca passou pela nossa cabeça.

— Eu sei. — Levi o encarou.

— Então do que você está falando? — Cruzei os braços.

Levi tornou a abaixar a cabeça.

— O treinamento da Ordem era muito importante para vocês simplesmente desistirem caso alguma coisa desse errado — disse ele.

— Não, espera. Mentira que você fez isso. — A voz do Thomas tremeu.

— Isso o quê? — perguntei.

— Era o meu plano B.

— Nós tínhamos prometido para a Sophia! — Thomas falou alto.

— Mas ela não está aqui para reclamar.

— Agora você está sendo babaca.

— Babaca?! — Levi ficou de pé. — Eu estou fazendo isso por vocês!

— Ninguém te pediu para fazer nada disso! — Thomas também se levantou.

— Alguém quer fazer o favor de me explicar o que está acontecendo?!

Os dois se encaravam.

Foi Thomas quem respondeu, sem tirar os olhos do amigo:

— O Levi se alistou. Ele vai para o treinamento do exército.

Um pequeno choque de arrepio desceu por meus braços.

— Se o pelotão parte amanhã — Thomas continuou —, quando foi que você pediu para se alistar?

Levi não respondeu. Estava vermelho, uma veia saltando no pescoço.

— *Quando*, Levi?! — Thomas gritou, os olhos marejados.

— Há três meses.

Meses. Fiz uma careta de dor.

— Por quê? — perguntei. Me sentia traída, de certa maneira.

Thomas se afastou de Levi e foi se sentar no sofá com os braços apoiados nos joelhos e a cabeça afundada naquele pequeno abrigo.

Eu vi o peito de Levi subir e descer, uma expressão ferida. Foi demais para mim. Desgrudei-me do lugar onde tinha ficado paralisada e fui até lá. Primeiro segurei um braço dele, depois seu rosto e então o abracei.

Levi me afastou e balançou a cabeça, enxugando as lágrimas com uma mão.

— Não, por favor. Não deixe as coisas mais difíceis para mim. Eu *tive* que fazer isso.

— Não, você não teve — disse entre dentes. — E não precisa ir, se não quiser. Ainda dá tempo de desistir, tenho certeza de que eles vão ent...

— Eu quero ir.

Dei um passo para trás.

— Entrar para o exército sempre foi o meu plano B. Era apenas se as coisas não dessem certo na Ordem. Eu sabia que vocês desistiriam de seguir em frente com eles, de descobrir seus dons e de fazer aquilo que acreditam ser o melhor; eu sabia que desistiriam de tudo por minha causa se as coisas dessem errado. E eu não ia aceitar isso.

— Levi. — Meneei a cabeça, os olhos ardiam. — Por favor, olhe para mim. Você é mais importante pra gente do que qualquer jornada, por mais fantástica que ela seja. E você pode tentar de novo, eles disseram...

— Nunca. — Levi deu um sorriso de desdém. — Se os Fundadores não me querem, ótimo. O sentimento é recíproco.

— Não diga isso, você provavelmente só não está pronto.

— Alison, por favor, não tente explicar. — Seus olhos voltaram a faiscar. — Você não sabe o que é se sentir rejeitado pelos seus pais e depois desprezado pelo divino. Você não sabe como é se sentir um lixo humano, um resto repugnante que nem sabe o motivo de ainda existir!

Levi deu as costas e se afastou mais um pouco de mim.

Eu me deixei cair na poltrona, tapando a boca com uma mão, o rosto quente e molhado. Senti alguém me abraçar.

— Não fique assim — disse Levi com a voz suplicante. — Eu escolhi frequentar a Ordem com vocês porque queria que desse certo. Queria que a vida não separasse a gente. Queria tentar. — Uma pausa sofrida, um aperto no abraço. — Mas eu também não queria que vocês deixassem de viver suas vidas por minha causa.

Levi ergueu meu rosto com um dedo e depois me puxou pela mão até o sofá, onde Thomas ainda chorava de cabeça baixa. Ele se sentou ao lado do amigo, e eu, ao lado dele.

— O treinamento da Ordem é de três anos, igualzinho ao do exército. Eu não vou ser enviado a nenhum campo de batalha nesse período e juro por tudo o que é mais sagrado que, quando terminar o prazo do treinamento, vou voltar para a vida civil. Não vou pedir por uma designação. A gente vai se ver de novo, prometo. — Thomas ergueu a cabeça e encarou Levi. — E quando a gente se reencontrar, serei um soldado. E vocês dois, poderosos guerreiros.

A gente se recostou no sofá, abraçados.

✦ ✦ ✦

Na manhã seguinte, bem cedinho, acompanhamos Levi com sua única bagagem para a Capitania, onde vários rapazes se preparavam para partir.

Eu me lembro de tê-lo abraçado bem forte, entre lágrimas.

— Me prometa duas coisas — pedi ao me afastar, uma expressão séria. — Que você não vai morrer...

— É um treinamento seguro.

— ... e que a gente vai ter *exatamente* essa mesma amizade quando você voltar.

Atrás de Levi, o líder do pelotão ordenava que terminassem logo com as despedidas. Ele umedeceu os lábios, meneando a cabeça.

— As pessoas mudam com o tempo, Alison.

— Eu sei — concordei baixinho —, mas eu não quero perder isso.

Levi colocou uma mecha do meu cabelo para trás da orelha.

— Prometo que, não importa o quanto você mude, vou sempre te amar.

Anuí, satisfeita, a boca tremendo pela tentativa de conter o choro. Afastei-me para o lado, abaixei a cabeça e sequei as lágrimas. Thomas e Levi se abraçaram; um abraço longo, chorado.

— Eu te amo, irmão — disse Levi.

— Eu também te amo.

Quando a caravana partiu, rumo às planícies do Sul, abracei Thomas e fiquei chorando ao vê-la sumir de vista e, depois, o horizonte vazio.

# 58

**UMA SEMANA DEPOIS**
*Primavera, 16 anos*

**THOMAS E EU TERMINAMOS** a faxina por volta das quatro horas da tarde. Se não entregássemos a casa limpa e organizada para a Administração, teríamos uma taxa descontada no próximo salário, e multas não eram algo que uma artesã podia se dar ao luxo de receber.

Já cansada, comecei a separar minhas coisas em duas pilhas: a menor, que eu guardaria em uma mochila, e maior, que colocaria no baú. O baú ficaria guardado no templo até que a gente retornasse do treinamento, então deveríamos fazer uma mochila para três anos. Sophia teria pirado.

Na mochila, acabei colocando todas as peças íntimas e apenas algumas roupas coringas, além dos itens de higiene pessoal e dos documentos: certidão de criança perdida, licença do trabalho assinada pelo coordenador da fábrica e a autorização para viagem extraordinária concedida pelo capitão.

Normalmente, a única maneira de uma criança perdida deixar a vila de sua faixa etária seria caso fosse aprovada em uma academia, se alistasse no exército ou fosse convocada para trabalhar em outro lugar, como na Escola Bellatrix. A Ordem era a única instituição que o governo reconhecia para fins de mudanças extraordinárias.

Antes de guardar a segunda pilha no baú, fechei a porta do quarto a chaves e, então, abri o fundo falso. Ali repousavam o velho caderninho de capa vermelha, três moedas de ouro e o mirador. Respirei fundo e o peguei. Mamãe estava saindo do trabalho; parecia leve e confiante com aquela expressão calma, quase feliz. Apertei o mirador com mais força.

— Oi, mãe. — Meu coração doeu.

Ela parou de andar. No rosto, ficou apenas a sombra do sorriso.

— Eu não queria fazer isso, mas é muito arriscado levar o artefato. — Meus olhos se encheram d'água. Mamãe piscou, empinou o queixo e voltou a andar. — Vai ser um longo, longo, longo tempo sem te ver... e eu não sei se você vai sentir minha falta, mas eu vou sentir a sua.

Beijei a parte espelhada demoradamente, depois o abaixei até o seu cantinho ao lado das moedas. Detive-me segurando-o ali e observei mamãe correr da chuva que começara a cair. Ela conseguiu se abrigar na parada do bondinho e desatou a rir, tirando o cabelo molhado que grudara na testa.

— Eu te amo.

Mordi o lábio enquanto tentava criar coragem para largar o mirador. Quando o soltei, o artefato se apagou, tornando-se apenas um objeto de prata em formato de flor aberta que parecia um espelho de mão.

Soltei a respiração quente pela boca, fechei o fundo falso e voltei a guardar minhas coisas. Entre as roupas no baú, escondi o cofrinho da Sophia, o único bem que ela possuía que ainda não tinha recebido uma destinação. No fim, tranquei a mala com um cadeado que eu mesma fizera durante meu horário de almoço da fábrica. Ele não tinha chave, só abriria com o código.

Na manhã seguinte, enquanto eu puxava meu baú, Thomas arregalou os olhos.

— Você colocou um cadeado nele?! Vão pensar que você não confia nos seus irmãos da fé.

— Bom, eu não ia deixar a mala com o cofrinho da Sophia dentro sem nenhuma proteção.

— Você não vai levar o cofre? — ele disse enquanto trancava a porta.

— Claro que não, Thomas, já viu o peso dessa coisa?! E eu só tinha uma mochila para guardar tudo o que eu quisesse usar nesses três anos, não é como se estivesse sobrando espaço.

— Ei. — Ele colocou uma mão no meu ombro. — Desculpa, não queria te fazer se sentir mal. É a melhor decisão mesmo.

— Obrigada. — Ajustei a mochila nas costas.

Thomas deixou a chave debaixo do tapete e seguimos até a avenida para esperar um burrete.

Mais tarde naquele dia, um funcionário da Administração buscaria a chave e colocaria um discreto selo na porta da nossa ex-casa, indicando que ela estava vazia. Os registros seriam atualizados e, dentro de algum tempo, novos inquilinos se mudariam para lá.

Ao chegarmos ao templo, fomos recebidos por um fiel que nos acompanhou até uma câmara nos subsolos da capela. Deixamos os nossos baús junto aos demais ali e subimos com as mochilas.

No pátio, eles haviam armado três barracas: uma roxa, com bordado de ramos; uma azul, com desenhos de astros; e uma vermelha, com chamas douradas. Thomas e eu nos dirigimos para a vermelha.

Lá dentro parecia um camarim, com todo mundo recebendo tatuagens e arrumando o cabelo. Havia também alguns biombos de vime para a gente trocar de roupa. Algumas pessoas já estavam vestindo as blusas e calças vermelho-escuras e ajustavam os cintos de couro.

Thomas logo foi atendido por um artista e, alguns minutos depois, outro ficou livre. Sentei-me na pontinha do tamborete posto diante da penteadeira. O moço que me atenderia era um jovem de cabelo preto e mechas azuis. Ele tinha um sorriso torto e um bigode engraçado, com as laterais enroladas para cima.

— Olá, irmã. Onde você quer a sua tatuagem?

Forcei um sorriso.

— Eu não sei.

Ele riu.

— Entendo, a primeira é a mais difícil. A gente fica com medo de enjoar, ou de o artista errar um detalhe, ou de terminarmos com uma aberração no corpo...

— Sim, exatamente!

Ele bateu uma palma e segurou.

— Posso fazer uma sugestão no seu ombro, então? Esse desenho ainda não é o definitivo e o ombro é um ótimo lugar, porque não vai ficar sempre à sua vista, mas você ainda vai conseguir ver quando quiser.

— Ok, parece bom.

Ergui a manga curta do vestido enquanto o moço espremia algo em um pilãozinho. Ele jogou um pó negro dentro do pote de cerâmica e o misturou bem. Então pegou um fino pincel, molhou-o e começou a desenhar no meu ombro esquerdo. Prendi a respiração. Sentia como se o fluxo de minha respiração pudesse movimentar meu corpo e acabar borrando o desenho.

— Pronto. — Ele apontou para a penteadeira.

Chequei o desenho no espelho. A tradicional estrela de quatro pontas e, no interior, a pequena espiral. O símbolo da Ordem significava algo especialmente diferente para cada fiel; eles diziam que, no momento certo, você descobriria o que o símbolo representava para você. O meu estava desenhado em tamanho pequeno e traços delicados. Sorri.

— Gostou?

— Muito. Pode ser exatamente assim, exatamente aqui.

Ele colocou o potinho em cima da penteadeira, virou-se para mim e, com um olhar concentrado, ergueu as duas mãos diante do rosto. Enquanto ele movia os dedos como o tocador de uma harpa invisível, senti a tinta entrando na pele. Em poucos segundos, o rapaz endireitou a postura e cruzou os braços.

Olhei por sobre o ombro e toquei o desenho com o dedo.

— Está perfeita, muito obrigada.

— Quer mudar o cabelo também? Posso fazer crescer, cortar, mudar a cor... o que você quiser.

Olhei para ele através do espelho.

— Por que vocês fazem isso? Digo, essa mudança de visual.

— Porque esse treinamento muda a nossa forma de ver o mundo, de nos relacionarmos com os Fundadores e até a nossa percepção de nós mesmos. — Ele deu de ombros. — Algumas pessoas gostam de marcar esses momentos de grande impacto na vida com uma mudança na aparência.

— Oh. — Pensei por um instante. — Nesse caso, eu queria um vermelho queimado.

— Cor de vinho tinto?

— Tipo isso.

Na penteadeira, o rapaz pegou uma tigela maior, colocou uma misturinha de pós coloridos, aplicou uma pasta branca e, com um pincel mais grosso, mexeu a tinta. Depois, ele prendeu meu cabelo em um coque e, com uma mão, girou o pincel sobre os fios, enquanto a outra permaneceu aberta, parada próxima do meu cabelo. Parecia um maestro ou um mago.

De repente, ele afastou as mãos de uma vez e meu cabelo caiu até o ombro. Eu tinha ganhado uma franja rala, e o cabelo brilhava em tom de ferrugem. Naquela combinação de cores, o cobre do cabelo com o verde-acastanhado dos olhos, eu parecia a filha do outono.

Agradeci ao rapaz, que se apresentou como Gael, filho de Riach, e me dirigi para trás de um biombo de vime.

Após trocar de roupa, deixei a barraca com a pesada mochila nas costas. Encontrei Thomas do lado de fora, junto aos demais da nossa turma. Ele sorria, conversando com o grupo, os olhos estreitos ficando ainda mais apertados com o sorriso. Thomas continuava com o cabelo preto, mas uma lateral estava mais baixa, quase raspada, e o topete caía para o outro lado. Os fios tão lisos e macios não paravam onde ele arrumava sem o gel.

Três altos-sacerdotes se aproximaram de nós: Charles White, o ancião, Henry Stones, o pançudo de bigode ruivo, e Catherine Sky, a senhora esguia.

— Bom dia, filhos de El-lihon! — saudou Henry Stones ao esfregar as mãos. O sorriso dele apertava as bochechas gordas. — Preparados para a maior aventura de suas vidas?

— Sim, senhor.

— Com essa empolgação, está mais para "não, senhor".

— *Sim, senhor!*

— Ah, bom.

Reparei nos outros altos-sacerdotes. Charles White tinha um sorrisinho no rosto, mas Catherine Sky mantinha a compostura e a seriedade.

— Obrigado, Henry — disse Charles White. — Espero que vocês tenham tomado um café da manhã reforçado, ou aproveitado a mesa posta, porque teremos uma longa caminhada.

Ajustei a mochila nas costas.

— Antes de irmos, peguem um casaco e uma bota no cabideiro da barraca — avisou Catherine Sky. — E nos encontrem novamente aqui fora.

Os casacos eram muito pesados e as botas tinham uma proteção de lã por dentro, coisas que nós nunca tínhamos usado antes. Pelo visto, viajaríamos para o Norte, a região mais fria de Bellatrix.

Deixamos o templo minutos depois, seguindo por uma estradinha de terra que descia a montanha. Caminhávamos num ritmo tranquilo. Os três altos-sacerdotes iam alguns metros à nossa frente, com suas túnicas vermelhas e bolsas de couro, cuja alça atravessava o peito.

Descer a montanha foi a parte mais difícil, porque, apesar da escadinha de terra e das cordas na lateral para apoio, a gente ainda tinha que tomar muito cuidado para não escorregar.

Já na planície, caminhamos pela relva por horas e horas, seguindo o curso do rio, sem nenhuma pausa oficial para comer, descansar nem ir ao banheiro. Ainda assim, comemos os lanchinhos que tínhamos guardado nas mochilas, compartilhando-os com quem não tinha sido tão esperto; bebemos as águas dos cantis e, vez ou outra, alguém se desviava do trajeto, correndo para trás de uma moita.

Meus pés começaram a doer logo após o meio-dia. Por volta das três horas, todos os músculos já reclamavam; e ainda mais os pés, com calos e bolhas. Apesar do ritmo constante, ninguém reclamou.

Caminhar ao lado dos irmãos de jornada, relativamente longe dos sacerdotes, permitiu-nos ter as nossas primeiras interações. Éramos quatro rapazes e quatro moças, cada um com seus próprios históricos, problemas, sonhos e expectativas; todo mundo empolgado.

Quando faltavam mais ou menos duas horas para o pôr do sol, os sacerdotes finalmente pararam de andar.

Tínhamos chegado a um local onde o rio era mais estreito, com árvores altas aqui e ali. A oeste, podíamos ver o início da Floresta dos Ogros. Ao longe, uma das cordilheiras do Norte era apenas uma mancha azul-escura no horizonte.

— Meus filhos, olhem. — A voz de Charles White soou surpreendentemente firme para um ancião que tinha acabado de fazer uma longa caminhada. — O que é aquilo?

Ele apontava para o norte.

— São montanhas — respondeu um dos rapazes, o que parecia ser o mais forte de todos nós.

— Não me refiro às montanhas. Olhe com atenção.

Estreitei os olhos. No meio do verde, das árvores e do céu azul, havia algo mais: uma sombra cuja forma eu não conseguia distinguir.

— É uma pequena árvore — disse Thomas.

— Não, acho que é um animal. Parece um alce — comentou uma garota.

— Ele teria se mexido — disse outro rapaz. — Eu acho que é uma rocha.

A discussão continuou, cada um tentando entender aquela sombra escura e apresentando seus argumentos contra ou a favor de uma possibilidade.

Então uma luz se acendeu em minha mente. Aquilo era um teste.

— Já sei. — Meus colegas olharam para mim, em silêncio. Senti um frio na barriga. — Eu acho que depende do ponto de vista. Thomas acredita que seja uma árvore e Chloe disse que é um animal, mas, dependendo de como cada um enxerga, pode tanto ser uma árvore quanto um animal.

Henry Stones sorriu discretamente e limpou a garganta. Catherine Sky trocou um olhar com Charles White. Esperei o elogio pela percepção filosófica. Se aquele era o nosso primeiro teste, eu tinha começado bem.

— Todos vocês tentaram adivinhar e falharam — disse a senhora esguia com a postura impecável e as mãos entrelaçadas na frente do corpo. — Mas você, Alison... — Inspirei fundo e empinei o queixo. — Você foi a que mais errou.

Meus ombros caíram. *O quê?!*

— Estamos em uma jornada para encontrar a Verdade — Charles White disse. — Aquilo representa a verdade, e a sua missão não é ficar observando-a à distância, apenas ouvindo falar dela e debatendo teorias. Sua missão é caminhar até ela; chegar tão perto da verdade ao ponto de conseguir ver com seus próprios olhos, tocar com suas próprias mãos. — O ancião olhou diretamente nos meus olhos ao terminar. — A Verdade é uma essência imutável.

Ela é real e a sua opinião não vai mudá-la. Se aquilo é uma rocha, mas você enxerga uma árvore, é porque está longe demais para ver, ouvir ou sentir.

Minhas bochechas queimavam quando Charles White terminou seu pequeno discurso. Então dei um passo firme em direção a eles e continuei caminhando rápido e decidida, até chegar à mancha.

O alvo dos nossos debates era — quem diria! — uma estátua. A menina de pedra segurava um livro e apontava para o céu. No pedestal de rocha que a sustentava, estava a inscrição:

> WENDY DARLING
> *Amiga leal, corajosa e aventureira.*

Meu coração deu um salto.

— Ela fazia parte da Ordem?!

— Era apenas uma metáfora, espertinha — disse Henry Stones, batendo no meu ombro.

Os outros terminavam de chegar.

— Mas fico feliz que tenha levado o conselho a sério — completou o ancião.

— O que é isso? — perguntou Thomas.

— Um memorial, suponho. Mas não importa. — Catherine Sky balançou a cabeça. — Coloquem seus casacos e botas.

Todo mundo no grupo se entreolhou. Estávamos no início da primavera, não era um clima frio o suficiente para aquele tipo de roupa. Mesmo sem entender, obedecemos.

Com todos devidamente vestidos, Henry Stones pediu que fizéssemos um círculo e déssemos as mãos.

— Fechem os olhos, vamos orar — disse ele.

Fechei os olhos. Logo depois, escutei a voz suave e firme de Catherine Sky ao tecer uma oração.

— Poderoso El-lihon, seja a estrela a nos guiar nesta jornada. Revela-nos, a cada um aqui, um pouco de quem tu és. Forja em nós, como o ferreiro a trabalhar no metal, um espírito forte e humilde. — Senti um vento frio chicotear meu cabelo. Fechei os olhos com mais força. — Revela o dom de cada um dos teus filhos. Em teu nome.

Abrimos os olhos e murmúrios de surpresa se fizeram ouvir.

Não estávamos mais nos arredores da vila Âmbar — nem mesmo na Província Vênus. Estávamos em outro lugar, muito longe dali. Um lugar com montanhas e neve. Uma aldeia até então sem pessoas, com casas de madeira quase abandonadas.

Virei-me para a alta-sacerdotisa Catherine Sky e arregalei os olhos. Ela tinha o dom do transporte?! Não consegui mais parar de sorrir.

— Bem-vindos ao seu novo lar. — Henry Stones ria das nossas expressões.

Ele foi o primeiro a pegar um punhado de neve e jogar em nós. Sua risada era tão contagiosa que logo estávamos todos gargalhando, brincando na neve alta feito crianças. Todos exceto Charles White e Catherine Sky, obviamente.

✦ ✦ ✦

A pequena aldeia tinha por volta de vinte casas individuais. Meu lar pelos próximos três anos era compacto e funcional: sala e quarto formavam um único cômodo, e o banheiro era o segundo. O teto era baixo e os móveis, bastante simples: cama, poltrona, escrivaninha e guarda-roupa. Também havia uma lareira, mas só.

Todas as casas eram iguais e tinham sido construídas sobre um manancial de água quente, o que nos permitiria tomar banhos relaxantes, apesar da neve. Além disso, para o meu alívio, encontrei o guarda-roupas abastado de cobertores e algumas botas e casacos extras.

Naquela noite, nós nos reunimos ao redor de uma fogueira, na pequena praça central. Um caldeirão de ferro cozinhava nosso jantar, sopa de legumes. Pelo visto, algum dos altos-sacerdotes tinha o dom da botânica — que se revelara extremamente útil, afinal. Levi teria ficado surpreso.

— O que Catherine está entregando a vocês agora é, sem dúvidas, o bem mais precioso de um fiel — disse Charles White, sentado entre nós.

Peguei com cuidado o embrulho que a alta-sacerdotisa me ofereceu. Ao abri-lo, deparei-me com um livro de capa preta, com o título *Sagradas Letras* em uma inscrição dourada. Acima dele, também ilustrada em dourado, estava a insígnia da estrela de quatro pontas sobreposta ao símbolo de um círculo em espiral, e a indicação dos quatro elementos da Magia Luminosa nas quatro laterais da estrela: "amor, fé, bravura, pureza".

— Ao final do seu treinamento, vocês não apenas dominarão os seus dons — disse Henry Stones em tom solene. — Vocês conhecerão a Deus. E vão descobrir que, no final, esta também é uma jornada de autoconhecimento.

Sob a trêmula luz da fogueira, abaixei a cabeça e rolei os dedos pelo couro macio.

Eu mal podia esperar.

# 59

### MÊS DA RAPOSA, 635 D.I.
*Primavera, 19 anos*

**ERGUI O MEU CAPUZ DIANTE** da porta fechada e saí de fininho, com meus passos abafados pela neve. Deixei a aldeia e comecei a subir a montanha pelo caminho entre as árvores altas, sob o céu escuro e sem estrelas. Eu não precisava de um candeeiro, conhecia aquela trilha como a palma da mão.

Três anos antes, eu era uma garota franzina que vencia com dificuldade a neve e a inclinação daquele terreno, chegando ao cume esbaforida e transpirando sob o casaco. Agora, eu era uma mulher treinada, que levava menos de vinte minutos para cumprir sua missão e que não precisava de mais do que duas profundas inalações para recuperar o fôlego.

Alcancei o topo da montanha junto aos primeiros raios solares, quando o céu ganhava um colorido de tons pastéis.

Aquele não era o ponto mais alto da região nem ficava na maior cordilheira do Norte, por isso a sensação que eu tinha, sempre que chegava ali em cima, era a de estar de pé entre gigantes embranquecidos. Mesmo após três anos escalando aquela mesma montanha, ainda me surpreendia com tamanha beleza do lugar.

Abaixei o capuz e ergui o rosto, de olhos fechados, para sentir a luz do sol na face. Com a respiração lenta, apreciava o tão familiar cheiro gelado.

Então olhei para as minhas mãos enluvadas e senti um nó na garganta. Fechei-as com força, a expressão séria. Meu corpo havia amadurecido ao longo dos anos, sob o estímulo dos exercícios intensos. Eu me sentia forte, quase invencível. No entanto...

Voltei o olhar para as montanhas ao meu redor.

Era uma pena que, a despeito dos meus melhores esforços, eu estava indo embora assim.

✦ ✦ ✦

## QUATRO SEMANAS DEPOIS DA CHEGADA AO ACAMPAMENTO

O sino tocava quando o céu ainda estava escuro, sem estrelas.

Eu me espreguiçava bem, aproveitando ao máximo o quentinho das cobertas, depois esticava a mão para alcançar o uniforme dos discípulos — que eu sempre deixava sobre a cadeira, ao lado da cama. Vestia-me sob as cobertas, arrepiando de frio quando as roupas geladas encostavam no corpo. Deixava a cama, fazia xixi, lavava o rosto, escovava os dentes e prendia o cabelo.

Então estava pronta para começar mais um dia.

Com as Sagradas Letras debaixo do braço e o candeeiro na mão, saía para o meu lugar favorito: descendo a encosta da aldeia, perto do córrego de águas quentes. Retirava a neve de cima de um banco acolchoado que havia ali e pendurava o lampião no prego fincado na árvore.

Pelos quarenta minutos seguintes, eu ficava lendo algum trecho do antigo livro; meditava em suas palavras, tentando aprender a orar e esperava sentir alguma presença sobrenatural.

Em algum momento durante aqueles minutos, o sol começava a nascer. Seus raios chegavam por entre as árvores de casca negra iluminando a fumaça que subia do rio. Os passarinhos agitavam-se, aproveitando para caçar os insetos que, àquela hora, saíam de seus abrigos. Eu sempre parava para admirar os animaizinhos voando por entre a bruma, o sol e as árvores.

Então o sino tocava de novo e, de todos os arredores da vila, surgiam os discípulos, que corriam para a pracinha central, loucos pelo desjejum.

Comíamos as nossas refeições sentados em círculo ao redor da sempre acesa fogueira e, após o lanche, compartilhávamos o que tínhamos aprendido naquela manhã durante a leitura sagrada.

Depois disso, vinha a minha parte favorita do dia: as atividades físicas. A gente carregava peso, subia em árvores, fazia corridas de longa distância, aprendia a controlar a respiração e treinava os reflexos. A cada dia, a programação das atividades mudava, de modo que a gente conseguia aproveitar o melhor delas, sem tédio.

À noite, após o jantar, nós nos reuníamos na pequena capela da aldeia para ouvir um trecho das Sagradas Letras. O alto-sacerdote responsável pela meditação explicava o trecho lido e tínhamos a oportunidade de fazer perguntas, mas eu nunca levantava a mão.

✦ ✦ ✦

**TRÊS MESES DEPOIS DA CHEGADA AO ACAMPAMENTO**

— Agora que vocês já aprenderam um pouco mais sobre os Fundadores e a sua natureza divina, única e indivisível, e que estão mais fortes fisicamente — disse Charles White certa manhã —, vocês estão prontos para descobrirem seus dons.

Olhei para Thomas, mas ele estava concentrado demais para perceber. Voltei a atenção para os sacerdotes e apertei a boca para disfarçar o sorriso. Finalmente tínhamos chegado à parte que eu mais ansiava em todo aquele treinamento.

— Vocês já sabem que todas as pessoas possuem pelo menos um dom adormecido — continuou Henry Stones. — Então, a partir de agora, vamos começar o processo de identificar, despertar e controlar dons. *Como assim, todo mundo tem pelo menos um dom, sacerdote Henry?* — O alto-sacerdote fez uma vozinha e um gesticular de mãos que nos arrancou risadas.

Se eu o conhecesse fora da Ordem, jamais diria que aquele homem robusto de bigode farto e bochechas rosadas tinha o cargo que tinha, muito menos que era uma das pessoas mais "poderosas" da ilha Bellatrix — o dom de Stones era a força bruta, e ele ainda conseguia invocar terremotos.

— O que eu estou dizendo é que a maioria das pessoas possui um único dom, algumas possuem dois e raramente alguém possui cinco.

— E antes que vocês perguntem, *sim* — prosseguiu Catherine Sky. — Os dons sempre se manifestam nesses números: um, dois ou cinco. Além disso, eles podem se manifestar em diferentes graus de poder. Duas pessoas podem ter o dom do fogo, por exemplo; mas uma conseguirá apenas controlar o fogo já aceso, enquanto outra será capaz de acender uma chama ao estalar os dedos. Quando falamos em dons, existem muitas variáveis.

A empolgação transbordou do meu peito no acelerar do coração. Eu mal conseguia me imaginar com um dom, quem diria cinco! E se eu tivesse um alto grau de poder? Considerando que sentia algo dentro de mim naquele exato momento, forte e ansioso, talvez eu tivesse mesmo. E se o meu dom estava pronto para ser desperto, eu estava pronta para dominá-lo.

— De agora em diante, vamos dividi-los em grupos. — Charles White enfiou a mão na bolsa transversal e tirou uma pequena sacola de camurça vermelha. — Por sorteio.

Um por um, retiramos os papeizinhos da sacola. Ao fim do processo, Chloe e eu ficamos como aprendizes de Charles White; Thomas e mais duas garotas seriam treinados por Catherine Sky; e o restante, por Stones.

Assim, o grupo se desfez em três equipes menores.

— E então, minhas pupilas? Estão empolgadas para descobrirem seus dons?

— Sim, senhor! — respondemos juntas.

— Ótimo. — O sorriso dele apertou as rugas do rosto. — É importante vocês estarem animadas mesmo, porque não é fácil descobrir um dom. Vocês deverão ser corajosas para se jogar de penhascos, mergulhar em lagos, tocar em chamas...

— P-penhascos? — perguntou Chloe.

— É claro que não vamos deixá-las cair. Não até o chão, pelo menos.

Eu juro que tentei controlar a risada, mas ela escapou como um espirro.

— Perdão. — Cocei o nariz e limpei a garganta. — Fala sério, senhor White? Vamos correr todos esses perigos?

— Por favor, acho que já nos conhecemos o suficiente para me chamarem de Charles. E, não, vocês não vão correr nenhum perigo real; todos os testes são acompanhados por um sacerdote e existem protocolos de segurança. Além disso, só testamos um dom caso você queira testá-lo.

Chloe e eu assentimos.

— Mas é importante que vocês confiem em mim e deem o melhor de si, pois sem desafiar seus medos, sem chegar até o limite, nunca despertarão seus dons.

— Nós confiamos — disse Chloe.

— Sim, e vamos dar o nosso melhor.

— Ótimo. — Charles White esfregou as mãos. — Vamos começar testando os dons mais comuns, então. Alguém aqui gosta de plantas?

✦ ✦ ✦

## NOVE MESES DEPOIS DA CHEGADA AO ACAMPAMENTO

Nossa rotina mudou depois que todos descobriram seus dons.

Após o desjejum e o momento de compartilhar o que tínhamos lido naquela manhã, passamos a treinar combate e, em seguida, a exercitar o domínio do dom. Como eu ainda não tinha conseguido despertar o meu, descia a montanha e ficava treinando sozinha na sala de vidro, repetindo todos os exercícios que já tinha aprendido.

Então, logo depois do almoço, Charles usava nosso único tempo livre para continuar testando dons comigo. A gente subia a montanha, fazia um exercício de respiração, meditava e repetia os processos de despertamento de dom, na esperança de que, daquela vez, funcionassem.

Mas eles nunca funcionavam.

E, no dia seguinte, repetíamos tudo de novo.

✦ ✦ ✦

## UM ANO DEPOIS DA CHEGADA AO ACAMPAMENTO

Uma vez por semana, não tínhamos nada programado. Usávamos esse dia para dormir até mais tarde, lavar as roupas e limpar a casa. E depois de fazer tudo isso, geralmente as pessoas ficavam conversando ou saíam para passear pelos arredores da aldeia.

Thomas havia me chamado para fazer uma trilha com mais algumas pessoas, mas eu recusei.

Agora, no fim da tarde, minha cabeça doía pelas horas sem comida nem bebida, e as pernas formigavam pela mesma posição sentada que eu vinha mantendo. Remexi-me no banco improvisado enquanto observava a fumacinha que subia do córrego.

— O que estou fazendo de errado? — sussurrei.

Eu repetia essa pergunta desde cedo para Deus. E, desde cedo, o silêncio era a sua única resposta.

Olhei para o livro aberto no meu colo. Ao longo daquele ano, eu já tinha lido todas as quatro partes e cada uma das trezentas e cinquenta páginas, porém continuava relendo-o na expectativa de encontrar alguma resposta. De sentir algo diferente. Ou de ouvir Deus, como eles diziam.

Fechei o livro e me espreguicei.

> Depositem diante de mim suas necessidades, derramem suas lágrimas no meu altar e saibam que nenhuma delas passará despercebida. Eu sou o Deus que ouve e que vê, e quem confia em mim jamais será desamparado.
> (Sagradas Letras, Parte III, Crônicas de Outrora)

Eu tinha me baseado nesse texto para ficar horas e horas em jejum, lendo e orando, implorando para que El-lihon me revelasse um dom ou pelo menos me desse o ar de sua graça e respondesse alguma coisa. Mas, pelo visto, alguns pedidos passariam, sim, despercebidos.

Subi a encosta da vila devagar, fraca demais para andar rápido. Estava passando pela lateral do refeitório quando ouvi sussurros. Parei ao lado de uma janela e encostei o ouvido na parede de madeira.

— Sim, eu concordo, não podemos comentar nada com Charles. — A voz era de Catherine Sky. — Mas você e eu deveríamos agir. No mínimo, estudar o caso.

— Então vamos fazer isso. — A voz de Henry Stones era um sussurro grosso e rouco. — Acho que deveríamos escrever para o Sínodo, eles vão saber nos aconselhar.

— Pobrezinha...

— Você acha que houve um engano?

— É claro que não! — Catherine Sky respondeu rápido. — A Pedra da Vocação é infalível e revela a vontade dos Fundadores, a garota foi chamada por El-lihon.

— Mas você não acha que isso é estranho demais? — Henry Stones manteve o tom baixo. — Já ouvimos de pessoas que conseguiram usar o dom mesmo nunca tendo frequentado a Ordem, mas nunca alguém veio para cá...

— Você não deveria ouvir a conversa dos mais velhos. — A voz atrás de mim me fez sobressaltar.

Charles passou ao meu lado e fez um gesto de cabeça para que eu o seguisse. Hesitei por um instante, alternando o olhar entre o idoso e a parede de madeira do refeitório. Decidi segui-lo. Já tinha ouvido o suficiente.

— Eles estavam falando de mim — comentei assim que o alcancei.

— Eles estão preocupados.

— E você não?

Paramos perto da fogueira da pracinha central.

— Não.

— Acho que deveria. — Ergui uma sobrancelha e cruzei os braços. — Aparentemente, isso nunca aconteceu antes. E como alguém consegue despertar um dom sem ter feito o treinamento da Ordem? Achei que...

— São casos raros de pessoas que conseguiram usar o dom uma única vez, em momentos de grande desespero.

— Mas como?

— Deus não está limitado às quatro paredes da Ordem.

— Hum...

Charles inspirou fundo e voltou-se para a fogueira.

— Eu não estou preocupado, Alison, porque você foi chamada por El-lihon. E está se dedicando muito. No momento certo, seu dom será revelado.

— Estou começando a duvidar disso. — Eu me abracei.

— Em todos esses anos, observei uma coisa. Quando alguém tem cinco dons, geralmente o primeiro demora a se manifestar. Ou quando o grau de poder da pessoa é muito alto, também pode demorar.

Sorri torto e meneei a cabeça.

— Está dizendo isso só para me animar.

— Sim, é verdade. — Charles virou-se para mim e sorriu como um vovô traquina. — Mas também é verdade o que eu disse.

Engoli em seco.

— Obrigada, Charles.

Ele segurou minha mão e deu tapinhas nela.

— Não deixe sua fé ser abalada, criança. Vamos descobrir qual é o seu dom, você vai ver.

Concordei com a cabeça, sentindo um quentinho no coração.

Ele tinha razão, eu precisava continuar acreditando.

✦ ✦ ✦

## UM ANO E TRÊS MESES DEPOIS DA CHEGADA AO ACAMPAMENTO

Depois de almoçar super-rápido, lavei meu prato e os talheres e corri para a varanda do refeitório, onde Charles costumava se sentar em uma cadeira de balanço após a refeição.

— Estou pronta — anunciei com o queixo empinado e as mãos para trás.

— Precisamos conversar.

Prendi o fôlego. Oh, não.

Deixamos o refeitório e seguimos para a pequena capela. O ancião atravessou o corredor até se sentar no primeiro banco. Eu me sentei ao seu lado e fiquei encarando o púlpito simples. Não havia vitrais na capela nem obras de arte. Como tudo na aldeia, ela tinha sido construída com madeira cinzenta, sem muito acabamento.

— Eles receberam uma resposta do Sínodo — disse Charles.

— E? — Continuei olhando para a frente.

— Fomos aconselhados a parar de testar.

— Mas você não vai fazer isso, não é?

— Eu vou.

Virei-me para Charles.

— Vai desistir de mim?

Ele balançou a cabeça levemente.

— É claro que não.

— Mas é isso o que está fazendo.

Charles olhou para mim e eu desviei os olhos para o púlpito. Travei a mandíbula.

— Alison, estamos tentando despertar o seu dom há muito tempo. Acho que é hora de pararmos de insistir com Deus e tentar ouvir o que ele tem a nos dizer, porque nem sempre é o que gostaríamos de ouvir.

Meus olhos se encheram d'água. Virei a cabeça um pouquinho para o lado oposto ao dele e engoli o choro.

— Eu não desisti de você. Vou continuar orando e jejuando para entender o que El-lihon espera de nós.

Depois de alguns segundos de silêncio, Charles se levantou.

Esperei até que seus passos se distanciassem, então veio o som da porta se abrindo e fechando. Pisquei, deixando as lágrimas escorrerem, e funguei para recuperar o controle. Olhei para um ponto acima do púlpito, onde deveria ficar o vitral colorido.

— Eu só espero que ele te responda — sussurrei.

✦ ✦ ✦

**UM ANO E MEIO DEPOIS DA CHEGADA AO ACAMPAMENTO**

— Estamos na metade da jornada. — Catherine Sky deu um sorriso contido. — Por isso, hoje vocês farão sua adaga, aquela que todo servo de El-lihon carrega no cinto. Sim, cada um fará a sua própria adaga.

Ouviu-se um suspiro coletivo pelo refeitório. Em cima de cada mesa, estavam alguns materiais para a fabricação da arma, e aquilo fez meu coração apertar de saudade do Artífice.

— Eu vou mostrar como se monta uma — continuou a sacerdotisa —, mas você poderá personalizar a sua do jeito que quiser.

Peguei a lâmina curta de cima da minha mesa. Preta e brilhante, ela parecia ser feita de ônix. Experimentei a parte afiada no dedo e pisquei, surpresa.

— Ela não corta.

— Sim. — O sorriso de Catherine Sky se alargou. — Porque a adaga é, na verdade, apenas uma metáfora.

Ela deixou sua mesa e começou a andar por entre o corredor, falando enquanto nos olhava um a um:

— Vocês sabem por que fazem tantos exercícios físicos e treinam combate? Não é para lutar nas guerras do Império; afinal, já aprenderam que a nossa guerra não é contra sangue e osso, e sim contra a Magia Obscura. Nós treinamos porque há uma ligação mística entre a mente e o corpo. Então, quando vocês treinam, também estão afiando a mente. — Ela colocou um dedo na têmpora. — Aqui é onde acontece a real batalha.

Catherine Sky cruzou as mãos diante do torso e caminhou de volta para sua mesa.

— A adaga não corta porque ela representa a verdadeira espada. — E ergueu o livro sagrado. — Essa, sim, é capaz de cortar juntas e medulas, de atravessar até a alma.

Naquela tarde, montamos as nossas adagas. E eu finalizei o cabo da minha com uma fina camada de couro. De um lado, entalhei o desenho de um leão e, do outro, encrustei uma pedra âmbar.

Analisei a arma, sentindo seu peso. Um sorriso triste riscou meu rosto. Eu era uma fiel sem dom, carregando uma arma sem corte. Seria poético, se não parecesse uma piada.

✦ ✦ ✦

### DOIS ANOS E QUATRO MESES DEPOIS DA CHEGADA AO ACAMPAMENTO

Engatei uma sequência de socos até a corrente de sustentação do saco de pancadas ranger, então parei para respirar.

A sala de vidro recebia esse nome porque três de suas paredes eram feitas inteiramente de vidro. Essa visão panorâmica nos permitia treinar como se estivéssemos no meio da floresta, mas sem a necessidade de usar os pesados trajes para neve.

Bebi um pouco d'água do cantil e voltei a socar. O suor escorria por minha testa e nuca, e as faixas brancas que envolviam minhas mãos estavam manchadas pelo sangue dos dedos machucados.

De repente, senti um vento gelado atingir minhas costas quando alguém abriu e fechou a porta. Parei de socar e prestei atenção nos passos.

Thomas.

— O que está fazendo aqui? — perguntei, ainda de costas para a porta, enquanto ajustava as faixas de uma mão. — Deveria estar com os outros, aprendendo a dominar o seu dom.

Ele surgiu ao meu lado e retirou o sobretudo sujo de neve.

— Catherine concordou que eu já dominei o meu. Quero dizer, está óbvio que eu só falo com animais: realmente não consigo controlar eles.

— "Só"... — falei sem pensar e odiei o tom amargurado. — Desculpe, não quis dizer isso.

— Posso treinar com você?

Ele começou a enfaixar as mãos.

— Treinar ou apanhar? — Ergui uma única sobrancelha.

— Metida.

Sorri torto.

— Você pode usar uma venda — sugeriu Thomas ao terminar de amarrar a faixa da mão direita. — Para equilibrar, sabe? Já que você é *a melhor combatente de todos os tempos*.

Rindo, peguei uma faixa do chão e amarrei-a sobre os olhos.

— Eu não tenho escolha — falei, ignorando o sarcasmo.

Vendada, concentrei-me em sentir os movimentos dele. Assim que captei uma perturbação à esquerda, ataquei e caí por cima de Thomas, que bateu na minha perna em sinal de derrota. Levantei-me.

Em posição de defesa, voltei a me concentrar.

— Ser boa nisso é a única coisa que eu tenho — expliquei.

— Não é verdade.

Aproveitei sua voz para atacá-lo de novo. Desta vez, porém, Thomas conseguiu se defender e depois fugiu para longe de mim. Eu girei a cabeça devagar para tentar medir a distância entre nós.

— Você ainda tem Deus — disse ele de algum lugar à direita.

— Não, eu não tenho.

Senti Thomas se aproximar e ataquei rápido, derrubando-o. Desta vez, eu o imobilizei melhor: apertei a garganta do meu amigo até que ele batesse na minha perna, então me joguei para o lado e arranquei a venda.

— Ele me esqueceu — comentei ao olhar para o teto.

— Você não pode estar falando sério. — Thomas deitou-se de lado para me fitar. — Nosso relacionamento com Deus é mais do que um mero dom.

Suspirei uma risada.

— Tá bom... Você diz isso porque já tem o seu.

— Aham! Um dom fraco e sem graça.

Virei-me de lado também.

— Vai reclamar do seu dom para a única pessoa que não tem nenhum?!

— Esse é o ponto, Alison. A gente nunca vai ficar satisfeito com Deus se o nosso foco for o que podemos receber dele, e não o nosso relacionamento. Ele nos adotou! Será que isso não é o suficiente?

Levantei-me.

— Vou tomar um banho, estou suada.

— Alison. — Parei e olhei para trás. Thomas também tinha se levantado. — Você se arrepende de ter vindo?

Meneei a cabeça.

— Não.

Saí da sala de treinamento vestindo o sobretudo.

Como eu poderia me arrepender de ter vindo se, graças aos treinamentos, eu estava mais forte do que nunca?

Mesmo que Deus não estivesse ao meu lado, *eu* estava.

E, de alguma forma, isso era o suficiente.

✦ ✦ ✦

## 1.094 DIAS DEPOIS DA CHEGADA AO ACAMPAMENTO

Havia um tom solene perpassando a capela. E não era porque Stones estava dedilhando o banjo num cantinho perto do púlpito, ou porque eles haviam acendido muitas velas que douravam o ambiente. Era algo mais.

Após um momento de silêncio melódico, Charles se levantou e foi até o púlpito. Assim que ele se posicionou atrás da tribuna, nós nos levantamos também.

— Amanhã, quando retornarem para a vida civil, lembrem-se de tudo o que aprenderam aqui. É fácil ser uma chama quando se está no meio da fogueira, mas o verdadeiro teste acontece quando retiramos a brasa e a levamos a um local frio e escuro. Espero, sinceramente, que vocês não deixem o mundo apagá-los, mas que continuem a queimar e arder luz por onde quer que forem.

Meu coração se contraiu. Se eu não estava queimando nem na fogueira, o que aconteceria se me removessem para longe?

— Façamos o juramento — disse Charles.

As pessoas começaram a jurar em uníssono; todos, menos eu.

— Juramos não corromper o nosso dom por ganância, orgulho nem vaidade. Juramos nunca prejudicar alguém com o poder que recebemos. Juramos lealdade a El-lihon. E juramos nunca retirar a vida de alguém com o nosso dom, mesmo que isso custe nossa própria vida. Em nome de Deus, juramos.

Assim que eles terminaram, deixei o meu lugar e atravessei o corredor em silêncio. Abri a porta da capela e saí sem olhar para trás, até chegar em casa.

Então comecei a arrumar as malas.

✦ ✦ ✦

Um piado agudo de águia me fez piscar.

O sol estava mais forte e o vento balançava meu cabelo, loiro no comprimento e vermelho nas pontas. Ele tinha crescido até quase a cintura. Abaixei a cabeça.

Eu sentia que havia falhado comigo, e nem era por causa do dom.

Eu tinha entrado para a Ordem porque queria me sentir forte, queria recuperar o controle da minha própria vida. Mas, conforme fui aprendendo sobre as Sagradas Letras, eu me peguei apaixonada pela ideia de propósito, de me sentir viva e inteira, de me sentir amada. Agora, eu estava indo embora sem nenhuma daquelas promessas: uma pessoa amarga, vazia e ainda quebrada. E se eu estava saindo desse jeito do lugar que supostamente deveria ter me consertado, será que ainda havia alguma esperança para mim?

Inspirei o ar gelado.

Ergui o capuz.

E desci a montanha pela última vez.

# 60

**A FOGUEIRA FOI APAGADA.** As casas, fechadas. E quando nos reunimos em círculo na pracinha central, perto das brasas já frias, havia um tom lúgubre no ar. Éramos pessoas diferentes, carregando as mesmas mochilas.

— Vamos dar as mãos — disse Catherine Sky. — Agora, fechem os olhos.

Obedecemos. No instante seguinte, uma onda de calor me abraçou e o cheiro de grama fresca inundou o ar. Abri os olhos. Estávamos nos arredores da vila Âmbar, cercados pelo som da cantiga dos pássaros.

Duas pessoas do nosso grupo vomitavam.

— Eu avisei para fecharem os olhos — lembrou-nos a mulher, indo na direção da escada rústica que nos levaria de volta ao templo.

Henry Stones sorriu e balançou a cabeça ao seguir a amiga.

Tirei o sobretudo, inspirei o ar quente e admirei as velhas conhecidas montanhas verdejantes. O som do rio era forte e tornava o cheiro úmido.

— Vamos? — Thomas apontou com a cabeça para a estradinha que o grupo seguia.

Ajustei a adaga no cinto e a mochila nas costas.

— Vamos.

⁎ ⁎ ⁎

O templo continuava exatamente igual, e nós fomos recebidos com um pequeno banquete e muita festa.

Os servos de Pórthica também estavam retornando de sua viagem à ilha Mirzam: bronzeados, amadurecidos e, alguns, falando português, o idioma predominante daquela ilha. Contavam suas aventuras missionárias sobre quantas vilas abençoaram construindo casas e cuidando de idosos, sobre os pequenos fazendeiros que ajudaram e sobre como haviam fortalecido os irmãos na fé. Tinham construído cinco templos em regiões diferentes da ilha.

Os servos de Riach foram os últimos a chegar, após o almoço. Eles tinham passado os três anos em Âmbar mesmo, Ônix e Safira, todas vilas daquela região central da Província Vênus. Serviram nos templos e fora deles, como missionários locais; o que era basicamente visitar enlutados, enfermos e condenados.

Confesso que fiquei surpresa com as muitas histórias de aventura. Será que, se Pórthica ou Riach tivessem me escolhido, eles não teriam me dado algum dom?

Aproveitei que as pessoas estavam conversando animadamente com o grupo recém-chegado e fiz um sinal para Thomas.

— O que foi? — perguntou ele em voz baixa.

— Nada, eu só queria avisar que vou tirar um cochilo, caso alguém pergunte por mim. Amanhã vamos sair cedo e eu estou cansada.

— Tudo bem, bom descanso. — Ele beijou o topo da minha testa.

Enquanto dirigia-me para as câmaras interiores, tentei não reparar nas conversas atrás de mim, que tinham mudado de tom. Comigo fora de vista, eles finalmente podiam fofocar sobre a garota esquecida pelos Fundadores, a única fiel sem dom.

Bufei, mais irritada do que gostaria de admitir.

Os aposentos ficavam no subsolo. Peguei meu velho baú na sala das malas e segui pelo corredor estreito. Assim como o teto, as paredes e o piso também eram feitos de rochas. Era um pouquinho difícil não se sentir sufocado, ainda mais com o tamanho minúsculo dos cômodos individuais, onde as visitas dormiam: três passos de largura e seis de comprimento. Cabia apenas uma cama baixa e as bagagens. Pelo menos o pé-direito era alto.

Ao fechar a porta de madeira, percebi que não tinha tranca, então arrastei o baú para usá-lo como defesa e deixei o candeeiro aceso perto de mim. Se alguém tentasse entrar, primeiro enfrentaria o peso do baú e suporia que a luz dourada vinha da candeia, dando-me tempo de sobra para esconder o mirador.

Enquanto eu abria a mala e retirava algumas coisas para liberar o fundo falso, meu coração começou a bater mais forte e um sorriso triste marcou a face. Deus meu, como eu estava com saudade! Será que mamãe estava bem?

Tinha mudado de emprego? Será que ela ainda estava com aquele carinha do piquenique? Eram tantas perguntas que a ansiedade mal cabia em mim.

Depois de retirar quase tudo do baú, abri o fundo falso. Caderninho, moedas, mirador. Tapei a boca para abafar o suspiro choroso e respirei algumas vezes, tentando acalmar o coração.

Com a mão trêmula, segurei o artefato.

O quarto foi inundado pela luz dourada, tão forte que precisei piscar. Ao virar-me novamente para ele, vi mamãe sentada diante do computador, bem na hora que erguia a cabeça para frente, com os olhos meio arregalados e um sorriso no rosto. Sorri também, os olhos marejaram.

Mamãe se levantou e correu para um banheiro; então fechou a porta e se encarou no espelho, rindo, com uma mão no coração.

— Você sentiu minha falta — sussurrei, entre soluços.

Mamãe tinha sentido minha falta! Fechei os olhos e abri a boca, fingindo gritar bem alto. Então abracei o mirador com força. *Ah, mamãe, eu te amo tanto, tanto... Também senti sua falta.*

Voltei a olhar para o artefato.

O cabelo dela estava maior, abaixo dos seios, como um rio de chocolate. Ela continuava magra demais, pálida demais, porém ainda era a mulher mais linda do mundo para mim.

Com a garganta amarrada em um nó e os olhos úmidos, beijei o mirador; um beijo longo e sem pressa.

Mamãe respirou fundo e controlou o sorriso. Secou uma pequena lágrima no cantinho dos olhos, arrumou a blusa e então voltou andando tranquilamente para o seu lugar. No rosto, ainda um sorriso.

Eu teria ficado olhando para ela por horas a fio se os passos no corredor não tivessem me assustado. Guardei o mirador bem rápido e enfiei todas as coisas de volta no baú.

✦ ✦ ✦

Na manhã seguinte, descemos para o desjejum. Thomas me encarou, desconfiado.

— O que foi? — perguntou.

— Nada não. — Mordi um pedaço do pão.

— Você está com a ruga da preocupação.

— Ruga?!

Thomas riu.

— Não é bem uma ruga. É que, quando você está preocupada, aparece uma minúscula covinha acima da sua sobrancelha direita.

Percebi que eu estava, de fato, com a expressão fechada e tratei de suavizá-la.

— Não é nada sério. É só que... — Desviei o olhar para um ponto mais distante. — Eu não sei o que fazer com o cofre da Sophia.

— Gastar o dinheiro não é uma opção, eu imagino — disse ele e bebeu o restinho do café.

— Não mesmo.

Continuamos o desjejum em silêncio. Na mesa comprida, outros fiéis também comiam, sem muita conversa.

— Já pensou em doar para a Ordem?

Terminei de engolir o último pedaço de pão e me recostei na cadeira.

— Já. Mas não sinto que isso seja a melhor coisa. Ela acreditava nos Fundadores, só que, sei lá, Sophia era mais uma liberal do que uma fiel.

Thomas assentiu.

— Por que não doa para alguma instituição? — comentou o rapaz sentado do outro lado da mesa. — Desculpa, não pude deixar de ouvir.

— Tudo bem, estávamos falando alto mesmo. — Dei um sorriso educado. — O que quer dizer com instituição?

— Sociedades civis que lutam por alguma causa. Aqui em Âmbar, você vai encontrar algumas: ambiental, feminina, de excluídos... Sua amiga se chamava Sophia? — Anuí. Ele assentiu de volta, mastigando. — A Sociedade dos Perdidos Singulares foi fundada por uma Sophia também. Sophia Gold. A sede fica na vila Ossos.

— *O quê?!* — Thomas e eu falamos ao mesmo tempo.

O rapaz alternou o olhar arregalado entre nós dois.

— Espera. Por acaso...?

— Sim — respondi rápido, mal conseguia conter a euforia. — Sophia Gold era a nossa amiga. Pode me dar o endereço dessa instituição?

— Claro. — Ele fungou, procurando papel e caneta nos bolsos do casaco.

Thomas e eu nos entreolhamos, sem saber ao certo como reagir.

— Como você sabe sobre isso? — perguntei.

O moço achou um papel e caneta e começou a anotar.

— Ela procurou a Ordem para conseguir apoio financeiro quando estava abrindo a sede, lá em Ossos. Aqui. — Ele entregou o papel. — Sua amiga era uma pessoa incrível. Sinto muito pelo que aconteceu.

Engoli em seco e forcei um sorriso.

✦ ✦ ✦

Supostamente, não deveríamos estar em Âmbar, já que tínhamos dezenove anos e a vila era para jovens entre dezesseis e dezoito. Porém, a Ordem dos Três tinha um acordo com o governo e, quando seus jovens fiéis retornavam da campanha de treinamento, podiam ficar um último dia na vila de origem antes de partirem para a próxima em uma caravana da Ordem.

Antes que encerrassem o desjejum, pedi ao sacerdote encarregado da excursão que nos liberasse, Thomas e eu, para conhecermos a Sociedade dos Perdidos Singulares. Ele nos liberou com a condição de que voltássemos antes das nove e meia. Não podíamos atrasar a caravana.

Com o cofrinho em mãos, deixamos o templo às pressas.

— Temos menos de uma hora — avisou Thomas ao passar a mão no cabelo.

— Vai dar certo. — Fiz sinal para um burrete.

Enquanto o veículo nos levava rua abaixo, não conseguia parar de pensar naquilo, incrédula. Sophia tinha criado uma instituição em Ossos! Por que nunca ouvira falar daquilo? E quem tinha criado uma filial em Âmbar?!

Quando o burrete parou de frente a uma casa simples, custei a acreditar. Se não fosse pela placa discreta, jamais diria que ali funcionava uma organização civil.

SOCIEDADE DOS PERDIDOS SINGULARES
FUNDADA POR SOPHIA GOLD EM 631

Parei diante da porta, os olhos marejados e o coração doído. Estava difícil conter o choro, a saudade mais latente do que nunca.

De repente, alguém trombou em mim, vindo da rua. Olhei para trás, nós dois nos desculpando ao mesmo tempo.

— Perdão, ainda estou aprendendo como isso funciona — disse o rapaz ao apontar para baixo. Um cachorro me olhava de língua de fora. — Sempre usei bengala para me guiar. — Ele parou de falar e olhou para um ponto mais acima da minha cabeça. — Você é nova aqui.

— Como sabe?

— Pelo perfume e agora pela voz.

— Oi, prazer. — Thomas chegou, oferecendo uma mão em cumprimento. Percebeu que o moço era cego e usou a mão para coçar a cabeça.

— Olá — respondeu o moço, virando a cabeça na direção da nova voz. — Como posso ajudá-los?

— Gostaria de saber mais sobre a instituição, mas não temos muito tempo.

O rapaz fez uma careta de poucos amigos.

— Ah, não! Espera aí. Vocês são alguns daqueles palermas que estão esperando o cego abrir a porta para assaltar o lugar? Já vou avisando que os outros membros logo vão aparecer! E se vocês acham que...

— Não somos esse tipo de pessoa — interrompi, horrorizada.

— Éramos amigos da Sophia — disse Thomas. — Sophia Gold.

— Oh. — Ele abriu a boca. — Levi, Alison e Thomas?

— Eu sou o Thomas e ela é a Alison. O Levi não está aqui.

— É um prazer conhecer vocês. — Ele enfiou a mão no bolso e puxou uma chave. — Aceitam um chá?

— Não podemos entrar, infelizmente temos pouco tempo — expliquei com a voz mais polida possível. — Nós só queríamos saber um pouco mais sobre a instituição antes de partirmos.

O rapaz sorriu, anuindo.

— Sophia Gold criou esse grupo em 631, na vila Ossos, junto a Matthew Dash. O objetivo deles era ajudar os rejeitados e excluídos por suas deficiências a conseguirem empregos melhores e serem tratados com justiça na divisão das casas. Pelo menos, esse era o objetivo inicial. Quando ela morreu, nós recorremos ao aspirante Harry, porque sabíamos que ele compartilhava dos sonhos revolucionários dela. O plano da Sophia era envolver vocês e o Harry quando a ideia estivesse mais consolidada, só que obviamente nós tivemos que antecipar isso. Quando Matthew foi para a academia, Harry deu continuidade ao trabalho na instituição, inclusive ajudou a fundar essa casa aqui em Âmbar.

Enquanto o rapaz nos contava aquela parte da vida de Sophia, uma parte da qual eu jamais tinha ouvido falar, lágrimas quentes desciam pelo meu rosto.

— Queria que ela tivesse me contado — sussurrei.

— Sim, a gente teria apoiado — lamentou Thomas com a voz embargada.

— Não fiquem tristes. Sophia tinha certeza de que vocês a amavam muito e sabia que a apoiariam, mas ela queria que *nós* fôssemos os protagonistas dessa história. Ela queria provar para nós e para a sociedade que podíamos fazer o que quiséssemos, inclusive lutar por isso.

Usei um lencinho para enxugar o rosto.

— Isso soa como algo que a Sophia teria dito. — Thomas sorriu com os olhos úmidos.

O moço esticou o braço, procurando-nos. Segurei sua mão, de modo que ele apertou a minha e sorriu.

— Sua amiga era uma pessoa muito querida. Hoje, a Sociedade dos Perdidos Singulares ajuda mais pessoas do que vocês podem imaginar.

Funguei e engoli em seco para desfazer o nó da garganta.

— Obrigada, hã...

— Ryan.

— Obrigada, Ryan — continuei. — Sabe, eu vim aqui por outro motivo também. A Sophia tinha um cofre no qual juntava dinheiro. Um cofrinho bem gordo, devo dizer. — Coloquei o porco de barro na mão dele e soltei o peso devagar, para que o rapaz o sentisse e não o deixasse cair.

— Uau, é pesado mesmo.

— Quero que fique com ele. Para usar na Sociedade.

Agora era Ryan quem estava emocionado.

O rapaz nos agradeceu muito enquanto nos despedíamos. Depois, voltando para o templo, fiquei com a cabeça encostada na janela, admirando o céu com a face molhada e com o coração pesado.

Sophia podia até não ter vivido o suficiente para ver seu sonho acontecendo, mas ela havia deixado a ideia plantada. Eu não tinha dúvidas de que, dali a alguns anos, a Sociedade dos Perdidos Singulares causaria um grande impacto na ilha Bellatrix.

E, de onde quer que ela estivesse, Sophia estaria sorrindo.

# 61

ÉRAMOS DEZOITO, contando com o cocheiro e a sacerdotisa que nos acompanhava. Deixamos a vila pontualmente às nove e meia da manhã, rumando ao Sudeste em uma única carroça comprida.

A vila Âmbar possuía uma estação de trem; contudo, se pegássemos o transporte daquele ponto, demoraríamos mais de uma semana para chegar até Coiotes. Logo, era mais prático atravessar de carroça um trecho da Província Vênus até pegar outro trem no ponto que ia direto para Coiotes.

Assim iniciamos a tediosa jornada de um dia. Lá fora, a chuva caiu pesadamente por horas a fio, tamborilando no tecido impermeável do veículo.

Às oito da noite, a chuva escorria em pingos suaves, e a gente sacolejava no interior parcialmente escuro da carroça como ovos chocos dentro de uma bandeja. De repente, o veículo parou e, momentos depois, a sacerdotisa apareceu na porta usando uma capa de chuva.

— Gente, vocês *precisam* ver isso. Podem colocar rapidinho suas capas e descer? É bem rápido.

*Moça, não precisa insistir, a gente tá doido para esticar as pernas.*

Vestimos nossas capas e descemos para o solo lamacento. A noite sem lua nem estrelas tinha um ponto de luz diante da carroça, ao longe. Um brilho intenso, quase como se o sol tivesse esquecido um pedaço de si sobre a terra. Quando fui para uma das laterais da carroça, descobri de onde vinha o brilho e perdi o fôlego. Lá na frente, estava uma linda cidade toda iluminada, feita de torres altas e pontiagudas. Parecia um único e enorme castelo de porcelana.

— Yellowshine — disse a sacerdotisa com um tom de satisfação em sua voz. — É uma das cinco cidades das fadas.

— O quê?! — gritei. — Ai. Deus. Meu. É sério mesmo?! É uma cidade das fadas de verdade?! E a gente vai pernoitar ali?

Todo mundo me encarava, mas eu não conseguia conter a empolgação.

— Você está bem? — perguntou Thomas.

— Aham. D-desculpa, pessoal. Er... É que eu sou muito fã das fadas.

Socorro, queria gritar! Depois de três anos com as minhas pesquisas em suspenso, eu dava a sorte de ter uma pequena, porém real possibilidade de encontrar Peter Pan. Eu realmente poderia descobrir o portal que levava até a Terra! *Respira, Alison, não vá desmaiar.*

— É perfeitamente compreensível — disse a sacerdotisa, que sorria para mim. — Eu mesma sempre perco o fôlego quando tenho a oportunidade de fazer essa viagem. Se não tivesse chovido tanto, teríamos chegado com o pôr do sol e vocês saberiam que a cidade consegue ser ainda mais linda do que isso. Ah, e esperem só até chegarmos lá. Vocês vão adorar!

*Eu vou é passar mal. E se aquela não fosse a cidade onde Peter Pan morava? Não pensa assim.* Eu precisava manter a positividade, afinal, era a minha melhor chance em anos, não dava para desperdiçá-la.

— Precisamos ir — disse o cocheiro, quebrando o momento. — Sabe como eles são chatos com atrasos.

Voltamos para dentro da carroça enquanto eu ria feito uma hiena.

Quando o carro atravessou o pórtico da cidade, fomos banhados pela luz dourada que parecia emanar de cada pedacinho dela. Seguimos direto para o hotel, com todo mundo vislumbrando embasbacado a vida noturna e agitada das fadas.

Em toda a minha vida, eu só tinha visto uma fada, Loyenn. E tinha sido basicamente só naquele dia em que ela nos revelara o motivo de existirem humanos na Terra do Nunca. Desde então, nunca mais tinha visto nenhuma. Era estranho, nostálgico e um pouco encantador admirar aqueles seres altos, elegantes, com suas orelhas pontudas e asas reluzentes.

Eles, por sua vez, não pareciam nos notar.

O Hotel dos Peregrinos era definitivamente o melhor lugar em que já tínhamos pousado, de todas as viagens. Não sabia de que material era feito o edifício nem que tipo de energia brilhava nos lustres de vidro, mas acho que nem se eu soubesse teria ficado menos maravilhada. O pé-direito alto do salão principal, a decoração luxuosa, o tapete vermelho no centro, os desenhos intrincados das paredes, o fogo da grande lareira que nos aquecia... era tudo extremamente glorioso.

Foi o espirro de Thomas que me tirou do transe.

— Você está sentindo esse cheiro? — perguntou ele, coçando o nariz com a palma de uma mão.

— Não. Que cheiro?

— Não sei, parece um perfume de flor.

Seus olhos estavam ficando vermelhos e lacrimejados.

— Vai se sentar, eu faço o nosso *check-in*.

Ele me entregou sua certidão e saiu coçando furiosamente o nariz. Enquanto isso, eu fui para a fila do balcão. Quatro feéricos atendiam ao mesmo tempo e logo chegou a minha vez. Sorri para o moço de cabelo preto.

— Oi, boa...

— Aquele rapaz sentado é seu amigo?

Pisquei com a interrupção.

— Hã... sim.

— Ele está bem?

— Na verdade, não. Está com os olhos vermelhos e...

— Alergia ao pó mágico! — disse alto o feérico, estalando os dedos várias vezes até uma fadinha baixa vir correndo. — Ali. Melhor você se apressar.

Olhei para trás. Thomas tinha caído de bruços no sofá de veludo.

— Santo Deus, ele vai ficar bem?!

— Não vai morrer. Documentos.

Entreguei a minha certidão e a de Thomas, escandalizada pela frieza do rapaz. Pelo visto, a antipatia estava no sangue das fadas.

Depois de preencher um pequeno formulário, peguei a chave do meu quarto. Thomas já tinha sido levado de maca para o dele.

— Ele vai ficar bem, mesmo? — perguntei.

O feérico me encarou tão intensamente que eu apenas saí apressada. Peguei meu baú e minha mochila de um carrinho da recepção e procurei as escadas.

— Aqui — disse a fadinha baixa, seu timbre de voz muito agudo. Ela segurava uma porta aberta. — As escadas são apenas para emergências.

Reconheci o elevador e sorri, agradecendo ao entrar.

Ele se parecia com os elevadores que eu tinha observado na cidade da mamãe, com a diferença do visual, mais chique e decorado. Observei a fada apertar um número e fechar a grade de ferro, então uma porta se fechou automaticamente. Senti a coisa se mexer sob nossos pés. Era muito empolgante!

E aí, como um riscar de fósforo, eu me lembrei dele, sentado em sua cadeira de rodas.

— Vocês são nossos aliados. Por que não compartilham essa tecnologia conosco? — Encarei a fadinha parada ao meu lado.

Ela não olhou para mim ao responder.

— Porque os humanos corrompem tecnologias boas e usam as perigosas para se autodestruírem.

O elevador parou no terceiro andar.

— Mas e as espingardas que alguns soldados das crianças perdidas usam? — retruquei enquanto ela abria a grade. — Foram vocês que nos forneceram.

A fada praticamente me empurrou para fora do elevador e fechou a grade de ferro.

— E por que você acha que fornecemos as armas em tão pequena quantidade, para serem usadas apenas em regiões autorizadas?

O elevador fechou e desceu. Bufei, arrastando meu baú pelo corredor.

Agora tudo fazia sentido. As crianças perdidas tinham se beneficiado da aliança com as fadas por elas serem mais avançadas tecnologicamente; contudo, por sermos o elo mais fraco, tínhamos de aceitar todas as condições que elas impunham. E como se achavam as guardiãs da Terra do Nunca, muito superiores a nós, seres humanos, elas acabavam não nos ajudando tanto assim. Não era de se surpreender que a guerra contra os piratas se arrastasse por quase um milênio.

Cheguei ao quarto 203 e abri a porta. A suíte era grande, tinha uma cama de casal muito confortável e, no toalete, havia uma banheira branca com pés de bronze. Depois de tomar um banho com espumas e trocar de roupa, desci para o jantar.

No restaurante, as paredes de vidro forneciam uma vista panorâmica da cidade. Era uma visão espetacular das ruas limpas, das casas de arquitetura futurísticas e da cidade inteira iluminada e cheia de vida, com os feéricos andando a pé, ou de carro, ou então voando apressados. Não se via árvores nem plantas, apenas uma selva urbana.

Com uma vista daquelas, demoramos mais do que o normal para comer. Thomas especialmente, letárgico pela droga que lhe deram.

— Me ajuda a voltar pro quarto? — pediu ele de olhos quase fechados. — Acho que vou cair desmaiado a qualquer momento.

— Claro. — Escondi os lábios entre os dentes.

Segurei Thomas por um braço e fui andando devagar com ele até o elevador. Antes que a porta se abrisse no segundo andar, ele já estava praticamente caindo no chão.

— Vamos, você precisa me ajudar — reclamei com a voz esganiçada enquanto tentava erguê-lo.

Com dificuldade, saí arrastando um Thomas semi-inconsciente, trombando nas paredes.

— Preciso da chave.

— Tá no bolso — resmungou ele.

— Em qual bolso?

Desisti de tentar entendê-lo e coloquei Thomas contra a parede, segurando seu corpo com um braço enquanto procurava a chave em seus bolsos com a outra mão.

— Você gosta de mim, Alison? — perguntou ele com a voz grogue, do nada.

Minhas bochechas arderam.

— Do que está falando, garoto?!

— Você disse que eu era lindo.

— Eu *nunca* disse isso.

Dei uma risada nervosa. Em que diacho de bolso ele havia enfiado aquela chave?!

— Disse, sim. Quando você estava bêbada. — Thomas sorriu. — Foi uma noite bem doida, lembra?

Olhei para ele. Thomas tinha mesmo virado um homem interessante, com o cabelo liso e escuro caindo na testa; os olhos de um negro profundo, estreitos e angulados, e algumas pintinhas no rosto; além da boca meio carnuda, delineada. Senti um frio na barriga. Limpei a garganta e desviei os olhos.

— Sim, você é bonito, Thomas.

Finalmente a droga da chave!

Com dificuldade, tentei encaixá-la na fechadura enquanto apoiava o corpo dele na parede com o outro braço.

— Mas você gosta de mim? — insistiu ele.

Podia senti-lo me encarar. Meu corpo queimava.

— Como eu vou saber? — respondi seca.

É difícil saber onde termina o amor de amigo e onde começa algum outro sentimento quando se está tão próximo de uma pessoa. E não era como se eu já tivesse tentado descobrir isso. Eu não costumava pensar nos meus amigos como potenciais namorados.

A porta fez um clique e eu girei a maçaneta. Quando me virei para Thomas, para dizer que já podíamos entrar, percebi seu olhar bem próximo ao meu e parei, encarando-o de volta. Próximo demais. Intenso demais. Em geral, Thomas era o primeiro a desviar os olhos, mas dessa vez ele me encarava de volta, pertinho, sem nem piscar. E no impulso daquele calor, fechei os olhos e inclinei a cabeça para cima, só um pouquinho, o suficiente para os nossos lábios se tocarem.

Senti sua mão apertar minha cintura enquanto ele correspondia ao beijo. Fechei os olhos com mais força. Oh, Deus meu! Era como beijar o meu irmão.

A gente se afastou ao mesmo tempo.

Olhei para o chão. Cruzes! O que eu tinha feito?!

— Desculpa — falei, sem conseguir erguer o olhar.

*Deus meu, Alison, o que você feeeeeez?!* E se a gente não conseguisse mais voltar ao que éramos antes? *Tonta! Você não faz uma coisa dessas sem pensar!* Olhei para Thomas de relance, apavorada pelo seu silêncio, e arregalei os olhos ao vê-lo limpar a boca com a costa da mão.

— Thomas!

Ele estremeceu de susto.

— O quê?! — disse ele, piscando.

Comecei a rir. Perdi um pouco das forças e ele começou a escorregar na parede para o lado. Eu o puxei de volta, usando toda a energia que tinha, a despeito das risadas.

— Você limpou a boca — expliquei em tom de incredulidade e repreensão.

Ele se apoiou em mim novamente, tentando se manter de pé.

— Desculpa! — Thomas me encarou, um olhar engraçado de... pavor? — V-você gostou? Do... hã... do...

— Não, Thomas. — Meu rosto queimava de vergonha. — Acho que foi estranho.

— Oh. — Ele sorriu. A expressão aliviada era quase um ultraje. — Tá bom, então. Ufa!

— Eu realmente te amo, sabe? — falei, e seus olhos voltaram a se arregalar. — Como amigo.

— Nossa, que maldade.

— Maldade é limpar a boca depois de um beijo.

— Mas você disse que não gostou!

— Eu disse que foi estranho.

— *Exatamente.*

— Tá bom, vamos. Você já teve uma noite longa demais.

Entramos tropegando no quarto escuro.

— Desculpa — disse ele assim que o coloquei na cama.

O tom de sua voz era tão dolorido que não consegui tirar sarro dele.

— Tudo bem. — Afastei seu cabelo da testa e depositei um beijo ali. — Eu é que deveria falar isso, fui eu que comecei. Me perdoa.

— Não, Alison, é que... eu achava que gostava de você. — Aquela frase me fez parar ali, ao lado da cama, em absoluto choque. — Mas fui covarde demais para tentar alguma coisa. Se você não tivesse tomado a iniciativa, eu ia morrer achando que talvez gostasse de você. — Thomas deu uma risadinha fraca de desdém. — Patético, eu sei.

— Ei, pode parar. Não diga isso, você é perfeito — sussurrei. — Eu adoro o seu jeitinho tímido e a maneira como você respeita todas as meninas. Sério. Nunca mude isso.

Sob a penumbra do quarto, vi o rosto dele ganhar um sorriso.

— Obrigado, Alison.

— Eu só acho que você esqueceu esse cantinho aqui. — Esfreguei um polegar no canto da boca dele.

Thomas afastou a minha mão.

— Ai, sua insuportável! Você nunca mais vai esquecer isso, não é?

— Nunca.

Ao sair do quarto, eu ainda estava rindo.

✦ ✦ ✦

Esperei dar onze da noite para poder sair. Vesti a capa de chuva e usei as escadas para voltar ao salão do hotel. Espiei. O *hall* estava vazio, apenas um feérico trabalhava no balcão. Coloquei o capuz e saí às pressas, escondendo-me entre as colunas, uma estátua e um carrinho de levar malas, até atravessar a porta.

O ar frio da noite me recebeu com seu cheiro de fumaça e flores.

Honestamente, eu não fazia ideia de como encontrar Peter Pan. Quero dizer, não é como se eu pudesse sair perguntando, então resolvi que o melhor a ser feito era passear pela cidade, gravando o caminho para não me perder. Se uma criança humana morava naquele lugar, eu com certeza encontraria sinais.

O comércio ainda estava aberto e as ruas, movimentadas. Aquele povo era tão centrado em seus afazeres que, mesmo se eu não estivesse usando uma capa para esconder a ausência de asas, duvido que teriam notado minha presença.

Vários blocos depois, parei em frente a uma loja de penhor. Os objetos da vitrine pareciam velhos, mas eram de uma tecnologia que a gente estava acostumado a usar; o que me deixava com uma sensação estranha, como se eu fosse uma garota do passado visitando um museu do futuro. Ouvi uma risada infantil atrás de mim enquanto analisava um objeto da vitrine.

Ele parecia o cruzamento de uma máquina de datilografar com outra de costurar. Na época em que a Sophia trabalhara na Administração, ela usara uma máquina parecida com essa, só que menor e mais delicada.

Aprumei a postura de repente, os olhos arregalados. Espera aí! Eu tinha escutado uma criança? Virei-me para trás e abri a boca. Voando acima dos postes, um garoto fazia piruetas. Senti o arrepio percorrer meus braços. Uma criança. Na cidade das fadas. Voando como na imagem do livro proibido!

Paralisada, vi o menino voar gargalhando e fazer uma curva, até desaparecer atrás de um prédio. *Rápido!*

Despreguei-me do lugar e corri naquela direção. Atravessei a rua sem olhar para nenhum dos lados, causando um leve contratempo para os motoristas, que frearam bruscamente e buzinaram. Eu corria olhando para cima, com os ouvidos aguçados, tentando seguir o som da risada e o corpinho voador enquanto me desviava das fadas transeuntes e evitava ser atropelada. O capuz tinha caído para trás e os pinguinhos do chuvisco molhavam meu rosto, o que atrapalhava a visão tanto quanto a intensidade da luz.

Minha corrida desenfreada terminou em uma praça enorme, com uma fonte no meio. Ali, as vozes e risadas abafaram a única gargalhada com a qual eu me importava. Não conseguia mais vê-lo nem ouvi-lo.

*Não!* Continuei procurando, os olhos fixos no céu, até cansar. *Não, não, não, não!* Eu não tinha perdido a melhor chance da minha vida de descobrir sobre um portal misterioso, né? Não era possível.

Deixei meu corpo cair sentado na beirada da fonte e afundei a cabeça nas mãos. Inacreditável.

— Bu!

Levantei-me num salto e virei de costas. Abri um sorriso largo. Pairando acima das águas cristalinas, um garoto estava de braços e pernas cruzados.

— Assustei você — disse ele, sorrindo.

Ri e balancei a cabeça.

— Sim, você me pegou! — Eu precisava desesperadamente manter aquela conversa. — Seu nome é Peter Pan?

O menino arqueou as sobrancelhas.

— Como você sabe?!

*Não desmaia, Alison.*

— Porque eu sou sua fã.

A criança gargalhou, batendo uma mão no joelho.

— Ela é minha fã! — gritou.

— *Shhhhh!* — Ergui o capuz, olhei para os lados e sussurrei. — Me siga.

Atravessei a praça bem rápido, caminhando até uma torre. Fui para a lateral dela, onde a luz não brilhava diretamente sobre a rua. Peter Pan sentou-se em cima de um poste apagado, que piscava de vez em quando. Sorri largo.

— Ai, nem acredito que é realmente você!
— Você é esquisita.
— É que eu te vi em um livro.

O garoto fez uma careta de ceticismo.

— Não estou mentindo — falei.
— Eu não acredito. Sou um menino de verdade, você não pode ter me visto em um livro!
— Você já foi pra Terra?
— Não.

Mudei o pé de apoio.

— Acho que você já foi, sim, mas não lembra. Você foi com o Michael Bartolomeu e...

Ele franziu as sobrancelhas, inclinando-se sobre os joelhos, e falou como se cuspisse as palavras:

— Traidor.
— O quê?
— "O que" o quê?

Pisquei, confusa.

— Por que o Michael é um traidor?
— Quem é Michael?

Ai, minha doce cebolinha frita! Então os boatos eram verdade: Peter Pan havia enlouquecido depois de centenas de anos vivendo como criança. Ele provavelmente não se lembraria de nada, eu estava perdendo meu tempo.

Fiquei olhando para o chão, sem saber o que fazer, até que vi suas perninhas finas pousarem. Olhei para ele, com o cabelo loirinho e o sorriso mostrando os dentes de leite.

— Oi — disse ele. — O que você está fazendo?

Suspirei; um pouco cansada, um pouco triste.

— Ah, Peter! Eu queria tanto viajar para a Terra, mas acho que você não pode me ajudar com isso.
— *Puff!* Claro que não. Tá doida?

Tossi uma risadinha triste.

— É, acho que estou, sim. — Recostei-me na parede e olhei para cima, de braços cruzados. — Eu só queria conhecer a minha mãe...
— *Mãe.* Wendy, não!

Descruzei os braços e abaixei os olhos para o garoto, assustada por aquele tom de voz. Ele estava com uma careta de horror.

— Peter?!

— Wendy — sussurrou ele; os olhos vidrados na parede, cheios d'água.

— O que aconteceu com ela? — sussurrei, com medo de que qualquer movimento brusco meu o tirasse da memória.

— Ela disse "mamãe".

— Oh.

— Wendy caiu. Nunca mais vai acordar.

Arregalei os olhos.

— Ela morreu porque falou com a mãe?

Peter piscou e virou-se para mim.

— Hein?

Tapei a boca com uma mão. Não sabia nem o que pensar a respeito daquele fato. Então era proibido dizer quem você era para a sua mãe? Ou será que era proibido revelar sua identidade para qualquer pessoa na Terra? Minha nossa! A pobre menina nem devia saber disso quando fez a viagem.

— Moça, você quer ver o que eu sei fazer?

Engoli a surpresa amarga e assenti. Peter Pan pulou forte, voou até o topo da torre, deu uma cambalhota no ar e voltou caindo a toda velocidade. Gritei de horror bem na hora em que ele freou a queda, a centímetros do chão. Ele desatou a rir, apontando para a minha careta.

— Acho que você não deveria fazer isso, é muito perigoso.

— Blá-blá-blá.

Uma ideia passou voando feito vagalume.

— Peter, você já andou de navio?

— Hum... — Ele exagerou a expressão de pensativo.

Prendi o fôlego. Aquela era a minha última carta na manga, *precisava* funcionar.

— Talvez um navio mágico? — insisti.

Seu olhar iluminou-se.

— Sim! Um navio mágico! Desse tamanico.

Eu ri ao observá-lo medir o tamanho do navio com o dedo indicador e o polegar. Será que ele estava mesmo se lembrando do *Jolly Roger*, ou se referia a um navio de brinquedo? Não importava, valia a tentativa.

— Sabe onde esse navio foi parar? Porque a gente pode fazer uma viagem mágica com ele! Que tal?

— Sério?

— Aham! Para outro planeta.

— A Terra?
Ué. Agora ele lembrava?
— Sim.
Peter Pan fechou a expressão e cruzou os braços.
— Então você vai sozinha, né, sua chatonilda?!
— O quê?
*Minha nossa, que conversa difícil de acompanhar.*
— Eu não posso ir pra Terra!
— Claro que pode, eu deixo. Você vem comigo.
Ele revirou os olhos.
— Porque agora o mundo te obedece, rainha da natureza.
— Do que você está falando?!
— A gente só vai uma vez!
Abri a boca, mas não consegui falar nada.
— Eu já tentei. — Ele chutou uma pedrinha da rua. — Não funciona mais.
A resposta, ele estava com a resposta na ponta da língua! Eu só precisava pescá-la com muito cuidado.
— O que não funciona mais, Peter? — perguntei de mansinho.
Ele olhou para mim e começou a semicerrar os olhos bem devagar. *Não. Por favor, não se perca!*
— Quem é você e como sabe o meu nome?
*Nãããããão!* Grunhi um grito contido, fechando os dois punhos na cabeça, com vontade de poder gritar mais alto.
— Você é muito estranha.
— *Peteeeeeeeer!* — Uma voz feminina ecoou acima das nossas cabeças.
Eu e o garoto nos jogamos contra a parede, lado a lado, e erguemos as cabeças bem a tempo de ver uma fada passando acima da torre. Olhei para Peter, que fez sinal de silêncio.
— Eu preciso ir — sussurrou ele.
Olhei para ele, tentando gravar na memória o rostinho infantil, o sapato verde pontudo e o chapéu com uma pena vermelha, para nunca mais esquecer o encontro com esse figurinha. Por mais doidinho que fosse, Peter Pan era mesmo um ícone da eterna infância.
Engoli a emoção e sorri.
— Obrigada — sussurrei. — Você é incrível.
Ele sorriu, pulou, deu uma pirueta no ar e saiu voando torre acima. Segundos depois, a mesma fada passou voltando e gritou com ele para que voasse direto para casa. Encostei a cabeça na parede e coloquei uma mão no coração; o sorriso pregado no rosto. Eu tinha conhecido o Pioneiro! Mas...

O sorriso esmoreceu.

Wendy morrera na Terra e Peter não conseguia mais voltar ao planeta, o que significava... Engoli em seco. Depois de tanto tempo, quando eu finalmente conseguia pistas concretas sobre o portal, elas não se mostravam nada reconfortantes. Eu não podia ignorar isso. Talvez ir para a Terra fosse mais perigoso do que jamais imaginara. E agora?

Eu me abracei enquanto caminhava cabisbaixa de volta para o hotel.

Será que ainda valia a pena correr todo aquele risco só para conhecer uma pessoa que jamais poderia saber minha verdadeira identidade? "Você precisa decidir o que é mais importante", dissera Levi certa vez. Agora, mais do que nunca, eu sabia que precisava escolher. Eu queria apenas conhecer mamãe ou queria que ela me amasse como filha?

A segunda opção era impossível, e mesmo nos meus melhores sonhos eu sabia que estava sendo irrisória. Só me restava descobrir se a primeira opção era boa o suficiente para mim.

# 62

**DEIXAMOS YELLOWSHINE** ainda de madrugada, levando lanchinhos para comer de desjejum. Duas horas depois, estávamos na estação de trem. Era uma construção ilhada no meio da terra desabitada, sem nenhuma vila por perto, tampouco trabalhadores na pequena estação.

— O trem chegará dentro de uma hora — avisou o cocheiro enquanto erguia a plaquinha que indicava a presença de passageiros no local.

— Vamos ficar com vocês até embarcarem — prometeu a sacerdotisa.

Eu me sentei em cima do baú para reler um dos meus velhos livros. Me parecera mais fácil ficar sentada na bagagem do que tentar limpar a poeira de um dos bancos. Thomas brincava de algum jogo com os outros servos de El-lihon que envolvia tapas, corridas e risadas. Depois de uma boa noite de sono, sob o efeito do remédio, ele estava novinho em folha.

Vários minutos depois, ouvimos um longo apito soar distante, acima das vozes e risadas. Ergui os olhos das páginas. À minha direita, um trem surgia ao fazer a curva de uma montanha. A fumaça branca subia, misturando-se às nuvens do céu, e o vermelho da locomotiva brilhava entre o verde da vegetação.

Levantei-me sacudindo o pó na barra do vestido e meu coração deu uma cambalhota ao pensar que no dia seguinte, àquela hora, já estaríamos em Coiotes, com Levi. Um sorriso inevitável apertou minhas bochechas. Eu mal podia esperar.

Nós nos despedimos do cocheiro e da sacerdotisa, mostramos os documentos para o maquinista e embarcamos.

Aquele trem era simples, feito especialmente para carga, então o único vagão para passageiros foi logo ocupado por nós. Ele não tinha cabines, apenas bancos de dois e três lugares, separados por um corredor estreito.

— Cara, eu tô com *tanta* saudade dele! — disse Thomas ao cair pesadamente no assento ao meu lado.

— Eu também. Como você acha que ele está?

— Aposto que mais forte do que eu, aquele desgraçado competitivo.

Caímos na risada.

Será que Levi estava mais alto do que a gente? Será que tinha deixado a barba crescer? Será que estava bronzeado, como as pessoas do sul da ilha costumavam ficar? E, acima de tudo, será que seria estranho reencontrá-lo depois de tanto tempo? Virei-me para a janela e tentei não ficar ansiosa.

Foi uma longa jornada.

Na medida em que rumávamos para o Leste Prolífero, como era conhecida a região mais fértil de Bellatrix, as montanhas ficaram mais baixas e menos aglomeradas. Passamos por diversas fazendas e por Campos de Produção e Reeducação do Império — lugares com muros e arames farpados onde os condenados eram forçados a trabalhar para pagar por seus crimes. Também passamos perto de rios e lagos, várias Tribos Independentes, alguns túneis e até mesmo uma longa ponte, edificada no alto de uma falha geológica.

A única parada foi de trinta minutos, na vila Chamas do Outono, para almoçar e comprar lanchinhos para o jantar. Como aquela excursão não era oficial do governo, cada um teve de pagar por sua refeição.

Horas depois, a noite se preparava para entrar no céu quando passamos por um enorme lago azul, onde pássaros cor-de-rosa, com pernas compridas e bicos curvilíneos, banhavam-se de asas abertas nos últimos raios de sol. Havia uma centena deles, espalhados pela plantação de arroz. E aquele contraste entre o céu azul-turquesa com pinceladas laranjas, o verde-claro da grama e o rosa exuberante das aves foi inesquecível.

No momento em que as estrelas apareceram, fiquei olhando para elas. A locomotiva seguiu rápida e determinada, desbravando a noite e deixando sua fumaça branca como um rastro de leite derramado sobre uma toalha escura. Até que o sono me venceu e eu fechei a cortina, encostei a cabeça no ombro de Thomas e caí na escuridão sem estrelas.

✦ ✦ ✦

O longo e repentino apito fez todo mundo levantar suas cabeças no susto, com a baba ressecada nas bochechas e os cabelos despenteados.

Meu pescoço doía tanto que precisei me esticar vagarosamente para sentir os músculos rígidos voltando à ativa. Puxei a cortina para o lado e a luz do sol acertou meus olhos. Fechei-a novamente, piscando.

Coiotes era a primeira cidade grande em que moraríamos, porque era a junção de todas as rotas de mudanças. Se a Claire não tivesse sido expulsa, teríamos nos reencontrado ali, depois de sete anos sem nos vermos. Eu imaginava como teria sido.

— Você parece tensa — disse Thomas.

— É a ansiedade.

Uma carroça sem teto nos levou da estação de trem até o Centro Administrativo, o que nos permitiu conhecer parte da cidade.

Os prédios dali não tinham a arquitetura fofinha que combinava tijolos e madeiras. Em vez disso, eram cinzentos, sem graça e mais robustos. A maioria das ruas fedia pelas fezes dos cavalos caídas ao longo do caminho. Carroças, burretes e bondinhos a vapor disputavam espaço no trânsito caótico, de modo que os pedestres e ciclistas tinham de se virar para atravessar de uma calçada a outra.

Coiotes ficava cercada por fazendas e fornecia mão de obra para elas. A cidade era cortada ao meio por um largo rio que, infelizmente, era o destino do nosso sistema de esgoto. Por isso, quem morava perto desse rio precisava conviver com o mau cheiro; e, caso alguém quisesse nadar, era aconselhado a procurar uma região antes da metrópole, onde as águas ainda eram limpas.

Duas grandes pontes, uma em cada extremo da cidade, ligavam as duas metades. Em cada esquina, *outdoors* poluíam nossa visão com promessas e apelos. Um deles tinha o desenho de um homem branco, de sorriso largo e polegar para cima, com a frase: "Coiotes terá investimentos dobrados até o ano 640. Obrigado, governador Brook!" Outro tinha a imagem de um casal e dizia: "Luz só de girar um botão, mais fácil do que arrumar namorada."

— Eles falaram que vão mandar a iluminação a gás para as outras vilas, os testes aqui em Coiotes deram ótimos resultados — disse o cocheiro, que estava dando uma de guia turístico.

Paramos diante de um prédio, cujo letreiro em aço indicava ser o Centro Administrativo. A cidade era tão grande que a Capitania servia como cérebro, dedicada apenas a questões mais políticas, enquanto os processos "mecânicos" eram concentrados no C.A.

Não havia ninguém esperando a nossa pequena comitiva diante do prédio público.

— Não tinha como ele saber o dia em que a gente ia chegar — sussurrou Thomas.

— Tudo bem, falta pouco. — Bati no ombro dele. — O que são mais alguns minutos para quem já esperou três anos?

Porém, assim que entramos no edifício e eles deram início ao processo burocrático de sempre, eu soube que havia algo errado.

Várias pessoas da equipe atendiam nosso grupo ao mesmo tempo, em uma sala ampla, com várias estações de trabalho sem divisórias. Uma moça franzina e esperta já estava procurando o nome de Levi nos registros havia algum tempo.

— Estranho, não estou achando — comentou ela baixinho.

— Nós realmente queremos ficar na mesma casa ou no mesmo prédio que ele — falei, com medo de ela desistir de procurar.

Thomas balançava a perna, inquieto.

— Não se preocupem, vou encontrar — disse a garota enquanto folheava um pesado livro.

Contudo, depois de meia hora, ela pediu licença e foi chamar o supervisor. Juntos, eles se retiraram do salão, provavelmente levando o caso para o administrador geral em pessoa.

— Não estou gostando disso — sussurrou Thomas.

Minha resposta foi um suspiro impaciente. Todos os outros fiéis da Ordem já haviam sido liberados; tinham se despedido de nós e ido embora para os seus novos lares. Algo estava *muito* errado.

Por fim, a garota voltou acompanhada de um homem bem-vestido.

— Olá. Meu nome é Eduardo Santos e eu sou o administrador de Coiotes. — O homem de voz profunda tinha um sotaque diferente. — Vocês já devem ter percebido que nós estamos com uma situação fora do comum. Vejam bem, nor...

— Por favor. — Thomas se levantou. — Só queremos saber onde ele está morando.

Levantei-me também.

Santos deu a volta na mesa para sentar-se do outro lado, diante de nós. Apontou para as cadeiras e a gente voltou a se sentar.

— É o seguinte: não sabemos como isso aconteceu, mas não temos o registro do seu amigo. É um erro incomum no processo, mas já aconteceu antes. O que vamos fazer agora é abrir uma investigação; em até sete dias entraremos em contato. — Eu não estava acreditando no que ouvia. — Nós vamos descobrir onde está Levi Hazy, dou-lhes a minha palavra quanto a isso. No momento, porém, peço que esperem com paciência, porque isso é tudo o que podem fazer.

Suspirei alto. Como eles perdiam um registro?! E tinha de ser justo o de Levi? Pior que a cidade era tão grande que, sem aquilo, seria difícil achá-lo. Realmente, nossa única escolha era esperar mais um pouco.

— Ok — disse Thomas, balançando a cabeça. — Uma semana. Tá bom.

— Enquanto isso, Alfreda apresentará a vocês algumas opções de casas. Não se preocupem: quando descobrirmos onde o seu amigo está morando, vocês podem pedir uma relocação. Com licença.

Eles acabaram nos indicando um apartamento de dois quartos no sudoeste da cidade. Não era o melhor bairro, como Alfreda explicou, mas estava entre os cinco mais disputados. Ela, uma simpatizante da Ordem e com pena da nossa situação, deu um jeito de nos garantir algum conforto.

— Obrigada. — Peguei as chaves e forcei um sorriso.

Ao deixarmos o Centro Administrativo, ficamos esperando um burrete na calçada, com as mochilas nas costas e os baús no chão.

— Era só o que faltava, né? — Thomas riu e balançou a cabeça.

— Pois é! Vou dar um cascudo no Levi quando a gente se encontrar. Sério, não estou nem aí se a culpa não é dele.

Thomas segurou a minha mão. Olhei para ele. Sua expressão era séria demais.

— Eu sei que a gente fica assustado, pensando no pior, mas vai ficar tudo bem. Ele está bem.

Puxei minha mão com força.

— É claro que ele tá bem, eu não estava pensando nisso.

Voltei o olhar para a rua.

Sete dias seriam uma longa espera.

# 63

**DUAS SEMANAS DEPOIS**
*Primavera, 19 anos*

**MEUS JOELHOS DOÍAM PELO TEMPO** em contato com o chão de pedra fria, porém continuei intercedendo; os olhos bem fechados, mãos firmemente entrelaçadas uma na outra, lábios balbuciando palavras de súplica.

Parei. Um suspiro triste escapou, e cerrei os lábios trêmulos. Então abri os olhos e ergui a cabeça para o vitral à minha frente. Eu me sentia pequena e fraca diante da enorme janela colorida.

— A ti, eu peço — sussurrei o final da oração enquanto encarava o vitral como se ele pudesse me ver. — A ti, somente, entrego o meu desejo. Em teu nome.

Me levantei com dificuldade e massageei um dos joelhos doloridos, olhando ao redor. O templo estava praticamente vazio. Era fim de um dia normal de trabalho, e a capela estava aberta apenas para receber o punhado de visitantes desesperados ou os fiéis piedosos.

Eu era um pouco dos dois.

Atravessei o corredor mal iluminado e saí ao encontro do ar frio noturno. Os postes estavam acesos, e o céu apresentava um azul-cobalto respingado pelos pontinhos brancos das estrelas mais pontuais.

Peguei o xale de dentro da bolsa e o joguei por cima do macacão laranja, uniforme da fábrica, depois iniciei o caminho de volta para casa. Atravessei a grande praça em frente à igreja, segui a rua por dois quarteirões, virei à direita e subi as escadas da calçada, que davam para uma avenida. Mais alguns passos e eu estava no ponto do bondinho.

Fiquei debaixo de um poste, sem prestar atenção nas outras pessoas ao meu redor. Eu me abraçava com os olhos na rua, lutando internamente contra o medo. Já haviam se passado catorze dias desde que chegáramos a Coiotes e ainda não tínhamos notícias de Levi. A espera mais longa do que o previsto era assustadora e dolorosa. Eu só não queria reviver o pântano de tristeza pelo qual passara em Ossos. Não podia perder outro amigo. De novo, não.

— Princesa?! — Ouvi uma voz empolgada.

Olhei para o lado. Um rapaz não muito alto e franzino, de sobretudo longo e cartola na cabeça, aproximava-se de mim. A fumaça que o rodeava vinha do cigarro em sua boca.

— Prince?

Ele riu sem derrubar o cigarro e me estendeu uma mão em cumprimento.

— Ahhh, eu sabia que era você.

— Bom te ver de novo. — Apertei a mão dele com um sorriso curto, porém genuíno. — Essa é a sua nova rua?

Ele tirou o cigarro da boca e ergueu uma única sobrancelha.

— Meu bairro.

— Uau! Parabéns, isso é mesmo muito impressionante.

Ele estalou um "ah!" com a boca e fez um gesto com a mão, como se dispensasse o elogio. Inclinei para o lado e apontei para a avenida, onde um bondinho amarelo se aproximava.

— Aquele é o número oito?

Prince colocou a mão sobre os olhos para enxergar melhor.

— Isso mesmo.

— É o meu. Preciso ir, mas foi um prazer te rever.

— A qualquer hora, princesa. — Ele piscou, erguendo o chapéu.

Entrei no bondinho e, sem espaço para me sentar, fiquei de pé no corredor, segurando uma das barras de suporte e prensada entre dois homens que cheiravam a cenoura, terra e suor.

Quase uma hora depois, quando o bonde parou no ponto da minha rua, desci na garoa que acabava de começar e corri para o interior do prédio. Estávamos no apartamento 32, no terceiro andar, e o cheiro da sopa podia ser sentido ainda nas escadas. Abri a porta, tirei os sapatos e fui para a cozinha. Thomas usava avental e me fitou com uma expressão preocupada.

— Onde você estava?

— Na Ordem.

Ele voltou a cortar as cebolas.

— Agora você vai pra lá todo dia? — perguntou sem tirar os olhos da tarefa. — Eu podia ter ido com você.

Encostei o quadril no batente da cozinha.

— Mas aí não teria comida pronta quando eu chegasse em casa. — Ele olhou para mim e eu ergui as duas mãos. — Brincadeira.

— Você não me respondeu. — Ele coçou os olhos, que lacrimejavam.

— Sim, estou indo todos os dias e vou continuar até recebermos notícias.

Ele anuiu em silêncio. Terminou de cortar as cebolas e jogou-as na sopa. Os lábios estavam contraídos e as sobrancelhas, relativamente franzidas.

— O que foi? — perguntei.

— Nada.

— É obviamente alguma coisa.

Thomas pegou um pano de prato e secou as mãos.

— É só que... — Ele me encarou. — Dá para orar de qualquer lugar, não precisa ser no templo. E você sabe que não precisa ficar cozinhando oferendas nem fazendo promessas de joelhos diante do altar. Não estou dizendo que isso é ruim. Droga... Tá vendo?! É por isso que eu não ia comentar nada. É só que... eu nunca te vi tão devota.

— Entendi. Olha, Thomas... — Pensei um pouco antes de continuar. — Eu estou orando. Todo dia, toda hora, o tempo todo. E vou continuar visitando o templo com as oferendas e as promessas até eles descobrirem o que aconteceu.

Thomas me encarava.

— Não se preocupe com isso, tá? — Desgrudei o quadril do batente. — Só estou sendo uma boa fiel.

Diante de seu rosto impassível, forcei um sorriso.

— Agora vou tomar um banho e já volto. Está com um cheiro ótimo.

Eu estava no meio da sala quando ele falou da cozinha:

— Mas você vai continuar sendo uma boa fiel se Deus não te der a resposta que você quer?

Hesitei um pouco ao caminhar. *Ele não faria isso.*

✦ ✦ ✦

Minhas mãos repousavam sobre o tecido cor-de-rosa na máquina de costura. Eu estava olhando para um ponto além da minha pequena estação de trabalho, absorta em memórias de Fênix: de como Levi era uma criança levada e valente, mas ficava quieto e submisso ao lado daquele guardião assustador; de como eu não tinha feito nada para protegê-lo das agressões; e de como eu me sentia assustada agora, tão impotente quanto aquela Alison criança diante do velho embriagado.

— Senhorita Rivers.

A voz alta do supervisor da fábrica me fez estremecer de susto. Com o movimento brusco, espetei um dedo na agulha. Escondi o machucado depressa e ergui a cabeça para ele, que acabava de postar-se ao meu lado.

— O cabo Bluestar te espera lá fora. Ele disse que descobriram o que aconteceu. — Meu coração começou a bater mais rápido. — Você está liberada mais cedo hoje. Não se acostume.

Nem agradeci; apenas me levantei rápido, peguei a bolsa pendurada na cadeira e corri para o portão do nosso andar. Puxei a capa de chuva do cabideiro e comecei a descer as escadas, de dois em dois degraus. Tudo em que eu conseguia pensar era que Thomas dissera "descobriram o que aconteceu", e não "acharam-no" ou "encontraram o registro".

Ao chegar lá fora, Thomas estava parado, imóvel, perto de um burrete. Eu mal respirava.

— Acharam ele?!

— Eu não sei. Tudo o que me disseram foi para chamar você e comparecer à guarnição.

*Guarnição.* Nós deveríamos ter sido encaminhados para o Centro Administrativo, onde ficavam os registros. *Oh, não... Por favor, não.*

Seguimos em silêncio para o posto do exército.

Thomas não tinha feito o treinamento militar oficial, por isso era um soldado de baixo escalão; responsável por resolver brigas de trânsito, vigiar um banco ou fazer patrulhamento nas ruas. A única coisa que lhe garantia um salário um pouco maior do que o mínimo da força militar era o treinamento da Ordem. Apesar de os fiéis serem proibidos de usar seus dons para fins egoístas, políticos ou militares, acredito que o exército das crianças perdidas gostava da ideia de ter pessoas com "superpoderes" em seus escalões.

O burrete parou em frente ao posto militar, uma base de cinco prédios brancos cercada por um muro baixo. O maior edifício ficava no centro, com um grande campo verde na frente. Alguns soldados de calça marrom e sem camisa praticavam exercícios no gramado.

Thomas pagou o motorista e seguimos pelo caminho de terra pisada até o prédio maior. Diante dele, um pedestal de mármore suspendia três bandeiras hasteadas: a da ilha Bellatrix, a do exército e a da Província Estelar.

Na recepção, uma secretária nos pediu que aguardássemos. Para me distrair da espera, fui observar os quadros nas paredes: retratos dos tenentes-coronéis que já tinham comandado aquela guarnição.

Antes que chegasse à metade das pinturas, fomos chamados para a sala do major. O fato de sermos atendidos pela segunda maior patente não me passou despercebido; e, quando entramos na sala luxuosa, eu já estava com um cubo de gelo no estômago. Thomas prestou continência.

— Descansar — ordenou o homem parrudo.

Thomas relaxou a postura.

— Sentem-se — disse o major ao apontar para as duas poltronas acolchoadas diante da mesa.

Eu me sentei na ponta da cadeira, segurando forte a bolsa no meu colo, enquanto Thomas se sentou na poltrona ao lado e ia apoiando um braço no descanso, mas o voltou para junto do corpo. Ele se remexeu na cadeira e acabou optando por uma postura neutra, com as mãos apoiadas sobre os joelhos.

Cruzei as pernas, também sem saber como reagir diante da autoridade. O homem parecia recém-chegado à velhice, os fios ruivos misturados aos brancos. Tinha um rosto quadrado e os olhos claros destacados pelos óculos de armação redonda. Ele pigarreou.

— Receio não ter boas notícias.

Senti como se a cadeira estivesse me puxando para baixo. A vontade foi de mandar o velho calar a boca naquele mesmo instante; como se, caso ele não falasse, a má notícia não fosse se tornar real.

O major começou a preparar um charuto, a desculpa perfeita para falar com a gente sem nos fitar nos olhos.

— O seu amigo não tem registro nesta vila porque ele nunca chegou aqui. Ele estava em treinamento na base 53 da Marinha, localizada na Província Escudo Negro, quando houve um ataque pirata. Perdemos cinco homens.

Ele terminou de preparar o charuto e deu um trago profundo. Então virou o rosto, soltou a fumaça para o lado e nos fitou. Eu parecia uma estátua.

— Sinto muito.

Pisquei os olhos, voltando a me movimentar com reações suaves: um sorriso trêmulo, um negar de cabeça. Não tinha uma gota de lágrima em meus olhos porque eu simplesmente não conseguia acreditar naquilo. Não podia ser verdade.

— Levi disse que era um treinamento seguro — consegui falar.

O major deu mais um trago.

— E é, mas nós fomos informados de que o cabo Hazy e mais quatro soldados estavam na praia, fora da base militar, à noite, quando foram atacados. — Ele me encarou e umedeceu os lábios para continuar. — Não estou dizendo que foi culpa do seu amigo, mas eles estavam desobedecendo o toque de recolher, em algum tipo de jogo ou aposta. Não houve nada que pudéssemos fazer.

Ele estava mentindo. Tudo bem que Levi gostava de brincar, apostar e viver a vida de um jeito leve, mas ele não era um completo idiota irresponsável; não teria colocado sua vida em risco quando havia expressamente me prometido que não morreria.

— Houve um funeral, senhor? — perguntou Thomas com a voz trêmula.

Meu coração bateu mais forte.

— Não.

Alternei o olhar entre o major e Thomas.

— O que isso significa?

O homem apagou o charuto.

— Eu disse que perdemos cinco homens porque os corpos nunca foram recuperados.

*Arrá!* O velho estava mesmo escondendo as coisas.

— Então ele pode estar vivo — falei mais alto do que o necessário. — Quando vocês vão resgatá-los? Devem estar planejando um resgate, não é?

Thomas fechou os punhos sobre os joelhos.

— Garota... — começou o major com a voz imponente. Eu o encarei com um olhar de súplica. Meu corpo tremia. — Isso foi há mais de dois anos. — Abri a boca como se tivesse levado uma facada na barriga. — Depois de nove meses no treinamento básico em solo, eles foram para aquela base da Marinha. O ataque aconteceu em 633.

Dois anos. *Dois anos.*

— Mas...

— Obrigado, senhor — agradeceu Thomas, forçando um tom grave na voz. — Permissão para retirada, senhor.

— Permissão concedida.

Ele se levantou e prestou uma continência.

— Obrigado, senhor.

— Mas...

Thomas me puxou de leve pelo braço. Levantei-me devagar, olhando para o major. Podia ver um monte de coisas não ditas em suas linhas de expressão, e eu ainda não tinha digerido totalmente aquela notícia. Não queria ir embora, precisava saber mais; porém Thomas me puxava de leve pelo braço e eu acabei seguindo-o porta afora.

Eu não me lembro da gente passando pelo salão de entrada ou pelas bandeiras, nem pelo campo gramado. Só do lado de fora do complexo foi que voltei a mim.

Levi tinha sido sequestrado por piratas.

Thomas xingou ao meu lado e olhei para ele, assustada. Ele arrancou seu quepe e o jogou no chão, então começou a pisar nele com toda a força, gritando palavrões com as lágrimas escorrendo pelo rosto. E eu só conseguia tremer, apavorada.

— Thomas!

Ele parou, arfando. Escondeu o rosto entre as mãos, os ombros balançavam. Por que ele estava agindo daquele jeito?

— Ei, calma — sussurrei ao abraçá-lo. Thomas afundou o rosto molhado em meu ombro e chorou ainda mais alto. — Calma, tá tudo bem. Eu sei que já faz muito tempo que ele foi raptado, mas você ouviu o major: nunca acharam os corpos. Isso significa que ele está vivo. Tá bom? O Levi está vivo, vai ficar tudo bem. A gente vai pensar em alguma coisa. *Shhhh*.

Fiquei assim, abraçando-o por um longo tempo e sussurrando palavras de consolo e encorajamento, até que Thomas conseguiu se controlar e nós pegamos um burrete de volta para casa, em silêncio.

Quando chegássemos, eu diria a Thomas que tomasse um banho quente e prepararia um chá enquanto isso. A gente se acalmaria, respiraria fundo e procuraria entender o que tinha acontecido. Depois, planejaríamos os próximos passos. Porque era óbvio que, em hipótese alguma, deixaríamos Levi abandonado à própria sorte.

# 64

COLOQUEI UM POUCO DE LEITE, despejei um tanto de chá e finalizei com mais um pouquinho de leite; exatamente nessa ordem, do jeito que ele gostava. Para mim, coloquei um pouco de leite, dois poucos de chá e o meio cubinho de açúcar.

Thomas entrou na cozinha parecendo um fantasma afogado. Então, puxei-o pela mão até a sala. Deixei-o sentado ali e fui buscar as xícaras quentes.

— Toma, vai se sentir melhor.

Sentei-me no tapete diante dele. Thomas ficou segurando a xícara com as duas mãos; sem beber, sem reagir. Esperei um pouco. Nada. Tomei um gole da minha xícara e ele piscou, parecendo voltar a si. Devagar, bebeu um pouco também. Quando me fitou, seus olhos se encheram d'água.

— Respira — eu disse e inspirei fundo. — Assim... Muito bem.

Continuamos a beber, até que restasse só um pequeno lago marrom no fundo da porcelana. Peguei sua xícara e levei as duas para a pia. Então voltei para a sala, onde fiquei de pé na frente do sofá.

— Agora, vamos entender o que aconteceu. Levi e mais quatro soldados foram sequestrados em uma praia e o exército não conseguiu fazer um resgate... — Franzi o cenho. — Por que não?

Thomas ergueu os olhos para mim com a cabeça meio baixa e uma expressão de fúria.

— Você não sabe, não é?

Engoli em seco, pressentindo algo horrível.

— A gente nunca mais vai ver o Levi — disse Thomas com a voz abalada.

— Mas ele está vivo.
— Não para as crianças perdidas.
— Como assim?

Ele parecia furiosamente louco, com o rosto vermelho e os olhos marejados.

— Para o nosso exército, Levi está morto. — Ele se levantou. — Sabe por que não fazem resgate de soldados capturados? Porque eles preferem perder cinco homens a arriscar cinquenta. Então não é que o exército "não conseguiu resgatá-los": *eles nem sequer tentaram!*

Franzi as sobrancelhas.

— Mas qual o sentido de se arriscar por um povo que não faria o mesmo por você?

— Ah, não, Alison! Por favor. — Thomas foi até a mesa de jantar e apoiou as duas mãos nela. — Agora, não.

O nervosismo dele estava começando a me afetar.

— Ok, então o inútil do exército não vai fazer nada. Que se danem, também! Mas isso não significa que está tudo perdido. Que droga! Ele não está morto, quantas vezes vou ter que falar isso?! A gente só precisa de um plano.

— A gente?! — Thomas virou-se. — A gente, Alison? Vamos enfrentar o Reino Pirata inteiro, por acaso?

— Se precisar...

Thomas começou a rir e chorar ao mesmo tempo.

— Como?! Ah, meu Deus! Você não pode estar falando sério.

— Nós somos guerreiros treinados e você tem um dom. Podemos...

— Uma merda de dom que não serve para nada! Alison, eu só falo com animais terrestres e aves; eu nem sequer controlo eles! De que adianta isso? Fora que animais selvagens são muito independentes e desconfiados, não dá para confiar na palavra deles, e os domésticos são fiéis demais a seus donos. Meu Deus! Nem acredito que estou explicando o óbvio.

— Que saco, Thomas! Parece até que você não quer ajudar. Tá bom, então a gente chama a Chloe e o Thierry. Com a força bruta dela e as tempestades que ele invoca, a gente...

— *Fizemos um voto.* — Thomas me encarou, firme. — E ninguém, *ninguém* vai quebrá-lo.

Coloquei as mãos na cintura.

— Talvez eles não quebrariam, mas, se você tivesse um dom mais forte, tentaria salvar o Levi, não é? Ou você deixaria seu melhor amigo apodrecer em uma masmorra, mesmo podendo salvá-lo, só para não quebrar um voto?

Thomas não respondeu, apenas me encarou com o ódio expresso na face.

— Você quebraria, não é, Thomas?! Responde!
— Não.

Dei um passo para trás.

— Você não se importa.

Thomas falou um palavrão e bateu na mesa.

— É claro que eu me importo! Você não vê que eu estou morrendo?! Meu melhor amigo foi tirado de mim e eu não posso fazer nada! Merda, isso dói pra caramba! — Thomas se inclinou sobre a barriga e continuou falando e chorando ao mesmo tempo, as palavras ensopadas de tristeza. — Ele não pode voltar porque o exército executa prisioneiros de guerra que retornam; eles entendem que, se voltaram, é porque deram alguma informação, e as crianças perdidas não toleram traidores. E eu não sei onde ele está; se ele está vivo ou já morreu, se virou pirata ou escravo, se conseguiu fugir ou não... Eu não sei, não sei, não sei.

Thomas parou, ofegando. Respirou algumas vezes para se recompor.

— No fundo, você também sabe que a gente não vai conseguir resgatar ele, não é?

Neguei com a cabeça.

— O que eu sei é que gente vai dar um jeito — falei, firme. — A gente sempre dá um jeito.

Thomas fechou os olhos. A expressão dele era exatamente aquela que faziam para mim lá em Ossos quando descobriam que eu era amiga da menina que tinha morrido em um ataque de tenebris: aquela cara de pena velada.

Fui para o quarto e me joguei na cama, onde me encolhi abraçada ao travesseiro. "Se não estiver a sete palmos debaixo da terra, há sete palmos de esperança", dizia um ditado popular.

Para mim, um palmo de esperança era mais do que o suficiente.

# 65

**MÊS DO CORCEL, 635 D.I.**
*Primavera, 19 anos*

**NAS SEMANAS SEGUINTES**, vivemos uma rotina estranha, cada um tentando lidar com a situação à sua própria maneira: eu traçava ideias de como resgatar Levi, Thomas frequentava assiduamente a Ordem. Nossa rotina diária, o trabalho e as atividades domésticas preenchiam os buracos vazios no meio disso tudo.

Assim, em uma manhã de sábado, eu parei diante do quadro-negro todo rabiscado no meu quarto e avaliei o que já tinha anotado ali.

Eu não podia me infiltrar nos piratas porque seria descoberta em cinco segundos, não conhecia o suficiente sobre a cultura deles para ser espiã; não podia invadir suas fortalezas porque nem sabia onde elas ficavam; não dava para atacar um navio porque, mesmo que eu sobrevivesse, o que faria em seguida? Eu não sabia navegar; e não podia simplesmente me entregar porque, bom, não dava para torcer pelo melhor sabendo que corria o risco de ser violentada e escravizada.

E acho que foi bem ali, naquele momento, que eu finalmente percebi por que Thomas havia ficado tão desesperado.

Deixei meu corpo cair sentado na cama ao encarar o quadro. Levi não tinha como voltar para nós, e nós não tínhamos como ir até ele. Era a vida nos separando tão derradeiramente quanto a própria morte.

Uma hora depois, a porta da frente se abriu. Fui até lá a passos arrastados.

— O que aconteceu?! — perguntou Thomas ao me ver.

Eu tinha chorado tanto que meu corpo estava quente, a cabeça doía. Fiz uma careta de angústia.

— A gente nunca mais vai ver ele, não é?

Os ombros de Thomas caíram. Ele abriu os braços:

— Vem.

Soluçando, fui me abrigar em seu abraço. Fiquei ali, aninhada junto dele, sem fazer nada, sem falar nada; só de olhos fechados, desejando que pudesse voltar no tempo, ao início de tudo, e recomeçar.

— Acho que Deus falou comigo hoje — sussurrou Thomas de repente. Apertei os olhos. — Eu sei que pode parecer estranho, mas estou em paz agora. — Silêncio. Ele deitou a cabeça sobre a minha. — Queria tanto que você voltasse pra Ordem...

— O que ele disse?

Thomas hesitou um pouco para responder.

— Ele disse: "Confie em mim."

Eu me afastei do abraço, uma careta de incredulidade misturada com nojo.

— A gente vai reencontrar o Levi — afirmou Thomas e sorriu.

— Deus te falou isso também?

— Não expressamente, mas...

— Por que você *acredita*, Thomas?

Ele piscou, confuso.

— Você... — Thomas meneou a cabeça. — Você leu as Sagradas Letras, ouviu os sermões, fez o treinamento...

— Exato! — falei com a voz atravessada pela raiva. — *Por três anos* eu fiz tudo isso e nunca senti nada. Nunca ouvi ninguém. Eu nem sequer recebi um dom!

— Talvez eles estivessem tentando te falar muitas coisas, mas não era nada do que você queria ouvir, então você não deu atenção.

— Ah, cala a boca. — Sorri de raiva, balançando a cabeça.

Virei de costas e me afastei um pouco mais.

— Alison, eu disse que nós vamos voltar a ver o Levi. *Existe esperança*.

— Não, Thomas. — Apontei o dedo. — Existe uma pessoa desesperada que está se agarrando a uma fé irracional porque não sabe lidar com a realidade.

Thomas reagiu como se eu tivesse atirado uma flecha em seu coração. Ele me encarou magoado e confuso, e saber que eu havia provocado aquilo fez a raiva dentro de mim se inflamar.

— Como você pode confiar em um ser que, em teoria, é onipotente, mas que deixa meninas morrerem sozinhas em um deserto?! Como você pode acreditar que esse ser divino te ama quando ele tira de você todas as pessoas que você mais ama? *Como*?!

Minhas palavras gritadas deixaram um borrão de sangue invisível respingado nas paredes. Thomas secou as lágrimas, engoliu em seco e me encarou, ainda com aquela expressão machucada.

— "Eu choro quando uma alma é perdida. Meu coração se compadece dos que sofrem e os meus braços estão sempre abertos para consolar."

— Não se atreva a recitar essas palavras para mim. Elas não são reais.

— Elas são verdadeiras, Alison. E você veria o cuidado dele com você se ao menos prestasse atenção.

Se eu fosse responder, acabaria ferindo-o ainda mais, então passei por ele, bati a porta de casa e corri para fora do apartamento.

Saí andando rápido e sem rumo pelas ruas quase desertas, até chegar à avenida do rio que entrecortava a cidade. Apoiei-me na amurada e fiquei observando a larga corredeira barrenta. Minhas bochechas molhadas queimavam. Observei um galho sendo levado pelas águas, descontrolado, girando, submergindo e aparecendo de novo.

Era exatamente assim que eu me sentia. A vida não esperava nem a gente recuperar o fôlego direito e já nos submergia de novo, e eu estava cansada de nadar contra a maldita correnteza.

Voltei a caminhar, dessa vez com rumo certo.

✦ ✦ ✦

Subi as escadas do templo. A capela estava praticamente vazia: apenas alguns sacerdotes faziam os preparativos para o culto noturno, enquanto um coral ensaiava ao som do órgão. Parei próxima ao arco da porta, recostada numa coluna, os braços cruzados. Meu coração doía, contorcendo-se no ritmo penoso da música.

> *Nas suas cicatrizes, a nossa dor tomou*
> *E, em seus braços de amor, curou*
> *Oh, está no seu olhar*
> *Sim, está no seu olhar*
> *Cada filho seu*
> *Está no teu olhar*

Meu rosto se contraiu de raiva. Ergui a cabeça para o pináculo do vitral, os olhos empoçados. *Então vocês estão me vendo, hum? Gostam de ver suas presas padecendo? Bom, espero que estejam se divertindo.*

Silêncio.

Exceto pela música do coral, não ouvi nenhuma resposta. Nem mesmo uma repreensão.

*Já que estão caladinhos hoje, podem deixar que eu falo. Tenho muito a dizer. Eu estava na casa de vocês, fazendo tudo certinho, me esforçando, e vocês vão e fazem isso comigo?! Tipo... Por quê?*

A música continuava, pungente, assim como o silêncio dos Fundadores.

*Vocês rejeitaram ele! E depois não fizeram nada para impedir que fosse raptado! Como vocês podem enxergar tudo isso, toda a dor que existe nesse mundo, e continuar de braços cruzados, sem fazer nada?! Como?*

Minha boca estava muito bem fechada, um túmulo de gemidos e soluços. Apenas meu corpo tremia e balançava de acordo com o choro silencioso. Em meus pensamentos, porém, as palavras eram gritadas a plenos pulmões.

*Por que me chamaram? Por que me deixaram ir para o treinamento de vocês se não pretendiam me dar um dom? Por que sararam a minha dor apenas para infligir uma nova? Por quê?! Vamos, respondam!*

A música estava naquele clímax que precede o fim de tudo.

*Oh... Entendi.* Meu grito interior virou um sussurro de súbita clareza. *É porque você não é deus de verdade, não é? E isso tudo não passa de um espetáculo para arrancar nosso dinheiro e controlar nossa devoção. Eu estava machucada e eles se aproveitaram disso. Ah, como fui ingênua! E ainda sacrifiquei três anos da minha vida por uma chance de... de... ser algo que não sou.*

O órgão tocou as últimas notas melancólicas e finalmente a igreja caiu no mesmo silêncio dos Fundadores do Universo.

Virei as costas e deixei o templo pela última vez.

Eu já não estava mais com raiva. Apenas... decepcionada.

# 66

**DEVIA SER UMAS TRÊS HORAS** da tarde e eu nem tinha almoçado ainda.

Caminhei devagar para o ponto; a cabeça doía, uma ânsia de vômito apertava o estômago. O choro estava entalado na garganta. A tristeza cobria todos os pensamentos como o véu de uma noiva.

Cheguei ao ponto, enfiei a mão no bolso do vestido e achei um brater. A moedinha de prata daria para pagar o burrete, caso o bondinho demorasse, pois aos sábados a quantidade de veículos públicos circulando pela cidade caía pela metade. De repente, senti uma vertigem e fui me apoiar na parede de um comércio, usava toda a minha concentração para não vomitar. Coloquei dois dedos pressionando a testa.

— Ei, moça, você está bem?!

— Estou ótima — resmunguei.

*Vai embora.*

— Princesa?

Abri um olho e vi Prince inclinado perto de mim, a expressão preocupada.

— Você está branca como um pão — disse ele.

— Nossa, devo estar péssima, então. Odeio pão branco.

— Você precisa se sentar um pouco, tomar uma água.

— Não, tá tudo bem. Só estou esperando um transporte. Vou para casa, ainda não almocei.

— Ah, então é por isso. — Ele endireitou a postura. — Você precisa comer, princesa. Tipo, *agora*, senão vai desmaiar no meio do caminho.

— Eu não tenho...

— Isso foi um convite, tolinha.

Esbocei um sorriso fraco. Segurei seu braço e fomos caminhando devagar; primeiro pela calçada onde estávamos, então atravessamos a rua e pegamos um beco à esquerda. Ele bateu na terceira porta. Duas batidinhas rápidas, pausa, então uma forte. O ambiente do beco era escuro, mais frio e estreito.

Quem abriu a porta foi um rapaz muito alto, forte, com o rosto quadrado e algumas cicatrizes.

— Princesa, esse é o Urso Pardo.

O rapaz abriu espaço para que entrássemos e, enquanto nos acomodávamos numa mesa, Prince ordenou que Urso trouxesse uma refeição.

Eu não queria analisar o local como se estivesse julgando-o, então continuei com uma mão na têmpora, observando somente aquilo que estava no meu campo de visão. Havia algumas mesas e cadeiras de oito, seis e quatro lugares, como a nossa, além de um palco e mesas de sinuca. Eu também podia ver uma barra de aço cilíndrica sobre um pequeno pedestal redondo de madeira. O cheiro de perfume doce estava impregnado no ar, misturado ao da gordura e a um outro que eu não conseguia identificar.

— Esse é o Gato Gordo — disse Prince —, um dos primeiros clubes de diversão não supervisionados pelo governo.

Eu devo ter feito uma careta, porque ele completou:

— Calma, o clube só abre à noite. Eu não teria trazido você aqui, princesa, se ele estivesse aberto. Você não faz o tipo que frequentaria esse lugar.

Eu não sabia se ele estava me provocando ou elogiando, mas, antes que pudesse responder alguma coisa, Urso Pardo chegou com um prato de comida. Sem delongas, peguei o garfo e a faca e comecei a devorar o peixe com fritas.

Prince me observava.

— Quer pensar em outro apelido para mim? — perguntei de boca cheia.

— Nenhuma mulher faminta age como donzela, princesa. Eu já tive algumas boas amigas e sei que é melhor enfrentar uma mulher furiosa do que uma mulher com fome.

Sorri, sem parar de mastigar.

Prince puxou um cigarro de um dos bolsos, e eu o observei discretamente enquanto ele acendia, tragava e soltava a fumaça. Sua expressão ficou mais suave e satisfeita depois do primeiro trago.

Quando terminei de comer, peguei a moeda do meu bolso e coloquei-a na mesa.

— Se for mais caro do que isso, eu te pago na segunda-feira, depois do...

— Qual é, princesa? Eu te convidei. Você não me deve nada.

Peguei a moeda de volta, limpei a boca na manga do vestido — o guardanapo parecia mais sujo que o chão — e fiquei parada. Prince me olhava como se pudesse ler meus pensamentos. Pigarreei.

— Aquela sua oferta de um cigarro grátis, ela ainda está de pé?

Eu não sabia como Prince conseguia sorrir largo, mostrando os dentes, sem deixar o cigarro cair da boca. Era uma habilidade estranha.

— Sempre. Vou te mostrar nossas opções.

Fez um gesto para Urso Pardo, que voltou trazendo uma caixa retangular de madeira. Prince abriu a caixa com cuidado. Havia uma fileira de dez cigarros, de diferentes cores e tamanhos. Prince pegou o primeiro da esquerda para a direita. Era o mais longo de todos, branco com listras azuis.

— Esse aqui é o Baby Blue, que nós chamamos de "cigarro de entrada". É o mais leve. Você vai sentir sono e relaxamento por algumas horas.

Balancei a cabeça.

— Não quero dormir.

— O que você quer, princesa?

Pensei por um instante. O que eu queria?

— Quero... — Engoli em seco. — Apagar tudo.

Prince assentiu e apontou para o terceiro cigarro da caixa: um pouco menor que o primeiro, fino e dourado. Igual ao que ele fumava.

— Esse aqui é o Pinky Dreams. Ele vai desligar suas emoções e te dar algumas visões bem doidas de brinde. Nos primeiros meses, o efeito da alucinação pode durar até uma hora e o do torpor, até vinte e quatro horas. Mas com o tempo o cigarro perde um pouco do efeito, parece que o corpo se acostuma.

Pinky Dreams era perfeito.

— Se você usar por muito tempo...? — comecei.

— Não. — Prince balançou a cabeça. — Você não consegue apagar seus sentimentos para sempre. Mas leva de um a três dias para a droga sair completamente do seu corpo.

— E esse aqui? — Apontei para o último cigarro da fila.

Pequeno, mal parecia dar para um único trago. Era de um vermelho-escuro muito bonito e sedutor.

— Ah, esse daí é o Sangue de Dragão. — Prince o retirou da caixa e me deixou segurá-lo. — É o mais forte de todos, capaz de literalmente derrubar uma pessoa. Mas você não pode fumar esse.

— Como assim, não posso?

Prince sorriu e umedeceu os lábios.

— Porque seu cérebro é virgem, princesa. — Desviei os olhos. — Você não aguentaria o tranco. Para ter noção, essa belezinha é tão forte que só depois de um ano fumando o Pinky Dreams e mais alguns meses usando o Noite Escura é que você poderia experimentar.

— Oh.

Devolvi o cigarrinho à caixa.

— Tome, você vai gostar desse. — Prince pegou um Pinky Dreams do próprio bolso e me entregou.

Enquanto eu segurava o pequeno embrulho de papel dourado retorcido, Prince usou o isqueiro dele para acender. Meu coração acelerou. Eu nem acreditava que estava prestes a fazer aquilo.

Encarei o cigarro só por um momento, antes de dar o primeiro trago. No mesmo instante, uma onda desceu pelo meu corpo, quente e elétrica, queimando tudo dentro de mim. A onda atingiu meu cérebro como um soco invisível.

Eu me senti leve como uma pluma. Em êxtase. Estupidamente feliz.

Quando me levantei, o meu corpo continuou sentado, a cabeça caída sobre o peito. Eu tinha desmaiado?! O que estava acontecendo? Observei Prince me pegar no colo com cuidado e levar para um sofá, onde me acomodou carinhosamente. Puxou uma manta em cima de mim e foi para outra parte do bar, perto de Urso Pardo.

Flutuei até o sofá e me observei dormir. Meus cabelos estavam caídos perto do rosto sereno, com as sobrancelhas grossas e delineadas, os lábios relaxados e a covinha no queixo. "Alison Rivers, você é maravilhosamente linda", sussurrei.

Então olhei para o meu corpo que não era corpo. Eu brilhava amarelo.

Aos poucos, o mundo foi escurecendo. Luzes coloridas piscaram. Depois, tive a horrível sensação de cair. Gritei.

Acordei no sofá, suada, sem fôlego.

— Calma, princesa! — Prince veio correndo de onde estava. — Tá tudo bem, você só voltou pra merda da realidade.

Ainda não conseguia respirar normal. A testa estava suada e meu peito doía muito, com o coração batendo de um jeito anormal. Prince me instruiu a respirar fundo em intervalos de três segundos. Aos poucos, senti o tremor passar, o coração se acalmar e a respiração voltar ao normal.

— Como se sente? — perguntou ele com uma mão na minha testa para medir a temperatura.

— Estranha.

— Você foi uma das pessoas que mais demorou na alta. Sério, deve ter sido muito bom.

Não tinha sido. Não exatamente.

— É. — Forcei um sorriso traumatizado. — Vai ser sempre assim?
— Não. — Prince riu. — Só a primeira vez.
— Ufa... Achei que fosse morrer.
— Agora imagina como deve ser o Sangue de Dragão.
Ri com ele. Uma pessoa entrou no clube e parei de sorrir.
— Deus meu, quantas horas?!
— Cinco e meia — disse ele ao verificar o relógio de bolso.
— Preciso ir, preciso ir *agora*. — Levantei-me depressa, olhando para os lados até me lembrar de que eu não tinha trazido uma bolsa. — Oh, ele vai me matar, tadinho! Deve estar morto de preocupação.
— Se você quiser, pode levar uma cartela de Pinky Dreams. Eu mando o Urso Pardo buscar o pagamento na segunda. Onde você mora?
Olhei para ele. *Vai sonhando que eu vou te dar meu endereço.*
— Hã... No trabalho, é melhor. Ele pode me encontrar na frente da fábrica. — Pensei um pouco e corrigi. — Ou melhor, na lateral da fábrica.
— Combinado. — Prince me entregou uma cartela de papel. — Fica um pentar.
Arregalei os olhos.
— É uma cartela com dez. — Prince abriu o papel. — Cada cigarro sai por um mísero brater.
Ponderei. Pelo meu salário, nem o brater poderia ser considerado mísero. Mas a relutância durou só meio segundo, porque eu não estava mais sentindo aquela coisa horrível no coração. Sentia-me leve e neutra. Nem feliz, nem triste. Apenas normal.
— Vou levar.
— Boa garota. Não esquece o pagamento na segunda.
— Não vou — disse ao sair. — Obrigada, Prince. Até mais!
Deixei o beco com a cartela no bolso, andando de cabeça erguida, a passos firmes e uma expressão suave no rosto.

# 67

**EU NÃO ME VI TRANSFORMAR.**

Tudo o que eu sei é que um cigarro por dia virou dois. O Pinky Dreams me mantinha leve e o Baby Blue me ajudava a dormir. Usava o primeiro no caminho para o trabalho e o segundo assim que saía da fábrica, de modo que Thomas nunca me via fumando. Como o meu salário não dava para pagar os cigarros do mês, Prince me vendia muitos "em adiantado", sob a promessa de que eu lhe pagaria tudo assim que possível. Mas ele nunca me cobrava.

Thomas continuou lendo as Sagradas Letras toda manhã, assim que acordava, como havia aprendido no treinamento da Ordem. Ele frequentava o templo duas vezes por semana: na reunião solene de sábado e nas quintas-feiras à noite, como professor voluntário de artes marciais. As aulas de luta, de arte e costura eram uma das muitas maneiras que a Ordem tinha de atrair pessoas indefesas. Eles também serviam comida para os sem-teto e agasalho para as prostitutas. Sempre assim, mirando nos mais vulneráveis.

Aos pouquinhos, Thomas e eu nos afastamos. Era só um bom-dia pela manhã e um boa-noite antes de ir dormir. Não fazíamos mais passeios juntos, não contávamos como tinha sido o nosso dia no trabalho e não perguntávamos como o outro estava.

Entre nós, havia o fantasma de Levi e daquelas pessoas que fomos um dia.

✦ ✦ ✦

## MÊS DO TIGRE, 636 D.I.
*Verão, 19 anos*

Eu dançava de pijama e meias pela sala, entre a fumaça, ao som de uma música que só eu podia ouvir. Remexi o corpo e girei a cabeça, cantando alto uma letra antiga. Thomas finalmente tinha mudado de vila e eu não precisava mais fumar escondido. Levei o cigarro dourado até a boca e dei um trago, depois soltei a fumaça para cima como se uivasse.

Pela primeira vez em muito tempo, eu me sentia livre.

# 68

**MÊS DO LEÃO, 636 d.i.**
*Inverno, 20 anos*

— QUANTO TE DEVO? — PERGUNTEI ao guardar o pacote de dez Pinky Dreams e oito Baby Blue. — Digo, no total.

Prince deu de ombros.

— Não lembro. Quando chegar à Areia Vermelha, prometo que vou olhar a contabilidade e te passar o valor certo.

— Tá bom.

Ele tinha conseguido uma preliminar do capitão para ficar em Coiotes por mais alguns meses, a fim de deixar os negócios organizados por ali. Urso Pardo já estava em Areia Vermelha, cuidando de estabelecer uma área de atuação para a gangue antes de o patrão chegar.

— Boa viagem — disse ele ao me acompanhar até a saída do estabelecimento.

— Obrigada.

No dia seguinte, eu embarquei tão chapada que nem me lembro se interagi com os antigos colegas de viagem.

Foram quatro dias e três noites morando em locomotivas, fazendo pequenas paradas e trocando de trem pelo menos três vezes ao longo do caminho. Estávamos deixando o Leste Prolífero para retornar ao árido oeste da ilha. Areia Vermelha ficava ao norte das Terras Mortas de Bellatrix — mais especificamente, no litoral do Deserto Sangrento — e tudo o que eu me lembro dessa viagem foi que quase morri de tédio e que dormi para caramba.

Quando chegamos à última estação, ainda faltavam mais dois dias de carroça deserto adentro. Ali, a terra era dura e áspera, marcada por um tom vermelho, com montanhas grotescas aqui e ali.

Depois que os meus cigarros acabaram, no último dia de viagem, os enjoos aumentaram, assim como o calor e a irritação. Comecei a suar frio, sentindo tremores de vez em quando. Encolhi-me no banco e fechei os olhos.

Algumas horas depois, finalmente pararam a carroça e anunciaram que estávamos quase lá. Eu continuei encolhidinha no meu canto, tremendo, enquanto eles erguiam os toldos da lateral para apreciar a vista, como tantas vezes fizemos ao longo das mudanças.

A carroça voltou a andar num sacolejar lento e enjoativo. Virei a cabeça. Ao longe, o mar era um azul cinzento que se misturava ao céu opaco. Entre nós e o mar estava a cidade, parecendo um grande cupinzeiro, escavada e esculpida na cordilheira de montanhas marrom-avermelhadas.

Nossa caravana adentrou o trânsito da cidade. As buzinas eram agudas e as vozes, irritantes. O cheiro meio doce, meio salgado embrulhava o estômago, e o sol forte refletia nas partículas de areia do chão, fazendo nossos olhos doerem.

Areia Vermelha parecia outro país, assim como Ossos e várias outras vilas que ficavam em regiões inóspitas da ilha. Nesses lugares, as clássicas casinhas de tijolo com madeira das crianças perdidas davam lugar a construções adaptadas ao clima. Até a cultura local parecia se curvar à natureza. Naquela vila, toldos multicoloridos cobriam a entrada dos comércios. As pessoas usavam roupas brancas de viscolinho, sandálias trançadas com acessórios em couro e lenços monocromáticos fixados na cabeça por tiaras ou chapéus.

Aprumei a postura quando uma ânsia de vômito quase me escapou. Apoiei a mão numa estaca de sustentação do teto e olhei para a rua, respirando fundo, de novo e de novo. Minha boca tinha um gosto amargo horrível, e as mãos estavam fracas e geladas. De repente, senti o coração acelerar. A menos de dois quarteirões de distância, havia uma bandeirinha preta com bordado em prata: um corvo voando, coroa na cabeça, três lanças na pata. O símbolo da gangue de Prince.

— Ei! — gritei para o cocheiro. — Vou precisar descer aqui, mas podem continuar. Encontro vocês na Capitania.

— Sem paradas, direto para o Centro Administrativo!

Revirei os olhos.

Estávamos acabando de passar pelo pequeno comércio. Encostado na parede, debaixo do toldo, avistei a inconfundível silhueta corpulenta de Urso Pardo. Podia sentir o coração batendo na garganta, ansiosa por um trago.

Com cautela e agilidade, passei meu tronco para o lado de fora da carroça em movimento e, antes que os meus colegas pudessem avisar o cocheiro, eu empurrei meu corpo com as pernas e caí rolando entre a avenida e a calçada. Meus joelhos doeram, e as mãos e os braços queimaram, mas, fora isso, não me machuquei. Levantei-me rápido e fui para a calçada, batendo a areia das roupas. Depois, eu me endireitei e arrumei o lenço da cabeça, ignorando os olhares de repreensão.

Ao me aproximar de Urso Pardo, notei que ele ria. Eu nunca o tinha visto sorrir antes e não era uma visão muito bonita; parecia um predador mostrando os dentes.

— Deixe-me adivinhar: fumou rápido demais e agora está louca por mais um trago.

— Uau, parabéns por notar o óbvio! Você é mesmo muito inteligente.

Urso Pardo tinha adquirido novas cicatrizes e a pele branca estava curtida pelo sol. Os olhos castanho-escuros e opacos me analisaram por alguns segundos a mais, com a testa vincada. Engoli em seco.

— Desculpa. Estresse de abstinência, sabe como é. — Sorri com a minha melhor carinha de inocente.

Ele inspirou fundo, as narinas se dilataram. Descruzou os braços e fez sinal para que entrássemos no pequeno comércio.

Atravessamos uma sala em que eles vendiam bebidas e charutos, e fomos para os fundos, onde o verdadeiro negócio acontecia. Enquanto Urso Pardo pegava os cigarros que, teoricamente, também eram controlados pelo governo, procurei por algum dinheiro nos bolsos da calça branca, manchada de terra vermelha.

— Posso levar adiantado? Minha bolsa ficou na carroça, só estou com o dinheiro do drômede.

— Leva.

Peguei as duas cartelas, murmurei um "obrigada" e saí praticamente correndo dali. Mal deixei o estabelecimento e um drômede passou, livre de passageiros, então dei sinal e entrei.

— Centro Administrativo, por favor.

Tirei meu isqueiro do bolso e tentei acender o cigarro duas vezes, com os dedos tremendo. Finalmente consegui e puxei um trago profundo e ardido. Foi como entregar doce para uma criança faminta. Soltei a fumaça branca com partículas roxas e a observei sair pela janela. Com ela, a ansiedade evaporou, os tremores passaram e até o frio gelado e as náuseas foram sufocadas.

O mundo voltava a ficar brilhante e musical.

# 69

**EU NÃO ME IMPORTEI COM A BRONCA** do cocheiro nem com a fila no Centro Administrativo, mais lenta que o usual. Não. Eu estava bem de novo, alheia a tudo o que fosse ruim e feio no mundo.

Recebi a chave da caverna onde Thomas morava. Aparentemente, ficava no melhor bairro da cidade, na parte alta de Baía do Nascente, e logo eu entendi o porquê de o bairro ser disputado. O drômede saiu daquele amontoado barulhento e fedido da parte central e dirigiu-se para o leste. Os comércios diminuíram até sumirem, e as casas foram ficando cada vez mais bonitinhas. Então chegamos ao extremo da vila, bem mais calmo e organizado, próximo do mar.

— É subindo a montanha. Eu só vou até aqui.

Agradeci e paguei o motorista.

Subi a rua puxando meu baú, vergando o corpo para vencer a inclinação. Ali as ruas não eram de terra batida, como no centro. Em vez disso, eram de paralelepípedos cinza-claros, que davam um charme para o tom vermelho da montanha. Havia uma fileira de palmeiras margeando a rua, e as casas do bairro tinham sido todas construídas em cavernas, esculpidas de modo a manter o clima fresco. Um verdadeiro cupinzeiro humano.

Parei diante da casa 53, impressionada com o luxo da porta feita de madeira escura, com vidro na lateral e em cima. Tanto ela como as janelas pareciam se fundir à montanha. Girei a chave e entrei. Era a casa mais linda que já tinha visto. O teto e as paredes de rocha avermelhada tinham um aspecto acidentado; o piso era de cimento queimado, os lustres tinham cordas grossas entrelaçadas no ferro, e os poucos móveis de madeira enfeitavam a casa como joias cuidadosamente escolhidas. Um tapete de zebra era o ponto focal da sala.

Havia um bilhetinho na escada.

*Seu quarto é o de cima, tem a melhor vista do mundo. Aproveite!*

Mordi o sorriso e subi com dificuldade, levando o baú.

A suíte era pequena, mas confortável. Tinha uma cama de solteiro no canto esquerdo, um guarda-roupa e uma penteadeira à direita e uma mesinha de estudos no fundo, abaixo da janela redonda, através da qual podia-se ver o mar.

Desfiz as malas e tomei um banho. Areia Vermelha tinha sido construída ali porque havia um manancial alguns quilômetros abaixo de nós. A água vinha fresquinha do chuveiro e caía no chão acidentado do banheiro-caverna. Um luxo.

Ao descer as escadas, descalça e com o cabelo molhado, encontrei outro bilhetinho na porta da cozinha.

*Tem lanche em cima da mesa, pedaços de nuvem. Você gosta?* ☺

Olhei para a girafa cor-de-rosa que acabava de enfiar a cabeça pela janela. Mostrei-lhe o bilhete.

— Ele é a melhor pessoa do mundo.

A girafa espirrou *glitter* amarelo.

Sentei-me no tamborete alto da mesa e comi meu lanchinho. Ao terminar, a girafa já tinha ido embora, assim como o forte torpor. Pensei na cartelinha dentro da mochila. Balancei a cabeça. *Não, melhor economizar.*

Resolvi me aconchegar no sofá e dormir um pouco.

✦ ✦ ✦

— Santo Deus, *Alison*!

Acordei desesperada, com a vista embaçada, sem saber direito onde estava ou o que tinha acontecido. Ouvi passos empoçados.

— Você não fechou direito o chuveiro? — Um vulto passou correndo por mim, subindo as escadas.

*Splash, splash, splash.*

— Hã?

Cocei os olhos. Meus sentidos voltaram à ativa, preguiçosos. Thomas surgiu no topo da escada.

— A torneira do chuveiro é dura, tem que apertar bem para não ficar vazando. E você precisa abrir o ralo antes de tomar banho, senão alaga tudo.

— Ah, foi mal.

Ele parou perto do sofá e me encarou como se eu fosse uma estranha. Franzi as sobrancelhas.

— O que foi? — Diante do silêncio, levantei-me e arrumei o cabelo. — Credo, Thomas. O que foi?!

— Você... está muito diferente do que eu me lembrava.

— Como assim?

Thomas hesitou.

— Você parece uma múmia, Alison.

Revirei os olhos.

— Está mais magra e com uma olheira horrível também.

— Nossa, ainda bem que a minha autoestima está em dia, viu? Cruzes! — Saí andando pela casa inundada. — Onde tem um rodo?

Thomas apontou para a cozinha. Depois de buscar o rodo, subi as escadas, abri o ralinho do banheiro e puxei a maior parte da água do quarto para lá. Quando voltei para a sala, Thomas ainda estava secando o cômodo. Ele tinha retirado o tapete.

— Desculpa. — Mordi o lábio.

— Tudo bem — resmungou ele.

Fui para a cozinha. Procurando pelas coisas, comecei a preparar a janta: arroz, carne seca e legumes ao vapor. Cortei os temperinhos e verifiquei as panelas. Tudo certo. Ao girar nos calcanhares, vi Thomas encostado no batente da porta, observando-me de braços cruzados.

Em silêncio, sentei-me num tamborete.

A gente se encarava.

— Não é só uma fase, não é? — disse ele, por fim.

— Do que está falando?

Thomas engoliu em seco e limpou a garganta.

— Você. Assim, revoltada com Deus e o mundo.

Suspirei uma risada e revirei os olhos.

— Não estou revoltada, Thomas.

— Mas você mudou.

— E você também — rebati. — Você não era esse fanático arrogante que fica julgando os outros com um olhar superior.

— O quê?!

— Não se finja de sonso, eu sei bem como você me olha.

— Se eu te olho diferente hoje é porque odeio a pessoa em quem você se transformou. Não tem nada a ver com arrogância!

Meus lábios tremeram. Através das pocinhas d'água, eu vi Thomas coçar a testa, balançando a cabeça.

— Não, me perdoa. Eu não quis...

— Quis, sim.

— Não, Alison. O que eu quis dizer é que não me acho melhor do que você, eu apenas sinto muita falta da pessoa que você era.

Eu me levantei do tamborete e fui devagar até ele, falando entre dentes:

— Eu perdi duas pessoas que adorava e você queria que eu simplesmente continuasse sendo *a mesma droga de pessoa de sempre*?!

Parei a um passo dele, os olhos faiscando.

— Não foi a dor que te mudou, Alison. — Ele engoliu. — Foi o cigarro e você sabe disso.

Joguei a cabeça para cima e dei risada.

— Ah, então você já sabe!

— É difícil não perceber quando a sua melhor amiga começa a chegar em casa com um cheiro estranho e um olhar de peixe morto.

— E por que não falou nada?!

Thomas não respondeu. Eu dei mais um passo para frente e ergui um pouco a cabeça para fitá-lo bem dentro dos olhos.

— Porque você é um covarde, é por isso. — Ele não esboçou reação. — Você nunca luta por nada. Você não lutou pela sua jaqueta favorita, não lutou por Levi e não vai lutar por mim. E eu nem posso dizer que você mudou, porque essa covardia patética sempre fez parte de você, não é, ó Santo Thomas?

Ele piscou, a boca tremeu e os olhos encheram d'água.

— Viu o que eu disse? — Ele falou baixinho. — A Alison que eu conhecia nunca machucava seus amigos de propósito.

Saí da cozinha e subi as escadas apressada, direto para o quarto. Joguei-me na cama, o coração disparado, afundei a cabeça no travesseiro e gritei.

O problema do Pinky Dreams era que ele me deixava letárgica e calma, mas, se alguma coisa me irritasse de verdade, eu ficava três vezes mais ríspida e grosseira, sem o filtro da sobriedade. Eu sabia o que estava fazendo e fazia mesmo assim. Depois, quando a fúria passava, eu percebia o que tinha feito e me afogava na culpa. E só um novo cigarro era capaz de me acalmar.

Chorei no travesseiro até a raiva diminuir. Então fechei a porta, abri a janela e fumei um Pinky Dreams e um Baby Blue ao mesmo tempo. Comecei chorando e terminei com o rosto sereno, a respiração normalizada. Fui para o banheiro, joguei as bitucas no sanitário e lavei o rosto. Parei na porta do quarto e escutei. Quando tive certeza de que não ouvia nada, desci as escadas.

A sala estava vazia. Pela fresta da porta, vi que a luz do quarto dele estava acesa. Segui para a cozinha. No escorredor de pratos estavam os talheres e a tigela que ele havia usado. Servi-me e comi um pouquinho em silêncio. Depois lavei as louças e voltei para a sala. A luz do quarto continuava acesa.

Virei o rosto e subi as escadas devagar, em silêncio.

# 70

CHEIRO FORTE DE SAL.

A manga comprida da blusa impedia que o sol queimasse a pele, mas também deixava o calor retido entre o corpo e o tecido, e eu transpirava sob a aba do chapéu.

Aproveitei um momento de distração do supervisor e corri para me esconder atrás de uma pequena montanha de sal. Agachei-me ali, retirei um cigarro do bolso e o acendi. Menos de quinze segundos depois, um colega de trabalho veio se esconder também. Emprestei meu isqueiro para ele. Tínhamos de fumar rápido e voltar correndo, senão o salário vinha com um desconto por ociosidade.

Areia Vermelha era conhecida pela grande produção de duas matérias-primas: sal rosa e diamante. O sal era extraído em salinas a vinte e cinco quilômetros da cidade, e o diamante era explorado nas minas da cordilheira. Sem fábrica nem Artífice, todos os artesãos que chegavam ali eram enviados diretamente para as minas ou salinas.

As carretas do governo passavam cedinho pela cidade, levando os trabalhadores para a praia. Chegávamos nas salinas um pouco depois do nascer do sol e trabalhávamos com botas e luvas de borracha por horas a fio, até o almoço. A gororoba era servida pontualmente ao meio-dia, e a gente estava sempre com tanta fome que engolíamos quase sem mastigar. Depois, voltávamos ao trabalho até as dezessete horas, quando deixávamos a praia exaustos, sujos e suados.

Mesmo passando uma loção protetora no rosto, nos braços e nas pernas, a minha pele ainda queimava e ressecava. Um mês depois de ter chegado ali, eu já estava com o rosto marcado de vermelho, uma onda que passava abaixo dos olhos e sobre o nariz.

Em casa, Thomas e eu quase não nos víamos; o que era ótimo, porque não precisávamos desviar os olhos rapidamente, mudando nossos trajetos em silêncio.

Eu também não olhava mais pelo mirador. Na última vez que tentara conversar com mamãe, caíra no choro e precisara de três maços para me acalmar. Depois disso, o artefato ficou esquecido no fundo falso, ao lado do caderninho.

✦ ✦ ✦

### DOIS MESES DEPOIS
*Primavera, 20 anos*

Saltei da carroça junto à chuva inesperada e subi a nossa montanha correndo. Tínhamos sido liberados mais cedo pela primeira vez e eu estava exultante, apesar do banho de chuva. Assim que abri a porta, porém, detive-me. Thomas estava de joelhos na sala, de costas para a entrada, chorando com os braços erguidos.

— Por favor, ela está sofrendo. E eu não sei o que fazer, não consigo me aproximar dela, mas confio em ti. Por favor, eu te imploro, faça alguma coisa...

Bati a porta com um pequeno barulho. Thomas parou de orar e abaixou os braços. Subi as escadas em silêncio e me fechei no quarto.

Enquanto tomava banho para tirar o sal do corpo, esfregando a pele com força, eu repassava mentalmente mil vezes o que tinha acabado de ouvir.

Estava na hora de admitir para mim mesma que não dava mais para ignorar a realidade. Não dava para continuar vivendo daquele jeito, às sombras do passado. Eu realmente havia mudado, e isso me machucava mais do que Thomas jamais compreenderia.

O problema, porém, era que ele tinha esperança. Ele ainda acreditava que as coisas poderiam voltar ao que eram antes, e essa fé genuína estava devorando-o vivo. "A falsa esperança mata", dissera alguém certa vez. E eu não podia ver Thomas morrendo sufocado em esperança; não quando eu também estava sem forças para lutar.

As lágrimas escorreram com a água do chuveiro. A dor ficou um pouco mais forte, rompendo a química que tão bravamente tentava me manter de pé. Era sangue e pus vazando da fina gaze que cobria minha alma.

✦ ✦ ✦

No dia seguinte, acordei tarde e não fui trabalhar. Ao cair da noite, fiquei esperando Thomas sentada na escada.

Ele tirou as botas e deixou-as cuidadosamente num cantinho perto da porta. Depois retirou o quepe do uniforme de soldado e o típico lenço, pendurando-os no cabideiro.

— Oi — murmurou cabisbaixo, já se dirigindo para o quarto.

— Precisamos conversar.

Thomas parou no meio do caminho e me encarou, confuso.

— Agora?

Assenti.

— Aconteceu alguma coisa?

— Não, eu... só estou indo embora.

Ele virou a cabeça para o sopé da escada, onde o baú estava.

— Pra onde?

— Isso importa?

Levantei-me e desci os degraus.

— O que você está fazendo? — Thomas me deteve pelo braço.

Olhei firme para ele.

— O que eu já deveria ter feito há muito tempo. — Dei um sorriso triste, os olhos arderam. — Ah, Thomas... A gente virou veneno. Não percebe que estamos nos matando? É melhor cada um simplesmente seguir o seu caminho e preservar na memória os bons velhos tempos, antes que a gente estrague tudo.

Nós dois lutávamos contra as lágrimas, mantendo os olhares firmes um no outro. A mão dele que apertava o meu braço tremeu, e ele ficou sem forças.

— *Nós fomos incríveis* — falei entre lágrimas. — E valeu a pena, cada minuto. Eu nunca vou te esquecer.

Thomas soltou meu braço. Peguei o baú pela alça retrátil e parei ao seu lado, olhando para o chão.

— Eu sinto muito — sussurrei.

— Eu também.

Atravessei a sala e abri a porta.

— Ela vai voltar — disse Thomas lá de trás. — A Alison Rivers que eu conheço sempre foi mais forte do que imagina. Ela é teimosa e determinada, e eu sei que, mais cedo ou mais tarde, ela vai achar seu caminho de volta.

Fechei bem os olhos, as lágrimas escorreram. E reunindo tudo o que eu tinha, dei um passo para fora. Mais um. E mais um.

Quanto mais eu me distanciava da nossa caverninha, mais forte ficava o choro e mais difícil se tornava caminhar. Só que eu não podia parar. Não podia voltar atrás.

Mantive o ritmo trêmulo até que terminei de descer a rua das palmeiras. Lá embaixo, na avenida, vi-me perdida entre as sombras da noite e os círculos de luz dourada dos postes. Precisava desesperadamente encontrar um lugar para chorar em paz. Precisava desmanchar os nós que me sufocavam.

Comecei a correr em direção à praia, tão rápido quanto as rodinhas do baú permitiam. Assim que deixei a cidade, virei à direita e fui me aninhar atrás de algumas rochas. Ali, finalmente desabei no chão e chorei alto.

Peguei um punhadinho de cigarros do bolso, fechei a mão com força e os segurei contra o peito, sentindo meu coração palpitar ansioso por qualquer tipo de alívio. Mas eu não fumei. Meu choro era alto e quebrado. Meu corpo ardia, tremendo. Mas eu não fumei nenhum trago. Thomas merecia cada uma daquelas lágrimas e, por uma única noite, eu sentiria a dor de perdê-lo.

✦ ✦ ✦

Era madrugada. Eu estava fraca, cansada e febril. Tinha acabado de acordar de um pesadelo, ainda encolhida na mesma posição em que adormecera chorando, com o corpo dolorido. Meu estômago roncou de fome.

Banhada pelo parco luar, virei-me de lado e abri o baú. As mãos tremiam enquanto eu arrancava todas as roupas e objetos de dentro. Abri o fundo falso e peguei o mirador. No mesmo instante, a escuridão recuou com o brilho dourado iluminando as rochas e a areia do litoral.

Mamãe estava acordada, sentada na cama com o abajur aceso. Ela tinha um rosto assustado, as duas mãos fechadas sobre o coração.

— É sua culpa também, sabe? — falei com a voz trêmula. — Nada disso teria acontecido se você não tivesse desistido de mim.

Ela respirava ofegante.

Fiz uma careta ao chorar, curvando-me sobre a barriga. Eu não costumava pensar assim. Eu amava mamãe, mas... talvez essa semente da raiva sempre estivesse ali, no fundo, desde o começo, e eu só tinha aprendido a ignorá-la.

— Acho que está na hora de quebrar esse elo, mãe. Você está perfeitamente bem sem mim, e já passou da hora de eu aceitar isso e seguir com a minha vida.

Peguei uma pedra com a mão direita e, com a esquerda, segurei o mirador no chão. Ergui a pedra bem alto. Na mesma hora, o ângulo da imagem mudou, aproximando o rosto dela. Os olhos de mamãe se encheram d'água, e essa foi a última coisa que eu vi antes de a parte espelhada do artefato se partir com o impacto. O brilho dourado se apagou devagar e eu fiquei novamente coberta pela escuridão. Só que eu não tinha mais medo dela; não quando tudo dentro de mim também havia se apagado.

Olhei para o mirador quebrado e gritei de dor.

De alguma forma, eu sabia que não estava apenas partindo um elo com o outro mundo, com mamãe; eu estava quebrando a única coisa que ainda fazia parte do meu passado, desistindo do meu único sonho. E os cacos de vidro eram, na verdade, o meu próprio coração em pedaços.

# 71

### MÊS DA FADA, 636 D.I.
*Primavera, 20 anos*

**AJUSTEI COM A MÃO DIREITA** o falso curativo que cobria minha tatuagem da Ordem dos Três. Os olhos estavam fixos no mercador, a cabeça anuindo em concordância com seja lá o que ele estivesse falando. Enquanto isso, a mão esquerda fazia o trabalho discreto. A moça ao meu lado sorria para o comerciante, ouvindo-o atentamente.

— E quanto custa? — perguntei.

O homem olhou para mim, mas logo voltou-se para a outra e sorriu.

— Oito braters, o pequeno. Como eu disse, é um tempero muito especial, importado da ilha de Pollux. Dizem que ele tem propriedades afrodisíacas.

A última frase dele fez a moça sorrir torto.

— Ah, obrigada — falei, afastando-me da mesa.

*Otários.*

Deixei a barraquinha andando depressa, porém com braços relaxados e cabeça erguida, como se fosse apenas mais uma cidadã normal e muito apressada. Misturando-me à confusão de gente na rua, esperei até que estivesse a algumas boas quadras além da barraca, então enfiei a mão no bolso esquerdo e puxei as moedas recém-adquiridas. Dois pentars e cinco braters; nada mal para uma mão.

Guardei o dinheiro e continuei andando, mais feliz.

Com sorte, a moça só perceberia que tinha perdido as moedas dali a alguns minutos. Até lá, eu já estaria muito longe e eles nem se lembrariam da garota baixinha e franzina de curativo no braço. Mas, só para o caso de se lembrarem, meu rosto estivera parcialmente coberto pelo lenço o tempo todo.

Entrei no meu bar-restaurante favorito e pedi uma comida simples, a melhor que podia comprar com os cinco braters: batatas com asinhas de perdizes e um copo de suco de caju. As moedas de ouro, pentars, eu guardaria para comprar os cigarros dos próximos dias.

De barriga cheia, deixei o estabelecimento e caminhei pela avenida Lua Vermelha, a principal da cidade, rumando para o meu local seguro. No meio do caminho, aproveitei uma oportunidade — um padeiro estava agachado — e surrupiei a primeira rosca que alcancei. Jantar: *check*.

De vez em quando, nos dias em que eu realmente dava sorte com a mão, conseguia pagar a carroça pública ou até mesmo um drômede para evitar as horas e horas de andança de uma ponta à outra da cidade. Na maioria das vezes, contudo, era: pernas, para que te quero?

Não faltava muito para o pôr do sol quando cheguei ao extremo litoral da cidade. Sempre cuidando para não ser observada nem seguida, deixei os limites de Areia Vermelha e percorri o complexo de rochas que circundavam a cordilheira.

Lá na frente, por trás da grande rocha em formato de coruja e entre duas menores, estava a minha barraquinha improvisada. Teto de pano colorido, um tapete de vime trançado, o baú e algumas roupas lavadas, secando nas rochas ao redor.

Sentei-me no tapete e retirei as sandálias. Meu pé doía pelos calos novos, vermelhos e sensíveis; os antigos já tinham endurecido. Arranquei a tiara e o lenço para coçar a cabeça. O cabelo tinha um corte masculino e estava oleoso; devia fazer uma semana que eu não lavava.

Deixei a rosca num cantinho do tapete e me ajoelhei na frente do baú. Lá dentro estavam alguns objetos pessoais, como pente de cabelo e loção hidratante, um punhado de biscoito velho e algumas moedas de menor valor — tudo sobre um lenço vermelho. Puxei o lenço com cuidado para não derrubar nada e o depositei ao meu lado; então retirei as roupas limpas e o cobertor. Por fim, abri o fundo falso.

O mirador estava ali, com os cacos mal encaixados, ao lado do surrado caderninho e de algumas moedas de maior valor. Guardei os dois pentars, fechei o compartimento e depois devolvi tudo para o baú. Antes de fechá-lo, guardei a rosca também.

Deitei-me no tapete, puxei um cigarro dourado e dei um trago, soltando a fumaça para cima. Meu corpo relaxou. Ela subiu rodando, como se fosse uma bolotinha de poeira, bateu no tecido e se dissolveu.

Fazia quase um mês, mas eu ainda me lembrava da dor, das palavras, da imprudência e das reações impulsivas como se tivesse sido ontem.

Depois de ter saído de casa naquela fatídica noite, eu passei o dia seguinte encolhida entre as rochas, com o mirador quebrado aos meus pés. Sentia-me tão fracassada e perdida que não conseguia reagir direito. Foi só no amanhecer do segundo dia que eu compareci ao Centro Administrativo para solicitar outra casa e recomeçar a vida.

Contudo, para a minha surpresa, descobrira que tinha sido demitida das salinas e que, antes de receber as chaves de um novo apartamento, no Setor das Pulgas, eu precisaria assinar a admissão em outro trabalho. Eles me ofereceram duas opções: catadora de excrementos e apagadora de postes. Ao recusar ambas as ofertas, eu deixei o C.A. consciente de que estava completamente ferrada.

Nas crianças perdidas, quando uma pessoa parava de trabalhar, também perdia o direito de ter uma casa; afinal de contas, o governo não sustentaria parasitas que só vadiavam e gastavam recursos públicos. Sem emprego, salário, nem casa, você tinha que se virar como podia para sobreviver.

Naquela mesma tarde, eu vendi meu cabelo por um pentar e dois braters e troquei minha adaga inútil da Ordem por uma de verdade. Um mês depois, ali estava eu.

Uma verdadeira gata de rua.

Às vezes, eu me perguntava se não tinha sido um erro deixar Thomas, quebrar o mirador, recusar o novo emprego... Viver como uma sem-lar tinha muitas desvantagens, como o risco constante e a falta de conforto; porém, no geral, eu tentava me concentrar nas coisas boas — como o barulho do mar, as estrelas acima de mim e... bom, acho que era só isso mesmo.

O céu já começava a escurecer.

Joguei o restinho do cigarro longe e me virei de lado para acender o pequeno candeeiro a óleo. Ao fazer isso, aproveitei para cheirar as axilas. *Misericórdia!* Eu teria de dar um jeito de tomar banho no dia seguinte, prioridade máxima.

— Olha que lindeza! — gritou alguém, uma voz masculina, em tom obviamente pejorativo.

Senti os pelinhos da nuca se arrepiarem enquanto me punha de pé em um salto.

— Nós demos sorte!

Cinco rapazes surgiam das rochas com sorrisos de hiena.

Meu coração disparou. A adaga estava debaixo do tapete; se me abaixasse para pegar, eu me colocaria em uma posição de desvantagem. Também havia a opção de lutar, mas, com os sentidos obscurecidos pelo cigarro e a fraqueza causada pela alimentação escassa, minha melhor chance era evitar o combate.

Eles se aproximavam devagar, cercando-me diante da tenda, enquanto eu permanecia em posição de defesa e tentava manter a calma.

— Garotos... — chamei-os com um sorriso nervoso. — Vocês não querem fazer nada estúpido.

Minha mão direita desfazia o curativo falso.

— Ah, a gente só quer se divertir! — O que aparentava ser o líder da rataria deu de ombros e abriu os braços ao mesmo tempo. — Prometo que não vai ser estúpido.

Virei parcialmente de lado, de modo que a tatuagem ficasse bem visível. Um rapaz caiu para trás, soltando um palavrão.

— *Ela é um deles, é um deles!*

A voz fina quase me fez rir. O ratazana líder me encarou. Ele tinha dado um passo para trás, contudo, ainda permanecia à frente do bando. Então, com a minha melhor cara séria, fiz movimentos lentos e ameaçadores com as duas mãos.

— Tudo bem. — Minha voz saiu grave e profunda. — Eu odeio o cheiro de carne queimada que sempre fica depois, mas, se é isso mesmo que vocês querem...

E dei um passo para frente. No mesmo instante, eles correram. Correram desesperados, como se tivessem visto fogo de verdade. Corriam tropeçando e xingando e, apenas para não perder o efeito, fui atrás deles; mas só alguns passos, o suficiente para garantir que conseguiriam me enxergar quando olhassem para trás: na mesma posição sinistra de manipuladora do fogo.

Segundos depois, quando já tinham sumido, corri para a minha tenda e abracei os joelhos, tremendo, o coração quase saltando da boca. Uma ânsia de vômito ameaçou expulsar o restinho do almoço, mas segurei o impulso com uma mão na boca. Só tinha uma rosca e aquele punhadinho de biscoitos para jantar e tomar café da manhã; perder comida não era um luxo ao qual eu podia me dar.

Ouvi um barulho nas rochas.

Puxei a adaga e fui atrás. Assim que virei a rocha suspeita, algo pulou em cima de mim e eu gritei, caindo para trás. Duas garotas também gritaram, encarando-me de olhos arregalados.

— Quem são vocês?! — perguntei ao me levantar rápido.

Apontei a adaga, tremendo.

O negócio que tinha pulado em mim era um gato cinza, e ele me encarava miando, como se dissesse: "Calma, menina! Isso é jeito de tratar as visitas?" As duas estavam com as mãos para cima.

— Oi, desculpa. A gente só queria ajudar — disse a garota mais baixa, atrás da maior. Era uma ruivinha cheia de sardas e com um rosto angelical.

A da frente, morena e alta, tinha o rosto mais adulto e prudente. Parecia que a ruiva era responsável por metê-las em confusão e a morena era aquela que as tirava dos problemas.

— Relaxa aí, docinho — disse a garota mais alta, com uma mão no peito. — Você quase matou a gente do coração.

Dei um passo para trás e abaixei um pouco a adaga. Só um pouco.

— Você não respondeu minha pergunta — falei.

— Nós ouvimos os garotos conversando no mercado — explicou a ruiva — sobre uma garota que morava sozinha perto da praia. Disseram que seria perfeito, porque ninguém ia ouvir os gritos dela nem sentir sua falta se o pior acontecesse.

Meu rosto tremeu de nojo.

— A gente seguiu eles, mas você se virou muito bem sozinha — continuou ela, sorrindo. — Você tem mesmo o dom do fogo?

Dei de ombros.

— É o seguinte, docinho... — começou a morena em tom maternal. — Se uma garota quiser sobreviver nas ruas, não pode voar solo. Você precisa de um bando, uma cuidando da outra. E o Gorgonzola não aceita qualquer um, então, se o nosso machinho alfa te aprovou, você tá dentro. O que me diz?

O gato cinza estava sentado ao meu lado, ronronando.

— Parece bom.

Abaixei-me para acariciar a cabecinha dele.

— Ótimo! Eu sou a Ricota — disse a ruiva, acenando de onde estava.

— E eu sou a Parmesão. — A morena piscou.

— Vocês gostam mesmo de queijo, né? — perguntei.

Ainda estava pensando em um nome quando Parmesão disse:

— Você pode ser Muçarela.

— Esse é o seu nome de guerra, tá bem? — completou Ricota. — Nunca revele sua verdadeira identidade.

— Eu não sou tão novata assim nessa vida de rua, ok?

— Morando afastada da civilização, sozinha e sem infraestrutura alguma? — Parmesão colocou as mãos na cintura. — Querida, se você não é novata, nós somos as rainhas da cidade.

— Aliás, sobre isso — apontei um dedo —, como vocês conseguem viver nas ruas e ainda cheirar como princesas?

— Ai, obrigada. — Ricota arrumou os cabelos, sorrindo. — Sabe como é, né? Uma garota precisa se cuidar.

— Quer ajuda para guardar suas coisas? — perguntou Parmesão.

— Pode deixar, serei rápida.

Enquanto eu guardava tudo no baú, as duas criticavam o excesso de coisas, a cabana improvisada, a falta de higiene do lugar... Só que elas faziam isso de um jeito tão natural que era como se estivessem apenas dando uma bronca na irmã mais nova.

— Você precisa de uma mochila — disse Parmesão assim que me aproximei delas com o baú fechado.

— A atenção que esse trambolho chama é perigosa. — Ricota olhou para o objeto com uma cara de repreensão.

— Oh. — Torci a boca. — É que... eu não queria vender, sabe? Tenho esse baú desde os doze anos.

Elas me olharam com uma empatia triste.

Enquanto caminhávamos de volta para a cidade e depois pela avenida Lua Vermelha, observei a relação que as duas mantinham. Eram muito diferentes entre si e, ao mesmo tempo, combinavam *tanto*. Elas me faziam lembrar a família que eu tivera certa vez, quando éramos quatro.

Em meia hora, chegamos ao Cortina de Tricô, um bairro de casinhas de classe média. Elas pararam diante de uma casa fechada e, enquanto Parmesão arrombava a porta com um grampo, Ricota e eu demos cobertura. Assim que entramos na casa, peguei meu lampião.

— Espera um minuto, docinho.

Elas se moveram rapidamente para garantir que as cortinas estavam fechadas e penduraram cobertores nas janelas — e até no batente inferior da porta — para reforçar a proteção.

— Tudo bem, pode acender. — Ricota falou de algum lugar no meio da escuridão.

Girei o mecanismo da pequena lamparina e a luz rompeu a escuridão.

— Para que as pessoas não vejam a gente — pensei em voz alta.

— Exato. — Parmesão sorriu.

Ricota começou a acender algumas luzes.

— Você sabe quanto tempo uma casa pode ficar vazia entre um inquilino e outro? — Parmesão perguntou para mim, mas não me esperou responder. — Até uma semana. O segredo é você identificar as casas vazias durante o dia e, à noite... aproveitar com moderação. Não deixe os vizinhos notarem as luzes acesas, não faça muito barulho e saia antes do nascer do sol. Sempre deixe tudo organizado, como se nunca tivesse estado lá.

Sorri ao passear pela sala.

— Então vocês moram na rua sem *literalmente* morar na rua. Que genial!

— Por que não toma banho primeiro, Muçarela? — Ricota perguntou ao se aproximar de nós.

— Tá booom.

— Leve o tempo que precisar — completou Parmesão, sorridente.

— Ai, já entendi o recado. Que maldade! — falei entre risos.

Depois de quarenta e cinco minutos me lavando, as garotas tomaram banhos rápidos, e eu fiquei de olho na comida, que cheirava bem no fogão.

— Faz tempo que eu não como uma refeição caseira — comentei ao retirar a panela do fogo.

Era Ricota quem estava encostada na porta da cozinha, observando, com o cabelo preso em um coque alto.

— É... Faz falta, esse tipo de comidinha — disse ela.

— Vocês estavam carregando tudo isso nas mochilas?

— Claro que não. — Ela riu. — A maioria das pessoas, quando muda de vila, deixa suprimentos na casa. A gente só faz o favor de não deixar estragar.

— Vocês são incríveis! Sério, melhor ideia.

Jantamos na sala e conversamos baixo, rindo, tocando músicas populares com instrumentos improvisados e dançando como se não tivesse ninguém olhando. Eu fumava dois cigarros juntos, um de Pinky Dreams e outro de Baby Blue. Ricota bebia algo direto da garrafa e Parmesão fumava um Caigro — cigarro verde e superforte —, pegando de vez em quando a garrafa de Ricota para dar alguns goles.

— É assim que você faz valer a pena — disse a ruiva ao se espreguiçar.

Ela se deitou no tapete e caiu no sono praticamente no mesmo instante. Gorgonzola aninhou-se ao lado dela, encostado em sua barriga.

— Muçarela — sussurrou Parmesão —, quando foi a última vez que você mudou seu cabelo?

Fiz uma careta.

— Sei lá.

— É bom você mudar pelo menos toda semana, para o exército nunca ter uma descrição muito certinha do seu perfil.

Fomos para o banheiro. Parmesão pegou uma bolsinha de couro velha e começou a retirar alguns itens: frasquinhos, pincéis, uma tigelinha de cerâmica.

— Qual cor você quer? — perguntou ela enquanto remexia os vidrinhos coloridos.

— Preto.

Ela me fitou sem erguer a cabeça e sorriu.

— Vai ficar lindo. Você está muito pálida.

— Culpa desse loiro nem claro, nem escuro.

— Vai manter o tamanho?

— Não quero mais curto do que isso. — Arregalei um pouco os olhos. Ficaria careca se cortassem mais.

— Eu posso fazer crescer.

Um arrepio desceu pelos meus braços ao ouvir aquilo. Parmesão notou minha cara e deu um sorriso triste antes de voltar sua atenção para a misturinha que preparava.

— Você não foi a primeira pessoa a se decepcionar com os Fundadores e certamente não será a última.

Engoli em seco. Ela puxou o cabelo ondulado para cima, revelando a tatuagem de estrela na nuca. Desviei os olhos.

— Então? Quer maior?

— Sim, por favor. — Pigarreei. — Mas só até o ombro.

Ela aplicou o creme escuro com uma mão enquanto girava o pincel um pouco acima da minha cabeça, como se ele fosse uma varinha mágica. Depois, ela segurou o pincel com a boca e usou as duas mãos para massagear minha cabeça. Ao afastar as duas mãos ao mesmo tempo, meu cabelo caiu até o fim do pescoço. Ele estava preto como café, mais curto atrás e com duas pontas na frente.

Girei a cabeça, avaliando o resultado no espelho.

— Obrigada, Parmesão. Está perfeito.

Até que enfim eu podia me olhar no espelho e definitivamente não me reconhecer mais.

— Imagine, docinho. — Ela guardou as coisas e tocou no meu ombro. — Somos um bando agora.

# 72

**NOITE DE ANO-NOVO**
*Verão, 20 anos*

**O MAR ESTAVA TÃO AGITADO** quanto a pequena multidão na praia.

Ao redor de uma fogueira, eu e as meninas ríamos alto, cada uma sentada ao lado do garoto da vez, contando histórias de tragicomédia; um misto de desventuras reais com pitadas de imaginação.

Naquela idade, as fantasias de Ano-Novo eram roupas sensuais com máscaras ou acessórios que remetiam ao animal do mês de Despertamento de cada um. Por isso, eu usava *glitter* no rosto e orelhas de leão; Ricota tinha uma máscara dourada, com duas longas asas pregadas nas costas; e Parmesão usava uma réplica de chifres de alce e um batom vermelho. Todo mundo estava um pouco parecido com os personagens devassos das peças de Madam Red.

De repente, enquanto ríamos de uma história que Ricota contava, os fogos começaram a riscar o céu e a história foi interrompida pelos beijos.

O ruivo ao meu lado, vestido de laranja com um rabo de raposa, até que beijava bem, suas mãos firmes apertando todos os lugares certos. Porém, quando as coisas começaram a esquentar demais, eu o afastei.

— Algum problema? — perguntou ele.

— Não, eu só acho que já foi o suficiente para garantir a sorte do Ano-Novo.

Ele deu aquele sorriso típico de indignação.

— Sério?! Vai ser só isso?

— Desculpa, escolheu o queijo errado.

O raposo nem se deu ao trabalho de não parecer interesseiro. Pelo visto, ele queria uma noite divertida, não importava com quem fosse. Pouco depois, as meninas também se levantaram com seus respectivos pares e saíram à procura de um lugar mais privado.

Sozinha, eu me deitei na manta para admirar as cores explodindo no céu escuro. A orla estava cheia de fogueiras, ninguém parecia sozinho. Peguei um Pinky Dreams e deixei a química anestesiar a melancolia.

Eu nunca deixava cara nenhum se aproximar demais, ver demais, querer demais. Preservar aquele restinho de intimidade só para mim era como manter vivo um farelo de quem eu havia sido — e talvez, apenas talvez, representasse uma vaga esperança de que as coisas fossem melhorar.

Nas crianças perdidas, uma de nossas muitas narrativas mitológicas contava a história de uma garota que acendia uma vela e a deixava em casa. Ela saía da vila, adentrava a Floresta das Almas e, quando a noite caía, a floresta acordava. As árvores machucavam o corpo da garota e os espíritos atormentavam a mente dela, mas, porque a menina havia deixado uma vela acesa em casa, ela conseguia voltar sã e salva, seguindo o raio de luz. Por isso, dizíamos "não se esqueça da luz" ou "lembre-se da vela", como uma expressão de esperança e boa sorte.

Eu estava prestes a descobrir que tinha me enfiado em uma floresta perigosa e não havia deixado nenhuma luz acesa que pudesse me guiar de volta para casa.

# 73

**MÊS DO TIGRE, 637 D.I.**
*Verão, 20 anos*

**O TECIDO TINHA UMA TEXTURA MACIA** nos meus dedos, e loja inteira exalava um delicioso perfume de nota floral. Eu só tinha entrado ali para me refugiar um pouco do sol, é claro que não roubaria aquele lugar — pelo menos, não com o soldado de plantão me encarando. Mesmo assim, alguém se aproximou.

— Posso ajudar? — A moça me olhou da cabeça aos pés.

Se tivesse vindo me enxotar com uma vassoura, teria sido mais discreta.

— Só estou olhando.

Ela encarou o local onde minha mão tocava o tecido e depois fitou o soldado antes de dar as costas e sair. Ele veio no mesmo instante postar-se ao meu lado.

— Preciso que você se retire.

Revirei os olhos. *Cãozinho de guarda ridículo.*

Situações como aquela me ajudavam a dormir à noite, sem nenhum remorso pelos furtos. Eu dizia a mim mesma que não era errado dar às pessoas exatamente aquilo que elas esperavam de você.

— Agora — disse o soldado ao segurar meu braço.

— Credo, estou indo! — Afastei-me do toque e voltei para o sol.

Minhas bochechas ardiam de vergonha. Deixei o pequeno e bonito comércio olhando para trás, assimilando o local para, quem sabe um dia, voltar ali e levar um ou dois vestidos.

Deviam ser quase três horas da tarde e eu ainda não tinha garantido os cigarros do dia seguinte, então segui para o meu estabelecimento de frequência.

Eu já conhecia Areia Vermelha como a palma da minha mão; cada rua, avenida e beco, como se fossem as linhas e marquinhas do meu próprio corpo. Por esta razão, tinha ficado muito fácil andar pela cidade e pegar atalhos e caminhos mais sombreados.

Cheguei à mercearia com a bandeirinha de corvo e fui entrando direto para os fundos do estabelecimento, sem pedir para passar. Era Fuinha quem estava no balcão naquele dia, e o rapaz se limitou a dar uma rápida olhada por cima das cartas que jogava, só para garantir que era mesmo um freguês que estava entrando.

Ao adentrar o salão interior, deparei-me com um rapaz esguio, de cabelo claro despenteado, cigarro pendurado na boca e um longo sobretudo sem manga, de algodão cru. Ele estava jogando xadrez com Urso Pardo.

— Prince! — Abri um sorriso.

Ele se levantou e veio me abraçar, tão alegre quanto eu.

— Fez boa viagem? — perguntei.

— Não dá para reclamar. — Ele cruzou os braços. — E você, como está?

— Não dá para reclamar. — Olhei para o tabuleiro em cima da mesinha baixa. — Eu não sei como você gosta disso, me deu dor de cabeça toda vez que tentei jogar.

— O segredo, princesa, é sempre mover as peças com os olhos no futuro.

Eu me recostei no balcão e cruzei os braços.

— Estava esperando você chegar — mudei de assunto.

— Eu sei.

— Sabe?

— Sim, Urso Pardo me escreveu.

Engraçado. Era proibido enviar cartas para as pessoas que estavam em vilas anteriores à sua, com raríssimas exceções — comunicar uma morte ou casamento, por exemplo. A ideia era a mesma da mudança de vilas: obrigar os cidadãos a sempre seguirem em frente, cada vez mais fortes e mais independentes.

Eu não sabia que existia um mercado secreto de cartas.

— E então? — perguntei.

— Eu acabei de chegar, princesa. Ainda preciso resolver muita coisa. Mas pode deixar que em algumas semanas a gente fecha a contabilidade e eu te passo o valor da dívida.

Tinha meses que eu vinha perguntando quanto devia, e eles sempre davam alguma desculpa para não me informar o valor. Era a primeira vez que alguém me dizia uma resposta mais concreta, com prazos e tudo, e eu senti um leve frio na barriga.

— Ok. E quanto ao Noite Escura? Urso Pardo não queria me vender porque era um cigarro mais caro e ele disse que precisava da sua autorização; o que é totalmente ridículo, considerando que estou pagando. Tudo bem que ainda pego adiantado, mas, mesmo assim, não é como se...

— Eu não vou te vender o Noite Escura.

Parei a frase no meio, olhando incrédula para Prince.

— Por que não?!

— Olha, princesa...

— Não, você não entende! — Desencostei meu corpo do balcão e fui até ele, as mãos nervosas em constante movimento diante do peito. — Eu quase não tenho mais alucinações e preciso usar pelo menos *dois* Pinky Dreams para ficar *minimamente* ligada. Eu quero algo mais forte. Eu *preciso* de algo mais forte.

Prince inspirou fundo, umedeceu os lábios e penteou os cabelos com uma mão enquanto suspirava. Ele tinha o seu charme. Ao segurar minhas mãos, olhei para baixo, antes de voltar a fitá-lo.

— Princesa, sabe o que o Noite Escura faz com você depois de alguns meses de uso? Primeiro, seus dentes vão escurecer; então você vai começar a tossir, a ter dificuldades de se lembrar das coisas, e seu cabelo vai cair aos poucos. Em menos de dois anos, você vai morrer sangrando por cada buraco do corpo e ainda implorando por mais.

Estremeci de horror.

— Então não vou te vender essa droga. Você entende que eu estou cuidando de você, não é?

Ele me olhava tão intensamente que eu não resisti. Bastou inclinar o corpo um pouquinho e os nossos lábios se tocaram, um beijo simples e rápido.

— Sim, é uma pena que você seja meu fornecedor — sussurrei antes de me afastar.

Prince sorriu e colocou uma mecha do meu cabelo — castanho-escuro, naquela semana — para trás da orelha.

— É uma pena, mesmo. Mas eu tenho uma boa notícia para você.

— O quê?

— Conseguimos criar outro cigarro, basicamente da mesma família do Pinky Dreams.

— Mais forte? — Ergui uma sobrancelha.

— Um pouco. Chama-se Dedo de Fada. Não causa alucinação, mas dura por quinze horas e é muito, *muito* bom. Vai te deixar nas nuvens.

— Eu quero.

— Custa dois pentars a cartela de cinco.

Eles estavam aumentando os preços e diminuindo a quantidade de cigarros da cartela, mas eu não via tanto problema, pois estava ganhando mais dinheiro como, hã... "autônoma"... do que jamais ganhara como artesã.

— Só tem uma coisa, princesa — disse ele ao pegar a cartela que Urso Pardo lhe entregava. — Você vai ter que esperar doze horas antes de usar o Dedo de Fada. Seu corpo precisa liberar as toxinas do Pinky Dreams primeiro.

— Ou o quê?

— Ou você vai ter uma reação, sabe como essas drogas são temperamentais. Do mesmo jeito que você não pode misturar álcool com Sangue de Dragão nem Caigro com Noite Escura, uma dose de Dedo de Fada com muito Pinky Dreams no seu corpo pode ser bem ruim.

— Tudo bem. — Peguei o moedeiro do bolso e o virei na palma da mão. — Eu só estou com um pentar e cinco braters aqui comigo, mas trago o resto amanhã.

— Sem problemas, você é de casa. — Ele piscou. — Se cuida.

No dia seguinte, quando usei o Dedo de Fada pela primeira vez, minha cabeça doeu como se estivesse recebendo marteladas. Eu tive enjoos e dor de barriga por várias horas seguidas, o que não foi nada divertido considerando que eu estava nas ruas, sem um lugar confortável onde me deitar, e dependendo das imundas latrinas de restaurantes.

Quando voltei ao mercadinho do Prince com o resto do pagamento, eles tentaram me convencer de que provavelmente aquilo só tinha acontecido porque eu não havia esperado as doze horas completas, que não aconteceria de novo. Mas eu não quis nem saber, paguei o que devia do dia anterior e prometi a mim mesma que só usaria meus cigarrinhos favoritos, nenhum outro.

✦ ✦ ✦

### DUAS SEMANAS DEPOIS
*Verão, 20 anos*

— Oi, pessoal. Vim buscar o meu de sempre.

Aquilo significava duas cartelas de Pinky Dreams e uma de Baby Blue, cigarros o suficiente para uma semana.

— Terminamos o balanço — disse Prince, com a voz tranquila, enquanto me entregava o pacotinho. — Quer saber quanto nos deve?

Entreguei-lhe as moedas que tinha no bolso. Paguei aquele embrulho e ainda sobraria um pouquinho para abater a dívida total.

— Claro.

Prince olhou para um livro atrás de si e pigarreou.

— Oitocentos e noventa e cinco pentars.

Juro que eu até me engasguei com minha própria saliva. Aquele valor era tão absurdo que eu não sabia dizer nem quantas *décadas* trabalhando como artesã eu levaria para conseguir juntar oitocentos pentars — novecentos, se arredondássemos.

— O quê?!

No salão interior, estavam Urso Pardo, Fuinha e Rato Cinzento. Todos eles tinham expressões que eu só poderia descrever como macacos se divertindo. Desatei a gargalhar.

— Prince! Deus meu, que susto! — Pausei para rir histericamente. — Você quase me pegou.

Ainda estava rindo quando notei que Prince era o único sério do recinto. Minha risada foi murchando até sobrar apenas um sorrisinho de espanto.

— Eu falo sério, princesa.

— O quê? Não, não pode ser. Vocês devem ter errado a conta. Eu venho pagando, esqueceu?

— Você paga muito pouco, fuma cada vez mais e ainda tem os juros.

— Juros?! Ah, para. Você nunca me falou sobre isso.

— Achou mesmo que a gente te venderia adiantado sem cobrar nenhum sint a mais por isso?

— Só que não estamos falando de alguns sints, né?

— Você tem trinta dias para pagar.

Ri novamente.

— Você tá de brincadeira.

Foi a primeira vez que o olhar dele me fez gelar por dentro, e não de um jeito gostoso.

— Por favor, seja uma boa cliente e pague sua dívida no prazo. — Prince levou um cigarro à boca, encarando-me.

Engoli em seco e, sem dizer mais nada, deixei o estabelecimento.

# 74

**CONTINUEI COM A MINHA ROTINA** normal, aproveitando cada oportunidade que o dia me oferecia enquanto observava casas; depois encontrava as meninas na praça Filhas da Areia, trocávamos informações sobre as casas identificadas, escolhíamos uma e então partíamos para lá um pouco depois do anoitecer. Na manhã seguinte, antes do nascer do sol, deixávamos a casa e meu dia recomeçava.

A única diferença era que eu estava correndo mais riscos, muitas vezes forçando uma oportunidade só para conseguir mais dinheiro. Eu queria abater o máximo que conseguisse da dívida dentro dos trinta dias, apesar de não estar levando tão a sério aquela situação toda. Quero dizer, era o Prince, sabe?! O garoto era meu amigo, se importava de verdade, então é claro que ele entenderia se eu falhasse. Até porque o prazo era ridículo e o valor, absurdo.

E, assim, o tempo foi passando.

✦ ✦ ✦

### MÊS DA ÁGUIA
*Quinze dias para pagar a dívida*

Coloquei vinte moedas de ouro em cima do balcão, orgulhosa de mim mesma. Nunca tinha conseguido tanto dinheiro em um único dia. Prince estava jogando xadrez na mesinha baixa, com Peixe-Espada, e nem levantou os olhos para ver minha conquista.

Foi Rato Cinzento quem me entregou os dois Pinky Dreams. Eu tinha parado de comprar cigarro para uma semana inteira porque acabava fumando mais rápido; além disso, tinha reduzido o consumo diário.

— Vinte pentars — falei enquanto guardava os cigarros no bolso da calça. — O que acha disso, Prince?

— Parabéns. Só faltam oitocentos agora — disse ele, sem se desviar do jogo.

Uma onda de risadinhas varreu a sala.

— Ah, fala sério! Já paguei mais do que isso. E outra: o que você espera que eu faça? Assalte o banco?! Eu preciso ser cuidadosa. Prince. Prince! Está me ouvindo?

— Seu prazo está acabando, princesa, e até agora não te vi pagando grandes coisas. Estou ficando preocupado — respondeu em tom monótono.

Minha paciência esgotou ali. Eu vinha correndo tanto risco, passando o tempo todo atrás de oportunidades para conseguir a maior quantia possível, e era assim que aquele patife me tratava?

— Quer saber, Prince? Vai se ferrar! Você está sendo totalmente incompreensivo. O prazo é ridículo e eu cansei dessa piada sem graça.

Virei-me em direção à porta, porém Urso Pardo a bloqueou antes que eu pudesse dar um passo a mais. Olhei para trás. Prince continuava encarando as peças, com as mãos entrelaçadas na frente do queixo.

— Urso — falou em um tom grave, quase macabro —, parece que a nossa princesinha não entendeu a gravidade de sua situação. Mostre o que acontece quando elas não me pagam.

*Elas.* Mal tive tempo de assimilar o que ele disse e as mãos pesadas de Urso Pardo me agarraram por trás, puxando-me para o lado. De repente, eu não me sentia mais como uma soldado treinada; sentia-me novamente como uma garota vulnerável e indefesa. Gritei e me debati quando Urso Pardo me jogou contra uma estante; ao me virar de frente para ele, fui com o punho em direção ao seu rosto, mas ele segurou minha mão e a torceu para trás. Urrei de dor. Usando a outra mão para tentar acertar os olhos dele, tentei me desvencilhar do corpo pesado contra o meu, mas, assim que senti sua outra mão subindo pela minha perna, instintivamente me empenhei em pará-la. Não conseguia chutá-lo, presa contra a estante e com uma mão torcida explodindo de dor; não conseguia correr, não conseguia respirar nem fazer nada além de cerrar os dentes e tentar parar aquela maldita mão.

— Já chega.

Urso Pardo me soltou. Quase caí, respirando com dificuldade. Agarrei-me às prateleiras ao mesmo tempo que me afastava dele; a mão direita latejando e o coração disparado de terror.

— Acho que agora você vai nos levar a sério, princesa. — Prince ergueu os olhos do tabuleiro e me fitou.

Eu o encarei, trêmula, os olhos cheios d'água. *Eu confiei em você, seu cretino desgraçado! Eu confiei em você!*

— Sinto muito que tenha chegado a tanto — completou ele, seco, e voltou os olhos para o jogo.

Praguejei mentalmente. Queria sair dali, mas teria de passar por Urso Pardo. Meu único desejo era correr até desaparecer.

— Urso, deixa a menina passar — ordenou Prince.

O rapaz deu um passo para o lado, abrindo um pequeno espaço no corredor entre a estante e o balcão. Ele continuava a me encarar, sorrindo junto aos outros. Passei por Urso raspando as costas na estante, só para não tocar nele, e saí correndo. Trombei nas pessoas da calçada e atravessei a rua sem olhar para os lados, correndo para bem longe dali. Apenas correndo.

Naquela noite, chorei no colo de Ricota e abraçada a Gorgonzola. O gatinho não gostava de abraços, mas, daquela vez, não reclamou. Acho que ele podia sentir que tinha algo terrivelmente errado.

— Eu sinto muito, docinho. Aqueles desgraçados! — Parmesão alisava o meu cabelo.

— Não sei o que fazer. — Solucei.

— A gente vai pensar em um plano. Enquanto isso, você não volta mais lá. Me entrega o dinheiro que eu mesma compro seus Pinky Dreams com o meu fornecedor.

— Vai ficar tudo bem, Muçarela. — Ricota beijou minha testa. — Não se preocupe, vamos dar um jeito nisso.

Não sabia se aquilo era verdade, mas pelo menos eu não estava sozinha; pelo menos não precisaria voltar lá para comprar meus cigarrinhos e era bom acreditar naquelas palavras.

✦ ✦ ✦

## MÊS DA ÁGUIA
*Treze dias para pagar a dívida*

Parmesão me entregou o embrulho com dois Pinky Dreams no nosso ponto de encontro na praça, sempre debaixo da estátua de um cavaleiro. Esperamos por Ricota, em silêncio, cada uma fumando seu cigarro.

Ela apareceu minutos depois, saltitando, acompanhada por Gorgonzola.

— Meninas, eu tenho um plano!

✦ ✦ ✦

## MÊS DA SEREIA
*Dez dias para pagar a dívida*

Não aceitei que elas me ajudassem. Se alguma coisa desse errado, eu seria a única presa.

Havia passado os últimos três dias analisando *aquela* loja de vestidos; observando os horários em que abriam e fechavam, como recebiam as mercadorias, como trancavam tudo e, especialmente, como eu poderia fazer para entrar e sair sem levantar suspeitas.

Tínhamos decidido que seria menos arriscado à noite.

Parmesão me ensinou a arrombar fechaduras e, de madrugada, fui visitar o lugar. As meninas me acompanharam até a esquina, por pura insistência, porque falaram que seria muito estranho uma garota andando sozinha de madrugada. Com elas, eu chamaria menos atenção.

E deu certo. Menos de cinco minutos depois, eu deixei a loja com a mochila abarrotada: três conjuntos de seda, três lenços de cetim e um frasquinho de perfume. Quando chegamos à casa onde passaríamos a noite, estendi os três conjuntos de calça e blusas para que cada uma escolhesse o seu.

— Ah, você pensou na gente. Que fofinha! — Ricota me abraçou de lado.

— É claro que eu pensei em vocês. — Dei um empurrãozinho nela.

— Acho que esse daqui vai ficar perfeito em você, Muçarela. — Parmesão apontou para o conjunto branco. — E esse aqui, em você, Ricota. — Era um rosa perolado. — Agora, quanto aos lenços, você precisa usar esse daqui, docinho. — Ela me entregou o verde-escuro. — É o mais chique. Exala elegância, e Deus sabe o quanto você precisa estar maravilhosa amanhã.

Gelei por dentro. Nunca tinha surrupiado nada daquela magnitude, muito menos com planejamento. Eu era o que eles chamavam de gata de rua, que pegava coisas por conveniência e oportunidade. Aquilo... aquilo era outro nível.

— Vai dar certo — Ricota disse enquanto segurava meu ombro.

Na manhã seguinte, tomei um banho caprichado, passei perfume e me arrumei com as roupas elegantes. Deixei Parmesão fazer um penteado especial em meu cabelo — atualmente ruivo — e, por fim, saímos da casa.

Meio-dia. Conforme o planejado, eu estava sozinha diante da loja de joias, que também vinha sendo observada por nós nos últimos dias. Conferi as horas no relógio de bolso e tornei a guardá-lo na bolsinha de mão. Era tudo uma questão de aparência e, naquele momento, eu parecia uma respeitada moça. Poderia ser uma médica, ou alguém que trabalhava no banco ou na Capitania, ou até mesmo uma mercadora.

Queria olhar de novo o relógio, mas ficaria muito na cara. Naquele momento, eu fingia esperar tranquilamente uma pessoa ou um drômede.

Eles estavam atrasados. Já era meio-dia e quinze e o mesmo soldado continuava de plantão. Eu *precisava* entrar na loja quando avistasse o outro soldado, que faria a troca de turno com aquele. Haveria uns dois minutos de distração, no máximo, e era todo o tempo que eu tinha para conseguir pegar alguma coisa.

Minha boca estava seca, o corpo encharcado de adrenalina que me fazia querer fazer xixi. *Respire fundo.* Se continuasse tremendo e visivelmente nervosa, não importaria quão chique fosse o conjunto ou o quanto eu estivesse linda e cheirosa: ainda chamaria a atenção errada.

Um homem pobre passou diante da loja, sujo de terra, provavelmente um minerador. Ele olhou para a vitrine e continuou andando. Algo dentro de mim se agitou; um instinto recém-adquirido que vibrava cada vez que sentia uma oportunidade.

Atravessei a rua bem na hora em que o homem dava meia-volta para retornar à loja. Entramos quase ao mesmo tempo.

— Madame. — Ele ergueu o chapéu, dando-me passagem.

Cheirava a suor.

— Obrigada. — Fiz um movimento com a cabeça e sorri.

O nervosismo se aplacou. Aquele era o tipo de situação em que eu me sentia confortável, de volta ao impulso e às oportunidades não planejadas. Entrei na loja olhando as joias como se nenhuma fosse interessante.

Enquanto isso, podia sentir os olhos da vendedora e do soldado atentos ao homem. Na verdade, eu também estava atenta a ele.

Quando o moço virou para a direita, peguei o corredorzinho da esquerda. E ao invés de dividirem a atenção, ambos, soldado e vendedora, continuaram de olho apenas no homem. Um erro que lhes custaria caro. *Muito caro.*

— O senhor vai comprar alguma coisa? — Ouvi a vendedora se aproximar dele.

Fui até a saída e fingi ver alguém do outro lado da rua.

— Oh, meu namorado acabou de chegar. Preciso ir — falei para o soldado, que se limitou a concordar com a cabeça, sem olhar para mim. — Obrigada! — agradeci ao sair da loja.

Mal tinha dado dois passos e trombei em alguém. Olhei para cima. Era o soldado que vinha para fazer a troca de turno. O susto foi tanto que algumas gotículas de xixi escaparam.

— Perdão, senhorita.

Fiquei parada, mal conseguia respirar, enquanto o soldado se afastava de mim. *Mexa-se, criatura!* Atravessei a rua bem rápido e continuei andando sem olhar para trás, até chegar à esquina. Parei ali e encarei a loja. O minerador estava deixando o lugar, indignado. Continuei observando-o, até garantir que ninguém estava atrás dele, então corri.

Fui encontrar as meninas no bar combinado para trocar de roupa e mudar o cabelo. Se eles procurassem por uma dondoquinha ruiva, morreriam procurando. Depois, peguei a carroça pública e fui direto para o mercadinho com bandeira de corvo. Ao chegar lá, entrei de cabeça erguida, apesar do cubo de gelo na barriga. O olhar de Urso Pardo me deu ânsia de vômito.

— Princesa! — Prince abriu um sorriso. *Covarde desprezível.* — Faz dias que você não vem aqui. Está tudo bem?

Em outras palavras: "Como está sobrevivendo sem cigarro?"

— Vim te pagar, seu saco de merda.

Prince ergueu uma única sobrancelha. Por alguns segundos, meu estômago embrulhou de medo do que ele poderia mandar fazerem comigo; mas, em vez de reparar no meu jeito insolente de falar, Prince parecia surpreso com a parte do "pagar".

— Hummm. E o que você trouxe dessa vez? Trinta moedinhas? Cinquenta?!

As risadas emudeceram quando bati o pesado colar de diamante em cima do balcão. Foi maravilhoso ouvir o som de suas risadas sumindo ao baque das pedras na madeira. Melhor ainda era ver o sorriso de Prince sumir.

— Prontinho. Isso deve valer pelo menos uns oitocentos pentars, o que paga e ainda sobra. — Prince ergueu os olhos meio arregalados para mim. Saboreei o momento. — Agora pegue esse colar e enfie no seu cofrinho.

Meu sorriso de ódio tremia de leve. Prince aprumou a postura.

— Impressionante — disse ele, batendo palmas lentas. Tinha voltado a ficar sério. — Você ainda me deve quinhentos pentars.

— *O quê?!*

— Achou realmente que eu consideraria o preço de mercado dessa belezinha? *É uma mercadoria roubada*, sua idiota. O preço cai pela metade. Você ainda me deve quinhentos pentars e tem dez dias para pagar.

Ele... ele estava com raiva de mim? Porque eu tinha conseguido abater a dívida?! Mas que raios, devia ter ficado feliz! O que estava acontecendo?

Meu peito subia e descia com a respiração pesada. Queria socar a cara de jumento daquele paspalho. A única coisa que me impedia de fazer isso era a memória dos dedos roliços de Urso Pardo em meu corpo.

— Ela fica tão fofa com essa cara de brava — disse Fuinha naquela voz irritante dele.

— O que está tentando fazer, Prince? — perguntei, um misto de decepção e rancor.

Eu tinha confiado nele! Inacreditável.

— Dez dias. Quinhentos pentars ou...

— Ou o quê?! — rangi entre dentes. — Vai me matar, por acaso?

— Não seja ingênua, clientes mortos não pagam as contas. Por enquanto, para você é apenas *ou*.

Virei as costas e dei os primeiros passos para ir embora.

— E não tente me enganar, Muçarela.

Parei. Olhei para trás e sorri torto. *Então você conhece meu nome de rua, e daí?!*

— Ou deveria chamá-la de Alison Rivers?

O medo se espalhou como tinta no meu rosto e foi horrível notar o quanto isso o agradou. Prince parecia confiante outra vez, com a situação sob seu controle. Deu mais alguns passos e, bem diante de mim, sussurrou com seu hálito ardido de cigarro:

— Se tentar armar para mim, vou atrás do cabo Bluestar e das suas amiguinhas com nome de queijo. Vou partir o corpo deles em tantos pedaços e espalhar por toda essa maldita cidade que vão ter de montar um quebra-cabeça se quiserem reconhecê-los. *Não faça besteira.*

Deixei a mercearia a tempo de vomitar na esquina. Então ergui a cabeça e limpei a boca; o olhar arregalado, perdido. Eu tinha confiado em um monstro e agora estava sozinha, presa em suas garras.

# 75

**EU REALMENTE TENTEI** de tudo antes de desistir.

Primeiro, ao encontrar as meninas naquela noite, reparei no rapaz da gangue de Prince que nos observava à distância. Então contei para elas o fracasso do nosso plano e como eu precisava me afastar delas. As duas entenderam e, ainda naquela madrugada, ajudaram-me a formar o segundo plano: ir à Administração, conseguir meu emprego de volta e, com uma casa oficial e um emprego, tentar um empréstimo no banco.

E foi isso o que eu fiz.

No C.A., eles relutaram muito em devolver meu emprego nas salinas. Por causa da minha "inconsequente falta de compromisso", queriam me deixar trabalhando na limpeza das ruas ou acendendo postes por alguns anos, até que eu provasse minha competência. Só não fizeram isso porque o aspirante Harry interveio.

— Eu também precisava de uma carta de recomendação para o ban...

— Por favor, Alison. Eu já corri um risco à minha reputação ao me envolver nesse casinho pequeno. — Diante da minha expressão de mágoa, ele completou. — E saiba que eu só fiz isso porque a Sophia te amava, mas não espere mais nada de mim. Faltam só alguns meses para finalmente conseguir a licença de capitão e eu não vou deixar nada estragar isso.

Anuí de leve.

— Eu entendo. Já vai ser uma grande ajuda voltar a trabalhar nas salinas. Obrigada, Harry.

Peguei as chaves da minha nova casa e fui lá conhecê-la.

Ficava no Setor das Pulgas, um dos piores bairros da cidade, bem longe da praia. Era um apartamento minúsculo no terceiro andar de um prédio feito de adobe, mas pelo menos eu não teria de dividi-lo com ninguém — exceto Matilda, a lagartixa que morava no banheiro.

Trabalhei nas salinas por dois dias antes de ir ao banco solicitar o empréstimo. Para não ficar tão absurdo, pedi duzentos pentars, já pensando em como conseguiria os outros trezentos — não daria para roubar a mesma loja de joias e não havia outra na cidade.

O homem riu alto com a minha solicitação.

— Vou buscar os papéis — disse ele quando se levantou.

O gerente saiu meneando a cabeça, rindo baixinho. Por um momento, meu coração se encheu de esperança. Fiquei até arrependida de não ter solicitado o valor total da dívida.

Ele me entregou os papéis e eu comecei a assiná-los, até chegar à parte que dizia o valor do empréstimo e os juros.

— Dez pentars?!

E eu deveria pagar em dois anos, com 50% de juros. Uma piada.

— Qual é... Você achou mesmo que o banco lhe emprestaria aquela fortuna que você pediu? — A risada do homem foi desbotando. — É sério?!

— Por favor, eu realmente *preciso muito*.

— Senhorita Rivers, você entende que o valor que está pedindo é muito maior do que o seu salário de um ano inteiro? O banco trabalha com probabilidade de pagamento e, pelo nosso sistema de perfil, você não daria conta de pagar. Estou lhe emprestando quase um mês de salário, o que já é muita coisa e um risco para nós, compreende?

Engoli em seco. Abaixei a cabeça para continuar assinando e para esconder o rubor das bochechas quentes. Faltavam sete dias para pagar a dívida. Eu não fazia ideia de como faria aquilo, e o capanga que estava me seguindo dia e noite era Urso Pardo.

Prince, aquele maldito, sabia como entrar na nossa cabeça.

Dois dias depois, eu estava na carreta, indo para o trabalho, e fumava um Pinky Dreams — que agora eu comprava diretamente no fornecedor de Parmesão, nunca adiantado — quando passamos por uma padaria. O cheiro de pedaço de nuvem fez uma ideia fermentar na minha mente.

Foram várias pitadas de memória: o cheiro dos móveis de madeira; o barulho das aves cantando na floresta; Amelia sovando delicadamente a massa com as duas mãos enquanto falava sobre as leis das crianças perdidas, algumas das quais ela gostava. "Todos devem ser iguais em poder aquisitivo."

A esperança voltou a ferver dentro de mim.

Pedi que parassem a carreta imediatamente, sob a ameaça de vomitar no colo do condutor, e saí correndo. Peguei vários atalhos e desvios, tudo para despistar o brutamontes que saltara do drômede e tentava me seguir. Quando cheguei à Capitania, as mãos tremiam de ansiedade.

Aguardei quase três horas para que o capitão pudesse me atender. Eu chegaria muito atrasada às salinas, mas e daí? Definitivamente, aquela era a minha melhor chance.

— Como posso ajudar?

O capitão Bread tinha nariz gordo, barba espessa, olhos azuis e cabelo completamente branco. Eu respirei fundo, o coração galopava no peito.

— Tenho uma denúncia a fazer.

O homem cruzou as mãos sobre a mesa.

— Prossiga.

— Eu sei que existe uma lei sobre não termos grandes discrepâncias salariais em nossa sociedade. — Ele anuiu. Engoli em seco, antes de continuar. — Eu entendo que deve existir algum tipo de controle sobre o comércio, certo?

— Sim. Temos a carga tributária, os limites de lucro por pessoa e as multas em caso de descumprimento. A contribuição em impostos dos mercadores e os empregos que eles geram fazem o papel de balizadores; mas, se a sua queixa se refere a pessoas lucrando muito acima do aceitável, já devo avisar que, a despeito dos nossos melhores esforços e controle, o governo não tem como adivinhar exatamente quem são e o quanto estão sonegando.

— Mas aceitam denúncias?

O capitão Bread se recostou melhor na cadeira.

— Sim.

— Minha queixa é contra Prince. Ele vende cigarros por fora do registro, sonega impostos e o lucro dele é desproporcional ao permitido pela lei. Entendo que vocês não conseguem controlar absolutamente tudo, por isso estou aqui, cumprindo o meu papel como cidadã de denunciar os excessos.

Não sabia se era impressão minha, mas o homem parecia insatisfeito.

— E você tem o nome verdadeiro desse... Prince?

O aperto no estômago ficou mais firme.

— Não, mas posso indicar o endereço de todos os seus estabelecimentos menores e o do principal também.

O capitão começou a esfregar as mãos, resmungando alguns "hum" e olhando para os itens em cima da mesa.

— Deixe-me ver... Sim, você vai solicitar na recepção um formulário de denúncia mercantil.

O gelo na minha barriga virou uma onda de alívio.

— Obrigada. Muito obrigada, senhor Bread. — Comecei a me levantar.

— Por nada. Vou analisar sua queixa em até três anos.

Meu corpo voltou a cair sentado na cadeira.

— Três anos?! — Estava difícil respirar. Apertei uma mão na outra para controlar os tremores. — Por favor, senhor, eu... *É muito urgente.*

— Qual é o seu prazo?

De olhos arregalados, não respondi. O homem insistiu:

— Vamos lá, criança, sei que está com problemas. Qual o seu prazo?

— Hã... — Pisquei. — Três dias.

O olhar dele, avaliando-me de baixo pra cima, fez meus braços e pernas arrepiarem. E foi então que eu entendi que ele não me ajudaria.

— Prince realmente tem um bom gosto para mulheres e sabe fazer negócios como ninguém. Mal chegou ao ramo e já está dominando.

Senti-me espetada contra a cadeira. O sorriso de dentes amarelos do capitão veio como uma punhalada nas costas.

— Três dias, você disse? — Uma profunda inalação. — Serei o seu primeiro cliente.

Levantei-me, peguei a xícara de café quente e joguei na cara dele. O velho gritou, afastando-se.

— Seu porco imundo!

Um assistente entrou correndo na sala.

— Senhor! Algum problema?

— *SIM!*

Eu fuzilava o capitão com os olhos. Meu quarto plano, criado no ímpeto de segundos, estava prestes a funcionar. Porém, o maldito percebeu.

— Derramei café em mim mesmo, vá buscar um pano. Agora!

O rapaz saiu da sala às pressas, e o capitão voltou a me encarar.

— Boa tentativa, mas você não será presa. Você vai trabalhar para o Prince até pagar o último sint que lhe deve.

As lágrimas que arderam em meus olhos eram de puro ódio.

— Ah é? Me observe.

Deixei a sala pisando duro, completamente destruída por dentro.

Mal coloquei os pés para fora da Capitania e senti alguém me puxando para o lado. Um soco no estômago me faz encolher, sem ar.

— Querendo envolver as autoridades na sua cagada, princesinha?! — Era a voz de Urso Pardo. — Que vergonha!

Não conseguia responder, curvada sobre a barriga e tossindo sem fôlego.

— E antes que você pense em correr para o exército, lembre-se da nossa ameaça. Prince é um homem de palavra. Aliás, o alto escalão é um cliente fiel.

— Ele planejou tudo isso, não é?! — falei, arfando. — Mova as peças olhando para o futuro...? Ele não estava cuidando de mim, estava protegendo um futuro investimento.

— Uau, parabéns por notar o óbvio! Você é mesmo inteligente. — Ele me jogou contra a parede. — Sabe, eu sempre detestei o seu jeito espertinho e irritante. Por mim, já tínhamos te dado uma boa surra, mas até nisso o Prince acertou: eles adoram as de espírito selvagem. — Urso Pardo esfregou uma mecha do meu cabelo em seus dedos. — É uma pena que elas não durem tanto.

Eu o encarei com a boca torcida pelo nojo.

— Marque as minhas palavras, Urso: vocês mexeram com a garota errada.

Ele me enforcou de leve.

— Acha que está em posição de nos ameaçar, vadia?! — Uma risada de incredulidade. — Ah, quer saber? Cansei! Seu prazo acaba de mudar. Amanhã de manhã, vamos passar para recolher o que é nosso. Considere uma punição por ser imbecil.

Ele saiu andando. Abri a mão e avaliei o que tinha conseguido roubar dele: dois Pinky Dreams e um Sangue de Dragão.

Ergui os olhos para o sol escaldante da tarde. Ao longe, um teto curvado para cima se destacava dos demais. No topo mais alto, tinha o símbolo de uma estrela de quatro pontas com uma espiral no meio, feito de ferro.

Deixei meu corpo escorregar na parede e encostei a cabeça nela. Eu poderia buscar refúgio neles. O templo da Ordem era pequeno em Areia Vermelha, mas não seria o edifício a me proteger, e sim o exército de El-lihon. A igreja era uma instituição independente do Estado; se eles quisessem me pegar, teriam de arriscar um crime. Poderia ser até o início de uma guerra civil.

Fechei a mão com força ao redor dos cigarros. A tristeza pesava em meu semblante porque eu jamais me humilharia daquela forma, usando a Ordem para me esconder... e porque sabia o que faria naquela noite.

# 76

**EU QUERIA VER THOMAS** pela última vez.

O crepúsculo pintava o céu. Debaixo de uma palmeira, do lado de cá da avenida, eu esperava que ele saltasse de um drômede e subisse a montanha na volta para casa após um longo dia de serviço.

Em vez disso, eu o vi descer a rua das palmeiras e chegar à avenida fardado. Franzi as sobrancelhas. Thomas tinha mudado de turno? Ele sempre pedia para ficar com o turno do dia porque não aguentava... Será que estava com dificuldades para dormir? Ele olhou na minha direção e eu abaixei a cabeça rapidamente, por instinto, porque ele com certeza não me reconheceria de cabelo castanho e àquela distância.

Devagar, ergui os olhos novamente. Uma moça acabava de descer de um drômede. Thomas fez sinal para que o motorista esperasse. Ela o cumprimentou e eles começaram a conversar. A moça sorria e olhava só para ele, enquanto Thomas assentia e toda hora desviava os olhos para o chão ou para as árvores. Ela colocou uma mecha de cabelo atrás da orelha. Parecia que a conversa estava no fim. Ela esticou uma mão para ele e, em vez de só apertá-la, Thomas beijou o dorso da mão; então entrou no drômede e o veículo fez uma curva, tomando a direção contrária à praia. Abaixei a cabeça quando o carro passou por mim. A moça ficou observando o veículo se afastar.

Talvez o meu amigo não estivesse perfeitamente bem, mas pelo menos ele não estava sozinho, então havia esperança. Ele ficaria bem.

Enxuguei a bochecha e fui esperar a carroça pública.

✦ ✦ ✦

Tomei um banho de pé naquele banheiro imundo. As lágrimas molhavam meu rosto da mesma maneira que a água lavava a poeira do corpo. Com movimentos suaves, esfregava lentamente minha pele.

Eu só queria que a água pudesse lavar as feridas da alma; que a culpa e o remorso também escorressem pelo ralo.

Coloquei meu melhor conjunto de roupa, aquele de tecidos nobres que eu havia pegado da loja. A blusa tinha delicados detalhes em dourado e o tecido era gostoso na pele. Calcei as sandálias surradas. Penteei o cabelo com cuidado, fiz algumas trancinhas e o prendi com uma tiara de couro. O tempo todo, em cada movimento, meu coração pesava.

Encarei o espelho; aquela garota de olhos verde-acastanhados, com a covinha no queixo e os lábios que havia muito tinham perdido a razão de sorrir. Eles tremiam, com os cílios molhados.

Não era para terminar assim.

Era para eu ter conseguido descobrir um portal que me levasse para a Terra; ter conhecido mamãe, vivido com ela, conquistado o seu amor... Era para eu nunca ter perdido meus amigos, tampouco minha alma teimosa e valente. Não era para terminar assim, comigo em pedaços, sem um único fio de esperança ao qual me agarrar.

Isaac Walker dizia que o mundo pertencia aos inconformados. O problema, porém, é que todo mundo, em algum momento, se conforma. O problema é que a gente sonha alto e idealiza mudar o mundo quando crianças; mas aí a gente cresce e, no fim, o velho mundo continua o mesmo, porque ele nos mudou primeiro.

Eu chorava, ajoelhada no tapete da pequena sala. Balançava para frente e para trás, as duas mãos diante do peito, como se estivessem segurando meu coração e esperando-o voltar a bater.

Eu não queria que terminasse assim, mas não enxergava outra saída. Urso Pardo estava errado. Eu não tinha um espírito selvagem, tinha um espírito livre e morreria assim.

Através dos muxarabis na parede, enxerguei a noite estrelada. O medo de não saber o que aconteceria a seguir me estrangulou, e os soluços se tornaram mais altos e desesperados. Abaixei o rosto e fiquei encolhida por mais um tempo.

Até que não tivesse mais lágrima para chorar.

Até que o medo sorrisse para mim.

Então ergui a cabeça novamente para a noite lá fora. E desta vez, no meio do rastro das lágrimas, era a marca da resignação que estava cravada em meu rosto. Inspirei fundo e soltei o ar devagar.

Peguei o Sangue de Dragão, acendi-o com o isqueiro e o segurei por um instante antes de levá-lo à boca e puxar um trago profundo. O mundo rodou e senti meu corpo amolecer. Caí de costas, os braços abertos, vendo o teto girar.

"Essas drogas são temperamentais."

Não sei quanto tempo levou para que os meus sentidos voltassem ao normal — ou quase ao normal. Tudo o que eu sei é que, quando consegui me sentar, eu estava fraca e meu ouvido esquerdo zumbia. Peguei a garrafa de cerveja em cima da mesinha de centro.

"Você não pode misturar álcool com Sangue de Dragão."

Abri a garrafa. Meu coração batia tranquilamente, o medo recolhido em algum canto escuro dentro de mim. Segurei a garrafa com firmeza e esperei. Esperei... o quê? Um príncipe vir me salvar? Fora "um príncipe" que me colocara nessa situação. Algum milagre cair do céu?

Não. Eu esperava que meu espírito livre lutasse contra aquilo, mas a surpresa foi ele não ter aparecido; foi saber que eu realmente poderia fazer aquilo e que *estava fazendo* aquilo.

Então fechei os olhos e levei a garrafa à boca.

E bebi um único gole.

Abaixei a garrafa. Meus olhos se encheram d'água enquanto eu esperava. Fechei os olhos e inspirei fundo. Talvez fosse o último...

Meu corpo se contraiu. Foi como se o ar tivesse sido apertado para fora do pulmão; cada músculo enrijecido numa posição ereta, a cabeça para cima. O sangue esquentava no rosto e o estômago ardia junto a cada órgão dentro de mim, o controle dos movimentos perdido por completo.

Eu precisava respirar, mas não conseguia fazer absolutamente nada. Senti uma baba grossa e quente começar a escorrer pela boca, e em seguida meu corpo caiu com tudo no chão. Bati a cabeça e me contorci em fortes convulsões, a baba escorrendo para o meu rosto enquanto o corpo se debatia no chão com violência.

Medo e arrependimento voltaram.

Não! Não era para ser assim, sujo e horrível; era para ter sido rápido e indolor, num fechar de olhos. Mas aquela dor era insuportável, como se tivesse ácido me derretendo por dentro enquanto o desejo angustiado por alívio e oxigênio me consumia. Eu não queria morrer. Não daquele jeito, não naquele momento.

As convulsões pioravam. Eu estava me afogando em meu próprio sangue e pus; em plena consciência, mas sem conseguir fazer nada. Estava presa dentro do meu próprio corpo, morrendo aos pouquinhos, chorando e desejando ardentemente uma nova chance.

*Por favor.*

"E quando ela partir o teu coração e abandonar os teus caminhos, quando ela estiver sozinha nas trevas, assustada e perdida, por favor, lembre-se desta oração e salve-a! Nunca desista da minha Alison."

# 77

**A RESPIRAÇÃO VINHA EM BAFOS** entrecortados. A dor irradiava no meu interior, da barriga para a garganta, tudo lá dentro parecia ter se machucado. Sentia o chão frio onde minha pele encostava nele.

Mas isso era um bom sinal. A dor era um bom sinal. Eu estava viva, por algum milagre. Fraca, porém viva.

Pisquei os olhos, devagar, até conseguir abri-los. A visão levou alguns segundos para focar. A primeira coisa que vi foi a parede descascada, então o pé de madeira da mesinha bem na minha frente e, por fim, aquela gosma amarelo-verde-avermelhada no chão, uma poça enorme. Gemi de dor.

Devagar, virei o corpo para cima. Bem, bem lentamente. Parte da visão estava bloqueada pela mesinha. Na quina dela, brilhava vermelho. Acima da mesinha, vi o teto mofado. Meus olhos se encheram d'água.

Eu estava viva.

Minha boca tinha um gosto horrível — ácido, ferroso, gosto de algo pútrido — e a dor incessante me fazia gemer a cada respirar.

Com muito cuidado, virei-me outra vez de lado para me apoiar no chão ensopado de gosma. Peguei impulso para conseguir me sentar. Os braços tremeram, reclamando do esforço.

Sentada, olhei ao redor.

Minha roupa estava toda suja, assim como os braços e o cabelo, grudado no pescoço. Ergui os olhos para a janela de muxarabis. O céu ainda estava escuro, mas as estrelas tinham desaparecido. Não deveria faltar muito para o nascer do sol.

Apoiando-me na mesinha, fiquei de pé. Esperei até que a cabeça parasse de rodar e que as pernas firmassem no chão, então caminhei lentamente até o banheiro, apoiando-me nas paredes e nos poucos móveis. Ao chegar lá, suspirei quando vi meu reflexo no espelho.

Tinha um corte na minha testa, meu rosto e pescoço estavam sujos daquele vômito gosmento, e o cabelo, completamente desgrenhado. A minha reação, depois do susto, foi de um profundo alívio — tanto que o suspiro choroso veio acompanhado de um sorriso.

Eu estava viva.

Fui para debaixo do chuveiro e tomei outro banho. Só que, dessa vez, enquanto esfregava o sangue de mim, sentia como se estivesse removendo também uma parte daquela angústia que vinha me afogando ao longo dos últimos meses. Era como se... depois de todas as luzes terem se apagado...

Eu tivesse renascido das cinzas.

Esfreguei meu corpo, suspirando de incredulidade, e alívio, e gratidão.

Ao terminar de me limpar, vesti a simples roupa do dia a dia: calça e blusa bege de viscolinho, com um lenço roxo na cabeça fixado por uma tiara de couro. Ergui os olhos para o espelho. Na testa, estava a marca da contusão.

O que tinha acontecido?

Aproximei-me da imagem refletida. Eu tinha batido a cabeça na quina da mesa e desmaiado. Caída de lado, tinha parado de me afogar no próprio fluido enquanto aquela baba horrível escorria para o chão. Era a única coisa em que conseguia pensar, a única explicação para o milagre.

Meus olhos brilharam como havia muito não brilhavam. O coração bateu determinado, aquele fogo interior reacendido.

— Alison Rivers... — Apontei o dedo para o espelho. — Você nunca, *nunca mais* vai se machucar de novo.

Mas eu também não me permitiria ser vendida da forma que Prince estava planejando. E com o prazo esgotado, só me restava mais uma coisa a fazer.

Naquele momento, a dor tinha diminuído um pouco, o suficiente para andar sem gemer. Peguei a mochila, retirei as bugigangas inúteis de lá, enfiei todos os pães e biscoitos que achei na cozinha, enchi um cantil de água, guardei o candeeiro a óleo e uma adaga, então olhei ao redor, para o minúsculo apartamento, tentando enxergar qualquer coisa que pudesse ser útil depois.

Peguei um copo d'água do cântaro e bebi devagar, sentindo a dor de cada absorção, depois enchi mais um copo e me obriguei a engolir tudo. Seria uma longa jornada, eu precisava estar pronta.

Por fim, dobrei uma fina coberta e guardei-a na mochila junto ao resto das coisas. Enfiei também um xale que estava em cima do sofá rasgado. Fui para o quarto e peguei o único sapato fechado que eu tinha. Enquanto estava ali, terminando de calçá-lo, ouvi alguns ruídos na rua.

Meu coração disparou. Imediatamente olhei para a janela. O sol começava a nascer. Mas tudo bem, porque eu estava pronta.

Coloquei a mochila nas costas e fui depressa para a porta. Parei. Em vez de abri-la, estiquei o corpo para espiar pelas frestas da janela. Só conseguia ver uma parte dos prédios de adobe e um pedaço do céu. Contudo, também dava para ouvir a voz de Prince lá embaixo.

— Escutem, precisamos ser cuidadosos! Não sabemos qual é o poder dela, mas pela tatuagem sabemos que ela tem um. E mesmo que ela nunca tenha usado, com certeza vai usar agora. Então se preparem para literalmente qual...

Afastei-me da entrada de casa, desviei da poça de gosma e, em alguns passos, estava na parede dos fundos do apartamento. Não tinha uma porta ali, mas tinha algo quase tão bom quanto: a janela de muxarabis. Eu só precisava quebrá-la. Olhei ao redor. A mesinha.

Com muito custo, arrastei o móvel até os buraquinhos, então o ergui e acertei a parede. Precisava de mais força. Respirei fundo e tentei de novo. Quase. Quem diria que adobe poderia ser tão resistente? Olhei para trás, coração acelerado. Continuei usando a mesa para acertar a parede, empenhando toda a minha fraca força na tarefa. Podia ouvi-los subindo a escada. *Merda!*

Uma parte do ornamento quebrou. Avaliei a abertura. Bom... felizmente, eu era miúda e daria para me espremer naquele espaço. Ou teria de dar, pelo menos.

Larguei a mesinha e tentei passar, mas fiquei presa pelas costas.

O barulho dos passos agora estava diante da minha porta.

Tirei a mochila, espremi o corpo e atravessei o pequeno buraco. Fiquei pendurada para fora do prédio, com meus pés apoiados em algum detalhe na parede, usando a força dos braços trêmulos para a maior parte da sustentação.

Puxei a mochila para fora justo no momento em que a porta era arrombada e meu corpo chegava ao limite do esforço. Usei as pernas para me empurrar contra a parede e me lançar para trás. Ao cair sobre o telhado de um prédio menor, o impacto reverberou nos meus ossos e músculos. Gritei de dor.

Ouvi as vozes altas e apressadas no meu antigo apartamento, mas não conseguia me levantar; ainda doía muito. Observei a pequena abertura. Era estreita demais até para Prince conseguir atravessá-la. Sorri. Continuei deitada só por mais alguns segundos, recuperando o fôlego e as forças.

De repente, no terraço do meu prédio, apareceram Prince e sua gangue. Arregalei os olhos. *Ok, chega de descansar!*

Ignorando a dor ao me levantar, catei a mochila e comecei a correr pelo telhado, para longe deles. Ouvi um barulho alto e olhei para trás. Os malucos estavam pulando do terraço para o teto onde eu estava. Voltei-me para frente e continuei correndo, até pular do telhado para uma varanda, depois para um toldo que despencou sob meu peso, e então eu estava na rua.

Em solo, ganhei mais velocidade. *Você precisa de um destino! Vamos, para onde quer ir?* Minha antiga consciência estava de volta e era tão bom ouvi-la de novo. "Quero ir para bem longe deles", respondi mentalmente. *Eles estão te perseguindo, não dá para ficar correndo feito um rato! Vamos, pense: para onde você poderia ir, onde eles não te procurariam?!*

Ah, eu sabia exatamente onde.

De última hora, virei uma esquina e continuei correndo, pegando todos os atalhos de um caminho que eu conhecia tão bem. O fato de não os ouvir correndo atrás de mim me dizia que eu tinha conseguido despistá-los, pelo menos por enquanto.

A adrenalina sufocou toda dor e todo desconforto que eu sentia, dando-me a energia necessária para correr o máximo possível. Respirando pela boca, saltei obstáculos e fiz curvas bruscas, muitas vezes usando um apoio para as mãos a fim de conseguir girar em cento e oitenta graus. Até que, finalmente, cheguei diante de um mercadinho.

A bandeirinha de corvo balançava suavemente com a brisa.

Puxei um grampo do cabelo e comecei a arrombar a porta, olhando para os lados. O céu estava ficando cada vez mais azul-claro, com nuances de amarelo. Ouvi um clique e girei a maçaneta para entrar.

Fechei a porta com cuidado e, pé ante pé, adentrei a sala. No caminho até a porta dos fundos, peguei um bastão que achei e fui, segurando-o com firmeza. No último cômodo, tinha apenas um rapaz, que dormia.

Prince levara a sua gangue inteira para me pegar? Que honra. Azar o dele.

O rapaz ainda abriu os olhos antes de eu acertá-lo na cabeça. Ele caiu para o lado, respirando inconsciente. Endireitei meu corpo e comecei a avaliar o local, à procura do meu alvo. Não demorou muito para achá-lo, escondido atrás de um tapete na parede; nada original. Arrombei o cofre, guardei o colar de diamante na mochila e puxei o pesado saco marrom.

Deixei a mercearia andando calmamente. Enquanto eu caminhava no meio da rua, enfiava a mão na sacola de algodão cru, puxava as moedas de ouro e atirava-as para um lado e para o outro.

Naquele horário, o movimento estava apenas começando. As poucas pessoas nas calçadas me olhavam estáticas; sem nenhuma reação, exceto pelos olhares estupefatos. Ninguém dava um passo em direção à chuva de moedas ou ao rastro de dinheiro que eu largava para trás.

Quando ouvi um grito atrás de mim, virei-me.

A pelo menos dois quarteirões de distância, vislumbrei a silhueta de Prince e sua gangue. Meu corpo ardeu de empolgação. Peguei todas as moedas restantes, meio saco, e joguei todas para o alto.

— Viva a liberdade!

*Babaca.*

As moedas ainda tilintavam ao meu redor quando voltei a correr.

Virei uma rua. Lá trás, as pessoas começaram a gritar. Elas finalmente tinham entendido que, sim, as moedas eram de verdade e que, sim, estavam jogadas ao chão para quem conseguisse apanhá-las.

✦ ✦ ✦

Minutos depois, eu ainda estava sendo perseguida, só que havia apenas metade da gangue na minha cola; a outra metade ficara tentando recolher o dinheiro espalhado.

Cheguei ao limiar da cidade com o deserto.

— Alison?!

Parei, olhando para os lados.

— Thomas? — Arfei, com uma mão na costela.

Ele me alcançou, uma expressão surpresa. Eu só conseguia encará-lo de volta, meu peito subindo e descendo pela respiração ofegante.

— O que está fazendo? — perguntou ele.

Respirei um pouco mais e engoli em seco para tentar falar.

— Fugindo, na verdade. — Ele piscou, mais surpreso ainda. Atrás de mim, os gritos ficaram mais altos. Olhei naquela direção. — Eu preciso ir.

— O estábulo, vem! — Ele puxou minha mão.

Diante de nós, estava um grande muro de estacas de madeira. Corri de mãos dadas com Thomas até o grande portão. Ele gritou para os soldados de vigia:

— Estamos em ataque! Fechem os portões, avisem a torre!

Enquanto os poucos soldados corriam para pegar suas armas e se posicionar em cima da muralha, Thomas continuou correndo, comigo ao seu lado, até chegarmos a uma parte coberta, com várias baias e corcéis.

Finalmente paramos.

Thomas olhou para mim e, movida pelo impulso, eu me joguei ao seu encontro, abraçando-o bem forte. Ele envolveu meu corpo com seus braços e encostou a cabeça na minha. Algo dentro de mim se rachou e uma enxurrada de sentimentos transbordaram do peito. Deus, como sentira falta daquele menino!

— Me perdoa. — Chorei com o rosto afundado em seu peito. — Eu sinto muito.

Ele apertou o abraço.

— Você está de volta — disse com a voz embargada.

Solucei, o coração doía. Então me afastei um pouco e olhei para ele.

— Eu sinto muito, Thomas. Por tudo o que eu falei e por... — Ele começou a negar com a cabeça, mas apertei seus braços e continuei falando, a voz quebrada. — Não, eu *realmente* preciso fazer isso. Eu sinto muito por ter partido seu coração, por ter ido embora e desistido da esperança e... Sinto muito por tudo.

Estava difícil falar e chorar ao mesmo tempo. Thomas me olhava carinhosamente, com o rosto adulto do garoto que eu conhecia desde criança e que amava tanto; cada aspecto do seu caráter, cada tom e nuance de sua personalidade. Ele tocou meu rosto com uma mão, enxugando a bochecha.

— Oh, Alison... — Ele sorriu. — Sou eu quem deveria te pedir perdão.

— Não, eu...

Thomas segurou meu rosto com as duas mãos.

— Eu deveria ter lutado por você, mas, quando você mais precisou de um amigo, eu te deixei ir... E eu sinto muito.

A gente se abraçou de novo, os dois chorando. Em algum lugar na fortaleza da cavalaria, o barulho de briga ficou mais alto — um lembrete de que não tínhamos todo o tempo de que gostaríamos.

— Tá tudo bem — sussurrei, ainda abraçada a ele. — Não cabia a você me salvar.

— Só estou aliviado por você estar bem. — Ele me afastou, segurando meus dois braços, e franziu as sobrancelhas. — Você está bem, não é?

Solucei um sorriso.

— Sim.

*Vou ficar.*

— Por que está fugindo?

Soltei o ar pela boca, passando a mão na testa.

— Ah, você não faz ideia...

O barulho de uma explosão nos fez olhar para trás. Só então percebi a agitação dos cavalos em suas baias ao nosso redor, a fumaça subindo de algum lugar do complexo de estábulos.

— Para onde você vai? — perguntou Thomas, enquanto andava pelo corredor e acalmava os animais.

— Para os piratas. — Ele voltou-se na minha direção de olhos arregalados. Dei de ombros. — É a minha melhor chance de sobrevivência.

— Melhor chance?! Alison, e...

— A possibilidade de ser escravizada? Se eu continuar aqui, isso *com certeza* vai acontecer.

Thomas me encarou com uma expressão de nojo e horror. Meus olhos arderam, e eu pisquei freneticamente.

— O que está acontecendo? — perguntou ele, ainda com as mãos erguidas para os cavalos, que estavam mais calmos agora.

— Eu... confiei nas pessoas erradas. Agora não tenho escolha, preciso fugir.

— Espera, então... — Os olhos de Thomas brilharam. — Você pode encontrar ele.

Assenti, sorrindo.

— Com certeza vou tentar.

Essa era a razão de fugir para os piratas, e não para uma tribo independente: matar dois coelhos com uma única flechada.

Thomas foi até uma baia, abriu a portinhola e fez carinho na cabeça da égua que saía.

— Faísca, essa daqui é a Alison Rivers, minha melhor amiga. Ela está em apuros e precisa de ajuda. — A égua bufou pelas narinas. — Preciso que a leve para um lugar seguro, tá bom? O mais longe possível daqui.

A égua relinchou, sacudindo a cabeça.

— Muito obrigado, você é a melhor!

Eu sorria, de braços cruzados. Thomas selou o animal e depois ofereceu uma mão para me ajudar a subir. Assim que montei, alguém entrou na área coberta onde estávamos. Era Urso Pardo, sujo de terra e sangue, arfando.

Enquanto desembainhava sua espada, Thomas disse:

— Quando você encontrar o Levi, diz para ele que eu quero a minha meia de volta. — Urso chegou aplicando um golpe de espada e os dois começaram a lutar. A égua se afastou um pouco, relinchando. — Porque, quando ele fez as malas, levou minha meia favorita junto! — Urso tentava acertar Thomas com a lâmina, mas toda hora era bloqueado ou levava um soco na cara. — Então ele vai ter que dar um jeito de me reencontrar um dia para devolver! Porque eu realmente adorava aquela meia e sinto falta dela!

Eu ria e chorava, com um novelo de emoções dentro do peito.

— Eu te prometo, Thomas Bluestar, que se eu virar uma pirata mesmo, volto aqui e te sequestro.

Thomas desferiu um golpe na barriga de Urso Pardo, um golpe de aviso. O outro recuou, visivelmente cansado. De costas para mim, sem tirar os olhos do rival, Thomas ordenou:

— Agora, Faísca. *Vai!*

Senti o tranco quando a égua relinchou alto e começou a correr com toda força para fora do estábulo, passando por Urso e depois pelos soldados, que tinham apreendido Prince e seus capangas e agora corriam para ajudar Thomas.

A égua pulou um punhado de feno e correu na direção de uma porta menor, aos fundos. Fechei os olhos, esperando o impacto. A porta se quebrou quando foi atingida pelas duas patas dianteiras da égua, que continuou correndo em direção ao deserto vermelho, correndo, correndo, correndo...

Olhei para trás. A fumaça escura subia como pedaços de algodão em direção ao céu. Da portinha arrebentada, vi a silhueta de um soldado aparecer. Ele ergueu uma mão e eu me lembrei da primeira vez que ele fizera isso para mim: lá em Fênix, quando a carroça descia a rua e eu tremia de frio, apavorada, sem saber o que aconteceria no dia seguinte.

Levantei um braço e o vi abaixar o dele. A silhueta continuou lá, observando-me, assim como eu o observava diminuir no horizonte.

Então virei para frente, ergui o outro braço e *rugi*.

De braços abertos, sentindo o vento na cara e gritando a plenos pulmões, foi como se estivesse reivindicando meu corpo, minha alma e espírito de volta para mim. Eu estava de volta. Acima de tudo...

Eu estava viva.

# 78

**FAZIA ALGUMAS HORAS** que a égua mantinha o ritmo de trote e, àquela altura, toda a adrenalina que havia me sustentado durante a fuga já tinha se esvaído, largando para trás os escombros de um corpo.

Eu segurava as rédeas com mãos de pluma, o que deixava a égua livre para tomar a direção que desejasse enquanto usava meu farelo de forças para tentar não cair da sela, até que, de repente, a égua parou. Não havia nenhuma mudança no cenário do deserto que justificasse a parada repentina.

— Ei... Calma, garota.

Ela reclamou, parada. Fiz carinho em seu pescoço, tentando tranquilizá-la, mas a égua só batia uma pata no chão, balançava a cabeça, relinchava e bufava.

— Eu não sou como ele, não consigo te entender.

A pobre égua estava ficando irritada de verdade. Será que tinha alguma coisa presa em sua ferradura?

Resolvi descer e verificar. Porém, eu mal pisei os pés no chão e a égua virou-se, trotando de volta para Areia Vermelha.

— Ei, *espera*! — Ela parou e olhou para trás.

*Oh*. Aquela não era uma carona até o litoral do Sul; ela só estava me deixando em um local afastado da cidade e agora retornaria.

— Hã... Obrigada.

Podia jurar que a égua tinha assentido para mim antes de continuar trotando de volta.

Olhei ao redor, para aquele deserto gigantesco estendendo-se em todas as direções: areia avermelhada e dura, repleta de rochas, e alguns cactos. *E agora?*

Sem mapa nem bússola, não tinha muita certeza de para qual lado ficava o sul. Lembrava-me vagamente da professora de Técnicas de Sobrevivência ensinando alguma coisa sobre localização pelo sol e as estrelas, mas não conseguia me lembrar o suficiente.

Ajustei a mochila nas costas e o lenço na cabeça, e comecei a caminhar na mesma direção para onde a égua estava me levando. Parecia minha melhor chance.

✦ ✦ ✦

O sol de quase meio-dia queimava minha cabeça sob o lenço, fazendo a pele arder onde a roupa não a cobria. Eu tinha formado aquele plano insano tão rapidamente que não dera tempo de pensar em todos os detalhes — como, por exemplo, eu estar usando a roupa da cidade, leve e inapropriada para muito tempo sob o sol, em vez da roupa de caminhada, mais pesada e longa.

Algum tempo depois, transpirando por cada poro do corpo, notei os primeiros sinais da abstinência. Era só uma dor de cabeça e o início de um mal-estar com tontura.

Parei de caminhar, abri a mochila, coloquei a manta no chão e, de joelhos em cima dela, fui depositando os itens que havia guardado. Quando vendera meu baú por recomendação das meninas, eu costurei um fundo falso na mochila para continuar guardando meus itens de maior valor. Depois de remover tudo da parte principal, abri o fundo falso e procurei pelos cigarros. Só tinha os dois Pinky Dreams que eu havia roubado de Urso Pardo.

Fiquei segurando um em cada mão; o coração disparado, as mãos tremendo de leve. Encarei os cigarros.

*Você precisa se livrar deles.*

Eu poderia tentar racionar até chegar aos piratas.

*Alison, essa é a sua melhor chance de ficar limpa. Você sabe disso.*

Mas aí a abstinência me estrangularia.

*Uma hora ou outra, você vai ter que passar por ela.*

Não era tão ruim — os cigarros não eram, queria dizer. Eles não me faziam mal. O problema tinha sido Prince e a dívida.

*Ah, tá bom! Diga isso ao seu pulmão daqui a alguns anos. Vamos, anda logo. Para de olhar para eles. Picota e joga fora!*

Comecei a ofegar. Cerrei os dentes. Eu queria tanto, tanto, que chegava a ser uma *necessidade*.

*Vamos, Alison. Mais tarde a tentação vai ser insuperável, você sabe disso. Faça agora!*

No impulso, esfreguei os cigarros na mão, gritando e picotando-os de um jeito bem louco. Joguei os farelos no chão. Eu respirava com dificuldade.

Deus meu, o que eu tinha feito? Que coisa ridícula! Não precisava disso, era puro exagero! Talvez ainda desse para salvar alguns pedacinhos.

Alison. Fechei os olhos. *Não dê ouvidos a ela.*

Comecei a esfregar desesperadamente os farelos no chão; enterrando alguns e destruindo todos, deixando-os completamente inúteis. Parei, ofegante.

*Boa garota.*

Guardei tudo de volta na mochila, sacudi a areia do corpo e voltei a caminhar. De cabeça erguida, determinada. Sentindo-me forte.

# 79

**EU DEFINITIVAMENTE NÃO ME SENTIA** mais nem um pouco forte. Onde estava com a cabeça quando tinha resolvido fugir de Areia Vermelha?! *Pela primeira vez em muito tempo, você estava com a mente no lugar onde ela deveria estar.*

Vinha caminhando de cabeça levemente abaixada, tentando manter o ritmo apesar da enxaqueca, dos calafrios, da ânsia de vômito e de estar sentindo o mundo rodar. Parecia que o sol tinha resolvido acampar na metade do céu, com o tempo congelado naquele momento angustiante.

*Só mais um passo. Vamos, continue.*

Parei, mãos sobre os joelhos, vomitando o vazio que estava em meu estômago. Queria chorar de medo. Eu estava perdida no meio de um deserto! Ergui a cabeça, respirando com dificuldade. E por ter caminhado tanto tempo cabisbaixa, fiquei surpresa ao avistar uma coisa ao longe. Parecia um oásis.

Poderia ser uma miragem. Poderia ser uma alucinação, influência do Pinky Dreams que estava só começando a sair do meu corpo. Ou poderia ser o destino para onde a égua estava me levando. Afinal, ficava na mesma direção.

*Vale o risco. Não é como se você tivesse outra opção mesmo.*

A água no cantil estava a um terço de acabar. Se aquilo fosse um oásis, eu estava salva. Voltei a caminhar; trôpega, devagar, mas persistente.

À medida que me aproximava daquela visão, mais surreal ela parecia. No meio da vastidão seca e morta, um pequeno lago brilhava, cercado de palmeiras e plantas. E eu não sabia o que era mais promissor: a ideia de água fresca ou de me deitar debaixo de uma sombra.

Quando já estava bem perto, comecei a correr; toda desajeitada, parecendo um potro recém-nascido. Ao chegar à margem do pequeno lago, caí de joelhos e me joguei de cabeça na água.

— Ai! — Afastei-me bem rápido com o rosto molhado, ardendo.

A água estava morna.

Cambaleei quase engatinhando até a sombra mais próxima e me deitei debaixo da árvore. Tudo bem, poderia esperar a noite cair para beber uma água menos quente.

Terminei de beber o resto do cantil e usei a mochila como travesseiro.

✦ ✦ ✦

A sensação que eu tinha era de que morreria. *De novo.* E o sol ainda estava longe de se pôr.

Meu choro sem lágrimas era feito de gemidos e lamúrias. Naquele momento, eu era uma pessoa que faria *qualquer coisa* por outro trago. Por mais absurdo que parecesse, a ideia de permitir que Prince vendesse meu corpo não soava tão ruim agora. Não se isso significasse continuar usando a química da qual meu cérebro aprendera a depender. Ter consciência disso era tão enjoativo quanto a própria abstinência.

*É por isso que você fez a escolha certa ao sair de lá.*

Thomas. Será que Prince tentaria puni-lo por minha fuga?

*Ele está bem. É um soldado treinado na Ordem, sob a proteção de seus irmãos e do próprio exército. Ele vai ficar bem. Thomas sabe se cuidar.*

Prince poderia querer vingança contra Parmesão e Ricota, alvos bem mais fáceis.

*Primeiro, eles vão ter que enfrentar a punição por terem atacado o exército. Segundo, mesmo que a corja não fique muito tempo detida, qualquer semana em um campo de reeducação será um baque para os negócios. Além do mais, com o desfalque no cofre, provavelmente Prince enfrentará crises internas e vai levar anos para se recuperar. Talvez nunca se recupere. E as meninas não são clientes dele, um ataque a elas poderia virar briga entre gangues; uma muito estúpida, que poderia acabar com o resto dos recursos dele. Prince não faria isso. Vai ficar tudo bem.*

Caída de barriga para cima, naquele estado de calamidade, ora eu adormecia e tinha pesadelos, ora eu acordava para viver o pesadelo na pele. Tinha tentado comer um pouco dos biscoitos. Três vezes tentei, três vezes vomitei. E já havia me arrastado para o lago duas vezes, sedenta demais para me importar com a mornidão da água. Bebi alguns goles só para acalmar a garganta seca.

Quando a noite começou a cair, aproveitei o momento dos enjoos reduzidos para comer um pouco, beber mais água quente e colher alguns gravetos próximos. Acendi uma pequena fogueira usando o lampião a óleo como chama inicial. Depois voltei a me encolher, embrulhada na coberta e no xale. O mundo voltou a girar sob o meu corpo.

✦ ✦ ✦

Se eu tivesse uma corda, teria me amarrado contra a árvore.
É que o tempo todo, a cada segundo de cada hora daquela tortura, eu estava pensando em voltar para Areia Vermelha. E por mais que eu soubesse exatamente o que aconteceria se eu voltasse, *ainda assim* era uma ideia por demais tentadora. Eu só precisava de um trago. Unzinho. Só um.
Era noite, e eu me abraçava, embrulhada no fino cobertor, morrendo de frio, enquanto observava o fogo da pequena fogueira morrer aos poucos.

✦ ✦ ✦

Eu achava que o desejo pelo cigarro não poderia ficar pior.
Estava redondamente enganada.
Quando acordei no meio da noite, assustada com o pesadelo, a fome pela droga estava mais intensa do que nunca.
Os restos da fogueira ardiam sem fogo perto de mim. Engatinhei até a margem do lago e testei a água com a mão: fresca como chuva de inverno. Eu estava tão sedenta que enfiei a cabeça na água para conseguir engolir o máximo possível de uma vez. Era a água mais deliciosa que já tinha experimentado.
Com a sede apaziguada, lavei o rosto e enchi o cantil. Então voltei para meu cantinho e me embrulhei na coberta. A cabeça latejava. O estômago doía, contraído. O mundo rodava. E eu me perguntava se aquela tortura teria fim algum dia.
Antes de voltar a dormir, acendi o candeeiro. Um erro do qual eu me arrependi logo em seguida, ao acordar junto ao nascer do sol. A lamparina tinha queimado todo o óleo e se apagara.
Mais um dia começava e eu não dava sinais de melhora.

# 80

**EU DEVERIA VOLTAR** para Areia Vermelha, precisava de um médico. Se eu não voltasse, morreria. Não estava fazendo isso pelos cigarros; estava fazendo por mim.

Guardei minhas coisas com movimentos lentos e erráticos. Parecia que meu corpo fora atingido por um raio e agora estava parando de funcionar. Quando terminei, fui me levantar, mas caí no chão.

Não conseguia comer muita coisa. Se beliscasse mais do que meio biscoitinho, meu estômago rejeitava. E, apesar de saber que estava fraca demais para voltar, eu me levantei, usando a árvore como apoio.

Devagar, comecei a caminhar de volta para Areia Vermelha.

O sol tinha acabado de aparecer no céu e já estava quente.

Eu caminhava com os braços ao redor da barriga, uma vã tentativa de acalmar a queimação que sentia no estômago.

Passo após passo. Lento, sofrido, ofegante.

Caí no chão áspero. Eu estava toda suja de terra grudada no suor.

Precisava reunir forças para me levantar. Respirei fundo. Ao erguer a cabeça na direção de Areia Vermelha, vi a silhueta borrada de uma pessoa. Fechei um pouco os olhos, a cabeça pendendo de vontade de dormir. Quando ergui os olhos de novo para o horizonte, a silhueta estava mais perto.

Impulsionei meu corpo contra o chão para ficar de pé. Cambaleei.

Assim que ergui o rosto, Prince surgiu na minha frente.

— Você me paga! — gritou cheio de fúria.

Gritei também, caindo de costas, e ergui os braços para defender meu torso. Mas ele não me atacou. Procurei o rapaz em todas as direções, sem achá-lo. Prince havia desaparecido no ar.

Engoli em seco, o coração disparado. Tentei ficar de pé novamente, mas foi só tentar que ouvi a voz de Urso Pardo no meu ouvido esquerdo:

— Achei você.

Gritei de novo, debatendo os braços no ar, lutando contra fantasmas.

Não deveria ser tão difícil voltar para o oásis, considerando que eu mal tinha dado cinquenta passos. Mas o que realmente dificultou não foi a fraqueza do meu corpo, nem os tremores ou a tontura, e sim ter que ficar brigando contra aquelas alucinações horrorosas.

Caí na sombra da minha árvore favorita e fiquei deitada ali, abraçada à mochila, chorando o mesmo choro sem lágrimas e desejando ardentemente que alguém me salvasse daquele pântano de terrores.

Mas é claro que ninguém apareceu.

Meu corpo ardia em febre.

Usei a água do cantil durante o dia, racionando para que durasse. Também comi o restinho dos biscoitos, fracionados ao longo das horas.

Então a noite do segundo dia se ergueu no céu, escura e majestosa.

Sem a chama inicial do candeeiro, não consegui acender uma fogueira. Na verdade, nem tentei juntar gravetos para isso. A gente tinha aprendido a acender fogueira usando fricção de dois gravetos naquelas aulas de Sobrevivência Avançada; contudo, eu estava cansada demais para aquilo.

Passara o dia dormindo e acordando e, finalmente, depois de tantas horas, meu corpo começava a mostrar alguma reação de melhora: fome.

Comi o último suprimento da mochila, um resto de pão velho, então bebi a água do lago e voltei a me deitar, tremendo.

De repente, abri os olhos.

Era madrugada e eu não estava tendo nenhum pesadelo, então por que havia despertado? Gemi, com o corpo todo dolorido por ficar deitada no chão. E foi aí que eu escutei: um ronronado gutural, o ruído metálico e o farfalhar de escamas. Gelei por dentro, os olhos arregalados e o corpo inteiro em súbito estado de alerta, porque eu conhecia aquele som. E sabia que não podia me mexer.

# 81

**CORPO DEITADO DE LADO.** Respiração falhada. No meu campo de visão, apenas uma parte do oásis, sem animal algum. Estaria alucinando de novo?

Muito cuidadosamente, ergui apenas a cabeça. Do outro lado do lago, iluminado pelo parco luar, um gigante lacryoza bebia água. A enorme cabeça achatada subia e descia; e as centenas de milhares de dentes finos, brancos e pontiagudos apareciam toda vez que ele abria a boca, com as antenas em constante movimento à procura dos sinais de possíveis presas.

Suspirei e fechei a boca no mesmo instante, tentando segurar a respiração para que as antenas não captassem o movimento. A centopeia-gigante-do-deserto terminou de beber e ergueu a parte da frente do corpo, as antenas movendo-se na minha direção. Ela devia estar sentindo o meu tremor.

A centopeia abaixou um pouquinho o torso e ronronou. Uma lágrima quente escorreu dos meus olhos arregalados. Meus dentes estavam cerrados com força, a boca fechada, o pulmão doendo; eu *precisava respirar*, mas não ousava. O ronronar gutural e metálico ficou mais grave, a boca dela entreabriu-se. Soltei o restinho de ar pelo nariz e inspirei fundo.

Então ela virou-se e começou a correr, dando a volta no lago.

Por instinto, levantei-me também. O monstro urrou, alto e desesperado, e eu gritei, correndo. Caí e me levantei para correr o máximo que meu corpo suportasse. A centopeia gania como uma besta afogada em metal e eu gritava como se isso pudesse me salvar.

Algo acertou minhas pernas. Caí no chão. Só deu tempo de virar-me para cima e eu vi aquela cabeça achatada vindo na minha direção, com a boca aberta. Ergui a perna direita para me defender. Os longos e finos dentes cravaram na minha coxa, rasgando pele e músculos e quebrando os ossos. Foi o grito mais alto e mais aflito da minha vida, para a dor mais horripilante que já tinha sentido. Um forte trovão rugiu na terra, então ela abriu a boca e eu senti os dentes rasgando seus caminhos de volta. Eu me contraí de dor e gritei ainda mais. Tudo não devia ter durado mais de três segundos e, simples assim, o monstro saiu correndo, largando-me com uma perna dilacerada.

Eu gritava de aflição; a dor queimava, pulsando e irradiando por todo o corpo. Sentada, eu encarava com horror a perna estirada na minha frente. Havia um buraco nela, com o branco dos ossos expostos, aquela deformidade horrorosa que costumava ser minha coxa. O sangue que fazia tudo brilhar na escuridão.

Meu grito constante era enlouquecedor.

— Calma, eu estou aqui! — Acima dos meus gritos desesperados, uma voz profunda e forte surgiu, rugindo como o som de muitas águas. — Vai ficar tudo bem.

Alguém me abraçou pelos ombros e esticou a mão para a minha perna lacerada. Eu chorava de horror até a mão dele tocar minha pele rasgada e, no mesmo segundo, senti a dor diminuir. O choro se transformou em soluços de aflição enquanto eu sentia ossos, músculos e tendões se unindo e voltando para o lugar. Observei, de olhos arregalados, a pele se regenerando. O sangue voltou a correr. No fim, eu apenas ofegava, assustada.

Eu... estava... curada.

Tremendo, virei a cabeça para o lado, sem erguer os olhos. A pessoa que me abraçava vestia uma túnica roxa com peitoral de ouro. A presença dele, que preenchia completamente o mundo ao meu redor, era-me estranhamente familiar; como se eu já tivesse experimentado uma pequena dose daquele poder.

Ele se afastou um pouco e meu corpo sentiu falta do toque. Ainda cabisbaixa, vi quando ele se sentou ao meu lado no chão. O pé, cor de bronze polido, tinha cicatrizes. Arregalei os olhos, sentindo os braços se arrepiarem na medida em que o reconhecia; então me afastei rápido, o coração disparado no peito.

Um pouco mais longe dele, eu me encolhi, abraçando os joelhos. Queria me esconder. Fechei os olhos com força, como uma criança que pensava ser capaz de se esconder assim. Eu tremia de medo.

> Não temas porque eu sou teu Deus, aquele que te chamou do fogo e das águas te reergueu.
> (Sagradas Letras, Parte I, Cantigas da Criação)

Minha face se contraiu com o grito silencioso. O corpo queimava, as lágrimas escorriam. Ele tinha vindo para me punir, não havia outra explicação.

> As minhas misericórdias fluem como um rio. O meu coração está sempre pronto para perdoar e restaurar.
> (Sagradas Letras, Parte II, Poemas e Orações)

Solucei, chorando um pouco mais alto. Não, não, não, não...
— Alison. — A voz profunda, caudalosa, não carregava nenhuma gota de raiva. — Está tudo bem.
Eu me encolhi um pouco mais, o choro apertando a garganta. Podia sentir o coração dele, feito de puro e completo amor; um coração partido, com cicatrizes, porque *eu* havia partido seu coração. Mas ele também havia partido o meu, quando deixara a Sophia e o Levi serem tirados de mim.

> O sol se levanta no céu e todos sabem o percurso que fará, mas os caminhos de Deus são inescrutáveis para a humanidade.
> (Sagradas Letras, Parte III, Crônicas de Outrora)

> Um dia, tudo será restaurado e não haverá mais terra e terra, céu e céu, mas uma só natureza. Sem dor. Sem lágrimas.
> (Sagradas Letras, Parte IV, Profecias)

Com a cabeça escondida entre os joelhos, dei um sorriso triste. Acho que já tinha entendido o que estava acontecendo. As palavras sagradas vinham sussurradas em meu coração. Ele estava me fazendo lembrar. E, embora não respondesse todas as minhas dúvidas, falava com paciência e amor.
Aquele amor, aquele puro e genuíno amor, estava começando a me constranger; a me amassar como argila em suas mãos.
Eu não o agradecia pelas coisas boas da vida, mas o tinha culpado por tudo de ruim que a vida me lançara. Eu tinha entrado em sua casa com intenções egoístas e fugido de lá quando não conseguira o que queria. E mesmo sabendo que nada disso era justo com ele, ainda assim não conseguia evitar os sentimentos de "por que você não fez nada quando a minha vida inteira escorria pela ampulheta quebrada?" e "onde você estava esse tempo todo?".

> Eu faço maravilhas sob a noite, quando ninguém pode ver.
> Debaixo das estrelas, risco caminhos secretos. Trabalho
> enquanto você dorme e mesmo no silêncio, estou ao seu lado.
> (Sagradas Letras, Parte II, Poemas e Orações)

Por que ele estava ali, *pessoalmente*, naquele deserto, falando-me de amor quando eu ainda estava tão amarga e vazia? Eu nunca o amara. Nunca lhe dera motivos para me amar.

— Estou aqui porque você é minha filha. E eu te amo.

Um soluço chorado, uma careta de dor. Não, não podia ser. Eu tinha gritado palavras horríveis, tinha feito coisas horríveis, tinha me afastado para bem, *bem* longe dele. E ele estava decepcionado; sabia que estava, podia sentir.

— Alison, olhe para mim.

*Não consigo.*

> Eu te vi, no interior das águas, quando você não passava
> de uma semente, e com amor incondicional te amei. Antes
> que você me conhecesse, eu te chamei pelo seu nome, tu
> és meu filho.
> (Sagradas Letras, Parte I, Cantigas da Criação)

Tudo dentro de mim queimou e pulsou. Devagar, ergui meu rosto um pouquinho, apenas o suficiente para olhar para ele. Sentado no chão, como se fosse apenas um simples artesão, ele me fitava com carinho, os olhos brilhando como chamas de fogo. Meus lábios tremiam pela tentativa de conter o choro.

— É verdade? — sussurrei.

Ele suspirou. Parecia triste.

— Alison, por três anos você esteve comigo e ainda não aprendeu? Não importa o que você faça, nem o que diga, nem o quanto lute contra mim, nem para quão longe se afaste dos meus braços: você *nunca* deixará de ser minha filha. E eu vou sempre, *sempre te amar.*

O choro me sufocou. Aquilo parecia bom demais para ser verdade; o tipo de coisa que a gente escuta e que aquece o nosso coração sem realmente nos tocar, porque, no fundo, sabemos que não é verdade. Mas ali estava ele: sem nenhum motivo para me amar e, ainda assim, me amando... Será que não era exatamente esse o significado de *incondicional*?

> Eu te lavei pela graça e com misericórdia perdoei.
> Sarei suas feridas e, nas minhas cicatrizes, te recebi.
> (Sagradas Letras, Parte III, Crônicas de Outrora)

— Eu... — Engoli o choro. — Eu sinto muito.

Ele me fitou profundamente e foi como se as montanhas derretessem, o céu evaporasse, a terra estremecesse. Ele me amava. E, com as mãos estendidas, ele me convidava para um abraço. Meu coração pulsou mais forte.

Como um ferro atraído pelo ímã, eu engatinhei de volta para ele. Deitei a cabeça em seus joelhos e senti suas mãos tocarem minha cabeça. Depois de tantos anos, eu recebia *exatamente* o abraço que desejara sentir no meu primeiro dia de vida, quando ouvi a verdade sobre a Terra do Nunca; e ele era muito, muito melhor do que eu havia sonhado.

Chorei alto, tremendo, agarrada a sua túnica. Naquele instante, eu era um vaso quebrado, derramando todo líquido mortal e amargo que outrora carregava. Eu era um pássaro machucado tendo suas asinhas restauradas. E aquelas lágrimas que eu derramava eram o choro de uma criança órfã que entendia, pela primeira vez, o que significava *ser filha*.

Aos poucos, fui sentindo o peso sendo erguido do meu coração. O espinho foi arrancado. O choro cessou, devagar. Por fim, tudo o que eu sentia era um verdadeiro alívio; aquele que procurava tão ansiosamente.

Eu me afastei, erguendo o rosto molhado para ele. Era um pouco assustador ver aqueles olhos intensos, a face serena e bondosa em paradoxo com o poder que emanava dele, e encarar tudo isso sabendo exatamente quem *ele* era e quem *eu* era. Ao mesmo tempo, não estava mais com medo; justamente porque sabia exatamente quem ele era.

— Está com sede? — disse Pórthica.

Ao seu lado, estava a candeia que nos iluminava e um cantil. Ele me estendeu a garrafinha rústica e bebi com vontade. A água era fresca e deliciosa. Enquanto eu bebia, não deixei de encará-lo. Ele sorriu.

— Pode me dizer o que está pensando.

Abaixei o cantil e enxuguei a boca com o braço.

— Você parece... tão normal.

Ele começou a rir. Linhas de expressão apareceram no rosto gentil.

— Bom, vou aceitar isso como um elogio.

Foi a minha vez de sorrir.

— Obrigada — falei baixinho. — Por tudo.

O sorriso dele, largo e orgulhoso, *orgulhoso de mim*, fez meu coração transbordar. Ver o Fundador do Universo sorrindo para mim e sentir toda a força do seu poder e a profundidade do seu amor me faziam, de repente, compreender o verdadeiro significado de fazer valer a pena. Não se tratava de viver loucamente como se o aqui e agora fosse tudo o que importasse; em essência, *fazer valer a pena* se tratava de viver de tal modo a honrar a chance que você recebera. Porque, quando ele sorria, nada mais no mundo parecia tão importante quanto aquele sorriso. E, dali em diante, eu nunca mais queria ser o motivo de sua tristeza.

— Você está pronta — disse ele.
— Para quê?
— Para mudar o mundo.

Uma onda fria se agitou no meu peito. Balancei a cabeça.

— Eu nunca quis isso. Eu só queria conhecer a minha mãe, ser amada e... ser feliz. Sabe?

Ele assentiu.

— Filha, às vezes *mudar o mundo* significa mudar o mundo de uma única pessoa. E eu quero que você a ame do jeito que eu te amei.

Abri um sorriso.

— Minha mãe. — Balancei a cabeça, o sorriso minguando. — Mas eu não sei como chegar à Terra.

— Sobre isso, lembre-se de olhar para cima quando estiver no barco.

Levei alguns segundos para compreender o que dizia. Então abri a boca.

— Eu sabia que era uma mensagem!

Ele riu. De novo, parecia tão humano; tão simples e humilde.

— E finalmente você vai entender. — Ele começou a se levantar. — Bom, chegou a hora.

— Por favor, não vá! — Instintivamente segurei sua mão.

Pórthica colocou uma mão sobre a minha e olhou para cima.

— Me diga, Alison: o que você vê?

Acompanhei o seu olhar.

— Estrelas.
— Quantas?
— Incontáveis.

— Ah, mas eu conheço cada uma delas. *Pelo nome.* — Voltei o olhar para ele, admirada. Pórthica sorria como um bom guardião quando ensinava algo novo à sua criança. — Se pudesse contar as estrelas, saberia o quanto eu te amo e o quanto você é importante para mim. Porque, se somássemos todas elas, não dariam uma fração do meu amor.

De novo, eu tinha lágrimas nos olhos e um coração completamente preenchido. Só conseguia admirá-lo, segurando sua mão marcada por cicatrizes.

— Toda vez que você olhar para elas, lembre-se disso. Porque eu nunca, jamais, vou te deixar.

Concordei com a cabeça, um nó na garganta. Então esse era o meu significado para o símbolo da Ordem: a estrela de quatro pontas representava os pontos cardeais, e o círculo em espiral — um círculo dentro de outro círculo —, representava a finitude dentro do eterno. *Em todo o tempo e qualquer lugar, jamais desemparada.*

— Sua carona está quase chegando — disse ele suavemente.

Um sono profundo caiu sobre mim e meus olhos pesaram. Tentei piscar e continuar acordada, mas o corpo pendia para o lado cada vez mais.

— Durma bem, querida. — A voz dele soou distante. — E nunca esqueça de quem você é filha.

Senti um beijo ser depositado na minha testa.

# 82

ABRI OS OLHOS. O SOL já tinha nascido. Eu estava deitada sobre uma manta confortável e, ao meu lado, havia um cântaro de água, um potinho fechado e uma tigela de barro com uma refeição apetitosa: ovos, bacon, duas fatias de pão e nenhum feijão. Abri o potinho: ele guardava os pedaços de nuvem mais branquinhos e suculentos que eu já tinha visto. Sorri. Ele me conhecia bem e tinha atentado até aos detalhes.

Comi a refeição fechando os olhos ao saborear cada mordida; o sorriso grudado no rosto, o peito transbordando vida.

Quando terminei de comer e beber, levantei-me e, sob a luz do dia, observei melhor a coxa direita. Aquela perna da calça tinha virado uma bermuda e, debaixo do tecido rasgado, havia uma cicatriz. Ele tinha deixado uma cicatriz. Toquei a pele deformada sentindo-me tão grata e, ao mesmo tempo, com saudades de sua presença poderosa e cheia de amor que preenchia o mundo.

Fui até a árvore onde havia deixado minha mochila. Peguei a adaga e rasguei o lado esquerdo da calça para alinhar os tecidos. Pronto, agora eu tinha uma bermuda. De repente, um vento forte me fez encolher. Ao virar-me para trás, abri a boca. Ali estava um enorme e majestoso cavalo vermelho.

Encarei o animal, maravilhada. Ele tinha pelos lustrosos, crina longa e o mais impressionante de tudo: asas. Enormes, poderosas e vermelhas. Asas!

O animal me encarava de volta.

O Wisal era um cavalo alado da nossa mitologia. Nas histórias, era um mensageiro dos Fundadores, enviado para batalhas e resgates. Ele só aparecia para aqueles que tinham sido tocados por Deus. E eu jurava que era só uma lenda.

— Minha carona — consegui sussurrar, sorrindo.

O cavalo virou-se de lado, mostrando a cela dourada. Coloquei rapidamente a mochila nas costas e corri até ele.

Muito mais alto do que um cavalo comum, ele precisou se abaixar para que eu conseguisse montá-lo. Não tinha freios nem rédeas, então segurei uma mão na cela e a outra na crina, prendendo bem os joelhos em seu corpo.

Observei meio incrédula e completamente maravilhada, quando o Wisal correu e ganhou velocidade, suas asas começando a trabalhar. O cavalo alçou voo e, com movimentos graciosos, ganhou altitude.

Normalmente, eu teria ficado com medo. Mas era a primeira vez em meses que os meus sentidos estavam limpos; que eu via, ouvia, cheirava e sentia o mundo de verdade, e não pelas lentes de uma química. E era tão, *tão* melhor! Tão mais vivo, com cores mais bonitas, cheiros mais puros e tantas texturas diferentes.

E assim, sorrindo com o vigor de uma criança que acabava de descobrir um novo mundo, viajei com o Wisal do oeste para o sul.

Sentia as nuvens como algodão na pele, o vento no rosto fazia meu cabelo esvoaçar e os raios solares me aqueciam. A paisagem lá de baixo era magnífica. Admirei o encontro dos dois desertos, o de areia vermelha com o de areia preta; e depois, conforme avançávamos, a terra foi ganhando vida, árvores e campos verdejantes. Então surgiram as montanhas e os muitos rios e lagos.

O Wisal fez uma curva e ajustou sua rota.

Logo uma floresta apareceu ao longe e ele começou a diminuir a altitude. Senti um frio na barriga ao avistar as vilas no meio da floresta, a Escola Bellatrix, a Lagoa da Vida e, por fim, o mar se estendendo majestosamente.

Não conseguia parar de sorrir! A sensação era a de alguém que voltava para casa, depois de muitos anos longe.

O animal pousou na areia macia da praia. No céu, o sol já estava se despedindo; restava apenas uma lembrança de cores alaranjadas e rosadas nas nuvens do horizonte.

Desci com cuidado do Wisal e afaguei-lhe o rosto. Ele me fitou com carinho antes de correr pela areia e voar até as nuvens, sumindo no meio delas. Enquanto ainda olhava para o céu, admirei a primeira estrela que vi e pensei que nunca mais olharia para elas da mesma maneira.

# 83

**DEPOIS DE UM DIA INTEIRO** viajando nas costas do cavalo mágico sem suprimentos na mochila, eu estava com fome. Além disso, também precisava acender uma fogueira se quisesse chamar a atenção de algum navio pirata. As duas coisas envolviam entrar na floresta.

Encarei a mata diante de mim. As crianças perdidas contavam muitas histórias tenebrosas de quando a Floresta das Almas despertava à noite, mas eu estava com os sentidos limpos e já passara da hora de voltar a agir como a guerreira treinada que eu era.

Então rasguei meu lenço em dois pedaços; usei um como bandana e o outro como cinto, para prender a adaga na bermuda. Vestida assim, parecia até uma verdadeira exploradora da selva. Não que eu fosse fazer isso, contudo. Meu plano era entrar na floresta apenas o suficiente para colher gravetos e, quem sabe, achar algumas frutinhas.

A noite tinha acabado de cobrir o céu quando deixei a praia, e bastou alguns passos para compreender as lendas. Parecia mesmo que a floresta tinha acordado. Os sons ao longe eram altos e sinistros, os galhos pareciam se esforçar para tocar meus braços e, de vez em quando, eu me sobressaltava com algo roçando nas canelas desprotegidas.

Eu andava colhendo os galhos mais secos que achava, e já tinha juntado um pequeno feixe quando ouvi. Parei, sem mover um único músculo. Era o som de uma garganta faminta. Me concentrei na vibração do som. Atrás de mim. Devagar, girei o corpo. Não conseguia vê-lo no escuro, mas podia sentir seus olhos sobre mim.

Tão rápido quanto um piscar de olhos, larguei os gravetos e corri na direção da praia. O barulho me seguiu, som de patas sobre a terra e lufadas de ar, mas eu não tinha ido muito longe e logo avistei o brilho do mar que refletia a lua. Forcei as pernas só mais um pouco, então saí da Floresta das Almas. Já na segurança da praia, olhei para trás. A vegetação estava agitada, mas podia ser o vento. Parei, apoiando as mãos no joelho e ofeguei.

Encarei a floresta só mais um pouco, para garantir. Nada saiu de lá. Suspirei de alívio. Eu teria de encontrar outra forma de... Ao virar-me, dei um grito. Diante de mim, parado na areia, um enorme castian-azul me encarava ameaçador com aquelas pupilas em linha reta.

— Calma, gatinho, calma — falei com a voz mansa.

Ele chiou baixo e farejou o ar, ao que dei um passo para trás. Era um animal enorme, cor azul-celeste, com olhos violeta e as patas manchadas de preto.

— Sabe de uma coisa? — Eu mantinha as mãos erguidas e as palmas abertas. — Você parece um amigo meu... — O felino não tirava os olhos de mim. — O nome dele era Patinha.

No mesmo instante, as pupilas se dilataram.

— Patinha?

Sua resposta foi um miado feliz.

— Patinha!

A gente se aproximou ao mesmo tempo, e eu gritei de alegria ao abraçar aqueles pelos macios. Patinha ronronava enquanto mordiscava meu corpo, o que doía e fazia cócegas na mesma proporção. Ele me empurrou com a cabeça e correu um pouco, de modo que eu corri também — não entendia a brincadeira, mas gargalhava, a alegria subindo como bolhas da barriga para o rosto. Ele parou de se esquivar de mim e lambeu minha cara toda com aquela língua áspera. Continuei rindo.

— Ah, eu te amo tanto, bafinho de peixe!

Algo na floresta atrás de nós fez as pupilas dele virarem dois filetes de novo. Patinha resmungou baixinho. E eu não precisava de um dom para saber o que ele estava querendo dizer.

— Pode deixar.

Apoiei-me em seu corpo e usei os pelos para escalar; então o castian-azul correu pela praia, comigo montada em suas costas. Era uma sensação maravilhosa sentir a confiança do animal e o respeito dele, os quais me permitiam ter aquele privilégio.

Ele correu até uma encosta rochosa e, depois, começou a escalar. Agarrei-me com mais força, até que entramos em uma caverna. Lá dentro, desci de suas costas e o abracei de novo.

— Senti tanto a sua falta!

Ele cheirou meu braço direito. Estendi a mão para que visse a suave cicatriz de suas garras. Ele miou e lambeu o local. Beijei seu nariz.

De repente, um barulho no interior da caverna chamou nossa atenção. Já estava com a mão na adaga, mas, quando vi a castian-rosa surgindo no meio das sombras, abri um sorriso. Ela olhava para mim, com as pupilas dilatadas.

— *Ai, Deus meu*! Você se casou! — De trás da mamãe, os filhotes apareceram. Eram arroxeados. — *E teve filhotes*!

Patinha me apresentou sua namorada, que eu batizei de Narizinho. Os filhotes eram serelepes e ficaram brincando comigo até a mamãe gato colocá-los para dormir sob a ameaça de um miado. Com os filhotes amamentados e dormindo, Patinha e Narizinho dividiram seus peixes comigo e não pareceram ofendidos quando acendi uma fogueira para assar o alimento.

Depois, eu adormeci naquela toca de gatos, uma confortável noite macia.

✦ ✦ ✦

A escuridão e o vazio. O som dos pingos de água.

Eu estava novamente naquele sonho. Só que, dessa vez, meu coração palpitava ansioso. Podia sentir que algo diferente estava prestes a acontecer.

Segurei a borda do barco e olhei para baixo; a água parada, escura, quase um espelho. Estiquei a mão para tocá-la e parei a um milímetro da água.

"Lembre-se de olhar para cima quando estiver no barco."

Devagar, ergui a cabeça.

A lua crescente era um fino sorriso no céu estrelado.

Sorri de volta.

# 84

**ACORDEI OFEGANTE. NO AMONTOADO** de pelos onde dormia, estava faltando o de cor azul. Olhei para a entrada da caverna. Patinha estava sentado, olhando para o mar banhado pela luz prateada da lua.

Fui até ele de fininho para não acordar os outros.

— Ei, grandão. O que está fazendo?

Um miadinho baixo, seguido de um apontar de nariz. Olhei para onde ele indicou. Na baía, um navio balançava com o movimento das ondas.

— Oh!

Era a minha chance.

Fui buscar a mochila, depois peguei uma lenha em chamas da fogueira e voltei para a entrada da caverna, ao lado de Patinha. Nós dois sabíamos que aquilo era um adeus.

Ficamos olhando um para o outro sob a luz da lua, o silêncio dizendo todas as palavras — e miados — por nós. Encostei minha testa na dele e fechei os olhos. Meu coração batia, o vento soprava, seu corpo felpudo emanava calor.

Então me afastei e iniciei a descida, fazendo sinal para o barco com a tocha improvisada. Ao colocar os pés na praia pedregosa e sentir a água gelada das ondas entrar pelos meus sapatos, olhei para trás. Lá de cima, o gato ainda me fitava. Sorri, com o coração levemente trincado.

Voltei a caminhar, tocha erguida e balançando; o fogo tremulava e ameaçava apagar. Parei na areia macia, exatamente na direção de onde o navio estava, ao longe, e de repente senti alguém atrás de mim. Com o susto, a tocha caiu e se apagou. Era um grupo de quatro piratas e cinco crianças.

— Está perdida, senhorita? — perguntou um dos homens.

Meu coração batia rápido. Os piratas eram altos, de porte atlético e fortemente armados. Usavam cabelos longos e penteados estranhos, com barba cheia e tatuagens até no rosto. Engoli em seco.

— Meu nome... — A voz saiu fraca demais. Limpei a garganta e forcei um tom mais grave. — É Alison Rivers. E eu preciso de asilo.

Umedeci os lábios, sentindo um aperto no peito. Era difícil falar aquilo, era horrível admitir em voz alta que não podia mais fazer parte do meu próprio povo.

Os homens trocaram olhares. Instintivamente, levei a mão para a cintura. *Droga.* Eu tinha deixado a adaga no chão da caverna e não havia pegado de volta. Soltei o ar devagar, avaliando rotas de fuga e possíveis movimentos de combate.

— Está bem, tu podes vir conosco — disse o homem que estava à frente do grupo.

Olhei para as crianças. Duas meninas de vestido verde e os meninos de blusa e bermuda, também verdes. Todos estavam molhados e tinham carinhas de medo. Por Deus, eles tinham acabado de despertar!

Um pirata veio até mim e colocou a mão nas minhas costas, indicando o caminho. Voltamos a caminhar pela praia; meu corpo, em estado máximo de alerta, pronto para lutar.

Eles nos levaram até um bote encalhado na areia. Ninguém ali carregava qualquer tipo de iluminação, contavam apenas com a lua. Espertos, considerando que o sul de Bellatrix era o território mais bem fortificado das crianças perdidas.

Dois piratas remavam, enquanto os outros dois tinham suas armas a postos, vigiando o mar. Ao chegarmos ao navio, eles nos ajudaram a subir uma escadinha feita de cordas e estacas. Lá dentro, a tripulação se preparava para zarpar.

— Olá, pequenos! — Uma mulher pirata veio nos receber, sorridente.

Escondi os lábios entre os dentes; ela obviamente não estava se dirigindo a mim.

— Por favor, venham. Vamos tomar um banho e trocar de roupa, sim? Meu nome é Lilith. Eu sei que vocês estão assustados, mas vai ficar tudo bem, prometo.

Aquele discurso me trazia um *déjà vu*. Ela olhou para mim, com uma expressão mais séria, e fez um movimento de cabeça.

— Vamos.

Eu segui o grupinho, passando por uma portinhola e descendo uma escada, depois atravessamos um corredor e entramos em uma sala. O local amplo lembrava um quarto; tinha duas portas que davam para banheiros e vários biombos para trocar de roupa. Sentei-me num banco de madeira, afastada da bagunça, enquanto Lilith organizava a logística de banho e a troca de roupa. Depois, outras piratas vieram chamar as crianças de volta para o convés. Limpas e bem-vestidas, elas pareciam pequenos piratinhas.

Lilith então cruzou os braços e me avaliou da cabeça aos pés.

— Tu precisas de um banho também, viu onde fica as toalhas. — Assenti, mesmo que não fosse uma pergunta. — Quando estiver limpa, nós conversamos. Vou ver se acho uma roupa que te sirva. — Ela torceu o nariz. — E deixa a mochila aqui, faremos uma revista.

Peguei uma toalha no guarda-roupa e segui para o banheiro. A tranca era uma vergonha para a comunidade de trancas — um empurrão e a porta seria aberta —, por isso tomei o banho mais veloz da minha vida e mantive os olhos na entrada o tempo inteiro. Saí enrolada em uma toalha.

No quarto, Lilith tinha deixado uma muda de roupa separada, perto da mochila. Peguei tudo e voltei para o banheiro. Após me trocar, aproveitei a privacidade para verificar minhas coisas. Apesar de estar tudo revirado, eles não tinham pegado nada. Nem mesmo o colar de diamante. E, aparentemente, também não tinham encontrado meu fundo falso.

Suspirei, aliviada. Então ergui os olhos para a porta que levava ao corredor. As vozes que reverberavam pelo navio pareciam ocupadas e alegres; vozes de pessoas normais, bem diferente daquela imagem de um povo bruto e selvagem em que eles me haviam feito acreditar.

Quando subi para o convés, eu parecia uma legítima pirata, usando calça escura de couro, espartilho, blusa branca de manga comprida e botas. O vento salgado atingiu meu rosto. Em alto-mar, via-se apenas ondas e, ao longe, uma mancha na escuridão da noite. Ninfa do Mar, como descobriria mais tarde.

O coração do Reino Pirata.

# 85

**REFUGIADA. ERA ASSIM** que eles me chamavam.

Diferente das cinco crianças, que já estavam se tornando piratas desde o Despertamento, eu era uma incógnita para eles e tratada como tal. Dava para entender o receio. Quero dizer, com os nossos povos em guerra havia centenas de anos, precisavam mesmo ser cuidadosos. E era assustador me ver cercada pelo inimigo e perceber que não tinha a simpatia dele, sabendo que não havia muito o que eu pudesse fazer quanto a isso.

O barco aportou pouco depois do nascer do sol. Naquelas horas de viagem, recebemos café da manhã e cobertores para nos aquecermos. As crianças também tinham recebido palavras de encorajamento e a promessa de que logo, logo descobririam o que diacho estava acontecendo.

Descemos por uma rampa do navio para o porto. Nós seis, novatos, acompanhados pelos quatro piratas da praia e Lilith. O resto da tripulação continuou trabalhando no porto, subindo e descendo do navio.

A ilhota era uma interessante formação rochosa em formato de tiara, com cinco montanhas principais e vários pináculos de pedra. Do centro, caía uma enorme cachoeira. Tinha algumas plantas na região baixa do ilhéu, que subiam rastejando-se pelas pontas altas e pedregosas da "tiara", onde, lá em cima, a serra era interligada por pontes de madeira. No topo da montanha central, estava um grande navio de pedra, tal como se tivesse encalhado no céu. A cachoeira que caía no meio da baía parecia sair de dentro dele.

Na parte baixa, ficavam grandes estátuas parcialmente mergulhadas na água; o mercado, as casas, as vielas, os canais e as pequenas pontes eram construções de rocha cinzenta. Andávamos por ali sem chamar a atenção dos piratas transeuntes, que já deveriam estar acostumados ao vaivém de crianças e refugiados. Nós, por outro lado, não conseguíamos disfarçar a curiosidade.

Agora eu compreendia o porquê de os piratas serem o segundo povo mais poderoso da Terra do Nunca. Da mesma forma que as crianças perdidas tinham dado um jeitinho de "monopolizar" a Lagoa da Vida, recepcionando as crianças logo ao despertar, os piratas faziam a mesma coisa, só que no turno da noite. Além disso, eles também recebiam os desertores do inimigo. Aquelas eram as únicas maneiras de garantir a densidade populacional de uma nação, e eles faziam as duas coisas.

Só não havia entendido ainda como eles tinham coragem de recepcionar as crianças que despertavam durante a noite, sendo que a floresta acordava depois que o sol se punha. Quero dizer, que bom que alguém ajudava aquelas pobres crianças, mas... Como?!

Chegamos ao sopé da montanha central, próximo da cachoeira. Tão próximo que era possível sentir a névoa úmida. Os piratas nos indicaram uma espécie de jaula de ferro — quadrada, com correntes de ferro presas a ela — na qual entramos todos. Quando eles fecharam a porta, o objeto deu um tranco e subiu devagar. Segurei-me na lateral e acompanhei a corrente com os olhos até onde ela terminava no chão, perto de um motor.

Estávamos... em um elevador?!

— Como vocês construíram isso?

Eles não me responderam.

Ah, que ótimo... Se antes não achavam que eu era uma espiã, agora certamente podiam pensar isso.

Na metade da subida, as crianças começaram a choramingar. E quem podia culpá-las, se as laterais e até o piso da "jaula" eram gradeados, de modo que podíamos ver a terra diminuindo sob nossos pés e os pássaros voando ao nosso redor?! Eu também estava nervosa. Ofereci minha mão para a menina ao meu lado e, em vez de apertar a mão, ela agarrou minha perna e escondeu o rosto na minha cintura. Um menino estendeu a mão e apertou a minha.

Quando chegamos lá em cima, todas as crianças tinham se aglomerado ao meu redor como se fossem papeizinhos atraídos pela estática de um pente.

No cume da montanha, havia uma ponte ligando o elevador e o terreno lá de cima. Dali, podíamos ver o mar azul-safira e, muito ao longe, um pedaço da ilha Bellatrix. Reaberta a porta, atravessamos um caminho de pedra entre a vegetação. O riacho, que formava a cachoeira, corria abundante entre um canal. E, no centro de tudo aquilo, estava o grande e imponente navio de rochas.

Tão logo entramos no salão principal do navio-palácio, fomos separados: crianças para um lado, eu para o outro.

Enquanto andava pelos corredores, o silêncio propagando o som das nossas botas no piso de pedra, não conseguia chacoalhar aquela sensação de estar revivendo uma vida antiga.

Eles me levaram para uma pequena sala de decoração caseira.

— Espere aqui, um diplomata já vai te atender.

Quando os dois piratas que haviam me escoltado deixaram a sala, um outro entrou para postar-se ao lado da porta. Notei o rosto dele. Era estranhamente familiar nos olhos levemente afastados e em algumas marcas de expressão. Ele estava armado, sério, com postura de um soldado treinado. Demorou um pouco, mas senti um arrepio quando me lembrei.

Se nas crianças perdidas as pessoas com aquela e outras síndromes eram afastadas da sociedade, nos piratas eles eram acolhidos, integrados, tratados de igual para igual. E chegar a essa conclusão me fez relaxar de verdade pela primeira vez desde que chegara ali. Se um povo respeitava e valorizava as diferenças, só podia ser um bom sinal. *Mais um*, na verdade.

A sala tinha janelas amplas, cortinas azuis e brancas, duas poltronas e um sofá, tapete, móveis de madeira clara e flores em jarros de porcelana. Uma verdadeira sala de estar. Sentei-me na pontinha de uma das cadeiras confortáveis e fiquei aguardando alguém do consulado aparecer.

Mas, quando a porta se abriu e um pirata carrancudo entrou segurando alguns livros e papéis, toda a calma e confiança que eu sentia evaporou. Levantei-me num sinal de educação, mesmo que o homem não tivesse se dignado a ver quem estava na sala.

— Vamos analisar o teu caso e verificar se tu tens todas as características e pré-requisitos necessários para uma expatriação. — Ele falava rápido, olhando através dos óculos para os blocos de papel que carregava. — Por favor, diga sempre a verdade e somente a verdade. Tu não precisas responder tudo, mas, caso não queiras, a recusa será pontuada negativamente no teu formulário. Ainda assim, é claro que uma mentira seria de muito maior gravidade. — Ele finalmente ergueu os olhos na minha direção enquanto se sentava na outra poltrona. — Por favor, sente-se. E não mintas. É patético e não te fará bem algum. Podemos começar?

Engoli em seco e assenti.

— Deixe-me ver a tua certidão de criança perdida.

Meu coração errou uma batida. Abaixei a cabeça, apertando as mãos sobre o colo.

— É que... eu fugi tão despreparada que não me lembrei de pegar.

Ouvi a pena riscando o papel.

— Isso não é um bom começo.

# 86

*HORAS.* **HORAS E MAIS HORAS** de perguntas. Tive de contar para o diplomata toda a droga de história da minha vida, *tudinho*. Das partes mais banais, como comida favorita e se eu fora para a academia ou não, até os segredos mais pessoais, como a história do mirador e o vício em Areia Vermelha.

É claro que fiz alguns ajustes e omiti certas partes. Não contei, por exemplo, qual tinha sido a real ameaça de Prince, nem o quanto eu realmente fumava e muito menos a tentativa de suicídio; também não contei sobre a noite no deserto, nem sobre a viagem de cavalo mágico, tampouco sobre o meu sonho de encontrar um portal para a Terra — e como precisaria do *Jolly Roger* para isso.

Ok, acho que podemos concordar que eu não contei *tudinho*. Ainda assim, para um desconhecido, aquele cara tinha ouvido demais.

No fim, ele inspirou fundo, retirou os óculos e guardou os papéis.

— Vou ter que levar o teu caso para o meu superior.

Levantei-me com ele.

— É o procedimento padrão?

A resposta ficou óbvia pela cara que ele fez.

O pirata foi embora. Deixei meu corpo cair de volta na poltrona com um suspiro. De cabeça baixa, lutei contra os sentimentos confusos e negativos. Não queria deixar de ser uma criança perdida, mas era tarde demais para isso. Ao mesmo tempo, *queria* que os piratas me aceitassem. Deus meu, o que eu faria se me recusassem?! Aliás, o que *eles* fariam se me recusassem?

— Tu precisas te acalmar — disse o pirata de guarda na porta. — Bebe um pouco d'água.

Anuí, cabisbaixa. Ele tinha razão, precisava manter a positividade.

Levantei-me, sorri em agradecimento e fui pegar um copo d'água. Enquanto estava bebendo, ouvi a porta do outro lado da sala ser bruscamente aberta e me virei depressa. Uma pirata vinha correndo em minha direção. O susto foi tanto que deixei o copo cair. Quando ela se aproximou demais e então me abraçou, reprimi o instinto de lutar. Espera. Ela estava me abraçando?!

Permaneci estática, braços colados ao corpo, sem coragem de perguntar o que estava acontecendo.

— *Eu não acredito!* — A voz era emocionada.

Olhei para o pirata de guarda, que fitava aquela cena tão surpreso quanto eu. Ok. Se ele estava surpreso, isso significava que não era nada combinado. De repente, a moça se afastou e me segurou com os dois braços esticados.

Acho que foi o jeito como ela sorria. Ou aqueles olhos azuis intensos. Ou o cabelo castanho-claro. Seja lá o que fosse, algo fez meu interior se aquecer. Não sabia o que estava acontecendo comigo, mas sabia que tinha algo acontecendo.

— Alison, sou eu. *Claire.*

Confusão e êxtase se misturaram dentro de mim. Aquela mulher era mais alta e mais corpulenta do que eu; tinha um cabelo longo até a cintura, com a lateral direita raspada e duas penas pendendo junto às tranças na lateral esquerda. A maquiagem preta nos olhos me passava um ar ameaçador; ela não se parecia nem um pouco com a menina que eu havia conhecido.

Depois de alguns segundos, pisquei os olhos e franzi as sobrancelhas.

— C-claire?!

Ela me puxou para mais um abraço. As emoções borbulhavam dentro de mim, fortes e impetuosas, mas eu não conseguia reagir.

— Eu não acredito que é tu mesmo! — ela repetiu ao me apertar no abraço.

— Eu... eu pensei que... achei que você...

Claire se afastou de novo. Acho que a minha falta de reação estava deixando-a sem graça, porque ela deu um passo para trás e pigarreou, endireitando a postura. Então virou-se para o pirata de guarda.

— Vamos sair para uma caminhada; se Becker perguntar, diz que assumi o caso. — Quando ela me fitou novamente, eu já não sabia mais o que aquela expressão significava. — Vem comigo.

Anuí, tremendo de leve.

Estava na hora de a gente se resolver.

# 87

**CLAIRE ME LEVOU PARA UM CORETO** no meio dos jardins do castelo. Era surreal a vista do mar lá embaixo, das plantas e flores a nos cercar, do navio-palácio de rochas atrás da gente e de tudo aquilo a centenas de metros acima do mar.

O quiosque circular, sustentado por quatro colunas, não tinha paredes para bloquear a vista. Claire sentou-se em um dos bancos e bateu a mão no espaço livre ao seu lado. Hesitei por um segundo. Eu tinha sonhado tanto com uma oportunidade como aquela, sem realmente acreditar que isso pudesse acontecer.

— Preciso te pedir perdão — falei ao me sentar.

— O quê?!

A surpresa no rosto dela era um espelho da minha própria surpresa.

— Não é óbvio? — perguntei.

— Sou *eu* quem preciso te pedir perdão.

Comecei a rir.

— Você?! Pelo quê? Por ter sido uma amiga melhor do que eu jamais fui? Ou por ter assumido minha culpa e ter sido expulsa no meu lugar? Claire, você era a minha melhor amiga... e eu não te defendi.

Ela me fitava de um jeito amoroso, o que me fez remexer no banco, desconcertada. Eu tinha imaginado algumas vezes aquele encontro e ele nunca terminava bem. Nos meus pensamentos, Claire sempre tinha sede de vingança e nunca aceitava meu pedido de perdão. Eu nunca tinha ousado sonhar com um reencontro feliz; parecia bom demais para ser verdade.

— Eu era a tua melhor amiga? — perguntou ela com a voz embolada.

Meus olhos umedeceram. O sorriso que veio em seguida foi da mais pura tristeza.

— É claro que era. A gente passou por muita coisa junto, coisas que ninguém mais tinha passado comigo. — As memórias latejavam à medida que eu falava. — A primeira noite na Terra do Nunca, a descoberta de por que estávamos aqui, as aulas e intervalos, o mirador...

Claire abaixou o rosto, suspirando. Ela parecia uma mulher forte e indestrutível por fora, aquela beleza bruta que esconde suas fraquezas; mas, em seus olhos marejados e na voz oscilante, eu reconhecia um pouco da insegurança que havia em mim.

— Então eu preciso te pedir perdão, porque não fui uma boa amiga — sussurrou ela.

— Como assim?!

— Não, por favor, me escuta. — Ela segurou minha mão. — Eu esperei *muito* por essa chance. Eu nunca te culpei pela minha expulsão, se é isso o que tu pensas. — Ela sorriu ao notar minha expressão. — Oh, então é isso mesmo. Mas como eu poderia te culpar se foram aqueles adultos loucos que fizeram isso?

Ela soltou minha mão e riu, meneando a cabeça. Então começou a contar uma história que eu já conhecia bem, mas agora por um ângulo completamente novo.

— Depois que eu despertei e fui levada para Fênix, fiquei sozinha naquela casa por umas duas horas. Eu estava *tão* apavorada, sabe? Mas aí tu chegaste e o mundo ficou mais amigável, eu me senti forte. Pela primeira vez, tive esperança. Quando a gente foi pra escola, eu ainda estava um pouco assustada, mas pelo menos tinha alguém com quem contar, sabe? Foi um conforto.

Concordei com a cabeça, sorrindo.

— Por isso fiquei tão abalada quando me disseram que tu voltarias para Fênix e que eu iria para Borboletas. — Meu sorriso minguou. — Parecia que eu estava sendo banida para uma terra estranha, perdendo meu único ponto de segurança.

Ela desviou os olhos e engoliu em seco. Aproveitei para coçar o nariz, uma tentativa de impedir o choro.

— Então... eu recebi péssimos guardiões.

A melancolia se transformou em uma surpresa indignada dentro de mim.

— O quê?! Claire, você nunca...

— Eu sei, eu menti. — Ela deu de ombros. — Tu sempre falavas tão bem da tua! Eu não queria que soubesses o quanto os meus eram horríveis. Ah, qual é!

Não me olha assim. Tu nunca tiveste nenhum senso de competição quando era criança? Sempre querendo mais, o melhor, o mais legal...

— Sim, claro, mas... isso é diferente.

Claire sorriu com tristeza.

— Não é, mas... enfim. Eles basicamente queriam receber a pensão do governo e ter uma empregada que fizesse tudo enquanto ficavam de pernas pro ar. Eu estava sempre lavando, limpando, cozinhando, *sempre* trabalhando. Mal tinha tempo para fazer minhas lições de casa.

Claire falava com os olhos perdidos em memórias.

— Eu era proibida de brincar na rua, então não fiz amigos em Borboletas. Honestamente, odiava os finais de semana; odiava *cada minuto* naquela casa e adorava a escola. — Ela me olhou diretamente nos olhos. — Por isso, quando eu percebi que tu tinhas novas amizades na escola e amigos em Fênix, eu... comecei a ficar com muito ciúme, sabe? Tu eras a única coisa boa na minha vida, e eu não queria te perder de jeito nenhum.

Meu rosto se contorcia discretamente na luta contra as lágrimas.

— E eu nunca percebi que tinha algo errado — lamentei.

— Ah, não fica assim, a gente era criança! Não tinha como tu saber.

— Mesmo assim, eu sinto muito.

— Tá tudo bem, juro. — Era impressionante como ela conseguia contar uma história horrível e ainda manter a leveza na voz. — Continuando... Eu não percebia o quanto estava sendo mesquinha contigo por te proibir de passar o intervalo com outras pessoas e o quanto as minhas atitudes afetavam todo mundo.

Ela parou e mordeu os lábios.

— Quando chegou o Dia da Libertação e a nossa turma foi levada pro Jardim Encantado, eu queria muito olhar pelo mirador. Eu pensei... pensei que veria algo que me desse esperança, tipo mamãe com saudade de mim, ou pelo menos... sei lá. Não queria acreditar que tinha sido rejeitada mesmo, sabe? Mas... — A gente se encarou por uns instantes, em silêncio. — O que eu vi foi uma moça se divertindo. Ela ria e dançava, tão feliz, como se eu nunca tivesse existido nem por um minuto sequer; como se eu não fizesse a menor diferença.

Voltei a segurar a mão dela.

— Sinto muito.

— Tá tudo bem, já superei. Não era a minha mãe, era só uma mulher irrelevante. Eu encontrei a minha mãe aqui com os piratas. — Claire riu diante do meu espanto. — Tolinha, mãe é quem ama e cuida; quem te cria.

Forcei um sorriso, voltando minha mão para o colo.

— Então acho que tu podes imaginar como eu me senti quando tu me mostrou, *no teu mirador*, a imagem que eu queria ter visto no meu.

Tristeza e lamento passaram entre nós, soprados pela brisa.

— Eu fiquei com tanta raiva! Na minha visão, tu tinhas tudo: uma guardiã incrível, vários amigos e uma mãe que parecia se importar. Tu tinhas *esperança*. E eu não tinha nada. O mundo parecia tão injusto... E foi aí que eu resolvi destruir o teu sonho, porque não queria que tu tivesses tudo.

— Claire, você está sendo muito dura. — Neguei com a cabeça. — Você só estava tentando me proteger porque...

— Não, Alison, eu tô sendo sincera. No fundo, eu só queria que tu não tivesses aquilo que eu não podia ter. Mas, quando percebi o teu desespero ao ver aquela velha quebrando o teu mirador, entrei em pânico. Quero dizer, tu eras a única parte boa da minha vida e eu estava te destruindo. *Foi horrível*. E fiquei muito assustada comigo mesma, pensando que merecia tudo o que a vida tinha me dado de ruim porque eu era uma pessoa ruim.

Eu ouvia aquilo balançando a cabeça negativamente.

— Foi por isso que eu abracei a tua mentira com unhas e dentes. Era a minha única chance de consertar as coisas. — Claire me encarou, meio confusa. — A única coisa que eu nunca consegui entender foi por que tu roubastes o meu artefato se ele não funcionaria para você.

— Porque o mirador que a senhora Greenfield quebrou não foi o meu, foi o seu. — Ela arregalou os olhos. — Troquei os artefatos enquanto você corria para chamar a diretora, então escondi o meu na floresta de treinamento e coloquei o seu na minha bolsa de couro. Depois, coloquei as pedrinhas na sua bolsa para você não sentir falta do peso do mirador quando a pegasse.

— Santa água-viva, que genial!

Eu ri da expressão dela e neguei com a cabeça.

— Não, Claire, foi horrível! E é por isso que eu também preciso te pedir perdão. Eu te acusei de um crime que você nunca cometeu.

Foi a vez dela de ouvir meneando a cabeça.

— Alison, ter sido expulsa das crianças perdidas foi a melhor coisa que me aconteceu. Naquela tarde, quando cheguei à secretaria para darem baixa nos meus documentos, a moça me contou que fazia parte da revolução e me mandou seguir para a Lagoa da Vida. Ela me disse para ficar escondida até o anoitecer, porque os piratas iam me salvar.

— Ela disse isso?! Mas e a floresta? Eu tinha ficado tão apavorada pensando que você não conseguiria sair de lá a tempo.

— A secretária tinha me falado para confiar nela e não ter medo da floresta. É claro que eu estava apavorada, mas não tinha escolha, então obedeci. Me escondi perto das margens da Lagoa da Vida e esperei.

— Você ficou até a noite cair?

Claire riu alto.

— "A floresta acorda de noite." Tipo, o que isso deveria significar mesmo? — Dei de ombros, chocada. — Eu descobri depois que essa história é uma lenda que os piratas começaram, assim a gente consegue resgatar todo mundo que desperta à noite porque as crianças perdidas estão preocupadas demais com monstros folclóricos ou reais para se arriscarem a sair de suas tocas.

Pisquei, aturdida.

— É claro que naquela noite eu ainda não sabia disso, por isso fiquei encolhidinha no meu canto, mal respirava, até a excursão pirata chegar.

Imaginar aquela cena me deixou de coração apertado.

— Claire, eu tô tão feliz e aliviada por você estar bem, sério! — Meus olhos umedeceram.

Ela me puxou para um abraço e eu a apertei bem forte antes de a gente se afastar de novo, as duas rindo e enxugando as lágrimas.

— Você é feliz aqui? — perguntei.

— Muito. — Ela olhou ao redor como quem analisava o próprio lar com orgulho. — O nosso sistema é baseado em família, existe uma longa fila de espera de pessoas que desejam adotar. As crianças são pareadas com os casais, e os agentes fiscalizadores sempre avaliam as famílias, até os filhos completarem dezoito anos, só para garantir que ninguém está sendo maltratado. Por isso uma criança nunca fica mais do que três dias no Palácio da Caveira: sempre tem casais querendo adotar.

Abri um sorriso largo, admirando a alegria dela expressa nas pequenas linhas no canto dos olhos e na inclinação de um sorriso que não saía mesmo enquanto ela falava.

— Estou muito feliz por você — pensei em voz alta.

Claire suspirou, ficando um pouco mais séria.

— Sabe... eu nunca deixei de pensar em ti. E em como eu roubei a tua chance de ter uma família.

Balancei a cabeça com veemência.

— Não diga isso, eu tive a minha família nas crianças perdidas. E acho que, de alguma forma, os Fundadores viram sua aflição e deram um jeito de consertar as coisas para você. Eu estou muito grata por você ter vivido bem aqui.

O sorriso largo dela apertou as bochechas e os olhos.

— Ai, obrigada. Mas e tu, hein? O que aconteceu em todos esses anos e por que está aqui? Cadê os teus amigos?

Ergui os olhos para os jardins.

— Ah, Claire... É uma história muito longa, e eu temo que não seja das mais felizes.

— Não importa. Tu és minha amiga e eu quero ouvir todas as fofocas. Só acho que a gente podia conversar enquanto comemos um lanchinho, que tal?

— Por favor, eu tô faminta. Nem almocei ainda.

Ela arregalou os olhos.

— Ah, caracóis! Vamos dar um jeito nisso.

Deixamos os jardins conversando enquanto ríamos e andávamos, tão próximas que parecíamos estar abraçadas.

Era como se a vida nunca tivesse nos separado.

## 88

— É A TUA PRIMEIRA REFEIÇÃO PIRATA, não vou te deixar comer as goro-robas que a cozinha faz para os meros mortais funcionários do palácio — foi a explicação que Claire deu para me levar a uma taberna típica.

Felizmente, o lugar ficava na encosta da montanha e nós não precisamos descer tudo aquilo só para comer.

Enquanto degustava um arroz de polvo com peixe cozido no vapor de ervas, contei para Claire boa parte do que tinha acontecido. Falei dos bons tempos em Fênix e Ribeiros, da perda de Sophia, da época na Ordem, do desaparecimento de Levi... Nessa parte, eu perguntei:

— Qual é a sua função no palácio?

— Chefe do Departamento de Expatriação.

— Então você conhece todos os refugiados.

— Bem, todos, não. Da maioria, eu só assino os documentos. Apenas os casos mais delicados ou suspeitos é que passam pessoalmente por mim. Casos como o teu.

— Você acha que... — Prendi a respiração.

Claire deu de ombros ao encarar a caneca de cerveja.

— Sim, provavelmente a ficha dele está aqui.

— Como assim?

Eu queria saber do Levi, e não da ficha dele. Claire deu um gole na cerveja antes de responder.

— Aqui em Ninfa do Mar, a gente recebe os refugiados de Bellatrix e de uma parte dos de Wezen, então provavelmente a ficha dele passou por aqui.

*Mas...* tu precisas te lembrar que nós somos o Reino dos Mares, literalmente donos dos quatro oceanos, e que ele é um adulto. Tem o quê? Vinte anos, igual à gente?

— Vinte e um.

— Pois é. — Claire torceu a boca. — Levi pode estar em qualquer navio, em qualquer lugar.

Soltei a respiração pela boca e peguei minha sidra para um gole.

— Mas não te preocupas, vou ajudar a procurá-lo. Fofoca corre como o rio, a gente vai dar um jeito. — Ela piscou um olho.

Quando um garçom passou por nós, Claire fez sinal com a mão e entregou-lhe alguns papéis. Levei alguns segundos para entender o que era aquilo.

— Vocês usam papel-moeda?! — perguntei alto, empolgada demais.

Claire sorriu e bebeu o último gole.

— Entre nós, sim. Desse jeito, sobra mais minério e pedras preciosas para negociar com os outros povos. Sabe como é, né? Não temos muitas terras sobrando para explorar.

— Que legal. Eu nunca imaginei que vocês fossem... — Travei as palavras bem a tempo.

Claire semicerrou os olhos.

— Tu não imaginavas que os piratas fossem tão civilizados.

— Perdão. — Dei aquele sorriso que vem com um "ops" grudado nele.

— Boba. Eu não te culpo, não com as histórias que eles te contaram. Mas fico feliz que esteja positivamente surpresa com a gente.

Uma garçonete se aproximou para recolher as louças. Esperei-a se afastar, então me inclinei sobre a mesa e sussurrei:

— E o capitão Gancho? Ele é de verdade mesmo ou é só mais uma lenda que os piratas inventaram?

O olhar dela ficou ligeiramente mais intenso e um sorriso torto inclinou a bochecha direita.

— Você quer conhecer ele? — sussurrou.

— O quê?! Eu, não! É claro que não. Só estava perguntando.

Claire continuava com aquela expressão meio louca na cara.

— Ele mora aqui, em Ninfa do Mar, e eu trabalho diretamente com ele. Posso te apresentar.

— Mas ele não é louco? — sussurrei entre dentes.

Claire se recostou na cadeira e cruzou os braços, analisando-me.

— Assim... O preço da eternidade é a sua mente, então... ele é peculiar.

Cuspi uma risada.

— "Peculiar." Tá bom.

— O capitão Gancho é amigo da minha família, faço questão de te apresentar para ele.

— Você é louca — falei antes que pudesse pensar direito.

Ela me encarou, séria, então caiu na risada. Esticou um braço e abriu a mão sobre a mesa, como uma oferta.

— Confia em mim?

Eu a encarei por um tempo. Será que eu deveria? Tudo bem que as coisas pareciam resolvidas entre nós, talvez até demais, e fazia tanto tempo... Mas será que a Claire não estava apenas conquistando minha confiança para se vingar em grande estilo? O quanto será que ela havia mudado? Porque eu certamente havia. E muito.

Respirei fundo e, um pouquinho relutante, levei minha mão de encontro à dela.

— Você já se sacrificou uma vez por mim. É-é claro que eu confio.

Ela apertou minha mão. Então deixamos a taberna caminhando tranquilamente sob o céu de fim de tarde.

— Vou finalizar o teu processo, então te apresento ao capitão Gancho e aí bolamos um plano para descobrir onde Levi está. — Ela estalou um dedo. — Já sei! Posso pedir para o capitão assinar um ofício determinando que Levi compareça imediatamente ao castelo. Vai ser o jeito mais prático de encontrá-lo.

— Claire. — Parei de andar e ela parou também. Piratas passavam por nós na rua pedregosa. — Só vou te pedir uma coisa: por favor, não leia tudo o que ele anotou na minha ficha, tá bom? Deixa que eu mesma te conto depois. É que... eu ainda estou aprendendo a lidar com tudo o que aconteceu e não queria que você descobrisse assim.

Claire anuiu. Pela forma como olhou para mim, naquela mistura de receio com piedade, supus que ela estava imaginando mil coisas horríveis. Bom, ela não estaria muito errada, dependendo do que pensasse.

— Tudo bem. Não te preocupe, só vou ler o parecer do Becker e assiná-lo.

Concordei com cabeça, sorrindo nervosamente.

*Por favor, não me traia. Por favor...*

# 89

**A ARANHA TINHA CAPTURADO** uma mosca e agora estava embolando a vítima num novelo de teia. Talvez ela fosse aplicar um veneno que reduziria a mosca a uma gosma para beber, ou talvez só estivesse guardando a comida para mais tarde.

Levantei-me do sofá e espichei as costas. Ouvi o pescoço estalar. É... Pelo visto, burocracia era burocracia, independentemente do povo.

Eu estava em outra sala de espera, maior do que a primeira. Caminhei até a janela, onde a dona aranha trabalhava no canto superior esquerdo, e fiquei admirando os últimos rabiscos do pôr do sol. O degradê alaranjado era especialmente lindo em contraste ao azul excêntrico do oceano, os dois funcionando como plano de fundo para o jardim.

— Alison Rivers? — Dei as costas para a janela. Uma pirata me esperava na porta. — Por favor, siga-me.

Deixamos a sala e seguimos por corredores e salões, até subir uma escada que levava ao Escritório de Expatriação. A pirata abriu a porta e fez sinal para que eu entrasse, fechando-a em seguida. Claire estava sentada atrás de sua grande mesa.

— Já estou com os teus papéis temporários. Tu vais ficar um ano em estágio classificatório e mais dois anos em observação. Só depois desse tempo é que vais ganhar a tua identidade oficial e te tornar uma pirata — explicou ela enquanto organizava a bagunça da mesa.

Agradeci e me sentei em uma das cadeiras confortáveis de estofado verde. Claire me estendeu três papéis, que me estiquei para pegar.

— É muito importante tu não cometer nenhum crime durante esses três anos — continuou ela. Pela expressão neutra, acho que não tinha lido minha ficha; só estava recitando uma regra. — Evite qualquer substância que tire a tua sobriedade ou afete o teu cognitivo, porque, se te meteres em confusão com algum pirata, a probabilidade de a culpa recair sobre ti é muito grande. — Senti um frio na barriga e anuí. — Sempre compareças a um consulado ou posto de segurança quando for chamada e sejas o mais sincera possível em teus relatórios. Em hipótese alguma te envolvas com uma criança perdida e evite ao máximo qualquer contato com os outros povos. Enfim, não dê nenhum motivo para ter a tua identidade recusada.

Engoli em seco e forcei um sorriso, assentindo mais uma vez. Deus meu! Pelo visto, eu teria de viver pisando em ovos até conseguir a tal da identidade.

— Aqui. Nesse cartão tem tudo o que eu te falei e mais um pouco.

— Obrigada.

— Pode deixar tudo isso em cima da minha mesa, depois tu pega. — Ela terminou de organizar suas coisas e se levantou, vestindo uma jaqueta. — Vamos. Aposto que, se a gente correr, conseguimos pegar o capitão no escritório.

Claire andava depressa e eu andava correndo-quase-patinando atrás dela. Meu coração dizia que a Claire estava escondendo algo de mim, porém a vontade de acreditar nela me fazia ter fé. Literalmente fé.

Subimos mais dois lances de escada até o último andar do navio de pedra. Ela parou diante de uma porta imponente, cujo letreiro em ouro dizia CAPITÃO GANCHO. Uma onda de frio se quebrou no meu estômago.

Ela deu duas batidinhas rápidas na madeira e já foi entrando, sem esperar resposta. Eu entrei só um pouco, o suficiente para ficar no meio da porta.

— Estou de saída — disse uma voz grave.

A sala estava numa completa penumbra. Só dava para ver a silhueta de um homem alto e forte, com chapéu na cabeça. Senti o mar gelado no meu estômago agitando-se. Claire me puxou para dentro da sala, com força para vencer minha relutância.

— Perdão, capitão. Tem alguém que eu gostaria que o senhor conhecesse.

— Eu disse que estou de saída. — Havia irritação naquele tom grave.

Segurei Claire pelo braço, sussurrando "vamos, outro dia a gente volta". Mas, para o meu completo desespero, ela me ignorou.

— É a minha amiga, senhor. Da época em que morei com as crianças perdidas.

Vi o homem erguer um braço, e o brilho da lua através de uma janela iluminou diretamente o gancho de prata. Um leve arrepio me fez estremecer. Será que a Claire tinha falado de mim para ele? Será que tinha falado mal?

— Sua amiga?

— Sim. O nome dela é Alison Rivers e ela acabou de chegar.

O gancho continuava suspenso no ar. Ele o girou devagar, fazendo o brilho refletir mais forte por um segundo. Eu mal conseguia respirar, aquele pressentimento ruim pesando amargamente no meu estômago.

Quando o homem virou-se e veio direto para cima de mim, meus instintos de lutar e de provar que eu poderia ser uma boa cidadã entraram em combustão, anulando qualquer movimento reativo. Porém, toda a estática mudou quando senti o gancho na minha cintura e a mão no meu ombro — porque, de repente, a memória de Urso Pardo me tocando queimou mais forte dentro de mim, ativando o instinto de luta. Meti-lhe um soco de direita no nariz enquanto usava a mão esquerda para retirar o toque da minha cintura. Ao mesmo tempo, uma perna envolveu o pé direito dele e o puxou para trás, fazendo o homem cair de costas no chão e levar-me junto.

Caída em cima dele, a mão esquerda encontrou uma adaga em sua cintura, que eu puxei e usei para comprimir em sua barriga. Tudo isso durou uma fração de segundo, enquanto meu antebraço direito apertava a garganta dele e o impedia de levantar-se.

Capitão Gancho começou a reagir, mas parou quando sentiu a adaga ser pressionada com mais força. O ambiente encheu-se de luz. Pisquei, tentando adaptar a visão. Claire gargalhou de algum canto da sala.

Naquele mesmo instante, eu percebi que tinha colocado tudo a perder. Claire havia me enganado. Ela com certeza tinha contado para o capitão sobre a amiga traiçoeira que a incriminara quando criança e, ao me ver naquela tarde, havia elaborado esse plano. Talvez ela esperasse que o capitão me matasse em sua loucura, mas eu tinha lhe dado algo tão bom quanto: motivo para pena máxima. Quero dizer, era o meu primeiro dia com os piratas e eu já tinha atacado o líder imortal deles! Santo Deus, não poderia estar mais encrencada.

Enquanto eu pensava em tudo isso e a minha visão se ajustava à luz, ouvi um gemido de reclamação. O chapéu estava caído sobre o rosto do pirata.

— Ficou louca?! Alison, sou eu!

*O quê?!*

Joguei o chapéu para o lado, revelando o rosto do capitão Gancho. *Não, não, não!* De olhos arregalados, eu só conseguia pensar que meu cérebro devia ter fritado depois de tantas experiências de quase-morte. Porque, *em hipótese alguma*, aquele homem de olhos cinzas, barba longa e cabelo negro cacheado era Levi.

*Não podia ser.*

# 90

**LEVI ERA O CAPITÃO GANCHO.**

Como assim?!

Eu me levantei toda atrapalhada, encarando-o como quem via um fantasma. A risada de Claire ainda ecoava pela sala quando o capitão Gancho também se levantou do chão e ficou me olhando por alguns instantes, sorrindo.

— Não — falei ao balançar a cabeça.

Eu tremia. Não era possível! Capitão Gancho era um ser imortal, pelo amor de Deus — eu tinha lido sobre ele nos livros antigos quando éramos apenas crianças! Olhos cinzas? Cabelo escuro? Vai ver eles só eram parecidos e a sádica da Claire estava tirando com a minha cara.

— Sou eu.

— Não. Não é possível.

O homem suspirou e passou uma mão pelo cabelo volumoso, preso num rabinho no alto da cabeça. Alguns cachos se soltaram. Balancei a cabeça, piscando. E daí que o Levi tinha essa mania?

— Claire, nos dá um minuto, por favor?

— Claro — respondeu ela com a voz sob controle.

Claire sorriu ao passar por mim, com uma expressão que dizia "desculpe". *Desculpa o senhor ogro! Você me paga, mocinha.* Que maluca.

— Alison.

— Você não é ele — falei rápido, dando mais um passo para trás.

Capitão Gancho puxou a barba e, para o meu horror, ela saiu completamente, revelando seu bigodinho real: muito menor e mais ralo.

— Eu sei que é louco, mas posso explicar.

— Como você explica que um ser imortal e lendário é, na verdade, o meu amiguinho de infância?!

— É o contrário: o seu "amiguinho de infância" virou um ser lendário. Imortal... nem tanto. Por favor, senta. Você tá branca.

— Fique longe de mim! — rangi entre dentes, afastando-me o máximo possível dele até encostar numa estante.

Ele levantou a mão e o gancho. Observei enquanto o homem pensava por um momento. Era muito bizarro reconhecer, naquele estranho, as pequenas expressões faciais e manias que o Levi tinha.

— Eu busquei o seu artefato na floresta de treinamento e esse foi o nosso segredo. Mas você já guardava um meu, tinha me visto chorando. Sua comida favorita é pedaço de nuvem e você odeia qualquer tipo de feijão. — Enquanto ele falava, fui me aproximando, pé ante pé. — Tem medo de escuro e por isso sempre dorme com uma vela acesa. Você quis entrar para a Ordem para se sentir forte de novo, porque a ideia de não ter conseguido salvar a Sophia era muito dolorosa. Seu livro favorito é *As aventuras de Evelyn* e você aprendeu a gostar de ler porque estava procurando um portal que funcionasse daqui para a Terra, pois desde criança o seu maior sonho... — Joguei-me em seu pescoço, um abraço apertado.

Ele me abraçou de volta e abaixou-se um pouco, enquanto eu ficava na ponta dos pés. Eu o esmagava com o abraço, rindo e chorando ao mesmo tempo, então me afastei um pouco e segurei o rosto dele com as duas mãos.

— É você mesmo! Como? Levi... Deus meu, como?!

— É uma longa história.

Cruzei os braços.

— Então é melhor a gente se sentar, porque não saio daqui enquanto não ouvir tudo.

Ele recolocou a barba falsa e tocou um sino. Foi Claire quem abriu a porta, quase que imediatamente.

— Sim, capitão? — Ela ainda sorria de um jeito meio psicótico.

— Avisa a cozinha que eu vou jantar por aqui. E que tenho uma convidada.

— Tá bem.

Então ele apontou para uma mesa comprida do outro lado da sala. Em cima dela, havia o mapa da Terra do Nunca, com algumas marcações de quartéis das crianças perdidas e navios piratas.

— Por onde começo? — Ele coçou a cabeça.

— Pelo que aconteceu no exército. — Recostei-me na cadeira e cruzei as pernas. — Como você passou de um sequestrado para o líder dos piratas?!

— Ah. — Ele sorriu, fazendo uma careta tão típica de Levi. — Er... vamos começar por aí.

✦ ✦ ✦

No inverno de 633, Levi e mais quatro soldados eram declarados como mortos pelo exército das crianças perdidas, porque a verdade sobre o que realmente tinha acontecido era uma história que eles jamais admitiriam.

Algumas horas antes do desaparecimento deles, chegava ao forte um grupo de quatro piratas, prisioneiros de guerra. Como um mero cabo em treinamento, Levi apenas observou os homens e a mulher serem levados para dentro de uma das instalações da base enquanto treinava com os colegas no campinho.

Mais tarde, ele encontrou um amigo de esquadrão vomitando atrás de um dos prédios. Imaginando que o soldado estivesse perturbado pela perseguição que vinha sofrendo nos últimos meses, dado os seus trejeitos, Levi foi até lá tentar animá-lo. Mas o que o rapaz disse, completamente abalado, não tinha nada a ver com aquilo. "Eu estava escalado para limpar o cárcere." O rapaz fitara Levi com os olhos marejados. "Você não faz ideia do que fizeram com eles."

Assustado, Levi resolveu verificar com seus próprios olhos. Ele não me contou o que viu e, sinceramente, eu não quis saber; apenas me disse que aquilo o mudara para sempre.

Em conluio com aquele soldado e mais dois amigos, além do chefe da guarda, eles elaboraram um plano de fuga para libertar os presos. Escaparam fugidos do forte e apenas sobreviveram porque os piratas feridos haviam indicado uma rota para o navio ancorado.

Houve uma batalha entre os soldados que os perseguiam e os piratas que aguardavam os amigos na praia; só que as crianças perdidas não esperavam que seus fugitivos recebessem reforços, então precisaram recuar.

E foi assim que Levi e os quatro soldados foram recebidos nos piratas como honrados combatentes de guerra, sem terem precisado passar por toda aquela burocracia tradicional.

— Eu não sabia como nem quando reencontraria vocês — Levi interrompeu a história por um momento. — Mas eu acreditava com todo o meu coração que o universo não estava nos separando por acaso. Ter reencontrado a Claire aqui, para mim, foi só uma confirmação de que o destino tinha mesmo um plano para nós.

Chegando aos piratas, Levi se esforçou muito para tornar-se o melhor pirata dos quatro mares. Sua intenção era ganhar o respeito e a confiança do povo para que, um dia, quando ele sugerisse uma missão de resgate para mim e Thomas, conseguisse os recursos necessários — afinal, a política dos piratas era baseada em influência.

Ele só não esperava chamar a atenção do capitão Gancho.

— Capitão Gancho é um título — explicou enquanto comíamos a sobremesa. — O único ser humano verdadeiramente imortal em toda a Terra do Nunca é Peter Pan. Dizem que a "fonte da eternidade" que ele bebeu não era bem uma fonte, mas o néctar de uma flor tão rara que, hoje, acreditamos que só tenha existido uma. Eles chamam de Flor da Infância.

— Acho que isso é bom, não ter mais dessa flor. A eternidade não faz bem pra cabeça, aquela pobre criança... — comentei de boca cheia enquanto mastigava meu *trifle* de frutas vermelhas.

— Pois é. — Levi apontou com a colher de prata. — Quando o primeiro capitão Gancho percebeu que as crianças perdidas tinham uma figura mística em que se inspirar e que isso contribuía para o sentimento de superioridade e devoção do povo, ele resolveu criar sua própria lenda. E, assim, o título de capitão Gancho tem passado de geração em geração até hoje.

Levi explicou como isso funcionava: o capitão Gancho escolhia um pirata de cabelo escuro e olhos cinzas para treinar como sucessor. No dia em que fosse realizada a passagem, acontecia um ritual privado, em que o novo capitão Gancho recebia autoridade e benção e tinha sua mão direita amputada para colocarem o gancho. Em seguida, o antigo capitão bebia o Veneno do Sal, partindo para a próxima vida — ou para a Ilha das Maravilhas, como eles acreditavam.

Por isso, o ritual só acontecia quando o atual Gancho estivesse prestes a morrer de doença ou de ferimento mortal.

Outra possibilidade era o capitão se aposentar, aos quarenta e poucos anos — não tinha uma idade fixa, dependia muito da aparência. Nesses casos, Gancho não precisava tomar o veneno, mas tinha de abdicar uma perna ou um braço como símbolo de seu compromisso com a aposentadoria. Era uma garantia de que ele não voltaria para usurpar o poder do outro.

Apenas um pequeno grupo de piratas que moravam em Ninfa do Mar sabia disso. Todo o resto do povo acreditava mesmo que o capitão Gancho era imortal. Claro, como o líder não ficava se mostrando por aí, era mesmo possível manter a lenda viva.

O capitão Gancho anterior a Levi estava mortalmente doente, mas ninguém sabia disso até o dia em que ele promoveu Levi a assistente pessoal.

Meses depois, Levi era condecorado capitão Gancho.

— Aqui nos piratas, a barba é um símbolo de honra, por isso eu preciso usar essa coisa até a minha crescer de verdade. — Ele coçou o queixo. — Ninguém pode ter uma barba maior do que a do capitão Gancho.

Sorri. Era uma cultura interessante.

— Eu ainda não acredito que você aceitou isso.

— Eu só aceitei porque, como capitão Gancho, teria acesso a mapas e documentos restritos. Pensei que conseguiria descobrir em qual vila vocês estavam, para fazer a missão de resgate.

Olhei para ele, meu coração apertado. Levi tinha abdicado a mão direita por nós. Ele tinha *literalmente* perdido a mão pela esperança de nos reencontrar.

Distraído com o restinho do seu *trifle*, ele não reparou em como eu olhava fixamente para ele.

— Além do mais, eu teria o *Jolly Roger*, nossa passagem de volta para a Terra do Nunca. — Levi ergueu os olhos. — Falando nisso, você descobriu qual é o portal?

— Sim.

— Sério? E qual é?!

— A Lagoa da Vida.

O sorriso dele virou uma careta.

— Achei que a gente já tinha descartado essa teoria.

— Confie em mim, é a lagoa — respondi e bocejei de sono.

— Hum. — Levi assentiu, pensativo. — Então você está aqui porque já temos todo o necessário para viajarmos pra Terra?

— Éééé, isso aí. — Forcei um sorriso. — Eu vim pelo navio. E para tentar te achar também, lógico.

— Por que o Thomas não veio?

Apoiei o rosto numa mão.

— Eu nunca contei a ele sobre o mirador e as buscas pelo portal, e a viagem para cá foi tão em cima da hora que não consegui planejar direito.

Levi bebeu um pouco de suco. Parecia uma desculpa para não me fitar.

— O que foi? — perguntei.

— Não fica brava.

Fiz uma careta de "ah, pronto!".

— Quando a gente estava em Ribeiros e você começou as pesquisas... Eu perguntei para o Thomas o que ele achava de viajar pra Terra.

Abri a boca, mas as palavras não saíram.

— Eu não contei para ele! — Levi arqueou as sobrancelhas. — Eu só queria saber o que ele achava da ideia.

— E?

Levi deu de ombros.

— Ele disse que a Terra do Nunca era a sua casa e que, se ninguém o queria na Terra, ele também não fazia questão de conhecer o planeta. — Levi sorriu com tristeza. — Além do mais, ele disse que provavelmente seria muito perigoso fazer uma viagem desse tipo.

Engoli em seco, assentindo.

— É... Thomas não é o tipo de pessoa que brincaria com as leis da natureza. E ele tem razão, é uma viagem perigosa.

— Sim... — Levi ficou sério, tamborilando os dedos na mesa. — E a gente vai mesmo assim?

— Você quer desistir?

Ele semicerrou os olhos.

— Não foi isso o que eu disse.

— Eu estou pronta, Levi — falei com intensidade. — Não faço ideia de como vai ser, mas... estou pronta.

— Ok, então a gente precisa ir logo.

Pisquei, confusa.

— Agora?!

— Não agora, mas nas próximas semanas. Amanhã um casal do Pélago que me odeia vai tirar férias e eu preciso aproveitar essa brecha.

— Espera... O quê?

Levi se inclinou sobre a mesa.

— O Pélago é como se fosse o nosso Supremo Conselho. Na teoria, eu sou o líder dos piratas, mas, na prática, não faço muita coisa sem a aprovação deles. E eu estou como capitão Gancho faz menos de seis meses, então ainda preciso provar que o meu antecessor fez a escolha certa e conquistar a confiança do Pélago. Eu tenho a simpatia da maior parte, mas alguns ainda estão determinados a estrangular meu governo. Eles acham que eu não sou pirata de verdade.

Torci a boca.

— Hum... E você não acha que é uma péssima ideia viajar para fora do planeta no meio dessa crise interna?

— Eu só preciso continuar como capitão Gancho até a viagem. — Levi piscou um olho. — Depois, se eles quiserem me chutar do cargo, que seja! Menos trabalho para mim.

— Bom, se temos de ir agora porque essa é a nossa melhor chance, e talvez a única, então podemos sequestrar o Thomas quando voltarmos da Terra. Ele deve ficar em Areia Vermelha por mais uns dois anos.

— Ótimo. Vou começar os arranjos amanhã, assim que os dois deixarem Ninfa do Mar. Não deve levar mais do que duas semanas.

O relógio de pêndulo bateu duas horas da manhã. Eu cocei os olhos.

— Acho que estou cansada.

— Aposto que a Claire ainda está nos esperando do lado de fora. — Ele riu. — Pede para ela te mostrar a suíte principal. Você pode ficar aqui no castelo, como convidada de honra.

A gente se levantou e eu o abracei, envolvendo meus braços ao redor de sua cintura e deitando a cabeça de lado no peito dele. Levi me abraçou pelos ombros e encostou a testa no topo da minha cabeça.

— Senti sua falta — sussurrei.

Minha garganta estava apertada em um nó.

— Eu também senti a sua.

Nós nos afastamos um pouco. Levi colocou uma mecha do meu cabelo para trás da orelha.

— Gostei da nova cor. E depois eu quero ouvir a sua parte da história. O que aconteceu nesses anos em que estivemos separados.

— Oh. — Dei um sorrisinho sem graça. — É que... hã... Tudo bem, a gente vai ter tempo para isso. E não tem nada de mais para contar.

Ele percebeu que eu tinha mentido. Droga, é claro que perceberia.

— Ah, Thomas mandou uma mensagem! — Ufa, pelo menos uma desculpa para afastar o assunto. — Ele disse que quer a meia favorita dele de volta, você deve ter levado enquanto fazia as malas.

Levi perdeu a compostura e riu.

— Posso te contar um segredo? — disse ele.

— Sempre.

— Eu peguei a meia de propósito.

Meneei a cabeça, rindo. Então me lembrei de outra coisa.

— A propósito, eu também tinha uma mensagem para você.

Antes que Levi pudesse reagir direito, fiquei na ponta dos pés e meti um cascudo na cabeça dele.

— Ai?!

— Eu tinha prometido a mim mesma que faria isso quando te visse.

— Você tem um jeito muito estranho de demonstrar afeto.

Não sei por que, bem nessa hora, a realidade ficou mais concreta para mim e eu me peguei segurando o choro.

— Eu achei que nunca mais fosse te ver.
Levi me puxou para mais um abraço.
— Me perdoa — disse ele.
— Não, não diga isso. Estou muito orgulhosa de você, por ter salvado aqueles piratas e por nunca ter deixado de pensar na gente.
Senti um beijo ser depositado na minha cabeça.
— Vocês são a minha família. É claro que eu não ia esquecer.
Eu não queria sair da sala e muito menos daquele abraço, só que estava tarde, e o cansaço pesava meus olhos. Levi foi até a porta e a abriu para mim, então apagou a luz girando um botão no canto da parede e trancou o escritório. Murmuramos um boa-noite antes de ele se retirar.
Sentada no chão, ao lado da porta do escritório, Claire cochilava com a cabeça pendendo para o lado. Pé ante pé, aproximei-me dela e gritei perto de seu ouvido, mas, para o meu azar, a reação dela foi desferir um soco e eu quase fui atingida. Nós duas caímos na risada.
— Isso é por quase ter me matado do coração. — Eu a sacudi. — Onde estava com a cabeça?!
Ela usou meu corpo como apoio para se erguer, ainda sorrindo.
— Ah, por favor, foi hilário! E eu *precisava* ver a reação de vocês.
Tentei fazer uma careta de desaprovação, mas desisti.
— Ok, admito: foi legal.
— Então, quer ficar na minha casa? Os abrigos que a gente tem aqui para refugiados não são muito confortáveis.
— Levi disse que eu podia ficar na suíte principal.
— *Huummm...* Nesse caso, *eu* é que quero ficar na suíte contigo.
A gente seguiu para o quarto, rindo e cochichando.

# 91

**DURANTE AQUELAS SEMANAS,** passei a maior parte do tempo no castelo com a Claire ou então explorando Ninfa do Mar com ela. Só conseguia ver Levi à noite, enquanto caminhávamos um pouco pelos jardins. Ele estava sempre muito cansado, depois de um dia inteiro ocupado com os processos e o jogo político necessário para conseguir o apoio do Pélago. Não era uma notícia fácil de aceitar: o jovem mal assumira as suas muitas responsabilidades e já estava planejando uma viagem que poderia durar semanas ou meses.

Gastávamos os poucos minutos que tínhamos comigo contando fragmentos — escolhidos com cuidado — do tempo que ele havia perdido. Eu falava praticamente apenas sobre Thomas, e Levi me atualizava do processo. Depois de uma voltinha pelo jardim, Levi se retirava para dar conta de tudo o que o Pélago estava exigindo dele.

Assim, os dias viraram semanas, e as semanas se prolongaram até quase um mês.

✦ ✦ ✦

### MÊS DA BORBOLETA, 637 D.I.
*Outono, 20 anos*

— Odeio esse jogo. — Claire bufou, debruçada comigo sobre as peças enquanto girava uma delas entre os dedos.

— Mas estou montando basicamente sozinha — protestei ao encaixar uma peça na outra.

— É que eu odeio esse jogo *só de olhar*.

Sorri e encaixei mais uma peça. Tinha acabado de formar o rosto de uma estátua.

— Mas, também, você está tentando montar a parte mais difícil! Deixa essa floresta por último.

De repente, alguém abriu a porta. Claire e eu nos levantamos, sobressaltadas. Aquele era o Salão de Guerra, uma suntuosa sala onde o Pélago se reunia com o capitão Gancho quando havia alguma crise. Não era lugar de gente não autorizada entrar, muito menos brincar com quebra-cabeças, mas era o local onde Claire sabia que não seria importunada pelos seus subordinados.

Quem entrou, fechando a porta logo em seguida, foi Levi. Ele arrancou a barba falsa e coçou o queixo, sorrindo largo.

— Eles aceitaram!

Claire e eu comemoramos com pulinhos e dancinhas.

— Mas eu não acho que você vai ficar tão feliz assim quando souber dos termos — completou ele.

— Por que não?! — Parei de celebrar.

— Você, não. — Levi olhou para Claire, que ainda dançava.

Ela parou no meio de um movimento, fechou a cara e cruzou os braços.

— Ah, mas e o que eu tenho a ver com isso?!

— O Pélago aceitou meu afastamento só depois que mencionei o seu nome para ser uma interina do capitão.

— Seu canalha!

E Claire continuou xingando o capitão Gancho de poucas e boas.

— Juro pelo oceano que tentei de tudo antes! — Levi se sentou em uma das cadeiras de encosto alto, na ponta oposta de onde estávamos.

Ele tinha uma postura relaxada e sorria com deboche. Da ponta de cá da mesa, que ficava perto da janela panorâmica com vista para o mar, Claire fincou as duas mãos abertas na madeira, fuzilando Levi com os olhos.

— Eu vou te matar, seu...

— É um crime de alta traição matar seu capitão — interrompeu Levi.

— O que está acontecendo? — Alternei o olhar entre os dois.

— Esse filho de uma égua do mar, me dando mais trabalho!

— Claire, você é uma mulher muito competente. Está na hora de assumir mais responsabilidades e agir feito uma verdadeira Rekin — ele disse em tom solene, quase como se recitasse.

Claire pegou uma maçã de cima da bandeja de lanches e atirou-a em Levi, que a segurou no ar, gargalhando alto, enquanto Claire disparava outra rajada de xingamentos. Ela olhou para mim e explicou:

— É o que o meu pai vive dizendo. — Voltou a fitar Levi. — Vovô Gustaaf teve algo a ver com isso?

Levi tinha apoiado os pés sobre a mesa e deu uma mordida na maçã.

— Ele foi o último a votar — disse, mastigando.

A expressão dela se suavizou. Claire parecia impressionada. Levi se levantou e veio até nós.

— Os anciãos realmente acreditam em você, Claire — ele falava com seriedade agora. — E é a única maneira de apoiarem o meu afastamento.

Ela olhou de Levi para mim, assustada.

— Mas eu não estou pronta!

— Você foi a mulher mais jovem a assumir um cargo de chefia por aqui em duzentos anos.

— Tu não sabes disso.

— Sei, porque fiz minhas pesquisas.

Claire meteu um soco no braço de Levi.

— Arrá! Sabia, seu miserável! Advogado de caramujos.

— Eu juro que tentei outros argumentos antes de apresentar essa proposta. — Levi segurou os dois ombros dela, encarando-a bem firme. — E se os motivos que mostrei para o Pélago não fossem convincentes, eles jamais teriam aceitado, você sabe disso.

— Levi, eu não estou pronta.

— Eu acho que está — falei, atraindo a atenção deles. Dei de ombros. — Só estou aqui há poucos dias e já percebi o quanto você é boa, e talvez só um pouquinho irresponsável... — Ela semicerrou os olhos. Dei um sorrisinho. — Se fosse apostar, diria que é exatamente por isso que os anciãos te escolheram. Eles sabem que, quando o serviço ficar mais sério, você vai crescer.

— Claire. — Levi sacudiu de leve os ombros dela. — Eu confio em você e *só em você* para essa missão. Você é forte, sagaz e determinada, e eu sei que não vai deixar ninguém corromper meu governo. Também sei que acredita em mim, o que é mais do que certas pessoas, então... por favor?

Ela inspirou fundo, prendeu o fôlego e, com uma expressão séria, anuiu de leve. Os dois se abraçaram. Acho que escutei um "obrigado" sussurrado.

— Agora — Levi endireitou a postura, voltando a sorrir —, vamos fazer as malas?

— Sobre isso... — comecei. Os dois olharam para mim. — Tem um detalhezinho. Bom, três detalhezinhos, na verdade.

## 92

**PARA MINHA SURPRESA,** Levi já sabia que a gente só podia ir e voltar uma única vez e que não poderíamos revelar as nossas identidades, sob risco de morte. Segundo ele, existiam alguns diários escritos por capitães Ganchos que somente outro capitão poderia ler. Nessas páginas, ele encontrara segredos de centenas de anos. Fora no diário mais antigo, de Michael Bartolomeu, o primeiro Gancho, que Levi descobrira sobre as limitações da viagem.

Agora, estávamos — ainda — no interior do Salão de Guerra, na ponta da mesa, com o céu escuro atrás de nós emoldurado pela janela panorâmica. As velas queimadas quase até o fim não ajudavam muito o lustre a gás, que cumpria o papel de nos iluminar. Em cima da mesa, o quebra-cabeça permanecia abandonado; enquanto Claire, Levi e eu, largados nas cadeiras, estávamos tão abandonados quanto ele.

— Quando você disse que a Lagoa da Vida era o portal — Levi resmungava ao coçar a testa —, achei que *também* soubesse como usá-la.

— Confie em mim — disse pela milésima vez. — Mesmo que todos digam que o portal só funciona de um lado, eu sei que ele pode funcionar ao contrário também. Se os humanos chegam à Terra do Nunca pela Lagoa da Vida de cada ilha, então essas mesmas lagoas *têm* de ser o portal que nos levará de volta para a Terra. É a única coisa que faz sentido.

Claire e Levi bufaram. Eles não sabiam do meu sonho e eu não contaria agora, por isso não tinham como ter certeza. Mas eu tinha. O sonho era uma mensagem de Pórthica; o tempo todo ele estivera me guiando para esse propósito e eu enfim havia compreendido sua mensagem.

— Mas como tu explica as pessoas que tentaram chegar ao fundo da lagoa, achando que iam atravessar o portal... e falharam? Tu não é a primeira a pensar nisso. — disse Claire, a voz cansada.

— Eu não sei. — Deixei meu corpo escorregar um pouquinho mais na cadeira para ficar encarando o teto. — Talvez elas tenham feito algo errado.

— Não tem como nadar errado. — O tom de Levi soou um pouco ríspido. — As pessoas já tentaram, e o portal não abriu, então deve ter outro caminho. Um portal que só funcione de cá para lá.

Ficamos em silêncio por alguns minutos. O casal mais implicante do Pélago iria voltar de férias em dois dias. Se não conseguíssemos resolver esse impasse a tempo, todo o esforço de Levi seria em vão e eu poderia dizer adeus ao sonho de conhecer mamãe. Sem pressão.

Alguém girou a maçaneta da sala e depois bateu à porta.

— Tem alguém aí? — uma voz perguntou do outro lado.

— Sou eu! — gritou Levi.

Do outro lado da porta, a voz pediu perdão pelo incômodo e foi embora. Então Claire aprumou a postura de súbito, estalando os dedos.

— Oh, meu Deus, eu sou um gênio! — Olhou para mim e completou. — Onde está o teu mirador?

— Por quê?

— Só me diz.

— Na minha mochila, lá na suíte.

— Ok, já volto!

Ela saiu correndo da sala.

Voltou instantes depois, trazendo a mochila. Trancou a porta ao passar e estendeu-a para mim. Enquanto eu a abria, Claire ficou esperando ansiosamente, respirando no meu pescoço.

— Um pouco de espaço? — reclamei.

— Não, eu tô nervosa. Anda logo com isso.

Quando lhe entreguei o artefato, tanto Claire quanto Levi arregalaram os olhos.

— Está quebrado?! — gritou ela.

Levi me encarava, inquisitivo. Eu desviei os olhos para Claire e fingi que não estava prestando atenção nele.

— Er... Eu quebrei. Longa história. Depois eu conto.

Por um instante, o clima estranho pairou no ar.

— Tá. — Claire chacoalhou a cabeça. — Não sei o quanto isso afeta a minha teoria, mas... — Ela olhou para nós respirando com dificuldade, empolgada. — E se a Alison estiver certa e a Lagoa da Vida for o único portal para a Terra?

Talvez ela seja uma porta aberta para as almas banidas chegarem à Terra do Nunca, mas é uma porta trancada se alguém tentar fazer o caminho inverso; ou seja, tu não conseguirias atravessar. A menos, é claro, que tivesse a chave.

— *O outro artefato!* — Levi e eu falamos ao mesmo tempo, quase pulando de nossas cadeiras.

— Exato. — Claire bateu na mesa. — Eu não sei se as pessoas que tentaram atravessar a Lagoa da Vida tentaram com o mirador em mãos, não dá para saber com essas histórias mal contadas de taberna, maaaas eu diria que não tentaram. Principalmente se a gente considerar que os palermas das crianças perdidas monopolizam o Jardim Encantado, impedindo que as crianças dos outros povos tenham acesso a um recurso que era delas por direito.

A última parte do discurso acalorado da Claire me fez encolher um pouco, sorrindo amarelo. Eu ainda me considerava uma criança perdida, não tinha como *não* sentir a ofensa na pele.

— Então — disse Levi —, a gente precisaria tentar com o mirador em mãos.

— É a minha teoria. Só não sei se o fato de ele estar quebrado altera alguma coisa.

— É uma boa teoria — concordei com tristeza. — Acho que vale a pena tentar, de qualquer modo.

Fechei os olhos. Se eu não conseguisse fazer aquela droga de viagem porque tinha quebrado meu artefato... Juro! Enfartaria.

— Não se preocupe, vai dar certo. — Senti Levi apertar meu ombro.

— Agora, vamos para a última parte do plano. — Claire apoiou uma mão no queixo. — Vocês disseram que precisam levar o *Jolly Roger*, mas como vão fazer isso? Não é como se pudessem guardar um navio na mala.

— Ué, quem disse que não podemos? — Levi sorriu torto ao olhar para a Claire.

— Como assim? — Ela franziu a testa.

— Vamos precisar da ajuda *dela*.

Claire pensou por um segundo e, quando entendeu a mensagem, seus olhos se arregalaram.

— Ah, não. Ela, não!

— De quem vocês estão falando?

— Alguém que detesta todos os capitães Ganchos que já existiram — disse Claire.

— Ah, puxa! Por que não pensei nisso antes? Agora faz todo sentido.

Os dois riram.

— Eu falo sério. — Bati um pé no chão. — De quem vocês estão falando?

— Da Sininho — Levi explicou. — A pior fada de todos os tempos.

# 93

**JÁ ESTAVA MUITO TARDE** e precisávamos de todo o bom humor possível da fada se quiséssemos ter a mínima chance de conseguir ajuda. Por isso, resolvemos encerrar a noite. Organizamos a sala e fomos dormir.

Eu continuava dividindo minha suíte com a Claire — que não perderia a chance de viver aquele luxo — e ficou combinado que encontraríamos Levi após o almoço, na taberna Pé de Camarão. Ele iria disfarçado, é claro, e teríamos a manhã inteira para preparar as bagagens e o emocional, porque, na noite seguinte, atravessaríamos o portal que nos levaria a outro planeta. Ai. Deus. Meu. *Era tão empolgante!* Como dormir desse jeito?

Observei a vela ao meu lado ir minguando conforme as horas passavam. Enquanto isso, Claire dava pequenos ronquinhos.

✦ ✦ ✦

— Criatura, acorda! Minha nossa, tu continuas morrendo, hein?!

Só aquela garota mesmo para me acordar com sacudidas e ainda assim arrancar uma risada de mim.

— Quantas horas? Eu juro por Deus que não vou sair desse castelo vestindo pijamas!

Foi a vez dela de gargalhar.

— Calma, ainda são oito da manhã. Temos tempo.

Enquanto a Claire usava o banheiro da suíte, eu fiquei deitada na cama, encarando o teto com o coração apertado. De repente, a ideia daquela mudança gigantesca pesou sobre mim. O medo de conhecer mamãe e de dar tudo errado me esmagou contra o colchão. A incerteza de se eu estava tomando a decisão certa sufocou minha garganta. E a realidade de que eu deixaria o planeta que aprendera a chamar de lar em uma viagem perigosa tornou-se palpável: era de uma textura rugosa, repleta de curvinhas onde as incertezas se escondiam.

— Tua vez. — Claire apareceu vestindo um roupão enquanto enxugava os cabelos com uma toalha menor.

Escondi o rosto ao correr para o banheiro e bati a porta quando ela ameaçou perguntar se eu estava bem.

✦ ✦ ✦

— Vamos conferir de novo — disse ela.

— Dá tempo?

— Querida, se vocês chegarem à Lagoa da Vida e tu lembrar de alguma coisa, vai ser muito pior. Vamos. — Ela ergueu a listinha de papel.

Suspirando, voltei o olhar para a cama, onde as coisas espalhadas aguardavam serem colocadas dentro da nova mochila, à prova d'água.

— Mirador?

— Está aqui.

— Dinheiro?

— Todas as dez moedas de ouro que trouxe comigo, mais o colar de pérolas que você me deu.

Ela sorriu, piscando rápido várias vezes. Revirei os olhos e sorri também.

Eu tinha pedido para a Claire guardar o colar de diamantes para quando eu voltasse, porque pretendia devolvê-lo à loja quando fôssemos sequestrar o Thomas. Tudo bem que devolver o colar não me inocentaria de todos os outros crimes que havia cometido, mas, mesmo assim, queria fazer pelo menos uma coisa certa.

Como eu não levaria o "meu" bem mais precioso, Claire me dera um colar de sua própria coleção. Segundo ela, ouro e pedras preciosas eram a única língua falada por todos os humanos, independente do planeta, e a gente podia precisar.

— Roupa de baixo, vestido e jaqueta? — Claire continuou lendo.

— Sim, sim e sim.

— Adaga?

— Eu realmente não acho que deveria...

— Está aí, ótimo! Podemos fechar a bagagem.

✦ ✦ ✦

No fim das contas, foram só dez minutos de atraso.

Claire e eu usávamos roupas típicas, com exceção da capa. Não era época de chuva, estávamos no início do outono no hemisfério norte, mas, segundo a Claire, esconder-se sob capas não era algo tão incomum entre os piratas.

Levi nos aguardava perto da taberna indicada, na região baixa de Ninfa do Mar. Também usava capa, mas tinha retirado a barba falsa. O gancho estava escondido sob o pesado tecido que o cobria da cabeça até as canelas.

— Vocês demoraram.

— Não reclama — disse Claire.

— Onde está a sua mochila? — perguntei.

— Tenho tudo o que preciso aqui comigo. — Ele bateu no próprio corpo.

— Não vai levar nem uma muda de roupa para trocar?!

Levi sorriu sardonicamente.

— Claro. Até porque os humanos da Terra se vestem exatamente do mesmo jeito que a gente.

— Pateta.

— Vão ficar de conversinha ou podemos ir?! — Claire arqueou as sobrancelhas. — Lembra que não queremos chegar muito tarde na dona estressadinha.

Eles não estavam brincando quando disseram que atravessaríamos a ilha. Primeiro, pegamos um elevador para subir em um dos pináculos da "tiara". Depois, atravessamos uma das pontes de madeira para outra montanha e descemos de elevador no lado de lá do ilhéu. Aquela parte era menos habitada, e seguimos caminhando até avistarmos uma casinha redonda, de pedra. A construção tinha uma arquitetura futurística que destoava do resto.

— É ali, não é? — perguntei.

Levi e Claire não precisaram responder.

— É melhor vocês irem na frente — disse Levi, o tom sério.

— Ahhh, tá com medinho? — Claire sorriu.

— Você é uma criança, por acaso?!

Fui caminhando na dianteira, seguida pelos dois miolos moles. Ao chegar à porta, bati com a linda aldrava de pássaro. Fiquei esperando enquanto Levi e Claire chegavam atrasados atrás de mim. A aldrava de metal era uma verdadeira obra de arte, com detalhes delicados e precisos.

— Poxa, parece que ela não está em casa — disse Claire.

Era impressão minha ou a voz dela tinha um fino tom de alívio?

— Ahhh, mas que pena! — Levi bateu a mão no gancho, uma palma sem som. — Voltamos outro dia.

Fitei os dois, rindo de incredulidade.

— Não temos outro dia. É sério que vocês estão com medo dela?!

— É claro que não estamos com medo! — Claire arregalou os olhos, apontando com as duas mãos para a porta. — Ela que não está atendendo.

— Exato. O que você espera que a gente faça?! — Levi ergueu a mão e o gancho antes de cruzá-los diante do peito.

— Ah, façam-me o favor! — Revirei os olhos. — Claire, você tem um grampo?

Ela puxou um do cabelo, desconfiada. Puxei um do meu também. Quando eles viram o que eu estava fazendo, começaram a protestar, encabulados.

— Podem me esperar aqui — retruquei.

Claire deu um cutucão em Levi.

— Se perguntarem como dois piratas se acovardaram enquanto uma criança perdida invadia a casa da Sininho... — disse ela.

— Ah, dane-se! Vamos entrar e seja o que as marés quiserem.

A luz que atravessava as janelas circulares não era o suficiente para iluminar o ambiente, mas fazia a sombra dos móveis se alongarem. Por dentro, a casa era tão impressionante quanto do lado de fora, com os móveis e objetos estranhos, dispostos das mais variadas maneiras, formando um tipo de labirinto.

— Não toquem em nada — sussurrei.

— É melhor vocês ouvirem a sua amiga — disse uma voz linda como o canto de um pássaro e, ainda assim, ameaçadora como o piado de uma águia.

Nós nos juntamos no meio do cômodo circular, os três procurando a origem da voz.

Ela surgiu de uma porta que eu nem imaginei que estivesse ali; tão alta quanto qualquer outra fada, com asas finas, pontiagudas e douradas, e orelhas pontudas. Mas as semelhanças com os demais de sua raça terminavam aí. Aquela fada se vestia como uma pirata: a roupa acentuando o corpo voluptuoso, um coque malfeito no alto da cabeça, braços e rosto sujos de tinta.

— Você é uma artesã — constatei.

— Como vocês entraram? — Ela caminhava lentamente até nós com um rebolado ameaçador.

— N-nós... hã... é... — Claire e Levi gaguejavam juntos.

— Você é o capitão Gancho. — Sininho parou de andar.

— *Eu*?! N-não, que isso!

— Está me chamando de mentirosa? Você fede como um deles. — Ela deu mais um passo e parou sob um feixe de luz solar. — Saiam da minha casa antes que eu transforme a bunda de vocês em rabo de peixe.

— Vai, vai, vai! — Levi saiu empurrando Claire, que não precisava de nenhum incentivo para correr.

A fada olhou para mim como quem dissesse "você também, xô!".

— Foi você quem fez os elevadores daqui. — Não pude conter o sorriso. — Preciso dizer, são incríveis!

— Até que você não é tão idiota quanto os outros. — Ela cruzou os braços.

— Como você fez? Mágica?

Ela revirou os olhos.

— Retiro o que disse. — A voz era de puro tédio. — Essa mágica chama-se mecânica, benzinho.

Ok, arrogante demais para o meu gosto. Engoli a vontade de sacudi-la.

— Agora, saia da minha casa.

— Preciso de um favor, de uma artesã para outra.

Sininho gargalhou de forma tão inesperada que me ofendeu de verdade.

— Francamente, você é uma vergonha para a profissão. — Arregalei os olhos. Ela começou a passear pela sala, rondando-me. — E eu não faço favores, então sugiro que você saia da minha casa antes que eu perca a paciência.

Meu sangue fervia de raiva.

— Por que você está aqui? — perguntei.

— Sou *eu* quem deveria fazer essa pergunta.

— Não, eu quero dizer por que você está *aqui*, com os piratas? Por que não está em uma das cidade das fadas junto ao resto da sua raça? — As sobrancelhas dela começaram a se unir, marquinhas de raiva aparecendo na testa. — O que aconteceu com você?

— *Ela foi banida*! — gritou Claire do lado de fora da porta.

Sininho fez um movimento rápido com a mão e a porta bateu com força.

— Por quê?

— *Por causa do Peter Pan*! — gritou Levi de uma janela.

A fada fez outro movimento brusco com as duas mãos, e todas as portas e janelas se fecharam num estrondo.

— Oh.

— Você não vai sair inteira desta casa! — disse ela entre dentes.

E veio direto para cima de mim como um furacão em alto-mar.

— Eu o conheci.

A tempestade que se via nos olhos da fada se dissolveu em uma brisa, e ela parou a centímetros de mim; a mão ainda parcialmente erguida, ameaçadora, prestes a conjurar alguma mágica.

— O que você disse? — Havia uma pontinha de dor naquela voz.

— Eu o conheci. E posso te contar como ele está, se me fizer um favor.

Ela recuou, ponderando.

— Como eu sei se você tem uma boa informação?

Um sorriso discreto apertou o canto direito dos meus lábios.

— Se eu estiver certa sobre você como acredito que estou, não importa o tipo de informação que eu tenha: você vai querer.

E pela cara que ela fazia, com a respiração mais forte e o olhar inquieto, eu apostava que sim. Sininho era apaixonada por Peter.

Ela estufou o peito, reunindo seu orgulho.

— O que você quer?

Abri a boca e parei.

— Na verdade, eu não sei bem o que eu quero. — Ela fez uma careta engraçada e ofensiva ao mesmo tempo. — Tudo o que eu sei é que preciso guardar o *Jolly Roger* na mochila.

Os olhos dela faiscaram.

— Ah, você está de brincadeira!

— Por quê? Você não consegue fazer...?

— É claro que eu consigo! Mas eu fui banida do Reino das Fadas exatamente porque usei meus poderes para encolher o *Jolly Roger* e depois fugir para a Terra com Michael, Wendy e Peter.

Arregalei os olhos e entreabri a boca.

— Você foi com eles!

— Seu pedido é afronta pessoal. — O rosto dela ficou vermelho.

— Desculpa, não era a minha intenção. — Diante daquele olhar, tentei me corrigir. — Mas vocês voltaram, então por que...?

— Voltamos com uma pessoa a menos, né? E duas crianças traumatizadas. — Sininho suspirou, meneando a cabeça. — Eles não se sensibilizaram por eu ser apenas uma fada em primeiro estágio de crescimento, ainda com muito a aprender. Para você ter noção, era desse tamanico aqui! Mas eles não se importaram, me baniram do reino. E Peter, que estava dando os primeiros sinais de loucura, foi mantido em Yellowshine por segurança. Eu nunca mais o vi.

Abaixei o olhar. Dava para sentir a tristeza na voz dela.

Meu queixo foi erguido por um dedo.

— Me diz o que você sabe.

Encarei a fada por alguns segundos.

— Ele está bem. Está feliz. — Ela recuou, abraçando-se. — Acho que foi bom você não ter visto, sabe? Ele continuar criança e perder a memória, enquanto você crescia e se lembrava de tudo.

Sininho deu as costas para mim.

— Sabia que as fadas só se apaixonam uma vez e vivem centenas de anos? — Ela riu amargamente. — É uma porcaria de maldição.

— Sinto muito.

— Ele lembra de mim?

Engoli em seco. Não sabia o que dizer. Ela virou parcialmente o pescoço, esperando. E só pelo perfil de sua face delicada, pude notar o quanto a verdade lhe doeria.

— Sim, ele se lembra de você. Mas são fragmentos de memória.

Ela voltou o olhar para frente.

— Obrigada — sussurrou, as asas dando tremidinhas.

Olhei ao redor sem saber como voltar ao assunto.

— Um favor, você disse?

— Sim — respondi rápido.

Ela virou-se novamente para mim, de queixo erguido e com uma mão na cintura.

— Tudo bem. De uma artesã para outra.

Ergui uma única sobrancelha.

# 94

**SEGUIMOS PELO MESMO CAMINHO** de volta para o porto, com o céu pintado pelo crepúsculo. Eu não imaginei que Sininho fosse nos acompanhar a pé quando ela podia muito bem voar por aí, sem a nossa presença desprezível; mas talvez, lá no fundo, a ranzinza gostasse de companhia e só não admitisse isso.

Quando nos aproximamos do porto, nós quatro erguemos nossos capuzes. Claire tomou a dianteira.

— Olá, boa noite — disse ela para o pirata responsável pelo píer. — Precisamos do *Jolly Roger*, senhor. Aqui está o visto de Sua Autoridade Mor, o capitão Gancho.

O pirata pegou o papel com uma cara de desconfiado. Ergueu o lampião para ler melhor e riu.

— Ah, tá bom!

— O visto é autêntico, pode conferir. E nós estamos com pressa, então se puder...

— Quem tu pensas que é?!

Ela abaixou o capuz de modo teatral.

— Sou Claire Rekin.

A postura do pirata mudou completamente.

— Perdão, senhora. — Entregou-lhe de volta o documento e retirou o chapéu, fazendo até uma mesura desajeitada.

— Imagino que esteja tudo certo para embarcarmos? — perguntou ela.

— Está, sim, senhora.

— Então volte para o posto de fiscalização e leve seus homens com você. Esta é uma missão extraoficial e não deverá ser registrada, entendeu?

— Sim, senhora.

O homem soprou um apito que fez os piratas de plantão se retirarem do local. Ele passou correndo por nós e, segundos depois, Claire virou-se com a boca bem fechada, esforçando-se para não cair na gargalhada.

— Você não deveria ficar tão feliz assim por usar o nome da sua família desse jeito — disse Levi ao passar por ela, caminhando em direção ao navio.

— Eu não estou! — Claire tinha as sobrancelhas bem erguidas. Olhou para mim e sorriu, revirando os olhos. — Só um pouquinho.

Percorremos o píer até onde o navio estava atracado.

— Preciso que vocês fiquem de costas — ordenou Sininho enquanto esfregava as mãos. Um brilho dourado escapava por entre seus dedos.

Começamos a falar ao mesmo tempo.

— Se vocês querem esse navio encolhido, virem-se agora.

Demos as costas para o mar, encarando o porto. Então uma forte luz dourada brilhou atrás de nós. Senti Levi querendo espiar e dei-lhe um cutucão. Em poucos segundos, a luz dourada sumiu, restando apenas o brilho da lua e a iluminação dos postes.

— Prontinho.

Giramos ao mesmo tempo e nos deparamos com o píer sem nenhum navio ancorado. A fada me entregou uma garrafa, na qual, lá dentro, o navio era sacudido por pequenas ondinhas.

— Uau! — Abri um sorriso.

— Cuidado para não deixar cair — disse ela.

Claire, Levi e eu observávamos, encantados, o navio balançando no pequeno mar dentro da garrafinha.

— Em hipótese alguma deixem essa garrafa se quebrar — continuou Sininho. — No instante em que o navio entrar em contato com a atmosfera da Terra, ele voltará ao seu estado original. Então, por todas as estrelas do céu, prestem *muita atenção*! Estou falando com você, cara de esquilo. — Ergui os olhos da garrafa. — Sim, você mesmo. Pare de olhar para isso e ouça bem: vocês precisam quebrar a garrafa no mar ou em um lago; um que seja grande o bastante para o navio. Uma vez que ele começar a crescer, *nada* vai impedi-lo de voltar à Terra do Nunca.

Levi e eu assentimos.

— Posso voltar agora?

— Sim, muito obrigada! — Dei um passo e abracei a fada.

Ou tentei, porque mal encostei nela e a criatura encolheu-se com um brilho dourado, fazendo-me perder o equilíbrio. Eu só não caí de cara no chão, em cima da garrafa, porque Levi e Claire me seguraram, desesperados.

— Ufa! — Claire riu de nervoso.

O pontinho dourado voou para longe.

— Melhor me dar essa garrafa. — Levi pegou o objeto e o colocou por dentro da capa, em algum bolso secreto.

— Então, vamos para Bellatrix? — perguntou Claire. — Só temos mais algumas horas para o nascer do sol, antes que as estúp...

— Crianças perdidas, já sabemos! Vamos.

✦ ✦ ✦

A lagoa brilhava, pacífica, refletindo como um perfeito espelho o prato cheio de lua no céu estrelado. Havia um barquinho por ali na margem, usado tanto pelas crianças perdidas quanto pelos piratas no resgate de crianças que despertavam sem saber nadar.

Eu encarava a água enquanto Levi terminava de arrumar o barco. Claire, parada ao meu lado, guardava um silêncio ansioso.

— Estou quase terminando — avisou ele.

Respirei fundo, tremendo de leve. Senti Claire me abraçar de lado.

— Posso te fazer uma pergunta? — disse ela.

— Aham.

*Sim, por favor, vamos conversar. Me distraia dessa tortura.*

— Por que tu queres fazer isso? — Pisquei, voltando o olhar para ela. Claire me fitava de volta. — Por todos esses anos... tu nunca desistiu. Por quê?

Voltei o olhar para a lagoa.

— Se você tivesse me feito essa pergunta um mês atrás, eu teria te respondido outra coisa, completamente diferente. — Suspirei, voltando o rosto para ela. — Eu sempre quis que ela me conhecesse, que sentisse orgulho de mim, que me amasse por quem eu era, sabe? Acho que, no fundo, eu queria ter certeza de que teríamos sido felizes se ela tivesse me dado a chance.

Claire engoliu em seco, a empatia triste marcava seu rosto. Eu não sabia qual emoção estava pressionando meu peito, mas ela me preenchia por completo.

— Qual é a sua resposta agora? — perguntou Claire, baixinho.

Ergui os olhos para as estrelas.

— Não se trata de mim. Nunca se tratou, mas só agora eu entendo isso. Mamãe é o meu destino, ela é o meu "fazer valer a pena". E eu estou indo não para conquistar seu amor e aceitação, mas para *entregar* amor. Incondicional.

Parei de falar e travei os dentes na tentativa de conter as emoções que borbulhavam no coração. E fiquei grata por Claire não perguntar mais nada. Eu não sabia ao certo o que amar mamãe incondicionalmente significaria, nem o quanto isso poderia doer, mas tudo bem. Tudo bem, porque *ele* havia me dito que eu estava pronta. Finalmente pronta.

Levi aprumou a postura e deu sinal de que tinha terminado. Uma onda de frio interior congelou meu estômago.

— Você acha que o portal vai se abrir para nós dois? — perguntei baixinho, só para Claire ouvir.

— Olha, até onde eu sei, quando tu abres uma porta, outra pessoa consegue passar contigo.

Suspirei pesado.

— Eu preciso dele, não quero ir sozinha.

— Vai dar tudo certo. — Claire apertou minha mão.

As lágrimas arderam. Meu corpo tremia. Ela me puxou para um abraço apertado e sussurrou:

— Vai lá e mostra pro mundo a força de uma criança perdida. — Olhei para ela, piscando para afastar algumas lágrimas. — Estou muito orgulhosa de ti.

Abracei-a de novo, bem forte e por alguns segundos a mais.

Então fui para o barco e Levi remou até o centro da lagoa. Ficamos no meio daquele espelho ondulante e usamos uma corda para amarrar as nossas cinturas, como garantia de que atravessaríamos juntos.

Peguei o mirador quebrado e olhei para Levi.

— Pronto?

— Não.

— Ótimo, eu ia ficar com mais medo se você dissesse que sim.

Nossa risada curta foi de puro nervoso.

— Ao seu sinal — disse ele.

Inspirei fundo e soltei o ar pela boca, devagar.

Olhei para cima, para a lua cheia. Se tudo desse certo, da próxima vez que olhasse para o céu, veríamos outra lua. Então voltei o olhar para Levi.

— Obrigada por vir comigo.

Nós dois sorrimos. Ele esticou a mão, que eu segurei e apertei.

Então assenti para Levi.

Ficamos parcialmente de pé, enchemos nossos pulmões de ar e pulamos.

As águas eram frias e cortantes, mas não pareciam garras que me puxavam para o fundo; daquela vez, pareciam cordas que me puxavam de volta para casa.

Nadamos para o fundo da lagoa enquanto eu empunhava o artefato tal como se ele fosse uma espada. Nadamos mais forte, mais rápido, nadando, nadando. E então, quase no fundo, ele começou a piscar falhado. Piscou cada vez mais, cada vez mais, até que se acendeu. E brilhou com fulgor.

Nós nunca atingimos o fundo da lagoa.

De repente, o que víamos eram luzes do outro lado da água.

# Nota da autora

Queridos leitores,

    Quando a ideia deste livro me ocorreu, em julho de 2015, eu nunca imaginei que a gestação da história me custaria nove anos. Ao longo desse tempo, *Se pudesse contar as estrelas* foi escrito, reescrito, editado e lapidado muitas vezes, até que enfim ganhasse a forma que você acabou de ler.

    Quero ressaltar que este é um livro de fantasia. Ele não busca apresentar verdades teológicas, mas, como C.S. Lewis sabiamente apontou em seu prefácio de *O grande divórcio*, muitas vezes a ficção carrega lições de vida preciosas. Por isso, o meu desejo sincero é que esta obra te inspire a buscar o amor e a redenção que o Fundador do Universo oferece a todos, em qualquer circunstância.

Com amor,
*Becca Mackenzie*

# Agradecimentos

Eu não poderia começar de outra forma.

Deus, você sabe quantas lágrimas derramei nesse longo processo de publicação, quantas vezes pensei em desistir, e conhece cada um dos (muitos) momentos em que questionei se eu era a pessoa mais qualificada para escrever essa história. Você viu, ouviu e esteve presente em todas as etapas. E, se no privado eu lhe pedia por graça para escrever a história mais impactante da minha vida, hoje, em público, eu lhe agradeço por ter me respondido. Eu definitivamente não teria conseguido sem você.

Papai e mamãe, obrigada pelas orações constantes, pelo apoio e por se preocuparem comigo. Eu amo vocês!

À equipe editorial da Thomas Nelson Brasil agradeço o cuidado com o livro, da capa ao texto. Em especial, agradeço à Brunna Prado por cuidar dessa edição e pelos comentários que me ajudaram a lapidar a história.

Ver esse livro publicado é a realização de um sonho, e eu tive a felicidade de viver esse momento tão especial ao lado de amigas que amo e admiro. Pat Müller, Queren Ane e Isabela Freixo, obrigada por estarem comigo nessa montanha-russa de emoções. E as "Garotas Nelson": Noemi Nicoletti, Camila Antunes e Gabriela Fernandes, que, além de amigas queridas, também são escritoras talentosas e irmãs de casa editorial. Obrigada por tudo, meninas. À Noemi ainda agradeço a gentileza de ter me indicado para publicação (nem acredito que deu certo!).

Também agradeço a cada um dos meus primeiros leitores do Wattpad, uma turminha empolgada que deixou mais de 20 mil comentários na antiga versão. Se eu tive ânimo para continuar escrevendo, boa parte veio de vocês. Obrigada!

Danúbia Lisboa, obrigada por ter sido a minha inspiração para escrever a personagem Amelia. Eu jamais teria conseguido escrever uma pessoa tão importante para a Alison se não tivesse tido, também, uma pessoa especial na minha própria jornada.

Queren Ane, mais uma vez, obrigada por ter me mostrado que *Se pudesse contar as estrelas* era ficção cristã, *sim*, e por ter me encorajado a abraçar esse gênero. Você é bênção!

Esse livro teve várias leitoras betas durante o longo processo de escrita, reescrita, edição e, finalmente, a publicação, e eu não conseguiria me lembrar de todas. Mesmo assim, deixo aqui os meus sinceros agradecimentos a cada uma de vocês que participaram com suas contribuições ao longo do caminho.

Também agradeço a você, querido leitor que segura este livro, por me acompanhar nessa aventura. Obrigada a todos que estão me ajudando a divulgar nas redes sociais, que indicam o livro para amigos e parentes, e que escrevem resenhas. Vocês são maravilhosos, obrigada!

Por fim, gostaria de agradecer a você, Alison Rivers, por ter confiado em mim para escrever sua história, pela paciência para me esperar amadurecer e por nunca ter desistido de mim, mesmo quando eu passava meses longe da escrita. Você foi a primeira personagem que me tirou da zona de conforto, e eu mal posso esperar para te acompanhar no segundo e último livro.

# Bônus

Ei, ainda tá por aqui?
Achou que tinha acabado, né?
Tá quase! Quem lê até aqui merece um prêmio...

## 570 D.I.
*Primavera*

AMELIA JÁ ESTAVA COM OS BRAÇOS DOENDO quando finalizou o penteado. Colocou as mãos sobre o colo e descansou por um momento, antes de pegar a bolsa e sair do quarto. A senhora Melton continuava na sala, usando o habitual vestido preto.

— Estou indo — avisou.

A velha senhora não ergueu os olhos da leitura. Ela nunca respondia.

Amelia seguiu caminhando em silêncio pela estradinha que ligava a vila Ophidia à Escola Bellatrix, até encontrar as amigas Lucy e Emilly na encruzilhada. A partir daí, o trecho era animado pela conversa das duas garotas, que mal reparavam no silêncio da amiga. Já deviam ter se acostumado com ele.

A primeira aula do dia era de culinária. E, como sempre, Amelia foi a primeira a terminar as atividades.

— Muito bem, está delicioso — disse a professora. — E eu adorei a apresentação! Foi muito inteligente usar os mirtilos que sobraram para enfeitar.

— Obrigada, senhora. — Ela permaneceu cabisbaixa.

A professora hesitou por um momento, então seguiu para a próxima mesa e experimentou o prato. O menino havia se esquecido do fermento, como ela gentilmente pontuou. Por fim, ao badalar do sino, todos começaram a guardar seus materiais.

— Amelia, poderia conversar com você por um instante?

Ela já estava com a bolsa no ombro. As amigas a aguardavam na porta.

— Encontro vocês no campinho. — As meninas assentiram. Ela se aproximou da mesa da professora a passos cautelosos. — Eu fiz algo errado?

— Não, pelo contrário. — A professora ergueu os olhos para verificar se todos já tinham saído. — Quero saber se você está bem.

Amelia franziu o cenho.

— Estou.

— Então por que parece tão triste?

Ela fechou a boca. Não se atreveria a responder.

— Posso ver as suas mãos? — pediu a professora.

Amelia estendeu os braços, confusa. E foi então que notou o pequeno machucado na palma direita, para onde a professora olhava fixamente.

— A sua guardiã tem te machucado?

— Não, senhora. — Amelia colocou as mãos para trás do corpo; podia sentir as bochechas arderem. — Eu estava costurando.

— Hum.

— A senhora Melton comprou um vestido novo, mas ele estava muito largo nas laterais.

— E por que não pediu para ela consertar?

Amelia não respondeu, tampouco a professora mudou de assunto. Com o prolongar do silêncio, ela perguntou se podia se retirar.

— O professor Corbie não gosta de atrasos — justificou.

— Eu vou com você.

Não era a resposta que ela queria ouvir.

Após escrever uma atividade no quadro-negro para a próxima turma, a professora saiu com Amelia.

— Eu perguntei sobre você para a professora de História Elementar. — O comentário quase fez a pobre aluna tossir. — Ela disse que você era uma menina espirituosa e alegre.

Tinham chegado à escada, e tomar cuidado com os degraus era a desculpa perfeita para alguém esconder o rosto ao manter a cabeça baixa.

— O que não me surpreendeu nem um pouco — continuou a professora. — Eu não acho que crianças são naturalmente tristes.

— Eu não sou triste.

— Mas também não é *alegre*. — Elas tinham acabado de deixar o prédio e pararam de andar. — O que está acontecendo?

— Nada — respondeu, negando com a cabeça. — Eu só estou cansada.

— Você é muito jovem para estar cansada.

Amelia desviou os olhos e engoliu a vontade de chorar.

— Em nosso primeiro dia de aula — insistiu a professora —, eu perguntei o que vocês queriam ser quando crescessem. Lembra?

— Sim. Você tentou nos convencer a nos matricularmos na Oficina de Agricultura e Pecuária no nosso último ano escolar.

A professora riu, o que fez Amelia sorrir também. Um tímido e bastante breve sorriso.

— Você foi a primeira criança em minhas turmas a responder que queria ser guardiã. Por quê?

Oh, a mulherzinha era ardilosa! Ela precisava ganhar tempo, então ergueu a cabeça na direção do campo das atividades físicas e as duas voltaram a caminhar.

— Porque eu quero ser a melhor guardiã do mundo — respondeu baixinho.

— E como você faria isso?

— Bem... se for uma menina, eu vou fazer lindos penteados nela e vou costurar belos vestidos também.

"E nunca vou criticar o cabelo dela", completou em pensamentos. A lembrança vívida da senhora Melton batendo a escova na mesinha, reclamando que não iria mais "lutar contra aquele ninho indomável", ainda doía na alma. Já fazia quase um ano que Amelia penteava o próprio cabelo.

— Eu sempre vou elogiar a criança — continuou —, por tudo o que ela fizer de bom. E se fizer algo errado, vou corrigi-la com carinho. Nunca vou mandá-la se calar; mesmo que fale por horas, vou ouvir com atenção. Vou comprar brinquedos e deixar que ela se divirta à vontade; depois da lição de casa, claro. Vou contar histórias antes de dormir e direi todos os dias o quanto ela é incrível e especial. Vou garantir que saiba disso.

A visão de Amelia se tornou brilhante pelas lágrimas. O machucado na palma da mão ardia.

— Amelia... — A professora esperou que ela a fitasse nos olhos. — Você é linda. — Um riso de descrédito escapou dos lábios da menina. — Eu falo sério! Da cabeça aos pés, você é linda e especial e incrível. E eu não tenho dúvidas de que será a melhor guardiã do mundo.

Amelia nunca pensou que acreditaria tão facilmente nos elogios de alguém, mas se pegou com o coração quentinho e o queixo trêmulo.

Elas tinham chegado às imediações do campo e a professora fez um sinal para o senhor Corbie. Ele indicou com um joinha ter entendido o recado. Antes de se retirar, ela se abaixou até ficar na altura dos olhos de Amelia.

— Mas a gente sabe que somente aposentados podem ser guardiões. Eles escolhem entre viver em uma vila de velhinhos ou vir cuidar de uma criança. Então o que você vai fazer até lá?

Amelia deu um sorriso contido.

— Serei capitã. — Ela nunca tinha revelado aquilo em voz alta antes.

A professora tentou dissuadi-la, afinal, era um sonho impossível. Mas a menina apenas ouviu em silêncio e, depois de dois ou três argumentos, a professora suspirou.

— Bem, eu espero que você consiga; mas pode me prometer uma coisa? — Amelia assentiu. — Não passe a vida inteira presa a um único sonho. Cultive outros também. A velhice pode ser muito amarga para as pessoas que não souberam aproveitar o tempo que tinham.

Amelia apertou a alça da bolsa e prometeu com um aceno de cabeça.

— Sabe, você é muito boa com as mãos. — A professora começou a se afastar. — Aposto que seria uma artesã de primeira.

— Vou pensar nisso. — Amelia acenou de volta. — Obrigada!

Então ela correu para o campo e se juntou aos colegas no esporte. Aquilo mais parecia uma brincadeira. E é bem provável que ninguém tenha reparado no brilho dos olhos, antes opacos, da garota. As pessoas não costumam reparar nesses detalhes.

Mais tarde, naquela noite, Amelia pediu para a guardiã deixar a vela acesa; contudo, a velha senhora se recusou a gastar tão precioso recurso com os medos bobos de uma menina. Ela deveria aprender desde cedo a superar suas fraquezas.

Amelia se encolheu sob o lençol e fechou os olhos com força. Ali estava mais um ótimo item para a sua lista de *como ser a melhor guardiã do mundo*. Suas crianças jamais precisariam dormir no escuro.

✦ ✦ ✦

Este livro foi impresso pela Lisgráfica
para a Thomas Nelson Brasil em 2025.
O papel do miolo é polen natural 70g/m²,
e o da capa é cartão 250g/m².